國家古籍整理出版專項資助項目

況周頤全集

六

況周頤 著

鄧子勉 編輯校點

人民文學出版社

阮盦筆記五種

《阮盦筆記》五種附《玉楳後詞》，光緒丁未（一九〇七）刊行於南京，後收入《蕙風叢書》（下稱五種本）。中國國家圖書館另藏有兩種本子：其一爲綠印刊本，一冊，收入三種筆記，即《選巷藂譚》、《鹵底藂譚》、《蘭雲菱寱樓筆記》附《玉楳後詞》，無序跋及木記。其一著錄爲抄本，綠絲欄，半頁十行，四周雙邊，版心下刻『第一生修楳華館』字樣，前有『阮盦筆記四種總目』，分別爲《選巷藂譚》二卷、《鹵底藂譚》一卷、《蘭雲菱寱樓筆記》一卷附《玉楳後詞》、《蕙風簃隨筆》二卷。此書存一冊，所存爲《選巷藂譚》和《鹵底藂譚》二種，有朱筆批校。正文首頁鈐有『阮盦』（陽文）、『孶經室私淑弟子』（陰文）二印，書末鈐有『卜娱』（陽文）一印。據此，當是清稿本。《餐櫻廡隨筆》卷六第四則云：『甲辰譔《蘭雲菱夢樓筆記》時在常州』。時在一九〇四年。

綠印刊本和綠絲欄抄本，當早於五種本。綠印刊本每頁的行數、每行的字數與五種本相同。綠絲欄殘存抄本與刻本所載略有出入。此據《蕙風叢書》五種本錄入，《選巷藂譚》和《鹵底藂譚》則校以抄本。

選巷叢譚卷一

戊戌九月自瓊花觀街移居舊城小牛彔巷。按：牛彔巷名見李斗《揚州畫舫録》卷九。或云：『彔』本作『肉』，『彔』爲後人所改，非是。巷後太傅街，卽古興仁街，儀徵太傅文達阮公家廟在焉。後進文選樓，巋然尚存，文達所重建也。古文選巷，今無定址，要當距樓不遠。吾巷在樓西南不百武，因取以名。昉小滄浪《定香亭筆談》例，彙所聞見爲《叢譚》，屬文達軼事，采擷較詳，則私淑之志也。

小牛彔巷住宅內院稍東北，盡夾道，得小園。牆東北隅，階而升爲亭；西南窗純用白頗黎，高朗，宜讀碑；其南玫瑰一蕞、牡丹一本，居停云：『牡丹歲作花，不煩灌漑也。』其西稍南，透骨紅梅花一株、金銀花一株，藤本蟉結殊古。南出垂花門，得小院落，木筆一株如蓋，高出櫩；向北，屋三楹；西北經遊廊向西月光門外，客至，由此入；折而西，有門，顔曰『花木翳如』，木香一株，引蔓出牆外，石筍高三尺，色若碧琅玕，斑紋特奇，枇杷、天竹、野花不知名，襍莳其間；向南，屋兩楹，東向因牆爲窗，當亭之西窗，梅影橫斜如罨畫，殆擅一園之勝云。余以三月上澣去揚，木筆正開，牡丹含三苞，大者如龍眼，玫瑰尤緐密，有微綻者，徒嘑負負者而已。

葺廚下短垣，得斷磚〔一〕，文曰『楊州』，書勢勁逸。琢爲硯，蒼堅緻潤，非它磚所及。『楊』字從

『木』，王懷祖氏《讀書襍志》歷引《史》、《漢》碑版，以證『楊州』字隋以前从『木』，唐人誤从『手』。此磚尚不誤，斷非唐以後物也。桉：《戰國策·魏一》『求其好掩人之美而楊人之醜者』而參驗之，則『楊』字非州名，亦從木矣〔二〕。

【校記】

〔一〕磚：底本作『專』，古字，徑改，以下均同。

〔二〕『桉』以下注文，抄本無。

住宅距舊城遺址不遠，虹橋西南頹垣一角，屹立荒烟蔓草間。余得『楊州』磚，或告余此舊城城磚也。城築於宋，而磚則唐，當時取用它處舊磚耳。輒督郭姓老僕登城尋磚，辰往午還，肩荷蹣躃殊苦。得磚一，旌以錢百。僕耆歆，得錢供杖頭，又甚樂。惜所得無多，精者尤罕聞，傍城居人云久已被人搜剔盡矣。

郭僕所得城磚，文曰『鎮江前軍』、『鎮江後軍』、『鎮江右軍』。桉：《宋史·韓世忠傳》以世忠爲浙江制置使守鎮江，世忠以前軍駐青龍鎮，中軍駐江灣，後軍駐海口。鎮江諸磚疑皆蘄王時摶墼也。『鎮江前軍』磚書勢精勁圓腴，神似柳孝寬書武侯祠碑。

又文曰『揚州』，此宋磚也。揚字从『手』从『昜』，質地色澤不逮从『木』之磚甚。

又文曰『高郵縣』、『全椒縣』。桉：當時城磚多由屬縣解送。高郵自西漢迄元竝置縣，宋屬淮南東路高郵軍，明始改州。全椒縣，宋屬淮南東路滁州。

又文曰『步軍司交燒造修天長塔』。桉：此亦築城時取用它處舊磚之證。

虹橋茶肆牆間有磚，文曰『大使府燒造』。僕輩與之婉商，酬以錢二百，以新磚易之，較它磚稍薄狹。桉：儀徵劉伯山先生毓崧《通義堂集·宋大使府磚考》，凡二千餘言，略謂此磚乃南宋時修城所造。揚州在宋代本爲帥府，有安撫使、制置使、宣撫使，而諸使上加『大』字者，其職尤崇。新府志所載有趙葵，與史傳及舊制不符，未足爲據。其可據者，惟賈似道、李庭芝二人。似道之守揚，初授制置大使。繼授安撫大使、宣撫大使，其修廣陵堡城始於寶祐二年七月，成於三年正月，是時似道以同知樞密院事爲兩淮制置大使。此磚『大使府』之文既與相合，則指爲似道築城時所造，固有徵矣。庭芝初則權知揚州，繼主管兩淮安撫制置司公事，兼知揚州，繼爲兩淮安撫制置副使知揚州，繼爲兩淮制置使，又爲兩淮制置大使〔一〕。其議立城以駐武鋭軍，在咸淳五年十一月爲制使時。其築大城以包平山堂，在咸淳五年正月爲制置大使時。則謂『大使府』磚爲庭芝築城時所造，亦有據矣。然而公論在人，咸存直道，大抵喜引爲庭芝之軼事，而不樂言似道之遺蹤云云。伯山先生集剞劂未竟，令子謙甫孝廉持贈印本，僅七卷；其八卷皆金石跋文，余從謙甫迻鈔得之。

【校記】

〔一〕又爲：抄本前有『後』字。

市牆有磚，文曰『殿』，亦以前法得之。桉：《漢書·霍光傳》注：師古曰：『古者，宮室高大則通呼爲殿，非止天子宮中。』或亦大使府物也。已上各宋磚竝陽文隆起，書勢秀拔，唯天長塔磚，字小而淺，疏率不工，疑出陶者之手。

雅雨山人官兩淮轉運使，築蘇亭於使署，日與詩人相酬詠，見《畫舫錄》。今人但知題襟館，蘇亭罕有知者。

《續纂揚州府志・藝文志》：『《粵西金石錄》，劉玉麐譔，卷數未詳。』謝氏啓昆《粵西金石略》即《通志・金石志》多引劉說而不著《金石錄》之名，然決非未刻之本明矣。今通揚州無知玉麐其人者，其書詎可復得？桉：《寶應縣志・循良列傳》：『玉麐，字又徐，乾隆丁酉拔貢，官鬱林直隸州州判。百色苗亂，隨營治軍書，日夜不輟，以積勞卒於軍。恩加按察司經歷，子興蔭主簿。』又《書目》：《爾雅補疏》、《粵西金石錄》亦無卷數、《湘南》、《邕管》、《香爐》、《蓮峯》、《協懷》諸集、《甓亭遺稿》，竝玉麐譔。《敦素園七子詩選》，玉麐與湯應隆、劉兆彭、湯襄隆、喬方立、喬大鴻、喬大鈞同譔。』劉氏，吾粵名宦。《金石錄》下開謝《志》，有篳路藍縷之功，其人烏可弗攷？因亟著於篇，以竢修志乘、譚金石者采焉。

揚州金石家言，如江氏恂儀徵人，字于九，官太守。《金石今見錄》見《怡亭銘》巴慰祖跋。所著錄皆趙、洪諸家所未

臨桂讀書巖，唐孟簡題名旁刻『乾隆壬子七月七日劉玉麐跋』，上距丁酉選拔十有六年，劉氏殆久官粵西者，宜其蒐羅宏富也。

見，秦氏恩復《吉金簿》、毛氏瀚《荊花書屋金石錄》，田氏溥光江都人，字季華，監生。《揚州金石記》、《金石語》竝見《府志・藝文》。今竝失傳。或告余：『田氏《金石記》其稾爲粵東某所得，已付手民。』未知碻否。

閱阮仲嘉先生亨《瀛舟筆譚》：『文選樓藏石漢畫象一，北齊、北周造象各一，竝嵌置壁間。比年樓中故物大半烟雲變滅，唯樓尚無恙。』或云焜於火，殆傳聞之誤也。三石拓本，據《筆譚》，姑妄訪求〔一〕，迺竟得之意外，完整如新。唐以前石刻，大江南北稀如星鳳，揚城有此三石，而《府志》失載，亦

採訪者之疏失矣。漢武氏畫象殘石，高四寸一分，寬六寸五分，今工部營造尺，後同。左鹿形，右分書一行，舊釋唯『此』、『金』、『萬』三字可辨；今細案『金』字上一字，左偏作『⿱吅厶』，筆劃顯然當是『獸』字，僅存一角。武氏石室畫象，竝陽文隆起，此獨陰文勾勒，唯分書則酷肖漢蹟耳。北齊道朏造象，匽師武氏曾藏，見《授堂金石》一跋，全文錄入王氏《萃編》。北周曇樂造象，前人未經著錄，真書，徑五分彊，環刻佛座三面；石高三寸二分，前後面各寬八寸五分，側面寬七寸五分；十九行，行二字至六字不等。全文錄具如左：

建德元年／四月十五日／比丘尼曇／樂爲亡姪／羅睺敬造／釋迦石像／一區／比丘尼曇和／佛弟子呂羅睺。已上前面。父佰奴／母邊四姜／兒桃兒／姊阿老／呂亡愁／李清女／呂駮胡。已上後面。曇貴／亡師比丘尼／曇念。已上側面左方。

此宇文周武帝時造象石也。揚州阮氏得自陝西，嵌置文選樓壁間，嘉慶十年記。跋刻側面右方。

【校記】

〔一〕妄：抄本作『忘』。

阮氏家廟藏器：周虢叔大筡鐘，格伯簋，寰盤〔一〕，漢雙魚洗，今竝無恙。唯全形椎拓不易，因而真蹟甚稀，求之經年，僅獲一本。復本所見非一，石刻較優於木，然真贋相形，神味霄壤，可意會，不可言傳，不僅在花紋字畫間也。真器拓本悉出阮氏先後羣從之手，墨色濃淡不勻，字口微漫，不能甚精。

【校記】

〔一〕褱：銘文拓片作『褱』，下同。

褱盤拓本上款下形，又於形中拓款，作側懸形。真本拓不及半，復本輒過之，以氈椎有難易之分，凹與平之不同也。

得阮氏銅器拓本七種：周伯彝，漢平陽侯洗，宛仁弩機，尚方銅器，湯金銅器，已上《積古齋鐘鼎彝器款識》著錄。漢元延尺，顧千里《思適齋集》有跋，甚詳，鮑氏昌熙《金石屑》著錄。六朝清素鏡〔一〕。張氏燕昌《金石契》著錄。銅器所存祇此，在阮氏，誠爲夋㶳之餘，然皆精孅絫倫，儻吾輩得之，猶足以豪矣。

【校記】

〔一〕鏡：底本作『竟』，古字，徑改，下同。

漢湯金銅器，圓扁式，有棱側起，略如桃形，徑三寸二分，闊二寸六分。拓本二面，一面陰款，字徑五分弱，『湯』左『金』右，平列器中。棱右向一面無款，棱左向近棱處加闊，如泉之重輪者。然此器未詳何用。阮氏《積古齋釋文》：『「湯」字反寫，「鎏」之省。《爾雅·釋器》：「黄金謂之鎏。」《說文》：「金之美者，與玉同色。」此曰「湯金」，言美金所鑄器也。』嘉興張氏廷濟《清儀閣題跋》：『新莽大泉五十笵，背文「金鍚」者。』跋云：『此背文上似「金」字，下不可識。積古齋摹作，云「湯」字反寫，「鎏」之省。其但謂爲銅器銘者，蓋據趙謙士太常摹本，未見真拓本故也。又云：『此笵，海寧周松藹所藏。翁氏《兩漢金石記》云：「金錫」二字反寫橫列，「錫」作[illegible]，古文也。』說甚碻當。桉：《積古齋鐘鼎款識》：『周虢叔大棽鐘鉦間第二字作[illegible]，卽[illegible]字正寫，右偏又省。』阮亦釋『錫』。翁氏釋[illegible]爲『錫』，要亦近是。唯據今拓本，阮氏所藏碻非泉笵。覆桉：張氏跋語先云上似『金』字，下不可識；又引翁氏《金石記》『金錫』二字反寫橫列云云，翁、張所見已非一器。古器物同款識者多，而『湯金』、『金錫』等義，又不必塼屬何器耳。又桉：『湯』字，阮橅作[illegible]，與拓本合，張作[illegible]，亦小異。

得真子《飛霜》鏡拓本，此鏡曾藏文選樓中，今亡去。拓本亦不多覯。此本拓甚精，紙微揉損，疑文達時故物，可寶也。『真子飛霜』四字酷似晉《明威將軍郛休碑》，決爲晉鏡無疑。諸家跋文彙錄於左：

晉真子《飛霜》鏡拓本跋

阮　元

真子《飛霜》鏡，逕今尺五寸七分，體圓，外作八瓣菱花形，背白如水銀。左方四竹三筍，一人披衣坐狨，置琴於膝。前有几，几置短劍二、爐一，又一物不可辨。右方一鳳立於石，二樹正圓如帚形。下方爲水池，池中一蓮葉，葉上一龜，龜值鏡之中，虛其腹下，卽爲鏡之背鈕也。上方有山雲銜半月形，月中有顧兔形，雲下作田格，格中四正字，曰：『真子飛霜』。真子者，鼓琴之人；《飛霜》，其操名也。予宷此爲晉鏡。何以知之？以書畫之體知之也。書非篆隸，晉以後體也。畫樹直立，圓形如帚；畫月內加兔，此晉人法也。予見唐人摹顧愷之《洛神賦圖》，樹形與此同；且畫『太陽升朝霞』句，日中有陽烏，同此形矣。真子《飛霜》，於書無所考見，予以意推之，或卽晉戴逵耶？《晉書》逵傳云：『逵能鼓琴，工書畫，其餘巧藝，靡不畢綜，師事術士范宣於豫章。』《宋書·戴仲若傳》云：『漢始有佛像，形制未工，戴逵特善其事。』據此二史，則善鼓琴，善畫，善鑄銅，師術士，逵一人實兼綜之。真子將毋卽逵也？錢博士坫云：『古人製器，原欲以流傳後世。使其人不作此鏡，則湮沒無聞矣。故好事好名之徒，今亦不如古。』據博士此言，真子若非戴逵，微此鏡，則真子無傳矣。爲逵鏡可寶，非逵鏡尤可寶也。

真子《飛霜》鏡銘詞跋尾

劉毓崧

右真子《飛霜》鏡銘詞，凡四十字，内有『同心人，心相親』二句。案：『同心人』之詞始見於《周易》，而『同心人』之注莫備於虞翻。『同人·彖辭』云：『同人于野，亨。』虞注云：『旁通師卦，巽爲同，乾爲人。』此同人之義。『繫上』第八章云：『二人同心，其利斷金。同心之言，其臭如蘭。』虞注云：『二人謂夫婦。師，震爲夫，巽爲婦，坎爲心。』此同心人之義。『雜卦傳』云：『同人，親也。』虞注云：『夫婦同心，故親也。』此『同心人，心相親』之義。『同人·彖傳』云：『同人曰：「同人于野，亨。」』虞注云：『此孔子所以明嫌表微。所謂「二人同心」，故不稱君臣、父子、兄弟、朋友，而故言人耳。』據此，則同人之象取諸夫婦，在聖人本有深意存於其間，而同心之語由夫婦而起者，其來最久，而其理亦最精也。『同人·六二爻辭』云：『同人于宗，吝。』許叔重云：『言同姓相取，吝道也。』見《五經異義》。鄭康成云：『天子諸侯后夫人，無子不出。』二説雖殊，而以同人爲夫婦之卦，則彼此相合，可爲虞氏之證。《邶風·谷風》序云：『刺夫婦失道也。』

其首章云：『黽勉同心。』《毛傳》云：『思與君子同心也。』蓋夫婦不同心者，必至於失道。詩人之旨，可與《易》義相發明也。自王、韓之注盛行，後之人習焉不察，沿其流而罕溯其源，故《詩》之言『同心』者，咸知目爲夫婦；而《易》之言『同心』者，反或視爲泛詞。於是『同心』二字但目爲朋友，而斷金、如蘭之喻，亦皆以朋友當之，臆說興而古義廢矣。此鏡『真子飛霜』四字，乃晉以後之體，而銘詞云『同心人，心相親』者，則融會《易》義而成其說，全出於虞氏，真不爲流俗所囿者也。蓋此鏡本用於嘉禮，故同心相親，實指夫婦之道，而上下文亦多吉慶之言。其云『陰陽各爲配，日月恒相會』者，卽婚義所謂『日之於月、陰之於陽，相須而後成』也；其云『白玉芙蓉匣，翠羽瓊瑤帶』者，卽《秦風》所謂『溫其如玉』，《齊風》所謂『尚之以瓊瑩』也；其云『照心照膽保千春』者，卽《鄘風》所謂『君子偕老』也；其云『鳳凰鴛鏡南風清』者，卽《左傳》所謂『鳳凰于飛，和鳴鏘鏘』也。然則作此銘者，不特文采可觀，抑且深於經術矣。岑君仲陶鑄新獲此鏡，拓其銘詞，屬爲攷訂。因舉虞氏《易》『同心』之注，加以申釋而復之焉。

真子《飛霜》鏡銘攷

薛　壽

岑君銅士得古鏡一枚，逕今尺五寸七分。左圖一人彈琴，旁有四竹三筍，下有几。右圖鳳凰立於石上，有樹二，下方有池，水中冒以蓮葉，上覆以龜，卽鏡鈕也。又上作方格，界以四字，曰『真子飛霜』。又上圖雲影，露半日形，日中有一◆，與《說文》『日，實也』訓合。外周以銘，首句字畫漫漶，余釋爲『鳳凰雙鏡南金裝』，『雙』字上作佳形。楊慎《丹鉛總錄》『古鏡銘』載潁氏頓氏鏡銘曰：『鳳凰雙，瓊瑤裝。陰陽合爲配，日月常相對。』銘詞與此相似，但彼以『雙』、『裝』爲韻。此以『凰』、『裝』爲韻。句中用韻，古詩例也。或首句無韻亦可。蓋此銘首尾句皆七字，五字爲句者四，三字爲句者二，回旋讀之，音節頗合。或疑此爲末句。從下文『陰陽各爲配』讀起，似與文義文勢未協，且『裝』字作犕形甚明，但下半稍缺耳。若作末句讀，則不與『人』、『親』、『春』韻矣。『陰陽各爲配，日月恆相會此二句鏡文甚明白。白玉芙蓉匣，翠羽瓊瑤帶。同心人，心相親，照心照膽保千春』，共四十字此五句明暗參半，『鳳』字上、『春』字下作『王』形，居鏡邊之中間，所以界左右也。首尾句讀當準此以爲起止。案：宋江少虞《事實類苑》『齊南陵古鑑』一則云：『熙寧末，齊南陵耕者得古圓鑑大小二，背郭皆有銘詞，大爲小篆，小爲正隸。』篆銘與此相同，首句正作『鳳凰雙頭鏡之誤字南金裝』，『各爲配』誤作『合配』，『恆』字誤作『兩』，傳寫致誤耳。但作圖品物與此鏡小異，則銅士所得未必卽南陵古鑑。而其銘詞相同者，古人鑄鏡，沿襲承用，亦如鐘鼎銘文，語句相似。攷古者不可執一以定爲真譌。南陵鑑銘首句既作『南金裝』，餘七句亦與此無異。余幸所釋之得左證焉〔一〕，因撮其要，以著於篇。周儀桉：據今拓本，『鳳凰』句碻是『鳳凰鴛鏡南風清』，薛氏釋誤。

《文翠軒筆記》一則　沈濤

錢獻之別駕十六長樂堂藏一鏡，名『真子飛霜』，背上花紋作一人林下鼓琴，上有『真子飛霜』四字，製造工緻，今歸阮雲臺相國師積古齋中。錢別駕以『真子』爲鑄鏡人名，余謂不然。趙德麟《侯鯖錄》云：『見一鏡，背花妙麗，又有「貞子飛霜」四篆字。』當卽此鏡〔二〕。惟彼爲篆書，而此乃隸字，蓋當時所作不止一鏡耳。『貞』、『真』古通字。『貞子飛霜』，疑卽用伯奇彈《履霜操》故事。六朝好於鏡背模範古人，《西溪叢語》言：『近得一夾鏡，大鼻，攲之中虛，有冠劍四人，一題忠臣伍子胥，一吳王，一越王，一范蠡。又二婦人，云越王二女，皆小隸字，製作奇古』云云。此鏡，蓋卽其類。余近亦得一鏡，背紋有二人問答之狀，上題三行，每行三字，以左行。迴環讀之，乃『孔夫子問曰榮啓期答』九字，亦六朝鏡也。

【校記】

〔一〕左證：抄本作『佐證』，意通。

〔二〕卽此：底本作『此卽』，據文意改。

儀徵張午橋前輩丙炎唐石軒藏石甚富，自唐迄楊吳得若干種。其唐田侁洎夫人冀氏合祔兩志，尤爲精俊完整。吳讓之先生熙載爲作楹聯云：『家有貞元石，人彈叔夜琴。』卽指此兩石也。

唐石軒藏碑目戊戌孟秋編次

司馬君張夫人合葬志興	咸亨元年
王馬生等造象竝兩側	開元七年
田府君志有蓋　侁	貞元三年
田府君、冀夫人合祔志有蓋	貞元十一年
武公裴夫人志珎	貞元二十年
彭城劉氏張夫人志	元和元年

隴西李氏彭夫人志	元和五年
劉府君志有蓋　通	元和八年
顏府君志　永	長慶四年
李氏韓夫人志	太和五年
李府君志有蓋　彥崇	開成元年
陳少公蔣太夫人志	開成六年
米氏女志有蓋	會昌六年
劉府君志有蓋　舉	大中元年
董惟靖志	大中六年
孟璠志	吳天祐十二年

讓翁藝事，刻印第一，次畫花卉，次山水，次篆書，次分書，次行楷。畫多贋本，佳者幾於亂真。唯書卷清氣不可僞，爲豪氂千里，識者亦不易。讓之先生有小印，曰『讓翁』。

新城黃家園宋井，在路南成山于宅後院中。于字六鷗，曾需次兩淮。井闌尺寸未計，銘詞真書三行，第一、二行五字，第三行六字，字徑一寸二分。它井銘字多剝蝕，此獨完整如新。于氏老僕徐姓爲拓碑者言：『此地舊名蓮花橋，宅爲蓮花庵遺址。先是，井在牆外，定遠方子箴先生濬頤爲都轉時始包入牆內，恆集賓僚觴詠其側。井泉溫甘香潔，有金鯽二，時出游泳，人無意輒見之。某年夏夜，于氏以籃盛柑縋井中，詰旦失去。募人下眡，得古瓷花盆二，製造精絶，今猶以種蘭云。』又云：『此井銘自方都轉命工椎拓後，今始再施氈蠟耳。』

皇宋嘉熙肆／年庚子至節／壽昌沙門法基／桉：壽昌，晉置縣，迄南齊，屬揚州吴郡。宋屬兩浙路建德府，今浙江嚴州府壽昌縣治。此井銘刻於嘉熙庚子，余以己亥上巳前二日命工往拓，明年庚子，蓋甲子十有一周矣。

江都薛介伯先生壽《學詁齋文集·甘泉山古井題字拓本跋》略云：『甘泉山古井寺井闌鐫字數十文，云：「大宋元祐三年戊辰歲四月二十日，於六峯馬□山祁宅造，東周王□。」拓本約徑九寸，計二十七字。馬下似「殿」字，王下似「記」字。字迹頗近米法，氣勢較宏敞云云。』學詁齋文樸厚有根氐。余將去揚，已束裝矣。偶過轅門橋，得於文樞堂書肆，忩忩讀竟，欲訪此井，未果，殊悵悵。

文樞主人湯柏龢稍涉目錄之學〔一〕，樂與諸名士遊，有都門廠肆大賈風。晨夕過從，往往清譚逡晷，不聞世俗之言。客揚二年，斯人如蜀岡楊柳、紅橋璧月矣。

【校記】

〔一〕柏龢：抄本作『茂科』。

曩得磚文拓本，藏弆甚珍，花紋樸古，疑遼、金時物。磚側正中刻佛象，上横列梵字六，左側『吴惟造』三字竝陰文。比來揚州，知是高旻寺磚。吴惟，明人。或如寺奏廁，見牆間此磚甚夥，花紋竝同，欲以新磚易之，寺僧居爲奇，皐不容於懺悔。

楊花蘿蔔，以楊花時出，故名。姸紅奪目，若半寸許火齊，香澹味清。邗上園蔬，雋品也。一名女兒紅，見武林韓日華《揚州畫舫詞》自注〔一〕。余以對『海棠木瓜』，出南京明孝陵，花如海棠，實較木瓜大者約十分之一二，以槖鼻烟陳乾者良。

【校記】

〔一〕『一名』二句注文，抄本無。

竹垞之『垞』亦作宒，卽『宅』字，俗讀若茶，及其陰平、去聲，竝誤。《正字通》：『桉《均會》：「宅」，古作宒。』王維詩有《南宒》、《北宒》，注入聲。《廣陵詩事》引顧書宣詩『皷湖北垞舊山莊』，注云：『垞卽宅字。』又云汪容甫中亦嘑朱檢討爲竹宅。

洪北江先生初名蓮。其少作《玉塵集》署此名。孫淵如先生小名喜。吳縣張商言先生《塤竹葉庵集·孫喜印歌》『孫郎寄示孫喜印』。是其小名命曰喜。元康里巎巎，『巎』字从『山』从『夒』，或作猱嶩。《說文》：『夒，奴刀切。』與夔龍之『夔』不同。《金石屑》第四冊元文宗『永懷』二字北平翁氏跋。世傳从夔作『巙』，誤。閱《廣陵詩事》，類記之。

得舊書畫便面數十，其一李子仙福自書黃梅花詞，極入律可誦，書勢亦秀渾不俗。檢國朝詞總集，如韻甫黃氏《詞綜續編》、杏舲丁氏《詞綜補》，福詞竝未著錄。張午橋前輩云：『福，蘇州人，曾官翰林。』繆筱珊先生云〔一〕：『福工制舉藝，曾見某選本，所錄甚多。』

探春慢黄梅花

李福

黄葉辭柯，寒香貼榦，横斜堪入清供。金屋垂簾，銅盤承淚，肯向東風倚寵。翦刻誰施巧，定難倩，冷蜂僵凍。小窗閒付詩評，素心人自相共。　不見飛英片片，任怨咽玉龍，聽澈三弄。月影昏時，烟痕深處，唤起羅浮幽夢。明是春消息，又底事，丸封珍重。熟鶯兒，唪童花下開甕。

【校記】

〔一〕繆筱珊：抄本作『沈乙盦』。

《林姑曲》者，余家舊藏小横幅，南滁馮少渠震東詠藤邑貞女林氏事，自書以貽周松坪廣文者也。粉紅栴界，烏絲格，書勢隱秀，神似香光。悦其精孅，重付裝池。乙酉入蜀，檢置行篋，南北隨身十六年矣。其事有關吾鄉風化，客揚暇日，輒因展誦録記如左。廣文之名不傳，惜哉！

林姑曲并序

馮震東

林姑，藤縣人。年十八，美顔色。其父挈至容州，鬻於青樓家。志不從，再鬻如初。彊使迎客，輒以杵折客臂，得免。又轉售於販媍女者，將往北流矣。廣文周松坪先生聞其事，大費經畫而始返。乃益其價以贖，復厚其籢，遣嫁之，且爲覓佳壻，許往來。烏虖！世之負志節而墮非類者，不知凡幾，安得如松坪者隨事而力拯之？因紀其事以勵人之有善志者。時道光甲午初秋。

東風吹遍藤州路，二月楊花飄作絮。淒淒野徑可憐春，蕭蕭落日無情暮。無情日照薄情人，衰老爭忘兒女身。來從赤水尋金嶺，說覓陳思嫁洛神。楊妃井畔春波綠，行人照影顏如玉。家世梅花舊姓林，生年十八釵猶獨。金釵那復有同枝，老父街頭割愛時。竟將紅粉薶金穴，苦向青樓鑠玉姿。青樓難綰貞心住，但願金錢贖將去。可惜多災紅粉人，適來又落青樓處。簾櫳春暮錦模黏，鴇母梳頭窄褎扶。少年裘馬佳公子，今夕衾裯美丈夫。女兒伎倆驚魂斷，寸心無著飛蓬亂。拚得衰親厭棄身，橫尋苦海回頭岸。且猶低首乞郎憐，誓得儂心石樣堅〔一〕。但肯好恩寬一夕，願將陰德戴諸天。少年一咲挑燈起，眼中只有平康妓。白璧將因濁水沈，青蓮豈爲污泥滓。飛空一棒喝當頭，斷臂難爲把臂遊。三千弱水初回櫂，一斛明珠欲墜樓。因人再去尤漂泊，慘從豺虎㸦中落。薄命空銷月下魂，護花忽聽風前鐸〔二〕。周君肝膽世人無，大力回天費轉樞。贖得文姬還漢域，覓將夫壻配羅敷。新糊一樣羅珠翠，居然持踵同垂淚。不惜頻年苜蓿盤，盡供一夕香奩費。隔年來拜廣文堂，夫婿懽顏說弄璋。每將火井抽身事，遍告人間造福場。

【校記】

〔一〕儂：抄本作『同』。

〔二〕聽：底本作『旺』，抄作『旺』，即『聽』字，據抄本改。

元廣盈庫碣，比年大東門内出土。余見拓本，亟詢石所在，則已爲賈客載往白門矣。今運庫尚仍舊名。此應收入《揚州金石志》者也。石高一尺三寸，寬一尺九寸，十四行，行十二字至十四字不等。

字徑七分，正書，所列運使屬官，亦與今制略同。

廣盈庫貯兩淮鹽幣，以定計者/餘叁伯萬。庫外舊有垣旣築，且/卑前政未暇，易今築，以陶加高/增厚，屹然山立，嚴謹與庫稱。經/始於至元五年二月二十八日/，成於三月廿又九日，工訖。工是/用記云： 正議大夫運使苫思丁、正奉大夫行戶部尚書運使王/都中，亞中大夫同知趙遜，承直/郎運判瞻八，承直郎經歷邊思誠，/將仕佐郎知事程孝祖，照磨尉遲/棫，督工田安、齊思敬、陳宗顯、平埜、李彬、趙良臣、饒咸中、俞椿齡、史文質、/張友直，屬官董思道、王宗起題石。/末三行低二格。

小東門內某家出售舊書碑拓，書客劉髯同余往觀，則新書耳。碑十數種，大都《九成》、《皇甫》、《多寶》、《玄祕》之流，皆翦幖之本。購《春暉堂藂書》、《金石聚》各一部。日本《重修孔子廟碑》拓本，整幅未幖，紙墨精絕，此碑殆謂無足重輕，故得免於翦幖之阸。碑高七尺二寸，寬三尺九寸，二十二行，行五十字，字徑一寸，正書。額題『重修日本長崎至聖先師廟碑』，六行，行二字，字徑四寸五分，篆書陽文，兩旁刻龍形，略昉中國御製碑式。浙杭王氏，其人不甚著聞，書勢入虞伯施之室，篆額直逼唐碑精宷者。全文錄左，昭異域同文之盛焉。

粵自赫虹流玉，演圖媲蒼聖之功； 翠鳳離珠，率舞遵素王之軌。闡鴻蒙之墜緒，幽贊神明；挺象緯之奇姿，榮鏡寓宙。所以登其牀者，/摩挲夫劍舄； 入其宅者，陶寫乎絲簧。炎精肇啓，靈哲代興。或典懋太牢之祀，或樂陳六代之懸。十二旒卷衣作繪，藻火焜煌； 十六枝/桀戟當門，蘭錡森衛。莫不畫栱相望，華榱交暎。圓海環林，竦重阿之爽塏； 頖池璧沼，亙橫舍之綿延。我/聖清之撫有方夏也，陶鈞庶品，演廸斯文。 黨有庠而術有序，於論鼓鐘； 上爲圓而下爲方，既勤樸斵。丹墀青瑣，上齊王者之居；玉碣/金鋪，載炳煥焉之美。良以尼山振鐸，洙水橫琴。承道統於堯、舜、禹、湯、文、武，峻德克明；廣教思於《易》、《詩》、《書》、《禮》、《春秋》，彝倫攸敘。言語不通，/舟車所至。食毛飲血之倫，懷而思慕；鑿齒雕題之域，莫不尊親。而況扶桑若薺，峙海表之雄；敷藻揚葩，服聖人之訓者乎？/日本國長崎者，冠蓋之都，舟航所聚。九阡七陌，鞏甌脱於蓬瀛；荀史陸文，紛環絡於藻府。學庭顯敞，黌校宏開。舊有漢代範銅/至聖先師象一軀，當殘明永曆之初，爲正保丁亥之次。表土圭以測景，乃召司空；散金布以庀材，特頒內帑。堂皇斯建，廟貌式瞻。上/丁奏萬，講堂開博士之筵；小雅肆三，比舍列學生之屋。玉斗珠衡，飾象環而爲佩；旍旄羽袚，拱麟紱以來遊。嗣以生徒薈萃，宮室卑/庳。敞環堵之宮，僅容旋馬；拓廣文之館，莫慰瞻烏。惡足以隆俎豆之上儀，厲誦絃之盛軌歟？夫益之象曰利用爲遷，定之詩曰卜云/其吉。二百區恢於貞觀，八十齊設自元豐。于是擊應門之鼕鼓，集者如雲；樹靈囿之樅鏞，成於不日。規泗水之瀠洄，漩源寫壁；蔭孔/林之槮鬱，松翠交羅。圓井葩流，方疏綺錯。蓋徙建於茲者，在正德紀元，歲次辛卯，當我/朝康熙之五十年也。無何，星霜屢易，鳥鼠攸居。兔葵燕麥，埋殘鴟吻之璫；炲白蟫紅，墮裂魚鱗之甃。梁木傾攲而就壞，繩樞朽腐以/徒存。將魯國靈光，頓失翬飛之聳；而接輿狂士，彌傷鳳德之衰。元珍名隸膠庠，職司筦榷。採銅供泉府之需，奉詔達滄溟以外。雨檝/風檣，夢遊瓊浦；文犀大貝，神往寶山。雖測海未嫻乎親歷，而披圖每得自伻來。玉振金聲，知聲教訖於四海；瓊思瑤想，實景行切乎/高山。豈有參天兩地，八埏荷其帡幪；而令上雨旁風，一畝淪於瓦礫。爰慨烏革之摧頹，亟命鳩工而相度。因奉祠上井子哲而集事／焉〔一〕，始自壬寅，迄乎癸卯，精廬重構，均校維新。畚梮初陳，土缶驗羵羊之異；茅茨既翦，石砮占隼鶚之祥。繡棟淩雲，丹甍煥日。復於大成殿後，創建崇聖祠三楹。水源木本，感風／雨於防山；春露秋霜，溯粥饘於銘鼎。所以體追遠之思，崇報功之典也。嗟乎！廣桑山遠，攜／杖逍遙；古杏壇高，刺船杳靄。寫殷憂於擊磬，會從入海陽襄；酬昔夢於乘桴，何藉問津沮溺。縮地無方，我愧升堂之弟子；觀瀾有術，／相期習禮之諸生。／大清道光二十四年歲次甲辰冬十月穀旦，浙江杭州府學明經博士王元珍謹撰并書。／大日本弘化二年歲次乙巳春正月泐石。

【校記】

〔一〕上：抄本作『向』。

小東門賣書人劉髯，平山堂打碑人方髯，與湯柏龢爲揚州城三絕〔一〕。方髯無家室，打碑得錢，輒市歓盡醉。時來譚論古蹟，在若有若無間，如五雲慶閣，政復引人入勝。

【校記】

〔一〕柏龢：抄本作『茂科』。

元銅權文曰：『中興路市令司。』權上有句尚存，尤爲難得。句上有文，記權之重輕及其頒發號數〔一〕，模黏不甚可辨。銅質精渾，紫黯悅目，決非贋品。余得見於運司街陑董肆，價昂未購，不知入誰氏手矣？

【校記】

〔一〕頒：抄本作『攽』，意同。

閱《都嶠石刻記》，羅漢融造陁羅尼幢，結銜：『右龍虎軍子將，行右龍虎軍司条，執行桂州招討軍兵桊。』『子將』無攷。按：《通鑑》『開元四年大武軍子將郝靈荃』注：『子將，小將也。唐令制每軍子將八人，資其分行陣、辯金鼓及部署。』大曆十三年□震佛頂尊勝陀羅尼幢讚，結銜有『子將試殿中監□王斌、子將試光祿卿麴宗』，《金石萃編》亦未詳所出。《曝書亭詞・滿庭芳・過李晉王墓》下作『多少義兒子將，千人敵，一一論功』。『子將』，李氏富孫注亦未詳。凡物小者謂之『子』。《漢書・郊祀志》：『奉車子侯。』小侯也，霍去病之子。《新唐書・柳公權傳》：『嘗夜召對子亭。』謂別立小亭也。《藝文類聚》七十三引《爾雅》舊注云：『鼐，子鼎。』〔二〕記云：『条』，當作『案』。司案，如唐行軍掌書記之職。古文通叚，有繁文，有省文。《漢東海廟碑》：『退宴禮堂。』《唐張琮碑》：『高宴瑤池。』《紀國陸妃碑》：『至於四時亨宴。』『宴』下从『女』，竝可增『宀』从『安』；『案』上从『安』，何不可省『宀』从『女』乎？執，釋作『執』。《漢曹全碑》：『獲人爵之報。』『報』从『幸』，可變从『辛』，『執』即例此。『桊』，釋戈，俗字，猶俗『干』字加『木』作『杆』也。武斷入理，是攷據文字之極有生氣者。

都嶠南漢石刻六種在廣西容縣。

都嶠山五百羅漢記乾和四年八月，陳億撰，正書。

都嶠山造佛像殘碑陳億撰，楊懷信書，行書。碑陰題名杜儁書，王伯垙立，分書。
羅漢融造陁羅尼幢乾和十三年十月，羅貴寬書，正書。
梁懷義造佛像碑大寶四年正月，正書。
靈景寺慶讚齋記大寶七年正月，盧保宗書，正書。
碑陰遊都嶠山七律二首宋開寶七年，張白譔。
區若谷等題名康定元年。
曾晉卿等題名皇祐庚寅。
閻廿五娘造陁羅尼殘幢正書。

【校記】
〔一〕「凡物小者」以下注文，抄本無。

漁洋冶春虹橋，風流文采，炤映湖山。《倚聲初集》漁洋、程邨同輯錄紅橋懷古《浣溪紗》十闋，末注云：「『紅橋詞，即席賡唱，興到成篇，各采其一，以誌一時勝事，當使紅橋與蘭亭竝傳耳。』當時同遊十人，漁洋遊記未詳。《倚聲集》傳本絕少，亟錄以備甄揚故者述焉。「北郭清溪一帶流。紅橋風物眼中秋。綠楊城郭是揚州。　西望雷塘何處是，香魂蕭落使人愁。澹烟芳草舊迷樓。」漁洋，三闋存一。「六月紅橋漲欲流。荷花荷葉幾時秋。誰翻《水調》唱《涼州》。　更欲放船何處去，平山堂上古今愁。不如歌笑十三樓。」杜濬「清淺雷塘水不流。幾聲寒笛畫城秋。紅橋猶自倚揚州。　五夜香昏殘月寥，六宮釵落曉風愁。多情烟樹戀迷樓。』丘象隨『郭外紅橋半酒家。柳陰之下《詞綜》作『柳陰陰下』有停車。笙歌隱隱小窗紗。　曲水已無黃篾舫，夕陽何處玉鉤斜。綠荷開遍舊時花。』袁于令『紫陌青樓女史家。門前偷下六萌車。彄環雙臂綰紅紗。　十二闌干閒倚偏，黃鶯嚦上內人斜。隔江愁聽《後庭花》。』蔣階。元評：『數首當以此爲絕唱。』『一曲紅橋三兩家。門前過盡卓金車。碧楊深處紡吳紗。　疏雨撩風偏細細，晴波受月故斜斜。無情有思隔溪花。』朱克生『狹巷朱樓認妾家。捲簾初下碧油車。東風翠袖曳輕紗。　岸上鶯歌隨柳弱，水邊燕尾掠波斜。春江流落可憐花。』張養重『綠樹陰濃露酒家。小廊迴合引停車。銀箏嬌倚杏兒紗。　《水調歌頭》聲未了，曲闌干外月光斜。聲聲渡口賣荷花。』劉梁嵩『隱隱簫聲送畫橈。迷樓無影見平橋。不須指點已魂消。　港口荷花紅冉冉，岸邊野草碧迢迢。遊人依舊弄新潮。』陳允衡『鳳舸龍船泛畫橈。江都天子過紅橋。而今追憶也魂消。　繡瓦無聲春脈脈，羅幃有寥夜迢迢。漫天絲雨咽歸潮。』陳維崧安丘曹升六貞吉《珂雪詞》亦有追和之作：『幾曲清溪泛畫橈。綠楊深處見紅橋。酒帘歌扇暗香銷。　白雨跳波荷冉冉，青山擁髻水迢迢。三生如寥廣陵潮。』神韻絕佳，與諸名輩抗手。

對偶之佳者，有曰：『天下三分明月夜，揚州十里小紅樓。』見《浩然齋雅談》，二語皆切揚州，尤爲妙合〔一〕。

【校記】

〔一〕妙：底本作『紗』，抄本作『紗』，即『妙』字，據改。

揚俗，小女子於鼻兩孔間穿孔，綴金絲環，名曰拘小，取象犢易育。〔一〕

【校記】

〔一〕此則，抄本無。

桃花鵽出儀徵，桃花盛開，輒來翔集。彼人用以佐饔，略同鷰鶴，其味極鱻美云。《爾雅·釋鳥》：『鵽鳩，寇雉。』沈瓠盧先生《瑟榭薮談》攷證甚詳，所引《戒菴漫筆》云『半翅鳥，好眠紅物』者，於桃花鵽爲近。

選巷叢譚卷二

余與半唐五兄文字訂交，情逾手足。乙未一別，忽忽四年。《菱景》一集，懷兄之作，幾於十之八九，未刻以前，亦未盡寄京師。半唐寓宣武門外教場頭巷，畜馬一、騾二，皆白。曩余過從，抵巷口，見繫馬，輒慰甚。《燭影搖紅》云：『詩鬢天涯，倦遊情味傷春早。故人門巷玉驄嘶，回首長安道。』情景逼真。又《極相思》云：『玉簫聲裏，思君不見，衹是黃昏。』看似平易，非深於情不能道，它日當質之半唐。

徵招得夔笙秣陵書，賦此代柬。此闋乙未九月書便面，寄金陵。　王鵬運

雁聲催落屋梁月，凄然頓驚離緒。料得據梧吟，鎮沈冥誰語。露荷凋枉渚，更休問，采香儔侶。賴有西山向人，依舊數峯清苦。　獨酌不成歡，霜風緊，落葉打窗如雨。蕭瑟對江關，憶蘭成詞賦，秣陵秋幾許。定愁滿古臺，烟樹夜堂，悄有寱，從君化斷雲千縷。

憶舊遊夔笙寄詞問訊，依調代柬。此闋丙申九月寄金陵。　半唐

盡沈吟看鏡，惆悵凭闌，愁裏關河。巖桂飄香屑底，雁邊秋信，儂處偏多。寱中認得歸路，渺渺洞庭波。嘆吹映年光，彈碁心事，能幾消磨。　嫦娥謾斟酌，說清淺，蓬萊依舊笙歌。浩蕩孤

雲外，想百年青鬢，汝亦輕皤。故山猿鶴無恙，生計問漁蓑。好留取，巉巖題名遲去，我擘薜蘿。夔笙以近刻定林題名見寄。

角招　酬夔笙竹西雪夜見寄之作，竝寄辛峯。　半唐

重回首，君應不信，梅邊風趣非舊。黯然驚別久，幾度竊牽，隋苑烟柳。春愁盡有。况節物，中人如酒。待翦西窗夜燭，怕今雨，不堪聽話，巴山時候。

孱愁庾郎，賦就飄藞，也說生比垂楊瘦。墜歡君記否，酒凝游塵，依然襟袌。新詞入手，更竊草，心情迆逗。莫負簫聲月後，好傳語卯君，知杯同酎。

宋刻東坡象殘石，十年前天寧門外瀆河所出，平山堂閽人用以揞牀久矣。石上銳下平，高一尺一寸弱；下寬一尺三寸，約計五分全石之一；厚三寸二分。石質堅緻。象上半完整，畫手、刻手非宋已後克辦。題款存：舒亶前行末二字，曷在後行末二字（一）。共三字半在上方稍右銳處。亶即烏臺詩案搆坡公者。北平翁氏蘇齋所藏坡象真本。杭州局刻《蘇詩編注集成》橅坿卷尾。陽湖孫氏平津館四十名賢象硯拓本坡公真象，南海朱完者所畫小金山象，正與王梅溪注本内所摹趙松雪畫象可以相證，嘉慶四年丹徒王文治書。竝與此合。先是，余得孫氏象硯殘拓十數紙，坡象及明循吏蘇州太守伯律況公真象適在其中。循吏公爲吾宗碩德，而坡象適爲此石左證。墨緣良非偶然。運河中多出古碑碣，泰州夏氏荃所藏唐朱萓墓志、張氏冰甌館所藏楊吳李濤妻墓志，皆瀆河所出。

【校記】

〔一〕抄本有朱筆眉批云：『「曷」是半箇字，須寫在格之右偏。』

高詹事硯，仁和韓氏泰華《無事爲福齋隨筆》著録。硯昉瓦式，高六寸，闊三寸九分，上及兩側厚一寸二分，下厚四分彊。玫瑰紫端石，背面及兩側有白筋。銘刻正面右邊隆起處，二行行三十三字。跋刻左邊，低二字，二行行三十一字，字徑分許，分書，勾畫絕精，能於緻密中見舒徐之致。唯溝道阮唐山先生《茶餘客話》：『南碑刻淺，北碑刻深，謂之溝道。』纖細，宿墨日久，深入字裏，漸就夷漫，氈蠟難施。背面稍下正中橅『文學侍從之臣』方印，徑二寸七分，半陽文。此澹人先生入直內廷時所用硯也。新城徐霍記，攜來求售，所望奢，難與言，爲之悵惘累日。

丁巳、己巳，凡十三年，夙夜內直，與尒周旋潤色，詔勅詮註簡編。行蹤聚散，歲月五遷。直廬再入，仍列案前。請養柘上，攜歸林泉，勳華丹扆，勞勩細旃。惟尒之功，勒銘永傳。

此硯相隨十三年，再至直廬，則仍留几案間。請養攜歸，因紀其事。康熙己卯秋七月，詹事高士奇。

詞全得《坐隱先生精選草堂餘意》一冊於運司街霍記書肆，無序跋，卷首有『新都環翠堂』字樣。詞全和《草堂》均，每首調名下徑題元作者姓名，唯一人兩調相連，則第二闋題陳大聲名。黃虞稷《千頃堂書目》云：『録前人作，綴以己作。』非是。其題前人名者，亦大聲作。　桉：明陳鐸，字大聲，下邳人，官指揮使。其詞超澹疏宕，不琢不率。和何人均，卽昉其人體格，卽如淮海、清真、漱玉諸大家，寘本集中，雖識者不能辨。

昔人謂詞絶於明，觀於大聲之作，斯言殆未爲信。《明詞綜》僅録《浣溪紗》一闋。

得鄧壯節世昌書，朱絲格，精楷四幀，字徑二寸弱。癸巳七夕後三日，節録羅一峯《與府縣言役弊書》於北洋劉公島防次。書埶凝勁挺秀，有樹骨不撓之概，可想見其爲人。公字正卿，印：朱文曰『臣印世昌』、白文曰『海軍都督』。甲午中日之役，歿於王事者，唯公及左公寶貴二人。兩軍於大東溝交綏，公憤未能制勝，加足本艦汽機，猛觸日帥巨艦，爲同歸於盡之計。據外人言，海戰固有此法，唯自陽曆紀年已來，未聞有人用之。公歿後，日人範銅鑄公像於戰地以昭示來者。其手畢宜如何珍弆耶！癸巳，卽公授命前一年，節録先輩政書，以虎臣而留心經濟，其襟抱過人遠矣。公由船政學堂出身，嗣又出洋學習，熟諳泰西兵船規則。見《李文忠奏議》光緒十年九月派船援閩，擬用洋將摺。下云：『第閱歷戰事尚少，未可以當一面。』歎歟！彼獨當一面者，吾見其望風納款而已，可云虜哉？

孫淵如先生《次均畬阮芸臺學使東招卽往歷下之什》：『芙蓉池館報花開，驛騎傳詩一夕催。不爲時需訪碑使，也應天與聚星來。』注：『訪碑使，元時設此官。』桉：嘉興李金瀾先生遘孫《金石學録》：『元梁有天曆間奉勑歷河南北，録金石刻三萬餘通。上進，類其副本爲三百卷，曰《文海英瀾》。于濟得漢刻九于泗水中，葛邏祿迺賢《寄九思》詩云「泗水中流尋漢刻，泰山絶頂得秦碑」是也。』奉勑采進，疑卽訪碑使之職。《元史·百官志》：『監書博士，品定書畫，擇朝臣博識者爲之。蓺林庫掌藏貯書籍，廣成局掌傳刻經籍及印造之事。竝天曆二年始置。』訪碑使之設，或亦當是時歟？

梁中丞章鉅云《歸田瑣記》：『揚州有文選樓、文選巷之名，見王象之《輿地紀勝》及羅愿《鄂州集》。乃隋曹憲以《文選》學開之，唐李善等以注《選》繼之，非梁太子讀書處也。儀徵師宅，卽文選巷舊址，嘉慶十年始於阮氏家廟之西建。隋文選樓，祀隋祕書監曹憲，以唐沛王府參軍公孫羅、左拾遺魏模、模子度支郎景倩、崇賢館直學士李善、善子北海太守邕、句容處士許淹配之。吾師讜銘所謂「建隋選樓用別於梁者」是也。』又云《楹聯叢話》：『揚州文選巷，其南爲文選樓，攷古者以爲卽曹憲故宅。憲與魏模、公孫羅等同注《文選》，樓卽其故址也。今樓中但奉昭明栗主，實誤。昭明文選樓不在揚州，觀唐李頎《送皇甫曾遊襄陽》詩「元凱春秋傳，昭明文選樓」之句可見。雲臺先生於文選巷之西建家廟，別搆樓以藏圖書，顏曰「隋文選樓」，爲之記。伊墨卿題聯云：「七錄舊家宗塾，六朝古巷選樓。」』桉：揚州有昭明太子文選樓，在太平橋北旌忠寺，見唐楊夔《文選樓序》及宋王觀《揚州賦》。又有隋曹憲文選樓，在文選巷，見宋王象之《輿地紀勝》。有昭明開其先，憲等曷由引其緒？而太平橋之樓屬昭明者，又已遺蹟久湮。樓中崇祀，似宜祖昭明而宗憲等，庶不失先河後海之義。梁以樓中但奉昭明栗主爲誤，信然。唯云昭明文選樓不在揚州，則於楊夔、王觀所述殆未攷耳。按：《丹鉛雜錄》：『梁昭明太子聚文士劉孝威、庾肩吾、徐防、江伯操、孔敬通、惠子悅、徐陵、王囿、孔爍、鮑至十人，集《文選》，謂之高齋十學士。』亦應從祀選樓者也。

田府君佺立夫人合祔兩志，石出揚州灣頭野中。先是，梅孝廉植之購藏，後歸張氏冰甌館。吳讓翁所書楹聯『家有貞元石，人彈叔夜琴』，亦梅氏故物。桐城姚伯昂元之《竹葉亭雜記》：『揚州梅蘊生能詩，又善琴，方弱冠，琴已擅名。喜衣深獨坐而彈。一夕，曲未終，見窗紙無故自破，覺有穴窗竊聽者，俄而花香撲鼻，已入室矣。乃言曰：「果欲聽琴，吾爲爾彈，吾固不願見爾也〔一〕。」急滅其燈，曲終乃寢』云云。則對句亦紀實也。滅燈終曲，非熟極不能。

【校記】

〔一〕固：抄本作『顧』。

周稚圭中丞撰錄十六家詞，各系一詩。其系孫孟文一首：『一庭疏雨善言愁，傭筆荊臺耐薄遊。最苦相思留不得，春衫如雪去揚州。』神韻獨絕，與漁洋紅橋詞『北郭清溪』闋可稱媲美。徐嘯竹布衣穆，甘泉老名士也。丁酉暮春晤於榕園，時年八十。傾蓋如故，越日賦《高陽臺》見貽，旋又錄示舊作數闋，及王西御先生《論詞絕句》若干首，意甚鄭重。其《鶯嚦序》一闋，尤爲生平得意之筆也。

高陽臺　　徐　穆

捫蝨譚雄，射雕手健，十年前早知名。西燕東勞，參差未許將迎。孤尊醉倚悲歌慣，問悲歌、可有人聽。緲天涯，滿面風塵，雙鬢蕭星。　相逢此日休嫌晚，衹寥寥數語，如見生平。一縷吟思，二分明月同清。盡多湖海元龍氣，肯孤它、浩蕩鷗盟。且同來，花下分構，座上飛觥。

當年吟社已沈消，淮海詞人半寂寥。今日粵西媚初祖，令人想像海棠橋。

吾揚言詞學，以秦氏爲山斗，西巖先生有《詞學蕤書》行世，令子玉生孝廉有《詞系》，未刻。道光季年曾聯淮海詞社，不下二十人，見存者僅穆而已。刻有《意園酬唱集》，收入郡志。《八十自遣》末章有『頗知明眼交豪士，留取餘年讀異書。愛聽仙韶思雅樂，飽嘗世味重園蔬。耄荒自古貽明訓，好養心頭活水魚。』可以知其志矣。　嘯竹又草。

鶯啼序　　嘯竹

越中歸棹成此，寄施夢玉、沈花漵、勞介甫、倪次郊，吴門秦玉生、符南樵、王西御，揚州六舟禪友、阿絮女道士。

篷窗一宵漚夢，醒連天暮雨。菰蒲外，隱作秋聲，中流一任容與。山陰道，此時經過，壺觴空憶《蘭亭敘》。念家山，千里迢遥，暗驚杜宇。

回首西湖，臨水獨眺，訪逋仙隱處。孤山路，落盡梅花，亂鶯嚯遍蕺樹。繞迴闌，青峯滿目。賸江上，斜陽淒苦。怎春歸，我尚天涯，綠蔭如許。

韶華水逝，客思雲孤，放懷覓舊侶。仿佛是、南屏鐘動，西竺僧歸，金石交親，斷碑披誤。鬢絲幾縷，茶烟一榻，犀香梅熟休相訊。怕相逢，衣上多塵土。謾嗤嘯詠，且教留得題痕，證它鴻跡來去。時歸自京師，淨慈主人六舟出所藏雁足鐙各卷冊，索題觀款。

江湖載酒，鑪椀參禪，算一般意趣。盡孤負、烟花三月，佳麗揚州，薄倖司勳，飄蕭詞賦。予懷緲緲，知音寥落，千秋事業憑誰會，柰江東、羅隱同遲暮。那堪水上琵琶，唱徹瀟瀟，西興古渡。

多麗　　嘯竹

施𡬶玉攝震澤，曾招寶帶橋讌月之舉，撫今追昔，情見乎詞。

盪蘭橈，灣環宛轉長橋。賸西風，湖光萬頃，參差吹出瓊簫。疏烟抹，黛螺丫髻，冷雲罥，鶯脰舒翹。乙未亭邊，松陵路畔，遠山隱約畫眉嬌。堤上柳絲堪折，離思一條條。更休説，賓鴻尚未，去燕難招。憶當年，尊前譃月，多情酒醆詩瓢。庾樓客，珠璣錦織，踏搖娘，綺席笙調。雁齒排連，蟾輝皎潔，三生寤裏可憐宵。到而今，渚蓮泣露，啼鳥總無聊。文園老，也應羞見，幾度回潮。

論詞絶句

儀徵王僧保

消息直從樂府傳，六朝風氣已開先。審聲定律心能會，字字宮商總自然。

倚聲宋代始媷家，情致唐賢小小誇。劉白溫韋工令曲，謫仙誰與竝才華。

落花流水寄嗟欷，如此才情絶世稀。誰遣斯人作天子，江山滿目淚沾衣。

縹緲孤雲漾太清，定知冰雪淨聰明。淒涼一曲長亭怨，擅絶千秋白石名。

易安才調美無倫，百代才人拜後塵。比似禪宗參實意，文殊女子定中身。

前輩風流玉照堂，翩翩公子妙詞章。千金散盡身飄泊，對酒當歌不是狂。穆按：張叔夏生於淳祐，循王五子，叔夏未知誰出。《宋史》不載，故無攷。袁桷疏『空懷玉照風流』：『玉照，張鎡功甫堂名。鎡爲王諸孫，則叔夏出功甫後。父樞所作詞六首，見《絶妙好詞》十八。序其先世皆鐘鳴鼎食，江湖才士出入其門，千金之裘，譚笑可得。及途窮境變，去來道路，酒酣，往往取所爲詞，慷慨歌之。』今之陳其年，其流亞也。

慷慨黄州一夢中，銅絃鐵板唱坡公。何人創立蘇辛派，兩字麤豪恐未工。

短衣匹馬氣偏豪，淚灑英雄壯志消。最是野棠花落後，新詞傳唱《念奴嬌》。穆按：稼軒詞當以

《念奴嬌》爲第一，『野棠花落』云云。

功業文章不朽傳，閒情偶爾到吟邊。平山楊柳今依舊，太守風流五百年。

深情繾綣怨湘春，芳草天涯妙入神。名士無雙堪伯仲，卻憐空谷有佳人。元注： 穆按： 黄雪舟《湘春夜月》一闋『近清明、翠禽枝上銷魂』（一）、李琳《六么令》『依約天涯芳草，染得春風碧』。

精心音律有清真，往復低徊獨愴神。若與梅溪評格調，略嫌脂粉汙佳人。穆按： 《片玉詞》多自度腔。張功甫序《梅溪詞》，稱其『分鑣清真，平睨方回』。

須知妙諦在清空，金碧檀欒語太工。豈有樓臺能拆碎，賞心蕉葉雨聲中。

唾壺擊碎劍光寒，一座唏噓墨未乾。別有心胷殊歷落，不同花月寄悲歡。元注： 穆按： 張于湖在建康留守席上賦《六州歌頭》，感慨淋漓，主人爲之罷席。

功名福澤及來茲，賸有閒愁寫別離。愧煞男兒真薄倖，平生原不解相思。

惜花恨柳太無聊，幽思沈吟裂洞簫。峭折秋山皴一角，賞心到此亦寥寥。

紅近闌干韻最嬌，泥人香豔易魂銷。春風詞筆渾無賴，獨報孤芳耐寂寥。元注： 穆按： 蔣竹山詞極穠麗，其人則褒節終身，有足多者。《虞美人》云『海棠紅近綠闌干』。

韻事吟梅宋廣平，當歌此老亦多情。癡魂又蹋楊花去，不愧風流濟美名。穆按： 晏同叔性極剛方，而詞格特爲婉麗。《小山詞》『夢魂慣得無拘管，又逐楊花過謝橋』，雖伊川程子亦賞之。

淮海詞人思斐然，春風熨帖上吟箋。輪君坐領湖山長，消受鶯花几席前。

波翻太液名虛負，祇博當筵買笑錢。不是曉風殘月句，未應一代有屯田。

絕無雅韻黄山谷，尚有豪情陸放翁。遊戲何關心性事，爲君吟詠望江東。元注： 穆按： 山谷《望江東》詞『江水西頭隔烟樹』云云，清麗芊綿，卓然作者。

自有吟懷妙合宜，空山月破況清奇。蘇詞誤入誠何據，才弱聲流或可疑。元注：穆按：程垓《書舟詞·瑤階草》云：『空山子規叫，月破黃昏冷。』《意難忘》、《一翦梅》諸闋，毛晉刻《六十家詞》定爲蘇長公作，不知何據。

眼前有景賦愁思，信手拈來意自怡。詞客競傳佳話說，須知妙悟熟梅時。

詞人多半善言愁，月露連篇欲語羞。夢覺銀屏春太瘦，垂楊應不減風流。元注：穆按：『銀屏夢覺』，陳西麓垂楊詞句也。〔二〕

笛聲吹澈想風情，酒館青旂別緒縈。最著尚書春意鬧，一枝紅杏最知名。元注：穆按：陳簡齋《臨江仙》云：『杏花疏影裏，吹笛到天明。』謝無逸《江城子》云『杏花邨館酒旂風』，宋祁詞『紅杏枝頭春意鬧』，從古詠杏花者，未有若此三人也。

東堂觴詠自風流，語欠清新浪墨浮。孤負坡公相賞識，一官忍向蔡京求。

竹坡何事亦工愁，海野悲涼汴水流。須識文章關氣節，才名終與穢名留。

遺篇鉅集富搜羅，審擇精詳信不譌。自訂新詞誰媲美，親嘗甘苦竟如何。穆按：黃昇《花庵詞選》二十卷竝自錄其詞四十首。

身世悲涼閱盛衰，關山夢裏涕淋漓。蒼茫獨立誰今古，屈子《離騷》變雅遺。元注：穆按：張蛻巖以一身閱元之盛衰，憫亂憂時，故其詞慷慨悲涼，獨有千古。《陌上花》云：『關山夢裏歸來，還又歲華催晚。』

風流相尚滯當年，不少名家簡牘傳。論斷若無心得處，依人作計亦徒然。

殘葩賸馥亦堪珍，或恐飄零委劫塵。字字打從心坎上，此中自有賞心人。

南北諸賢既緲然，寥寥同調最堪憐。瓣香未墜從人乞，吟斷回腸悟祕詮。

人人弄筆彊知音，孤負霜豪莫浪吟。千載春花與秋月〔三〕，一經寄託便遥深。

兒女恩情感易深，更兼怨別思沈沈。美人芳草多香澤，不是《離騷》意亦淫。

沈思渺慮窈通神，一片清光結撰成。豈許人間輕薄子，柔絃曼管寫私情。

裁紅翦綠亦尋常，字字珍珠欲斷腸。別有心情人不識，春穠秋豔要思量。

百徧尋思總未安，真源自在語知難。高山流水無人處，幽咽秋絃獨自彈。

西御王君詞爲當時之冠，周儀桉：《秋蓮子詞稿》，余舊藏有之。此詩清新俊雄〔四〕，元遺山、王漁洋論詩未或過之。竹鹵詞學，絕少來者。西翁在城殉難，令子辛亥孝廉亦亡，心血無人收拾。希惟珍重，不宣。穆再頓。

【校記】

〔一〕一闋近：底本作■，據抄本改。

〔二〕穆桉云云，抄本作：『陳允平，號西麓。《樂府指迷》云：西麓所作平正，亦有佳者。詞欲雅而正，志之所之，爲物役則失雅正之音。「銀屏夢覺」，西麓垂楊詞句也。』

〔三〕俊雄：抄本作『俊雅』。

〔四〕載：底本作『戴』，據詩意改。

維揚本鶯花藪澤，自昔新城司李狎主詞盟，紅橋冶春，香豔如昨。浮湛宦轍，代有名流，如項蓮生、蔣鹿潭，竝倚聲嫥家，希蹤北宋。宜良嚴秋槎廷中亦後來之秀，需次兩淮，有《岩泉山人詞》、《麝塵集》。其『揚州好』若干闋，尖豔渾雄，各極其妙，充其才力所至，庶幾嗣響水雲。端木子疇前輩評《麝塵集》曰：『天分甚高，下筆有鐫鑱造物之致，而瑕瑜互見。想見其傲岸自雄，不受切磋處。然則秋槎固託於狂士以自晦者也。』

望江南

嚴廷中

揚州好，池館鬧春分。蝶影衣香團作陣，湖光花氣釀成雲，畫槳盪斜曛。

揚州好，骨董列精粗。䱜賈高譚評古玩，酸丁低首檢殘書，賞鑒各黏塗。

揚州好，隨意破閒愁。名士商量邀合醵，高僧揮霍到纏頭，無事不風流。

揚州好，處處賽神忙。土佛乘輿朝大士，社公肅柬迓城隍，人鬼兩荒唐。

揚州好，葉子鬬輸贏〔一〕。阿嫂偷傳鐙畔眼，小姑笑數手中星，金釧響輕輕。

揚州好，午倦教場行。三尺布棚譚命理，四圍洋鏡覷春情，籠鳥賽新聲。

揚州好，閨閣禮空王。綵線緊拴泥偶臂，旃檀濃和美人香，盡轂佛思量。

揚州好，對岸列金焦。客舫遠歸京口月，大江橫截海門潮，落日送南朝。

【校記】

〔一〕鬬：抄本作『定』，朱筆旁批作『鬬』。

文達開府兩粤，一日，讌高材生於學海堂，器具皆三代鼎彝尊罍之屬，食品一秉周禮，委某生監督焉。時陳蘭浦先生爲坐賓，語人曰：『阮公明經博古，一宴會而能令諸生悉某器某味爲某形某名，受益者多且速矣。』〔一〕

【校記】

〔一〕此則以下至『《筆録》又云』凡六則，抄本補抄在卷末附録之後，且另起頁。又眉端朱筆批云：『此五則應在嚴廷中詞下。』五則依次爲『文達開府兩粤』、『《經籍籑詁》之役』、『《國朝漢學師承記》』、『羅茗香士琳負狂名』、『吳讓之，儀徵人』。

《經籍籑詁》之役，屬方聞士數十，併日爲之，麕集於幕府。會午節，文達貽酒四罍、金華豚蹏四，雜它食物，殊瑣瑣。羣議患不均，非用割圓術部分之不可，推臧在東鏞堂司峜焉。或云文達譎臧迂謹，授意爲是，資談噱也。

嘉慶元年秋〔二〕，文達試畢嘉興，得觀曹秋厓《竹垞圖》，屬周采巖樵寫一幀，並録竹垞詞跋及同時諸和作，即用《百字令》元均題後。康熙甲寅春，竹垞客通潞，填《百字令》索秋厓畫《竹垞圖》。和者四十人，皆用元均。復屬伊太守湯安字小尹、司令尹能任字可亭、何令尹際昌重建暴書亭，立四石柱以鐫文筆，而司諭車君專董之。車君名向榮，字半林，仁和塘栖里人。乾隆庚寅舉人，任嘉興教諭，著有《半林吟草》，張叔未爲之序。二年秋再至，適當落成。太守復得其後人，授以館穀，且爲畢婚。因復和《百字令》，書於卷尾，手訂前後詩詞文筆爲《竹垞小志》五卷，鋟行。曩余得此書於海王邨，珍弆甚至。比閲蕭山王小穀端履《重論文齋筆録》載仁和胡書農敬所譔記一篇，爲《小志》所未載，亟錄如左：

重修暴書亭記

胡敬

夫芳臭所及，跡往彌彰；宗尚所存，情通匪邈。是以過廬阜者，必跂望於曾臺；經瀼西者，亦流連於茅屋。況乎流風可接，大雅同符。結神契於百年，抗詞宗於同代。訪舊事於采風之始，振清塵於問俗之餘。洵爲政之美談，抑藝林之盛事也。惟暴書亭者，秀水朱檢討彝尊藏書之所也。鴛湖里第，長水郊園。八萬卷之編函，校來研北；一百弓之隙壤，拓自池南。溯當避地之初，迄乎歸田。而後蒐羅日富，排次遂繁。寶之枕中，時有一瓻之借；閱來肆上，不辭十笏之酬。善且益多，聚於所好。裝潢千卷，比之南渡尤家；著目八門，擬於西齋吳氏。瑤圃則吉光滿篋，妙綜詩詞；珠囊則墜典盈笥，元注：「『笥』字讀作平聲，未知何據？」周儀校：「《集韻》：笥，新茲切，音思。」博搜經義。夜燈雨細，聯吟多江左英流；曉几風清，問字有外家羣從。七品頭銜雖小，傾倒公卿；一時手筆爭推，巍然尊宿。王筠晚歲，遂負朝野之名；庾信暮年，大動江關之望。無何，榮聲有歇，閱歲如馳，竹垞荒蕪，金風冷落。零亂丹鉛之本，叢殘黃墨之編。曹倉卷軸，散於四方；鄴架籤縢，歸於他姓。槿花紅糝，空餘理帙之痕；蕉葉青濃，漫蔭論文之座。綠陰匝地，是處生蛄；黛色參天，誰來誅草？苔深徑沒，水漲池平。風月依然，亭榭非故。文人過而踟躕，騷士爲之悵結已。大中丞儀徵阮公，懷舊蓄於遙情，愛才深於曩日。輶軒昔歲，曾經通德之門；節鉞今茲，載訪蘭臺之宅。撫今緬往，因地思人。睠先輩之風華，發後來之景慕。爰探故址，更築新亭。

檐宇高張，丹青增飾。繞池花木，仍留移植之株；絡架藤蘿，尚想追涼之地。雖四部之無存，庶五畝之不改。坐春風而念詞筆，酹尊酒以招吟魂。如接清襟，如披雅致。青山已逝，長蘿逸代之才；白雲能來，應慰生平之舊。於以擷遺芳於未沫，啓夕秀於方來。豈同蘭上續遊，徒誇觴詠滄浪。重葺但侈名勝已哉？攬筆爲記，傳之無窮，以爲後之君子亦有樂乎此也。〔一〕

【校記】

〔一〕抄本眉端朱筆批云：『此六則應在《經籍籑詁》則下。』六則依次爲『嘉慶元年秋，文達試畢嘉興』、『道光間曝書亭再圮』、『四明鄭氏有二老閣』、『《筆錄》又云：嘉慶甲戌』、『文達於焦山置書藏』、『文達集坡詩爲西湖蘇公祠聯云』。

道光間曝書亭再圮，呂筠莊延慶重修，馮柳東董其事。筠莊、柳東並有《百字令》元均詞。筠詞坿柳集中，柳又有七律四首。張筱峯鴻卓、徐雲峴金鏡和作亦用元均，以與文達有賡續之雅，坿著之。道光庚戌嘉興令朱述之復修。髮寇之變，幸逃劫火，然太半割售它姓。同治丙寅，吳和甫學使贖而新之；訪求先生嫡裔一人，已爲酒家傭，爲置田以資樵米。竹垞元孫字育泉者，乾隆癸酉舉人，官知縣，見錢警石詩注。〔一〕

【校記】

〔一〕注文部分，抄本無。

四明鄭氏有二老閣，爲鄭秦川、黃梨洲兩先生講學之地。文達爲鄭書常孝廉勳題舊藏竹垞檢討贈其高大父寒邨太守詩墨蹟，並手書『二老堂』額，屬別建堂奉祀寒邨、竹垞兩先生栗主，有詩云：『別擬建堂尊二老，竹垞經義曉行詩。』文達重修纍書亭，人皆知之，二老堂則尠知者。文達提學山東，重修鄭康成祠；巡撫江西，重修玉茗堂。

《筆錄》又云：『嘉慶甲戌，計偕入都，舟過淮安。時阮相國總督漕運，駐節其地。余詣轅叩謁，並以西湖藕粉、燒酒、楊梅、甌柑、筍脯爲贄。入門，巡捕迎謂曰：「漕帥到任以來，從不收受官民一絲一粟，此恐當見卻也。」又私謂曰：「如漕帥奉還，能分惠少許乎？」余曰：「某車中斷難攜帶，當盡以奉贈耳。」既而呼令入見，並命將禮物全收。巡捕大駭。坐定，相國笑謂巡捕曰：「此蕭山王某，余翼而長之二十年矣。彼以師生之禮來，故可受之而無愧也。」又曰：「是皆浙中佳品，吾不嘗其味者已有年矣。今日見之，未免露老饕故態也。」乃命啓筐，出甌柑十枚與巡捕曰：「爾亦試嘗此味，其餘諸物，我當寄歸揚州，不能割愛矣。」』《筆錄》元文止此。兹事甚細，然亦見待士之真率，御下之寬厚，非晚近通宦所及。

文達自翰林至入相，出領疆寄，垂二十年。生平廉謹自持，而於嗜古、恣才兩事罄所入，差自給，家人生計弗問也。晚歲甫以三千金置一蘆洲，越卅年，洲忽大漲，歲迺進金萬，人謂清德之報云。〔一〕

【校記】

〔一〕此則，抄本無。

儀徵劉伯山毓崧博學彊識，澹於榮利，少棄舉子業。道光朝，祁文端督學江蘇，聞其名，飭學官舉優行。因請應試，遂以庚子科得選，不與朝考。同治間郭筠仙侍郎巡撫廣東，保人才，得八旗官學教習，

又弗應，是時毓崧年才四十餘也。毓崧記性極彊，酒閒談事，輒能道出某書某卷，覆按無誤。著有《通義堂集》。〔一〕

【校記】

〔一〕此則，抄本無。

《國朝漢學師承記》，甘泉江氏藩譔。除正傳十數人紀實外，餘多溢孅，而於揚人尤甚。梅藴生嘗論之，有批註《師承記》，存儀徵劉氏青溪書屋。〔一〕

【校記】

〔一〕此則，抄本補抄在卷末附録之後。

羅茗香士琳負狂名，工天算曆學，於詞章經誼多所通。平時广巾闊步，市人爭指目之。以孝廉方正徵。時成廟秋獮塞垣，士琳擬萬言賦獻行在。比至，值迴鑾，不果上。迺於關東迎某氏女爲室，挈以歸，則又不相能，詬誶之聲出於梱。某氏能文，有口辯，時時屈茗香，窘且甚，則浼親知爲剖解。氏先卒。未幾，賊破城，茗香殉。〔一〕

【校記】

〔一〕此則，抄本補抄在卷末附録之後。

吴讓之，儀徵人，元名廷颺，又名熙載，以字行。揚多畫人，竝世無與抗手。蚤歲負盛名，入酒肆，不給貲，率塗抹數紙與之。主者付質庫，獲善價，浮於所應得。亂後，生計日蹙，長子卒，孫幼，次子有心疾。一家十數口，恆空乏無藉。所苦與毛西河同。家庭細故輒勃谿，賃僧廬，鬻字爲活。前後豐嗇如出兩人，豈名士亦有通塞耶？畫筆清絕，有蘊蓄。讓翁歿後，仍復騰貴如初。〔一〕

【校記】

〔一〕此則，抄本補抄在卷末附錄之後。

寶應朱銓甫先生士端所著書曰《春雨樓藂書》。《彊識》一編，引伸高郵王氏學派，精宷賅洽，幾於青勝於藍。其《宜祿堂攷藏金石記》尤多它書未見之品，所錄揚城石蹟，應增入郡志金石志者，錄記如左：

唐褚河南書《陰符經》石藏泰州高氏

唐李氏殘碑

唐故東海徐府君夫人彭城劉氏合祔銘石藏田氏

唐萬夫人墓志石藏汪孟慈家

唐朱萱墓志石藏泰州夏荃家

唐隴西李府君墓志石藏泰州夏氏

唐老子《道德經》殘石廣明元年　石藏泰州夏氏

唐井闌題字寶應城内東南隅堂子巷浴池有唐時舊井題字，今采入重修縣志金石門。

徐府君劉夫人合祔銘蓋徑八寸弱，三行，行三字，字徑二寸，正書。

唐故東海徐府君夫人彭城劉氏合祔銘并序

太和八年歲次甲寅四月廿一日，徐府君終於揚州江陽縣瑞芝里／第，春秋八十有四。越來年乙卯歲十月廿八日，合祔於楊子縣曲江／鄉五乍村先歿夫人故塋，禮也。府君諱及，其先東海郡焉。曾／祖瓌，婚李氏；　祖明，婚王氏；　考璟，婚朱氏而生府君。婚劉氏，而主五／男二女。諫、暈二子，存歿莫知，早列前銘，禮無再述。其存曰震，高上／不仕；　次曰砅，殿中省掌御服七色主衣；　次詠，宣節校尉，前守左／衛翊壹府，翊行常州蘭山戍主。一女適劉氏，不幸早世，星霜數秋；　一女／適呂氏，早孀於家，三從並絕。府君忠孝二備，仁信兩全，門風肅清，訓／子以道。夫顯於身者，德也；　顯世者，壽也。詵詵子孫，弓裘不墜，府君三絕矣。古之葬者無銘誌，起自魏時，繆襲乃施之嗣子，習古之規敢／其實，乃爲銘曰：

穀則異室兮死也同穴，府君夫人兮於茲永訣。／

刊石於墓兮克荷前烈，嗣子哀哀兮攀嚎泣血。／

寒郊蒼茫兮悲風切切，萬古千秋兮孤墳弔月。／

其墓園地東絃南北逕直長肆拾壹步，西絃南北逕直長肆拾／壹步，南絃東西逕直長闊貳拾肆步，北絃東西逕直長闊貳／拾肆步。南至官路，北至賣地主許倫界，東至許界，西至王珎／界。其墓園地於大和伍年叄月拾肆日立契，用錢壹拾叄阡伍佰／文，於楊子縣百姓許倫邊買此墓園地。其墓園内祖墓一穴，肆方各壹拾叄步。丙首壬穴記。地主母阿宮同賣地人親弟文秀，保□／是『人』字，末筆尚可辨。許林，保人許亮，保人萇寧。

右墓誌高一尺三寸五分，寬一尺三寸二分，二十三行，行二十五六字不等。字徑五分，正書。此石先藏田氏，後歸劉氏。余所得拓本係光緒三年九月劉恭甫贈汪硯山者，有《硯山題記》竝小印。汪氏《金石經眼錄》刻於同治癸酉，時未見此誌，故未收入。

漢厲王鈴，文曰『中殿言』，取《尚書》『工以納言』之意。芸臺相國跋云：『此鈴金質堅鍊，制度渾樸，斑駁陸離，非唐宋所能及。』桉：此鈴亦揚郡漢金之一也。

十二硯齋藏子刃鼎見《金石經眼錄》，亦揚郡古金之一。

唐高思溫墓志乾符三年，爲薛介伯先生壽所藏，見儀徵汪硯山先生鋆《十二硯齋金石經眼錄》，亦應收入郡志金石志者也。唐《道德經》殘石幢，朱氏云『石藏泰州夏氏』，汪云『今置焦山禪堂，與無專、定陶同列一室』。經幢，本寺觀之物，當是由夏氏捨置焦山耳。硯翁是書，或病其抉擇未嚴，所收不盡，真蹟攷訂亦微欠精宷，然致力不可謂弗勤也。

著《粵西金石錄》之劉先生玉麐，偏詢揚人，絕少知者。銓甫先生《跋唐龍城柳碣》云：『此碣爲吾友劉冰衫所贈，其尊人又徐先生判廣西鬱林州時所拓。先生與汪容甫先生爲講學友，著書甚多，詳重修邑志書目。』據此知先生嗣君字冰衫，猶能納交名輩，以金石文字相贈遺，未墜流風餘韻。惜朱跋不著其名，竝其後人存否有無，弗可攷耳。

朱氏《跋唐吏部南曹石憧》云：『「憧」字偏旁從「忄」，唐人多作此。』桉：《爨龍顏碑》：『軺車越斧，棨戟憧⿰忄盖。』『越』卽『鉞』，『憧⿰忄盖』卽『幢蓋』，『幢』寫作『憧』，不自唐始。

阮氏藏奉華堂澄泥硯，宋高宗劉夫人硯也。《瀛舟筆譚》云：『硯長五寸三分，闊三寸二分，正面作尊罍形，上有四耳，背有正書「奉華堂」三字。』謹桉：天祿琳瑯宋版《資治通鑑考異》有朱文『奉華堂記』。《書史會要》：『建炎間，劉夫人掌內翰文字及寫宸翰，高宗甚眷之。亦善畫，畫上用「奉華堂」印記。』又見陳善《杭州志》。宋奉華劉妃有印文曰『閉關頌酒之裔』，見厲樊榭《詠印絕句》自注。

吳葉調生廷琯《吹網錄》云：『錢氏大昕《疑年錄》於前漢無一人；吳氏《續錄》補之，亦衹得三人；揚州劉書之元注：阮文達副室《四史疑年錄》始廣之，得數倍公孫弘卒年條。』閨人攷史成書，世不多見，葉氏曾見是書，必有印本流傳矣。文達副室劉文如字書之、謝雪、唐慶雲竝能詩，見《瀛舟筆譚》。丙午冬，余得見是書，刻本甚精，版式與《揅經室集》同。文達自署檢，分書。補記。〔一〕

【校記】

〔一〕注文部分，抄本無。

唐故劉府君夫人杜氏墓誌銘，田季華藏石，薛氏《學詁齋文集》有跋甚詳。郡志金石志未收，朱氏、汪氏竝未著錄，當是出土在後，兩君未見拓本，故遺之耳，當攷。漢元延尺，阮氏各記載概未之及，當是梅叔先生晚年所得，文達未及見耳。郡志謂家藏彝器如過眼雲烟，竝非土產，概不著錄。然如阮氏所藏號叔大苓鐘各種，子孫世守，百數十年家廟蒸嘗，陳爲宗器，謂非揚郡金石，得虖？擯而不錄，亦無異鍥舟求劍矣。嘗謂吉金樂石，亦如畸士名流，蹤跡所經，允足增輝志乘。昔人作地志，往往甄錄寓賢，何獨於金石而遐棄若彼耶？按：《甘泉縣志》：『太平墟掘得宋紹定六年陳氏二孺人碑碣，石方一尺許，唯「周姓長子名行簡，登賢書」十字可辨，餘多剝蝕。地券磚刻字塗朱，啓眂之，顏色不變，字載「大宋國淮南東路太平鄉」云云。』此碣及磚，郡志亦失載。

文達公子賜卿福生於兩粵節署，一時僚屬餽獻，悉令卻去。占絕句書小紅椾，示公子曰：『翡翠珊瑚列滿盤，不教爾手一相拈。男兒立志初生日，乳飽飴甘便要廉。』余極喜誦之。義方之訓，無逾此者。

朝鮮金正喜慕文達之風，自號阮堂。

魏氏絜園默深先生別業在鈔關門內倉巷，有古微堂、秋實軒、古藤書屋諸勝。亂後，唯大門外影壁尚存。

秋實軒者，羽琌山民龔定盦先生自號韡飛處也。軒有梧桐數株，相傳唐時物。山民至揚，輒寓是軒，日夕諷詠其下。山民無韡，叚於魏。韡所容，浮於趾，曳之，廓如也。客至，劇談漸浹，山民跳踞案頭舞蹈，樂甚。洎送客，韡竟不知所之，徧覓不可得。瀕行，撤臥具，迺於帳頂得之。當時雙韡飛去，山民不自知，竝客亦未見，此客亦不可及。

文達晚年，恆貌聾以避俗。唯山民至，則深談罄日夕，竝不時周之。揚人士爲之語曰：『阮公耳聾，逢龔則聰；阮公儉嗇，交龔必闊。』

默深先生著《聖武記》於絜園，山民書贈楹帖云〔一〕：『讀萬卷書，行萬里路；綜一代典，成一家言。』

【校記】

〔一〕帖：抄本作『聯』，朱筆旁批作『帖』。

山民有異表，頂稜起而四分，如有文曰『十』，額凹下而頦印上，目炯炯如巖下電，眇小精悍，作止無常，則非滑稽不以出諸口。垢面而談詩書，不屑盥漱。客揚日，默深先生給兩走祇伺之。一日，晨興，哮主人，急出，則怒甚，曰：『爾僕嬲我，吾不習靧沐，疇則不知，迺以槃水數溷我，是輕我也。賢主人乃用此僕虜？』默翁笑謝之。

石門李筌魚自蘇州寄其所藏金石目及拓本來，價昂甚，其稍廉者或不真不精。其目錄記如左：

商玉距末文八　洋捌拾元

秦玉權底有文，曰『長信』，又曰：『元光二年賜將軍李廣。』　銀壹百兩

秦石權壹百兩

晉玉冊四面篆文三百薔，紫檀架匣。　壹千兩

晉碧玉版十三行古漆匣　伍百兩

梁修要離墓殘碣壹百貳拾元

魏廬陵、浡海二州刺史李早造佛像武定元年四月　貳拾元

隋造玉達摩像大業元年。長一寸四分，闊六分。　貳拾元

唐聞喜令楊君夫人裴氏墓誌殘石貞元元年仲冬　貳拾元

宋井闌開禧二年八月胡六八施造　貳拾元

石鼓無年月。徑六寸三分弱。　貳拾元

要離墓殘碣，高二尺，寬一尺四寸五分，厚三寸二分。文曰『烈士要漢梁伯』，二行，行三字，字徑六寸至四寸彊不等，正書。乾隆時蘇州專諸巷後城下出土。李氏定爲梁修要離墓碣，惜無佐證。桉：范成大《吳郡志》：『要離墓在閶門外金昌亭旁。』又云：『宋少帝廢爲營陽王，幽於吳郡，徐羨之等使邢安泰弑帝於金昌亭。帝突走出昌門，追者以門關踣之。』此云『走出昌門』，則亭尚在城中，范氏兩說後先自異。就令城有遷徙，亦當先狹後廣，決無趙宋時城反狹於劉宋時城之理。專諸巷在閶門內，要離墓既在金昌亭旁，今此殘碣出專諸巷後城下，則是墓在城中，卽爲亭在城中碻據。而舊說兩歧，可折衷一是矣。《吳地記》云：『梁鴻墓，在太伯廟南，與要離墳竝。』以今地段攷之，專諸巷適在太伯廟南，亦合。

唐聞喜縣令楊君夫人裴氏墓誌殘石，凡七凷，存字約一百二十，得全文六分之一耳。第四行『裴』、六行『通』、七行『祖』、十二行『楊君弘農』、十四行『蕙』、十五行『志』、十七行『伯』、十八行『松』、十九行『遙乃』、二十行『含』、二十三行『儀』，各字均不全，但尚可辨識。余藏未殘時拓本，乃一字不缺。昔人謂金石之壽，不如竹簡，信矣！全文錄左，殘石所存之字，加外圍以別之。

唐絳州聞喜縣令楊君故夫人裴氏墓誌銘并序

尚書度支郎中隴西李衡述

維唐貞元元年仲冬十一月十有七日，聞喜縣令楊君故夫人河／東裴氏葬於京兆之九毗原，禮也。裴氏其先自周漢命氏，爰及晉魏，／衣冠煒盛，八裴之稱，爲冠族歟！至于隋唐蘊而不竭，與韋、柳、薛，／關中之四姓焉。曾祖友直，皇朝給事中，簡要清通，鬱有時望。／給事生子九人，並以文學懿德盛於當時。祖伯義，皇朝彭州刺／史，即給事府君之第四子也。履歷顯官，至于二千石。元純茂于閨闈，／教化布於州人。烈考諱就，皇朝大理評事，重以德義聞於盛朝，何／才高而位卑，復積慶而無嗣。神亦輔德，故鍾美於二女焉。夫人卽／評事府君次女也。性根大孝，禮自生知，幼辭嚴母之訓，長習仁姊之／教，是有令問，光昭六姻。及笄而嫁楊君。君，弘農人也，四代五公寔當／榮耀，雅有才器，登於子男。夫人輔佐，周旋，韻諧琴瑟，楊君叶和敦／敬，禮達閨闈。豈期風落夭桃，露萎芳蕙，神理不昧，泉臺已深。嗚呼哀／哉！夫人伯姊嫁於吳氏。吳君大曆之中爲國元舅，志匡帝室，承國寵榮。伯姊居貴柔謙，敦睦親族，痛鮮兄弟，哀于禋祀，／乃與季妹形影相隨，永言霜露之思，乃發筐篋之有。夫人述伯姊／之志，赴東周之宅。由是裴氏之三代，祖孝而松櫝脩焉。建中歲，／大盜移國，夫人東北喪朋，從人故絳，天遙地隔，支折形分，乃不茹／葷血，積憂成疾，以至於瞑目。哀哉！吴氏伯姊遠自巴蜀含酸護喪，遠／日有期，陵谷攸記，志於泉戶，見託斯文。銘曰：／

和氣氤氳，與物青春。芳爲夭桃，茂爲淑嬪。展矣淑嬪，禮誠德富。奪松／之貞，踰玉之素。爰及笄字，適彼良門。婦道光義，百氏稱云。不有令姊，／孰茲歸妹。義隔存亡，名傳中外。忙彼芳質，朝露何先？泉扃一閟，萬古／千年。

右墓誌據殘石存字鉤稽，當是二十五行，行二十六字，字徑五分，正書。已殘本，眂未殘者，字畫較肥，神味亦遜，大約經俗手淘鏤，失真矣。銘第三行『忙』當是『惋』字。

秀水盛秦川百二《柚堂續筆談》：『秦時焚書，伏生壁藏之。漢興，求其書，亡數十篇，得二十九篇，即以教於齊魯之間。文帝使太常掌故晁錯往受之。見於《漢書》者如此。初無口授之説，而俗傳又云伏女口授，尤爲不經。』桉：阮文達題沂州畫象石云：『小門生許瀚從沂州拓一舊墓門石來，宲是伏生傳《尚書》古文圖。此石置王右軍祠，因題此詩：「孔壁絲竹不可聞，存者伏生書古文。伏生之年九十外，女老能讀猶齗齗。帝令鼂錯受經勤，女年六十老布帬。鼂出太常才出羣，能誦能記文字分，七觀在此傳授殷。」』兩說竝用，必有所本。桉：《續博物志》言：『文帝譔五經《尚書大傳》，使掌故歐陽生等受《尚書》於伏生。』此又一說。

余見竹溪畫婁矣，比得其《離六堂詩選》，前有阮梅叔序，略云：『竹溪上人，蘇州人，姓范，爲文正公廿三世孫。少好佛，年十九，父母歿，遂爲緇流。至揚州秋雨菴，立禪誦之堂焉。作詩與杭堇甫、蔣清容、王瘳樓、金椶亭倡和，盧都轉雅雨亦時過其菴看梅。詩才不及明中，然亦伯仲湛汎輩。』又云著有《離六堂詩選》三卷，而刻本實衹二卷。竹溪名祖道，畫不如詩。『離六』之『六』，卽色、聲、香、味、觸、法。

離六堂詩《辛巳上元後一日雅雨運使重過菴中看梅》七絕四首，其一云：『深紅淺白一庭梅，野衲閉門晝不開。手把筇枝屏騶從，無人知是使君來。』風味可想。

福州龜山智真禪師〔一〕，揚州柳氏子。值會昌沙汰有偈視衆曰：『勑命如雷下翠微，風前垂淚脫禪衣。雲中有寺不容住，塵裏無家何處歸？明月分形處處新，白衣寧墜解空人。誰言在俗妨修道，金粟曾爲居士身。忍仙林下坐禪時，曾被歌王割截肢。況我聖朝無此事，衹令休道亦何悲。』見《五燈會元》。亦廣陵詩事也，因竹溪詩類記之。

【校記】

〔一〕此則，抄本補抄在卷末附錄之後。又眉端朱筆批云：『此一則應在卷二「瑯嬛仙館花瑞」一則上。』

瑯嬛仙館花瑞凡三見：乾隆乙卯視學山左，署臨大明湖，夏日，湖中蓮花有一蒂四面者。嘉慶丙辰視學浙江，署中西園素多蘭，是歲所開皆並蔕； 又種蕉，皆作花。陳雲伯文述有詩詠之。道光初，文達督粵，重修書院。有梅樹，百餘年物也，礙於建屋，命工移之後院。將枯死矣，一夕，大風雨不止，清晨眡此樹，則依然郁茂，文達題爲返魂梅〔一〕。

【校記】

〔一〕自『道光初』至末，抄本無。

瓊花或云卽聚八仙，或云卽玉蕊花、梔子花、山礬花。閱《薛浪語集》有云：『楁直刃切，音診花，唐玉蕊花，介甫謂之瑒花。』楁花、瑒花之名，談瓊花者或未之及矣。

小青名元元，廣陵馮氏女，錢塘馮具區子雲將妾。載籍罕言其姓，爲同主人諱也。《西湖志餘》云姓喬，猶言喬裝，僞也。小青能詩善畫，大婦不容，屏之孤山。某夫人者，錢塘進士楊廷槐妻也，與馮有親。夫人頗知筆墨，故相憐愛，欲爲作脫身計。小青不可。夫人從官北去，小青貽書與訣，鬱鬱以終，蓋志節女子也。墓在孤山之麓。詩稿爲大婦所焚，僅存十餘篇，陸繁弨有小青《焚餘集序》。女弟名紫雲，會稽士人馬髦伯文璧姬，姿才絕世，旣精書史，兼達禪宗。惜亦早卒，著有《妙山樓集》，見髦伯所譔《事略》及吳道新《紫雲歌》。歌中有云：『西湖烟水西泠樹，小桃花繞斜陽暮。寒食東風哭杜鵑，雙鴛冢傍蘇卿墓。』則亦葬孤山也。或云小青弟名紫雲，卽冒辟疆歌童，則是坿會之說。然小青寄楊夫人書云：『老母悌弟，天涯遠隔。』則固自有弟，但不知何名耳，參互諸家之說如此。或云小青本無其人，蓋拆一『情』字耳。無論其說與諸家䟦盭，試問『情』字是否从『小』？寧非固陋之尤？

甘泉辛補芸漢清《小遊船詩自序》略云：『揚州虹橋迆北爲長春湖，或曰瘦西湖。環湖漁家近以瓜皮艇載客，著一二亂頭粗服者於其間，儻猶勝市儈淫娃之俗褻虐？』吉亮工序：『補芸面削瓜，骨介而貌和。不得志，益爲放達』云云。詩昉《竹枝》體，多不甚經意。余遊虹橋屢矣，閱詩序，始知瘦西湖之名。憙其韻絕，亟記之。蓮娘、轉娘、攩子、小蔚、巧姑、洪四娘竝船娘翹楚，見詩及自注。錢塘汪西顥沆《紅橋秋禊詞》：『垂楊不斷接殘蕪，雁齒紅橋儼畫圖。也是銷金一鍋子，故應喚作瘦西湖。』見沈濤《瓠廬詩話》〔一〕。

【校記】

〔一〕自『錢塘汪西顥』至末，抄本無。

揚語嘑七星爲七撮星，《小遊船詩》：『夜色空明水滿汀，十篙撐去九篙停。打魚喚醒哥哥起，指說多高七撮星。』

揚城西偏，林薄幽僻，中多茆屋，名小苧蘿邨，云數年中必產麗人，見陳雲伯《頤道堂詩目》。有瘦西湖，不能無小苧蘿矣。《揚州畫舫詞》：『不知溪畔如雲女，若個邨居小苧蘿。』自注：小苧蘿，北門東岸沿城地。土人相傳，二十年必出美女。〔一〕

【校記】

〔一〕注文部分，抄本無。

文達建焦山書藏，雲伯題額集鶴銘字，『焦』字以『樵』字之半當之。校：焦山古稱樵山，即徑用樵字亦可。靈隱書藏，亦文達置〔一〕。

【校記】

〔一〕『靈隱書藏』二句：抄本無。

文達有宋槧《金石録》十卷，即《讀書敏求記》所載。自撫浙至入閣，恆攜以自隨，既屢跋之，復爲其如夫人作記，蓋竊比明誠、易安云。〔一〕

【校記】

〔一〕此則，抄本無。

『生平一顧重，宿昔千金賤』、『爭先萬里途，各事百年身』，余將去揚，武進高醕士粹曾集句書楹聯見貽。醕士固庸中佼佼者也。〔一〕

【校記】

〔一〕此則，底本無，據抄本補。

痘初出，夾水皰，色淡白者，屬氣虛，難治；紅紫者，屬毒盛，易治。己亥三月，余自揚之鄂，舟次石頭，長女維瑟患痘，甚劇。醫來多危詞。最後延張姓字德輿，業痘科三世矣，人較誠實，其言如此。

後果無恙，記之。

芮棗，出安徽旌德縣芮姓家祠。祇一樹，略如黑棗而差小，味厚，大補，痘科用之托漿良。芮祠，地名，下汶溪。昔有練師，丹成，傾鑪燼於此。棗數株，皆雙仁。鬻棗之法：貯所出汁它器，曬乾，則漬以汁，婁曬漬至汁盡，則精華具存，皮皺而潤，能補益人。

孀姆，形略如桃而小。頂中有棱直起，桃則側起耳。殼厚分許，子如芝蔴，性平，同豬蹏鬻食，治婦人乳，少良。

附録

瓊花觀未焬時，皖人米客某春日獨遊，忽逢麗人，相與目成。夕詣客所，自言我仙女也，遂諧燕好。客設肆仙女廟，挈女同歸，它人不之見也。其後漸洩，同人有求見者，客爲之請，女曰：『可。』某日會坐，忽聞香風郁然，仿佛麗人立數步外，宫裝繡帬，腰如約素，雙翹纖削若菱，腰以上輕雲蔽之，神光離合，倏忽不見。會客經營失意，謂女曰：『卿仙人，曷爲我少紓生計？』女曰：『世間財物各有主，詎可妄求？』郡城有售吕宋票者，屬客往購，謂當稍竭綿薄。比客詣郡購票歸，不復見女，票亦旋負。一月後，消息杳如，望幾絶矣。女忽自空飛墮，短衣帶劍，雲鬢蓬飛，氣息僅屬。謂欲飛渡吕宋，爲君斡旋，詎該國多神人守護，㡿逐良苦；歸途又爲毒龍所劫，僅乃得免。此事皖友言之鑿鑿。瓊花觀今爲瓦礫之場，每年冬季設粥廠，鵠面鳩形，慘不忍睹。環佩歸來，得無今昔之感耶？

紅水汪某巨宅常見怪異，主人弗敢居，曠廢已久。花傭某僦其後圃居之，雜蒔羣芳，兩年來竟無恙。有方塘，闊畝許，徧種紅蓮。戊戌夏，花尤繁密，每瓣上皆作美人影，句勒纖緻，若指甲掐印者然。一時傾城往觀，或詫爲妖異，或驚爲豔跡，有形諸歌詠者。余聞之某分司云。

鹵底蕺譚

同治初元，隆昌范樓峯泰衡權萬縣教諭，時滇逆藍二順竄蜀，賊衆數萬，號二十萬，道忠州東下。副將馬定國兵敗紅谷田，殉焉，萬縣戒嚴。賊簡精卒五百，僞爲蕭軍來助守者，嘑於門。蕭軍者，某邑或云自流井紳蕭某所統團練軍也。門將啓矣，泰衡登陴望之，見五百人髮皆新鬀，亟阻毋納，令暫駐城外某廟，竢其統帶至，驗檄會，然後入。未幾，悉遁去，城賴以全。萬人至今猶服其臨事靜細，有急智云。泰衡，曾總纂《萬縣新志》，體例精審，於水陸險隘、團練章程記載尤爲詳碻。筱珊繆先生云：『蕭軍者，臬司蕭，庚申率楚軍入蜀，臬司至省卽故，胡中和、蕭慶高、何勝必三將分領其軍。蜀賊畏之，嘑爲蕭軍。』乙巳四月補記。

馬定國赴援忠州，所部僅五百人，兼倉卒新募，未經訓練。忠州團練統帶鄧仁山具芻脯迎犒，爲定國言：『賊衆我寡，若營平野，賊四面圍攻，必殆，宜背山爲營。』定國，霆軍宿將也，恃其勇，不爲意，語稍侵鄧。未幾，賊大至，官軍潰如鄧言。鄧據隘自保，不復爲援。定國手刃數十百人，奮勇突賊圍，辟疏而就密，使不疑。賊無識之者，幾脫矣。弁某大聲嘑於後，謂其出道是誤也。賊因悉所向，併力邀擊，身數十創，不仆，鬭益力。賊怒甚，支解之。霆軍勁卒從者數十人無倖免者。兵法：『置之死地而後生。』定國所爲，未始非法，以兵少無援，及於難，蜀人至今惜之。桉《通鑑》：『梁大同三年十月，宇文泰至沙苑，距東魏軍六十里，高歡引兵會之。泰召諸將謀之，李弼曰：「彼衆我寡，不可平地置陣。此東十里有渭曲，可先據以待之。」泰從之，背水東西爲陳。」鄧說不爲無本。

滂巫、夔迆西，濱江各地曰某垻、某磧，磧嘑若『期』。萬縣有盤龍磧、蛾眉磧。磧、垻等名，桉：明曹學佺《蜀中名勝記》引《隄堰志》：『秦時蜀守李冰鑿離堆，横瀦洪流，以分岷江之埶，曰都江。舊有馬騎水口，東南六七里間有堤，名上馬騎、下馬騎。世傳冰駐馬於此督工』云云。據此，疑『磧』當作『騎』，東西川流域皆有冰之馬蹟矣。而宋音亦䰐。又引《郡國志》：『南溪縣西三十里魚凫津南有鴛鴦圻，以烈婦黃帛得名。』則『磧』或作『圻』，亦通。磧，訓閴寂，古云龍沙、鴈磧，皆朔漠荒寒地，杜詩『今君渡沙磧，纍月斷人烟』。蜀土殷闐，情景不稱。

綿州富樂山《集古堂記》，《三巴金石苑》著錄，因姓名剝蝕，不知爲何人之作。桉：《蜀中名勝記》：『富樂山有集古堂，淳熙間史祁建，悉舉近郭仆碑，植於堂之左右，而繪像於堂中。渭川王讓記略云：「西絕涪水，有山曰柏下，諸葛公營壘在焉。而喬木婆娑者，蔣公琰萬秋之宅，鍾士季所嘗致敬也。」』《四川通志·人物志》：『史祁，眉山人，沿江築堤以禦水患，民號史公堤。又修城垣，保障攸賴。』《職官志》：『乾道七年知龍州，重修學校，尤多題詠。』《名勝記》：『宇文紹奕爲資守，風清事簡，於是摹刻漢石經及它碑凡五十四卷，覆以石柱大廈，名其堂曰博雅。』可與史祁集古竝傳，誠蜀中雅故也。

佘家犄新出萬州報善寺主覺公紀德碑，全文錄坿《西南山石刻記》，碑首題『姪亮書』，末題『姪亮、季良、季寧建』。覺公俗姓袁氏，碑文有云：『間生相國，芳名曰滋。』又云：『今之上人列其從子。』則是亮及季良、季寧竝袁滋從孫，《新唐書·宰相世系表》失載。覺公俗名尤不可攷。桉《宰相世系表》：『滋，字德深，相憲宗。』而《宰相表》云：『順宗永貞元年七月乙未，左金吾衛大將軍袁滋爲中書侍郎，竝同中書門下平章事。八月己未，滋爲劍南東西川、山南西道安撫大使。十月戊戌，滋罷爲檢校吏部尚書同平章事、西川節度使。』則滋實相順宗，未嘗相憲宗也。因攷覺公碑，勘出此誤，附著之。

報善寺曜公道行碑，全文亦坿《石刻記》。曜公俗姓宇文，碑云：『和尚兄琬及琰，弟璠兼璵。』又云：『有猶子三十八人，孟曰玎，仲曰玧，季曰璲。』兩世命名竝用「玉」旁字，猶存古意。』又云：『和尚父之食菜，莅職荊巫，不意旋喪所天，胤嗣□歿於賓矣〔一〕。』謂喪父爲「喪所天」，亦異。校：江文通《詣建平王上書》：『剖心摩踵，以報所天。』注：『何休曰：君者，臣之天。』則君父皆稱所天矣〔二〕。

【校記】

〔一〕賓：抄本此字旁朱筆批『賔』字。

〔二〕注文部分，抄本無。

覺公碑『七月』作『漆月』，與《鄭惠王石塔記》同。〔一〕

【校記】

〔一〕此則，抄本置於本筆記的倒數第二則，且前有『報善寺』三字。

岑公洞曹濟之題名，嘉定己亥重陽日書。嘉定無己亥，當是乙亥之誤。濟之履貫，《石刻記》未詳。閱《石門碑醳》，有紹定己丑曹濟之題名二。一『熟食日』在北魏永平碑下，一『清明日』在『小玉盆』字下。上距嘉定乙亥十有四年，當是一人無疑。又西山題名有『安丙』，岑公洞有『李亶』，石門亦皆有之。

岑公洞磨崖有巴陵楊一鳴五言古詩，題爲丙辰秋日，無年號。校：海昌鄒柏森《栝蒼金石志補遺》縉雲縣儒學題名碑有『楊一鳴』，未知卽刻詩岑洞之人否？

余訪求西山卽太白巖磨崖，得二十種，南山卽岑公洞得碑三種、磨崖二十一種。閱東武劉氏《三巴金石苑》著錄萬縣石刻，唯岑公洞題名九種。黃山谷題記，『岑公洞』三大字，何侃等題名，張能應題名，閻才元題名，『清境』二大字，曹濟之題名，趙善浥詩，乙丑殘題名。校：山谷題記，何侃等、閻才元題名，竝在西山。劉列岑洞，誤。及《虛鑒真人贊》、《西亭記》，最十一種而已。此十一種中，卻有四種，余未之見。張能應題名、趙善浥詩、乙丑殘題名、《虛鑒真人贊》。可見博古之難矣。筱珊先生云：『張能應題名在資州北巖，劉列萬縣，誤也。』出示《虛鑒贊》拓本，李方叔書，惜泐甚。題額絕峻整，近六朝風格。乙巳五月補記。

《西南山石刻記》成，擬輯《天生城石刻》一卷坿焉，旋因行計中輟。拓本若干種，全文錄記如左。唯元王師能《石壁記》太長，且已載縣志，不錄。天生城卽天城山，一名天子城，在縣西五里，四面峭立如堵，唯西北一徑可登。相傳漢昭烈曾駐兵於此，卽《華陽國志》所云小石城山也。

淳祐辛亥下闕亥字，下半闕守臨邛李下闕

右殘題名，字徑一尺二行

淳祐壬子季秋守臣安豐呂師夔重修

右題名，字徑一尺〔二〕，二行。校：師夔叛宋降元，於庾公樓飾宗室女媚伯顏，爲伯顏所庴，其人誠不足道。王師能天城之捷，守臣上官夔殉焉。二夔時代切近，流芳貽臭，千古不磨已。

宋咸淳丙寅孟夏，守臣安豐呂師愈刱

右題名，字徑一尺弱，二行。

□□□□爲萬州保障，岑嵂峭拔，四壁巉巖，固有不□□□□□其間低隘㢈砐者，不容不因險以圖全□□□□□秋玉堂劉應達假守是邦。越明年，政簡□□□□□畫，工程經費，更築壘石，就凸取陊，剗頽□□□□□增之。是役也，起於東門，迄中館亭，約計□□□□□□□堡建圓樓以扼敵衝，屹屹崇□□□□□貲□□□藉力於戍卒，一毫不以厲民□□□□主將□□講度督工，雖暑雨不憚，亦可嘉也。□□□役休酬庸，或有當紀歲月爲説者，因援筆以書□□若曰《春秋》必葺之義，不無望於來者云。寶祐丁巳季春中澣日，奉議郎宜差權發遣萬州軍州、兼管內勸農事、節制屯戍軍馬劉應達記。

右題名拓本高六尺四寸，寬五尺七寸，十二行，行二十字，字徑三寸弱，正書。

鎮北門 鎮字闕，北字右偏闕。 郡守康節制建。

右額字徑一尺，橫書，左方揭銜，字徑二寸弱。

天生城

右三大字，字徑二尺，直書。 已上六種，唯劉應達題名書執修瘦，餘竝庸重勻整，如出一手，大略時代亦不甚相遠也。

宣相楊公攻取萬州之記〔二〕

記文見縣志，不錄。

右元王師能《天生城石壁記》，碑高八尺，寬五尺七寸。頂圓式，四圍花紋隆起。篆額五行，行二字，字徑四寸。『攻』字右偏從『文』，誤甚。記二十四行，行三十八字，字徑一寸五分，正書。凡記石刻尺寸，悉依工部營造尺。

【校記】

〔一〕一：底本作墨丁，據抄本改。

〔二〕眉端朱筆批云：『篆字一行，留出自寫。』按：抄本『宣相楊公攻取萬州之記』處原空缺一行，而另夾紙條，篆文書寫『宣相楊公攻取萬州之記』十字。

《名勝記》引《蜀志》：『建安二十一年，先主分朐䏰東南界，立當縣，故其西四里天子城，相傳昭烈駐兵於此。常璩云小石城是也。』蜀郡縣多踞山爲理，天子城卽天生城，卽當縣故城無疑，今《萬縣志》失載當縣。〔一〕

【校記】

〔一〕此則和下一則，抄本置於『神女廟前產香草』後。

萬縣西有大鎮曰武陵場，新志謂卽武陵廢縣，寧曰陵，傳譌也。桉：武陵場屬三正里，距縣治九十里。而《寰宇記》云：『武寧縣，萬州西南一百三十里。』今縣治卽宋萬州治。場在江南岸，而廢縣在北岸竝據新志，皆不符之碻據。場名武陵者，疑梁武陵王曾駐兵於此，故名，猶彭山武陵寺也。

海寧錢鐵江保塘《涪州石魚題名記》《清風室叢書》，自宋迄元，凡九十七種。余得舊拓本凡九十九種。以兩魚拓本冠首，爲一百種。錢有余無者七種，余有錢無者八種，彼此互益，得一百蘦六種。石魚題刻雖不備，不遠矣。余曾識鐵江於瀘州鹾幕，今忽忽十有七年矣。

李義題名紹興乙丑仲春

吳克舒題名紹興癸酉，書雲日。

程遇孫詩

劉濟川等題名淳祐辛亥三月既望

徐興卿題名在建炎己酉，王拱等題名稍下右方。

賈承福題名

李從義題名

高應乾詩

已上八種，錢記未經著錄。　錢記標目間有舛誤，如『邢純』作『繩』、『趙汝廩』作『以廩』、『陶侍卿』作『仲卿』，或由杙本模黏所致〔一〕，它日當編次全目，一一訂正焉。　吴克舒題名曰『書雲日』。校：《容齋四筆》云：『今人以冬至日爲書雲，至用之於表啓中，雖前輩或不細攷，然皆非也。』蓋當時風尚如此。

【校記】

〔一〕黏：底本闕，據抄本補。

涪州白鶴梁即刻石魚處有宋朱昂詩磨崖。校：朱昂、梁周翰，宋初同爲翰林學士，最有文譽。周翰所譔《石敬瑭家廟碑》〔一〕，王文簡深以未購拓本爲惜。然則朱公之蹟，其爲可貴，當又何如？文簡《題石魚》詩：『涪陵水落見雙魚，北望鄉園萬里餘。三十六鱗空自好，乘潮不寄一封書。』門人陳廷蕃書勒崖壁，未宷當時曾見朱刻否耳。昂與弟協，稱『渚宮二疏』；與宗人朱遵度，號『大小朱萬卷』。

【校記】

〔一〕碑：底本闕，據抄本補。

石魚《蹇材望題詩記》，錢記：『材望，無攷。』桉：《蜀故》：『材望，蜀人，爲湖州倅。北兵將至，自誓必死，作大錫，鐫其上曰「大宋忠臣蹇材望」，且以銀二笏鑿竅書其上，曰：「有人獲吾屍，望蘊葬見祀，題云『大宋忠臣蹇材望』，此銀爲蘊葬費也。」繫牌與銀腰間，袛伺北軍臨城則自投水中，且徧視鄉人，皆憐之。丙子正月旦日，北軍入城，蹇莫知所之，人謂溺死。既而北裝乘騎歸，則先一日出城迎拜矣，遂得本州同知。』據此，則其人不足道，且甚可笑。然叚使當時北軍未至而蹇先死，則鶴梁片石不將流芳百世耶？

夔峽宋頌，趙不㥑譔，趙公碩書。㥑字唯見《字彙補》，云『音未詳』。不㥑，《宋史》有傳。宋宗室命名詭異者多，不足怪也。又《白鶴梁劉叔子題詩記》，末題⿱亼⿰卩卩男貢士從龍書，⿱亼⿰卩卩字亦字書所無，不可識。筱珊先生云：㥑即『憂』省。桉：不㥑字仁仲，仁者不憂，於誼亦䚡。⿱亼⿰卩卩，疑『命』字〔一〕。

【校記】

〔一〕注文中桉語，抄本無。

雲陽龍脊石，宣和乙巳人日，周明叔、曹嘉父等兩題名，竝改寫『龕脊』。桉：《容齋二筆》：『周宣帝自稱天元皇帝，不聽人有天、高、上、大之稱，官名有犯，皆改之。改姓高者爲姜，九族稱高祖者爲長祖。政和中，禁中外不許以龍、天、君、玉、帝、上、聖、皇等爲名字。於是毛友龍但名友，句龍如淵但名如淵，餘各等字例此。蓋蔡京當國，遏絕史學，故無有知周事者。』觀於龍脊寫『龕』，竝地名而亦改，是亦變本加厲矣。宣和七年七月，以名字禁忌謟佞不根，手詔罷之，蓋後題名六閱月，而此禁遂弛矣。

龍脊石梁題名〔一〕：『天監十三年十二月鄱陽王任益州軍府，五萬人從此過，故記之。』桉：《四川省志》、《夔州府志》、《萬縣舊志》言萬縣沿革，不及梁。新志辨之，引《武帝本紀》：『太清二年，侯景陷東城府，害南浦侯蕭推。』《寰宇記》：『後魏廢帝元年置魚泉縣。』是歲，蕭紀據益州。爲梁時巴蜀未入北朝之證。而於鄱陽入蜀事，則未之及。《梁書》：『天監十三年，鄱陽王恢遷散騎常侍，都督益、寧、南北秦沙七州諸軍事，鎮西將軍，益州刺史，使持節如故，便道之鎮。』與題記合。梁時世以重兵戍蜀，宗室親藩更代領之，其後蕭紀猶得憑藉，據有益州矣。《輿地碑目》云：『彭山縣東三十里，有宋師中碑，云梁武陵王蕭紀寓此練兵，後人爲立武陵寺。』鄱陽兵過雲安，武陵練兵彭山，蕭梁蜀防之始末也。

【校記】

〔一〕此則，抄本置於本筆記的倒數第五則。

蜀中海棠有香，《名勝記》凡兩見：一，嘉定州，引《花譜》云：『海棠有色無香，唯蜀之嘉州者有香。』一，大足縣，引《冷齋夜語》：『有人調官，得昌守，求易便郡。有淵才者聞而往見之，曰：「昌，佳郡也。官欲易地，誤矣。海棠患無香，獨靜南者有香，非佳郡而何？」故昌號海棠香國。』郡治香霏室，一老樹重趺疊萼，每花或二十餘瓣，花氣濃郁，餘不能及；又，南部縣有院曰慈光，寇平仲《過慈光院看海棠》詩『暄風花雜滿闌香』。則是南部海棠亦有香矣。余謂凡海棠皆香，何嘗爲地限？人自心麤，知者尠耳。『妙氣清微別有香』，香海棠館詠海棠句也。

《名勝記》引小說《摭遺》云：『古靜州知州王鶚子讀書於義陽山山屬平梁，忽一女子自稱張笑桃，題紅梅詩於壁，墨蹟未乾，遂不見人，疑爲梅仙。詩云：「南枝向暖北枝寒，一種春風有兩般。頻上高樓莫吹笛，大家留取倚闌干。」』此較羅浮縞袂事更韻，故記之。

又引《古今雜記》：『孟氏以牡丹名苑。於時彭門即今彭縣爲輔郡，典州者多其戚里，得之上苑，此彭門花之始也。天彭亦謂之花州，而牛心山下謂之花郵云。』人知河陽花縣，而花州罕有知者。

《名勝記》云：『巫峽有十二峯：望霞、翠屏、朝雲、松巒、集仙、聚鶴、淨壇、上昇、起雲、棲風、登龍、聖泉。其下卽神女廟。范石湖《吳船錄》云：「下巫峽三十五里至神女廟，十二峯在北岸，前後映帶，不能足數。」』桉：《峽江圖》所繪十二峯，自東迆西，凡朝雲、翠屏、飛鳳、集仙、松巒、望霞、聚鶴、上昇、起雲九峯，誠如石湖所云『不能足數』。古陽臺山在飛鳳峯下，松巒、上昇最高，飛鳳、起雲次之，朝雲、集仙、望霞、聚鶴又次之。朝雲頂少偏東向；望霞頂稍平闊，不甚瘦削；翠屏不甚高，纔及飛鳳三分之二。古陽臺山高不及飛鳳之半，不云有神女廟也。神女廟今在巫山縣城外西北陽臺山頂，余曾棹舟往謁，山不甚峻，肩輿可達，非飛鳳峯下之古陽臺山也。十二峯迆東二十餘里，南岸培石上溝別有神女廟，不知建自何時，近巫山、巴東屬湖北分界處矣。巫山某生云：『聚鶴峯多鶴，鄉人彈獲供燔炙，比年所傷尤多，鶴忽徙去，不知所之。』斯誠鬻鶴風味矣。

又南江縣有十二峯，在縣治四十里馬盤灣，昔人詩云：『插立翠屏峯十二，爲君喚作小巫山。』

宋溫、潞二公幼皆在蜀。諫議司馬池尉郫之明年，生子光於官廨，字之曰岷，以山稱也。於是諫議公手植枏樹一本於庭。見《成都文類》。天聖九年，池爲川北運使，題名南巖。在閬中，卽台星巖。末云：『君實捧硯，句龍亶請以「捧硯」名亭。』見《輿地碑目》。潞國之父天禧時判重慶府令〔一〕，公受業於晉原大夫張錫客任君。見《方輿勝覽》。校：溫公元祐元年薨，年六十八，生於天禧三年，捧硯時十三歲。

【校記】

〔一〕重：抄本作「崇」。

憶余入蜀，船行峽中，忽一巨石自空飛墜，距船不數尺，大聲砰然，水濺篷窗皆濕。余船婁丁奇險，此其一矣。長年云：『山上巨猨推擠之使然。』當是土戴石，值積雰亢晴，土不堅不任戴；或山氣鬱勃，托力大，致石霣落，皆理所有。峽江夜泊，不可近石峯下，防石墜也。

沈靖卿忠澤，越籍而蜀居，媢古劬學，收藏金石甚富，摹印尤工。乙酉、丙戌間，余客蓉城，即與過從，甚洽。比來萬州，時復通問，寄余漢高頤闕鳳皇甎、隋梓州舍利塔銘、覆刻蘭亭各拓本、漢軍司馬印、錢氏涪州石魚題名記。靖卿嗜勾勒昔賢名蹟，蘭亭，其手畢也。

□大隋仁壽□□□□甲□□□丙寅朔八日癸酉，皇帝普爲一切灋界幽顯生靈，謹於梓州內昌城縣牛頭山寺奉安舍利，敬造靈塔，願太祖武元皇帝、元明皇太后、獻皇后、皇帝、皇太子廣、諸王子孫等，并內外羣官，爰及民庶、六道三塗、人、非人等，生生世世值佛聞灋，永離苦甴，同昇妙果。

大清光緒二十六年庚子七月二十四日，潼川三臺縣牛頭山修築練堡，掘地得此石土中，字體清遒，文亦簡質。一千三百餘年物，出之一旦，可貴也。爰命移置。文廟干祿碑側，願與潼郡人士共寶之。知潼川府事鐵嶺阿麟識。

拓本高一尺七寸五分，闊一尺五寸五分，有方格，格徑一寸三分，字徑七分，正書。靖卿評云：『上承顯僞，下啓永興。』

《樊敏碑》：『石工劉盛，息懆書。』《隸釋》云：『劉刻石，而書者，其子也。』竊意石工之子未必辦此，當是書人息姓懆名。《姓苑》：『息，今襄陽有此姓。』石工名列書人上者，長洲王氏《碑版廣例》云：『古人重選石，漢碑不列書譔人姓名，而市石、募石、石師、石工必書。《武梁祠堂碑》稱孝子仲章等竭家所有選擇名石。唐人亦重其事，故魯公至載石以行。偶讀《樊敏碑》，書人居石工下，雖懆固盛子，理不先父，然它碑於石師、石工亦不草草。有感錄之。』其說碻當近理，亦云懆固盛子，則承洪氏舊說，未暇深攷耳。

神女廟前産香草，曩余得一束，置行篋中，芳氣幽静，經年不歇。宋玉所謂『天帝季女，名曰瑤姬。未行而亡，驚魂爲草，實爲靈芝』，此香草殆卽瑤姬精魂耶？

《通鑑》二百三十六注：『「離」，卽古「雅」字。』仁和孫志祖《讀書脞錄》謂：『《說文》、《玉篇》諸書俱無，『離』爲古『雅』字之說，未詳梅磵所本。』《名勝記》：『晉末李雄竊據，夷獠雜居西魏，僑立蒙山縣，後置雅州。』《郡國志》云：『漢源縣有離堆，蜀守李冰所鑿。「離」卽古「雅」字，州以此名。』可爲胡注佐證。

蜀語嘑袜胷爲主腰，馬東籬《壽陽曲》云『瞞不過主腰胷帶』楊朝英《陽春白雪》，則斯語自元時已有之矣。〔一〕

【校記】

〔一〕此則，抄本無。

蘭雲菱寱樓筆記

賃樓五楹，俯瞰白雲溪。樓之南有棹楔，顏曰白雲古渡。越溪池西北，卽趙味辛先生作《雲溪樂府》處。溪水東南流至樓下，則浮泓如鏡奩，乃徐徐折而北。樓適正南面，未嘗見北流，饒有悠然不盡之意。

吳中行以疏庰張居正奪情廷杖，卽日出京。時許國以庶子充講官，鐫一玉杯贈之，曰：『斑斑者，何卞和淚；英英者，何藺生氣。追之，琢之，永成器。』見《光緒武陽志》。可與趙氏兕觥竝傳。兕觥事倆述者多，而玉杯則僅有知者。《兕觥歸趙歌》，余於嘉、道人別集屢見之。

乾隆二十七年，純廟南巡，過常州，賜天寧寺御書對聯，文曰：『合相證三摩，光融西竺；眾香超萬有，界現南蘭。』南蘭陵作南蘭，猶藺相如稱藺相《隸釋》、《費鳳別碑》，申包胥稱申包《晉書·孫惠傳》、《庾開府集》，鄭當時稱鄭當《風俗通·窮通篇》，載籍中此類不可枚舉。國朝董以寧有《南蘭十三子詩刻》。

毘陵一稱紅陵，王文簡《毘陵道中》有『飽看紅陵雪後山』之句。

洪氏卷施閣在東門直街，對門有酒肆，往往銜杯憑弔陳跡。池西稍南，趙甌北先生故居、東坡紫藤書屋遺址相距不數武，竝在賃樓鬲溪數十武之內。甌北故宅，今猶趙氏子姓居之。

賃樓稍北爲晏公廟，廟僅三楹，一老僧司香火而已。廟前白雲渡棹楔在焉。洪北江少時與諸中表游息於此，有『一鉤新月晏公祠』句，見《玉塵集》。北江先生少作，時名蓮，字藕莊。晏公諱成仔《武陽志》敓『仔』字，元籍江右臨江府清江縣人，元時爲文錦局堂長，性正直，沒後，數著績江淮間。洪武初封平浪侯。《七修類稿》云：『至正十七年，明太祖兵下毗陵，舟次大江。風作，舟爲顛覆。忽見紅袍者拖舟轉印沙上。太祖曰：「救我者何？」神默聞，曰：「晏公也。」既而獲濟。後又顯靈除豬婆龍之患，遂敕封其神爲神霄玉府晏公都督大元帥，命有司祀之。』桉：晏公廟，常郡有二，一在武進安西鄉奔牛鎮，一在陽湖左廂白雲渡。

雲谿爲蘭陵絕勝，鄉居此多俊流，紙閣鈎簾，鑪薰琴韻相聞也。《玉塵集》所述凡若干則，彙錄如左。大雅不作，予懷之悲，何止資譚助而已？

表兄蔣藺園寶善少慧，工書，涉筆輒成佳詠。所居樓瞰雲谿，一日，漏下二十刻，讀書其中，忽見有紫鬚碧眼者拱立如肅客狀，此與叔夜山樓事絕類。趙上舍懷玉風情爽朗，善持清議，每一論出，人咸服其精識。所居擅雲谿之勝，其雲窩最佳。夏日疏簾清簟，坐臥其側，畫舫過閣下者，共識爲趙公子讀書處焉。冬日同人集味辛書屋聯句，得五十均，有『敢以斑闚豹，要當膽勝蚦。實慙釁內雋，譽印邑中黔』，明日，錢進士璟見之，以爲不減韓孟。吾郡苦無山水可登眺，唯雲谿擅風月之勝。余往館舅氏，與表兄蔣農山星耀日諷詠於此，有《雲谿唱和集》。蔣客上海，余寄詩云：『十載風前學步慙，雲谿谿水碧於藍。鑾榆好句分題在，幾度逢人說蔣三。』己丑春，霪雨不止。黃仲則在新安寄書曰：『今春雨可笑否？白雲渡新漲，必不如新安江。然頗思之。』秋日蔣民部立莽熊昌邀同人遊所橋庵歸，集吳孝廉名待攷雲谿書屋賦詩。余後至，即援筆踵均曰：『幾度月明還似水，此間簾影總宜秋。』余秀才彤工繪事，爲詩有別才。客遊蜀中，余寄詩云：『苦憶雲谿谿畔客，三年襆被走韓城。』各則間稍刪節。不切雲谿，從略也。

黄仲則題洪稚存《機聲燈影圖》云：『君家雲溪南，我家雲溪北。喚渡時過從，兩小便相識。』又云：『君言弱歲遭孤露，卻伴孀親外家住。麈封蛛網三間樓，阿母淒涼課兒處。』又云：『老漁鬲溪住十年，君家舊事渠能言？打魚夜夜五更起，洪家樓上燈猶然。』今卷施閣遺址在東門直街者，後進水閣三楹，所謂『麈封蛛網三間樓』，不知是否？仲則詩槩櫽二李太白、義山，『老漁』四語卻似元、白敘述之筆。

甌北故宅，地名黄鱓浜。金同轉湝笙武祥詩云：『黄鱓浜連白雲渡，葫蘆灣接青山橋。青山白雲兩無盡，溪流曲曲總通潮。』

以《萬縣西南山石刻記》及報善寺兩唐碑拓本寄雲自在龕、積學軒。金陵筱珊先生回信云：『唐碑聞所未聞，岑洞、魯池昔年三至。《岑洞記》中遺去兩種，一，「晁公武」三字爲明人惡詩磨去，只三字可辨；一，王佀題名，《蜀道驛程記》稱之，今剩一行，止王佀及年月，在洞外小溪橋上，作短闌，曾手拓。魯池亦短一種。又上崖寺、下崖寺均有宋人題名，未拓得，手錄藁而失去，總未若此兩唐碑也。』

隋太僕卿元公墓志、元公夫人姬氏墓志、竝殘石，舊藏武進陸氏。唐薛剛墓志、王守琦墓志舊藏陽湖董氏，今藏惲芰龕毓巽靜園。薛剛墓志有蓋，余曾於都門廠肆得見拓本，今佚。國朝餐霞閣帖三十四種陽湖毛漸逵鐫藏，今藏史季育悠聯家不全。史氏水榭與賃樓鬲溪相望也。季育夫人袁靜嫺工繪事，曾爲余畫團扇，昉甌香館設色，筆端饒有清氣。

毘陵某氏官山東知縣，載石以還，最十九種。余據購得打本，編目如左，爲石刻留鴻爪云爾。碑估季姓云石藏徐氏，未知碻否。

魏崔承宗造釋迦象太和七年十月

魏殘碑神龜二年　有平西大將軍、兖州刺史、伏波將軍、平陽郡守、青州刺史等字

魏比丘曇爽殘造像正光元年五月

魏比丘惠暉造釋加像天平四年五月

魏李祥等造偉佗菩薩像天平四年二月

魏辛樂縣人張僧安造象天平四年閏九月

魏楊顯叔造象武定二年　《山左金石志》、《寰宇訪碑錄》著錄。

北齊張始興造象天保元年十二月

北齊造玉□象天保八年二月

大吉利石刻無年月　上截作獸首形，左右各刻「大吉利」三字，分書，陽文，花紋似漢甎。

樂陵太守李文遷造天宮像左側刻「武安二年歲次己酉十一月戊寅朔十四日辛卯」，「武」字不可識。北魏孝莊帝以戊申九月改元永安，二年恰是己酉，唯「永」字字形不類「武」字。

張□似毛字顔造殘幢無年月

比丘尼□暉等造彌勒像無年月

殘造像無年月　有孫令姿名可辨

張大寧造殘幢無年月

魏郡趙柱殘字□□二年八月八日

金剛經殘幢無年月　刻經之一分　大吉利石刻似漢蹟之贋者。已下七種皆魏石也。

唐旌表義門郭楚璧女十娘造觀音菩薩像神龍元年十月

宋造陀羅尼經殘幢太平　守令邵、守縣尉劉等

《玉臺名翰》，元題《香閨秀翰檇李女史徐範所藏墨蹟》，範爲白榆山人貞木女兒，跛足，不字，自號蹇媛。凡晉衛茂漪、唐吳采鸞、薛洪度、宋胡惠齋、張妙靜、元管仲姬、明葉瓊章、柳如是八家。舊尚有長孫后、朱淑真〔一〕、沈清友、曹比玉四家，已佚。卷尾當湖沈彩跋，彩，字虹屏，陸烜妾。亦殘缺。餘俱完好。向藏嘉興馮氏石經閣。道光壬辰，宜興程朗岑大令璋精勒上石。亂後，逸亭金氏得之。余頃得幖本甚精，竝朱淑真書殘石別藏某氏者，亦得拓本。淑真書銀鉤精楷，摘錄《世說》『賢媛』一門，涉筆成趣，無非懿行嘉言，而謂駔婦能之乎？柳梢月上之誣，尤不辯自明矣。嚮於淑真差有文字雅，故戊子年斠刻汲古閣未刻本《斷腸詞》，與四印齋所刻《漱玉詞》合爲一冊。庚寅秋，迻鈔鮑淥飲手斠本《斷腸集》於滬上，得淑真小象，橅弁卷端。辛卯夏，客羊城，叚巴陵方氏碧琳琅館景元鈔本斠閱一過，又從《宋元百家詩》、《後邨千家詩》、《名媛詩歸》暨各撰本輯補遺一卷。壬辰回京，昉黟俞氏《癸巳類稿·易安事輯》例，據集中詩及它書作《淑真事略》，辨《生查子》之誣，凡二千數百言，編入《香海棠館詞話》，殆無祕不搜矣。而唯簪花妙蹟流傳至今，則誠意料所不及，奚啻一字一珠？

《玉臺名翰》目錄

晉衛茂漪書尺牘正書五行　墨林道人項元汴珍藏
唐薛洪度書陳思王《美女篇》行書二十行
吳采鸞書《大還丹歌》正書二十一行
宋張妙靜書尺牘行書十一行
胡惠齋書『月到風來』四字行書　馮登府跋
朱淑真書摘録《世説》『賢媛門』正書二十行，不全
元管仲姬書梁簡文帝《梅花賦》正書二十八行，第一行殘缺
明葉瓊章書《淳化閣帖》『二王帖釋文』正書二十一行
柳如是書宮詞正書二十一行
徐範跋、程璋跋、馮登府跋。

【校記】
〔一〕真：底本作『貞』，參照後文改。

禾城西關帝廟碑爲蹇媛手畢，見《玉臺名翰》馮跋，此碑它日當亟訪之。蹇媛跋，書埶娟勁，覽鳳一苞矣。李君實日華《紫桃軒又綴》於蹇媛、素君、宛若書竝有微詞，豈金閨妙蹟而亦責以顔之庯重、柳之

峻險耶？

聞川計曦伯光昕工詩，精鑒藏。少孤，得兩母氏教，嘗乞上海女史趙儀姞棻作《計氏二賢母序》。吳江女史徐丹成玖小楷書，精摹勒石，蓺林珍視之，見秀水于辛伯源《鐙窗瑣話》。可與蹇媛書關帝廟碑竝傳，倆玉臺大小徐矣。

長州閨秀李晨蘭佩金，一字紉蘭，集古今女士書爲《簪花閣帖》，嘗屬陳雲伯求如亭主人書鐵梅盦夫人，見雲伯《頤道堂詩》自注。雲伯有《簪花閣帖書後》七律四首。可與《玉臺名翰》竝傳，惜拓本未見，恐兵燹後石刻不復存矣。西湖小青、菊香、楊雲友墓，皆女士陳雲妙書，亦見《頤道堂詩》自注。

閨秀書石，世盛傳者唐房嶙妻高氏書《石壁寺鐵彌勒像頌》、《安公美政頌》二碑；《金石綜例》所述，則有武后書《昇仙太子碑》、崇福寺碑額、薦福寺碑飛白額，貴妃楊氏書《心經》，宋憲聖皇后書《觀音經》、《千文》、《歸田賦》、桉：《歸田賦》刻《風墅續帖》內。續書石經，徐夫人蘊書《華嚴經》凡九種。余所見聞，則有《絳帖》刻蔡琰自書《胡笳曲》兩句程文榮《南邨帖攷》云僞作，三希堂刻衛夫人飛白書，《絳帖》刻《與師書》，《絳帖》平云唐初李懷琳贗作，程文榮云集晉字爲之。《汝帖》刻唐武后草書《蚤春夜宴》五言、草書《幸閒居寺》詩《金石錄》第八百三十五，顧升妻莊寧書《心經》，涪州廨壁花蘂夫人自書宮詞殘字，宋憲聖吳皇后書《金剛經》在杭州西湖石人嶺下薦福寺、題於濳令樓璹進呈《耕織圖》、簡州藏真崖銘龐適女季循雙流人篆額、元管道昇書《地藏菴觀世音菩薩傳》大德十年三月正書，在江寧府，凡十一種，最二十二種。明宸濠妃婁氏書南昌府普賢寺額，及江西藩署大堂『端表堂』三字，則是木刻，非石刻也。除一二豐碑鉅製外，其餘殘珪寸璧，惜未聞勒爲一集，如《玉臺名翰》之永其傳者。阮吾山先生《茶餘客話》云：『書法自蔡中郎後，衍有三支：一由女琰傳衛夫人，而王曠學焉。右軍學於曠，傳獻之，遞及羊欣、王僧虔、蕭子雲、釋智永、虞世南、歐陽詢、褚遂良等，以至張旭。嗣後如顔真卿、李陽冰、徐浩、鄔彤，皆受於旭者也；徐璹、皇甫閱又受於浩者也；懷素、柳公權受於彤者也；劉禹錫、楊歸厚又受於閱者也。遞傳遞衍，以至宋之崔紓，其授受皆可攷。則謂累朝名筆大都溯源壺閫，尤爲《玉臺》增色矣。桉：《鶴林玉露》：『嚴州烏石寺在高山之上，有岳忠武飛、張循王浚、劉太尉光世題名。劉不能書，令侍兒意真代書。姜堯章題詩云：「諸老凋蘦極可哀，尚留名姓壓崔嵬。劉郎可是疏文墨，幾點臙脂涴綠苔。」亦閨秀書石固實也。』

《武陽藝文志》『譜錄類』：梁元帝《碑英》一百二十卷。『輯注類』：元帝《釋氏碑文》三十卷、蕭賁《碑集》一百卷，著錄碑版之書，無有古於此者。孫淵如先生《泰岱石刻攷》一冊見《雲自在龕所藏金石書目》，方彥文先生《金石萃編補正》四卷，坿澠池、新鄭、鹿邑碑目。光緒甲午石印本。《河內金石記》一卷補遺一卷道光乙酉刻本，譜錄類竝失載。

《藝文志》『史部・地理類』：謝濟世《西北域記》存，無卷數。梅莊先生，吾廣西全州人，所著書列入《武陽藝文志》，不知何故。

《藝文志》『詞曲類』：陳聶恆《栩園詞棄稿》四卷佚。桉：《栩園詞棄稿》，曩余得於海王邨，鏤版精絕。前有顧梁汾先生書，於詞學盛衰之故慨虖言之，略云：『自國初輦轂諸公尊前酒邊借長短句以吐其胷中，始而微有寄託，久則務爲諧暢。香巖、倦圃，領袖一時，唯時戴笠故交、擔簦才子，竝與讌遊之席，各傳酬和之篇，而吳越操觚家聞風競起，選者作者，妍媸雜陳。漁洋之數載廣陵，實爲斯道總持，二三同學功亦難泯。最後吾友容若，其門地才華直越晏小山而上之，欲盡招海內詞人，畢出其奇遠，方鬖鬖漸有應者，而天奪之年，未幾，輒風流雲散。漁洋復位高望重，絕口不談，於是向之言詞者悉去而言詩、古文辭。回眎《花間》、《草堂》，頓如雕蟲之見恥於壯夫矣。雖云盛極必衰，風會使然，然亦頗怪習俗移人，涼燠之態浸淫而入於風雅，爲可太息。假令今日更得一有大力者起而倡之，衆人幡然從而和之，安知衰者之不復盛邪？故余之於詞不能無感，而於栩園實不能無望。』書止此。栩園詞格在《飲水》、《彈指》之間，蚤歲抱安仁之戚，有《金縷曲》十闋。梁汾題云：『人因慧極難兼福，天與情多卻費才。』餘亦美不勝收，隨意錄數闋如左，可以槩全篇矣。陳聶疑係複姓，恆字曾起，一字秋田。

臨江仙人日

曉色也知晴更好，簷前幾朵花新。翦刀聲在隔窗聞。釵頭雙綵燕，切莫便銜春。　未便有情如七夕，合歡消息難真。東風吹皺小眉痕。不成還是寱，又是隔年人。恰合分際，不犯刻露，南宋人遜北宋以此。

虞美人寄賀丈天山

歌筵淒絕方回句。不道愁如許。江南又是熟梅天。負了月樓花院一番憐。　閒來尋寱斜陽裏。沒個忘憂地。偶然絃外兩三聲。那得吟魂還在淚團成。

鵲橋仙　夜泊虎丘

闔閭城冷，伍胥潮猛，愁絕不如歸去。片帆和月出山塘，尚聽得，閶門更鼓。　清歌欲斷，遺鈿堪拾，寂寞可中亭路。人家賣酒一燈紅，且醉向，谿山佳處。

定風波　題畫

率地谿聲裹月流。柳絲拖得一痕秋。旅鴈避人飛不起。烟際。片帆穩穩載閒愁。　憶自采蘭人去後，消瘦，不堪重對白蘋洲。似此風光都付與。鷗侶。蘆花斜覆㝱魂幽。不黏不脫，題畫詞斯爲合作。

《武陽金石志》分所刻、所藏二類，體例可采。《金石志》云：『周吳季子墓碑，篆文十字，傳爲孔子書。舊石湮滅，開元中，玄宗命殷仲容橅搨。』又：『刺史某橅刻，置碑丹陽季子廟。大曆十四年蕭定重刻。』桉：蕭定刻石在丹徒九里鎮。季子廟，非丹陽也。又：『宋崇寧間知常州朱彥橅刻，置碑季子墓。』存彥自譔跋。桉：季子墓在江陰申港，此碑不應入《武陽志》。又：『明正統八年知府莫愚橅刻，置碑雙桂坊季子廟。』存陳敬宗跋。桉：雙桂坊在陽湖城内中右廂。則是季子墓碑凡三：一在丹徒，一在江陰，一在陽湖。今世盛行拓本，張從申書碑陰者，卽在丹徒之碑，蕭定所重刻。而江陰、陽湖二碑，罕有知者。篆文十字，孫淵如攷爲季子葬子時所題，當在嬴、博之間。據《水經·汶水注》引《從征記》，唐人、明人刻之祠，宋人刻之墓，竝誤。

宋高宗御書《孝經》石刻，淳熙十四年知常州林祖洽立。《金石志》云已佚，未詳立石處所。桂未谷《歷代石經略》引《毘陵志》云在州學御書閣。今學署係新修，當距宋時遺址不遠。左近多平蕪，容猶有殘石在荒烟蘪薄中也。

武陽吉金，以虢季子白盤爲最著，舊藏陽湖徐氏，癸丑移寘江陰北渚。亂後爲劉制府銘傳所得，經名人鑒賞甚衆，始爲之構盤亭。《藝文志》『總集類』有徐燮鈞《白盤徵和詩》一卷。龔定盦云盤非真品，盤無長形，篆文亦乏古致。

周披裘公當暑披敝裘負薪而行，道有遺金，不顧。季子怪而問之。對曰：『披裘負薪，豈拾遺金者哉？何吾子貌君子而心野人也？』季子知其賢，請問姓氏。曰：『子乃皮相之士，何足與言姓名？』遂去。季子立而望之，不見乃止。見《武陽人物志》。桉：《高士傳》與《志》小異：『披裘公者，吳人也。延陵季子出遊，見道中有遺金，顧披裘公曰：「取彼金。」公投鎌瞋目，拂手而言曰：「何子處之高而眂人之卑？五月披裘而負薪，豈取金者哉？」』此事在嚴子陵五月披裘之前。庾信《五月披裘負薪讚》：『披裘當夏，俗則爲心。雖逢季子，不拾遺金。』亦指周披裘公。

宋和州防禦使劉公師勇，廬州人。《宋史》坿張世傑傳。元王逢《梧溪集》云：『山東文安縣人。』誤也。德祐元年，元師逼常州，知州趙汝鑒遁，郡人錢訔以城降。師勇以淮兵復常州，固守不屈。後扈王海上，見時事不可爲，憂憤卒，葬粵東赤溪廳銅鼓山。江陰金同轉淮筌權赤溪同知時，爲表章祠墓，竝采輯事實，徵題詠，爲《表忠錄》鍥行。余爲題詞調《水龍吟》云：『荒江咽遍寒潮，弔忠更酹蘭陵酒。英靈如昨，重圍矢石，孤城刁斗。畫餅偏安，醇醪末路，壯懷空負。說生平意氣，題詩射墻，試旋斡，乾坤手。炎徼重尋祠墓，瘴雲深鶴歸來否。瓊崖玉骨，赤溪血淚，蠻神呵守。五百年來，天時人事，淋浪襟褏。聽鼓鼙悲壯，願屠鯨鰐，爲將軍壽。』時東北日俄交鬨。射墖題詩，見金氏所輯事略，江陰悟空寺墖也。師勇以縱酒卒，故曰『醇醪末路』也。

《梅邨詩集·圓圓曲》注：『錢湘靈曰：本常州奔牛鎮人即金牛里。』《武陽志》『摭遺』：『圓圓陳姓，其父曰陳貨郎。三桂鎮雲南，問圓圓宗鄗，謬以陳玉汝對，乃使人以千金招致之。玉汝笑曰：「吾明時老孝廉，豈能爲人寵姬叔父耶？」謝弗往。陳貨郎至，三桂觴之曲房。持玉盃，戰栗墜地，厚其賜歸之。』桉：它書載圓圓本邢姓，滇南邸中偁邢夫人。據志，則實陳姓，非邢姓矣。暇日因攟摭圓圓事實，牽連記之。圓圓名元一作沅，初與某公子有生死盟。田皇親購得之，公子遣盜劫之江中，誤載它姬以還。盜再往，已有備矣。力戰易歸，已而事露，禍且不測，公子度不能爭，遂以獻。見《衆香集》小傳。華亭王鴻緒、玉峯徐樹敏及漁洋、迦陵諸名輩撰定國朝閨秀詞，名《衆香集》。圓圓工倚聲，有《舞餘詞》。《荷葉杯·有所思》云：『自笑愁多歡少。癡了。底事倩傳杯。酒一巡、時腸九迴。推不開，推不開。』《轉應曲·送人南還》云：『堤柳，堤柳，不繫東行馬首。空餘千縷秋霜，凝淚思君斷腸。腸斷，腸斷，又聽催歸聲喚。』《醜奴兒令·梅落》云：『滿溪綠漲春將去，馬踏星沙。雨打梨花。又有香風透碧紗。聲聲羌笛吹楊柳，月映官衙。孄賦梅花，簾裏人兒學喚茶。』見《衆香集》。辛酉城破，圓圓自沈於蓮花池，即葬池旁。池中曾放竝頭蓮，在城北商山寺。滇中有《商山鸞影》一卷，載圓圓降鸞之詩，見《頤道堂詩》自注。雲伯有題阮賜卿公子《後圓圓曲》七絕十首。賜卿名福，文達公子，曾親至圓圓墓上訪求軼事。所製曲，惜陳集未坿錄。曩見四印齋藏圓圓像凡三幀：一明璫翠羽，一六珈象服，一緇衣練帬，名人題詠甚夥。

蘭陵酒比紹興酒稍醲釅。鬱金香酒，出松江屬南翔鎮，色香味竝佳，略似日本紅葡萄酒。兩種酒名恰合『蘭陵美酒鬱金香』之句。

⿱底雅，二合音　二字急唪之，則得其音。常方言，凡言某事物皆用之。即『底』之轉音，猶言底事、持底、怪底。老，亦方言，物之美者曰好老，瓜果甘者曰舔老，猶昔人偁赤老、《雜記》：『都下目軍人爲赤老，緣尺籍得名。』傖老見《雲笈七籤》之類。但彼以偁人，此則以偁物耳。

揚語唪七星爲七撮星，常語唪七簇星，『撮』、『簇』，亦音之轉也。

武昌一種稻名楊花早，楊花飛時熟。江陰一種糯稻名碧綠身，產桃花鎮，芒紅，粒長，色白，釀酒清洌。

右軍草書換鵞《黃庭》，刻石凡八，嵌江陰禮延書院壁間。前有右軍像，像凡四人，其三人當卽王氏羣季俊秀也。柳誠懸跋云：『晉山陰曇壤邨崇虛觀劉道士以鵞羣獻王右軍書《黃庭經》，此卷是也。齊梁皆藏祕府。我太宗皇帝獨愛《蘭亭》，而不收《黃庭》，以故此本獨存於民間。予恐其久而失傳也，乃壽之於石。大和三年司封員外郎柳公權記。』宋徽宗題詩五言：『羲之千古法，妙趣在鵞羣。心手相忘處，滿空多白雲。』款『御書』二字。李申耆先生跋略云：『世傳《黃庭內景》小楷爲是右軍換鵞書，《外景》楷則香光以爲楊義和書。唐以前別未聞有右軍草書《黃庭》，宋徽宗乃刻此，自題之，而宋以後選刻家亦無及者。予偶得此本，甚祕之，示涇包慎伯，絕歎賞，以流傳無緒，疑黃山谷贋爲之。予謂其瘦勁，則山谷能之；古奧，則山谷不能。吳江吳山子以予言爲然。江陰陳學博子珊藉以屬孔君省吾雙鉤重刻，自是此帖遂得不泯。道光戊戌二月李兆洛識於暨陽書院。』是年先生主講暨陽，後改禮延書院，今名禮延小學堂也。

祝陵，卽祝英臺墓，在宜興善權山見《毘陵志》。或謂英臺一女子，其墓不應偁陵。桉：《玉篇》：『陵，塚也。』《國語》：『管仲曰：「定民之居，成民之事，陵爲之終。」』注以爲葬也，竝不嫥指帝王葬處而言。《國史補》：『董仲舒墓門，人過皆下馬，謂之下馬陵。後人譌爲蝦蟆陵。』此亦凡人葬處，皆可偁陵之一證。漢丹陽太守郭文碑云：『君之弟故太尉薨，歸葬舊陵。』此又一證。

《玉楳後詞·玲瓏四犯》云：『哀桃不是相思血，斷紅泣，垂楊金縷。』自注：『桃花泣柳，柳固漠然，而桃花不悔也。斯恉可以語大，所謂盡其在我而已。千古忠臣孝子，何嘗求諒於君父哉？』

甲辰四月下沐，過江訪半唐揚州，晤於東關街儀董學堂西頭之寓廬，握手欷歔，彼此詫爲意外幸事，蓋不相見已十年矣。半唐出示別後所得宋人詞四鉅冊，杭州丁氏嘉惠堂精鈔本。嘉惠堂者，丁氏進呈藏書，諭旨有『嘉惠士林』之褒也。計劉辰翁《須溪詞》、謝薖《竹友詞》、嚴羽《滄浪詞》此種衹二闋，不能成卷。張肎《寱庵詞》、陳深《寧極齋樂府》、張輯《東澤綺語》、李祺《僑庵詞》、陳德武《白雪詞》、王達字達善《耐軒詞》、曹寵《松隱詞》、吳濳《履齋詞》、廖行之《省齋詩餘》，汪元量《水雲詞》、張掄《蓮社詞》、沈瀛字子壽《竹齋詞》、王以寧《王周士詞》、陳著《本堂詞》，最十七家。《須溪》、《東澤》、《水雲》三種，憶余與半唐同官京師時，極意訪求，不可得，《松隱》則昔衹得前半本，此足本也。

新豐鎮在丹徒縣南四十五里，余自揚回常，泊新豐，作《甘草子》詞，過拍云：『不見酒帘招，錯認新豐路。』自注：『昔人云新豐美酒，乃長安之新豐也。繼閱《粟香五筆》引李太白詩：「南國新豐酒，東山小妓歌。」以「南國」二字爲非長安之新豐之證。然王維《少年行》「新豐美酒斗十千，咸陽遊俠多少年」，則又似指長安而言。』桉：《三輔舊事》：『太上皇不樂關中，思慕鄉里，高祖徙豐沛屠兒沽酒鬻餅商人，立爲新豐。』當日名區肇造，尊俎言歡，大酋六物之供，必有精益求精者，美酒由是得名。李詩云者，殆謂地則新豐，酒則猶是南州風味耳。丹徒之新豐，《五筆》云一作『辛豐』，有辛王廟，宋紹興七年立。《丹徒志·楊大成記略》：『韓國趙侯辛君，諱翼，字大鵬，灌陽人。避秦入閩，以家財求客爲韓報仇。後居毘陵，葬辛塘南。至隋，立祠南岡之東。宋真宗始封王號，紹興七年遷祀於此』云云。桉：灌陽，宋縣荊湖南路，全州今屬廣西桂林府，它地名無灌陽，則辛王，吾粵人也。

半唐諫駐蹕頤和園事，時余遠在蜀東，未聞其詳。及晤半唐揚州，乃備悉始末。先是，內廷卽逆料言官必有陳奏者，越日而張侍御仲炘上封事，樞臣咸相趨動色，曰：『來矣。』及啓眡，非是，則額手偁幸。蓋侍御亦以直諫名也。不三日而半唐之疏上，適恭邸、高陽相國同直。相國謂恭邸：『此事大臣不言而外廷小臣言之，吾曹滋愧矣。此人不可予處分，少遲入對，唯王善言保全之。』恭邸亦謂然，而顧難其詞。及入對，上欲加嚴譴，恭邸以相國言婉切陳諭。上曰：『寇某何爲而殺也？』內監寇某以妄奏正法，所奏卽此事。恭邸覆奏：『寇某，內臣，不應干外事，所奏無當否，皆有辠。御史諫官，詎可一例而論？』上意稍解，徐曰：『朕亦何意督過言官重，聖慈或不懌耳。汝曹好爲之地，但此後不准渠等再說此事耳。』於是樞臣於元摺內夾片坿奏，略謂『該給事中冒昧瀆奏，亦屬忠愛微忱，臣等公同閱看，尚無悖謬字樣，可否籲恩免究』云云，意在聲敘寬典之邀出自臣下乞請也。疏留中，旋車駕恭詣請安，面奉懿旨：『御史職司言事，予何責焉？』王大臣面奉諭旨，此後如再有人妄言及此，僥倖嘗試，卽將王鵬運一併治罪。王大臣欽遵傳諭，知悉。』蓋自是不聞駐蹕頤和園，聖駕還宮亦較早矣。此事諍臣之忠諫、賢王之維持、聖孝之肫誠、慈仁之宏育，明良際遇，曠代罕有。余讀半唐摺稿，見其和平悃款出自肺腑至誠，非婞直沽名者比，宜其見諒於聖明也。半唐允錄此摺稿寄余。常州別後，半唐悤悤之鎮江、之杭州、蘇州，遭兩廣會館之變，竟不果寄。

余輓半唐聯云：『窮涂落拓中，哭生平第一知己；　時局艱危日，問宇內有幾斯人。』吾兩人十七年交情若藟星覼縷，數千言未可終也。欷歔！半唐已矣，余何忍復拈長短句耶？嚮嘗有志撰錄，今不復從事矣。間有不能槩從擯棄者，綴錄如左。墨痕中時有淚痕也。

番禺馮恩江永年，半唐之戚也。戊子二月余自蜀入都，始識半唐，卽以《看山樓詞》見貽，竝云：『斯人甚好名，若有人爲之著錄，不知其欣慰奚似？』今事隔十七年，半唐之言猶在耳也。馮官江西南康知縣。

壺中天　避亂章江舟次對月　　馮永年

驚魂定否，早白沙洲外，清光如雪。恨雨顰烟收拾盡，漫把冰輪推出。千里波光，滿天星影，相映俱澄澈。扣舷長嘯，天香飛下瓊闕。　爲問當日歡場，曾來相照，可是今宵月。一樣團圞秋色好，頓判悲歡情節。數點微雲，一行悽雁，似我愁難滅。西風料峭，無端寒透詩骨。

蝶戀花

秋滿長江波浩漫。勝跡凋殘，屈指何堪算。弔古新添愁一段。婁妃墓側徐亭畔。莫訝萍蹤輕聚散。送客江頭，多少帆檣亂。南浦西山青不斷。年年只見遊人换。

浣溪沙

惱煞嘸鵑不住嘸。一燈如豆夜悽迷。寥中羅韈是耶非。若果它生能再合，便將死别當生離。蘭因絮果信還疑。

鳳凰臺上憶吹簫金陵陸筱雲校書於癸丑城陷前一夕，約諸姊妹酣歌醉舞，夜遂自經。無錫楊鐵士繪影徵題，爲填此解。

碧玉廛前，石頭城外，無端烽火生愁。甚鏡花留影，蕩漾成秋。弱質何堪再誤，風流寥、驀地回頭。聊攜酒，蹁躚舞袖，宛轉歌喉。休休。者番醉也，倩羅帕消除，萬種溫柔。便膩脂零粉，憑付誰收。化作子嶲嘸血，聲聲恨，似切同仇。從今後，紫蘿紅杜，何處遺坵。此詞因其事可傳，存之。

《粤西詞見》二卷，丙申刻於金陵。嘗欲輯補遺一卷，今不復從事矣。黄雲湄先生詞，余出都後，半唐得於海王邨。今年四月出以示余，屬錄入《粤西詞補》者也。黄先生名體正，桂平人，嘉慶三年鄉試第一，官至國子監典籍。有《帶江園小草》坿詞。

夏初臨　春暮

黄體正

皺綠成波，吹紅作雨，東風費盡心情。春似遊人，悤悤欲動行旌。光陰𡨙樣難醒。綰晴絲、飄去無聲。簾櫳晝寂，闌干徑峭，院落菭青。天涯何處，芳草偏多，玉樓烟重，翠裛寒輕。朱顔易老，怎經花事凋藶。此恨分明。又煩它、燕子丁寧。共誰聽、三眠柳上，坐個黄鶯。

琴調相思引　送春

𡨙雨愁雲負一春。傷心如別有情人。離筵幾刻，怎地不銷魂。　蜂蝶過牆紅寂寂，園林回首綠深深。手團風絮，扶醉倚黄昏。

水龍吟　春江聞篴

天涯芳草春初，美人何處瀟湘隔。離情欲訴，更沈鼉鼓，波寒瑤瑟。驀地龍吟，一枝竹裂，江南江北。恁迷濛烟月，聲聲弄破，縹緲作、關山白。　吹散梅魂柳魄。憶當年，動人淒惻。高樓醉倚，清笙漫擫，紅牙低拍。回首離亭，萬條飛絮，十年孤客。到如今試問，紫鸞黄鶴，阿誰騎得。

曩閱某詞話云：『本朝鐵嶺人詞，男中成容若，女中太清春，直闚北宋堂奧。』太清春《天遊閣詩》寫本，歲己丑余得於廠肆地攤；詞名《東海漁歌》，求之十年，不可得，僅從沈善寶錢塘人，武陵雲室，有《鴻雪廔詞》。《閨秀詞話》中得見五闋，録其四如左。憶與半唐同官京師時，以不得《漁》、《樵》二歌爲恨事，朱希真《樵歌》及《東海漁歌》也。余出都後，半唐竟得《樵歌》，付梓。而《漁歌》至今杳然，就令它日得之，安能起半唐與共賞會耶？此余所爲有椎琴之痛也。

浪淘沙春日同夫子慈溪紀遊

花木自成蹊，春與人宜。清流荇藻蕩參差。小鳥避人棲不定，撲亂楊枝。　歸騎踏香泥。山影沈西。鴛鴦衝破碧烟飛。三十六雙花樣好，同浴清溪。

南柯子山行

絺綌生涼意，肩輿緩緩遊。連林梨棗綴枝頭。幾處背陰籬落挂牽牛。　遠岫雲初斂，斜陽雨乍收。牧蹤樵徑細尋求。昨夜驟添溪水繞邨流。

早春怨春夜

楊柳風斜。黄昏人静，睡穩棲鴉。短燭燒殘，長更坐盡，小篆添些。　紅廔不閉窗紗。被一縷，春痕暗遮。澹澹輕烟，溶溶院落，月在梨花。

惜分釵詠空沖

春將至。晴天氣。消閒坐看兒童戲。借天風。鼓其中。結綵爲繩。截竹爲筒。空空。

人間事。觀愚智。大都製器存深意。理無窮。事無終。實則能鳴。虚則能容。沖沖。

甘肅人詞流傳絶少，狄道吴信辰先生鎮《松厓詩録》坿詞一卷。先生由舉人官至湖南沅州知府，主講蘭山書院。蚤歲詩學，爲牛空山入室弟子。其集多名人序跋，如袁簡齋、王西莊諸先生，竝推許甚至。楊蓉裳跋其詞云：『葉脱而孤花明，雲淨而峭峯出。』余評之曰：『鏗麗沈至，是能融五代入南宋者。』

點絳脣天台

水泛胡麻，人間伉儷仙家愛。春風半載，歸去迷年代。　咫尺天台，回首雲霞礙。郎如再，向時嬌態，惟有桃花在。

玉蝴蝶赤壁懷古

扼腕炎靈，末季中原，大局盡入當塗。猶恃專場爪距，窘迫南烏。不知權，空勞知備，既生亮、可弗生瑜。怏斯須，漲天烟火，百萬焦枯。　胡盧，昔年此地，虹銷霸氣，電埽雄圖。折戟沈沙，忽然攜酒到髯蘇。話三分、江山笑汝；成兩賦，風月歸吾。問樵漁，鱸肥鶴瘦，畢竟誰輸。』後段字字勁偉。

意難忘　別人

纔上離筵，悵嘶風五馬，躑躅江干。孤帆天共遠，雙袖淚頻彈。别時易，見時難，盡一霎盤桓。更何時、重圍燕玉，再護湘蘭。　夕陽無限關山，有淒涼飛雁，水咽雲寒。梅花雖吐雪，楓葉尚流丹。心上事，不能寬，是舊怨新歡。且暫教、洞庭明月，兩處同看。換頭，稼軒勝處。

憶少年　題桐陰倚石圖

飄飄梧葉，團團紈扇，冷冷羅袖。朱顏易凋歇，嘆涼風依舊。　石上絲蘿盤左右，乍相偎，遠山卽皺。儂心鎮常熱，任蒼苔冰透。蘇、辛卻無此娟雋。

蔡秉衡，字竟夫，湘士之極落拓者。病甚，以所作《松下廬詞》寄子大鄂中，意託以傳，余聞而悲之。曩欲撰錄國朝詞若干家爲《蕙風簃詞選》，專錄孤行冷集，以闡幽爲宗恉，而著人弗與焉，如《松下廬詞》之類是也。

浣溪沙　詩孫招集三雅亭禊飲，用子大均。四首錄一。

簇簇濃陰鬱不開。舊遊如寱認荒落。紅襟小燕卻飛來。　綺槅雙扃雙照燭，好春一度一銜杯。曲闌干外水紋回。

醉落魄　山居

及時杯酒。十年人事空回首。乞身漚外天容否。隨意團茆，風雨半椽彀。　杜宇嗁殘花信驟。埽花𡢃縛東風帚。吟牀賺瘳詩痕瘦。那角斜陽，淡照水楊柳。澹雅略近宋人，『吟牀』句遜。

鎖窗寒　颸孫《竹陰情話圖》。颸孫，吳人，曩與其舅氏讀書杭州官舍，擬作一圖，未果。後別去，再聚於淮南。瀕行，其舅補寫此圖付之。今颸孫棄經生業，以貳尹來湘，分榷郎州，出圖乞題。予適俶裝東下，率譜以應。

簟滑邀涼，簾疏聽雨，少年吟伴。無端絮別，裂竹一聲催遠。紀行程，扁舟去來，又向淮南道中見。認帶潮酒袂，秋風毷氉，淚痕都滿。　銷黯。燭重翦。算漉笋流光，幾番輕換。何甥謝舅，更似者、情難遣。索柔豪、臨歧補圖，也抵當時勝遊券。儻遙空，問訊平安，共與託飛雁。

好事近

花膩鏡籢春，縷縷香雲低彈。曾記人前偶遇，向那廂端坐。　曲屏深拚月三更，還又洞房鏁。未必來宵歡聚已，今宵不果。

明陳大聲鐸《草堂餘意》具澹、厚二字之妙，足與兩宋名家頡頏。半唐借去未還，筱珊先生急欲付諸剞氏，而元書不可復得。筱珊謂余：『可爲陳大聲一哭。』

大街顧祺卿筆，圓健尖齊，有得心應手之妙，狼豪尤擅長，世所豔稱羊城鄞高飛筆，不逮遠甚。祺卿，湖州人。余屬祺卿製筆數十枝，擇尤精者鍥其管，曰『一朶珠花字一行』，記𤺥也。

蕙風簃隨筆卷一

『悲迴風之搖蕙兮，心憂鬱而内傷。』蒙自乙未南轅，晌更十稔，所處之境，誠如靈均所云，不爲可已之事，何以遣不得已之生？《隨筆》云者，隨得隨書，無門類次第也。昉洪容齋例，繼此有作，曰《二筆》。光緒乙巳良日，況周儀夔笙自記於金陵四象橋北寓廬。

鮐，古文『𩛍』，當是元作『鮐』。𠮛、台，篆文形似，因承作『鮐』。四皓，一作『顥』。《説文》：『商山四顥，白首老人也。』《齊書·徐伯珍傳》：『兄弟四人，白首相對，人嘑四皓。』是又一四皓。

豎石爲碑，横石爲帖。方者爲碑，圓者爲碣。陰字凹入曰款，陽字凸出曰識。在外曰款，在内曰識。夏器有款無識，商器無款有識。碑耑圓孔曰穿，近穿側理下垂曰暈，一曰帶。南碑刻淺，北碑刻深，謂之溝道。造佛像之匠謂之博士出《摩利支天經》，凡斯之類，謂之鍥雅。刻畫金石曰鍥。

《説文》：『辮，交也。』謝靈運《曇隆法師誄》：『慧心朗識，發於髫辮。』『辮』字作辮髮解始此。

《唐書·百官表》：『漢以太常、光禄勳、衛尉、太僕、廷尉、大鴻臚、宗正、司農、少府爲九卿。後魏以來，卿名雖仍舊，而所涖之局謂之寺，因名九寺。』桉：漢明帝時，攝摩騰自西域白馬駝經來，初止鴻臚寺，遂取寺名，爲創立白馬寺。後名浮屠所居皆曰寺，則是卿、寺之名，自漢已然，不自後魏始。《漢書・何並傳》：『林卿令騎奴還至寺門，拔刀剝其建鼓。』師古曰：『諸官曹之所通嘑爲寺。』《後漢書・南蠻傳》：『和帝永元十二年夏四月，日南象林蠻夷二千餘人，寇掠百姓，燔燒官寺。』則雖遠在蠻方，官府亦稱爲寺矣。惠棟《松崖筆記》云：『漢制，總羣臣而聽曰省，分務而專制曰寺。』

方勺《泊宅編》引劉中壘謂：『泥中、中露，衛二邑名。』桉：其説本於《毛傳》，不自中壘始。

漢建初石刻在山東登州，文曰：『□□□□□□荻道司馬長元石□門，建初六年十月三日戊。』《登州府志・金石志》云：『右刻文，八分書，十六字當云二十四字，大五寸許。上四字當云六字泐，第五字當云第七字亦漫滅，濰縣陳壽卿學士釋爲「荻」，亦無碻證。此等石，登州所在多有。如海陽招虎山西之石，土人呼爲石劍明文。太青太僕令萊陽時，嘗爲賦《東極篇》，亦莫辨爲何許石也。今以此刻證之，知爲當日墓表耳。』此石刻朾本，余購藏數年，偏攷它書，未詳所在，偶於地攤幡帑斯志得之。開卷有益，勿以體例未善、版本欠精而忽之也。

唐張祜詩：『内人已唱春鶯囀，花下傞傞軟舞來。』桉：《教坊記》：『伎女入宜春院謂之内人，亦曰前頭人。』近人稱妻爲内人，謬甚。

《陶隱居畫傳》曰：『隱居號華陽真人，晚號華陽真逸，則《瘞鶴銘》爲隱居不疑宋高似孫《緯略》。』桉：此爲隱居書《瘞鶴銘》之碻證。

梅宛陵詩：『不上樓來今幾日，滿城多少柳絲黃。』《晁氏客語》記歐公云：『非聖俞不能到宋無名氏《愛日齋叢鈔》。』桉：李易安詞：『幾日不來樓上望，粉紅香白已爭妍。』由此脱胎，卻自是詞筆。

『盤查』之『盤』當作『嚂』。桉：《篇海》：『嚂，蒲官切，音盤，以言難人。』『盤』字，偏檢字書，無釋『察』義者。噃從釆，《説文》：『辨别也，象獸指爪分別也。』於『盤查』之義爲近。

曩輯《薇省詞鈔》，婁訪顔修來、曹頌嘉、趙雲菘三先生詞，弗獲，《例言》引爲恨事。比閲《茶餘客話》：『壬午春王月，偶作《望江南》詞二十闋，分詠淮南歲寒食品，王蓬心宸讀而豔之，爲寫《歲朝填詞圖》』云云。唐山先生曾官中書。據此，知先生亦嘗填詞，惜無從搜訪矣。

《南史·梁元帝徐妃傳》云：『帝制《金樓子》，述其淫行。』桉：《金樓子》六卷，凡十四篇知不足齋本，其《后妃》篇未載徐妃事，唯《志怪》篇言及徐妃，亦無所謂淫行。事涉宫闈，攸關風化，史氏何所據而云然，不可辨。

東坡詩：『大勝劉伶婦，區區爲酒錢。』桉：《晉書·劉伶傳》：『伶妻諫曰：「君酒太過，非攝生之道，必宜斷之。」』非爲酒錢也。又張耒詩亦有此二句，蓋耒從坡遊，習聞而承用之耳。

伍子胥吴市吹簫，《史記》作『吹篪』；運籌帷幄之中，《史記》作『帷帳』；市駿骨，《燕策》是市千里馬首。韓信拔趙幟易漢幟，夏侯夔拔魏幟建梁幟《通鑑》梁大通元年。近人但知韓信事。

近人用典，往往知其一不知其二。《廣陵散》、《鳳將雛》竝古曲不傳者之名。《晉書·樂志》：『吴聲十曲，三曰《鳳將雛》。』東坡《寄劉孝叔》詩：『忽令獨奏《鳳將雛》，倉卒欲吹那得譜？』近人但知《廣陵散》。牡丹有魏紫，亦有魏紅。永叔《洛陽牡丹圖》詩：『當時絶品可數者，魏紅窈窕姚黄妃。』丘濬《牡丹榮辱志》：『姚黄爲王，魏紅爲妃。』近人但知魏紫。柳宗元文：『陸文通之書，處則充棟，出則汗牛馬。』近人但言汗牛。蔡倫、左伯竝造紙，近人但稱蔡倫。《論語讖》：『孔子讀《易》，韋編三絶，鐵撾三折，漆書三滅。』近唯『韋編三絶』語，人常用之。《韓子通解》：『伯夷哀天下之偷且以彊，則服食其葛薇，逃山而死。』人第知夷齊采薇而不言其衣葛。右軍善畫而唯以書傳，李白工書而僅以詩顯，諸如此類，不一而足。

茅山疊玉磨崖，琅琊顏頵書。桉：頵，魯公次子。《江寧府志》云長子，非是。魯公三子，長頗，次頵，次碩。左本驥《攷定魯公世系表》：『贈五品京官。天寶十五載，年十餘歲，爲質於平盧將劉正臣。河北陷，聞頗死，故有贈官。大曆十年，公刺湖州，頗忽歸，僧皎然詩目所謂《奉賀顏使君真卿二十八郎隔絶自河北遠歸》也。建中元年公譔《家廟碑》，其時頗已物故，故仍書贈官。頵初名熲，左率倉曹，沂水男，貞元六年授五品正員官。碩初名顧，祕書正字，新泰男。』唐殷亮譔《魯公行狀》稱『嗣子櫟陽尉頵』。《金石録》：『《幽州復舜廟頌》，貞元十二年閏八月立，顏頵正書竝篆額。』《河朔訪古記》：『元和中，劍南東西川鹽鐵青苗租庸等使、兼殿中侍御史、虢州刺史嚴公碑，顏頵書。』《寶刻叢編》：『禪定寺通公碑，永貞元年十一月二十五日建，顏頵正書。』王惲《秋澗集》云：『頵書畫端莊，殊有父風。』程文榮《南邨帖攷》云：『顏氏《告身世傳》，魯公親筆。或謂頵、顒輩所書。魯公子姪多擅書名，公譔《大宗碑》及《高祖勤禮碑》，竝謂頗善隸書。《家廟碑》云頗工小楷。』《墨池編》：『鄧州文宣王廟碑，顏頩書。』《金石録》：『《晉祠新松記》，顏顒書。』《寶刻叢編》：『東山、愛同兩寺義食堂畫壁記，顏顒書竝篆額。天台禪林寺智者大師畫像贊，顏顒正書，男汝玉篆額。修桐柏宮碑，台州刺史顏顒篆額。《長生田記》，顏顒譔。河中尹渾瑊賀表，顏防書。』《寶刻類編》：『常州刺史顏防夫人齊氏墓志，顏防譔竝書。河中府《鸛鵲樓記》，顏防書。』頩，富陽尉，公弟允臧第二子；顒，允臧第三子；防，魯公族子也。桉：歐陽率更長子肅工草隸，爲時所重，見《大業拾遺記》。大業初，敕竇威德等譔《區宇圖志》五百餘卷，虞世基等譔《十郡志》一千二百卷，卷首圖上題字極細，皆歐陽肅書。見《茶餘客話》。世亦罕有知者。

歐陽通，字通師，見《新唐書》表。

山陽阮宗瑗《游燕子磯沿山諸洞記》：『出三台不百步，卽天台洞。復前至玉筍洞，洞有磨崖，書「政和五年歲次戊戌〔一〕，正月上浣，范聖源□次公□處厚同遊」二十三字。』應收入《江寧金石記》『補待訪目』。

【校記】

〔一〕和、戊：底本闕，按：年號以『政』字開頭的只有宋徽宗『政和』，且政和八年（一一一八）爲戊戌年，此補。

《香祖筆記》：『永叔論書喜李西臺，而《集古錄》不取張從申。秦玠兵部學西臺書，文忠在亳，問秦：「西臺何學？」曰：「張從申也。」今金陵棲霞寺碑乃從申書，豈文忠偶未睹耶？』文簡之言如此。桉：棲霞寺碑爲陳江總持譔，李霈書，唐會昌時毀廢，至宋康定元年重立，非從申書也。從申所書，當是福興寺碑，在金陵銅井邨，許登譔，大曆五年立。文簡誤記福興爲棲霞耳。

唐賈夫人墓志，末一行云：『後一千三百年爲劉黃頭所發。』道光初，元氏縣人劉黃頭墾地得此碑。李輔光墓志銘末云：『水竭原遷，斯文乃傳。』某年涇河南岸崩，壅水絕流三日，是碣適出。攷古者因謂唐人術數至精。桉：賈夫人之葬爲建中二年，距道光初才及千年，錢儀吉跋辨之，唯劉黃頭之名乃巧合耳。桉：《夷堅志》云：『昭州郡圃有亭曰天繪，郡守李丕以犯金年號，易之曰清暉。後眂積壤中有片石刻，云：「予擇勝得此亭，名曰天繪，取其景物自然也。後某年月日，當有易名清暉者，爲一笑。」』此與前兩事相類。又《池上草堂筆記》：『錢梅溪曰：秦蓉莊都轉購得族中舊第，土中掘一小碣，上有字曰：「得隆慶，失隆慶。」』後攷此宅建於前明隆慶初年；其售與秦家，以乾隆六十年立議，嘉慶元年交割。故前爲『得隆慶』，後爲『失隆、慶』也。則是明人猶精此術矣。

『陽嘉四年三月造作延平石室』十二字，四川巴縣磨崖拓本，高闊、字徑大小與五鳳甎略同。廷笠齋司馬命工鑿取，歸延鴻閣主人。

商董武鐘，咸豐乙卯夏出汾河中。拓本上有海寧許槤記，即阮文達積古齋著録第一器，從宋王復齋橅本編入者也。然以復齋橅本比校，形制迥然不同。許云：『此鐘宋時已淪入河中，好古者或得舊拓本以意昉鑄，復齋不察，著之於録，後人轉相橅刻而不知其非廬山真面目，殆信然矣。橅本無縣，鐘體上下尺寸略同，鉦間闊容款字兩行，自衡已下爲篆，以介之，凡五，爲枚十八。衡、甬、舞、鉦約居鐘體三分之二，鼓、于居三分之一。脣與兩角平。阮釋『勭武鏄，用吳疆』兩行，行三字，在鉦間。『戎起』二字在右欒，『□末』二字在左欒。拓本有縣，鐘體上狹下闊，鉦間狹，不能容款字，自衡已下爲篆，以介之，凡四，爲枚四十。衡、甬、舞、鉦居鐘體十二分之五，鼓、于居十二分之七。脣不與兩角平，微作匽月式，款字四行，竝在鼓間，相距近遠如一。『戎起』二字與『武鏄』竝，『□末』二字與『吳疆』竝，不近兩欒。鐘體上闊一尺藎五分，下闊一尺二寸，兩旁各高一尺四寸，正中高一尺二寸四分，縣高四寸一分，上闊一寸八分，下闊二寸四分，字徑一寸五分，彊弱不等。

漢延光殘碑，碑形下鋭，後嵌入牆。拓本下作齊形；近年諸城新拓，又下鋭矣。殆已不砌牆上歟？鄐平國《治路頌》第五行『堅固』二字未泐者，初拓也。《鄐閣頌》第九行『校致攻堅』四字，國初拓未泐，雍乾時損。《禮器碑》首行『追惟太古』『古』字末筆，明拓未損；第四行『亡于沙丘』『于』字左側舊拓塵泐如指頂，今已連於第五行矣；第五行『脩飾宅廟』『廟』字末筆舊拓未損。《乙瑛碑》第三行『辟』字，明拓尚存其半，國初本存一綫，今全泐。《鄭固碑》第二行『典籍』之『籍』存者，國初拓；『籍』下『膺』字存上半者，明拓；第五行『儲舉』、第六行『詔拜』未泐者，道光拓。《孔季將碑》首行『訓』字泐處未與末畫連者，稍舊拓也；九行『辭曰』之『辭』，存大半者較舊；十三行『嫂』字右偏『回』字尚可見者，舊甚矣；八行『凡百印高』『高』字下半未泐者，明初拓；『高』字之□與泐處不相連，則宋拓矣。

《隋皇甫誕碑》拓本，『丞然』二字未損者最舊，『三監』二字存者次之，『無逸』二字存者又其次也。《唐九成宮醴泉銘》書兼隸體，第一行『宮』字第二筆作小豎形，竟作一點者，皆復本矣。《王居士甎塔銘序》中『翹勤』『翹』字不作『尅』，此字雖泐，而左『堯』右『羽』，筆畫宛然，唯銘中作『尅勤』耳。復本序與銘竝作『尅勤』。石刻拓本真僞新舊，此等證據不勝枚舉，就所憶偶記之。

吴葉調生廷琯《吹網錄》：『虎丘白蓮池西臨水石壁，賀方回題名。其文左行，前一行別列「賀方回」三字。距後五行約四寸許。後五行『賀鑄、王防、弟枋、蘇京、姪餘慶，大觀戊子三月辛酉』，凡二十二字，正書，大如盌。』又云：『「大觀戊子」兩行，有杭人某鐫「白蓮池」三大隸字掩其上，舊刻字遂不可復辨。』余近得此拓本，末二行，一行『大觀戊子三』五字在『白蓮池』字左方，『戊』字右鉤被掩少許，餘字俱存一行。『月辛酉』三字，『月』字在『白』字之上，亦無損；『酉』字上截在『白』字中横之下，尚可辨；只『辛』字全不可見耳。『白蓮池』三字是篆非隸，庸鈍無法。

鄂垣高冠山之陰有題刻凡五：一洞賓問道處，一傳燈崖海少翁題，一博士泉，一黃龍道場。後數十字不及詳。又左下有『余世居鄂州』云云，見江夏田明昶《待堂詩錄・登高冠山訪古石刻詩序》句云：『跋尾字如拳，深黝燦松色。形體疑唐前，斷文讀屢忒。』

同年河南張蘭陔延鴻己亥夏晤於鄂垣，出所藏《菊莊詞》、《洛陽縣志・金石志》陸祁生修，貽余錄福，竝見詒唐李頡墓誌拓本，誌石滎澤新出土，金石家未經著錄。石高、廣各一尺藟七分，十四行，行十七字至二十字不等，字徑五分彊，正書。

唐故朝議郎、行汴州司倉參軍、員外置同正員／隴西李府君及夫人南陽張氏墓誌／

府君諱頡，皇室之枝，六代祖後魏定州刺／史諱乞豆，卽太祖景皇帝母弟也。曾祖普／定，國初洮、岷六州總管，岷州刺史，歷資、眉、□□／等州刺史，封西平郡王。祖玄胤，鄜州長史。父元／明，資州資陽縣令。奕葉積德，傳慶於府君。開／元中，釋褐兗州參軍，次任邢州司倉參軍。乾元初，／授此任，到官未幾，避地江淮。至元年建丑月十一日，／因調選，終於揚州旅舍，時年五十三。遂權窆於／江陽縣東郭之外。後十八年，夫人南陽張氏以建／中元年八月十七日終於蘇州，享年六十。祖□；父／返，陳州茆丘縣令。至貞元十年□月□日，嗣子亳／州司戶參軍鎮奉靈櫬祔於下未刻。

《尊勝陀羅尼經》，武后時入中國，詔藏大雲寺，見《開元釋教錄》。此經石刻凡武后前者，僞也。

地師青烏之術，今人譌作『青鳥』。《唐書・藝文志》：『王璨新譔《青烏子》三卷。』王維《能禪師碑》：『擇吉祥之地，不待青烏；變功德之林，皆成白鶴。』《劉賓客集·故相國袁公挽歌》：『地得青烏相，賓驚白鶴飛。』柳子厚《爲伯祖妣李夫人墓銘》：『艮之山，兌之水，靈之車，當返此。子孫百代承麟趾，誰之言者青烏子。』惠棟《松崖筆記》『飯鮭』條引《青烏子》算書，皆碻證也。匋齋尚書藏石《唐吳善墓志》：『福緣奄去，示兆起於青烏；禍因倏來，流災成於白雉。』

《香海棠館詞話》及《薇省詞鈔》梁汾小傳後載顧、成交誼綦詳。閱武進湯曾輅先生大奎，貞愍之祖《炙硯瑣談》一段甚新，爲它書所未載，亟錄如左：

納蘭成德侍中與顧梁汾交最密，嘗填《賀新涼》詞爲梁汾題照，有云：『一日心期千劫在，後身緣，恐結他生裏。然諾重，君須記。』梁汾答詞亦有『託結來生休悔』之語。侍中歿後，梁汾旋亦歸里。一夕，㝱侍中至，曰：『文章知己，念不去懷。泡影石光，願尋息壤。』是夜，其嗣君舉一子。梁汾就視之，面目一如侍中，知爲後身無疑也，心竊喜甚。彌月後，復㝱侍中別去。醒起，急詢之，已卒矣。先是，侍中有小像留梁汾處，梁汾因隱寓其事，題詩空方，一時名流多有和作，像今存惠山草庵貫華閣。雲自在龕藏《天香滿院圖》，容若三十二歲像也。朱邸崝嶸，紅闌彔曲，老桂十數株，柯葉作深黱色，花綻如黃雪。容若青裒絡緹，竚立如有所憶，貌清癯特甚，禹鴻臚之鼎筆。

吳漢槎之子振臣譔《寧古塔紀略》一卷，言其父賜還之事。同社諸公如宋右之相國、徐健庵司寇、立齋相國、顧梁汾舍人、成容若侍衛，固不忘故舊，而其中足趼舌敝以成茲舉者，則大馮三兄之力居多。唯大馮三兄，振臣但言壬子拔貢，在京考選教習，迄未詳其里籍名字。桉《江南通志》康熙壬子拔貢，無馮姓。唯當時借姓應試者多，如蘇州俞文虎本姓宋，吳縣滕淩雲本姓張，若不注明，後人何由攷耶？

或馮非江南人，亦未可知。

杭世駿以言事罷官。純廟南巡，世駿迎鑾。玉音垂詢：『里居，何以自給？』世駿叩頭，以『設荒貨肆』對。問：『荒貨云何？』以『收買破銅爛鐵』對。即日御筆書此六字賜之。世駿建言凡四事，其一請督撫兼用滿漢人，又嚴劾豫撫英啓等四人，皆貪冒著聞者。

曩余譔詞話辨朱淑真《生查子》之誣，多據集中詩比勘事實。沈匏廬先生《瑟榭叢談》云淑真《菊花》詩：『寧可裒香枝上老，不隨黃葉舞秋風。』實鄭所南《自題畫菊》『寧可枝頭裒香死，何曾吹落北風中』二語所本。志節皦然，即此可見。其論亦據本詩，足補余所未備，亟記之。

王阮亭《衍波詞·虞美人》云：『迴環錦字寫離愁，恰似瀟波不斷入湘流。』《炙硯瑣談》引陸龜蒙《采藥詞》：『問人則不屈不宋，說地則非瀟非湘。』謂『瀟湘』字前人已有分用者。桉：番禺屈翁山大均《道援堂詞·瀟湘神》三首，零陵作：『瀟水流，湘水流，三閭愁接二妃愁。瀟碧湘藍雖兩色，鴛鴦總作一天秋。』元注：瀟湘，二水相合，故名鴛鴦水。『瀟水長，湘水長，三湘最苦是瀟湘。無限淚痕斑竹上，幽蘭更作二妃香。』『瀟水深，湘水深，雙雙流水逐臣心。瀟水不如湘水好，將愁送去洞庭陰。』似是阮亭所本。

漁洋《倚聲集序》云：『書成，鄒子命曰《倚聲》。陸游有言：「唐自大中後，詩家日趣淺薄，會有倚聲作詞者，頗擺落故態，適與六朝跌宕意氣差近。」厥義蓋取諸此。』桉：《唐書·劉禹錫傳》：『禹錫斥朗州司馬，州接夜郎諸夷，每祠，歌《竹枝》鼓吹，禹錫倚其聲，作《竹枝詞》十餘篇。』倚聲字始此。

《兵要望江南》詞，武安軍左押衙易靜譔。起『占委任』，止『占鞎』，最五百二十首。詞雖不工，具徵天水詞學之盛，下至方伎曲士，亦牣諳宮闋。雲自在龕藏舊鈔本。

《詞苑蕞談》引王仲言云：「左譽，字與言，策名後藉甚宦途。錢唐幕府樂籍有張芸女穠，色藝妙天下。譽頗顧之，如「盈盈秋水，淡淡春山」、「帷雲翦水，滴粉搓酥」，皆爲穠作。後穠委身立勳大將，易姓章，封大國。紹興中，因覓官行闕，暇日訪西湖兩山間，忽逢車輿甚盛，一麗人搴簾，顧譽而顰曰：「如今若把菱花照，猶恐相逢是夢中。」眂之，穠也。君恍然悟入，卽拂衣東渡，一意空門。」桉：《中興戰功錄》：「張俊之愛妾張氏，卽杭妓張穠也，頗知書。柘皐之役，俊貽書，屬以家事。張答書引霍去病、趙雲不問家事爲言，令勉報國。俊以其書進，上大喜，親書獎諭賜之。」迺知所謂立勳大將，卽俊矣。《中興戰功錄》，筱珊先生從《永樂大典》鈔出，刻入《藕香簃蕞書》。

《敬齋古今黈》云：「賀方回《東山樂府別集》有《定風波》異名《醉瓊枝》者云：「檻外雨波新漲，門前烟柳渾青。寂寞文園淹臥久，推枕援琴涕自零。無人著意聽。緒緒風披雲幌，駸駸月到萱庭。長記合歡東館夜，與解香羅掩翠屏。瓊枝半醉醒。」尋其聲律，乃與《破陣子》正同。」桉：四印齋所刻《東山寓聲樂府》，此闋調名正作《破陣子》，不作《定風波》，亦不云異名《醉瓊枝》。末句「瓊枝半醉醒」五字缺，今據此補足，乃可讀，亦快事也。換頭「雲幌」，四印作「芸」。《古今黈》一書，《四庫》及武英殿聚珍版從《永樂大典》錄出，竝祇八卷。藕香簃所刻，爲明萬曆庚子武陵書室蔣德盛梓行十二卷本，又輯聚珍所存、蔣本所缺，爲補遺二卷。

詞名《六么令》，「么」字近人寫作「幺」。一說當作「么」，作「幺」誤。么是宋樂譜字。桉：白石自製曲《揚州慢》「盡薺麥青青」「薺」字、《長亭怨慢》「綠深門戶」「門」字、《淡黃柳》「明朝又寒食」

『又』字，旁譜竝作『幺』它詞尚多見。今『上』字也。『六幺』之『幺』，未知是否即今『上』字之『幺』。然作『幺』誼，亦未優，不如作『么』較近聲律家言也。

會稽孟逸岡麟《泉布統志》九卷坿一卷，刻於道光初年。大率未見真泉，以意橅登者十居二三。然亦間有異品爲它譜所不載者：元大德況寶小平錢，反寫傳形，書執樸古，決非僞造。孟云與上『至元平寶』字式俱同。大德錢，余有之；此云況寶，尤吾家固實，亟記之。

龜鶴齊壽泉，徑一寸九分彊，銅質紫渾，書執得北碑神髓，可作小銅器觀。壽山福海泉，徑一寸二分彊，銅質似開通元寶之絕精者，書執峻整而媚嫵，穿圓式，背文穿上太陽，左壽星，右福神，下左龜右鶴。兩泉皆厭勝精品。

畫家稱四王、吳、惲，謂烟客、圓照、石谷、麓臺、漁衫、正叔也。或譌四王、五惲，亟購五惲畫求備，不可得。桉：《光緒武陽志·藝術傳》：『惲本初，字道生，更名向，號香山老人，善畫，入宋元作者之室。從子格實師之。格以畫名天下，其羣從子孫多工畫：馨生，字德彥，工山水花卉；標，字樞亭，工花卉禽魚；源濬，字哲長，號鐵簫老人；源景，字希述，亦竝以畫稱；源濬妹，無錫鄒一桂妻，山水平遠，風韻天然，一桂以繪事直內廷，人謂得力於閨閣；源濬女懷娥，字紉蘭，善花果。格族曾孫女冰，字浩如，工寫生，用粉精純，迎日光花朵燦灼。乾隆初尹文端以進呈，蒙睿賞，賜題嘉獎。』據此，則惲氏以畫名者共得九人。除本初明人崇禎間舉孝廉方正，洎三閨秀外，適符五惲之數，可爲某氏解嘲。

曩閱某書，多載國朝掌故者，偶忘其名。前代察吏之法，本清、慎、勤、能四字。本朝聖訓謂清、慎、勤三字，盡人皆當勉赴；至『能』之一字，人各有能有不能，不可彊也，著刪去『能』字，但以清、慎、勤三字爲衡。日本岡本監輔譔《西學淵源》云：『法帝拿破崙常服膺真正才智，卽剛勇志氣之語，欲删「不能」二字於字書中，言勉學力行，決無不知之理、不能之事也。』華夷王霸局量識見之相遠若是。岡本氏書彙輯西儒嘉言懿行，略昉中國語録體例，亦新學書之别開生面者也。

順治朝，曲阜世職知縣孔允淳以居官廉能，加東昌府通判銜，仍任知縣事《東華録》。道光五年，王文恪鼎以一品銜署戶部左侍郎馮桂芬譔墓誌。通判銜、一品銜及銜上冠以地名，今竝罕見。康熙朝江寧黄虞稷、慈溪姜宸英以諸生薦入館修史，加七品銜，亦僅見。

黄州葉井叔知登封縣，治嵩山下，輒攜書卷登二室眺龍門，偃息廬巖，吟詠終日，輯漢唐已來碑碣文字作《石刻集記》二卷，見王文簡譔《葉井叔嵩遊詩選序》。王西莊譔《翠墨小箋》，見福州孟超然《瓶菴詩鈔》自注。閩馮笏軿著《蘭話堂後金石紀存》、謝古梅著《漢魏碑刻紀存》。笏軿得桓尊師碑，金石家未經著録，見李蘭卿彦章《榕園文鈔·蘭話堂後金石紀存序》。陳左海亦嘗爲序。蘭話堂者，林同人侗、吉人佶兩先生舊居也。王安節槩著《山飛泉立草堂集》，攷繹《天發神讖碑》，辨周雪客之誤，見金鼇《金陵待徵録》。邵晉涵著《輿地金石碑目》，見孫淵如《澄清堂詩》自注。周信之明經中孚著《金石小品録》，見《定庵餘集詩》自注。程文榮擬輯《禾郡金石志》，馮登府著《兩浙甎録》，見李金瀾《校經廎詩》注。王燧著《金陵古碑鈔》，見江浦《稗乘》。秦恩復著《秦氏吉金簿》，見《揚州府志》。魯燮光《山右訪碑録》、黄小松《虎林訪碑録》，羅叔韞有藏本。海寧許槤《古均閣珤刻録》祇宋拓夏承碑一種，嘉興王心耕福田《竹里秦漢瓦當文存》，五十一種，有跋者數種而已。此二書刻甚精，余曾見之。朝鮮趙惠人寧夏。康穆太妃兄子，兵曹判書，奉使中朝。著《海左金石録》，始泰安元祀，終勝國季年，地不越疆，數乃累百。朱銘盤爲之序，見《桂之華軒駢文》。

《善權寺古今錄》，明寺僧方冊裒其寺古今石刻，彙次爲十卷，起國山碑，迄弘治甲子，後坿詩若干首，王鏊作序，見宜興舊志。吳壽暘《拜經樓題跋》作《善權古今文錄》，「方冊」作「方策」，有王濟之、文衡山二序，李瀛、蔣允若跋，鈔本。

《新唐書·韋夏卿傳》坿韋瓘，終桂管觀察使。容齋洪氏引瓘浯溪題名，以證史誤。桉：莫休符《桂林風土記》所載瓘事與題名合。題名云：「大僕卿分司東都韋瓘，大中二年過此。余大和中以中書舍人謫宦康州，史云貶明州長史，亦異。逮今十六年。去冬罷楚州刺史，今年二月有桂林之命，纔經數月，又蒙除替行，次靈川。桂林北五十里，由桂至永必由之路。聞改此官，分司優閒，誠爲忝幸。大中二年十二月七日。」《風土記》云：「韋舍人瓘，年十九，入闕，應進士舉；二十一進士狀頭牓下，除左拾遺，於時名重縉紳。馬相爲長安令，二十八度候謁，不蒙一見。大中初，任廉察桂林。纔半歲，而馬相執大政，追懷舊事，非時除賓客分司。」據《記》所云，瓘以大中二年十二月留題浯溪，卽由廉察除分司，道出永州時。史謂終於桂管，其誤明甚。洪氏又云：「茂宏謫外之年，正衛公枋軸之日。」史謂由李宗閔惡之，亦誤。瓘之去國，果不知坐何事，不可攷。

晉劉韜墓志：「叔考處士，君之元子也。」考或釋作「考」，非是。《匽師金石遺文記》：「武氏自釋作孝叔，孝叔處士君之名，或其字也。」桉：古金文仲師父鼎：「用孝于皇祖帝考。」師考父鼎：「用追孝于剌仲。」毛公鼎：「亦弘唯孝仲殷父敦用朝夕，享孝宗室豐兮卩敦用，享孝豐姑鼓敦用，宿夜享孝于諆公。」䣄簋：「用享孝于姑公。」曆彝：「考友惟荆兮敟壺享孝于大宗。」皆以考爲孝，曶鼎文『孝弃伯』則又以『孝』爲『考』，同形得通叚也。而石刻僅見者，石文篆籀傳世甚希。篆變八分，去古寖遠，文益繁而誼拘，如考、孝字遂不可復通矣。武虛谷得此石於桃園莊，珍祕特甚，亟昉造一贗石，應索觀及索打本者；真者則什襲而韄藏於匱。虛谷歿後，其猶子某疑其重寶器也，夜盜之出，竭畢生力，幾弗克負荷。及啓眂，石也，則怒而委之河。今流轉吳中者，當日昉造之贗石耳。不唯真石不可得見，卽真打本亦稀如星鳳矣。

漢斯叜邑長玉印，徑八分，半龜紐。桉：《十六國春秋·蜀錄》：『李雄玉衡十七年春正月，越巂、斯叜反。夏四月，斯叜破。』卽此斯叜，當時羈縻邑耳。宋趙彥衛《雲麓漫鈔》：『古印文有「漢叜邑長」。《說文》：「叟作叜。」東漢興平元年，馬騰等謀誅李權，益州牧劉焉遣叟兵五千助之。叟邑，漢蜀夷地名。』『叜』與『斯叜』印文詳略少異。

唐修北岳廟，碑陰有『宋小底陳懷節』題名。桉：《舊五代史·周太祖本紀》有『小底軍』。又王銍《默記》：『王介甫家小底不如大底，謝師宰家大底不如小底。』

京師南宮在南紅門內，宮門前鐵獅子上鐫『延祐元年十月製』，元時物也。當入《京畿金石志》。

漢平帝時徵爰禮等通小學者以百數，各令說文字於未央庭中。當是《說文》之名所本。

《說文》：『媢，夫妒婦也。』小徐讀若『胞』。一曰梅目，相視也。桉：梅目，目含酸貌。常言譏妒曰醋，醋亦酸也。醋當作酢。『梅目』字新，可入詞。又桉：《古尚書》『味味』、『梅梅』、『媒媒』、『每每』，竝通。賈誼賦：『品庶每生。』《史記》作『馮生』，『馮』猶『憑河』之『憑』，一往憑恃之意也。《方言》：『憑齘，苛怒也，楚曰憑。』《天問》曰：『康回憑怒。』蓋憑恃卽有怒意。『憑』同『馮』，『馮』

通『每』,『每』通『梅』,梅目相視,猶言怒目相視也。

《論語》:『聽其言也厲。』《集注》:『厲者,辭之確。』桉:《說文》:『厲,旱石也。從厂,蠆省聲。』段注:『旱石者,剛於柔石者也。』辭之確,取石堅確誼。宋儒用漢詁,僅見。

乾隆間有捐納知府,請訓,上詢其曾否讀書,以曾屢鄉試對。天顏和霽,謂曰:『爾既鄉試,自能作文。朕拈一題,僅得破題一句,爾爲我續下句。』因頓首請宣題,及御製,上曰:『題是《周有八士至季隨》,破是記周之八士而得其七。』其人敬續曰:『皆兄也。』稱旨,稱賞,著軍機記名。不數日,簡放道缺。又:蒲圻馬文淵給諫之鵬家貧,幼曾學藝。木匠人曰:『聞汝能文,可試之以鋸板命題。』隨作一破曰:『送往迎來,其所厚者薄也。』又:仁和許金橋駕部謹身幼敏慧,席間有人拈一令云:『韭菜蠟燭,成一破題。』應聲曰:『淺綠深紅,夜雨同翦矣。』又:全椒吴玉騶侍讀國對幼時,塾師以『子曰』上一圈,命作破題。吴援筆立就云:『於聖人未言之先,渾然一太極矣。』此四破題皆可傳,彙記之。

書摺扇誤字,用新筆蘸硼砂細末洗之,立淨。

嬰香,香名,燒之,香嬰嬰也,見《真誥》。余嘗覺嬰兒體中別具一種香氣,沖微而妮,非世界眾香所及,殆卽所謂嬰香耶?但不能凡嬰皆然耳。《神仙傳》:『老君妹名嬰香。』

朱竹垞《瀛洲道古錄》,無刻本,手稿藏江西程工部志和家,裝爲手卷二。桉:此稿本曾藏朱梓廬休度處,見錢警石《讀舊書室詩》自注。

義者,事之宜也。君子不亢不卑,蘄於合宜而已。如宋時禁用龍、上、玉、聖諸字,於是句龍如淵但名句如淵，衛上達賜名仲達，程振字伯玉改名伯起，余聖求改爲應求，未免苛細已甚。然如後魏劉乾字天，見《金石録》卷二十二。又匋齋尚書藏石，有唐太極元年處士王君墓志，王君名天，字文信，太原祁人。亦未免取類過高，皆不合虖中而失其宜也。

『吾黨有直躬者』，孔注：『直身而行也。』鄭注：『直人名躬。』《韓非·五蠹篇》、《吕覽·當務篇》、《淮南·氾論》高誘注，皆以躬爲人名。唯《韓詩外傳》云：『直躬姓石名奢』，與諸書之説不同。

況丹湖《大雅堂集》鈔本最古，近體詩一百六十二首，文三十一首，前有雍正壬子吏部尚書可亭朱軾序。丹湖與王元美、李于鱗諸名輩唱和，當時元美有後五子、續五子、末五子之目，又廣爲四十子，竟不及丹湖。今觀丹湖詩，惟七律擅長，所作亦較多。《寄李于鱗提學》云：『幾年燕市識荊州，吾道滄洲豈倦遊。把酒秋風開海嶽，閉門春草長離憂。章縫喜附青雲士，詞賦爭傳白雪賡。欲擬四愁懷遠道，側身東望泰山頭。』《送郭給事使琉球》云：『都門楊柳繫離情，漢使乘槎天外行。冠冕已通荒服盛，旌旄遙映澥波清。十洲烟霧孤帆影，萬里星河一日程。人世勝遊應不負，欲將遠意向君平。』《臘八日諸君子夜過》云：『元冬暖氣似西川，微幅猶能賸酒錢。海内交遊同此夕，天涯風俗度華年。客懷偏覺青燈瘦，宦拙何須白眼憐。坐上陽春聊共和，遥聞宫漏出甘泉。』《憶宗子相》云：『去歲淮南烽火愁，孤帆憶爾下揚州。塞鴻阻隔閶天路，金馬浮湛漢苑秋。把酒三山開瘴癘，側身四賦寫離憂。故人京洛今餘幾，春草年年似舊遊。』丹湖名叔祺，字吉夫，江西高安人。嘉靖庚戌進士，官郎中，任參政、貴州提學副使，吾宗人也。詩無刻本，故記之。

蕙風簃隨筆卷二

新陽石玉峯先生文煃作《李氏音鑑序》，揭銜稱内閣中書、候充文淵閣檢閱。謹桉《東華續錄》：『乾隆四十一年六月，參倣宋制，置文淵閣檢閱八員，以科甲出身之内閣中書兼充。如遇缺員，由領閣事大學士遴員奏補。其後遂以資深中書依次補充，故凡中書皆得云候補。』桉：此差論資敘補，則補充者皆實缺中書。乾隆時遴員奏補，則竝無分實缺、候補也。上御經筵，檢閱中書侍直講帷，得著紫貂袍褂，蓋極華要之選云。

内閣滿字名多爾吉衙門，中書兼司經局正字銜。文華殿、武英殿均設有中書，以備繕寫。阮葵生《茶餘客話》：『予辛巳夏直票簽，九月卽派入武英殿繕《寶譜地球圖說》。』乾隆八年，引見中書胡寶瑔等十二員，得旨：『胡寶瑔、涂逢震、葛德潤、愛必達、六十七、吳荅善、丁廷讓、永世、高誠、吳日熼均著記名，歸於現在記名人員内，以御史用。』據此，則中書可徑升御史。《茶餘客話》：『雍正七年御史原定七品，改爲正五品，其由主事中行、評博考選者爲正六品。』乾隆二十七年，東巡釋菜，諭引駕官孔繼汾：『朕看其人尚可造，就著加恩，以内閣中書用。』已上竝《東華續錄》翰林庶常、内閣中書舍人遇尚書都御史，分途抗行不避《香祖筆記》。内閣北牆下有楮樹一株，陳午亭先生愛之，公事畢，移書案，坐其下，焚香啜茗，召中翰數人分札詠詩，以爲常命。禹鴻臚繪卷子，曰《楮窗圖》《茶餘客話》。已上皆内閣掌故，彙記之。

漢侍讀直房，在中書直房右手，侍讀及委署侍讀辦事處，夏季則移往大堂。壁懸『攀龍麟附鳳翼』六字，白紙黑字，字徑三尺，不署款，蒼勁中饒有姿媚，爲虞永興書。石刻在趙州栴林寺，分二碑，列東西壖，見蔣苕生《忠雅堂集》。

內閣大門外，有坡陀十餘級，其第一級偏東石上有方孔，長約二寸，中邊皆赤，雨後色尤鮮明。相傳明末某駙馬遇流賊，致命於此，惜姓名不可攷。

內閣大堂有泥硯一方，相傳爲嚴分宜物。胥役人等般弄無妨，唯官僚切忌入手。新到閣者，前輩輒申誡焉。

大學士、協辦大學士到閣履新，凡曾官中書者，必先到中書直房少坐，未歷中書者則否。

內閣日進本章，皆例行事件，然票擬稍誤，輒奉旨議處。有樣本四冊，非熟悉源委，縱幡帑，莫得其詳。是在前輩之口講指畫，虛心聽受，直不能躁氣用事也。有口號云：『依樣葫蘆畫不難，葫蘆變化有千端。畫成依舊葫蘆樣，要把葫蘆子細看。』司票擬久，庶幾會悟斯言。

簽支背面右邊下角署滿中書名，左邊下角署漢中書名。字以極小爲如式，漢人姓名筆畫多者，繕寫時殊形局促。前輩有丁乃一，姓名共衹五筆，似專爲署名簽背而設。

向來恭遇覃恩，各官請領誥軸，其制詞悉依舊文謄寫，無庸譔擬。甲午萬壽覃恩，總稅務司赫德請領誥軸，由典籍廳咨總理各國事務衙門，其制詞由該衙門派章京譔擬，咨廳呈堂閱覈，發交誥敕房繕給，此刱辨也。

黃魯直因好濳山石牛洞泉石之勝，自號山谷；及謫涪州別駕，悅涪山水，號涪翁，又號涪皤；旋黔州安置，州有摩圍山，號摩圍老人。夷獠呼天爲圍，以其高摩天也。魯直，其初字也。

《元史·呂思誠傳》：『張復叔母孀居且瞽，丐食以活。思誠憐其貧，令爲媒互人以養之。』按：世俗稱居間作合人曰媒牙，當是『媒互』之誤，謂參互彼此，令議成也。韓愈《贈張籍》詩：『交驚舌㸦䶡。』柳宗元《夢歸賦》：『㸦參差之白黑。』注：㸦，即『互』字。《唐韻正》：『《周禮》：「牛人凡祭祀，共其牛牲之互。」徐音「㸦」。《詩·楚茨》傳：「或陳於互。」《正義》亦引《周禮》，竝誤作「牙」。』互、㸦、牙三字，傳譌已久，史云『媒互』，猶存古義。《方言》：『㾾，謕審也。』『譆，謕，諟也。吳越曰「譆謕」。』郭璞曰：『亦審諟，牙見其意也。』『牙見』即『互見』。

果報、前定，二說不能相通。執果報之說者，善有善報，惡有惡報，事在人爲；執前定之說者，爲善爲惡，皆由前生注定，雖欲不爲，不能。夫天之於人，注令爲善，而以善報予之，注令爲惡而以惡報從之，不亦多事矣乎？若吾儒說理，必無是不通之論也。

粵人呼玉次者爲菜玉，謂色欠鮮翠，似菜色也。《蜀中名勝記》：『南江縣北洋灘楊侍郎墓，碑座是菜玉，見存。』則二字亦有本。

高麗人詞，李齊賢元時人《益齋長短句》一卷，刻入《粵雅堂叢書》。朴誾《挹秀集》二卷，孫愷似布衣致彌使還，封達御前。《眾香集》載權貴妃詞三闋，亦見愷似《使草》。林下雅音，異邦尤爲僅見。《謁金門》云：『真堪惜，錦帳夜長虛擲。挑盡銀燈情脈脈，描龍無氣力。宮女聲停刀尺，百和御香撲鼻。簾捲西宮窺夜色，天青星欲滴。』《踏莎行》云：『時序頻移，韶光難駐。柳花飛盡宮前樹。朝來爲甚不鉤簾，柳花正滿簾前路。春賞未闌，春歸何遽？問春歸向何方去？有情海燕不同歸，呢喃獨伴春愁住。』《臨江仙》云：『花影重簾初睡起，繡鞋著罷慵移。窺粧强把綠窗推。隔花雙蝶散，猶似㝱初回。　玉旨傳宣呼女監，親臨太液荷池。爭將金彈打黃鸝。樓臺淩萬仞，下有白雲飛。』

《清異錄》：『木匠總號運斤之藝，又曰手民、手貨。』今人但以刻字匠爲手民。

『疇若予上下草木鳥獸』，『上下』是『卝』字誤寫，令横又誤分兩字。《禮·雜記》：『甕甒筲衡實見間。』《祭義》：『見間以俠甒。』亦『覸』分爲二字也。　丹徒陸君獻云：『「貨殖」乃「貨植」也。有土十畝，卽無貧法。』見龔定盦《己亥雜詩》自注。

《漢書·蘇武傳》：『掘野鼠，去草實，而食之。』注：『去，收藏也。』《金石錄·谷口銅甬銘跋》：『劉原父守長安，長安故都多古物，原父好奇，皆購求藏去。』可爲顔注佐證。

漢蔡湛碑陰載出錢人名，有賤民、議民，爲它碑所未見。桉：議民，殆卽今西國下議院議員之類。

《隋皇甫誕碑》：『開皇中復爲比部、刑部二曹侍郎。』今人以比部爲刑部別稱，據碑，則比、刑各爲一曹也。

院本中如張珙之類，自稱小生。唐《碧落碑》跋引李陽冰自述其書，謂『斯翁之後，直至小生』，稱小生始此。

孔子子鯉，字伯魚。三十四世孫陳散騎常侍伯魚，以遠祖字爲名，不以爲嫌也。

裝幖，《丹陽集》作『幖』，《金石錄》作『標』。《唐富平尉喬卿碣跋》：『宣和癸卯中秋，在東萊重易裝標。』

唐開元寺僧殘碑，石藏汶上吳長文參政家，爲收藏家藏石濫觴。又：學士高紳、郎官趙竦先後藏

《樂毅論》石，則帖之類，非碑也。

世知顏瘦歐肥，不知蘇亦貴瘦。雲自在龕藏《雪浪盆銘》、《大麥嶺題名》拓本，皆瘦，甚精絕。《兩浙金石志》云：『東坡諸題，唯《大麥嶺》未經黨禁之摩礱者，尤可寶也。』大約雪浪盆亦在幸免之列。其它各種則摩礱之後，又復刓鐫，致癡肥失真矣。已上七則爇《金石録》札記。

金僕散汝弼溫泉《風流子》詞，《關中金石記》稱其幽麗悽惋，字畫勁峭，有如拱璧。唯起調云：『三郎年少客，風流瘳、纑嶺蟲瑤環。』則誤甚。桉：唐玄宗生於光宅二年乙酉，而楊妃以天寶四年乙酉入宮，玄宗年已六十有一，何得謂『三郎年少』耶？

魏季詞說陶文毅軼事：某年會試下第，無力出都，不干人，亦無人能周之。不得已，鬻諏石之術於某胡同，適近紀文達寓所，文達出入，習見之。一日，詢閽者，以湖南舉人對。命延入，索閱其文，亟賞之，屬叚館餘屋，善眂之，俾竢再試。及陶貴，德紀甚。時紀已逝，則厚卹其諸孤，兩家往還如族姓。文毅公子少雲，左文襄壻也，文毅薨，待紀氏如文毅，不少衰。文達兩曾孫某某以甘省剡牘，官知縣，則公子爲言於文襄。二紀自言，不特未歷行陳，竝未詣甘修謁。紀之愛士，陶之報德，公子繼志，可風世矣。

陶、左二公生平衹一面。先是文毅謁叚旋里，道澧州，適文襄以孝廉主澧講席。州牧叚講院設供張，屬文襄撰楹帖，有『何日林泉，重瞻丰範』云云。自來通宦諱言歸田，人亦不敢頌禱，是文毅則一見亟賞之，與語，甚浹。旋別去，不繼見。文毅薨，公子少雲才六齡，夫人謀擇師於胡文忠。文忠與文毅少同學，長相善也。文襄才品，文忠深信之，遂以薦於陶。當是時，陶氏丁單，乏春功彊近，家事無小大，悉以咨文襄。其後兩家締姻，出陶夫人意，文襄自訂年譜言之綦詳。髮逆之變，曾文正督師江南，饟糈奇絀。不得已，募捐各直省。文毅官封疆廿年，督兩江五年，邵右爲三楚冠，非倡捐鉅資不足塞時望，而不知其中乾也。文襄則勼集陶氏房產券約，罄所有納當道，礉其數，不逮五萬金。事得釋，而天下益知文毅之廉。洎文襄薨，則竝陶氏所有而無之。孫孝同由翰林起家，久之，殊未列津要。

尚書靈巖畢公撫陝，孫淵如居幕府。淵如素狂，僚衆無所不狎侮，衆積怒，檄逐之，不卽去，則羣以去住要公。公別館淵如精庫，且加脩焉。初，淵如好冶遊，節署地嚴，漏三商必下鍵，公自督眂之。淵如則夜踰垣出，翌晨歸，以爲常。或詗以告，公弗問也。有稱公真㤅才者，謝曰：『沅豈敢若先師文達，其庶幾乎？』謂大司空江右裘公也。

畢公待士優異，尤膾炙人口者。程魚門舍人晉芳往依公，公勗以宜多讀書，程以無力買書對，公立嘑司岦人至，諭曰：『今後程老爺買書所需，必如數付給，勿遲。』程因得博觀羣籍。惜年不永，未能副公厚蘄也。

《炙硯瑣談》載龔芝麓尚書軼事一則：『嘗女死，設醮慈仁寺。一士人寓僧寮，僧倩作輓對，集梵筴語曰：「既作女子身，而無壽者相。」龔詢知作者，卽竝載歸，面試之。時春聯盈几，且作且書，至溷廁聯云：「吟詩自昔稱三上，作賦於中可十年。」乃大咨賞，許爲進取計。久之，以母老辭歸，瀕行，龔贈一匣，竊意爲行李資，發之，則士人家書具云某年月日收銀若干。蓋密遣人常餽遺，無內顧憂久矣。乃頓首謝，依倚如初，卒亦成其名。』尚書姬人顧媚，號橫波，識局明拔，通文史，善畫蘭。尚書疏財養士，橫波實左右之。青娥知己，紅粉憐才，當時廣廈中人何修得此？

《我戰録》，桐城某著，載將軍多隆阿戰績，寫本，未刻。朱仲我説忘作者姓名矣。

《列子・黄帝篇》『九淵』張湛注云：『此九水名，義見《爾雅》。』而『汧水之潘爲淵』注云：『音「牽」，水之流行也。』桉：《爾雅》：『汧出不流。』何處度顯與矛盾耶？

《湯問》篇：『韓娥鬻歌雍門，既去，而餘音繞梁欐三日不絶。』『欐』或作『麗』。《莊子》：『梁欐可以衝城。』殷敬順曰：『阜梁也。』今人但云『餘音繞梁』，不知下有『欐』字。某説部引之，謂繞梁爲樂器之名，尤誤。

童烏有二。《南齊書》：『王藴曰：「荅與童烏，貴賤覺異。」』童烏，景文子絢小字；荅，藴小字。

董解元《西廂》，金源院本也。卷耑題『顧渚山樵點定，夢鳳樓暖紅室刊校』。中多金時方言，綴録如左：

沒包彈，宋包拯善彈人過，譽人者因有『沒包彈』之諺。鶻鴒，即胡伶，聰明之謂。渌老，北人指眼。大小，猶言偌大。九伯，桉：方以智《通雅》：陳無己曰：『世人以癡爲九百。』《愛日齋藂鈔》言東坡亦用之。鑊鐸，喧鬧之意。瞑子，謂侃暗地。瞑，一作酩。鄧，謂奚落。撑，謂美。掙搶，即撑字之義。句云做爲掙，百事搶。鄧將軍，日也。啞你，即哄你。

吅，《説文》：『驚嘑也，讀若「讙」。』徐鉉曰：『今俗別作「喧」，非。』東坡《南溪得雪》詩：『獨自披榛尋履跡，最先犯曉過朱橋。誰憐破屋眠無處，坐覺邨居語不吅。』誤作『嚻』用。

涪翁有二。《漢書・郭玉傳》：『涪翁者，左綿人，肥遯不出姓名。所居處爲漁父邨，玉從之受《易》焉。』

舊拓《五瑞圖》，黃龍下有一小龍，在黃龍稍下右方。《五瑞圖》有小龍者，《西狹頌》必多字，不易得也。

魏司馬紹墓志，乾隆二十年出土，當時即爲韓姓所買，轉入孫姓。縣人欲贖歸，不得，乃重橅入石，見《孟縣志》。橅本『欽之玄孫』『玄』字留石，『癸酉遷𡊅』誤作『𦻐』。銘詞『遙哉遠裔，緬矣鴻胄』『胄』字作平聲，與下『周』、『流』、『猷』、『脩』、『秋』、『烋』叶。

舊藏龔禮部《己亥雜詩》一卷，贉後題云：『道光庚子夏鐫板，藏羽琌別墅。』詩旁加圈，圈別有指，與閱者所見迴殊。卷耑護葉有孔繡山憲彝手題絕句六首，蓋定盦先生自刻初印本，當時寄貽孔君者，可珤也。孔詩第五首云：『一家眷屬神仙侶，有女能文字阿辛。莫愛南朝姜白石，學耶才調自驚人。』元注：『君室頡雲夫人工書，長女工詞；近以次女許字兒子慶，第它日亦當能文也。』桉：頡雲夫人姓何氏，阿辛後爲先生己丑同年劉星房良駒子婦。《雜詩》自注云：『吾女阿辛書馮延巳詞三闋，日日誦之，自言能識此詞之恉，我竟不知也。』

道光丙戌，武進劉申受禮部逢祿分校春闈，一浙江卷，一湖南卷，薦而不售，賦《兩生行》哀之，龔、魏默深兩先生齊名始此。

己丑春闈，同考王編修植閱龔卷，至第三蓺小講，以爲怪，大噱不止。隔房溫平叔侍郎聞之，爲言：『此浙江卷，必龔定盦也。』迺薦，獲售。筱珊先生視余是科第十房即王植房《同門錄》，得讀先生闈作，首、次蓺氣格醇簡，不骫時文程度；孟蓺小講亦不甚怪。『夏曰校』至『小民親於下』，小講云：『昔者三代之制，八歲入小學，十五入大學。小學學六書九數而已，大學之道在明明德，在親民。』詩第四韻尤渾雅可誦。『春色先從草際歸』得『歸』字，句云：『出山名遠志，入夢戀慈暉。』蓋在先生尤爲俛就範圍矣。先生一字愛吾，七月初五日生，與鄭康成同日。先生以乾隆壬子生於杭州馬坡巷。

『婕妤妾趙』玉印，以宋拓《化度寺碑》相易，又媵以五百金得之，絕珍祕。擬在崑山縣玉山造閣三層，名之曰寶燕。此印後歸嶺南潘氏仕成海山仙館。同治初，潘氏籍沒，遂不可究詰矣。

唐人石刻《無量壽經》，俗本《金石錄》目作《無量壽佛經》。攷內典，以慧而覺者曰熾盛光，以文而覺者曰無量壽。則無量壽自有誼，何庸臆增佛字耶？

宋姚寬云《西溪藂話》：『唐初功臣圖形淩烟閣，而河間元王孝恭、段志玄二碑乃作戢武閣，豈淩烟先名戢武而後改之耶？』桉：《玉海》載《唐實錄》：『太宗與公卿謁太上皇於戢武殿，置酒爲歡。乙夜放散，賜帛有差。明日，復置酒淩烟閣。殆淩烟閣與戢武殿相接，故亦稱戢武閣，非先名戢武後改淩烟也。

《玉海》有二。《南史·張融傳》：『自名其集曰《玉海》。褚彥回問其故，融云：「玉以比德，海崇上善耳。」』《孫渥平章事制》失名：『張融高文，聚爲玉海；孫綽麗賦，擲作金聲。』

方言有適合正音者：蘇州嘑骰子爲投子，《集韻》：『骰，徒侯切。』音『頭』。吾粵嘑正午爲賞午，卽晌午也。《篇海》：『晌，始兩切。』音『賞』。嘑骰子爲色子。桉：骰子一名瓊叟，『色』，『叟』之轉，又緋四著色也。

奇字可入詩者：頞，『烏沒切，溫入聲』，納頭水中也。皮日休詩：『學海正狂波，予頭向水頞。』弓，徐鍇音『嘑感切』。龔定盦詩：『三秋不貫夫容弓，九月猶開窅窊花。』桉：童子初級聲律學，欲求平側無誤，必須熟調五聲。溫陰平、文陽平、穩上、問去、頞入是也。此云『烏沒切，溫入聲』，極合調五聲法。

瑪拉特文清松筠乾隆五十年奉命赴庫倫辦俄羅斯市易事。明年，會庫倫巡兵出巡被殺，公檄俄人縛送殺兵者，斬於界以徇。阮文達督粵時，夷船在黃浦殺人，公嚴飭洋商，必得兇犯乃已。商不能芘，犯乃自刎。有擊死民婦者，亦予絞決抵罪。兩公事若合符節，以迄於今，纔百年內外耳。因校《續碑傳集》記此，不能無感。

文清有門生四人，皆名士不甚顯達者：陽湖李兆洛、荊溪周濟、秀水王良士、涇包世臣。

『漢儒之學如治田得米，宋儒之學如炊米爲飯，無偏重也』，翁文端心存語告陳澧，澧譔《文端神道碑》坿著之。

潘文恭世恩有女五，汪學源、汪嘉森、汪楏、汪嘉梓、汪德英，其壻也。五女歸一姓，僅見。

閨秀楊慧林，字雲友，號林下風，杭州人。工詩善畫。見魯駿《宋元以來畫人姓氏錄》。桉：唐時女冠多三字名字，閨閣中殊僅見。

《薛浪語集·和錢都官詩》：『道學從初小況雄，文光萬丈吐長虹。』況雄似人姓名，惜無佐證，不可攷。

《韻會舉要》云：『況、湟通用。』亦無佐證，不知直翁所本。

明永樂時，朝鼓敝，欲更換。禮部行文淮安府造鼓送京師，諸胥措詞不成語，郎中況鍾方在部，易之曰：『緊綳密靪，喤雨同聲。』衆稱善。見《茶餘客話》卷二十二。

蘇州閶門外楊樹灣有況太守衣冠墓。

江朝宗父本細販而喜書聲，生朝宗，專使讀書，從師高某。至十歲，高力辭曰：『無以爲教也。』俾改師況素桐，以成其業。見金偉軍鼇《金陵待徵錄》。素桐事行未詳，當是績學之士。

人知靈均有姊，不知其有二女。《薛浪語集·二女篇序》云：『天聖中，韓魏公居所生憂，從其兄琚守齊安，卽安國寺西廡爲書堂以居。恆有二女子夜至，衣冠高古，容裝麗甚，公恬不以爲怪。及去，二女告曰：「妾非人，亦非仙人鬼彪。遊處再歲，而言不及亂。公，德士也，行矣卽推此澤天下。」走讀《齊安記》，屈原之死，二女孝慈，亦於此投江。故武昌郡人以五月五日競渡，投角黍，迎神舟上。二女非仙人鬼彪，豈靈均二子之精爽耶？不然，何知人如此之明，而後先居者莫之能見。爲作《二女篇》。』此說甚新，它書所未見也。

古詩：『眽眽不得語。』宋詞『眽』斷字作『脈』，誤。

余前記一說謂《虞書》『上下』字是『卄』字，誤横，又誤分兩字。茲復得一佐證：魏孝文《弔比干墓文》：『執垂益而談上下兮，交良朋而慮苦。』言『執垂益』則卡字是合『上下』字無疑，特未詳其音義耳。高貞碑亦有卡字，孫淵如釋作『弄』。

《弔比干文》：『終或己以貽戾。』或，惑；己，妲己。殷人尚質，女子亦以干支命名。妲者通稱，不妨丹言己也。宋時以妲爲女伶之名，《武林舊事》『雜劇段數』有《雙賣妲》、《老姑遺妲》，『舞隊段數』有粗妲、細妲等目。後省作『旦』，遂爲男伶餝女者之稱。妲本有旦音，《廣韻》、《集韻》竝得案切，今江南嘑少女役於人者曰妲子。

余前記定盦先生藏飛燕玉印事，閱姚氏衡《寒秀草堂筆記》，與余所記微有異同。印以羊脂玉爲之，盤鳳紐，爲余所未詳。定盦以宋拓《化度寺碑》易之，姚作《夏承碑》。此印後歸潘仕成，姚云潘德輿。又云傳爲某僞作，以紿定盦。余曾於雲自在龕見鈐本，精絕，決其非贋品也。

昭君青冢在歸化城外，上覆古柳，前有石虎，一背刻『青塚』二字，匋㐬尚書有搨本與《青冢圖》，黄尊古畫，王石谷跋，王昊廬詩，共裝一軸。真書峻整，歐、虞之前模也。『青』字徑二寸四分，『塚』字徑一寸六分。

漢太官壺銘：『太官銅鍾容一斛。』薛尚功跋云：『此器體類壺而銘曰鍾，字書「鍾」字從「金」從「重」，以止爲體。蓋飲無節則流而生禍，所以銘鍾者，欲其止而不流也。蓋壺以取形，鍾以示戒，故《說文》以鍾爲酒器，其義如之。』桉：《金石録·周陽家鐘銘跋》云：『右鐘銘藏歐陽公家，其器壺也。銘云：「畔邑家令，周陽家金，鍾容十斗。」鐘、鍾古字通用。此銘爲漢器所本，竝器壺而銘鐘，或古時壺可稱鐘耳。《說文》以鍾爲酒器，恐別是一物。吾粵語卽嘑酒杯稍大而深者爲酒鍾。薛氏以止示戒之說亦近鑿。

《陶隱居墓志》，陸倕譔，見《寶刻類編》，嚴氏觀《江寧金石記》入待訪目。《名勝記》：『黄魯直跋王荊公書云：「熙寧中，金陵、丹陽之間有盜發塚，得隱起磚於塚中，識者買得之，讀其書，蓋陶隱居墓也。其文高妙，荊公常誦之，因書天慶觀齋房壁間，黄冠遂以入石。」』據此，則隱居墓志係磚刻陽文，其石刻者係荊公書，皆當入江寧金石待訪目，未知是否卽陸倕所譔文耳。

『醻酢』之『酢』當用『醋』。《說文》：『客酌主人也。』《儀禮》『特牲饋食禮』：『祝酌受尸，尸醋主人。』『醯醋』之『醋』當用『酢』。《說文》：『醶也。』徐曰：『今人以此爲酬酢字，反以「醋」爲「酢」字，時俗相承之變也。』《隋書·酷吏傳》：『寧飲三升酢，不見崔弘度。』二字宋已後互誤。元吾丘衍《閒居録》辨證甚詳。撰，訓擇。《周禮·夏官·大司馬》：『羣吏撰車徒。』《禮・内則》：『栗曰撰之。』疏：『數數布揀，撰，省視之。』唐鄧袞《彭州西湖記》：『陶奇撰幽，不乏心匠。』《劉中山集・賀遷獻懿二祖表》：『撰日展儀，考祥視履。』《高陵令劉君遺愛碑》：『乃俾太常撰日，京兆下其符。』今人作『譔』用，誤。《鶴銘》，華陽真逸譔，本山重刻譌作『撰』，見張弨《瘞鶴銘辨》。日本和文書『醋』皆作『酢』，『擇』皆作『撰』，是吾中國古誼間存於彼者。

『檢點』字，宋人作『點檢』。高麗《國朝寶鑑》：『宦者金師幸啓曰：「尚衣院人物在西北者，率多脱漏，乞差人點檢。」』亦異邦文字之近古者。

易安居士三十一歲照立軸藏諸城某氏。諸城，古東武，明誠鄉里也。余與半唐各得橅本。易安手幽蘭一枝，半唐新藏改畫菊花。右方政和甲午德父題辭，『清麗其詞，端莊其品；歸去來兮，真堪偕隱。』左方吳寬、李澄中各題七絶一首。桉：沈匏盧先生濤《瑟榭薮談》：『長白普次雲太守俊出所藏元人畫易安小照索題，余爲賦二絶句』云云，未知即此本否。易安別有《荼蘼春去》小影。

易安照初臨本，諸城王竹吾前輩志修舊藏。竹吾又蓄一奇石，高五尺，玲瓏透豁，上有『雲巢』二分書，下刻『辛卯九月，德父、易安同記』，見寘王氏仍園竹中。辛卯，政和元年，是年易安二十八歲。

容若自言『如魚飲水，冷暖自知』爲詩詞命名之指，見張見陽純修《飲水詩詞序》。桉：『如人飲水，冷暖自知』，道明禪師盦盧行者語，見《五燈會元》。又見《蘄州法演禪師》章次。

彌勒彈指一聲，樓閣門開，善財入已。見百千萬億樓閣，一樓閣内有一彌勒，領諸眷屬，竝一善財而立其前。自是梁汾詞名所本。《湘烟錄》『詩源指訣』：『李觀作《百年歌》，王湜請其法。觀彈指曰：「遺子爪甲清塵，庶幾文思有加。」』此又一説。

毛西河姬名曼殊，厲太鴻姬名月上，皆用佛語。《五燈會元》：『舍利弗尊者因入城，遥見月上女出城，舍利弗心口思惟：『此姊見佛，不知得忍不得忍否？』又：尼靜照，字月上，宛平人。曹氏女，泰昌時選入宫。在掖庭二十五年，作《宫詞》百首。崇禎甲申祝髮爲尼。

《五燈會元》一書，筆情疏古，無隻字涉塵濁，此其所以佳也。中多唐宋人方言及故訓雋字，其精言玄恉，綜括豁露者，尤爲博通乘典之階梯。余校是書，竟輯《五燈博聞》若干卷，卻於文字名言外了無所得，良用慚怍。已上三則，已下二十六則，竝校宋本《五燈會元》札記。　是書凡二十卷，前有淳祐壬子住山普濟、寶祐改元通庵王槦兩序。每半葉十三行，行二十四字。匡、恒、貞、徵、朗、兢、筠、廓等字竝缺筆。每卷耑有『東京溜池靈南街第六號』、『讀杜草堂主人寺田盛業印記』，又有『薩摩國鹿兒島郡寺田盛業藏書記』，日本書也。某君遊歷得之，輾轉歸貴池劉氏，景鍥絕精。昔琴河董中林女史姝重刻《法苑珠林》，閨閣捐資，人各一卷，列名卷末。今劉氏刻是書，亦援故事，兼祇集貲門內，不外募，不列名。　校：『五燈』云者，釋道原《景德傳燈錄》、駙馬都尉李遵勗《天聖廣燈錄》、釋惟白《建中靖國續燈錄》、釋道明《聯燈會要》、釋正受《普燈錄》五種是也。《會元》卷尾有安吉州武康縣崇仁鄉禺山里正信弟子沈淨明跋，略云：『切見禪宗語要，具在五燈，卷帙浩繁，頗難兼閱。謹就景德靈隱禪寺命諸禪人集成一書，名曰《五燈會元》，以便觀覽。寶祐元年正月旦日跋。』後又有貞治馬兒年正月望日，妙喜庵主圓月偈勸募緣重刊是書。寫蹟一葉有云：『湖州武康沈淨明刻梓，置之靈鷲山。』知此書版宋時藏於靈鷲。貞治爲日本後光嚴年號，當元至正年間。元以牛兒、馬兒等字紀年，日本亦昉用之，當是聲氣始通已。《四庫全書總目》『《五燈會元》內府藏本提要』云宋釋普濟字大川譔。常熟瞿氏《鐵琴銅劍樓書目》『元刊本』亦云普濟譔。校：宋本王槦序云慧明首座萃五燈爲一集，則譔人實名慧明，非作序之普濟。當是。內府本及瞿本竝挩槦序耳。

達磨寓嵩山少林，神光二祖初名往彼參承。祖常面壁，莫聞誨勵。『其年十二月九日夜，天大雨雪。光堅立不動，遲明，積雪過厀。』此與宋儒程門立雪事相類。

扣冰澡先古佛，『初以講說，爲眾所歸，棄謁雪峯，攜凫茈一包、醬一器獻之。』桉：《爾雅·釋草》：『芍，鳧茈。』卽葧臍也。郭注：『生下田，苗似龍鬚，而細根如指頭，黑色，可食。』《齊民要術》引樊光注云：『澤草，可食也。』皆指今葧臍而言。鳧，『葧』聲之轉；茈、臍，聲相近。李時珍云：『鳧喜食之，故名。』近鑿。《後漢書·劉玄傳》：『人掘鳧茨而食。』『茈』作『茨』。

舍利，一作『設利』，『扣冰佛』章次已下凡二十餘見。

舍利者，僧滅後闍維得之，亦有於見存之僧而得其舍利者。『衢州烏巨開明禪師』章次云：『侍郎慎公鎮信安，馥師之道，命僧守榮詰其定相。師嘗入定石窟，經歲無恙。師不與辨，榮意輕之。時信安人競圖師像而尊事，皆獲舍利。榮因媿服，禮像謝愆，亦獲舍利。錢忠懿王感師見㝱，遣使圖像至，適王患目疾，展像作禮，如㝱所見，隨雨舍利，目疾頓瘳，因錫號開明，及述偈贊，寶器供具千計。』

主書院講席者，應改稱院長，不得稱山長。有諭旨，見《東華錄》。潭州雲巖曇晟禪師問石霜：『甚么處來？』曰：『溈山來。』曰：『在彼得多少時？』曰：『粗經冬夏。』曰：『恁麼，卽成山長也。』據此，則是僧住山久者之稱，起自唐時，亦已古矣。

釋者曰：『隔壁聞釵釧聲，卽名破戒。』道者曰：『它化天中，但聞語聲或聞香氣，卽爲究竟，不待瞻睞。』吾儒曰：『人心惟危。』

『心尚無有，云何出生？諸法猶如形影，分別虛空；如人取聲，安置篋中；亦如吹網，欲令氣滿。』池州南泉普願禪師語。葉調生《吹網錄》命名本此。

雲門問僧：『甚處來？』曰：『江西來。』門曰：『江西一隊老宿寱語住也未？』僧無對。又：溫州瑞鹿遇安禪師開堂示衆曰：『從上宗乘，到這裏如何舉唱？祇如釋迦如來說一代時教，如瓶注水。古德尚云猶如㝱事寱語一般，且道據甚麼道理便恁麼道。』龔定盦《己亥雜詩》『寱語』本此。

潞府妙勝臻禪師，僧問：『金粟如來，爲什麼卻降釋迦會裹？』師曰：『香山南，雪山北。』閨秀吳蘋香藻詞名《香南雪北》，本此。

鎮州普化和尚，咸通初將示滅，乃辭衆曰：『普化明日去東門死也。』衆人相率送出城。師厲聲曰：『今日葬，不合青烏。』桉：『青烏』不作『青鳥』，此又一證。

蒙塾昉格書『上大人，孔夫子』，斯語唐已有之。『陳尊宿唐僖宗時人』章次：問：『如何是一代時教？』師曰：『上大人聖諱乙己。』改次句避聖諱，不知始自何時。全文八句，又見『淨空居士郭祥正』章次，『佳作人』，『人』作『仁』。則宋時猶未改。尊崇孔子，至元而極，改避聖諱，當自元始。昔人謂是孔聖寄父書，又以自稱夫子爲疑。得此兩證，知元文本自稱名，可以圓其說矣。

『東坡抵荊南，聞玉泉皓禪師機鋒不可當，擬抑之，卽微服求見。泉問：「尊官高姓？」公曰：「姓秤，乃秤天下長老底秤。」泉喝曰：「且道這一喝重多少？」公無對。』此事甚新而雋，它書未之見也。

《莊子·齊物論》郭注：『是猶對牛鼓簧耳。』當卽諺語『對牛彈琴』所本。婺州承天惟簡禪師，僧問：『開口卽失，閉口卽喪，未審如何說。』師曰：『舌頭無骨。』僧曰：『不會。』師曰：『對牛彈琴。』然則諺語亦已古矣。

禪門訶綺語，亦有以綺語說禪者。『頻呼小玉元無事，祇要檀郎認得聲』，見『昭覺克勤禪師』章次；『佯走乍羞偷眼覷，竹門斜掩半枝花』，見『雲居德會禪師』章次。

文公以諫迎佛骨左官潮海，迺抵潮後，謁靈山大顛禪師，信印臻至。一人之身，相去未久，何遽矛盾乃爾？『大顛』章次云：『韓文公一日相訪，問：「師春秋多少？」師提起數珠曰：「會麽？」公曰：「不會。」師曰：「晝夜一百八。」公不曉，遂回。次日再來，至門見首座，舉前話問意旨如何。座扣齒三下。及見師，理前問，師亦扣齒三下。公曰：「元來佛法無兩般。」師曰：「是何道理？」公曰：「適來問首座，亦如是。」師召首座：「是汝如此對否？」座曰：「是。」師便打趁出院。文公又一日白師曰：「弟子軍州事繁，佛法省要處，乞師一語。」師良久，公罔措。時三平爲侍者，乃敲禪牀三下。師曰：「作麽？」平曰：「先以定動，後以智拔。」公乃曰：「和尚門風高峻，弟子於侍者邊得個入處。」』如右云云，或半出緇流藻餙，未可知耳。

外國稱中華爲『支那』，見《法苑珠林》。淨飯王太子説六十四種書，中有支那國書，注『即此大唐國』。又《宋史·天竺國表》：『伏願支那皇帝。』桉：《五燈會元》：『千歲寶掌和尚中印度人，魏晉間東遊此土，迄唐貞觀十五年，有「行盡支那四百州，此中偏稱道人遊」之句。』『支那』字入詩始此。又『自從靈鷲分燈後，直至支那耀古今』，見『潭州石霜慈明禪師』章次。又『五天一隻蓬蒿箭，攪動支那百萬兵』，見『明州瑞巖石窗禪師』章次。

『五角六張』，一作四角。瑞州大愚守芝禪師，問：『如何是爲人一句？』師曰：『四角六張。』曰：『意旨如何？』師曰：『八凹九凸。』

洪容齋云：『今人以冬至爲書雲，至用之於表啓。雖前輩或不細攷，然皆非也。』乃至禪門舉唱亦喜用之。明州光孝了堂禪師上堂云：『羣陰消剝盡，來日是書雲。』『舒州龍門清遠禪師』章次亦有

『書雲前一日』語。

某甲、某乙，近人小說以稱失記姓名人，唐宋人則以『某甲』自稱。道明禪師答盧行者即六祖：『某甲雖在黃梅隨眾，實未省自己面目。』此緇流自稱某甲也。《法華志》『言大士』章次：國子助教徐岳問祖師西來意，師曰：『街頭東畔底。』徐曰：『某甲未會。』此常人自稱某甲也。襄州龐蘊居士有女名靈照，常鬻竹漉籬。士因賣漉籬，下橋喫撲，靈照見，亦去爺邊倒，曰：『某甲相扶。』又李行婆曰：『某甲終不見尊宿過。』此婦女自稱某甲也。

厙，始夜切，音舍。《廣韻》：『姓也，出《姓苑》。今台、括有之。』字書無它訓。後人譌作『庫』。王文簡《池北偶談》辨之甚詳。唐宋人有竟作『舍』用者。趙州從諗禪師，僧問：『至道無難，唯嫌揀擇，如何是不揀擇？』師曰：『天上天下，唯我獨尊。』尊曰：『此猶是揀擇。』師曰：『田厙奴，甚處是揀擇？』又洪州雲居道膺禪師，問：『如何是諸佛師？』師喝曰：『田厙兒。』又潭州雲蓋智本禪師，上堂說偈畢，喝一喝云：『田厙奴。』又平江虎丘紹隆禪師，僧問：『如何是賓中賓？』師曰：『你是田厙奴。』從諗、道膺，唐人。智本、紹隆，宋人。

『杓卜聽虛聲，孰睡饒譋語』，見『汝州風穴延沼禪師』章次。吾粵鄉俗，每歲除夕鏡聽。先以釜盛水，置飯杓水上，似杓柄所指，懷鏡如市，禁言語。及回顧，以首先所聞人語，卜來歲休咎，即古人杓卜遺瀵也。

市駔輕脫，吳語謂之『滑頭』，斯語自古有之。澧州靈巖仲安禪師往見五祖，通法眷書。祖曰：『書裏說甚麼？』師曰：『文彩已彰。』曰：『畢竟說甚麼？』師曰：『當陽揮寶劍。』曰：『近前來，這裏不識幾個字。』師曰：『莫詐敗。』祖顧侍者曰：『是那裏僧？』曰：『向曾在和尚會下去。』祖曰：『怪得恁麼滑頭。』

船子和尚偈云：『別人衹看采芙蓉，香氣長黏繞指風。兩岸映，一船紅，何曾解染得虛空。』《漁歌子》也。法常首座《漁父詞》云：『此事楞嚴嘗露布。梅花雪月交光處。一笑寥寥空萬古。風甌語。迥然銀漢橫天宇。　蝶瘮南華方栩栩。斑斑誰跨豐干虎。而今忘卻來時路。江山暮。天涯目送鴻飛去。』《漁家傲》也。可入宋詞總集。又西余師子禪師偈云：『春風觸目百花開，公子王孫，日日醺醉。唯有殿前陳朝檜，不入時人意。』亦天然長短句。

唐羅隱詩：『可中用作鴛鴦被。』可中，恰宜也。宋人亦用之，『可中爲道，似地擎山；應物現形，如驢覷井。』福州雪峯思慧禪師語。

『肩笻峭屨，乘興而行』，楚州勝因戲魚禪師語。『峭』字活用，猶言緊著。《五燈》雅訓，斯類甚夥。

蕙風簃二筆卷一

咸豐十一年八月，曾文正克復安慶，部署粗定，命莫子偲大令採訪遺書，商之九弟沅圃方伯，刻《王船山遺書》。既復江寧，開書局於冶城山口，延博雅之儒校讎經史。政暇，則肩輿經過，談論移時而去。住冶城者，有南匯張文虎、海寧李善蘭、唐仁壽、德清戴望、儀徵劉壽曾、寶應劉恭冕，此江南官書局之俶落也。王頌蔚題《書庫抱殘圖》云：『湘鄉相公老開府，手埽凶欃扶日月。邵亭兀兀求遺書，四部先刊甲與乙。』朱孔彰《曾祠百詠》云：『刦歷紅羊失五車，濃香班馬選梨初。欲將節義風天下，先刻船山百卷書。』『落花碧草冶城東，丞相車來訪侍中。漢代經生都老去，春光寂寂日華宮。』

劉賓客詩《與歌者何戡》云：『二十餘年別帝京，重聞天樂不勝情。舊人唯有何戡在，更與殷勤唱《渭城》。』《與歌者米嘉榮》云：『唱得《梁州》意外聲，舊人唯數米嘉榮。近來時世輕先輩，好染髭鬚事後生。』何戡事，近人常用之，罕有知米嘉榮者。

詞人用紅簫事，以姜白石侍兒小紅善吹簫也。劉賓客《和竇夔州見寄寒食日憶故姬小紅吹笙詩》云：『鸞聲窈眇管參差，清韻初調眾樂隨。幽院妝成花下弄，高樓月好夜吹時。忽驚暮槿飄零盡，唯有朝雲夢想期。聞道今年寒食日，東山舊路獨行遲。』則是紅簫之前又有紅笙矣。

西藏燈具狀如弓鞋，俗傳爲唐公主履，見《衛藏圖識》馬揚、盛繩祖同輯。世謂纖足始於南唐，據此，則唐時已有之，作俑者非蓮峯居士矣。但未知圖讖何所本耳。

古石刻紀年之異者：單閼作蟬嫣，《麟鳳瑞象圖銘》：『龍起蟬嫣。』在丹陽。甲辰作甲龍，趙與譓『雲龍風虎』四大字，『淳祐甲龍』。宜興周王廟。歲名上冠『爾雅』字，《重修天安寺記》『至元三年爾雅柔兆攝提格』。郃陽。以『萬千』二字平列代『年』字，《善公和尚塔幢》：『至正十五萬千歲次乙未。』曲陽。

紀月之異者：《韓敕造孔廟禮器碑》：『霜月之靈。』桉：霜月即《爾雅》『相月』。或以爲九月，謂九月肅霜，非是。古文通叚有省有增，鷫鸘之『鸘』作『鷞』，省也；相月之『相』作『霜』，增也。謝靈運《山居賦》『鳥則鵾鴻鶂鵠鶖鷺鴰鷞』，自注：『鷞，音相，唐公之馬與此鳥色同，故謂爲鷞。《左傳》作鸘。』劉德淵等《鵲山謁神應王廟》詩：『中統壬戌，春三囝月。』邢台。《寶集寺沙門□□造陀羅尼經幢》：『乾統三年正月小。』大興。《封龍山頌》：『延熹七年月紀豕韋。』元氏。《范陽張公先塋碑》：『月建圉如。』涿州。《重修聖象法堂記》：『月在仲如。』元氏。《析城山禱雨感應記》：『至正辛丑月正南宫。』鳳臺。《重修治平寺樓閣記》：『至正五年菊月。』甘肅。閏月作潤月，孟惠珍冊人造象：『天平四年潤九月。』劉巳龍造象：『開元廿三年潤拾月。』完縣。《會善寺岑法師塔銘》：『元和五年潤正月。』登封。桉：宋元碑『閏月』作『潤』者多，不具載。鄭城詩並題名：『紹興辛未後四。』《梁公石塔實錄記》：『大定十一年辛秋七月。』房山。

紀日之異者：《禮器碑》：『皇極之日。』五日也。趙與譓『雲龍風虎』字：『季春圓日。』眉山李壁等題名：『慶元三年狗日。』大足釣魚山。《棲雲虛靜真人壽宮記》：『至元二十年季春祥日。』登封。元巖翟子僰題名：『重午休務日。』汰波巖劉鎡等題名：『政和丁酉絕烟節。』碧虛亭龍躍等題名：『紹興丙辰上九日。』蟄龍巖趙悅道等題名：『嘉泰甲子月夕前七日。』並臨桂。《廣福禪院經界寺基圖並記》：『淳祐壬子四月結制日。』無錫。《景教流行碑》：『建中二年太簇月七日大耀森文日。』《靈巖寺讓公道行碑》：『至正元年仲冬新復日。』長清。《吳克舒石魚題名》：『紹興癸酉書雲日。』涪州。《移剌霖驪山有感詩》：『承安屠維協洽書雲後七日。』臨潼。顧孺履等題名：『淳祐六年二月中元。』英德。《玉皇宮四帝御押》：『宣和乙巳重六日。』博山。沙門國威造陀羅尼經幢：『長慶甲辰十月蓂落十二葉。』永壽。劉振圮造陀羅尼經幢：『光啓四年月當姑洗蓂虧十有二葉。』固安。度公造真言幢：『正隆元年二月蓂生十二葉。』房山。《孝行村記》：『大定己酉孟冬蓂芳九葉。』費縣。『蟄窟』二大字：『大定廿二年春八十日。』定州。《爨寶子碑》：『太亨四年四月上恂。』南寧。碧落洞鄭介夫等題名：『元祐丙寅五月中沐。』英德。蒼玉洞陳暵題名：『嘉泰三月下潘七日。』長汀。

紀時之異者：劉思益、思蜀造陀羅尼經幢：『天德二年五月四日統時。』淶水。許延蜜造陀羅尼真言幢：『統和廿八年七月九日晨時。』又『丙寅』作『丙演』，見萬歲通天二年馮善廓造浮圖銘。『戊辰』作『戊晨』，見宣和七年王士宗造破地獄真言幢。『壬午』作『任午』，見咸雍七年李晟爲父母造陀羅尼經幢。

《賜賀蘭栖真敕書并贈序碑》，大中天聖九年歲次辛未孟冬月。桉：卽仁宗天聖九年也。宋朝四字年號，祇有太平興國、大中祥符，此云『大中天聖』，史冊所未載也。

夫容敏爲亡母造象，證聖元年二月五日。『夫容』卽『芙蓉』本字，此姓絕豔異。

□州參軍辛仲運妻盧八郎墓刻，長安二年。女人男名，僅見。

紹熙沽曹眉山張德固等題名，宜賓涪翁巖。酒匠劉七翁題名，泰和元年。長清。沽曹、酒匠，天然對偶。湧金井名、疊玉茆山磨崖，張貴男、李富娘竝墓誌，亦佳對。

臨桂伏波巖題名：『乙未元日，端臣隻遊。』姓李，崇寧間人，見雉山題名。見《名勝志》。隻游，獨遊也。『廣利禪寺』四大字，黄山谷篆書；無爲學宫真宗御製《文宣王贊》，宣和乙酉米元章篆書。二公篆書，世不多見。

《重修飛英舍利塔記》，延祐六年趙孟籲正書並篆額歸安，當是松雪昴弟行也。孟籲，字子俊，文敏弟，官至知州。畫人物花鳥頗佳。見《畫史會要》。

隨園女弟子《湖樓請業圖》冊一，卷一。冊繪十三女弟子小象，人各一葉，藏崑山李菊農傳元家，余未之見。卷則長幀布景者也，藏貴池劉氏聚學軒。丙午開歲，余從假觀，庋蕙風簃，逾半月。

王文治題首，婁東尤詔寫照，海陽汪恭製圖。

隨園序云：『乾隆壬子三月，余寓西湖寶石山莊，一時吴會女弟子各以詩來受業。旋屬尤、汪二君爲寫圖布景，而余爲志姓名於後，以當陶貞白真靈位業之圖。其在柳下姊妹偕行者，湖樓主人孫令宜臯使之二女雲鳳、雲鶴也；正坐撫琴者，己卯經魁孫原湘之妻席佩蘭也；其旁側坐者，相國徐文穆公之女孫裕馨也。手折蘭者，皖江巡撫汪又新之女纘祖也；執筆題芭蕉者，汪秋御明經之女妽也；稚女倚其肩而立者，吴江李寧人臯使之外孫女嚴蕊珠也；凭几拈豪，若有所思者，松江廖古檀明府之女雲錦也；把卷對坐者，太倉孝子金瑚之室張玉珍也；隅坐於几旁者，虞山屈婉仙也；倚竹而立者，蔣少司農戟門公之女孫金寶也；執團扇者，姓金名逸，字纖纖，吴下陳竹士秀才之妻也；持釣竿而山遮其身者，京江鮑雅堂郎中之妹，名之蕙，字芷香，張可齋詩人之室也。十三人外，侍老人側而攜其兒者，吾家姪婦戴蘭英也，兒名恩官。諸人各有詩集，現付梓人。嘉慶元年二月花朝，隨園老人書，時年八十有二。』印：『袁枚』白文，『己未翰林』朱文，『隨園親筆』白文。又序云：『乙卯春，余再到湖樓，重修詩會，不料徐、金二女都已仙去，爲淒然者久之。幸問字者又來三人，前次畫圖不能羼入，乃托老友崔君爲補小圖於後，皆就其家寫真而得。其手折桃花者，劉霞裳秀才之室曹次卿也；其飄帶佩蘭而立者，句曲女史駱綺蘭也；披紅襜褕而若與之言者，福建方伯璵沙先生之季女錢林也。皆工於吟詠，綺蘭有《聽秋軒詩集》行世，余爲之序，清明前三日，袁枚再書。』印：『隨園主人』白文，『花裏神仙』朱文。此印先誤用橫，後改捺正。

題詞最三十一家，再題者一家。熊枚謙山七絕，曾燠七絕五，王昶七絕四，胡森七絕九，擬小遊仙體。俞國鑑七古，吳蔚光七絕五，慶霖晴村七律，張雲璈七古，王文治七絕，劉熙七古，王鳴盛七絕二，康愷七絕，李廷敬七絕二，董洵七絕二，歸懋儀七律四，梁同書七絕二，郭堃七古，鰲圖七絕二，成策七絕四，安盛額七絕二，張溥七絕，吳瓊仙珊珊七絕，嚴蕊珠七律二，姪媳王蕙芳七絕四，吳瓊仙再題七絕四，席佩蘭七絕五，姪女淑芳七絕八，戴蘭英七古，徐爔《仙呂道情》一闋，陳廷慶七律，錢大昕七絕二，沈文淵小湘七絕四丙申購圖題并誌。後有錢元章等觀款，郁熙灝購圖題記咸豐乙卯。慶霖詩云：『紛紛都是埽眉才，境過聊將往事諧。白髮傳經人縱老，紅妝問字例誰開。春歸蓉館千花擁，淚下銅仙一笛催。知否披圖憐宋玉，雌風無復到蘭臺。』王文治詩云：『寶石山莊啓絳帷，春波十里漾琉璃。逃禪倦客真僥倖，親見湖樓問業時。』自注：『壬子三月，先生修詩會之日，治訪先生於湖樓。孫雲鳳、雲鶴，治同年春巖臬使之女也，以年家禮相見，先生因並命諸弟子皆出拜焉。』席佩蘭詩云：『寶石山莊靠鏡湖，人間清絕一方壺。十年枉作西泠夢，早已全身入畫圖。』『先生端坐彩豪揮，爭捧瑤箋問絳帷。中有彈琴人似我，數來剛好十三徽。』『選刻新詩昉《玉臺》，卷中人各手親裁。白家老嫗康成婢，未許窺覘入座來。』『老壽翁須過百齡，果然位業是真靈。願同伏勝傳經例，一個門生授一經。』『後來居上亦何嫌，廿六人中取格嚴。恰比十三行玉版，誰家副本又新添。』袁淑芳詩序云：『嘉慶元年十一月九日，隨園伯父來眡淑芳，並拜麝餅螺丸之賜。時出十三女弟子圖命題，勉成八絕，錄求誨正。』『不扶鳩杖不乘船，步訪深閨日午天。贏得癡兒與嬌女，爭先出戶看神仙。』『圖集閨中賦茗才，轉因鄭重不輕開。水沈一貼剛分與，鵲尾金爐手爇來。』『此事推袁得未曾，詩禪仙女玉傳燈。嗤它一個徐都講，猶自編詩詑友朋。』自注：『《西河集》坿編徐昭華詩。』『詠絮多慚謝女才，它時內集定教陪。學吟畢竟從姑好，二妹詩中認體裁。』『雲璈一隊會羣仙，桃李春風別樣妍。只恐湖頭西子妒，遲生那不二千年。』『螺丸只賜女門人，聞說隨園例可循。閨友莫嫌今破例，元須讓我數家珍。』『畫圖才卷又重開，白髮紅妝細認來。拚著它年游寶石，一花一草一徘徊。』『請業重圖後十三，侍公容我厠其間。詩壇若準宗盟例，同姓人應作領班。』

兩圖最十七人，以孫雲鶴、嚴蕊珠、金逸、戴蘭英詩筆爲最清。雲鶴《聽雨樓詞》世尠傳本，曩歲辛卯，余客羊城，假方氏碧琳琅館藏本迻鈔，後乃盛傳吳下，風格在秋水莊盤珠、瘦影關鍈之間。《請業圖》，雲自在龕有臨本，悉依元圖寫真，衣服妃色、花石渲染、澹濃疏密，無藺髮殊，傳世久遠，殆能亂真矣。

楊盈川序《王子安文集》云：『薛令言，朝右文宗，託末契而推一變；盧照鄰，人間才傑，覽清規而輟九知。』所謂九知者，蓋用《漢書》『九變復貫，知言之選』之語也，其見推許若是，而云『愧在盧前，恥居王後』，何耶？

江寧方言，『風』音同『分』，最爲近古《詩》。『絺兮綌兮，淒其以風。我思古人，實勞我心』、『吉甫作誦，穆如清風。仲山甫永懷，以慰其心』，是其證也。『習習谷風，以陰以雨。黽勉同心，不宜有怒』，亦鬲句叶也。楊升菴云：『風，古孚金切，《詩》、《騷》均可據。』雲夢，《周禮》作『雲瞢』；逢蒙，《史記》作『逢門』。尤爲風、分通叶之碻證。《周禮·秋官·士師》注：『辯，讀爲「風別」之「別」。』下文『傅別』注亦同。風別卽『分別』，則是風、分二字竟可通用，不唯『風』讀若『分』矣。

穆宗朝，榮文忠直內務府。一日，上命提庫儲五百兩購木瓜。文忠奏：『各宮陳設木瓜，所司悉已供進。卽欲添購，何須如許鉅款？』上怒，曰：『汝嗇查我用耶？』文忠碰頭奏：『內府度支出入，豪氂須記帳籍，未便無名提撥也。』上爲之霽顏，竟寢成命。

庚申五月，考選南齋翰林。命題擬鮑明遠數詩，卽云『一身化關西，二年從車駕』者是也。時順德尚書亦與試，竟無人能記誦元詩者。

內閣公事，向例由侍讀持至朝房，呈堂畫諾。侍讀立呈，中堂亦立而畫諾。軍機中堂，非畫不可。其不兼軍機者，適在朝房則畫；不在，則闕如，可也。

畫諾均用花押，堂官押形方而闊，司官押形長而狹。

內閣繕寫簽支，左邊一行國書，右邊一行漢字，字徑三分。卽恭擬之諭旨。中間一行滿漢合璧，亦左國書、右漢字，字徑二分。衙門名及月日事由。背面右下角滿中書名、左下角漢中書名卽繕簽者，蠅頭細楷，才徑分許，若姓名筆畫繁密，頗以爲苦。昔有中書丁姓，更名乃一，姓名共祇五筆，取其便於繕簽也。

壬辰、癸巳間某日，上披覽本章，一簽偶稍觸損，命侍臣依式更換，國書敕奏事處繕寫，漢字則御書，大小均如式，蓋尚未呈慈鑒也。簽下，閣臣見紙字均異，後乃恭悉係特旨更換者。是日繕簽漢中書爲陳再廉湖北宜都人，東華綾被宸翰書名，一時傳爲佳話，而聖躬孝謹亦藉窺於萬一，足令薄海同欽矣。御書昉歐陽詢，峻整端勁，每於欽奉珠簽時敬謹瞻仰，欣幸無極。

《列子·黄帝》篇：『因以爲茅靡。』《莊子·應帝王》篇作『弟靡』。古無『第』字，『弟』卽『第』也，『第』與『茅』通。《鄭恆墓志》：『私第』作『私茅』，唐人用字猶近古也。《戰國策》：『秦固有懷茅邢丘。』《史記》作『懷地』，當是本作『懷弟』，音同致誤耳。『第』又通『茨』，《儀禮·既夕禮》：『第爲茨。』《埤雅》引《列子》『茅靡』作『弚靡』，『弚讀如稊，《詩》言「葇荑」，稊荑也。』《月令》：『靡草。』故知頹、靡義通。未詳何本。『弚』、『弟』亦形近。

玉女投壺：每投十枝百二十梟，設有入不出者，天帝爲之嚭嘘。梟，一作嬌。楊大年詩：『書題枉是藏三尺，壺矢誰同賽百嬌。』謝無逸詞：『雙槊枕，百嬌壺。』《升庵外集》甲辰四月，晤半唐揚州，半唐問余『嬌馬』二字之誼，未能畣也。今知殆卽梟馬耳，惜不能起半唐商定是否。又《玉臺新詠序》：『雖復投壺玉女，爲歡盡於百驍。』驍，卽馬也。《唐張琮碑》：『未嘗富貴嬌人。』『驕』作『嬌』。然則『嬌馬』卽『驕馬』耳。

《史記·孟嘗君傳》曰：『文卒，謚曰孟嘗君。』惲子居云：『謚法無嘗義，亦無孟義。《國策》「靖郭」、「孟嘗」，皆生前號也。孟與嘗，地名。』《大雲山房雜記》。方密之云：『《呂覽》「商文與吳起語相事」，《史記》作「相田文與吳起語」，漸子謂孟嘗封於商，愚謂嘗、商音近相借。』《通雅》方氏之說，可補惲所未備。

曆日建除之名，見於古史書者，《高貴鄉公集》載《自敘始生禎祥》曰：『惟正始二年九月辛未朔，二十五日乙未直成，予生。』《漢書·王莽傳》：『以戊辰直定，御王冠，卽真天子位。』師古曰：『建除之次，其日直定。』

嚴鐵橋《釣臺詩》云：『天子牀中天象成，羊裘脱卻又歸耕。客星不是蜚熊兆，渭水桐江一樣清。』自注：『張紫瀾云：先生就徵，會遭星變，決意歸耕，前人都作兀奡語，非事實也。客星有五見，皆不祥，況犯帝座？觀《開元占經》、《乾象通鑑》自明。』淩揚藻《蠡酌篇》云：『《中興天文志》：「客星有三，曰老子，曰國皇，曰溫星。老子一星，休咎半之。國皇、溫星，皆爲咎徵。」韓昌黎謂百越之地，其次星紀，其星牽牛。故漢獻帝永建六年十二月壬申，客星出牽牛，於時士燮保郡二十餘年，畺埸無事，民得安生，其殆老子星歟？《觀象玩占》謂：「客星，非常之星，其出無時，其居無定，寓於星辰之間，如客，故謂客星。」《太公陰謀》曰：「六庚爲白獸，在上爲客星，在下爲害氣。」世稱嚴子陵足加帝腹，占者謂客星犯帝座。攷《通鑑》：子陵就徵在建武五年；是歲，《後漢書》紀、志皆不載客星事。至建武三十一年，有客星餤二尺許，西南行；明年中元元年二月二十二日，在輿鬼東凡六尺，占曰「死喪」；二年二月，帝崩。此又國皇、溫星之類歟？據此，則客星之出，亦尚有辨，但不祥者多。子陵客星事不見於史，不爲災，故不書耳。』《柳氏舊聞》：『開元中，張說恩寵無比，肅宗與說二子均、垍如親戚兄弟。』杜詩《贈張四學士》云：『宮中漢客星。』言垍與肅宗爲布衣交，如子陵之於光武。是亦以客星爲佳話矣。

以地名名船，中國古亦有之。《三國志·吳主傳第二》：『權於武昌新裝大船，名曰長安。』

複姓單舉下一字，如『干木』、『馬長卿』之類，大都後人稱前人則然。蜀主謂諸葛公曰：『政由葛氏，祭則寡人。』同時人如此稱，殊僅見。

唐張允碑：『□□□之陰謀，僻左丘之微婉。』姓左丘耶？抑名之下一字從略耶？

江寧有察戰巷。金偉軍云：『察戰，官名，見《建康實錄》。』《金陵待徵錄》桉：《三國志》：『使察戰到交阯調孔雀、大豬。』注：『察戰，吳官名，今楊都有察戰巷。』大豬，象也。

李文鳳《月山叢談》云：『天下十三省，俗皆有號。如陝西曰豹、山西曰瓜、山東曰膝、河南曰鱸、蘇浙曰鹽豆、江西曰臘雞、福建曰獺、四川曰鼠、湖廣曰乾魚、兩廣曰蛇、雲貴曰象，各以是相嘲，莫知所始。』桉：《三國志·陳思王傳》：『植上疏云：「至使蚌蛤浮翔於淮泗，鼲鼬讙譁於林木。」』謂吳、蜀也，則斯語由來舊矣。

勤直公昇寅戈壁道中《竹枝詞》：『皮冠冬夏總無殊，皮帶皮韡潤酥酪。也學都門時樣子，見人先遞鼻烟壺。』趙撝叔《勇盧閒話》甄錄鼻烟壺事極備，此詩未載。江都蔣超伯《南漘楛語》：『洪稚存先生《七招》自注云：「菸草一種，百年來盛行。近復尚鼻烟，皆刳玉爲瓶，精者至六大珠爲之。」又杭大宗《嶰谷馬君傳》：「君迎駕江壖，疊蒙恩賚賜御書、石刻、貂緞、荷包、鼻烟壺等物。」則鼻烟之起當在乾隆之初。是物最難藏弆，東坡《寄周安孺茶》詩云：「苦畏梅潤侵，煗須人氣燠。又若廉夫心，難將微穢瀆。」似爲鼻烟詠也。』此條亦可補趙所未備。

荀卿名況，《漢書·刑罰志》作『字況』，而《藝文志》及《楚元王傳》則亦云名況也。

祝鏡颿侍讀繪《宸園紅藥圖》，李榕園都轉有詩，竝懸直廬壁間。見方子嚴濬師《退一步齋詩集》。

余己丑入直，見壁懸張溫和所畫紅薇，惜歲久，臭巢黔黦殊甚。壬辰、癸巳間，則以木刻易之矣。

萱草別名妓女，見《本草綱目》：『關雎一窠二室，雌雄異居。』今人謂母萱草，而以關雎頌美人婚姻，殆未深攷。

古以薉褻語入史書者，余彙記之，得三事：

一，《戰國策》韓二：『宣太后謂尚子曰：「妾事先王也，先王以其髀加妾之身，妾困不疲也；盡置其身妾之上，而妾弗重也，何也？以其少有利焉。」』

一，《後漢書・襄楷傳》：『襄上桓帝疏云：「前者宮崇所獻神書，專以奉天地、順五行爲本，亦有興國廣嗣之術。其文易曉，參同經典，而順帝不行。」』章懷太子注：《太平經典・帝王篇》曰：『問曰：「今何故其生子少也？」天師曰：「善哉！子之言也，但施不得其意耳。如令施其人欲生也，開其玉戶，施種於中，比若春種於地也，十十相應，和而生；其施不以其時，比若十月種物於地也，十十盡死，固無生者。真人欲重知其審。今無子之女，雖日百施其中，猶無所生也。不得其所生之處，比若此矣。是故古者聖賢不妄施於不生之地也，名爲亡種，竭氣而無所生成。今太平氣到，或有不生子者，反斷絕天地之統，使國少人」』云云。

一，則天朝張、薛承辟陽之寵，右補闕朱敬則上書切諫，中有：『陛下內寵已有薛懷義、張易之、昌宗，固應足矣。近聞尚食奉御柳模自言子良賓潔白美鬚眉，左監門衛長史侯祥自云陽道壯偉，過於薛懷義，專欲自進堪充宸內供奉。無禮無儀，溢於朝聽』云云，則天勞之曰：『非卿直言，朕不知此。』賜綵百段。

扁鵲，軒轅時善毉者之名，其後秦越人善毉，人因以名之。《管子》：『西施毛嬙，盛怒氣於面，不能以爲可好。』管子去吳越數百年，則古有此美人，而越女慕之爲名耳。古人沿襲盛名，亦各從其類矣。

唐人聯句，第一輪每均下注某名；送某官，或曰上某官，同列則曰送，所尊則曰上。《劉賓客集·春池泛舟聯句》云：『鳳池新雨後，池上好風光禹錫上相公。取酒愁春盡，留賓喜日長度送兵部。柳絲縈畫舸，水鏡瀉雕梁羣送賈園長。潭洞迷仙府，烟霞認醉鄉餗送張司業。鶯聲隨笑語，竹色入壺觴籍送主客。』已下則但注名而已。此式近人無昉之者，但各注名或字之一字，大都簡傲有餘，莊雅不足，充其蔽，卽有自放於禮法之外者。觀於唐賢所爲，詎非文字之祥耶？

《戰國策》蘇子爲趙合從說魏王：『今竊聞大王之卒，武力二十餘萬，蒼頭二千萬，奮擊二十萬。』言戰士也，今人以『蒼頭』爲『下走』之稱。

雲南石刻以二爨碑爲最古，東川府有丁連然君闕，見曹學佺《名勝記》。雲自在龕有拓本，文曰：『丁連然君之神道。』字徑如漢侍中楊公闕，亦晉、宋間物也。

菊軒先生金段成己，字誠之《贈呼延長原》句：『雖云符詛師，頗異尋常人。疾苦在力救，貴賤情一均。』又云：『功成不責報，第恐傷吾仁。曠懷寓杯酒，不計醨與醇。』《二妙集》卽今所謂祝由科也。

宋王質詞《江城子》句云：『得到釵梁容略住，無分做，小蜻蜓。』未經人道。

古名媛有節爲才掩者。謝道韞當孫恩難作，神色不變。及聞夫與子皆死，乃命婢肩輿抽刃出門，遇賊，手刃數人，遂被掠。外孫劉濤才數歲，賊欲害之，道韞曰：『事在王門，何關他族？必其如此，寧先見殺？』恩頓改容釋濤。及道韞嫠居一室，節終其身，智勇堅貞，巾幗丈夫也。《史通》稱徐淑『動合禮儀，言成規矩』，夫死時，猶豐少，兄弟將嫁之，誓而不許，哀痛傷生，□磨笄之苦節也〔一〕。之二人者，世徒以才藻豔稱，抑末矣。

【校記】

〔一〕闕字，底本已不全，當爲『表』字。

葉見南記揚州顧生遇陳提督元勳事，與《觚賸·雪遘》絕類：『生名禔，字繼明，家平山堂左，依水爲園，買美鬟十二，教之歌舞。夫人況氏，淮安太守女，妙解音律，親爲家妓正其曲誤』云云。吾宗閨秀見於譔述者絕尠，淮安太守亦未之前聞，惜葉記不具其名也。

文襄公福康安平西藏還，以奏銷屬部吏。吏索萬金，文襄怒曰：『汝敢索我賄耶？』吏白：『非敢索賄，爲貝子中堂計耳。中堂大功告成，皇情豫悅。奏章速上，立邀俞旨。部書才十數人，帳牘雲擁，非二年不辦。彼時交部核議，則事未可知矣。誠不如速上，欲速上，必多顧書人，多顧書人，必需款甚鉅。職是之故，唯中堂圖之。』文襄立予萬金。越旬日，奏聞依議。

宋周晉《清平樂》云：『手寒不了殘碁，篝香細勘唐碑。無酒無詩情緒，欲梅欲雪天時。』倚聲家爲金石學，是魚與熊掌也。晉字明叔，號嘯齋。

劉禹錫《謝手詔表》末云：『應緣軍旅庶務，謹具別狀奏聞。』具別狀，即今之夾片也。

端午日，壁疥鍾馗，盤飣角黍，近世風俗，南北皆然。劉賓客《代李中丞謝鍾馗曆日表》云：『伏以將慶新年，聿循故事。繢其神象，表去癘之方；頒以曆書，敬授時之始。』《代杜相公謝表》云：『星紀方回，雖逢歲盡；恩輝忽降，已覺春來。』則是除夕拜鍾馗之賜也。《中吳紀聞》云：『有一貧媪，嘗持角黍獻智積靈巖寺。智積受之，媪因得度。至今上巳日號智積誕日，聚數十百媪爲角黍會。』是以角黍爲上巳節物也。

唐人以執事爲不恭之稱。劉賓客《答道州薛郎中論書儀書》云：『其後爲御史，四方諸侯悉以書來賀，校其禮皆駮不同，唯洪州牧李常侍巽、潭州牧楊中丞憑始言「執事」，其它如儀，而同在憲司者咸以二牧爲不遜。愚時與其僚柳宗元昌言於衆曰：「監察，八品也，當衣碧，言「執事」爲宜，不當輕怪。」衆咸听然而咍，復謂愚云：「子奚不碧其服耶？」其不堪執事色，深不可以言解。』

意内言外，詞家之恆言也。當作『音内言外』。《韻會舉要》：『徐曰：「聲成文謂之音，此詞直音内之助，聲不出於音，故曰音之内。直言曰言，一字曰言，此詞皆在句之外爲助，故曰言之外。」』據此，知小徐本竟作此『音』字。

詞訓音内言外，於誼殊優。凡物在内者恆先，在外者恆後。詞必先有調，而後以詞填之，調卽音也。亦有自度腔者，先隨意爲長短句，後䚮以律。然律不外正宫、側商等名，則亦先有而在内者也。凡人聞歌詞，接於耳，卽知其言。至其調或宫或商，則必宷辨而始知，是其在内之徵也。唯其在内而難知，故古云知音者希也。

尤袤《全唐詩話》：『天授二年臘，卿相欲詐稱花發，請幸上苑。許可，尋復疑之，先遣使宣詔曰：「明朝遊上苑，火速報春知。花須連夜發，莫待曉風吹。」淩晨，百花齊放，咸服其異。』李松石汝珍譔章回小說名《鏡花緣》，言武后時百花齊放，事本此。松石卽譔《李氏音鑑》者。

涪州石魚《劉叔子題詩記》末云：『侖男貢士從龍書寶祐二年正月。』顧起元《客座贅語》：『笛管稍長短，其聲便可就板絃索，若多一彈，則𠆭板矣。』侖、𠆭，並字書所無，不可識。筱珊先生云：『侖當是命字。』桉：楊升菴《雜字韻琁》：『𠆭，音欺，從三个，參差貌。《西廂記》：「𠆭拍了迎風戶半開。」』羅叔韞云：『少室石闕拓本佚字，翁北平所未見者，祇一聶字完整，此非俗字，卻不可識。

《李太白集》有《情深樹》五絕一首，語殊泛泛，注亦弗及。不知『情深樹』爲何物。唐劉黑仁等造《徘徊碑》永淳二年，見《金石錄》。『徘徊』亦不知何物。明王世貞宋版《漢書》跋：『桑皮紙白潔如玉，字大者如錢，絕有歐、柳筆法，細書絲髮膚緻，墨色精純，溪潘流瀋。』見《天祿琳琅》。『溪潘流瀋』不得其解。《吉林試墾章程》嘉慶十九年富俊疏進：『於拉林東南夾信溝地方設立三屯，每丁撥給荒地三十晌。』元注：『晌，六畝有奇。』俞理初云六畝。其誼亦未詳。

《驗方新編》一書，盛行宇內，幾於家置一編。然所載之方，有奇驗如神者，亦有必不可從者，如疔毒忌酒，乃云白菊花、金銀花、甘草等分用酒蒸服之類是也。近人至謂輯是編者爲好仁不好學，安得一一抉擇而標識之？

直隸定興縣有天啓六年奉聖夫人德政碑，黃立極譔，張瑞圖書，揭銜皆稱義男，書勢絕精。朾碑人李雲從曾拓一本貽筱珊先生，此碑見今猶存。客氏，定興人也。

當塗采石磯有《太白脫鞾》、《山谷返櫂》兩圖，宋牟子才作竝贊。一焜於火，再毀於傖，今不可復拓矣。余所藏拓本，《脫鞾圖》較精整，《返櫂圖》尤剝蝕。潛揅堂跋云：『當在寶祐間。子才，《宋史》有傳，字存齋，一字存叜。《絕妙好詞》有周晉訪牟存叜南漪釣隱《點絳脣》一闋。《癸辛雜識》云：

「牟端明園，本郡志南園，後歸李寶謨，其後又歸牟存齋。園中有碩果軒大梨一株、元祐學堂、芳菲二亭、萬鶴亭荼蘼、雙李亭、桴舫齋、岷峨一畝宮。前枕大溪，曰南漪小隱。」《吳興掌故集》云：「牟子才字存叜，其先井研人，愛吳興山水清遠，因家湖州之南門。」』桉：園中有學堂，僅見。

錦袍兮烏幘，神清兮氣逸。淩轢兮萬象，麾斥兮八極。我思古人，伊李太白，孰爲使之。朝禁林而暮采石也，其天寶之孌幸歟。疏擿詞篇，浸潤宮掖。吾觀脫韡之圖，未嘗不嫉小人之情狀而傷君子之疏直。惟公之高蹈兮，霍神龍之不可以羈紲。矧富貴如敝屣兮，其得失又何所欣戚也？陵陽牟子才贊。字徑一寸

幅巾兮野服，貌腴兮神肅。孤騫兮風雅，唾□兮爵祿。我思古人，伊黃山谷，曷爲使之。六年僰道而九日故孰也，其符紹□□歟。□□□□□□□觀反櫂之圖，未嘗不感君子之流落，而痛小人之報復。惟公之高風兮，渺驚鴻之不可以信宿。矧吾道猶虛舟兮，其去來又何所榮辱也。陵陽牟子才贊。

先祖存齋先生立朝剛正，忤閹宦董宋臣，以集英殿修撰出守姑孰，作《脫韡》、《返櫂》二圖以寓意。宋臣益怒，乃罷郡去。理宗悟，召入，真拜翰林學士，有奏疏十卷。後以資政殿大學士致仕，贈光祿大夫，謚清忠公。於今八十三年矣。不肖孫承行省命監督洛漕，敬奠祠下，摩挲石刻，瞻拜而去。至元戊寅五月，孫承務郎、湖州路歸安縣尹、兼勸農事牟應復謹識。在返櫂圖左方。

刊者蔡邁、范仁、芮振。在脫韡圖左下角。

東坡祖名序，爲人作序皆作『敘』字。《劉賓客集》凡序皆作『集紀』，殆亦其家諱歟？張函齋《漢

隸字原》論序字曰：『序者，庠序之序，是學名，非次敘之敘也。』二先生者，或亦執是説歟？

韓勑造孔子廟禮器碑，『瑚璉』作『胡輦』。本朝避端慧太子諱，或用『輦』字恭代，殊典雅。

《聞見近錄》：『金城夫人得幸太祖，頗恃寵。一日宴射後苑，上酌巨觥以勸太宗。太宗顧庭下曰：「金城夫人親折此花來，乃飲。」上遂命之。太宗引射殺之。』《鐵圍山叢談》亦載此事，謂『金城』作『花蕊』，而花蕊遂蒙不白之冤矣。余嘗謂花蕊才調冠時，非尋常不櫛者流，必無降志辱身之事。被擄北行，製《采桑子》詞題葭萌驛壁，云：『初離蜀道心將碎，離恨緜緜。春日如年，馬上時時聞杜鵑。』甫就前段，而爲軍騎促行。後有無賴子足成之云：『三千宮女蓮花貌，妾最嬋娟。此去朝天，只恐君王恩愛偏。』《太平清話》謂：『花蕊至宋尚有「十四萬人齊解甲，更無一個是男兒」之句，豈有隨彔行而書此敗節之語？』此詞後段決非花蕊手筆，稍涉倚聲者能辨之。桉：《郡齋讀書志》云：『花蕊夫人俘輸織室，以罪賜死。』烏得有宋宮寵幸事。鄉於《近錄》、《叢談》所記互異，未定孰是孰非。及證以晁氏之説，始決知誤在《叢談》，而《采桑子》後段之誣，尤不辨自明，而花蕊之冤雪矣。

晉王射殺花蕊夫人事，李日華《紫桃軒又綴》謂是閩人之女，南唐李煜選入宮，煜降，宋祖嬖之云云。此又一説。據此，則亦必非作宮詞之花蕊夫人也。

曩見某字書云『銖㒳』之『㒳』作『㒳』，『參兩』之『兩』作『兩』，不可通也。桉：《韻會舉要》：『㒳，再也，从冂。』則是『參兩』之『兩』亦可作『㒳』矣。

宋人不諱再嫁。范文正置義田贍族，嫁女者錢五十千，娶婦二十千，再嫁三十千，再娶十五千，見《中吳紀聞》。

張伯玉公達《六經閣記》：『計庸千有二百，楹十有六，棟三架，霤八，桷三百八十有四，一戶六牖，梯衡楶棁，圬墁陶甓稱是。』昔人記營建之文，未有若是詳悉者。

韓昌黎《盆池》詩：『夜半青蟲聖得知。』劉賓客《和牛相公寓言》：『只恐重重世緣在，事須三度副蒼生。』周草窗《西江月》詞：『稱銷不過牡丹情，中半傷春酒病。』王質《漁父詞》：『遮些快活有誰知。』聖得、事須、稱銷、遮些，皆唐宋人方言。

康熙三年以八比文多剿襲鄉、會試，改用策論。甲辰會試、丙午直省鄉試，皆照改定章程。行至八年己酉科，復用八股。乾隆九年，兵部侍郎舒赫德上疏請廢科目，大學士鄂爾泰等議駁，今日新政之眹兆也。

古時婦人封號不甚可攷。宋徐度《卻埽篇》云：『宰相、使相妻封國夫人，執政、節度使、光祿大夫妻封郡夫人，然不繫其夫之封爵。有夫之爵，方爲郡公郡侯，而妻爲國夫人者；有夫之爵，方爲縣伯子男，而妻爲郡夫人者。』又：『每遇大禮則加封，有夫爲小郡小國公而妻爲大郡大國夫人者，此唐制也。』宋敏求《春明退朝錄》云：『凡宰相、使相母封國太夫人，妻封國夫人；樞密使、副使、參知政事、尚書、節度使母封郡太夫人，妻封郡夫人；（樞密參政母經南郊封國太夫人。）直學士以上給諫、大卿監、觀察使母封郡太君，妻封郡君；（舊制：學士官至諫議大夫以上方得郡封。天禧中詔改之。）少卿監、防團以下至陞朝官母封縣太君，妻封縣君。』此宋制也。《退朝錄》又載官告之制云：『國夫人銷金團窠五色羅紙七張、暈錦褾袋；郡夫人常使金花羅紙七張、（現任兩府母、妻使團窠。）法錦褾袋；（以上至司言、司正等階，用瑇瑁、紫絲網、帉錔〔一〕。）郡君、縣太君、遙郡刺史、正郎以上妻，並銷金常使羅紙七張；餘命婦並素羅紙七張。』

【校記】

〔一〕錔：底本作『榙』，據《宋史·輿服志》與《職官志》改。

元以詞曲取士，於載籍無攷，當是用爲行卷，藉延譽、圖進取耳。

蘇氏鶚《演義》云：『長安城北古漢城中咸宜宮前有石麟，臆前有八分書。大中八年，宣宗遣近臣橅之，曰：「大夏真興二年陽平公造石麟。」』此唐人金石話也。

琥珀之說不一：《博物志》云：『茯苓所化。』《酉陽雜俎》：『龍血入地爲琥珀。』《元中記》：『楓脂入地爲琥珀。』《南蠻記》：『寧州沙中有折腰蜂，岸崩蜂出，土人燒治爲琥珀。』或云雞卵可作琥珀，又云蟠桃入地所化。唯《茆亭客話》云：『凡虎視，只一目放光，一目看物。獵人捕得，記其頭藉之處，須至月黑，掘之尺餘，方得如石子色琥珀狀，此是虎目精魄淪入地而成，琥珀之偁因此。』其說甚新，可補諸家所未備。

俗嘑鬌髮匠爲『待詔』。桉：《中吳紀聞》有『龍待詔相笏』條，則是相士亦偁待詔矣。相士一偁相工，見《通鑑》一百四十一《齊紀·明帝下》。

哄士，卽騶卒喝道者，見《隋書》。捷夫，報錄人，見《中吳紀聞》。廟幹，廟中司香火人，見《劉賓客集》。又老獲，卽老僕，見《紀聞》。

宋閻蒼舒，元名安中，改名蒼舒。何異《中興百官題名》東宮官有閻安中，又有閻蒼舒，誤以爲二人也。

曩得粵東鄧忠壯世昌所書挂屏四幅，書執凝勁，珍逾拱璧。比閱日本人所著《清日戰爭實記》，記公死事，壯甚悉，足爲遺墨增重。亟述如左：

致遠管駕鄧世昌，勇敢有膽略。豐島之役，清國將卒在高陞輪船，多爲日兵所擊沈。世昌欲復其讐，此日在致遠艦内見，日本第一遊擊隊將救赤城比叡危急，卽鳴輪迫之。日兵擊傷其底艦，殆傾覆。世昌知其不免，猶欲奮身不顧碎日軍一艦，以决死撞擊浪速艦。艦行駛不能近，彈丸如雨，沛然注射一艦，艦體益傾欹，遂亦顛覆。世昌以下皆死，僅得免者七人。元注：『鄧艦長畜巨犬，同殉難。事見于美國人麥鼻茲·茲布威痕氏《黄海戰史》。』

日本人所著《高麗近世史》，記甲午中東之役不逾二百字，殊簡當，合史裁。唯云清國海軍全軍覆沒，則非信史。實迎降，非覆沒也。此不可不辨，俾後之人知愧奮。日人爲是曲筆者，意在表暴日軍得力耳。

廉，堂之最外近邊處也。故賈誼云：『廉遠地，則堂高。』『簾箔』之『簾』，垂竹於堂之最外近邊處，故从『竹』从『廉』，廉亦聲。《釋名》云：『簾，廉也。自障蔽爲廉耻也。』於誼嫌鑿未優。

鎦，小徐云：『卽劉字。』近人於『劉略班藝』字徑書作『鎦』；亦有本姓鎦者，《明史·文苑·王冕傳》坿：『鎦炳，字彥昺，鄱陽人。』

臨桂彈丸山有淳熙九年青社鎦良弼傅鳳閩人題名，見曹學佺《廣西名勝志》。又明鎦炳有詩云：『多病文園渴未消，自從人日遇花朝。不知楊柳將春色，綠到淮南第幾橋。』見孟超然《瓜棚避暑錄》。又寶頂山有洪熙元年大足縣教諭江西鎦畋人之碑，見張澍《後遊寶頂山記》。

祁陽浯溪石刻『谿園』二篆字，前筆疑爲宋周應合。譔《景定建康志》者，武寧人，自號谿園。惜應合無遊永碻據。比閱《廣西名勝志》：『「水月洞」三字，谿園居士書。谿園乃宋靜江倅吳億別號。』據此，則浯谿之蹟爲吳來倅桂、道經永州所書無疑。前云周應合別號，非是。前筆此段已刪。校：《桂故》：『億，字大年，蘄春人，臨桂龍隱巖有億篆書題刻，亦稱谿園居士。』

乾隆六十年會試榜後，帝簡大臣搜閱遺，得三人，特旨授內閣中書。是科總裁爲諸城竇光鼐、滿洲瑚圖禮、武進劉躍雲，第一名王以鋙、二名王以銜，歸安人，係胞兄弟。高廟疑其有私，將總裁降調有差，而命嚴行覆試；並恐有屈抑，別簡大臣將落卷悉心覆勘。大臣以蕭山傅淦、天津徐炘、山西李端三卷進呈，俱命授內閣中書。後徐官至某省藩司；李成嘉慶己未進士，入翰林；傅早卒，終中書軍機處行走、方略館纂修、文淵閣校理。校：內閣中書題名祇載徐、李二人，並云乾隆六十年由舉人考取到閣；徐官至山西巡撫，改授光祿寺卿，傳失載。

昔人姓名，有省一上字者，段干木稱『干木』是也；有省一下字者，左丘明稱『左丘』是也；《左傳》『曹叔振鐸』，《晉語》僖負羈曰：『先君叔振。』有省中一字者，酈道元稱『酈元』《後漢・虞詡傳》注及《周書・趙肅傳》是也，省中一字僅見。

漁洋治春虹橋事，在康熙甲辰。

嘗記某說部云：『毛西河夫人絕獷悍，西河藏宋元版書甚夥，摩挲不忍釋手。夫人病焉，謂此老「不卹米鹽生計而般弄此花花綠綠者，胡爲也？」一日，西河出，竟付之一炬。』又云：『西河五官竝用，嘗右手改門生課作，左手撥算珠，耳聽門生背誦，目視小僮澆花，口旋畣門生問難，旋與夫人詬誶。夫人告門生曰：「汝輩謂毛奇齡博學乎？渠作二十八字詩，輒獺祭滿几，非出自心裁也。」』又：

『西河姬人曼殊爲夫人淩虐致死，此事尤於記載中屢見之。』比閲完顔惲珠《國朝閨秀正始續集》，乃有夫人詩二首。夫人既能詩，何至爲焚琴鬻鶴之事？各説部所云，殆未可盡信耶？抑西河不止一夫人，有元配、繼室之殊耶？當再詳攷。夫人姓陳名何，蕭山人。《子夜歌》：『一去已十載，九夏隔千山。雙珥依然在，如何不得環。白露收荷葉，清明種藕枝。君行方歲暮，那有見蓮時。』《兩般秋雨盦隨筆》載五官竝用、作詩獺祭兩事，云其夫人陳氏，則是卽此能詩之夫人矣。

十八學士有三：

一，唐太宗朝，閻立本畫像，褚亮作贊，其人爲：杜如晦、房玄齡、于志寧、蘇世長、薛收、褚亮、姚思廉、陸德明、孔穎達、李元道、李守素、虞世南、蔡允恭、顔相時、許敬宗、蓋文達、蘇勗。後薛收卒，補以劉孝孫。此貞觀文學館十八學士也。

一，明皇時董萼畫像，上自爲贊，其人爲：張説、徐堅、賀知章、趙冬曦、馮朝隱、唐子元、侯行果、韋述、敬會真、趙玄默、毋煚、呂尚、咸冀業、李子釗、東方顥、陸去泰、余欽、孫季良。此開元含象亭十八學士也。

一，楚文昭王希範晉天復四年加天策上將軍，十一月開天策府，以李鐸、潘起、曹梲、李莊、徐牧、彭繼英、裴頎、何仲舉、孟玄暉、劉昭禹、鄧懿文、李弘節、蕭洙、彭繼勳、拓拔恒、李弘臯、廖匡國、徐仲雅爲十八學士，見《通鑑》二百八十二注。

蕙風簃二筆卷二

桂屑

謝與槐督學廣西，喜臨桂儒童張鳴鳳文筆奇古，訓之曰：『子不患不成名，患胷中無全書耳。』金鼇《金陵待徵録》

處士嚴嶷，左庶子損之之孫，國子司業士元之子。舊名保嗣。甚熟歷代史及國朝故事，悉能該通。李賓客渤常與之遊，辟爲桂州支使。劉禹錫《薦處士嚴嶷狀》

嘉靖時，倭寇作亂，有田州瓦氏兵甚驍勇。瓦氏，土司岑彭妾也，將兵頗饒紀律，所至秋豪無犯。方濬師《蕉軒隨録》

李壯士安，廣西人。從主簿李宗昭寓官廨。嘉靖癸丑，倭犯福山，壯士持短兵毒弩往覘，遇於上墅。虜僅數人，蓋渠魁之騁望者。壯士一箭斃其前鋒，又手刃其三，失足坎中，被害。有司禮葬，山原開一穴，乃得成壙，似默佑云。《常昭合志》引《松窗快筆》

宗稷辰譔《佟敬堂墓表》云：『嘗與公推論心體於桂林之華嚴精舍，反復辨證，公深相容納。至稱

主張陸、王無害於宋學，公亦不拒之也。蓋公晚年修踐純熟，未始無意於上達之境。』《續碑傳集》

彭剛直微時肄業石鼓書院，兼充協標書識，協將令爲子師，卽臨桂麻維緒。後以鄉舉官湖南令，有才名。同上

桂撫鄭祖琛平雷再浩、李世得兩巨憝，又越境合楚師滅李沅發，又擒修仁荔浦，踞城股匪陳亞潰，賓諸法，降張國樑。洪逆起事，本易撲滅，特窘於餉，乞援粵督徐廣縉。廣縉靳不與，主『西事西了』之說。鄭以此言出之東撫且不可，況總督乎？徐銜之，飛章劾鄭落職。徐後爲欽差大臣入西境，對僚屬曰：『西事竟如是乎？』憂悔形於辭色，然已無及矣。

平樂三賢祠，祀鄒公浩、范公祖禹、胡公銓，皆宋時謫昭州者。鄒公謚忠，木主稱忠介，誤。

瞿留守之殉難也，孫檢討昌文方從永曆在黔，聞難，倉皇赴粵。時定南王孔有德知昌文將至，欲並殺之。一夕，夢至一官府，甚森嚴，有棹楔曰宮詹司馬，諦視堂皇南面坐者，則總督張同敞也。張，故留守門人，與留守同殉者。遂驚寤。次日昌文至。王感夢兆，待之以禮，且許歸骨去。《常昭合志稿》引《粵行紀事》　余家臨桂東門外水東街，鄒廟曰忠靖祠，所祀神卽張別山。神象，范土作獰狀，以其有『死爲厲鬼殺賊』語也。祠藏《別山詩文集》版，余家藏有印本，今殆化爲雲烟矣。

宣廟時有三御史之目：晉江陳慶鏞、臨桂朱琦、高要蘇廷魁。琦字伯韓，小岑先生四世從孫，故靖藩苗裔也。

福州孟瓶菴超然《使粵日記》乾隆乙酉典試粵西：『閱卷將畢，最賞《春秋》白三號卷，文氣揮霍，薦卷無出其右者。商之積公，積公以第二場詩有疵句。余曰：「此卷卽不元，斷不可不以第二人相處也。」

解元卷氣度頗佳，三場俱稱，要其筆力不及第二名也。宴鹿鳴日，見第二爲潘生鱗，長身玉立，年纔二十餘。來謁，詢以素所業，曰：「最喜劉克猷文第三藝。」排奡展拓，信非學克猷者不能爲也。葉毅菴前輩相見時，云第二名第三藝中間竟是金嘉魚筆意。文章定價，豈虛語耶？』桉：潘先生字力上，桂平人。後官平樂教諭，工倚聲，余曾撰錄二闋入《粵西詞見》。先生詞且工麗，詩句何至有疵？疑或偶蹈輕纖之失耳。積善，旗人，正主考。

孟瓶菴云《瓜棚避暑錄》：『余見臨桂相國爲冢宰時，掾吏日有小摺，公於無字處皆裁取之。時方修則例，余爲提調官，見公每卷批駁處，小簽皆此紙也。』又：『外僚書稟率用紅紙手版，公畣書訖，裁其銜名還之，餘紙留以別用。』

陳文恭曰：『學問當看勝己者，境遇當看不如己者。』

陳文恭素性謙退，凡事不肯先人。一日，與尹文端同直，談次，文端謂：『吾二人皆老矣，乘化歸盡，未知誰先？』文恭不覺遜謝，曰：『還讓相公。』

陳文恭弘謀，乾隆三十二年三月授東閣大學士，始奏請將原名改用『宏』字，恭避御名。前此敭歷數十年，章奏書名均與御名上一字同。惲敬《大雲山房雜記》

王述菴先生云：『陳桂林相國任司道時，與上憲論事不合，上憲㡿以迂闊，公謝不敢當。上憲訝問之，公曰：「迂者，遠也；闊者，大也。憲蘄以遠大，安得不謝？」』英和《恩福堂筆記》

廖叔籌，字壽竹，本林來齋女，繼廖氏，禮部郎長洲許雪邨均配。所爲詩和以莊，間寫花竹，陳榕門相國以爲不減管道昇、趙文俶風味。見魯駿《宋元以來畫人姓氏錄》。文恭理學耆儒，迺閨秀以繪事得蒙鑒賞，良非易易。

揚州韋鐵髯進德，字修己，初以事徙桂林，著《醫學指南》若干卷，多見道語。善劍術，能以兩指空中掇蠅，百不失一。年八十餘，一日，以藥付其弟曰：『夜半有急難，但聞帳中有聲，卽以藥進，尚可救。過此，當得百歲。』其弟坐而假寐，若有人撫其肩曰：「去矣。」驚寤，則鐵髯已逝。髯又善畫龍，向日吸氣噓紙，日不過五六筆，積月乃成。每陰雨，輒生雲氣。盛百二《柚堂續筆談》臨桂就日門內有荒菴，顏曰鉢園，韋鐵髯故居也，辛巳、壬午間尚存。

江蘇丹徒新豐鎮，一作辛豐，有辛王廟，宋紹興七年立。《丹徒志・楊大成記略》：『韓國趙侯辛君，諱翼，字大鵬，灌陽人。避秦入閩，以家財求客爲韓報仇。後居毘陵，葬辛塘南。至隋，立祠南岡之東。宋真宗始封王號，紹興七年遷祀於此』云云。桉：灌陽，宋縣，荊湖南路全州，今屬廣西桂林府。它地名無灌陽，則辛王，吾粵人也。

辛巳、壬午間，臨桂城外鄉人斸地，得古銅戈矛之屬甚夥。余往購已遲，僅得戈一款，篆文『成固』二字。

秀峯書院在就日門內桂山之麓，院後山足有小巖，蓁莽荒薉，僅百數十年，院長忽埽除廓清之，於石壁間得『味易』二字，黃山谷書，因名之曰味易巖，亦辛巳、壬午間事。桂林巖洞隨處皆有昔賢題刻，其湮沒不彰者，豈少也哉？

臨桂白龍洞有紫霞翁題名。桉：宋楊纘字繼翁，號守齋，又號紫霞翁。洞曉律呂，著有《作詞五要》，刻入張玉田《詞源》〔一〕。《浩然齋雅談》云：『纘，本鄱陽洪氏，恭聖太后姪楊石子麟孫早夭，祝爲嗣。』『仕至司農卿、淛東帥，以女選進淑妃，贈少師。』『廉介自持，一時貴戚無不敬憚。』不聞有遷謫之事，不知何因遊吾粵也。

【校記】

〔一〕張玉田：底本作『姜白石』，誤。按：張炎，字玉田，撰《詞源》二卷，卷下附楊氏《作詞五要》，此改。

紫霞翁題名，《桂勝》、《名勝志》、謝志《金石略》竝未載。象州鄭小谷先生獻甫《補學軒文集·游白龍洞記》云：『壁間有「白龍洞」三大字，其旁又有紫霞翁一題名。』則先生親見之矣。又《遊丹霞巖九龍洞記》云：『洞中有題名二十四字，曰：「子誠、子敬、子武、孚若同來遊此。若問題巖歲月，已見南山書字」大約明已前所爲矣。』按：此題名亦未經著錄，宋人筆也。孚若乃方信孺字，臨桂諸巖洞，信孺之蹟夥矣。丹霞巖在宜州城西南五六里。

曹學佺《廣西名勝志》『鬱林州』引《金石略》云：『唐鬱林觀東巖壁上崔逸八分書并撰文，開元七年正月立。』桉：此文在江蘇海州，謝志亦誤收，原出於此。《雲臺新志》著錄在鬱洲山之麓。

將軍洞在博白縣南，石壁刻云『南州太守領將軍龐孝泰』。桉：嘉靖《廣西通志·人物傳》：『唐龐孝泰，南州博白人。龍朔中以左驍衛將軍爲遼東道行軍總管，與蘇定方、程名振等征高麗。孝泰以嶺西兵逼蛇水。蓋蘇文來攻，孝泰兵敗，死之。』《名勝志》稱其『少以忠義自許』。將軍洞題名屬初唐，忠義之蹟，誠瑰⿰王舌矣。博白縣本漢合浦縣地；唐武德四年析置南州，并置博白縣；六年改南州曰白州，仍以縣隸焉。

宋忻城縣今忻城土州磨崖《西山功德記》拓本，左上角有『東武劉喜海燕庭氏審定金石文字之記』朱文印，今藏繆氏藝風堂，金石書未經著錄。高一尺八寸五分，寬一尺六寸五分，十四行，行十三字，字徑八分。人姓名字略小，行十九字至二十二字不等。真書。額『西山功德記』五字，橫列篆書，徑二寸。

西山功德記

時紹聖丙子歲，募誘眾緣，各施資／一緡省，命工匠於此巖鐫石□□／佛聖像一尊，裝彩完就，勝利殊緣。／上願□當今聖壽、國泰年豐，中願／郡宰遷榮、法輪常轉，下願存亡獲／利、蠢識含靈，皆歸佛道。已當年間／孟秋月慶讚，列其施財名者於石，／庶廣標題，以傳不朽。

信善弟子徐多、歐陽留、廖誠、吴天錫、韋峭、／莫全整、莫休、徐晟、蒙想、蒙靖、吴黄、／莫佛丑、葛語、莫拗、韋氏二娘、城西何氏五娘。／

臨泉寺比丘道達、雲歸、惠珎、惠晟、道盈、道雪、／化首僧惠罕同開山勸緣僧守壽、惠寶。／

桂州西門匠人區煒鐫，杞邑鄒時書。

馬平仙奕山立魚石室，題刻七段，拓本亦東武劉氏舊藏，今歸繆氏藝風堂。檢謝志《金石略》，無有也。謝氏書詳於臨桂一縣，外府石蹟，寥寥如晨星矣。曹氏《名勝志》著錄石刻，亦祇詳臨桂一縣。

太子中舍、知／柳州裴象咢、／管勾本路常／平劉誼，元／豐二年九／月廿五日／同遊。

右題名，正書，字徑二寸至二寸八分不等，右行。　桉：裴象咢，元豐三年以殿中丞知潯州。見嘉靖《廣西志·秩官表》。劉誼，字宜父，吴興人。歷官江山縣丞、通直郎、光祿寺卿丞、提舉常平、廣南西路轉運使。元豐初，奏減役錢一千三百餘緡。見《嘉靖志·秩官表》、《名宦傳》及《桂勝》。熙寧初，誼持節南方，請罷買沈香、減鹽價四十餘事，上稱其諭事有陸贄之風。坐牾王安石罷歸，隱居三茆山。有文集奏議行世，見《桂故》。又桉《桂勝》，誼以元豐二年六月初三日題名臨桂伏波巖，十二月十七日題名臨桂雉山，其暫遊柳州在是年秋冬間，當是管勾常平須桉行各郡耳。

陶潛泛菊，孟嘉落／帽，皆一時行樂之盛／耶。因率幕官高元／脩、教授張思、馬平、／簿尉裴彥計登仙／弈，由立魚會於靈／泉寺，元祐壬申重／九日，假守曹現題。

右題名，正書，字徑三寸彊弱不等。

淳熙甲辰重九日，／郡守李耆俊子壽／率教官聶有仲微、／幕官蕭少微明舉、／丁康時邦佐、寓客／李閶德和、江榮南／仲小酌立魚石室，／爲登高望鄉之集。

右題名，正書，字徑三寸彊弱不等。

紹熙辛亥，臨川涂／四友文伯九日率／同官登高上仙弈／山，讀王初寮磨崖，／把菊於立魚峯之／石室，並山出小桃／源，訪駕鶴書院遺／址，薄暮泛舟而還。／豫章黃畸若伯庸、／鄱陽董知古叔憲、／武夷劉瑾懷父、長／樂胡梓材甫、玉牒／趙善邇守約寔來。

右題名，行書，字徑約二寸。桉：涂四友淳熙戊申四月同詹儀之題名臨桂水月洞，時四友官臨賀別駕，見《桂勝》。王初寮，名安中，別號無盡老人，有《初寮詞》一卷，刻入汲古閣《宋六十名家詞》。臨桂獨秀山有安中所題『宋顏公讀書巖』數篆字，見《桂故》。柳州《靈泉寺碑記》北嶽王安中撰並書，見謝志《金石略》。此題名無拓本，想久佚矣。《宋史·宗室世系表》：趙善邇，太宗長子漢恭憲王元佐六世孫。

端平丙申仲秋下／澣，番易李大有貴／謙，領客東灣臧介／伯忠來遊。於時天／高氣清，尋幽覽勝，／山腹空洞，徐回久／之，宛然有塵外佳／致。男鼎孫節侍行。

右題名，正書，字徑二寸彊。

杳杳靈岩／洞府深，有／人岩下振／潮音。龍天／聳聽生歡／喜，留得神／魚立到今。／嘉熙庚子重陽日，／富沙艾田登立魚／山作。

右詩，行書，字徑二寸五分弱，年月、姓名字徑一寸至一寸五分不等。

鄭鏌處厚／來，范子堅／伯固繼至，／丁卯二月／辛卯書於／立魚石室。

右題名，分書，微兼篆體，字徑二寸彊至三寸弱不等，右行。

《粵西金石略》序云：『萬曆中，制府劉公繼文，字節齋，靈壁人。嘗令人齎楮墨拓崖壑之文以貽張羽王鳴鳳，爲作《桂勝》。』又云：『朱小岑、張石徛精研金石。吾粵金石家言劉公提倡於前，朱、張兩先生表章於後，其姓名竝應采入金石學錄者也。』朱先生名依真，臨桂布衣，著有《九芝草堂詩存》、《紀年詞》，曾總纂《臨桂縣志》。張先生名待攷。小岑先生客羊城時，與李南澗先生文藻爲金石交，約同修《桂林金石志》。見《九芝草堂詩》自注。臨川李秉禮撰《九芝草堂詩存》序：『乾隆甲辰、乙巳間，高密李少鶴官岑溪，令偕其兄石桐來與余定交。時錢塘袁簡齋太史亦來桂林，四方名宿如楊石墟、李桐岡、許密齋、王若農、浦柳愚、朱心池、劉松嵐諸君，觴詠贈答，極一時縞紵之盛。簡齋至比之趙文子垂隴之會』云云。亦吾粵詞壇掌故也。吾粵唐子實先生啓華購藏唐張漪墓志，唐氏有別業在邑南六十里六塘邨。聞志石庋置其間，今不知尚存否。陸氏《金石學錄補》：『何慶恩，廣西人，重修《梁縣志》，於金石一門攷證頗詳。』桉：何慶恩，灌陽人，『梁縣』係『渠縣』之譌。《渠縣志》，余訪得之，《金石志》蒐羅甚富。唯閒有未錄，全文體例亦微欠精審，它日當抽刻入《蕙風簃叢書》。

楊妃有生於粵西之說。容州普寧縣雲陵里人，詳《廣西通志》。《鶴林玉露》載唐狄昌《唐詩紀事》作狄歸昌詩：『馬嵬烟柳正依依，又見鑾輿幸蜀歸。地下阿蠻應有語，這回休更罪楊妃。』玉環一名阿蠻，可爲粵產佐證。北人槩南省曰蠻也。

筱珊先生見詒紅格舊鈔六葉，所鈔皆《永樂大典》中輿地山水人物故實。其一則云：『楊妃容縣碑記，在普寧縣東一百二十步。唐天寶四載，四門助教許子真記曰：「楊妃，容州楊衝人也，離城一十里。小名玉娘，父維，母葉氏。維嘗謂先人云，葬其祖，去此十里許，逢一術士，忘其姓名，云此墳若高數尺，必出貴子；惜太低，生女亦貴。妃母懷娠十二月始生，初誕時滿屋馨香，胎衣如蓮花。三日目不開，夜夢神以手拭其眼，次日目開，眸如點漆，抱出日下，目不瞬。肌白如玉，相貌絕倫。後軍都置楊康見之，以財帛啖其父，求爲女。妃家素窶，不得已而與之。康有二子讀書，妃三歲，日夜同坐，聽其誦讀。漸長，通《語》、《孟》，康夫婦惜如珠玉。時楊長史琰攝行帥事，聞之左右，令其母攜來，一見大奇，私謂厥妻曰：「此女姿質異常，貌有貴相，吾二女遠弗逮也。」遂給以金帛與康，求爲女，康不從，迺脅取之，舉家號泣送去。居無幾何，長史秩滿，攜歸長安，與二女同教。惟妃性昭慧，諳音律，明經史。後進入壽王宮。開元二十四年，明皇詔入內，號太真，大被寵遇。天寶間，冊爲貴妃云。』《大典》二千三百四十四子真與妃同時，所記得諸咫聞，必無僢誤，而妃爲粵產無疑矣。

《宋詩紀事》『無時代人』：徐噩卷八十二，乃淳化九年鄉舉，博白縣人。陶崇卷八十三，乃嘉泰二年進士，全州人，見嘉靖《廣西志·選舉表》。徐噩又見《忠義傳》：『筮仕，攝知宜州，討歐希範，以功授白州長史。皇祐間，儂智高叛，噩引兵追至金城驛，戮力與戰，死之，贈大理寺丞。』

平南彭子穆先生昱堯《大梁秋興八首》，感事撫時，極沈鬱慷慨之致。曩寓都門，賴雲芝編修鶴年所錄示也。彭先生古文刻入吾邑唐氏《涵通樓師友文鈔》，詩不多見。

大梁秋興八首

彭昱堯

日落蒼茫上吹臺，太行秋色渡河來。登車空抱匡時略，入洛誰憐作賦才。高館琴尊懷李杜，梁園花月弔鄒枚。酒酣激越風雲氣，拔劍長歌未盡哀。

芙蓉花墮海門低，萬里烽烟震鼓鼙〔一〕。有道豈能容魍魎，出師不憚掃鯨鯢。騰空鐵舳屯蒼兕，下瀨戈船練水犀。刁斗聲嚴歌管寂，越王臺畔夜烏啼。

簫鼓樓船豔綺羅，颶風頃刻海揚波。持籌大賈仍懷土，專閫元戎竟議和。十里夷氛迷島嶼，百蠻兵氣湧關河。嶺南自古繁華地，珠市荒涼弔尉佗。

旌旄坐擁鎮南天，玉壘霜明棨戟鮮。養寇縱橫驕猰貐，列侯恩寵濫貂蟬。三千鐵弩何曾射，八百胡椒不值錢。聞道聖明嚴賞罰，冰山傾倒總雲烟。

羽檄交馳鶴夢驚，故鄉偏近五羊城。但聞鐵礮轟樓櫓，誰挽銀河洗甲兵。漢將幾人追博德，秋風何處訪侯嬴。夷門沽酒空惆悵，斜日蕭蕭牧馬鳴。

花石摧殘艮嶽高，故宮遺跡賸蓬蒿。客中弔古凭雙屐，夢裏從戎誦六韜。邊檄風塵猶澒洞，中原屠販半英豪。請纓自許終軍壯，欲散千金買寶刀。

一劍無端入豫州，感時獨立望京樓。迂疏深愧書生策，宵旰空貽聖主憂。鵝鸛驚呼滄海動，魚龍寂寞大河秋。漢家新拜嫖姚將，屈指膚功望故侯。

亭皋木落雁南翔，故國京華總斷腸。爭奈浮雲遮北極，祇期妖祲落西洋。關山作客愁孤騎，富貴何心羡萬羊。漫把文無勞遠寄，天涯歸夢渡瀟湘。

【校記】

〔一〕烽：底本作『鋒』，據詩意改。

荔浦李蓉舲，初名崔，改佩蘅。由翰林改官安鄉令，因詩罷官。《關中雜詠》八首錄二云：『崤陵山色鬱蒼茫，封豕連雞事可傷。豈有戰爭能樹國，漫從升降等興王。草深雨溼唐碑字，樹老秋飛漢瓦霜。無限古懷銷不得，樂遊原上望斜陽。』『依然雞犬戀新豐，重聽兒童唱大風。千載霸圖塵草草，五陵秋色雨濛濛。松槐夾路眠銅狄，楊柳排門繫玉驄。莫上咸陽橋上望，四朝宮殿亂烟中。』

唐月山榮業，臨桂諸生。《採蓮曲》云：『沙棠刬子木蘭橈，採蓮姊妹隔江招，羅衫薄薄香風飄。香風飄，無遠近。早歸家，免郎問。』余譔筆記，雅不喜撮鈔近人詩詞，唯於鄉邦文獻則未忍概從棄置，亦未遑較其工拙也。

臨桂左麗笙乾春，道光乙未進士，官直隸知縣。《采桑詞》云：『朝烟暮雨約提筐，竟日提筐陌上忙。陌上正愁忙不了，妾家還祀馬頭娘。』『柘館蠶眠怕葉稀，相邀人趁夕陽歸。可憐入扣絲絲日，知是誰家蕩子衣。』『三起三眠知未知，采桑直到最高枝。時清不作遼陽夢，傳語金夫莫浪疑。』

陳蓮史先生繼昌生平著作流傳絕少，唯於《陳其年填詞圖》見題詞一首：『耆宿嫥名集，丹青拜古人。文瀾邁徐庾，詩律受吳陳。元注：明婁東、華亭兩先生。豔說《花間》筆公集名，羣推篋裏珍。玉楳三九句，金粟大千因。智藴洵能事，張繇遜寫真。絳桃儕小影，紅杏或前身。粲者還隨侍，髯虜故絕倫。跏趺蕉葉穩，指點篴枝親。黃絹詞頭妙，烏絲字脚匀。同時偶朱竹垞李武曾，異代接蘇辛。永憶元龍氣，無妨司馬貧。橋邊驚火色，舄底走風塵。湖海歸壇坫，東南盡主賓。石交曾結夏，水繪幾嬉春。快睹孫枝秀，重揩祖硯新。維摩遺像在先生別有《散花圖》，儻許啓緹巾。』又劉耀椿《海南歸櫂詞》有《和蓮史方伯之作》，惜元唱未經坿錄。

咸豐年間，臨川李氏爲粤西鹺商巨擘，故宅在臨桂東北行春門内，極園亭樹石之盛。其後李氏淩夷，歸吾外王舅南豐趙子繩先生準，今爲八旗奉直會館。新化鄧湘皋顯鶴《南村草堂集》有《一枝亭記》、《我園記》、《李園詩》，竝爲李氏作。李氏喜晉接名流，執騷壇牛耳，與揚州馬氏小玲瓏山館殆可媲美云。

李氏招隱園一枝亭銘記

鄧顯鶴

芸甫水部闢桂城東隅爲招隱園，壘土爲山，雜植桂樹數十本。嘉卉蓊翳，怪石嶙峋，坳窪坻垤，曲隨地勢，嶆崪逶邃，削若天成。其北爲賓館，南爲崇臺，飛閣浮梁，延宇垂阿。規折武接，不勞登涉，而目極千里。又於其東爲亭，高踞山脊，俯瞰木杪，羣峯送青，遙天混碧，翠陰成幄，白雲流影，旦夕異候，晴雨成宜。亭成，招賓客，侍松甫先生讌其上，而落之水部請所以名亭者。先生曰：『兹園據桂城之幽，兹山據叢桂之杪，余既羈棲於此，諸君復辱余之棲以爲棲，殆蒙莊氏所云「巢林一枝」者，取以名亭，庶有合於「攀援桂枝」之義。』衆曰：『善。』先生之名斯亭也，詞質而義賅，言約而旨遠，其可無辭以紀？乃屬某記而銘之。其詞曰：

桂山之幽，桂樹之稠。有園一區，聊以淹留。桂山之陲，桂書之枝。有亭一椽，聊以棲遲。亭兮迴旋，枝兮連蜷。一觴一詠，息焉遊焉。我園在左，我亭在右。同聲不孤，如耕獲耦。建木千尋，上林萬樹。豈無舊巢，匪我傾慕。縞紵四海，廣廈千間。豈無嘉賓，共此攀援。王孫歸來，平子所思。邈焉高風，千古一枝。樹焉滋茂，堂焉肯構。我銘不夸，公德是懋。

我園記

鄧顯鶴

我園者，韋廬先生之園也。先生僑居桂嶺，名其園爲我園，番禺呂君堅曾記之。道光癸未，先生移居獨秀山之西，闢其旁廢地爲園，因洿而沼，植援而徑，高樹蔭日，修篁引風。又於其西爲水榭，面峙秀峯，青壁斗絶，若天墜地出，獻媚逞奇。於是獨秀之秀，遂獨爲此園有。落成，先生仍大書『我園』於其上，而屬余爲記，且曰：『余之以我名園久矣，有我，斯有園，園從我生，我以園寄。今我無異於故我，茲園豈異於昔園？湛然者，亦我之池；峨然者，亦我之山；蔚然翼然者，亦我之木石亭榭；凡可以娱我之耳目、怡我之神志者，皆可作我園觀。必欲執圖而求之，是何異指跡以求履、刻舟以求劍也？吾子居我園久，可無言以紀？』余曰：『達哉！先生之言，天地一逆旅也，何一爲我之所有？造物無盡藏也，何一非我之所有？滯我則固，喪我則蕩，惟至人無我而無往不得其爲我。可有園，亦可無園；可我園，亦可人園。我我非主，人我非賓；昔我非幻，今我非真。去我就我，何疏何親？我失我得，何果何因？明乎此，而後天下無不可處之境，無不可與之人。』語次，客有進者曰：『昔漫叟居永而以吾名溪，今先生之名園也，將毋同。』或又曰：『茲園蔽於昔而顯於今，有俟之道，殆昌黎所云俟德之丘者。』是皆不可以無言，遂書其語以告後來之遊斯園者。

寄題李芸甫水部秉綬李園并引

鄧顯鶴〔一〕

李園在桂林城北華景洞白鶴峯下，故明藩舊址，以多李樹得名。舊爲宋氏有，故又名宋氏園，今歸芸甫水部。往余客粵時，與水部羣從春湖侍郎、小松提舉諸君，侍其兄松甫丈觴詠於此，非一日矣。余去粵後，水部葺而新之，極林壑亭臺池榭之盛。以書來索余文記之，未及爲，今補作一詩，存集中，卽寄水部，時松丈父子相繼下世久矣，爲之黯然。

寶積東偏疊綵北，下有名園委荊棘。化人著手妙天工，人間重見開金碧。蒼梧隱隱天西南，千巖萬岫排瑶簪。茲園近市熟無睹，如入舍衛遺精藍。快哉奇事世亦有，黄金一擲高於斗。胷中丘壑無盡藏，叱逐山靈百怪走。空中樓閣彈指成，只赤平地皆蓬瀛。梯空但恐真宰訴，抗手會見羣仙迎。主人舊是驂鸞客，吟詩作畫無時息。潑墨淋漓少室雲，倚窗嘯傲安民石。鞭虬蹴象棲霞開，青天白鶴時飛來。隔江喚醒華君笛，淩虚倒瀉壺天杯。此時主人正高坐，佳客滿園惜少我。一紙書來索詠題，天涯孤夢隨雲墮。回首杉湖舊社吟，風流倏忽成古今。山川滿目望不極，我所思兮在桂林。

【校記】

〔一〕鄧顯鶴：底本無，據上文體例補之。

湘皋先生客桂林時，與李松甫比部謀刻《韋廬八家吟侶》，八家者：會稽楊祖桂石帆、吴尊萊橡村、高密李懷民石、桐憲喬少鶴岑溪令、臨桂朱依真小岑、寧鄉陶章溈季壽，合松甫、湘皋及歐陽磵東凡八人〔一〕，皆先後主李氏者。

【校記】

〔一〕上舉凡九人，未知有誤否。

張忠烈公墓距棲霞不遠，寺僧渾融所葬。《南村草堂詩》自注

鄧湘皋詩有《朱氏宅看桂》，用東坡《定惠院海棠》均，起句云：『舊家門戶餘喬木，桂嶺之桂君家獨。』自注：『桂城丹桂，惟朱氏宅二株皆百餘年物。』又云：『隱山六洞今亦繁，山僧有約指病目。』自注：『同人約異日看老君洞桂。』昔人謂桂林實無桂，是詩可備掌固。朱氏宅，卽朱小岑家。

余十二歲時，作《韶音洞》詩：『桂林多古洞，每以形得名。此洞在城北，不以形以聲。泠泠清音發，足以怡性情。恍如奏舜樂，鳥獸皆鏘鳴。令我獨坐久，神氣爲之清。』繼此至己卯已前，時常作詩，苦不能入格。己卯已後，沈頓於詞滋甚，與詩判爲兩涂矣。

先雨人世父澍輯《雜體詩鈔》鍥行，如柏梁體、《梁父吟》、離合體、神智體、《休洗紅》、《兩頭纖纖》、《自君之出矣》、集詞名藥名之類，體凡數十，得二十四卷，分八鉅冊。余幼時輒每種昉爲之，偶憶其一云：『自君之出矣，不復畫長眉。眉長似遠山，山遠君歸遲。』

道光季年，祥符周稚圭先生之琦開府吾粵，刻《心日齋十六家詞錄》成，適華亭張詩舲先生祥河官藩司，爲之序，末云：『公今美成，余慚叔夏。』兩賢合併，誠佳話也。

王幼霞給諫鵬運自號半塘老人，臨桂東鄉地名半塘尾，幼霞先塋所在也。清通溫雅，初嗜金石，後迺嫥一於詞。其《四印齋山谷送張叔和詩『我捉養生之四印』，謂忍、默、平、直也：百戰百勝不如一忍，萬言萬當不如一默，無可揀擇眼界平，不臧秋豪心地直。所刻詞》，旁搜博采，精采絶倫，雖虞山毛氏弗逮也。王氏在桂林日燕懷堂，舊有園在城西南隅。修廊百步，鏤花牆，納湖光，牆已外卽榕湖矣。半塘有鼻病，致增茲多口，然不足爲直聲才名玷也。

《四印齋所刻詞》目：

蘇文忠《東坡樂府》二卷元延祐雲間本

辛忠敏《稼軒長短句》十二卷元大德廣信本

姜堯章《白石道人詞集》三卷《别集》一卷

張叔夏《山中白雲詞》二卷補錄二卷續補錄一卷

陸輔之《詞旨》一卷

王聖與《花外集》一名《碧山樂府》一卷

李易安《漱玉詞》一卷坿事輯一卷

戈順卿《詞林正韻》三卷發凡一卷坿

右詞六家二十五卷坿刻六卷，最十八萬七千一百二十五言。

馮正中《陽春集》一卷

賀方回《東山寓聲樂府》一卷

史邦卿《梅溪詞》一卷

朱淑真《幽棲居士詞》一卷第一生脩楳華館校刻本

沈義父《樂府指迷》一卷

右詞別集，南唐一家一卷，宋三家三卷，詞話一卷，最四萬四千七百二十九言。

賀方回《東山寓聲樂府補鈔》一卷

《南宋四名臣詞集》一卷

趙忠簡《得全居士詞》　李莊簡詞

李忠定《梁溪詞》　胡忠簡《澹庵長短句》

白蘭谷《天籟集》二卷

邵復孺《蟻術詞選》四卷

右宋元詞別集三家七卷，總集一卷，最五萬七千三百九十有四言。

趙崇祚《花間集》十卷宋淳熙鄂州本

《草堂詩餘》二卷天一閣傳鈔本

周美成《清真集》二卷坿《集外詞》一卷元巾箱本

蔡伯堅《明秀集》，魏道明注，三卷金槧殘本

右詞總集二家十二卷，別集二家六卷，最九萬四千六百八十五言。已上悉依元書編次

周公謹《草窗詞》□卷是詞付刻，余已出都，印本竟未詒余，故不知其卷數。聞沈乙盦有之，欲從叚觀，未果也。

朱希真《樵歌》三卷 吳枚菴鈔校本

吳夢窗甲乙丙丁稿四卷補遺一卷坿劄記一卷 都門刻本

又揚州刻本 較前刻尤精審，甫斷手而半塘遽逝，未經印行，余廑得樣本二，以其一詒繆筱珊先生。

《宋元三十一家詞》：

宋潘閬《逍遙詞》　李彌遜《筠谿詞》

鄧肅《栟櫚詞》　朱敦儒《樵歌拾遺》

朱雍《梅詞》　倪偁《綺川詞》

高登《東溪詞》　丘崈《文定公詞》已上第一冊

曹冠《燕喜詞》　姜特立《梅山詞》

趙磻老《拙庵詞》　袁去華《宣卿詞》

李處全《晦庵詞》　管鑑《養拙堂詞》已上第二冊

王炎《雙溪詩餘》　陳亮《龍川詞補》

陳人傑《龜峯詞》　許棐《梅屋詩餘》

方岳《秋崖詞》　李好古《碎錦詞》

何夢桂《潛齋詞》已上第三冊　趙必瑑《覆瓿詞》

歐良《撫掌詞》　無名氏《章華詞》

元劉秉忠《藏春樂府》　張弘範《淮陽樂府》

劉因《樵菴詞》　陸文圭《牆東詩餘》

詹玉《天遊詞》　吴澄《草廬詞》

李孝光《五峯詞》已上第四册

《薇省同聲集》四卷

江寧端木埰《碧瀣詞》　吴縣許玉瑑《獨絃詞》

臨桂王鵬運《褎墨詞》　況周儀《新鶯詞》

《和珠玉詞》一卷

漢州張祥齡、臨桂王鵬運、況周儀聯句

半唐自定詞

《蟲秋集》　《味梨集》

《庚子雅詞》同人唱合之作　《春蟄吟》

臨桂文昌門外開元寺《唐舍利函記》，相傳爲褚登善書者。謝志辨其非是，甚晰。爲梁中丞章鉅攜歸閩中，今所存，贋石耳。寺有楹帖云：『靈塔空存，無碑無舍利；風幡不動，一樹一菩提。』

吾邑桂山書院在北門内疊綵山麓，大門聯云：『桂林無雜木，山水有清音。』桉：《雷公炮炙論》云：『桂釘木根，其木卽死。』故《呂覽》云『桂枝之下無雜木』也，然則非佳語矣。

臨桂方言有甚雅而近古者，謂『卽時』曰『登時』。桉：《通鑑》一百三十四《宋紀·順皇帝》：『六月甲戌，有告散騎常侍杜幼文、司徒左長史沈勃、遊擊將軍孫超之，與阮佃夫同謀者，帝登帥衛士自掩，三家悉誅之。』注：『登，登時也，猶言卽時也。』謂剔燈令明曰『㮇』。桉：《容齋五筆》引《廣韻》：『挑剔燈火之杖曰㮇，它念切。』注：『火杖也。』又方氏《通雅》引薛用弱《集異記》敘蕭穎士遇二少年，登令召至刑曹。進夢僧拔眼鏃，及瘖，登言於醫。』謂『薛唐人，可知彼時多以「登」爲立至之義』，又謂『登』是『得』之轉聲。竊謂是『當』之轉聲，『登時』猶言『當時』，古庚、青、蒸與『陽』通叶，故『登』、『當』相轉。當，一作『丁』，卽此例。

試山羊血法：取雞血半杯，投山羊血一米粒，過宿，血變成水。或以久凝臭雞血一塊，投入山羊血，過宿反變成鮮血。

試獨腳蓮法：持入藥肆，肆中諸藥香氣盡消，以此爲真山羊血。治各種氣痛，獨腳蓮治癰疽腫毒。

康熙丙午科廣西正主考戶部主事曹首望，豐潤人，拔貢。己酉科正主考兵部郎中王廷伊，介休人，己卯舉人；副主考禮部郎中呂祚德，金壇人，辛卯舉人。是時典試不必皆用進士。

康熙十一年壬子科，廣西鄉試中式第十二名賈錫爵，滿洲人。是時隨宦子弟准與所在省試。

廣西鄉試題名，每名下注官至某官。順治丁酉科，是年廣西始行鄉試。第六名鄧開泰，注云：『湖北有瘴令。』蓋當時知縣缺，有有瘴、無瘴之分。以粵人耐烟瘴故，專補有瘴缺，亦故事也。

是科題名有卯章甫，全州人，此姓廑見。光緒己卯武榜五名雞德祥，亦稀姓。

陳蓮史先生及第時，封翁蕉雪中翰元壽猶健在，寄以詩云：『祖宗貽福逮雲礽，福至還期器可盛。好以文章勤職業，勉求學問副科名。出身豈爲營溫飽，得志從來戒滿盈。有子克家寬父責，老懷不用日愁生。』

蓮史先生爲嘉慶二十五年庚辰科會狀，其廷試策首頌揚處有『道光宇宙』字，逾年爲道光元年，亦可謂幾之先見者已。

朱伯韓先生先德蘊山先生鳳森，嘉慶十八年知濬縣事。時滑縣教匪滋事，斂城戕官，埶張甚。濬縣密邇鄰封，埶甚危急，先生堅壁清野，力捍孤城，全活甚眾，以功加同知銜。伯韓先生舉辛卯鄉試第一，是科北闈解首董似穀，即同時守城縣尉之子。果報之說，其信然耶？

梁省吾主事葆慶，崇善人，癸未進士。是年北上，挾資勵六十金，封翁又固遣一獲從之。同舟有客二三人，又有夫婦挈二女，一十二歲，一十歲許。過南寧，夫入城，比歸，則與婦及女相抱痛哭，欲爲併命計。一人怒色其旁，問之，知夫婦寧郡人，在太平居貨購竭，窘甚，質二女於其人，已署券矣。又思以重息舉債而贖其女，詭言鄉里有產可變置，姻鄙可通有無，約其人同來取償。今抵里而計無出，其人逼取二女。梁再四緩頰，竝聳以利害，執不允。梁憮然爲間，亟問質直幾何，曰十二兩，立解囊付之，索其券還夫婦。封翁聞之，曰：『此吾兒生平承歡第一事也。』洎捷夫至，封翁寓書曰：『汝常存南寧船上心，較中進士，吾憙多矣。』

臨桂陳桂舫鑅著《碧蘿吟館隨筆》四卷，卷一經說，二弢史，三子集雜記，四本朝掌固。雅潔可存，惜未付梓。

桂舫曾居梁茝林中丞莫府，頗留心雅故。

阮文達督粵時，有屬吏欲求劇縣，託某公道地。文達曰：『官可自擇乎？則吾舍節鉞而爲陽朔令矣。』某問故，公曰：『陽朔、荔浦山水奇秀，甲於寰區，吾於閱兵時經過，今猶寤寐不忘。』桉：五代孫光憲《北夢瑣言》：『王侍郎贊，中朝名士。有弘農楊蘧者，曾到嶺外，見陽朔、荔浦山水，談不容口。一日，不覺從容形於言，曰：「侍郎曾見陽朔、荔浦山水乎？」公曰：「某未曾打人脣綻齒落，何由而見？」因之大笑。後楊辛求選彼邑，挈家南去，亦州縣官中一高士也。』文達語本此。

張羽王著《桂勝》四卷，專記臨桂縣山川勝蹟；前有劉繼文、蔡汝賢及自序，連序最八十八葉一本。《桂故》八卷，分郡國、官名、先政、先獻、游寓、方外、雜志七門。最四十四葉一本。杭州丁氏善本堂藏鈔本，每半葉十五行，行二十五字，依明刻本元式，緻密可憙。歸安陸氏皕宋樓亦有鈔本，卽迻錄丁本也。刻本殆稀如星鳳矣。羽王自號灕山人。

香東漫筆

二卷

《香東漫筆》二卷，有《蕙風叢書》本，今據以錄入。

香東漫筆卷一

丙午、丁未間，賃廬金陵閘。西鄰有水閣，曰周河廳。數年前掘地得石碣，刻『娟香樓』三大字，廳主人思其有神靈也，亟復瘞之。余曾得見拓本，白門寥落，意多違差，幸與娟香結鄰耳。

《金石錄》：唐劉黑仁等造徘徊碑永淳二年。桉《通雅》：『徘徊，屋兩詹也。』造徘徊者，殆卽修造屋之兩簷歟？

前筆辨『青烏』作『青鳥』之譌，桉《抱朴子》：『黄帝相地，則書青烏之說。』注：『青烏，彭祖弟子。』又《文獻通攷》：『秦有青烏子，箸《青烏經》。』《風俗通》：『漢有青烏子，善術數。』則青烏子不止一人。又《崇文總目》：『青烏子《風論》一卷』，則醫家亦有青烏子。王應麟《姓氏急就篇》：『三烏青烏，五鳩爽鳩。』

軍機處繕寫諭旨，『員』字從貝，『屬』字從属，皆曾經御筆如此寫，遂恪遵不易。內閣繕寫簽支，『疎防』『疎』字不得作『疏』，『彈叅』『叅』字不得作『參』，如誤從巟、彡，則竟須換。『簽票簽』『簽』字不得作『籤』。

或謂上牋言事，唯臣對於君用之。桉《魏志·崔林傳》：『中郎將吳質統河北軍事，州郡莫不奉牋致敬。』《晉書》：『劉卞爲縣，小吏補亭子，有祖秀才者於亭中作與刺史牋，久不成。卞教之數言，卓犖有大致。』此猶對於較尊者而言。《晉書・石勒載記》：遣張慮奉牋，劉琨陳己過深重，求討浚自效。勒之與琨，無尊卑之分，亦曰奉牋，則猶上書、上記云爾。牋、奏體式略同，桓譚奏書董賢，龐參奏記鄧騭，亦臣下白事之通稱，非必臣對於君然後可用也。

《東山詞》『揭簾飛瓦雹聲焦』，宋世寒食有抛堶音陀之戲，蓋兒童飛瓦石也。下云：『九曲池邊楊柳陌，香輪軋軋馬蕭蕭。』亦寒食風景。

乾隆寫本《白石道人集》，靈鶼閣藏，余曾迻鈔一本。白石自序後有洪武十年八世孫福四謹志，略云：公詩一卷、歌曲六卷，早已板行。暮年復加删竄，定爲五卷，無雕本，藏於家。經兵火，帖軸無隻字，而是編獨存。錄寫兩本，一付兒子，一詒猶子通，世世寶之。又萬曆二十一年十六世孫鰲謹書，略云：此青坡徵君手書，以遺侍御哦客公者，今又二百餘年，楮雖蠧落，而字蹟猶在，因付匠整頓，且命鯉弟以側理漿紙照本臨出，用時莊誦焉。又乾隆甲子二十世孫虬綠謹書，略云：公詩初本刻於嘉泰間，晚又塗改删汰，錄爲定本，藏於家。五六百年，世無知者，爰撏取各家刊本，彼此讎勘，坿以累朝詩話掌固，有入近代者，竝爲箋略，獨篇什不敢擅爲增損，閒有捃拾，僅以坿別之。余藏白石詩詞集常熟汲古閣本、江都陸鍾輝本、華亭張奕樞本、歙洪正治本、華亭姜氏祠堂本、臨桂倪鴻本、王鵬運本、仁和許增本。許本參互各家，備極精審，除此寫本未見外，所據各本與余所藏略同。寫本備錄所見各本序跋，有康熙庚寅通越諸錦序、康熙戊戌廣陵書局刻本龍溪曾時燦序，爲許氏及余所未見，所錄詩話詞評、軼聞故事，亦眡刻本爲多。閒有虬綠自識，亦極該博。又有姜氏世系、白石年譜，足資攷證。祠堂本姜熙序以世表無攷爲恨，亦未見此寫本。坿采五絕二首，《訪全老於淨林，觀沈傳師碑、隆茂宗畫》二首，刻本有。七絕二首《和朴翁悼牽牛》一首，刻本有。《三高祠》一首，刻本無，據《姑蘇志》采入首句『不貪名爵不爭勞』。填詞二首，《越女鏡心》，即《法曲獻仙音》，刻本無。細讀兩詞，雖非集中桀作，然如前闋『雨緒路』、後闋『綺幾醉』等，均自是白石風格，非竄入它人之作也。

越女鏡心二首

姜夔

風竹吹香，水楓鳴綠，睡覺涼生金縷。鏡底同心，枕前雙玉，相看轉傷幽素。傍綺閣、輕陰度，飛來鑑湖雨。 近重午，燎銀篝、暗薰溽暑。羅扇小、空寫數行怨苦。纖手結芳蘭，且休歌、《九辯》懷楚。故國情多，對溪山、都是離緒。但一川烟葦，恨滿西陵歸路。別席毛瑩。周頤桉：元注題疑有誤字。

檀撥么弦，象奩雙陸，舊日留歡情意。㝱別銀屏，恨裁蘭燭，香篝夜閒鴛被。料燕子、重來地，桐陰鎖窗綺。 倦梳洗，暈芳鈿、自羞鸞鏡。羅袖冷、疏竹畫簾半倚。淺雨滲酴醾，指東風、芳事餘幾。院落黃昏，怕春鸎、咲人顦顇。倩柔紅約定，喚起玉簫同醉。春晚。

周頤桉：右詞二闋，采坿《法曲獻仙音》『虚閣籠寒』闋後。細審詞調，有與《法曲獻仙音》小異者，前段『輕陰度、重來地』叶後段『空寫數行怨苦』、『疏竹畫簾半倚』，『怨』字、『半』字，去聲是也。有與《法曲獻仙音》脗合者，前闋前段『風竹』『竹』字、『鳴綠』『綠』字、『睡覺』『覺』字，後段『故國』『國』字，後闋前段『檀撥』『撥』字、『雙陸』『陸』字、『舊日』『日』字，後段『院落』『落』字，竝入聲是也。守律若是謹嚴，自是白石家法。

（以下原有《白石道人詩詞年譜》，後有單行本。今收錄於本書詞學卷，此從略。）

得九峯書院刻本《中州樂府》，每葉十六行，行十六字，連序跋共九十葉。前有嘉靖十五年漢嘉彭汝寔序，稱：『《中州樂府》，金尚書令史元遺山集也，凡三十六人，一百二十四首，以其父明德翁終焉。人有小敘志之。蜀左轄儼山陸先生偶得是編，圖刻之。嘉定守貴陽高登遂刻之九峯書院。』後有屬吏麻城毛鳳韶跋。汲古閣刻《中州集》據明弘治刻本刻樂府，卽據此本。子晉識云：『小傳已見詩集，不復贅。』殊不知鄧千江、宗室文卿、張信甫、王玄佐、折元禮五人，俱未見詩中小敘，一概删去，未免失檢。書貴舊刻，益信。錢塘丁氏善本堂所藏《中州集》，亦弘治刻本，樂府亦卽此本。又一寫本竝依毛氏復刻本。弘治刻《中州集》，未刻樂府；嘉靖刻樂府，不坿屬《中州集》；毛氏復刻，乃合而爲一耳。

《御選歷代詩餘》每調臚列如干首，每填一調，就諸家名作參互比勘，一聲一字，務求合虖古人，毋託一二不合者以自恕。則不特聲均無誤，卽宮律之微，亦可由此研入。

白石詞『少年情事老來悲』，宋朱服句『而今樂事它年淚』，二語合參，可悟一意化兩之法。宋周端臣《木蘭花慢》句云：『料今朝別後，它時有㝱應㝱今朝。』與『而今』句同意。

放翁出妻爲作《釵頭鳳》者，姓唐，名琬，和放翁《釵頭鳳》詞，見《御選歷代詩餘·詞話》及《林下詞選》：『世情薄，人情惡，雨送黄昏花易落。曉風乾，淚痕殘，欲箋心事，獨語斜闌，難難難。人成各，今非昨，病魂常似秋千索。角聲寒，夜闌珊，怕人尋問，咽淚妝歡，瞞瞞瞞。』前後段俱轉平均，與放翁詞不同。《耆舊續聞》云：其婦見而和之，有『世情薄，人情惡』之句，惜不得其全闋。

潘仙客瀛選《新荷葉》句云：『雛晴嫩霽，似垂髫小女盈盈。』未經人道。

曩欲作《南昌兩鐵香鑪攷》，塵事溽故，迄未屬稿。大安寺鐵香鑪，朱竹垞《曝書亭金石跋尾》、馮柳東《石經閣金石跋文》竝箸錄。寺在南昌府治後，鑪頂高一尺二寸，圍徑三尺；　蓋高一尺八寸，圍徑八尺八寸；　鑪身高二尺六寸，圍徑一丈一尺；　蓮花腳高二尺七寸，圍徑一丈六尺五寸，通計高八尺三寸。『吳太和五年七月造』，陽識。　竹垞跋尾有釋文，捐貲人姓名不全。　普賢寺鐵香鑪，金石書未經箸錄，寺在南昌惠民門內，鑪蓮花形，下三鐵勇士頂立爲腳，鑪高二尺五寸，腳高二尺一寸，圍徑七尺六寸，口寬二尺四寸。　勇士缺一，以石補之。　陽識文，曰：『城居高説，發心鑄香鑪一所，重一千餘斤，捨入隆興寺正殿，永充供養者。　時大宋紹定庚寅七月旦日謹記。　匠人熊子明。』

內閣早班，中書每日到軍機處領事回，直房上軍機檔。　少遲，六科筆帖式到內閣領事，蓋尚沿明制。《茶餘客話》：　明制六科隸通政司，我朝雍正時始隸都察院。

馬援《誡兄子書》：『郡將下車輒切齒。』漢崇武事，諸刺史太守皆稱將，如皇甫規自訟疏吏推報將之怨、張奐奏記『段熲得過州將』等皆是。

《原道》：　佛者曰：『孔子，吾師之弟子也。』《困學紀聞》引《韓文瑣語》云：　蓋用佛書三聖弟子之説，謂老子、仲尼、顏子也。集證：　陳耀文《天中記》引唐釋法琳《破邪論》云：　佛遣三弟子震旦教化。儒童菩薩，彼稱孔子；　光淨菩薩，彼稱顏回；　摩訶迦葉，彼稱老子。　桉：　漢時佛未入中國，故昌黎云黃老於漢後，卽佛老竝稱矣。佛以清淨無爲爲宗指，與吾中國爲黃帝之言者蓋公之流政同。　漢明帝始崇信佛法，平原襄楷上疏曰：『聞宮中立黃老、浮屠之祠，此道清虛，貴尚無爲。』可知佛之與黃，其揆一也。　黃帝、堯、舜統紀相承，仲尼祖述堯、舜，謂爲黃帝之弟子可，卽謂爲佛之弟子亦何不可？　讀書貴以意逆志，何庸契舟求劍、索解於緇流曲説耶？

男子出家亦稱尼。《魏書》：『劉銓妻許氏母子俱出家爲尼。』

江寧稱白鍾，蓋白門、鍾山，各省其一字，見《池北偶談》。

《宋史》：秦檜曾孫鉅通判蘄州，金犯蘄，偕郡守李誠之竭力捍禦。城破，與李率兵巷戰。歸署，赴一室自焚，老卒冒火挽出之，叱曰：『我爲國死。』掣衣就燄。子浚先出，兵至，還，同弟瀈從父死。歙程哲曰《蓉槎蠡說》：攷史，檜無子，以妻兄王喚孽熺爲子，鉅及浚、瀈，故王氏胤。姦臣何常有忠孝裔也！按：《宋史·辛次膺傳》：秦檜爲其妻兄王仲嶷敘兩官，次膺劾其奴事朱勔。又劾知撫州王喚佃官田不輸租。其父仲山先知撫州，屈卻金人，王氏之先亦姦臣也。芝草無根，醴泉無源，人貴自立，奸臣決無忠孝裔，則《易》云幹蠱者，何耶？

宋人稱它人父曰先大夫，孫覿《鴻慶集·慰劉仲忱左司帖》：『先大夫偶感微恙，遂至大故。仲忱遽罹巨痛，追悼，諒無以爲情。』又《與葉彥忠學士帖》：『自從先大夫捐舍館，高才雅望，罹此大故，號慕之餘，進道益德。』稱它人妻曰閤中，《鴻慶集·與惠次山帖》：『忽聞閤中臥病，何爲遽至此也？伉儷之重，追慟奈何？』

吳中行與孫南川同年月日時生，同登辛未進士第，同出龍洲王師門。中行入翰林，南川外授雄縣令，見中行《賜餘堂集·孫南川年兄令雄縣序》。未審南川繼此遭遇，與中行同異若何，俟攷。明人稱同榜曰年兄，今爲座主對於門生之稱。

明初，秀才襴衫飛魚，補騎驢青絹繖。永樂朝，教習庶士甚嚴，曾子啓二十八人不能背誦《捕蛇者說》，令拽大木。何秀才之幸而翰林之不幸也？

《戰國策》魏二：先王必欲少留而扶社稷、安黔首也。齊戰魏於馬陵。名民曰黔首，不自秦政始。

壻稱子壻，妻父稱丈人，自唐已然。《劉賓客文集·劉氏集略說》：子壻博陵崔生關言曰：『某也，鼏游京師，偉人多問丈人新書幾何，且欲取去。而某應曰無有，輒媿起於顔間。』

律詩重字，但義異卽無妨。《劉賓客集·蘇州白舍人寄新詩有『嘆早白無兒』之句，因以贈之》第二三聯云：『雪裹高山頭白早，海中仙果子生遲。于公必有高門慶，謝守何煩曉鏡悲。』自注：『高山本高，于門使之高。二義有殊，古之詩流曉此。』

劉賓客《董氏武陵集紀》：兵興以還，右武尚功，公卿大夫以惪濟爲任，不暇器人於文什之間，故其風寖息。樂府協律，不能足去聲新詞以度曲，夜諷之職，寂寥無紀。又《歷陽書事詩》：『久坐羅衣皺，杯傾粉面騂。』夜諷字、騂字甚新。

匋齋藏《小宛寶章帖》，山谷書杜牧《山行》詩：『遠上寒山石徑斜，白雲生處有人家。』此詩世盛傳，『深處』作『生處』，不如『生』字雋。

乾隆庚戌已前，會試有明通榜，例得中書，猶鄉試之有副車也。長洲王惕甫芑孫素有才名，上計，時和相欲致之門下，王拒之，不通一刺，和深憾之。會試，王中明通榜，和特奏停止，將榜撤回，會試明通榜遂自庚戌永遠停止矣。

古『茅』、『第』二字通用見前筆，《國策》魏三：『秦故有懷地、邢丘、之城垝津，而以之臨河內。』魏將與秦攻韓。《史記》『地』作『茅』，《國策》當是作『第』，同音，傳譌作『地』。

薄笨、車笨當作畚。《三國志·魏志·常林傳》注：其始之官乘薄畚音飯車、黃牸牛、布被囊。《裴潛傳》注：出入薄軬車。又螽笨之笨當作苯，奔去聲，見《齊民要術》。《抱朴子·酒誡篇》：『豐侯得辠，以戴尊銜杯。』桉：漢射陽石門畫象有人形趺坐者，朱士端定爲豐侯之豐。徵引記載，涉豐侯者綦詳，獨未及此。

胡震亨《讀書雜記》言其友秀水屠用明藏元皇慶三年鄉試録，中一條云：『軍、民、僧、尼、道、客、官、儒、回回、醫、匠、陰陽、寫算、門廚、典雇、未完等戶願試者，以本戶籍貫赴試。』僧、尼、道赴試甚奇。桉《舊五代史》：唐末帝清泰二年三月，功德使奏：每年誕節，諸州府奏薦僧、道，其僧尼欲立講論科、講經科、表白科、文章應制科、持念科、禪科、聲贊科，道士欲立經法科、講論科、文章應制科、表白科、聲贊科、焚修科，以試其能否，從之。此僧、尼、道赴試之濫觴也。《劉賓客文集·謝冬衣表》：『伏奉聖旨慰勞臣及將佐官吏、僧道、耆壽、百姓等』云云，唐時僧道見重如此。金偉軍鼇《金陵待徵録》：明五大寺，每季考於禮部，取《楞嚴》、《法華》等經命題，其考卷皆四股八比，入選者稱祠部爲老師，同輩爲敝寅，充僧録等官。有耳氉刻其試卷，黄俞部曾見之。此專考僧，不與各色人同考，與元制不同。

得徐北溟寫校《鬼谷子》一册，楷法樸茂。每葉二十行，行二十一字，悉仍宋本之舊。北溟跋云：『甲寅夏，鮑君以文出所藏《鬼谷子注》鈔本，屬余與坊刻對勘。坊刻本之《道藏》譌敓至多，鮑君所藏爲錢遵王述古堂舊物，乃據宋本傳録者。余既研朱細勘，復手繕清本，屬錢君廣伯正定之。』桉：秦氏石研齋所刻《鬼谷子》與此本同，徐氏朱批亦全收入，唯行數、字數全改，不如此，寫本猶存宋本面目，爲可寶也。北溟名鯤，蕭山增廣生，阮文達弟子，詁經精舍高材生。

江寧梁吴平侯蕭景闕反左書，徐康《前塵夢影録》：反左書，梁大同中，東宫學士孔敬通所創始，疑景闕即孔書。石刻中別品也，四川雲陽龍脊石，宋魯九齡等題名。王長卿指書尤僅見拓本，高四尺五寸，寬四尺三寸，十行，行十字，字徑四寸，正書，峻整遒逸。

治平乙巳歲上春柒日□／駕部外郎軍守魯九齡、殿／省巫邑宰張二褒、侍禁護／戎蘇宗言、廷直榷征王孝／和、新宰樂溫王僅、錄參趙／庠、贊府錢禹卿、前銅梁簿／李仲連，同遊龍脊灘，修故／事也，下幕試校書郎馮越／石謹志，歲時王長卿奉命／染指，書以題。簡池攻鐫勾震、勾像奉指揮刻字。

校周保緒濟介庵詩詞，多常州耆舊軼聞。湯貞愍官樂清副戎，引疾歸，寄保緒春水園。貞愍暨其配雙湖夫人俱擅丹青，有畫梅樓雙照，保緒爲題《浣溪沙》詞，有『暗香雙護玉樓人。旁人剛道是梅魂』之句。貞愍奉命弋捕，改道士裝，入羅浮，經月乃出。既罷，寫其裝爲《琴隱圖》，琴隱園所由名也。又有《十二古琴書屋填詞圖》。張翰風初名翊，改名與權，後定名琦。陸祁生故宅有龍蛇影外、風雨聲中之軒，庭中古檜二，後燬於火。

保緒《春水園詩序》略云：甲申四月始買金陵江氏致園，易其名曰春水。園中之勝曰沖抱堂，背倚修竹，面環薿桂。堂西曰味雋齋，宣石虎踞，古藤鳳騫。曰遠風樓，遙攬幕府，近挹雞籠。曰春水懷人之舍，方塘鏡涵，危磯鷺立。南爲介山，山有亭，曰介亭。清涼西帀，牛首南朝。紫金覆舟，鎮其丑艮；青龍黃土，帶其辰巽。曲池三疊浸其麓，喬林四起蔭其巔。陟山南下曰綠波畫舫，垂絲拂衣，怪峯拱袂。轉而東曰水樂軒，小橋乍通，游魚可數。轉而北曰來鷗館，疏梅覆水，連梧入雲。曰爽來閣，高柳歸涼，丹楓送夕。轉而東曰貯素樓，朝霞浸檻，圓月洞窗。曰珍薿館，丹蕚連躋，翠條遠翥。曰止庵，余所匽息也，麂籬縈碧，蔆菭浮香。桉：　致園在盧妃巷，《應天志》：一名美人巷。全椒江氏所創，見金偉軍鼇《金陵待徵錄》。保緒姬人蘇佩纕有《貯素樓詞》，印雪爲糕，餝以脂澤，積雪山臿，冰筋爲林，貯素樓韻事也。保緒屬湯樂民貞愍公子作《玉戲圖》，有詞及詩詠之。

董小狂進上元諸生爲詩，肆口而成。結茆埜處，名曰窺園。與湯貞愍爲昴弟交，貞愍患疥，不時往，小狂怪之，曰：『恆欲得浴。』曰：『窺園不可浴耶？』曰：『無抑搔者。』曰：『焉用老兄？』即劑藥燖湯浴貞愍躬，抑搔之所善。何蕉衫客游小狂，圖其形壁間。飲酒，輒設梧勺，若勸詶。何子成兒幼，小狂悉惜逾己子。成兒夭，飲食坐臥及爲詩無非哭成兒者。節止庵文《董小狂傳》。今之狂也薄小狂，殆古之狂歟？其厚可風也。蕉衫名瑞芝。

貞愍大父緯堂先生，名大奎，字曾輅，一字緯堂。乾隆丙午冬，知臺南鳳山縣。林爽文起彰化，賊目許光來、曾伯達犯鳳山，城破，貞愍尊人與竹先生名荀業，字楚儒，一字與竹。持刀侍父立堂皇。賊至，父子戰，殉堂上。節止庵文《湯與竹先生遺像讚序》。貞愍襲雲騎尉，官副將，髮逆，陷金陵，殉難，參葉忠貞，史冊不多覯也。緯堂先生箸有《炙硯瑣談》。

貞愍太夫人楊氏，武進人。知州奞女，與竹先生殉難。時太夫人寄寓福州，奉姑歸里，訓子成名。貞愍清風亮節，得力慈訓爲多。曾繪《吟釵圖》以誌慕。太夫人有《斷釵吟》七絕二首并序，見《國朝閨秀正始續集》。《集均》：　奞，須閏切，與卂通，鳥張毛羽自奮。

貞愍女公子嘉民善畫，尤工仕女。適河工同知某子某，某年入贅湯氏。江寧彌月，壻挈媍返清江，氏鎮江，犁明，某不告女，先渡江，留書與訣，頌言其兒不𣬉，歸恐媵婢嫗咲也。女不得已，大歸。越四年，隨貞愍投荷池殉難。

《瑯環記》：南方有比翼鳳，飛止飲食不相分離，雄曰野君，雌曰觀諱，總名曰長離。王采薇孫淵如夫人長離閣之名本此。《西事珥》云：博白有遠郍，號綠含，皆高山大樹，人跡少至。郍民嘗謂其山多鳳，大如鵝，五色，有冠，而尾甚長。率居大樹之巔，晴明則雙飛而出，所過諸鳥斂翼俛首，伏不敢鳴者久之，殆即南方之比翼鳳矣。博白縣屬廣西鬱林州。

初學調五聲陰平、陽平、上、去、入，苦入聲無定轉。明章黼字道常，嘉定人。《韻學集成》以屋沃覺爲東冬江之入，質物月曷黠屑爲真文元寒删先之入，藥爲陽之入，陌錫職爲庚青蒸之入，緝合葉洽爲侵覃鹽咸之入，支微魚虞齊佳灰蕭肴豪歌麻有上、去，無入。

鄭如英，字無美，小字妥娘。工詩詞，與卞、賽、寇、湄相⿰胡羽⿰亢羽也。《桃花扇》傳奇『眠香』、『選優』等齣，以阿丑之詼諧作無鹽之刻畫，肆筆打諢，若瓦衖因姝一丁不識者，然殆未深攷。虞山《金陵雜題》：『舊曲新詩壓教坊，縷衣垂白感湖湘。閒開閏集教孫女，身是前朝鄭妥娘。』《板橋雜記》謂：『頓老琵琶，妥娘詞曲，祇應天上，難得人間。』漁洋《秋柳》詩，唐葆年云爲妥娘作，風調可想。妥娘詩載《列朝詩選·閏集》，《雨中送期蓮生》云：『執手難分處，前車問板橋。愁從風裏長，魂向別時銷。客路雲兼樹，妝樓暮與朝。心旌誰復定，幽夢任搖搖。』《春日寄懷》云：『月露西軒夜色闌，孤衾不耐五更寒。君情莫作花梢露，纔對朝曦溼便乾。』『沈沈無語意如癡，春到窗前竟不知。忽見寒梅香欲褪，一枝猶憶寄相思。』所箸《紅豆詞》，采入《眾香集》，集凡禮、樂、射、御、書、數六冊，余所藏缺樂、御、數三冊。妥娘詞在數冊中，有目無詞，甚恨事也。明貂璫史鑑、中官阿丑善詼諧，於上前作院本，有東方譎諫之風。

《明詞綜》：鄭妥，一名如英。《浪淘沙》云：『日午倦梳頭。風靜簾鉤。一窗花影擁香篝。試問别來多少恨，江水悠悠。新燕語春秋。淚溼羅裯。何時重話水邊樓。瘮到天涯芳草暮，不見歸舟。』

柳如是書『駐鶴』二字，正兼分體，徑約五六寸，鐫太湖石上，在金陵某氏園中惜未詳，李文石云錢塘吴裦仙刺史曾以拓本屬題。裦仙名若焜，湘浦河帥公子，阮文達外孫。其母夫人籢贈中多名蹟，清玩此拓本，卽其一也。如是本楊氏，名隱雯，小字影憐，後自更姓柳，名是，字如是。初適雲間孝廉爲妾，孝廉能文章，工書法，教之作詩寫字，婉媚絶倫，見顧云美苓譔傳。

徐淑秀自號昭陽遺孑，前朝南渡時宫人也。甲申後，流落金臺，後歸泰州邵某。爲詩多抑鬱哀憤之音，有『昭陽遺孑聽漁歌，爾樂波濤我爲何』、『入畫無人知是我，倚闌看蝶認爲花』之句。所箸《一葉落詞》，《眾香集》錄四闋。女邵笠，字澹菴。《菩薩蠻》云：『亂鷽唬被流蘇瘮。櫻桃露溼花梢重。小婢促梳頭。開奩滿鏡愁。　畫眉人不在。蹙損雙螺黛。淡日上紅紗。輕蟬鬢影斜。』《虞美人》後段云：『翠眉一霎愁峯鎖。挼碎芙蓉朵。問伊底事忽嬌嗔。道是采花掠亂鬢。』梢雲《淑秀詞》視澹菴稍遜，然『入畫』二語卻未經人道。

尼靜照，字月上，宛平人。曹氏，良家女，泰昌時選入宫，在掖庭二十五年，作宫詞百首。崇禎甲申，祝髮爲尼。《西江月》云：『午倦懨懨欲睡，篆烟細細還燒。鶯兒對對語花梢，平地把人驚覺。　有恨慵彈綠綺，無情孏整雲翹。難禁愁思勝春潮，消減容光多少。』體格雅近北宋。

成岫，字雲友，錢塘人。略涉書傳，手談、齒句、鬭茗、彈絲竝皆精妙。悉雲間董宗伯書畫，刻意臨橅，每一著筆，輒能亂真。今嫵媚而失蒼勁者，皆雲友作也。戊子春，宗伯留湖上，見雲友所倣書畫甚夥，自不能辨。後得徵士汪然明言其詳，卽爲蹇修，結褵於不繫園，時雲友年二十二矣。歸董後，琴瑟靜好，譜入《意中緣》傳奇。有《慧香館集》，《菩薩蠻》云：『綠楊深處黃鸝坐。蒼苔門巷無人過。簾捲接湖光。六橋車馬忙。　錦塘花歷亂。雲罨雷峯暗。觸緒撫瑤琴。澄懷一寄心。』已上三則采錄《眾香集》。

元梵經石硯，橢圓形，長九寸五分，寬四寸。一面梵字，十六行；一面下琢爲凹，上題云：『元梵經石，嘉慶己卯，星伯於伊犁哈什河岸山，挈之歸，琢爲硯。』匣蓋題云：『松喀巴聽我祝賽因緣，額敏福只兒哈朗米克哲木，長願伯顏、速不台、飛散、明安禿滿幅，蒙古石製硯。以蒙古語銘之，猪兒年朶兒別月，委宛山農戲題。』今歸匋齋尚書。桉仁和陳扶疋善仁《損齋文集》有《書哈什河經石後》，卽此石也。

書哈什河經石後　陳善仁

此石爲唐古忒所書《綽霍勒贊旦經》。嘉慶己卯秋，徐舍人星伯從伊犁將軍晉昌獵於哈什河，得諸吉里白虎嶺，嶺下舊多石璞。上鐫蒙古及唐古忒字佛經，蓋其先纍石爲主，以祀神。謂之鄂博，因刻佛經其上。此書自左而右橫行讀之，特紀元無可考。哈什河爲烏孫國，距京萬有一千餘里。星伯載歸贈余，余載以歸杭，又越三千餘里。荒徼文字見於吾杭者不少，雲林寺借秋閣有咸平三年外裔所進貝葉梵經，萬松嶺烏龍社有蒙古字鐘銘，今是石又越萬有四千餘里而至。金石之刻，日出不窮，豈獨玆石也哉？

《匋齋藏石記》中有非石刻二種，一北亝高僑爲妻王江妃造木版墨蹟，字尚明顯，唯背面稍模黏。一《唐麗山府果毅都尉梁君妻李氏墓誌》甎，朱漆書，未經鐫刻，凡五百九十七字，磨泐者僅九字，誠異品也。木版背面列江妃殉物，有故柞楝一枚，跋云：『楝卽梳之變體，疏从㐬，可變从朿作疎，梳作楝。』卽例此釋楝字，亦碻亦活。

北涼且渠安周牿寺功德刻石，中書郎中夏侯□作，今在德國柏林博物院。桉：崔鴻《十六國春秋》：安周，茂虔第七弟，封屋蘭縣侯。爲樂都太守。後據鄯善，因而自王，遣使詣建康入貢，宋主詔授涼州刺史、河西王，後爲蠕蠕所并。鄯善卽今噶順沙磧，在天山北路。此碑必得自新畺無疑，德人寶愛甚至，其國中流傳有影本，無搨本，偲氈椎或損顆也。湮陽尚書以攷督政治赴德，僅得二搨本歸，其一本尚缺四分之一，其不足之本，以詒蓺風老人。蓋中國無第三本也。

北涼且渠安周牿寺功德刻石釋文

中書郎中夏侯□作

拓本，高四尺四寸五分，寬二尺八寸五分，缺第一行，見存二十二行，行四十七字，字徑八分，分書。

□□□□□□□□□□形。原始興於六度。考終著乎慈悲。□□儕理翰者，罔遊其方；悕宗研味者，莫究其極。豈玄扉沖邃□□□□□□□見頽其城，壍无明鄣。其神慧，故使陵夭之□，不出於三界；本□之韻，莫明於域中。非夫拔迹緣起之津□□□□□□□。覺滯寢於昏夢，拯弱堲於炎墟。爰有含□□忄之士，輪日月□方寸具十虎以降生。顧塵海之飂濫，懼□□□□□□□櫂於駭浪，望道流而載馳。朝飢思饍，雨甘□□潛貸幽夜，莫曉□□慧以啓旦。

二邊稟正，遍以洞照；　四倒□□□□□□。□□化功之不逮道，世之或淩，故虛懷不請□□□隆法柱之弘□勒菩薩。□一乘以萇驅，超二漸而玄詣。□□□□□□左右虛空藏，積苦行於十地，隨所化而現生功。□□莊來爲郢匠□王，震希音以移風。大士運四攝以護持□□□□嚴土三塗革爲道場，逝起滅以離盡，入定窟以澄神。□心幽和，則儀形□前；　乃誠孟浪，則永劫莫睹。斯信敬者所□□□，□慢者所以自惕。涼王大且渠安周，誕妙識於靈府，味□猷而獨訓。雖統人理物，日日萬機，而謶譏之心不忘造次。□□□□之寄逆旅，猶飛軒之佇唐肆；　罪福之報行業，若影響之應形聲。一念之善，成菩提之果；　瞬息之惡，嬰累劫之苦。殖□□□□□和解脱之致。隨巨波以輪迴，受後有而不自。唯□□於天衢，終□駕於无擇。乃虛懷潛思，遠惟冥救。構□□□□□，不二之韻圖，法身之妙證，无生之玄謶。束教迷方者，覿真容以遐興；　離本逐末者，守彭篤以致極。規謨存於兼拯，經□□□□成兆。庶欣然咸發道心，於是隆業之右，惟一簣之不倦，熙神功以悟世。爰命史臣載籍垂訓，有鄙之微思不聿類□□□□□幸遇交泰於當年，目睹盛美，心生隨喜。嗟歎不足，刊石抒懷。

□□□邃，和之者尠。實際无崖，曠代莫踐。妙哉正覺，朗鑒獨盼。不退之輪，不二而轉。彼岸之遐，超昇其巘。既昇其巘，又釣其□。□□中流，濟彼二邊。我見不斷，我疾弗閑。果而不證，滅而无刊。隨化現生，壹變大千。道不孤運，德必有隣。乾乾匪懈，聖敬□□。□請之友，自遠而臻。補處之覺，對揚清塵。拯隧三塗，弘道交淪。雖曰法王，亦賴輔仁。於鑠弥勒，妙識淵鏡。業以行隆，土□□□。始覆惟懃，一簣弥競。道與世與，負荷顧命。恢恢大猷，弘在嗣正。藹藹哉手，寢斤俟騁。名以表實，像亦載形。虛空无際，□□□名。功就寬莊，來踐法庭。玄珠一曜，億土皆明。何得何證，利益我生。有□斯應，无求不盈。邈矣哲王，寔天攸讚。覽彼華□，□□樸散。澡流洗心，望樹理翰。詧式奧率，經始法館。興因民□，崇不終旦。□尉其麗，有炳其煥。德輶難舉，尅在信心。須達□□，應□虛衿。沖懷冥契，古亦猶今。豈伊寶蓋，發意筆簪。英聲□□，興齊高等。□憑斯致，永闡法林。俾我億兆，飜飛十蔭。

□□平三年歲次大梁月呂無射，量功興造，龍集星紀、朱明戊辰，都竟監□□佈法鎧、典作御史索寧。桉：日本東京大學有漢畫象石凡七，皆吾山東武梁祠物，丹麥國人何樂謨游歷陝西，命匠橅刻。景教流行中國，碑欲以易吾舊者，洋務局知而尼之，乃載新刻者以去。唐薛瑤華志石，日本人以三十金購去。近又以鉅貲購吾滄州王僧誌石。外人垂涎吾有，乃至斷碣殘編亦在所不免。吾中國收藏家之子孫，唯利是視，棄之如遺，是可忍，孰不可忍？

吳草廬澄《臨江仙》詞：『九日舟泊安慶城下，晚愒臨江水驛，于時月明風清，水共天碧，情景佳甚。與徐道川、方復齋、況肩吾、方清之，驛亭草酌，以殊鄉，又逢秋晚，分均得殊字。』『去歲家山重九日，西風短帽蕭疏。如今景物幾曾殊？舒州城下月，未覺此身孤。　勝友二三成草草，只憐有酒無茱。江涵萬象碧霄虛。客星何處是，光彩近辰居。』有元一代，吾宗固寔尤少，亟記之。

辛卯、壬辰間，余客吳門。與子芾、尗問素心晨夕，冷韵閒醉，不知有人世升沈也。某夕，漏未三商，招子芾讌集，不至。尗問得《浣溪沙》前四句，余足成之：『冰樣詞人天樣遙。翠衾貪度可憐宵。芾姬人，名翠翠。未應箋管換釵翹。　破面春風防粉爪問，畫眉新月戀香豪。柳顰花咲奈明朝笙。』翼日，有怡園之約，故歇拍云云。今子芾墓木拱矣，王逸少所謂『俛卬之間，已成陳迹』，成容若所謂『當時祇道是尋常』也。

陳大聲《草堂餘意》不可復得，甚恨事也。大聲一字秋碧，精研宮律，當時有『樂王』之目。又善謔，嘗居京師，戲倣《月令·二月》云：『是月也，壁蝨出溝中，臭氣上騰，妓鞾化爲鞵。』見顧起元《客座贅語》。又有《四時曲》，秋碧與徐髯僊聯句。

讀前人雅詞數百闋，令充積，吾胷臆先入而爲主。吾性情爲詞所匋冶，與無情世事日背道而馳，其蔽也，不能諧俗，與物忤，自知受病之源，不能改也。

讀詞之法，取前人名句意境絕佳者，將此意境締構於吾想望中，然後澄思渺慮，以吾身入虗其中，而涵泳玩索之。吾性靈與相浹而俱化，乃真實爲吾有，而外物不能奪。三十年前以此法爲日課，養成不入時之性情，不遑恤也。

人靜簾垂，鐙昏香直，窗外芙蓉，殘葉颯颯作秋聲，與砌蟲相和答。據梧暝坐，湛懷息機，每一念起，輒設理想排遣之，乃至萬緣俱寂，吾心忽瑩然開朗如滿月，肌骨清涼，不知斯世何世也。斯時，若有無端哀怨，棖觸於萬不得已，即而察之，一切境象全失，唯有小窗虗幌，筆牀硯匣一一在吾目前，此詞境也。三十年前或月一至焉，今不可復得矣。

詞中求詞，不如詞外求詞。詞外求詞之道，一曰多讀書，二曰謹避俗。俗者，詞之賊也。

初學作詞，最宜聯句和韵，始作，取辦而已，毋存藏拙耆勝之見。久之，靈源日濬，機括日熟，名章俊語，紛交衡有，進益於不自覺者矣。手生，重理舊彈者亦然。離羣索居，日對古人，研精覃思，寧無心得？未若取徑虗此之捷而適也。

填詞要天資，要學力，平日之閱歷，目前之境界，亦與有關係。無詞境，卽無詞心，矯揉而彊爲之，非合作也。境之窮達，天也，無可如何者也；雅俗，人也，可擇而處者也。

近人學夢窗，輒從密處入手。夢窗密處，能令無數麗字一一生動飛舞，如萬花爲春，非若琱璚蹙繡，豪無生氣也。如何能運動無數麗字？恃聰明，尤恃魄力。如何能有魄力？唯厚，乃有魄力。夢窗密處易學，厚處難學。

夢窗句云：『心事稱吳妝暈紅。』，七字兼情意、妝束、容色。《玉梅後詞·臨江仙》云：『姸風吹墜彩雲香。』彩雲麗矣，而又有香，且是姸風吹墜，七字三層意。

楊澤民和清真《蘬山溪》云：『平生彊項，未肯輕魚水。』余亦云然。

宮調之學，失傳久矣。嘗欲輯兩宋人詞注明宮調者，都爲一帙，取其相同之調，參互比勘，當有消息可尋，惜塵褥苦無暇也。

元以詞曲取士，於載籍無徵。唯宋時詞人遭遇極盛，淳熙間，御舟過斷橋，見酒肆屏風上有《風入松》詞，高宗稱賞良久，宣問何人所作，乃太學生俞國寶也，卽日予釋褐。《中興詞話》。是真以詞取士矣。淳熙十年八月，上奉兩殿觀潮浙江亭，太上諭令侍宴官各賦《酹江月》一曲，至晚進呈，以吳琚爲第一《乾淳起居注》，是以詞試從臣，且評定甲乙矣。政和癸巳，大晟樂府告成，蔡元長薦晁次膺赴闕下，會禁中嘉蓮生，進《並蒂芙蓉》詞，稱旨，充大晟協律。《能改齋漫錄》。李邴少日作《漢宮春》，膾炙人口，時王黼爲首相，忽招至東閣，開宴，延之上坐，出家姬數十人，皆絕色。酒半，羣唱是詞侑觴，大醉而歸。數日有館閣之命，不數年遂入翰苑。《玉照新志》。是皆以詞得官矣。

詞衰於元，唯曲盛行，士夫精研宮律者有之，未聞君相之提倡，詞曲取士之説，不知何據而云然也。

晏同叔賦性剛峻，而詞語特婉麗。蔣竹山詞極穠麗，其人則衰節終身。何文縝少時會飲貴戚家，侍兒惠柔慕公丰標，解帊爲贈，約牡丹時再集，何賦《虞美人》詞有『重來約在牡丹時，只恐花枝相妒故開遲』之句，後爲靖康中盡節名臣。國朝彭羨門孫遹《延露詞》吐屬香豔，多涉閨襜，與夫人伉儷綦篤，生平無姬侍，詞固不可概人也。

揚州有兩文選樓，昭明太子文選樓在太平橋北旌忠寺，見唐揚夔《文選樓序》、宋王觀《揚州賦》。隋曹憲文選樓在文選巷，見宋王象之《輿地紀勝》。梁茝林云昭明文選樓不在揚州，誤。《選巷叢談》。劉繼莊《廣陽雜記》：維揚精忠廟，乃梁昭明太子文選樓故址，其殿額『大雄之殿』，乃唐顏魯公所書，尚有諸天牌位，皆出魯公手。今爲王阮亭易去，唯存殿額耳。後爲岳武穆王改建報忠也，其樓聯云：『一代忠臣寺，千秋帝子祠。』精忠廟，卽旌忠寺。

《廣陵散》譜至唐猶存，當晉嵇康之歿，竝未失傳也。《崇文總目》：『《廣陵止息譜》一卷，唐呂渭撰，凡三十六拍。』

曹子建《靈芝篇》：『伯瑜年七十，綵衣以娛親。』疑伯瑜卽老萊子矣。《史記·仲尼弟子傳》：『孔子之所嚴事，於周則老子，於衛蘧伯玉，於齊晏平仲，於楚老萊子，於鄭子産，於魯孟公綽』，則老萊子亦孔子之友也。

光武故人，子陵之外有牛牢字君直、高獲字敬公。牢之言曰：『丈夫立義，不與帝友。』獲曰：

『臣受性於父母，不可改之於陛下。』其詞甚倨。子陵對光武曰：『昔唐堯著德，巢父洗耳。士故有志，何至相迫耶？』何其婉而巧也！故獨有諫議大夫之命。夫英明如光武，對於故人，猶不免以語言爲厚薄，矧晚近鉅公大寮以言取人者虖？《蔆景詞·蝶戀花》云：『吹咽瓊簫儂自苦，銷魂第一流鶯語。』嘅虖其言之矣。

《賜餘堂詩》：『到處逢迎唯自愧，涓埃未禆聖明朝。』甲戌請告歸，泊風雨中作。『禆』字無仄音，子道先生必有所本。

元鄭玉《師山文集》辯義田再嫁者與三十千，當是族人之嫁次女，故視長女有殺，非謂改適人者。范公平生義而後動，再嫁，人之大倫，詎於此有謬？

明王世貞《宋版漢書跋》：桑皮紙白潔如玉，字大者如錢，絕有歐、柳筆法，細書絲髮膚緻，墨色精純，溪潘流瀋，見《天祿琳琅》。『溪潘流瀋』不得其解見前筆。李文石云『溪』字是『奚』字之譌。南唐奚廷珪，廷珪父奚超，南唐主賜姓李氏，世爲墨官。宋潘谷，皆造墨名家。

《薛浪語集·和錢都官》詩：『道學從初小況雄，文光萬丈吐長虹。』見前筆 桉：『況雄』，荀況、揚雄也。

宋吳可箸《藏海詩話》，《四庫全書提要》云：不詳其人履歷。《墨莊漫錄》撰近人絕句佳者，吳可思道《病酒》云：『無聊病酒對殘春，簾幙重重更掩門。惡雨斜風花落盡，小樓人下欲黃昏。』又《春霽》云：『南國春光一半歸，杏花零落淡胭脂。新晴院宇寒猶在，曉絮欺風不肯飛。』因《漫錄》知可字思道，可以備它日之攷。右日本西島元齡《慎夏漫筆》一則節，元齡《漫筆》頗能穿穴宋元人說部，即如此段，足見看書留心，彼都人士何嘗不研究文詞也？撰字作擇字用，古誼可憙。吳詩『曉絮』句，絕新。

鄱陽武陽鄉右十餘里，有黃金采，《漢書·地理志》師古曰：『采者，謂采取金之處。』據文，畫蕃，畫箱也杜佑《通典》。鵠，卽鵠也，小而難中《賓之初筵》釋文。高歡立法，盜私物十備五，盜官物十備三。後周詔侵盜倉廩，雖經赦免，徵備如法。備，音培，償補也。今作賠惠棟《松崖筆記》。女几，陳市上酒娘也。陳仲以素書倚質也酒于几家，几盜寫學其術《妝樓記》。桉：采訓，采取之處。蕃訓箱，鵠訓鵠，備訓賠，倚訓質，偏檢各字書，竝無此訓。宋黃休復《茆亭客話》：『元祐癸酉石京後序，此集自先祖太傅藏于書笥僅五十餘載，而世莫得其聞也。』『僅』字亦異誼。東坡《寄劉孝叔》詩：『東海取鼉漫戰鼓。』『漫』，覆皮爲鼓也，音誼同鞔。又《游靈隱寺戲贈開軒李居士》詩『巧歷如今也被漫』，『漫』與瞞同，今字書『漫』字無鞔、瞞二誼。

姜虬綠，字秋島，有《漫遊草》。乾隆元年遊霍童，二年遊武夷，紀行詩坿日記。桉：虬綠爲白石二十世孫，靈鶼閣藏寫本《白石道人集》，卽虬綠所編定也。

蓺風《雜詩》：『同是蛾眉窈窕人，尹邢覿面倍相親。上官令尹何蟲豸，不殺靈均志不伸。』因余有『等是蛾眉妒亦甘』之句而作。

香東漫筆卷二

桂屑續

《古今書刻》，上下編二卷，長沙葉氏《觀古堂叢書》，明周弘祖譔，上編載各直省所刻書籍，下編録各直省所存石刻。弘祖，《明史》有傳，其書《明史·藝文志》及各家藏書目均不箸録，四庫未經采入，亦未存目，吾廣西書石録左：

廣西書籍

布政司：《皇朝理學名臣録》《皇明名臣録》

按察司：《問刑條例》《崇古文訣》《武學經傳》

桂林府：《府志》《曹鄴傳》

南寧府：《府志》《傳習録》

石刻

桂林府：唐帝祠石刻宋張栻有謁廟詞刻於石，在府東北。　舜山磨崖唐韓雲卿記，在府城北。　華景山遺刻洞中多唐人遺刻，在府城北。　鎮南峯碑唐大曆中刻《平蠻頌》於石崖，宋狄青平儂智高，勒碑巖上，在府城北。　風洞銘宋柳開作，在府東七星山。　逍遥樓扁刻顔真卿書，在府城東。　讀書巖石刻有劉宋顔延之《五君詠》，在府北獨秀山。　三先生祠碑祀周、程三先生，張栻有記，在府學。

柳州府：駕鶴書院碑文剝落，在府城東。　柳侯祠碑舊羅池廟，以祀柳宗元，韓愈譔記，蘇軾書，在府城東。　真仙巖磨崖宋張孝祥磨崖大書『天下第一真仙之巖』，在融縣東。　白象巖篆字有二字，如篆，不可識，在雒容縣南。

梧州府：冰井銘元結作，在府城東北。　范滂傳石刻黄庭堅書，在慶遠府城上南樓。　十箴堂石刻刻宋周必大《十箴》於石，在平樂府賀縣。　清心堂碑宋王慶立，在容縣舊州治。　將軍洞十字洞石壁上刻『南州太守領將軍龐孝泰』十字，在鬱白縣南。　光華亭石刻刻秦觀像與文於石，在藤縣北。

潯州府：蓮巢亭石刻刻蘇軾書帖，在府貴縣。　南山石刻有宋人龍田詩，在貴縣南山。

南寧府：題詩巖刻字有『朝天門洞仙女』六字，在武緣縣。　牛皮石鐫字有『横州』二大字，在横州西。

《唐劉公夫人楊氏墓誌銘》在廣西，見寶應朱士端《宜禄堂金石記》，惜未詳劉公何名、刻石何年，在廣西何縣。

宣德五年，遣内臣孟陶往廣西采買翎毛蟲鳥，敕書内開有陰顆鳥、陽顆鳥，不知何禽也。程哲《蓉槎蠡説》

韓湘詩：『逡夜流瓊液，淩晨咀絳霞。琴彈碧玉調，爐煉白硃砂。』桉：廣西北流縣有白砂洞，石膏玉英，散采流光，凡砂生於此，其色獨白。同前

漢伏波將軍馬援祠，在臨桂伏波門外伏波山之半，祠側一亭，俛臨灕江。國初定南壯武王孔有德鎮粤，常遊憩於此，手書『聚翠』二大字，顔之楣間。

張公同敞，號別山，江陵人。文忠公居正曾孫。祖敬修，爲文忠七子。文忠歾，怨家煽禍，奉旨簿録資產。時欽差侍郎丘橓持之急，敬修不堪逼迫，自經死，懸書于肘，備言其父曩以力肩國事，結怨于人。屍骨未寒，遽遭奇禍。祖母年九旬有五，歷蒙太后皇上殊恩，見今與眷屬同閉斗室，飢寒交困，某願捐此微生以謝當世，伏望矜全祖母俾保殘年云云。時同司籍没事者爲太監張誠，感其情辭哀切，以原書奏聞，神宗憫之，令寬其事，而給養文忠之母終身。公幼孤，奮志讀書，成進士。上書鳴寃，文忠始得復官予謚。後授廣西桂林府推官，洊陞巡道。永曆建國，桂林巡撫瞿公式耜入内閣，公爲兵部尚書。本朝大兵破全州，諸將焦璉、丁魁楚等戰死，永曆奔梧州，以瞿公爲留守，公副之。未幾大兵至，二人力持月餘，城破，同被執，主將定南王孔有德欲降之，不屈，幽於一室。二公相對賦詩酌酒，不異平時。孔婁勸降，不可回，遂與瞿公同日死。公臨危時，首墜地，復奮躍而起者三，項無點血，視刑官惶懼狂走，觸於牆，頭裂而斃，衆咸異之。與瞿公同葬水東門外棲霞山下，事定後，瞿公之子遷柩歸常熟，而公墓仍在故所，淪落荒烟蔓草中，幾泯没矣。康熙間，海寧陳公元龍巡撫廣西，訪求得之，爲之封兆域，立墓碑，置祭田，植樹木，使棲霞寺僧世爲守護，歲春秋致祭焉。墓在棲霞寺前百餘步，後枕棲霞山，面對灕江，伏波、獨秀兩峯分峙隔岸，若旗鼓然。石碣大書：『明別山張公之墓。』蓋陳公修墓時，《明史》尚

未告竣，未知褒貶云何，不敢書官位，僅稱其姓字而已。桉《明史》：居正第五子允修，字建初，廕尚寶丞。崇禎十七年正月，張獻忠掠荊州，允修題詩於壁，不食死，何張氏之多賢裔也？

僧渾融者，督師何雲從之部曲也。何督師亡後，遂披薙爲僧。劉獻廷《廣陽雜記》

吳憶有《谿園自怡集》，南渡初爲靜江倅。《御選歷代詩餘》「詞人姓氏」

十萬山，在廣西上思州城東西南，三面凡八十里。萬峯巑岏，直至安南國祿州地，故名十萬山，凡有八隘。蔣超伯《麗濵薈錄》

丁酉客揚州，張幼丹通守心泰詒余臨桂石刻拓本如干種，內有數種爲謝志所無。甲辰客常州，金淮生同轉武祥詒余都嶠石刻拓本如干種，皆謝志所無。丁未、戊申閒客江寧，閱繆氏《藝風堂藏石目》，箸錄粵石，多謝志所未載。商之藝風先生，陸續借歸釋文，合以金君所詒及張君所詒中之數種，通計得如干種，寫次成帙，名曰《粵西金石略補遺》。攷謝志《藝文志》、劉玉麐《桂林巖洞題刻記》三冊，初成稿本閒有攷證，玉麐卒，稿藏其友臨川李秉禮家。凡東峯一冊，龍隱巖一冊，南溪一冊，所記二百一十六種，手拓者一百六十九種，而謝志箸錄全省金石僅四百八十三種，宜其缺佚夥矣。余補遺如干種，皆得之客中，異日言旋言歸，搜巖尋壑，從事氈椎，所得奚啻十倍？惜虜長卿游倦，萍梗依然，此願知何日償耳？

《粤西金石略補遺》目錄

唐

韋敬辨智城碑萬歲通天二年四月，韋敬一製，正書，在上林縣。

南漢

都嶠石刻六種在容縣
都嶠山五百羅漢記乾和四年八月，陳億撰，正書。
都嶠山造佛像殘碑陳億撰，楊懷信書，行書。
碑陰題名杜儁書，王伯珪立，分書。
羅漢融造陁羅尼幢乾和十三年十月，羅貴寬書，正書。
梁懷義造佛像碑大寶四年正月，正書。
靈景寺慶讚齋記大寶七年二月，盧保宗書，正書。
碑陰游都嶠山七律二首宋開寶七年，張白撰。
區若谷等題名康定元年

曾晉卿等題名皇祐庚寅

閻廿五娘造陁羅尼殘幢正書

宋

仙弈山立魚石室題刻七段在馬平縣

裴象咢等題名元豐二年九月，正書。

曹現等題名元祐壬申重九日，正書。

李耆俊等題名淳熙甲辰重九日，正書。

涂四友等題名紹熙辛亥九日，行書。

李大有等題名端平丙申仲秋，正書。

艾田登立魚山詩嘉熙庚子重陽日，行書。

鄭鎮等題名丁亥二月，分書。

曾布雉山題名元豐二年上巳，篆書，在臨桂縣。

桉：謝志箸錄曾布《和陳倩曾公巖詩》及龍隱巖兩題名、疊綵山伏波巖題名，竝正書，此題名云：『南豐曾布己未上巳，盡室泛舟，歷覽東觀巖穴之勝，遂遊雉山。』四行，行六字，字徑六寸，篆書。

西山功德記紹聖丙子孟秋月，鄒時書，正書，篆額，在忻城土州。

遊西山詩紹聖戊寅季春，林毅撰，韋燾書，正兼行書，韋汝明篆額，在忻城土州。

□觀國等讀書巖題名宣和乙巳六月，正書，在臨桂縣。

裴夢貺等題名紹□癸丑七月，正書，在臨桂縣。

按：紹興、紹熙皆有癸丑，據《桂勝》，夢貺別有清秀山題名：『衡陽太守裴夢貺祖塗前一日，魏彥濟、陳景淵同遊』云云。末云：『甲寅二月十有二日。』亦無年號。而伏波巖有紹興四年孫仲益同陳景淵題名，以此證之，知夢貺題名當在紹興時，甲寅卽紹興四年，癸丑三年。

范至能等壺天觀題名淳熙乙未，行書，在臨桂縣。

按：此題名云：『淳熙乙未廿八日，酌別碧虛七人，復過壺天。』姓字在栖霞，三行，第一行八字，第二三行行七字，字徑四寸。同日棲霞洞題名云：『范至能赴成都，率祝元將、王仲顯、游子明、林行甫、周直夫、諸葛叔時，酌別碧虛，淳熙乙未廿八日。』棲霞洞題名，謝志箸錄。

馬子嚴海陽山禱雨記淳熙己亥八月，正書，在興安縣。

海陽山靈澤廟記淳熙十四年三月，陳邕記並書。正書，額正書，在靈川縣。

宜州新建學記淳熙，張栻記，正書，額篆書，在宜山縣。

招隱二大字張敬夫書，正書，在臨桂縣。

朱希顏龍隱巖詩紹熙改元十月，正書，在臨桂縣。

按：詩云：『聖主龍飛已在天，洞中猶有老龍眠。便須吸盡西江水，需作商霖大有年。』字蹟完整，無稍剝蝕。前有小序，與詩連屬，謝志有序無詩。跋云：『詩已漫滅。』當是所據拓本不全，打碑人遺漏數行，憚於補拓，輒藉口漫滅。未嘗躬自覆勘，遂爲所誤。北省拓二，有因省紙少拓數行者，尤爲惡習。

龍谿祠碑嘉定乙亥七月，張自明撰，張自本書，正書，張自立篆額，在宜山縣。

宜州鐵城記寶祐乙卯日長至，黄應德記，何應壬書，正書，楊挺篆蓋，在宜山縣。

宜州鐵城頌寶祐四年三月，正書，額正書，在宜山縣。

西山寺常住碑咸淳元年孟夏，梁富書，正書，額正書，在忻城土州。

元

僧師澄讀書巖詩至順壬申孟夏，行書，在臨桂縣。

無時代

韶音洞三大字正書，在臨桂縣。

湘灕二水之源六大字正書

博士泉三大字分書，劉燕庭云在廣西。

右唐一種、南漢六種、宋二十二種、元一種、無時代三種，最三十三種

《廣西省志·山川略》據《方輿勝覽》云：『容江在普寧縣，卽馬援所云「卬視飛鳶，跕跕墮水中」者是也。』桉：飛鳶墮水在交趾浪泊，一名西湖，爲今越南北寧、河内兩省間地，與容縣相去幾二千里，謝志誤。

湘竹、彌竹出西粤山中，其地多猺獞，所居非裹糧徒步、冒烟瘴、犯霜雪不致也。舟行六千里，得至

江南，擇其篁孫之美好者，臙肌猩暈，斷以爲管，始爲徐陵珊架上物，亦勤且勩矣。崇禎戊辰，家仲父別駕桂林，前後多有攜歸，每得百餘管，視之不重也。余年家文文起相國，余友吴次尾頗好之，多有所遺。二十年來零落殆盡，所存不及十餘。遥望西粤，何異天上？然中年離亂，江淹五色，湘東銀筆，安所用之？況海内知交，嵇鍛王琴，多化爲異物，騷魂徒賦，筆冢成封，睹一湘管，而坡老磨人之謔、廣陵絶調之悲，茫茫交集，止有曇州遺淚，與管上湘痕，淫淫罨靄而已，又何異於龜蒙之志錦裙也？明陳貞慧《秋園雜佩》

全州謝良琦《醉白堂文集》，臨桂王氏四印齋有刻本二厚本，惜印行僅數十部。曾詒余一部，友人借去未還，當時以爲易得也。半唐逝後，書版不知所之，此書不可復得。

朱小岑有弔柳雜劇，《九芝草堂詩·泊儀徵》云：『餳香粥白曉鶯天，紅豆烏絲記少年。今日真州僊掌路，更無杯酒酹屯田。』諸暨郭春林毓爲小岑序《分緑窗雜劇》，以青藤爲比。

余女兄三，其仲適黄名俊熙，字籲卿。籲卿之曾祖蓼園先生有詞選梓行，詞選無先生名，名待攷。起玄真子《漁歌子》，訖周美成《六醜》，最二百二十四闋，竝渾雅溫麗，極合倚聲消息。每闋有箋，徵引贍博。余年十二，女兄于歸，詒余是編，如獲拱璧，心維口誦，輒昉爲之，是余詞之導師也。先生選詞若是之精，斷無不工填詞之理，顧所作迄未得見，可知吾粤詞人湮沒不彰者夥矣。黄氏家祠内有偶彭樓，詞選版貯其上，竝可眺城西山色。女兄以余幼，故請登樓，弗許，當時爲之惘然。至樓名何指，則至今不知。

襄陽張氏唐墓誌十種。玄、弼、景之、慶之、敬之、朏、孚、軫、點、曛。在襄陽張公祠十種之外，尚有張漪墓志一石，爲吾邑唐子實先生啓華所得，載歸粤中，釋文見楊海琴先生《粤西得碑記》。記於子實先生名，誤敓『啓』

字。唐氏有別墅在吾邑南鄉六塘，三十年前即已荒蕪，此誌石不知尚存否？

唐故朝散大夫著作郎張府君墓誌銘并序

姪子愿述

君諱漪，字若水，范陽方城人。四代祖策，從後梁宣帝入西魏，子孫遂家襄陽焉。隨澧陽令諱則，府君之曾孫；皇都督、安隨郢沔四州諸軍事、安州刺史諱玄弼，府君之嫡孫；特進中書令、漢陽王諱柬之，府君之冢子。天縱明達，家傳孝友，質而能史，文而不華，周舉成均，進士擢第。上聖曆封事，一命懷州武陟尉，後應長材廣度科，再轉洛州登封主簿。糺肅畿甸，望雄臺省，累遷左補闕，擢惟樊侯。緝我袞職，而狡童怙寵；碩人之薖，多士側目，莫之敢指。君疾彼蠹政，上害苗書，帝嘉其言，且未能用。除著作佐郎，恩示累加，實遠之也。尋而盜有巨力，將生大變，故我王父昇堂秉鈞，勦其凶邪，有以興復，狐鼠何有？城社惟艱，蓋老智謨之，少壯決之，內有獻納，外則糺合，匡定之力，君參半焉。洎王父錫券受封恩，欲別開君邑，王父辭曰：『天飛，聖也；利見，時也。臣且饕竊，漪何力之有焉？』帝曰：『曩在春闈，嘗見卿子敢言時事，朕實拒之。今乃同昇，諸公果集，是績真其兆也，卿奚讓焉？』對曰：『同室協謀，父子偕邑，非典也。父執政，子開封，重嫌也。恩實天啓，人謂臣何？』頓首固辭，然後迺已。於是稍加朝散，授大著作，循厥資也。爾後王辭廟堂，恩拜本郡，君表乞扶侍，采蘭樊沔，無幾而太妃薨，棘人欒欒，哀毀滅性，未卒哭，終於倚廬。嗚呼！痛哉！壯年卌有七，君丕承烈光，克稟彝訓，虎變詞囿，翰飛天衢。自祖及身，皆秀才觀國，遙源巨浪，三葉一枝，故七涖官秩，六承恩拜，而典要有禮，變通適宜。所居之政皆爲後式，雖光塵混物，而雅素恆真。口絶薰味，心多禪悅，非夫體合道而行中權歟？是蓄希聲，將登大用，天實冥昧，降此鞠凶，凡百君子，靡不震悼。夫人成紀郡君李氏，皇朝嬴州司法參軍昭佶之女也。洵淑且都，柔嘉惟則。詠采蘋而服禮，示斷機而流訓。隙有犇駟，溼無藏山。以開元廿年十一月廿五日寢疾，怛化於靖安里之私館，春秋六十二。越明年孟冬月才生魄，與君合窆於相城舊塋王墳□甲，從先也。子：孚、毖、緦、軫。緦，歷荊府倉曹；軫，參河府軍事，不幸早世，先夫人云亡；孚，郾城縣丞；毖，邠王府掾。白華半落，綵衣長罷，陟岵奚望？風枝結哀。愿不夭，早歲無怙，伯父垂訓，嚴君若存，惸生孤藐，以至成立。恩深罔極，思報無階。茹血申哀，務傳家政，禮也。銘曰：在昔雲雷，遘屯華夏。王祖伯父，克勤宗社。翼戴飛龍，肅清天下。君臣一合，名器無假。讒搆于朝，忠棄于野。惟伯扶侍，除官告罷。太妃俄薨，血淚交灑。荼苦過制，因淪大雅。今則有之，古所無也。未謚忠孝，空塋松檟。非斯慟乎，孰可悲□？釋文據《得碑記》迻寫，字體未能悉依元石。

桂林唐子實孝廉華，倜儻多才。粵寇侵疆，軍實悉賴規畫。構園亭，去城數十里，背山臨流，極泉石卉木之盛。余過桂林，以所得唐碑見贈，多拓。梅伯言先生記云：『張漪爲唐張柬之子。道光二十一年，桂林唐子實得其墓碑於襄陽峴首北二里，載漪官著作郎，及侍父襄陽，皆與史合。惟史言長子愿、次子漪，碑則漪爲長子，愿乃漪之姪，銘其墓者也。史傳與碑刻異文往往如是。然史之要在一代之成敗、得失、是非，非爲一人作家傳也。而言金石者，或以是爲史，病矣。道光二十七年五月九日上元梅曾亮識。』書法筆筆遒勁，全學褚登善，提頓使轉，爲楷法極則。石存唐氏。桂林唐碑，當以此爲冠也。《粵西得碑記》

謝中丞啓昆纂修《廣西通志》，嘉慶五年正月開局，六年十月進呈，正本書凡二百八十卷，八十冊，需時不及三年，而體例精審，徵引該博，爲各省志書之冠。前人辨事無因循虛縻之習，非輓近所及。

正月十六日開志局於秀峯書院，志事二首柬裴山。見《樹經堂詩續集》，前有《己未除夜雪至》、《元旦未巳志喜》二首，《二日復得大雪疊均》二首。《八日迎喜神於郊外》二首，《十四日登七星崖》二首，與此詩相連屬，知其爲庚申作也。學使錢楷，字裴山。

臨川舊志已消磨李穆堂先生，桂管圖經孰正譌？七十年來傷散佚，三千里外費搜羅。采風端賴輶軒使，紀事深求著述科。鈐幕晝閒邊務少，可容老子共編摩。

落鐙時節載書來，秀嶺春歸別館開。敢詡銜官偕屈宋謂二張、任、王、關、周諸君，須知藪澤有鄒枚謂胡雒君、朱小岑。龍編盡入探驪手，象譯應資博物材。文簡事增師掌故，鑾陬典冊上蘭臺。

《樹經堂詩續集》有《飛來鐘歌》，自注：鐘在太平土州北二里馱廟村側。交趾思琅州刺史兼廣源思琅等州節度觀察使、太傅弘農郡公楊景通造，戶部員外郎、充集賢院學士曹良輔撰銘，稱會祥太慶四年正月十五日記。桉：會祥、大慶大太通用，交趾李乾德年號，其四年，當宋政和二年。謝氏未詳。

曹石倉先生學佺官桂林，時於文昌門外建灕江書院，今廢。先生有《桂林風謠》十首：『楚粵流皆印，湘灕水自分。易生階面草，難度嶺頭雲。素節龍舟競，冥搜鼠穴熏。水東街最盛，遊女咽羅帬。』其二『偏安聞此地，漢法未全疏。塞迥書違雁，溪清弩射魚。穿山爲孔道，放陡下霛渠。待學桃源隱，郁郁盡可居。』其七『夜坐多蚊母，秋成半芋魁。寄桑傳釀法，文石中碑材。戍餉資橋稅，山田印糞灰。廣南商販利，鹽廠雪盈堆。』其八『退食衙應放，長時印早函。銜杯誇瑞露，燒筍出霛巖。吏隱吾何愧，人言或息讒。豈如元祐世，黨籍至今劖。』其十

長洲葉蘜裳昌熾《語石》十卷，記融縣真仙巖石刻，有紹興庚辰歷山王延年、慶元丁巳三山李君、紹

定庚寅雙井黄杞題名三則，及杜昱嘉定十二年、趙進臣無年月、松庵道人詩淳祐壬子，皆謝志所無。范文穆經略勸諭乾道十年、祭新冢墳壺天觀銘，皆刻桂林巖壑，謝志亦失之。壺天觀銘尤佳絶。

康熙間廣西文官正雜三百十八員，學官一百十四員，武官一百九十八員。《廣陽雜記》

道光中京師言宋學者，則有倭文端、曾文正、何文貞、吳侍郎廷棟、邵員外懿辰、丁郎中彦儔；言漢學者，則有何編修紹基、張州判穆、苗貢生夔、陳御史慶鏞；言古文辭者，則有梅郎中曾亮、朱御史琦、王通政拯、馮按察志沂。黄彭年撰《何願船墓表》

明末常熟瞿忠宣公在粵西時，公子元錞往尋之，家譜云卒葬修仁，見嘉定《瞿木夫先生中溶年譜》。先生曾屬其甥修仁令陳應兆鼒訪之。

余家舊藏《浮瓠集》手稿一册，國初白嶽程宜中不偏著。前有順治戊戌黄中通、庚子胡養忠、汪繼昌等序。汪字神似香光。不偏幕遊永州，永之形似瓠浮於瀟湘之間，故以「浮瓠」名集。其詩一百五十六首，録二首，以存其人。《黄鶴樓和高刺史》云：「無古無今東去水，古人霸業今已矣。黄鶴遺蹤何處尋，遥聞孤唳白雲裏。舉首相招不肯來，雞鳴舊闕賸荒落。江上鼓鼙猶未絶，吳中簫管聲難迴。一番凭眺一番悲，滄海澄清知幾時。跋浪鯨鯢擾龍窟，樓頭斫劍嘯馮夷。」《過釣臺》云：「不向南中老，今朝入富春。西風遲短棹，斜日下寒筠。七里看山色，千秋思古人。依然垂釣處，獨有石粼粼。」

何桂枝，桂林人。幼失父母，爲人婢攜之揚州，轉售爲妾，自怨己命，作歌一篇，見《國朝閨秀正始續集》。詩凡五百七十九，言如銀瓶瀉水，一氣貫注，就其沈著樸厚論之，即謂直追漢魏可也。雖精研韵事者，未易猝辦。弱齡女子，何由具此力量？所謂天籟本虖性情者也。《正始續集》録粵西閨秀詩凡七家：

秦玉梅，陽朔人；孫玉娥，融縣人；陳秀貞，臨桂人；唐氏，柳州人；朱氏，臨桂人；石禾玉，藤縣人；何桂枝，桂林人。

悲命詩

何桂枝

六月六夜雨聲急，有女不眠悲思集。側耳東方人睡酣，倚牀低首羅巾濕。有恨無可伸有語，向誰陳坐對中宵。雨長嗟，薄命身。我本廣西城裏女，此處爺娘非我親。暗想八九年前事，寸心耿耿獨傷神。憶我六七歲，父母雙拋棄。寄養向貧親，貧親無好意。潯梧將軍門下客，一時假虎作威勢。與得金錢知幾何，甘心鬻我作人婢。爾時幼小只從他，薄命漂零可若何？當年攜到揚州地，山程水程萬里多。揚州一入主翁宅，年復一年誰愛惜？朝捧茶飯暮捧湯，寒缺衣裳飢缺食。主翁有時稍見憐，主母鞭箠那禁得？忽然年來情意改，當作親生女兒□。□我呼爺與呼娘，梳頭裹足勤勞倍。不知奸計險於坑，漫道厚恩深似海。簫管琵琶學已終，牙牌雙陸亦教通。纔延李姐傳歌曲，又向張姑學繡工。事事求全勤督責，朝謀夜議誰能測？春來春去時匆匆，道我長大好顏色。嫁得富家貴公子，終身享用無盡極。昨朝客到敞華堂，逼我堂前見客忙。不識誰家輕薄子，周身上下細端相。但見爺娘喜滿面，我正無顏歸繡房。驚猜不敢問，自知徒自恨。耳聞堂上言，贏得心頭悶。方知堂上賓，乃是浙中人。工科給事官名重，六十無兒娶妾新。豈是尋常行禮節，只聞次第講金銀。怪煞爺娘心慘絕，千金百金爭未歇。我生時日我不知，朦朧造作與人說。初五聘定初七嫁，卻道行程圖快捷。可憐我貌空如花，可憐我命真如葉。今日人家呼作兒，來日人家呼作妾。似此傷心怨復嗟，夜深掩涕肝腸裂。早知粉面換黃金，悔不當年墮江月。已矣哉，且莫哀。不見揚州舊風俗，親生兒女嫁天涯。天涯復海角，骨肉之間豺虎惡。我復何須淚零落？淚零落，情未休。長江之水無西流，風俗不改古人愁。寄語紅顔緑髮閨中女，來生誓莫生揚州。

謝志《金石待訪目》：《韋厥碑》，卽《韋敬辨智城碑》，碑在上林縣，謝志標目下注『象州』，『智城』作『智誠』，竝誤。

伏波巖有米南宫題名，翁覃溪譔米年譜，謂伏波巖卽龍隱巖，誤。覃溪製詩境墨，樵放翁書，卽方孚若刻龍隱巖者。

《二老堂詩話》：廣西有趙㝱得處於海上，東坡謫儋耳時，爲致中州書問，坡嘗題其澄邁所居二亭，曰清斯，曰舞琴。

蔡京父子既刻黨籍碑，復鑄寳鼎，列元祐諸賢姓名。後金人至汴，見鼎，問之，太息曰：『宋室君臣顛倒如此，安得不亡？』怒碎之。讀黨籍碑者，知此可爲談助。

思恩府初種早稻之法李彦章《課稻編》，思恩有早稻，一曰夏至禾，一曰六禾。夏至禾以三月種，六月熟；六禾以四月種，七月熟。故欲種兩收者，六禾不如夏至禾。其稻一種而異名，遷江謂之早禾，賓州、上林皆謂之夏至早，惟武緣謂之餱番，以歲種可兩番熟也。郡屬惟賓州多種之，上林有近賓州界者爲巷賢三團，亦僅十餘年來始習其法，惜尚未廣。若郡中與武緣、遷江及十二土州縣司之地，則猶未之有聞。余親於郡南江上，大開水田，試種早稻，求是種而栽焉。蓋自道光八年始，自是郡中既得再熟種者漸多，因手記其蒔蓺之法，頒遠近鄉農以爲式焉。其法宜於前一歲十月翻犁，用賓州犁冬法，稻根已化，土氣內蘊，地可使肥。其年正月鋤草，再犁，火以化之，耕耙極熟。放水糞田，春分前期乃浸穀種，三日之後撒於秧田。一面犁治稻田，以新治水車取水灌注，水與土浹，再三耙之，計將穀雨，秧長六七寸，拔取成束，隨手分栽，每叢相去七寸，不疎不密，俗謂之耙插者是也。插後十日，秧活便耘一次，俗謂之踩田。推泥去草，次第加糞，如是者二三次，總以不見一莖草爲度。芒種後稻花漸吐，未夏至而葉齊田中，此時不可失水。一過小暑，便可成熟，此一造也。先茲夏至，禾在田，晚禾秧種已茁。六月早稻既穫，急治其田，稻稿禾根翻而埋之泥中，大助培壅。於是接栽晚稻，一切種法與早稻同。秋分含苞，及霜降後大熟，又可收割，俗謂之二苗，此兩造也。粵中田事苟簡，農不習勞，邊人舊法拘墟，早種又不常見。余作事謀始，日與農夫講問於田，課人力，占天時，惟擇其所可用，餘皆參考成法及他省農功之簡便者，躬自指示，而作興之隨時，纖屑事宜不能備述，但摭其簡要者如此。

洪武鉛甎，正面長五寸一分，寬二寸。背面長五寸五分，寬二寸二分半，厚九分。有『洪武二年』四字，正書，徑一寸，陽文，在正面，重今權三斤二兩。廣西全州出土不下數千方，尚有極大者，此其小者。匋齋藏。

臼辛漫筆

一卷

民國壬子(一九一二年)嬛福山莊石印《説部擷華》,其中書前『撰輯書目』列況周頤筆記著作六種,唯末一種《臼辛漫筆》未見單行本。今自《説部擷華》輯録八則;有自《眉廬叢話》、《餐櫻廡隨筆》各輯録一則。原有著重號處不復保留。

臼辛漫筆

長物齋

閱嘉定瞿木夫先生中溶年譜，傳鈔本，未經付梓。道光九年四月二十二日往蘇，假寓虎丘白公堤綠水橋邊，出售篋中長物以佐家食，遂以長物齋爲店額，并標題大書『聚於所好』四字於側，因得七律一首，吳玉松太守雲和韻見投，云云。嗟乎！乾嘉已還，斯文未墜，摳奇媚古，不尠名流，士之潔清自好者，猶得以半生藏去，潤澤烟霞，不得謂非躬逢隆盛矣。又江都汪明經中蚤歲家貧，無書，於坊肆中借閱，過目能記。既而販賣書籍，且販且誦，遂博覽古今文史。案：容甫先生事見《廣陵詩事》，又淩曉樓先生曙曾設香肆，江慎修先生永曾執事質庫，畸儒末路，顛頷風塵，是亦無聊之極致矣。

太素道人

宗室太素道人奕繪，字幻園，任俠負文武材。所箸《子章子》，駢文詩詞，各如干首，詞尤渾雅入格。都門惡習，每歲燈節前，娼女遊廠甸，若車非大鞍，御者無官帽，往往爲無賴輩所。其法，扛車令印翻，車中人不得不出，乃至擥裾捉肘，攫釵珥佩，盡所有，紛然鳥獸散。恃其衆與彊，無如何也。某年廠甸，太素坐小鞍車，垂簾下，以常用之鐵械二，各縛弓韣於一端，置韣簾外，雙翹纖削若蔆，戒御者衣帽坐作，悉昉顧車式。嚮無賴麕集處于于來，則羣起圖之。車翻，太素出，虬髯戟張，叱咤辟易，無賴不敢逃，則以縛弓韣之鐵械狙擊之，則皆跪乞貸死，崩角有聲。旁觀萬衆听然笑，有拊掌稱快者。太素於是大樂，仍邑遊廠甸，款段而歸。

張月齋

平定張月齋先生穆，少有奇士之目，道光己亥，由優貢應順天鄉試，入圍，當搜檢如例，則盡脱上下衣，裸而立，王大臣無如何。檢其篋，得白酒一瓶，以爲言，則立飲盡，碎其瓶，益逢怒，竟奏劾褫革。是年曾望顔爲順天府尹，搜檢綦嚴。

端木子疇

江寧端木子疇先生埰，性狷介，寡交遊。官冷務閒，一編而外，喜歷覽梵刹。青韣布韈，蕭然似野僧。某日，獨遊南下窪某廟，甫入門，見地有人頭二，血跡猶新，愕眙亟歸，以告半唐。明日，遣走窺某廟門，闃如也，微探城坊間，久之，亦無以命案赴控者，而先生自是不復獨遊冷廟矣。（以上四則，《説部擷華》）

巧妻常伴拙夫眠文

近人有以《巧妻常伴拙夫眠》爲題，作制舉藝者，鈴圓磬澈，極合光緒初年墨裁，尤足解頤而破睡也。文云：『有足爲巧妻解者，雖伴眠亦可無憾焉。夫妻而曰巧，拙夫非其倫矣，而胡爲眠竟常伴也，詎非天哉？且自天地靈秀之氣，不鍾於男子，則夫其所獨鍾者，宜其愛惜甚至矣。乃不唯不愛惜之，而顧顛倒摧殘之，使之日汩沒於寢興寤寐之間，而幾不克以自保。而身歷其境者，大都習聞見而順受若固然，而並不敢問天意之何居也。今夫一定者前因，凰鳳卜和鳴之雅；而兩歧者資稟，薰蕕占臭味之殊。彼巧妻與拙夫，何容相提並論哉！雪膚花貌，娬媚能增；繡口錦心，聰靈獨絕。而亦非有精而無麤也。克勤克儉，更不辭縫紉井臼之勞。於是戚族之間，有交譽其賢能者，而姑嫜妯娌無論矣，斯巧妻之巧，蔑以加矣。飽食暖衣，寸長莫展；蚤寢晏起，一藝難名。而亦非大智之若愚也。不識不知，幾莫喻絪緼化醇之妙，於是日用之端，有難期其洞悉者，而事業功名何望矣，斯拙夫之拙弗可及矣。且夫妻與夫，敵體之稱也；巧與拙，懸殊之勢也。何巧者常不與巧遇，拙者常不與拙遇也？此其中蓋有天焉。氣數之限人，豐於此者嗇於彼。使妻巧而夫亦巧，則乾坤之清氣畢萃於一門，豈不甚美？而天弗許也。彼蒼之賦物，益其寡者，哀其多，使夫拙而妻亦拙，則宇宙之棄材轉成爲嘉耦，亦復何傷？而天不爲也。不然，眠何事也，而漫使伴之哉？是不必爲巧妻惜，是不必爲拙夫幸。且夫房幃之昵愛，彌徵誼篤唱隨耳。妻也名姝，可耐雞棲豚柵；　夫也笨伯，竟偕燕侶鶯儔。儼然冰炭之投，而相近相親，亦復盟山而誓海者，無他，數之常，不可逃也。誤我聰明，悔奪天孫之錦；　爲郎顛頷，敢憎月老之繩，藍筍象牀，乃至載幽憂而不足，旁觀者或猶有名花墮溷之傷也。縱目染而耳濡，伴之有年。拙者或爲巧者化，而奏功非旦夕，不知摩盪幾經矣。東牀之腹，竟坦當年；　西子之眉，不顰何日？　爲夫者，尚其自知愧勵也夫。且夫牀第之燕私，益見情深伉儷耳。妻也鍼神馳譽，錦何讓夫回文；　夫也椎魯貽譏，碑竟同於沒字。勉爲鑿枘之入，而可親可狎，亦復浹髓而淪肌者，無他，事之常，若無異也。實偪處此，忍忘戒旦於雞鳴；　彼惛不知，未必懷慚於鳩守。錦衾角枕，相與歌同夢而難甘，有心人不能無彩鳳隨鴉之嘅也。縱神離而貌合，伴之雖久，巧者寧爲拙者容，而聚首在晨昏，夫固瑕瑜不掩矣。但得雙飛，那輪蝴蝶；　也拚獨宿，卻羨鴛鴦。爲妻者，尚其自安時命也夫。嗟乎！清才濃福，二者難兼；　名士美人，千古同歎。此其中蓋有天焉。彼姝者子，雖欲不安常處順得乎？』

西廂題文

昔尤展成先生以『臨去秋波那一轉』制體文，受知九重，藝林傳爲佳話。近人來雪珊鴻《綠香館稿》有『投至得雲路鵬程九萬里，先受了雪窗螢火十餘年』時文一首，尤文以輕靈勝，此則以整鍊勝。周規折矩，極合墨裁，茲錄如左：『其有所至者，必其先有所受也。夫雲路鵬程，人所樂至也；　雪窗螢火，人所不樂受也。盍卽張生之言思之？　且人生閱歷，所最易辨者，甘苦兩境耳。所最難忍者苦，而其所苦者，非終於苦也，苦卽有甘至也。所最難得者甘，而其所甘者，非遽能甘也。甘實從苦來也。如張生所謂雲路鵬程、雪窗螢火，蓋形容殆盡者耳。身世近拘囚耳，忽然而擬以雲，擬以鵬，則凌千仞而摩九霄，隨處皆寬閒之宇。試思我猶是人，何能至是乎？蓋醞釀幾經而霖雨，變化幾經而搏風，天空地曠之中，知有無愧爲雲，而紛郁成奇；無愧爲鵬，而扶搖直上者。男兒當自彊，身外逕途，天地爲爾開闢矣。跬步皆荊棘耳，無端而與雲路，與鵬程，則乘帝鄉而翔天闕，到處皆浩蕩之遊。試思我僅爲人，奚遽及此乎？蓋空山出而龍爲之從，大海飛而鶡爲之起。太虛輕清之表，早有不雲路而與雲徵瑞，不鵬程而與鵬超空者。富貴逼人來，寰中景象，鬼神爲爾前導矣。則於九萬里閒而投至者，豈偶然耶？蓋其受雪窗螢火已非一日也。夫不見孫康之映雪於窗乎？紙帳銅缾之側，他人方設羊羔美酒，圍爐以取歡耳。不意寒月聳肩，蝸廬吟嘯，凄風徹骨，蠹簡摩抄，其聲澈戶外者，正幸乾坤不夜，向書幌而分輝也。是天之玉成我也。較之騎驢灞上，擁馬關前，此景猶覺安穩矣，而雪窗之淸味有餘矣。又不見車允之囊螢取火乎？瓜棚豆架之間，他家方舉小扇輕羅，消閒以避暑耳，不意分輝代蠟，點點燐飛，揮汗驅蚊，熒熒夜照。其掩映案頭者，猶幸更漏方長。比燈檠以相伴也，是物之嘉惠我也，較彼然到糠燈，燒來藜杖，此中更覺分明矣，而螢火之借光不少矣。英年蚤達之流，初不知讀書爲何事，而文章有價；方且以躐登魁榜，不數年而面目頓更者。有心人所以嘆儒冠誤我也，而何知爲雪窗、何知爲螢火也？而不然也，大抵艱苦之程途，斷不與以倉猝快心之事。未來之遭際，造化原以厚報勞人，當境之持循，夢寐不容稍釋故物，寒往暑來之地，雪與螢不啻隱催其候者。彼寒灰槁木，不且徒爲兩大廢材哉！十餘年中堅忍安之，窮廬卽吾位置處也。今日窗火勤而處境甚窄者，他日程路闢而處境反寬矣，何不先時盡之歟？ 貴胄名門之地，初不聞積學於何年，而福命有權，轉以驅使錢神，挾萬金以超遷不次者，有識者所以慨資格限人也。而何所謂雪窗？ 何所謂螢火也？ 而不然也。自來功名之建樹，要必從聖賢門徑而來，藉夤緣而濫廁冠裳，已甚妨賢傑進身之路。遭盤錯而擔當宇宙，本無意儒生稽古之榮。飛騰指顧之間，雲與鵬不啻早呈其象者，則尺璧寸陰，奈何坐廢百年至寶哉？ 十餘年内安貞耐之，苦海應有填滿時也。前之時歷雪窗螢火而無逸非勞者，後之時當雲路鵬程而由嗇入寬矣，何弗先事圖之歟？ 張生以爲自命非庸碌，而自强外又無他術也，豈以棘闈守暖、鐵硯磨穿而遂已哉？ 有志者盍思之。』（以上二則，《說部擷華》卷三）

辨《茶餘客話》記雲郎事

阮吾山葵生《茶餘客話》云：『雲郎者，冒巢民家僮紫雲，徐氏子，字九青。儇巧善歌，與陳迦陵狎。迦陵爲畫雲郎小照，徧索題句，王貽上、陳椒峯、尤悔菴詩皆工絕。相傳迦陵館冒氏，欲得雲郎，見於詞色。冒與要約一夕作梅花詩百首，詩成，遂以爲贈。余曾於寶崋盦得見九青小像，亟屬同人工畫者臨橅一本，跣足，坐菭石，憨韻殊絕。一日雲郎合巹，迦陵賦《賀新郎》詞，有『努力做藁砧模樣。只我羅衾渾似鐵，擁桃笙，難得紗窗亮』之句。又《惆悵詞》云：『城南定惠前朝寺，寺對寒潮起暮鐘。記得與君新月底，水紋衫子捕秋蟲。』相憐相惜，作爾許情態，可見髫少年風致。冒子萇原嘗語予云：『雲郎後隨檢討，始終寵不衰。晚歸商丘家，充執鞭之役，昂藏高軀，黄須如蝟，儼幽并健兒。或燭灺酒闌，客話水繪園往事，輒掩耳汍瀾，如瀉瓶水也。』《客話》止此。比余收得陽羨任青際繩隗《直木齋全集》，有《摸魚兒》詞，爲陳子其年弔所狎徐雲郎云：『想當然，徐娘老去，再生還是情種。深閨變調爲男子，偏向外庭恩寵。花心動，曾記得蹋歌玉樹娛張孔，紅絲又控。愛叔寶風流，元龍湖海，夙世定同夢。誰知道，才把餘桃親捧。玉容一旦愁重。從今省識蓮花面，生怕不堪供奉。真慚悚，趁寒食清明，金盌蘸青冢。髯公休慟，從古少年場，回頭及早，傲煞侍中董。』吴天石評：『李夫人蒙面不見武皇，此有深意，非彌子瑕所曉。人皆爲髯唁，君獨爲雲幸，是禪機轉語。』桉：據此詞，則是徐郎玉貫，尚在苕齡，何得有執御商丘之事？任吴竝與迦陵同時，其詞與評，可爲碻證。冒子甚原之言，殊唐突無據，決不可信也。且任詞後段，及吴評獨爲雲幸云云，若對鍼甚原之言而發，是亦奇矣。

姓名三字同音

古人姓名，三字同韻，或韻近，如高敖曹、劉幽求、張邦昌、郭芍藥之類，已不多覯。清光緒中葉，有進士蹇念典。至於三字同音，尤爲罕見。比閲浙江《道光縉雲志·藝文録》『碑碣下·元儒學題名碑』在學宫西廡，有虞如愚，亟記於此。（以上二則，《説部擷華》卷四）

歲在甲寅，晤廣陵吴秵翁明試爲言此事丁道、咸間，事之究竟有出吾舊聞外者，因並前所記述焉。瓊花觀未 時，皖人米客某春日獨遊，忽逢麗人，相與目成。夕詣客所，自言我仙女也，遂諧燕好。客設肆仙女廟，挈女同歸，它人不之見也。其後漸洩，同人有求見者，客爲之請，女曰可。某日會坐，忽聞香風郁然，仿佛麗人立數步外，宫裝繡裙，腰如約素，雙翹纖削若菱，腰已上輕雲蔽之，神光離合，倏忽不見。會客經營失意，謂女曰：『卿仙人，曷爲我少紓生計？』女曰：『世間財物各有主，詎可妄求？』郡城有售呂宋票者，屬客往購，謂當稍竭緜薄，比客詣郡購票歸，不復見女，票亦旋負。一月後，消息杳如，望幾絶矣。女忽自空飛墮，短衣帶劍，雲鬢蓬飛，氣息僅屬，謂欲飛渡呂宋，爲君斡旋，詎該國多神人守護，斥逐良苦，歸途又爲毒龍所劫，僅乃得免。（《眉廬叢話》卷九，其前云『曩譔《臼辛漫筆》，有「瓊花䰢遇」一則，蓋聞之於皖友』。其末云『已上《臼辛漫筆》，已下補述』）

《客話》云：雲郎者，冒巢民家僮紫雲，徐氏子字九青儇巧善歌，與陳迦陵狎，迦陵爲畫雲郎小照，徧索題句。王貽上、陳椒峯、尤悔菴詩皆工絶。相傳迦陵館冒氏，欲得雲郎，見於詞色，冒與要約。一夕，作《梅花詩》百首，詩成，遂以爲贈。余曾於寶華盦得見九青小像，亟屬同人工畫者臨橅一本，今猶在行篋，跣足坐落石，憨韻殊絶。一日，雲郎合卺，迦陵爲賦《賀新郎》詞，有『努力做藁砧模樣，只我羅衾渾似鐵。擁桃笙，難得紗窗亮』之句，又《惆悵詞》云：『城南定惠前朝寺，寺對寒潮起暮鐘。記得與君新月底，水紋衫子捕秋蟲。』相憐相惜，作爾許情態，可見髯少年風致。冒子萇原嘗語予云：『雲郎後隨檢討，始終寵不衰，晚歸商丘家，充執鞭之役，昂藏高軀，黄鬚如蝟，儼幽並健兒，或燭灺酒闌，客話水繪園往事，輒捋耳洟瀾，如瀉瓶水也。』《漫筆》引《客話》止此。比余收得陽羨任青際繩隗《直木齋全集》，有《摸魚兒》詞爲陳子其年弔所狎徐雲郎云：『想當然，徐娘老去，再生還是情種。深閨變調爲男子，偏向外庭恩寵。花心動，曾記得、蹋歌玉樹娛張孔。紅絲又控，愛叔寶風流，元龍湖海，夙世定同夢。　誰知道，才把餘桃親捧，玉容一旦愁重。從今省識蓮花面，生怕不堪供奉。直慚悚，趁寒食清明，金盌蘸青冢，髯公休慟。從古少年場，回頭及早，傲煞侍中董。』吴天石評：『李夫人蒙面不見武皇，此有深意，非彌子瑕所曉。人皆爲髯唁，君獨爲雲幸，是禪機轉語。』桉：據此詞，則是徐郎玉霣，尚在苕齡，何得有執御商丘之事？任、吴並與迦陵同時，其詞與評，可爲碻證。冒子甚原之言殊唐突無據，決不可信也。且任詞後段及吴評『獨爲雲幸』云云，若對鍼甚原之言而發，是亦奇矣《漫筆》止此。偶閲迦陵《湖海樓詞》卷二十有《瑞龍吟》一闋，春夜見壁間三絃子，是雲郎舊物，感而填詞云：『春燈灺，拚取歌板蛛縈，舞衫塵灑。屏間乍見檀槽，與秋風扇，一般斜挂。　簾兒罅，幾度漫將音理，冰絃都啞。可憐萬斛春愁，十年舊事，懨懨倦寫。　記得蛇皮絃子，當時妝就，許多聲價。曲項微垂流蘇，同心結打。也曾萬里，伴我關山夜。有客向潼關店後，昆陽城下。一曲琵琶者，月黑楓青，輕攏細砑。此景堪圖畫，今日愴、人琴淚如鉛瀉。一聲聲是，雨窗閒話。』此詞迦陵自作，視任詞、吴評尤爲碻證，誠如冒甚原所云：『詎猶作爾許情語耶？』大氐刻谿之士好爲翻成案、殺風景之言，往往莛可以楹，西施可以厲，此猶無關輕重者耳。雲郎一稱阿雲，迦陵有留別阿雲《水調歌頭》詞，《惆悵詞》凡二十首，爲別雲郎作『城南定惠前朝寺』云云，其弟十二首。句云『一枝瓊樹天然秀，映爾清揚照讀書』，又云『柳條今日歸何處，衹賸寒雲似昔年』，又云『寄語高樓休挾彈，鴛鴦終是一心人』審此二句之意，則迦陵別雲郎，殆有所故而然，非得已也。蔣大鴻譔《惆悵詞序》：『徐生紫雲者，蕭郢州尚幼之年，李侍郎未官之歲，技擅平陽，家鄰淮海，託身事主，得侍如皋大夫極意憐才，遂遇潁川公子，分桃割袖，於今四年，雖相感微辭，不及於亂。若乃棄前魚而不泣，弊軒車而彌愛，真可謂寵深綠轔，歡逾絳樹者矣。維時秋水欲波，元蟬將咽，公子乃罷祖帳而言旋，下走寂而引別。江風千里，詎相見期？ 厥有怊悵之篇，曲盡離憂之致。僕豈無情？ 何以堪此！ 傷心觸目，曾無解恨之方；拊節和歌，翻作助愁之句』云云。以詩及序攷之，當日清揚照讀，實衹四易葛裘。甚原云『相隨始終，迄於晚健』，灼然非事實矣。迦陵又有《題小青飛燕圖詩》，序云：『婁東崔不凋孝廉，爲余紈扇上書《小青飛燕圖》，花曰小青，開豔者有九，一春燕斜飛其上，題曰：『爲其年題九青小照寶華盦所藏九青小像，即崔不凋曾題之本後一日作，意欲擬九青於飛燕也，因題一絕詩不錄。』又有《書小徐郎扇》詩，自注：雲郎姪也。詩云：『旅舍蕭條五月餘，菖蒲花下獨躊躇。筵前忽聽鶯喉滑，此是徐家弟幾雛。』又馬羽長最愛雲郎，見《惆悵詞》自注。（《餐櫻廡隨筆》卷四，其前云：『曩譔《臼辛漫筆》，有辨《茶餘客話》記雲郎事一則，比又得一碻證，可補《漫筆》所未盡，因並《漫筆》元文，纚述如左』）

草間夢憶

《說部擷華》書前有『撰輯書目』，於『今周夔《草間夢憶》』之次列『今況周頤《選巷叢談》』；正文卷六先選《選巷叢談》一則，再選《草間夢憶》四則；且況周頤，字夔笙，此『周夔』當即況周頤化名（亦參趙尊嶽《蕙風詞史》）。此集今未見，不知刊行否。茲自《說部擷華》卷六，輯錄四則。

草間夢憶

部曹某

部曹某，江南人，通籍後，給假回里。旋復回京供職，於輪船行次有所眷，挈之京邸，同居數年，女自陳爲狐仙，某以相習久，亦弗懼也。女言未來小事輒奇中。某先有室，所生子數齡，忽久病不愈，某私問女：『此子尚可救否？卿知之，願明以告我，毋虚縻醫藥資也。』女色不豫，久之，乃言曰：『是非余所知也。父子天性至親，病雖不可爲，寧有輟醫藥之理？君性情欠敦厚，禄命亦垂絶，余亦殆將逝矣。』某聞言悚怍，彊詞辯解，女終默然。翌晨，寢門未啓，而玉容杳如黄鶴矣。子病不起，某未久亦下世。此光緒中葉事，半唐能言某姓名，余忘之，且爲之諱也。

狗怪

北京宣武門外鐵門，相傳有狗怪，潘文勤寓北半截胡同，鑒定古物，恆以夜。一夕，有匢董店夥某，在潘宅候至四鼓始歸，道經菜市口，是日適決囚，暴尸未瘞，夥未攜燈，道闃無人，正在恇怯，忽遙見二紅燈閃爍移動，意謂前途有人，膽爲稍壯。旋聞無數犬吠聲，漸近，則前行一狗，大如牛，二紅燈，其目也，後隨無數狗，率大逾常狗。夥驚絶，暈倒西鶴年藥店門前，此時心尚明了，目尚能視。見大狗昂然去，若未嘗見夥，餘狗或蹴而嗅之，輒舍去。旋大狗踞尸狂噬，咀嚼有聲，羣狗爭遺胔，狺狺不已，聲益悽戾。夥怖極疲極，暈滋甚，不復有知覺，不審狗之去作何狀也。久之，擊柝人至，呼街卒共救之甦，掖送回店。犂明，神氣稍復，乃能歷歷言之，自謂如噩夢然。或往市口視尸，則完整如故，狗之噬，幻象也。此亦光緒中葉事，半唐說。

田山薑與狐約

北京虎坊橋某巨宅，相傳有狐，扃閉屢年，無敢賃居者。賃輒不得安，亟移去。田山薑寓京日，圖價廉，勉賃之。甫入宅，望空焚香，與狐約曰：『僕境嗇而指繁，宅小不能容，大又絀於貲，弗克辦，不得已，卜宅是間，謹與君約，願彼此相安，毋相犯也。』語甫畢，狐在空中答曰：『君無庸過慮也，僕非禍人者，以前賃是宅者，其來也，金繒導前，酒肉踵後；其作也，十步之内無清氣；其息也，十丈以下皆俗談。其座上之客，吾目不欲接；其口中之言，吾耳不樂聞也。因略施小技摽去之，吾豈不能容物哉？與居久，懼損吾道也。今君之賃是宅也，其先君而至，擔負相屬者，皆書簏也，吾已拭目之矣。及挹君丰采，炙吾笑言，因而知君微尚之清遠，問學之賅博，求之軟紅塵海中，吾所見亦僅矣。千萬買鄰，何修得此？方欣幸之不暇，而敢見笑於君乎？吾子弟，吾僮僕，吾舉諄誡之，自茲以往，必無咳唾驚也。』山薑居是宅有年，果攸芋攸寧，略無聲影之疑，若未嘗有狐者。嗟乎！是狐豈易得哉？其在於今，行山薑之道，是亦危道已。曩余客京師，與半唐同車詣前門，過虎坊橋，半唐指是宅示余，今猶仿佛憶之，似乎卽某省會館也。

王城大人

桂林城內稍東北，明靖江王舊邸猶存。入清朝爲貢院，崇階砥墀，氣象閎闊。邸之四周，繚以城垣，周圍約三四里，桂林人猶以王城稱之。有正貢門，後貢門，東華門，西華門，皆有城樓。城內有東雨亭，西雨亭，碑亭，閱二百數十年尚完整，亦難得也。邸以獨秀峯爲坐山，讀書巖、五詠堂、月牙池諸勝，並在後貢門內。每值炎景流金，附近居人，輒來散步避暑，取其地方清曠，無鬱蒸之氣也。相傳正貢門內，有大人者，往往更深月澹，負門而立，高逾麗譙，尚數尺許。其於來往之人，或斂身讓之，或張兩骰，令出胯下，其人自己不知。而凭高遠眺之人見之，謂斂身讓者，其人運必亨；出胯下者，其人遇必蹇，屢試屢驗。神耶怪耶！不可得而知也。

說部擷華

六卷

《說部擷華》六卷，分舊聞、前事、藝文、攷證、香匳、神怪六類，每類一卷，自清人及近人說部四十餘種（其中含況氏自著六種，日本人一種），抄錄彙輯而成，凡四百餘則。此據民國壬子（一九一二年）嬛福山莊石印本錄入。按：書末版權頁上列嬛福山莊預售書廣告，其中有『《說部擷華》乙編，編輯中』云云，知尚有續編，續書今未見。各卷末有『吴縣卜娱斠字』。

撰輯書目

清施閏章《矩齋雜記》
清洪蓮《玉塵集》北江先生少作
清阮元《小滄浪筆談》、《廣陵詩事》
清阮亨《瀛洲筆談》
清蔡澄《雞窗叢話》
清湯大奎《炙硯瑣談》
清凌揚藻《蠡勺編》
清英和《恩福堂筆記》〔一〕
清范鍇《花咲廎雜筆》
清嚴元照《蕙櫋雜記》
清光聰諧《有不爲齋筆記》
清王端履《重論文齋筆錄》
清于源《鐙窗瑣話》
清江昱《瀟湘聽雨錄》
清張祥河《關隴輿中偶憶編》
清錢泳《履園叢話》
清方士淦《蔗餘偶筆》
清方濬師《蕉軒隨錄》〔二〕
清沈濤《交翠軒筆記》
清李元復《登齋筆錄》
清蔣超伯《麓澞薈錄》、《南漘楛語》
清何兆瀛《有棠梨館筆記》
清江紹蓮《披芸漫筆》
清葉廷琯《漚陂漁話》
清陳鑅《碧蘿吟館隨筆》
清許善長《碧聲唫館談麈》

清陸以恬《冷廬雜識》《蕉窗隨錄》、《廣陵詩事》

清李枝青《西雲札記》

清孫璧文《新義錄》

清劉啓運《鄰蔬園偶筆》

清繼昌《行素齋雜記》

今周夔《草間夢憶》

今況周頤《選巷叢談》、《蘭雲菱夢樓筆記》、《蕙風簃隨筆》、《蕙風簃二筆》、《香東漫筆》、《臼辛漫筆》

閨秀卜娛《織餘瑣述》

日本長孫元齡《愼夏漫筆》

【校記】

〔一〕筆記：底本作『隨筆』，據書名改。

〔二〕隨：底本作『雜』，據書名改。

說部擷華卷一

舊聞

方正學語

舟中偶讀方遜志先生序《王華州文集》曰：『天下之物，天皆易與。惟斯文不易與人；幸而與之，必困辱其身心，抑鬱其神志，其終身逸樂榮盛而無虞者，至鮮也。』味此言，可消才人驕矜怨望之念。又曰：『天之於人厄於一時者，未必不耀於無窮。』（《矩齋雜記》）

銀燭

居官舉發人私賂，士大夫以見清剛，然不如置卻不言之爲愈也，楊震尚矣。明天順間，豐慶爲河南布政使，按部行縣。縣令某，墨吏也，聞慶至，恐，飾白銀爲燭以獻。慶初未之覺也，既而執燭者以告，慶佯曰：『試爇之。』曰：『爇而不能燃也。』慶笑曰：『不能燃，烏用燭爲？』貯以故篋，明日盡還

之，顧謂令曰：『汝燭不燃，易可燃者，自今慎勿復爾。』令出，益大恐，輒解印綬去，慶亦終不以銀燭事語人。同上

雲林高致

倪雲林幼師鞏昌王仁輔，字文友，老而無子，奉養以終其身。歿，爲之制服執喪，葬於錫山之陽，不計所費。倪負意氣，不輕交，足跡不涉貴人之門。及有某官遊其鄉，客死不能歸葬，竟割山地以安厝焉，初未識面。倪家資甚饒，一旦舍去，曰：『天下多事矣，吾將遠遊以玩世。』自是往來五湖間，人望之若仙云。嘗鬻田產，得錢千百緡，會張伯雨至，念其貧老，相對惻然，推與不留一緡。同上

弇州雅量

弇州豔義仍之名，先往造門，義仍不與相見。有所評抹弇州集，散置几案，弇州信手繙閱，掩卷而去，無他言。此見《列朝詩集·義仍傳》。山史王氏曰：『義仍過矣，抑何弇州之宏也？余聞弇州，君子也，太倉人，至今稱其德不衰。卽使文有不合，爲義仍者，當因其來而與之懽然相接，以徐致其切磋之誼。義仍處之若此，毋亦失禮甚乎？』予謂牧齋欲訾弇州，而適著其美，而其美義仍也，君子以爲猶詆也。同上

劉文定獨得題解

大學士劉文定公，武進學廩生，年二十六，舉博學鴻詞科，擢第一。廷試《五六天地之中合賦》，諸徵士不解所出，多瞠目縮手，公獨揮翰如飛。桐城張文和公，故睨公卷，對衆朗吟，始共得題解。詩題《山雞舞鏡》有句云：『似擬投林方戢戢，可能對語便關關。』一時傳誦。時吴郡沈歸愚宗伯，亦以諸生赴召，試未第，頫首曰：『吾輩頭顱如許，乃不如一白望後生，得不愧死？』《炙硯瑣談》

龔芝麓牢籠才士

合肥龔芝麓鼎孳，牢籠才士，多有權術。嘗女死，設醮慈仁寺。一士人寓居僧寮，僧倩作輓對，集梵筴二語，曰：『既作女子身，而無壽者相。』龔詢知作者，即並載歸，面試之，時春聯盈几，且作且書，至溷廁一聯云：『吟詩自昔稱三上，作賦於中可十年。』乃大咨賞，許爲進取計。久之，以母老辭歸，瀕行，龔贈一匣，竊意爲行李資，發之，則士人家書，具云：『某年月日，收銀若干。』蓋密遣人常常餽遺，無内顧憂，久矣。乃頓首謝，依倚如初，卒亦成其名。同上

董文敏

董文敏思白致仕，嘗以小舟泊虎丘山塘，欲收買近時人書畫。諸鬻古者，多以董款書畫至，皆贋本也。內一字卷，董自忖曰：『我實未嘗書此，然其書勝我。』遂用價得之，而跋其後。《雞窗叢話》

周青士

朱竹垞爲江南主試，放榜後，學使德州田公山薑雯設燕於秦淮水榭。時竹垞老友布衣周青士篔適遊江寧，道遇山東顏吏部光敏，遂同訪之，敝衣緉屨，衆賓皆瞪眙。吏部曰：『此浙西詩人周青士也，公未之識乎？』田公肅青士上座，酣飲而罷，時人傳爲美談。同上

歸玄恭

崑山有歸玄恭者，太僕震川之從孫，以才學聞於時。頗僻怪自用，嘗改竄震川文，鈍翁屢作書辨之，幾成釁隙。時吳中有『顧奇』、『歸怪』之目，顧謂亭林也。玄恭書門聯云：『一身寄安樂之窩，妻太聰明夫太怪；四境接幽冥之宅，人何寥落鬼何多。』又署內室之樓額曰『推仔樓』。人多不解，玄恭

曰：『「才、子、佳、人」四字合抱也。』其怪僻如此。同上

汪鈍翁

鈍翁太史好排斥前輩，而於虞山尤甚。一日，其密友吳江計孝廉東謂之曰：『我昔登泰山頂，欲遺矢，若下山，有四十里之遥，不可忍，遂於岩畔溺焉，而泰山不加穢也。』汪知其刺己，跳躍漫罵，幾至攘臂。同上

葉橫山爲鈍翁所賣

吳江葉橫山先生，名與鈍翁相埒，且相好。康熙己未，詔開博學鴻儒科，橫山謂鈍翁曰：『我二人在所必舉，將應舉乎？抑不應舉乎？』鈍翁曰：『宜不應，則名更高也。』橫山信以爲然。後鈍翁竟應舉，入翰林，而名益顯，橫山豔之，知爲鈍翁所賣，遂大恚，因將鈍翁所刊《類稿》，大加指摘，作《汪文刺謬》二卷。將刊行之，鈍翁懼，介橫山密友復修舊好。同上

宋牧仲

商丘宋牧仲，撫吴十九年，其文章政事，亦頗有可傳者。曾保舉貢監生員十五人，俱得爲官，亦有所建白，可謂知人矣。與汪鈍翁善，嘗選其文，合侯朝宗、魏叔子，爲《三家文鈔》鏤版行世。又嘗修滄浪亭，刻《滄浪亭小志》。又修唐伯虎墳。然似有不慊輿情處。其撫署東西兩轅門，牓曰『澄清海甸』、『保障東南』，時有加三字成聯句云：『澄清海甸滄浪水，保障東南伯虎墳。』人言其可畏哉！原案：顧公燮《消夏閒記》言：宋中丞非一塵不染者，相傳吾蘇顧汧撫豫，彼此將宦囊會歸，不下百萬，特以福氣大，得入名宦耳。中丞題滄浪亭聯曰：『共知心，似水安，見我非魚。』或改『水』爲『火』，改『魚』爲『牛』，暗合其名，可發一噱也。同上

陸射山送女

海寧陸射山先生嘉淑，前明老宿，善詩古，有人倫鑑。欲爲其女與寡嫂之女擇壻於邑中，得查慎行、許汝霖二人，皆貧而好學，謂其嫂曰：『查富貴未可必，必成名士。許則八座無疑也。』嫂以女字許，查爲射山壻。許既婚，射山嫂知其家徒壁立，爲之哭失明。查竟不能娶。而射山適斷絃，欲遠行，佯謂其女曰：『我與汝至母舅家。』遂同乘小舟，至壻門，射山先入門，謂慎行父曰：『我兩人兒女長大，可成婚矣。』慎行父亦名士，而拘於禮法，答曰：『雖貧，不能備六禮。』即具酒食一席，亦非倉猝可

致者。射山曰：『皆不須此，今是吉日，我特送女來。』遂成婚。許娶後數年，聯捷至大位，竟爲愼行座主云。同上

沈石田嫁女

沈石田徵君與練塘淩震、吳江史西邨明古、曹顒若孚，俱以品學重於時，號四大布衣。西邨，仲彬裔孫，與石田尤莫逆，并結兒女姻。石田家素貧，將嫁女，原案：石田女名素瑛，能詩，善畫，著有《香匳集》。石田作《送女于歸史氏》詩曰：『春王正月及佳期，送爾于歸甫結縭。累重忽輕心自喜，愛深將別意還悲。逞妝莫漫求珠翠，善事須先到帚箕。孝順由來宜婦道，尊嫜況我舊相知。』其夫人曰：『女無匳具，奈何？』石田曰：『我有一副盛妝匳與他。』遂閉門揮灑兩月，作山水人物數十幅，裝一巨篋爲媵。西邨夫人見新婦無匳具，啓其篋，皆紙也，大恚，舉火裂而焚之。西邨知之，亟止之，已焚其半矣。一日，石田以探梅之便，訪西邨，西邨曰：『沈石田踏雪尋梅，寒酸之士。』時西邨適坐廊下喫飯，石田卽應聲曰：『史西邨對日喫飯，溫飽之家。』當時以爲絶對。同上

方望溪

方望溪侍郎以文學自負，無論古今人，不肯多讓。錢塘龔明水嘗謁侍郎，議論風發，龔拱聽久之，

避席贊歎，曰：『先生不愧稱本朝第三人矣。』侍郎矍然，問第一第二何人，龔徐曰：『貴老師安溪先生，令兄百川先生，非與？』侍郎默然，無以應。《蕙櫋雜記》

黃陶菴

黃陶菴先生館於常熟錢氏。主人納柳如是爲適妻，時作催妝詩者甚衆。或勸先生作，先生曰：『吾不能沮其事，於朋友之義虧矣，尚可從而附和乎？』一日，程孟陽攜柳夫人詩箋，乞先生和，先生不可，孟陽强之再三，且曰：『老夫已偕諸君和之矣，庸何傷？』先生正色曰：『先生耆年碩德，與主人爲老友，非涫耀之比，若涫耀，則斷斷不可。』孟陽慚沮而罷。同上

鄭崟陽

鄭崟陽杖母之獄，《韓門綴學》五詳載其事，然杖母之由，則未嘗言及。蓋崟陽母夫人嘗夢神言，當受官刑，告崟陽，恐踐妖夢，崟陽解釋再四，而母疑未釋。崟陽憂之，乃曰：『兒亦嘗食祿於朝矣，設座，請母伏受杖。』母大喜，從之，遂命婢僕掌三下，適是時爲表兄某所值，此事發之自吳宗達，崟陽之從舅也，或即吳氏子耶？遂爲所掎。崟陽平時事母至孝，事發，母夫人具牒述其始末，而屢奉部駁。崟陽忤溫體仁，時溫枋政，故必欲致之死也。抱經先生，主常州龍城書院，曾至鄭氏，見當時案件，後亦爲余述之，已漸

忘矣。族子翌賓亦曾見其鄉人，爲道此事，因記之。同上

朱移尊徐家筵

吾鄉朱竹垞、徐勝力兩先生，爲同徵友，竹垞居梅里，勝力居城東角里。勝力嘗邀竹垞飲，或竹垞移尊勝力家。二公嘗以名相戲，有『今日朱移尊音同彝尊，明日徐家筵音同嘉炎』之謔，至今禾中傳爲美談。《鐙窗瑣話》

張叔未

張叔未解元丈廷濟嘗寓西埏里酒肆，其姬人母家也。後寓餅店内瞿氏别業，有句云：『不妨司馬當罏客，來寓公羊賣餅家。』殊爲工切。丈所藏金石甚富，刻有《清儀閣雜詠》。又工楷隸，乞書者門如市，近時碑版文字，大半出丈手。眉長寸餘，瑩然采澤，自號眉壽老人。同上

荷官

百菊溪相國總制江南時，閲兵江西，胡果泉中丞初與之宴，柏嚴厲威肅，竟日無言，自中丞以下，莫

不震慴。次日，再宴，演劇，有優伶號荷官者，舊在京師，色藝冠倫，爲柏所昵。是日承值，柏見之色動，顧問：『汝非荷官耶？何以至是？年稍長矣，無怪老夫之鬢皤也。』荷官因跪進至膝，作捋其鬚狀，曰：『太師不老。』蓋依院本貂蟬語，百大喜，爲之引滿三爵，曰：『爾可謂荷老尚餘擎雨蓋，老夫可謂菊殘猶有傲霜枝矣。』荷官叩謝，是日四座盡歡。核閱營政，亦少舉劾。方植之時在中丞幕，親見之，不知此承值者適然不期耶？抑中丞預儲以待耶？預儲以待，則與江南主之待陶穀、文潞公之待何剡、王鉄之待韓璜等事絕相類。《有不爲齋筆記》

鶡林子記陳公音事

《明詩綜》載莆田陳音《重九會白雲觀》一律云：『長春宮觀鎖寒烟，駐馬斜陽老樹邊。白鶴不歸雲影外，黃花仍放酒盃前。空餘譚馬王劉像，莫辨龍蛇虎兔年。燕子蹉跎重九至，西風落帽一淒然。』按：『燕子』當作『燕九』，京師以正月十九日爲燕九節，道流競集白雲觀，詩故以兩九字關會也。吾鄉趙鼎卿著《鶡林子》，記陳兩事甚可笑。一云：嘗聞莆田學士陳公音終日誦讀，脫略世故。一日往謁故人，不告從者所之，竟策騎而去。從者素知其性，乃周迴街衢，復引入故舍。下馬升座，曰：『此安得似我居？』其子因久候不入，出見之。曰：『渠亦請汝來耶？』乃告以故舍。曰：『我誤耳。』又嘗考滿，當造吏部，乃造戶部，見徵收錢糧，曰：『賄賂公行，仕途安得清？』司官見而揖之，曰：『先生來此何爲？』曰：『考滿來耳。』曰：『此戶部，非吏部也。』乃出。竹垞當未見此書，見之，當入《靜

志居詩話》。同上

張芑堂南瓜爲贄

印印川言：海鹽張芑堂徵君燕昌少年曾受業於丁敬身先生，初及門時，囊負南瓜二枚爲贄，各重十餘斤，丁先生欣然受之，爲烹瓜具飯焉，浙中至今傳爲美談。《鷗陂漁話》

迂闊

王述菴先生云：陳桂林相國文恭公弘謀任司道時，與上憲論事不合，上憲斥以迂闊，公謝不敢當。上憲訝問之，公曰：『迂者，遠也；闊者，大也。憲期以遠大，安得不謝？』《恩福堂筆記》

狀元歸去驢如飛

順治開科狀元爲東昌傅相國以漸。相國嘗扈隨聖駕，騎蹇驢歸行帳，上在高處眺望，摩寫其形狀，戲題云：『狀元歸去驢如飛。』畫幅僅二尺許，設色古茂。余道出東昌，登傅氏御書樓，其裔孫秋坪前輩繩勳出賜件，獲觀，恭紀一詩，允宜采入畫苑爲佳話云。《關隴輿中偶憶編》

三百三十有三亭

太興朱竹君編修筠督學福建，於使院西偏爲小山，號笥仙山。諸生聞之，爭來，人致一石，刻名其上，凡九府二州五十八縣咸具，刻名者三百餘人，因名其山之亭曰『三百三十有三亭』，而爲之記。《重論文齋筆錄》

船山韻事

遂寧張船山太守問陶移疾去官，僑寓吳閶，別營金屋藏嬌，夫人不知也。一日，攜遊虎丘，而夫人適至，事遂敗露。太守戲作一詩云：『秋菊春蘭不是萍，故教相遇可中亭。明修蜀道連秦隴，暗畫蛾眉鬬尹邢。梅子含酸都有味，倉庚療妒恐無靈。天孫應被黄姑笑，一角銀河露小星。』同上

王雅宜借銀券

王雅宜借銀券，文曰：『立票人王履吉，央文壽承作中，借到袁與之白銀五十兩，按月起利二分，期至十二月，一併納還。不致有負，恐後無憑，書此爲證。嘉靖七年四月日，立票人王履吉押，作中人

文壽承押。』錢竹汀少詹題詩曰：『草堂貲待王錄事，少米惠乞李大夫。分人以財今已罕，稱貸保任古有諸。詩人多窮乃往例，四壁蕭然了無計。雅宜山色難療飢，下策區區憑約契。誰其借者袁與之，白銀五十無零奇。萬息二千一歲率，貸財之傳寧吾欺。年月日子紙尾壓，歲暮責償應不乏。生平恥食豪家鯖，此來卻費山人押。風流寸楮偶流傳，筆法圓勁鍼裹綿。好事嗟賞歸與趙，評估一字值十千。褚先生客馬少游，乞我作詩述其由。歲將暮矣我亦愁，有臺逃責招我不。』同上

奚鐵生

錢唐奚鐵生先生岡，少年書法出入歐、趙之間，晚歲嫥精繪事，書名遂爲所掩。余舊藏其所書朱子格言立軸，以泥金寫磁青箋，字畫耑楷，寓婀娜於剛健中，視梁山舟學士有過之。因題一絶云：『杜氏甲兵羅武庫，劉郎紀律作長城。先生下筆真如鑄，不愧題名號鐵生。』相傳先生年三十餘尚應童子試，有誚之者曰：『此非童童、銅音同生，乃鐵生耳。』先生忿甚，因自號鐵生，遂不復赴試，以布衣終。後以孝廉方正徵，亦不就。同上

香烟中現漆雕開字

康熙間，全椒廣文孔先生，軼其名，聖裔也。某年丁祭，見香烟繚繞成雲，中現『漆雕開』三字，適時

而散，人以爲精誠所致。孔公壽九十有八，前明賀相國逢聖，相傳司鐸應城，丁祭日，香烟結『仲由來享』四字，靈感正同。《蔗餘偶筆》

劉阮重來

嘉慶間，阮太傅撫浙，督兵駐台州。適學使少宰劉公鳳誥按臨，同遊天台，樹劉、阮重來之坊。同上

吴玉騶

全椒吴玉騶侍讀國對幼時敏慧絶倫，十行俱下。一日，封翁指大士像曰：『觀音，試對之。』侍讀應聲曰：『流火。』翁曰：『不對。』侍讀曰：『音不可觀而觀，火不能流而流，以義對耳。』翁大奇之。又一日，讀《論語》，塾師以『子曰』上一圈，命作破題，侍讀援筆立就，破云：『於聖人未言之先，渾然一太極矣。』塾師曰：『此子吐屬不凡，必大貴。』昔李韶賦梅花，孫文簡詠紅燭，戴大賓『月圓風扁』、『馬嘶牛舞』之對，俱以神童稱，侍讀何讓焉？同上

福驢

長白福大宗伯慶工詩，熱河回京，成邸叩其新製，福以途中即事有『蝌蟞驢背舞，蟬翼馬頭吟』句爲對，成邸戲曰：『古有崔鴛鴦、鄭鷓鴣，君其福驢乎？』聞者絶倒。同上

嚷王

大興王楷堂比部廷紹高談雄辯，都人稱爲嚷王。長於詩，倚馬可待。署中公暇口號云：『司中呼小馬，堂上坐長麟。』時協揆長公牧菴麟爲大司寇，或譖之。一日，長公以好對聯相戲，比部應聲曰：『司官曾有句：「名醫唯扁鵲，良相是中堂。」』長公大笑。同上

與士卒同甘苦

蜀藩劉公清，黔人也。居官有殊聲，與有堂方伯齊邀仁廟特達之知。緣事内遷，同年汪薰亭閣學滋畹問韜略，公自以無他長，但與士卒同甘苦。噫！古名將何多遜焉！同上

弊乃養人之物

錢塘相國章文簡公嘗語守令：『爲官者動言去弊，弊乃養人之物，豈可輕言釐剔？』人以爲名言。同上

西方美人

李復堂鱓、鄭板橋燮書畫精絕。復堂爲人題大士像云：『巧笑倩兮，美目盼兮。』或訝其不倫，復堂窘甚，板橋曰：『何不云：「彼美人兮，西方之人兮。」』同上

劉文恪

劉文恪公，相傳前身爲鍾離雲房。公非前門湧金樓之酒不飲。罷相南歸，門生史望之尚書致儼核公飲數于樓肆，據公邸第自取者，五十年中不下二十餘萬錢，燕會餽遺不計也。公廣額豐頤，濃眉紫翠，雙目炯炯，不見白精，望之如祥雲捧日，榮光出河。同上

天台老人

齊次風侍郎召南老年掌敷文書院，清晨看西湖萬松嶺，有雲氣不同，因自山頂尋至磵底，得圖章一方，篆文『天台老人』。同上

口腹量殊

謝金圃侍郎墉每日兩餐，飯僅半盞。達香圃總憲椿每日常饍之外，必得猪頭、肥鴨、金腿、油雞四種，率雙分，以爲常。惟吳香亭少宰玉綸招飲必到。二公皆洊清華，躋通顯，而口腹之量殊懸。同上

容甫書函

汪容甫先生中，乾隆丁酉拔貢。湛深經學，以科名爲不足重，遂不求進取，稚存太史詩中所謂『不敢隨車試大廷，頭銜應許號明經』是也。先生恃才傲物，多所白眼，畢秋帆宮保撫陝西時，知先生名而未之見也。一日先生忽以尺書報之，宮保拆視，乃箋紙一幅，上僅書四句，云：『天下有中，公無不知之理；天下有公，中無窮乏之理。』畢公閲竟大笑，即以五百金馳送其家。先生之曠達，宮保之禮賢，時

兩稱之。《蕉軒雜録》

垂老遇仙

吳山尊學士續配孫恭人，淵如觀察之妹也。學士年四十一，入贅兗州，胡城東唐鐫小印贈之，文曰『垂老遇仙』。觀察催妝詩云：『他時沛上傳佳話，更指南樓作鳳臺。』張船山太守亦有詩云：『莫倚元龍湖海氣，須防謝女弟兄才。』蓋調之也。同上

烹魚雅趣

邵闇谷太守夫人善烹鰣鰉魚頭，張瘦銅中翰與趙雲松觀察半夜買魚，排闥喧呼，太守夫婦已寢，聞聲出視，不得已，屬夫人起而治庖。魚熟命酒，東方明矣，三人爲之笑樂。中翰有句云：『昔年邵七同街住，半夜打門索煮魚。』想見前輩風流灑脱。道光間，徐稼生庶子與張星白侍郎同年至好，一日，庶子飲侍郎齋中大醉，逕趨内室，適侍郎夫人在玻璃窗下倦繡，庶子隔窗戲謔，夫人大怒，呼輿至庶子宅，立將庶子姬人攜歸，且告徐曰：『此非汝妾，乃張星白之妾矣。』迨夜深，仍不放歸，徐姬人眼雨首蓬，幾至搆衅，同人力爲排解乃罷。凡戲無益，此則不如闇谷夫人烹魚雅趣也。同上

對語敏捷

高宗燕見詞臣，出對曰：『冰冷酒，一點水，兩點水，三點水。』南昌彭文勤元瑞應聲對曰：『丁香花，百人頭，千人頭，萬人頭。』儀徵阮文達元在翰苑時，仁宗因燕見，命以其姓名屬對，公卽對曰：『伊尹。』對語不難，難在敏捷，非有夙慧者不能。《冷廬雜識》校：『伊尹』可對『陳東』，此外亦不多也。

徐文長胡穉威

明山陰徐文長渭與我朝山陰胡穉威天游才相若，遇亦相似。文長爲諸生時，提學副使薛應旂閲所試論，異之，置第一。及爲胡宗憲所知，秋試前，嘗極力爲之地，卒爲簾官某所遺，竟以諸生終。胡以明經應博學鴻詞試，鼻血污卷扶出。比應京兆試，翰林某入闈分校，自詡曰：『吾必中胡某，爲闈榜光。』卷落其房，而某不能句讀，卽鉤勒皆誤，時乾隆辛酉也。比甲子，長安朱某以庶吉士分校順天，其父與胡素交好，倡言：『入闈不中胡君卷，則爾輩剜吾目。』及得胡卷，又以奇古不能讀，反加紅勒焉。辛未以經學薦，左都御史某忌之，但稱胡詞章，遂不得召見，卒困抑以死。徐有《青籐書屋集》，胡有《石笥山房集》，皆傳播藝林。遇不遇，僅一時耳，其才，則千古矣。同上

潘文恭

吳縣潘文恭世恩試童子時，終日端坐，不離試席。吳縣令李昶亭逢春異之，拔置前列，因出對云：『范文正以天下自任。』公對：『韓昌黎爲百世之師。』又云：『青雲直上。』公對：『朱紱方來。』李決公必貴，後爲狀元宰相。某公贈聯云：『大富貴亦壽考，蓄道德能文章。』非公莫能當此語也。同上

彭文勤

南昌彭文勤元瑞督學浙江時，試卷皆自閱，几置卷數百，二僕侍側，左展卷，右收卷，循環不息。侍者告疲，公優游自若也。按試告示，有『大場則萬卷全披，小試無一字不閱』語。乾隆丁酉，典試浙江，得人最盛。所取文不限一格，而議論識力，詞采氣局，色色皆妙。試卷萬餘，徧加評騭，著語不多，切中作者之病，至有奉落卷而感泣者。吾邑某先達，薦而不售，卷評一字，曰『庸』，因是發憤揣摩，盡變其習，卽於次科獲雋。是科副主試茅耕亭閣學元銘出闈後，贈公聯云：『聞士頌之，自吳於越；讀公文者，如韓歐陽。』公在翰林時，高宗嘗命作『周有八士至季隨』破題，先示首句云：『舉八士而得其七。』公應聲云：『皆兄也。』嘉慶丙辰，御製《新正千叟宴畢仍茶宴廷臣於重華宮》詩，命羣臣次韻，和珅倩人代作，所和『嗟』字，意不愜，屬公改正，公卽易以『帝典王謨三粵若，騶虞麟趾五吁嗟』，一時和者，皆

莫能及。同上

倪太史

震澤倪太史師孟，幼穎悟，七歲時，與蔡某同塾讀書。蔡亦聰俊，舉《四書》注『倪，小兒也』以戲之，倪應聲曰：『蔡，大龜也。』客有於席間令作蠶豆破題者，倪即云：『豆以蠶名，可食而不可衣也。』同上

四書集注

士子習《四書》，皆恪遵集注，而往往不能全讀。乙未在京師，同人宴飲，秀水汪子黃同年燾舉令云：『述外國四書一句，不能者罰。』眾無以應，譁辯云：『此書從未寓目，得毋杜譔耶？』汪曰：『出《孟子》「仁也者，人也」節集注，非僻書也。』檢視，果然，乃各飲罰酒。偶閱董東亭潮《東皋雜鈔》云：『周雅楫清原以康熙己未召試入翰林，一日入直，聖祖忽問以「增廣生員」四字』，周不能對，上哂之曰：『《四書》尚不讀全，何云博學？』後檢之，乃『子適衛』章外注，可見當日鴻詞中人已如此矣。同上《行素齋雜記》：咸豐己未，朝考題《二子之心，非夫子孰能知之》，一時均不知爲《魯論》『不念舊惡』章蔡氏外注。

十四字媒

歸安閔峙庭中丞鶚元九歲時，其外舅尚書毛公，於元宵宴客，中丞以舊姻與焉。公作對屬客曰：『元宵不見月，點幾盞燈，爲河山生色。』是日適屆驚蟄，中丞對曰：『驚蟄未聞雷，擊三撾鼓，代天地宣威。』公大稱賞，遂以女妻之。同上　某名士九歲時，有人屬對云：『太公八齡登朝可稱尚父。』即對云：『劉晏九齡正字不愧神童。』亦夙慧也。

楊忠武

近世名將，以崇慶楊忠武遇春爲第一，由固原提督遷陝甘總督，武臣授文職，曠典也。公髯長三尺許，經大小二百八十餘戰，無不身先士卒，未嘗受創。平張格爾凱旋，兵初過州縣，横甚，毆知縣，報聞，反見責，公意不謂然。比至，捆責帶兵官各四十，受責者五十餘人，斬毆官者以徇，兵不敢復譁。在固原任二十餘年，每營簡練精壯三百名，以檯礮列前。繼以鳥鎗，十人一長，習進步連環鎗。以次弓箭刀矛，噴筒火彈，層層護之，用馬隊翼於左右，名曰速戰陣，天下稱勁旅焉。同上

孫文靖

無錫孫文靖爾準起家翰林，由知府歷官閩浙總督，興利除弊，懋著勤勞。乾隆戊申，應北闈試報罷，有贈黃炳奎詩云：『昨朝銀榜揭天門，姓名瑣屑知誰某。男兒立志有本末，何物科名堪不朽。』又己未禮闈報罷，作三十自壽詞云：『但說文章堪報國，恐蒼蒼未盡生才意。』識者早決爲大用之器。同上

羅提督

東鄉羅提督思舉戰功見於魏默深源《聖武記》詳矣。富陽周芸皋凱所述逸事，其智計亦自可稱，非徒以武力雄一時也。公嘗率兵入南山搜餘賊，村人苦猴羣盜食田糧，晨發火器驚之。公問故，令獲一猴來，薙其毛，畫面爲大眼，諸醜怪狀，銜其口，明晨，俟羣猴來，縱之去，皆驚走。猴顧其羣也，急相逐，益驚，越山數十重，後不復至。官夔州遊擊。夔關臨峽，山水迅急，瞬息千里。鹽梟及販鬻人口者，至則鳴金叫呼，越關過船，皆設礮械，兩旁繫大竹，彎如弓，他船追及，斷繫發之，船必覆，人莫敢攖。公募善泅者，持利鋸匿上流水中，俟船過，附而鋸其舵，抵關適斷，船不能行，觸石破，盡獲之。又有巨惡某唆訟，守欲得之，以屬公，公佯不悅，曰：『是文官事，何語我？』夜踰垣，入其室，見爲草狀及匿稾所，出使數人候門外，復入啓扃，人稾俱獲。其先所以不許者，彼耳目衆，欲令不爲備也。同上

菜根香

吾邑馮柯堂中丞鈐歷官楚皖，有惠政。撫皖時，於後圃莳梅及蔬果，顏曰菜根香。題楹帖云：『爲恤民艱看菜色，欲知宦況問梅花。』可想見其志趣。同上

王仲瞿

秀水王仲瞿孝廉曇倜儻負奇氣，文詞敏贍，下筆千言立就。家貧，依其外舅以居，賦詩有『娘子軍中分半壁，丈人峯下寄全家』之句。舉乾隆甲寅鄉試。與舒鐵雲孝廉交最深，舒贈以聯云：『菩薩心腸，英雄歲月；神仙眷屬，名士文章。』在京師時，法梧門祭酒式善重其才，與孫子瀟太史鐵雲稱爲三君，作《三君詠》。適川楚教匪不靖，王之座師南匯吳白華總憲省欽薦王知兵，且以能作掌心雷諸不經語入告，嚴旨斥吳歸里，而王應禮部試如故。卒顑頷失意死，識者悲之。同上

桂林一枝

桂林陳蓮史方伯繼昌廷試時，因病，勉力對策，僅得完卷。閱卷大臣初擬第二，歙曹文正公振鏞謂本

朝百餘年來，三元祇一人，無以彰文明之化，改置首列，遂以三元及第，其座師鐫『桂林一枝』圖章贈之。同上

六舟僧

杭州近日詩僧，首稱海寧六舟達受，工草書、墨梅，尤精金石篆刻。得懷素大小草書千文墨蹟，鉤摹上石，賦詩紀之，有『自喜不貪缸面酒，莫教蕭翼賺蘭亭』之句，阮文達稱爲金石僧。江夏陳芝楣中丞鑾嘗延主吳門滄浪亭畔大雲菴，婺源齊梅麓太守彥槐贈以聯云：『中丞教作滄浪主，相國呼爲金石僧。』後又主西湖南屏方丈，厭酬應之煩，退居海寧白馬廟，可重在此，不然俗矣。吟諷自得，人皆重之。同上

畫狀元

唐岱號靜巖，滿洲人，官參領。工山水，聖祖御賜畫狀元，見胡書農《國朝畫院錄》。同上

十目一行

阮文達《題嚴厚民杰書福樓圖》厚民湛深經術，精校勘，因昔人云：『書不飽蠹魚，不經俗子誤改，書之福也。』因以名樓

詩云：『嚴子精校讎，館我日最長。校經校《文選》，十目始一行。』自注：『世人每矜一目十行之才，余哂之，夫必十目一行，始是真能讀書也。』此語可爲粗心讀書者鍼砭。夫一目十行，由於天資過人；誠使質之鈍者，十目一行，則用心密而獲效宏，豈遜於一目十行者乎？所謂學知、困知，及其知之，一也。同上

陳忠愍

同安陳忠愍化成由行伍積功，官至提督，故例提鎮不得官本鄉，上以非公莫能膺海疆重任，破格授廈門提督。道光庚子，英吉利擾浙東，命沿海嚴防，特移公江蘇。抵署甫六日，聞舟山失守，即帥師馳赴吳淞口，審度險要，列帳西礮臺側以居。三易寒暑，未嘗解衣安寢。優待士卒，犒之厚，而自奉甚儉，或饋酒肉，必峻卻之，時有『官兵都吸民膏髓，陳公但飲吳淞水』之謠。每潮來，公必登臺瞭望，戒軍士曰：『平時宜休養，毋輒來轅，如有警，呼之不應，刑毋赦。』嘗與制府牛某大閱，見近地兵多弱，而上江各營較强。牛曰：『是可當前鋒乎？』公曰：『近者皆有室家慮，且服吾久無離心，客兵恐難恃。』及戰，果先遁。壬寅四月，乍浦失守，公益鼓勵軍士，以大義喻之，時他邑皆騷動，惟吳淞左右按堵如故。五月，敵船大集，公登臺守禦，日夜不怠。初八日，自卯至巳，發礮千餘門，傷敵大船五，輪船二，敵勢欲卻。適牛制府擕兵出城，敵從檣頭望見，置礮於檣擊之，牛急召守小沙背之徐州總兵王志元來，而王已遁。牛懼，亦遁，衆兵隨之皆竄，敵復奮力攻擊。公孤立無助，猶手發礮數十次，身受重傷，礮折足，鎗

洞胷，伏地噴血而死，年七十六。民聞公死，皆大驚曰：『長城壞矣。』老幼男女，無不號泣奔走。敵帥入城，登鎮海樓酣飲，作華語曰：『此戰最危險，但有兩陳公，安能破耶？』太湖武進士劉國標，爲公所賞識，隨行戎間，忍創負公屍，藏叢蘆中，閲十日，以告嘉定令，輦入城，殮於武帝廟，面如生。事聞，詔賜專祠，予騎都尉世職。淞江人哭公哀，作詩成帙，顔曰《表忠崇義集》，寶山王樹滋爲作《殉節始末記》。同上

歸宫詹

國初順天鄉試，主考官用翰林，同考用部曹行人中書等官，而直隸省實缺知縣，及候選進士，亦皆用之，見常熟歸孝儀宫詹允肅康熙辛酉爲順天主考入闈誓辭。前此士子競趨聲氣，宫詹守正不阿，一秉至公，榜發，下第者譁然肆詆，冀興大獄。時蔚州魏敏果象樞以朝端重望，步行隨一僕，攜紅褐墊，至宫詹邸第門外，行四拜禮，曰：『我爲國家慶得人。』復賦詩以紀事，謗者乃息。其誓詞有云：『絶寅緣奔競之階，務求實學；杜浮薄誇張之習，不採虛聲。對閲公堂，退無私語，期諸同事，各矢此心。儻或爲利營私，徇情欺主，明正國法，幽伏冥誅，甘受妻孥戮辱之慘，必應子孫絶滅之報。潔誠具告，神其鑒之。』同上

朱相國

高安朱相國軾九歲時，父攜至巨室某氏。某見其文秀，問讀書否，對曰：『五經甫讀畢，學作破題。』時方築室，因以鋸木爲題，公應聲曰：『送往迎來，其所厚者薄矣。』某大奇之，攜之登樓，以『小子登樓』令對，公應聲曰：『大人入閣。』某知爲偉器，令在家塾肄業，以女妻之。同上

聽雨樓

京師丞相胡同，嚴分宜賜第也。其西南爲半截胡同，予庚戌入都寓此，邵位西姻丈懿辰僦居之第宅也。南倚聽雨樓，卽東樓鑒賞書畫處，在吾鄉姚亮甫中丞祖同宅內，中丞文孫中翰良菴年伯近韓居焉。相傳上有狐，人莫敢上，其時正陽門城樓焜於火，已有工師度大木矣。閱六年復來，城樓巍煥，聽雨樓已烏有矣。《碧聲唫館談塵》

宮僚雅集

宮僚雅集，酒器以白金作沓杯，如梅花形，外界烏絲，內鐫諸公姓氏、名號、爵里於底，計重二十八

兩有奇，以量之大小分屬焉。首湯潛庵斌，河南睢州人。次沈繹堂荃，江南華亭人。次郭快圃棻，直隸清苑人。次王昊廬澤宏，湖北黄岡人。次耿逸庵介，河南登封人。次田子湄喜霽，山西代州人。次張敦復英，安徽桐城人。次李山公錄予，順天大興人。次朱卽山阜，浙江山陰人。次王阮亭士禛，山東新城人。共十事，舊爲孫雨人學博同元所藏，後歸其壻胡次瑤孝廉琨。曾於次瑤席間得寓目焉，大者可容三合，以次遞小。庚申歲，杭城被陷，次瑤挈妻屬殉難，不知此物尚在人間否？學博之子令寧河，相隔百里，惜不能一問也。同上

忠臣遺蹟

內閣大門外，有坡陀十餘級。其第一級偏東石上，有方孔，長約二寸，中邊皆赤，雨後尤鮮明。孔繡山前輩憲彝云：『明末有駙馬遇流賊，被戕於此，惜未記其姓名。』忠臣遺蹟，歷久不滅，閱之令人起敬。同上

分碑

王望如仕雲，康熙朝人，著《格言僅錄》，云：『高世則墓碑，美而且厚，黄少保欲分其半爲神道碑。高有後裔，見之曰：「公取石何太薄？」黄問故，對曰：「恐後有分公碑者，嫌太薄耳。」少保慙沮。』

望如曰：『高公子拭冷眼淚，作嬉笑語，令少保不得不渾身汗下，然要是少保良心未泯耳。』同上

內閣所懸字幅

內閣漢票簽處，壁懸横幅一紙，爲『攀龍鱗，附鳳翼』六字，白紙黑字，印畫甚真，字大徑三尺，而不署款，蒼勁中饒有姿媚，不知何人手筆。閲蔣苕生《忠雅堂集》，知爲虞永興書，碑二片，在趙州栴林寺，列東西墀，寺壁並有吴道子畫水，贗筆也云云，亟記之。同上

右旋白螺

嘉慶五年三月，趙殿撰文楷、李舍人鼎元充冊封琉球國使，上特賜右旋白螺，供奉舟中。螺能定颶風，神物也。五月初七日，自閩開洋，風波不警，六日而抵中山，歸亦如之。前此出使者，未之有焉。十一年二月，海盜蔡牽滋擾臺灣，將軍賽公統兵勦捕，上諭云：『從前福康安平定林爽文，曾攜帶大利益吉祥右旋白螺，往來渡海，風帆平順，兹亦發交賽沖阿祇領，敬誠帶往，渡洋獲佑。事竣凱旋之日，著派大員齎送來京，繳進供奉。欽此。』十三年，編修齊鯤、給諫費錫章奉命冊封琉球，舟供神螺，於閏五月十一日自五虎門放洋，十七日抵該國。禮畢回舟，於十月九日自馬齒山放洋，十七日抵閩省。兩遇風暴，俱化險爲平。恭讀高宗御製詩文集，有《右旋白螺贊》，注曰：『每年藏中喇嘛於新正及萬壽節進丹

書，所陳供器，有右旋白螺，以爲奇寶，不多見。涉海者攜帶於舟，則吉祥安穩，最爲靈異。』《碧蘿吟館隨筆》

翁覃溪

純廟嘗問閣學翁覃溪方綱曰：『汝與紀昀，皆有才子之目，汝自視較昀若何？』對曰：『考據精詳，典贍該博，臣不及昀。若詞章文學，昀不及臣。』上深然之，人以爲榮。同上

梁文莊召對得體

梁文莊在政府時，一時援引，如陳句山太僕、孫虛船通議，皆名宿。或有以文莊庇護同鄉言者。一日，上召文莊，謂曰：『人言爾庇護同鄉，自後有則改之，無則加勉。』公頓首對曰：『臣領皇上無則加勉之訓。』時服其有體。同上

三藩司皆督撫才

純廟時，有浙江、山東、甘肅三藩司入覲，同時召對，上問：『汝等皆歷任藩司，在任時可怕督撫

否？』東藩對曰：『不怕督撫。』上問其故，對曰：『皇上既放督撫，又放藩司，本屬互相糾察，若一味畏懼，不敢爭論，則藩司爲虚設矣。』浙藩對曰：『臣公事不怕督撫，私事怕督撫。』上問何謂，對曰：『公事，督撫有失，必當爭執，如畏懼默默，必致迎逢遷就。至私事，稍涉營私不公，督撫卽當奏劾，安敢不怕？』上亦以爲然。又次甘藩，對曰：『臣甚怕督撫。』上曰：『爾何以獨甚怕。』對曰：『督撫以下卽藩司，屬員視藩司如視督撫，藩司不怕督撫，屬員亦相率不怕藩司。屬員無畏懼心，公事必致棘手，臣故不敢不怕。』上亦以爲然。次日，召見軍機，謂昨見三藩司，皆督撫才也。未幾，皆擢畺圻。梁茝林先生言，甘藩爲吴文公壇，其二人則忘之矣。同上

煮鶴焚琴

百文敏菊溪總督兩江時，有女伶來江寧，在莫愁湖亭演劇，聞者若狂，皆走相告。先生聞之，令屬吏逐之出境，並占一絕示僚屬云：『宛轉歌喉一串珠，好風吹出莫愁湖。誰教打漿匆匆去，煮鶴焚琴笑老夫。』《有棠梨館筆記》　桉：此事與《有不爲齋筆記》所載荷官一則恰反對，是亦賢者不可測耶？

履不移印

常熟翁文端同龢未達時，家貧。相傳其鄉居日暇，偶與二三父老爲葉子戲，適雨著釘鞻，竟夕局終，

驗其履印，曾不一移，識者早決其安處有常，後必顯貴。《行素齋雜記》

阮文達軼事六則

文達開府兩粵。一日，讌高材生於學海堂，器具皆三代鼎彝尊罍之屬，食品一秉周禮，委某生監督焉。時陳蘭浦先生爲坐賓，語人曰：『阮公明經博古，一宴會而能令諸生悉某器某味，爲某形某名，受益者多且速矣。』《選巷叢談》

《經籍籑詁》之役，屬方聞士數十，併日爲之，麕集於幕府。會午節，文達貽酒四罌，金華豚蹏四，雜它食物，殊瑣瑣。羣議患不均，非用割圜術部分之不可，推臧在東鏞堂司岦焉。或云：文達譒臧迂謹，授意爲是，資談噱也。同上

文達自翰林至入相，出領畺寄，垂二十年。生平廉謹自持，而於耆古愛才兩事，罄所入差自給，家人生計弗問也。晚歲甫以三十金置一蘆洲。越卅年，洲忽大漲，歲迺進金萬，人謂清德之報云。同上

文達公子賜卿福生於兩粵節署，一時僚屬餽獻，悉令卻去。占絕句，書小紅椾，示公子曰：『翡翠珊瑚列滿盤，不教爾手一相拈。男兒立志初生日，乳飽飴甘便要廉。』余極喜誦之，義方之訓，無逾此者。同上

琅嬛仙館花瑞，凡三見。乾隆乙卯，視學山左，署臨大明湖，夏日湖中蓮花，有一蒂四面者。嘉慶丙辰，視學浙江，署中西園素多蘭，是歲所開皆竝蒂。又種蕉皆作花，陳雲伯文述有詩詠之。道光初，文

達督粵，重修書院，有梅樹，百餘年物也，礙於建屋，命工移之後院，將枯死矣。一夕，大風雨不止，清晨眡此樹，則依然暢茂，文達題爲返魂梅。同上

文達有宋槧《金石録》十卷，卽《讀書敏求記》所載，自撫浙至入閣，恆攜以自隨，既屢跋之，復爲其如夫人作記，蓋竊比明誠、易安云。同上

龔定庵軼事十則

魏氏絜園默深先生別業在鈔關門内倉巷，有古微堂、秋實軒、古藤書屋諸勝，亂後唯大門外影壁尚存。同上

秋實軒者，羽琌山民龔定盦先生自號鞾飛處也。軒有梧桐數株，本傳唐時物，山民至揚，輒寓是軒，日夕諷詠其下。山民無鞾，假於魏鞾所容，浮於趾，曳之，廓如也。客至，劇談漸浹，山民跳踞案頭，舞蹈樂甚。洎送客，鞾竟不知所之，徧覓不可得，瀕行，撤臥具，迺於帳頂得之。當時雙鞾飛去，山民不自知，竝客亦未見，此客亦不可及。同上

文達晚年，恆皃聾以避俗，唯山民至，則深談罄日夕，竝不時周之。揚人士爲之語曰：『阮公耳聾，逢龔則聰；阮公儉嗇，交龔必闊。』同上

默深先生箸《聖武記》於絜園，山民書贈楹帖云：『讀萬卷書，行萬里路，綜一代典，成一家言。』同上

山民有異表，頂稜起而四分，如有文曰十，頷凹下而頦印上，目炯炯如巖下電，眇小精悍。作止無常則，非滑稽不以出諸口。垢面而談詩書，不屑盥漱。客揚日，默深先生給兩走祇伺之。一日晨興，呼主人急，出則怒甚，曰：『爾僕嬲我，吾不習靧沐，疇則不知，迺以槃水數數溷我，是輕我也，賢主人乃用此僕乎？』默翁笑謝之。同上

舊藏龔禮部《己亥雜詩》一卷，贉後題云：『道光庚子夏鐫，板藏羽琌別墅。』詩旁規圈，指別有在，與閱者所見迥殊。卷耑護葉，有孔繡山憲彝手題絕句六首，蓋定盦先生自刻初印本，當時寄貽孔君者，可寶也。孔詩第五首云：『一家眷屬神仙侶，有女能文字阿辛。莫愛南朝姜白石，學耶才調自驚人。』元注：君室頡雲夫人工書，長女工詞，近以次女許字，兒子慶第他日亦當能文也。按：頡雲夫人姓何氏，阿辛後爲先生己丑同年劉星房良駒子媍。雜詩自注云：『吾女阿辛書馮延巳詞三闋，日日誦之，自言能識此詞之恉，我竟不知也。』自注：定公自刻本《己亥雜詩》，半唐歆羨至極，必欲得之，不得已割愛，持贈半唐。逝後隨身書卷倏化雲烟，未卜此本尚在人間否？《蕙風簃隨筆》

道光丙戌，武進劉申受禮部逢祿分校春闈，一浙江卷，一湖南卷，薦而不售，賦《兩生行》哀之，龔、魏默深兩先生齊名始此。同上

己丑春闈，同考王編修植閱龔卷，至第三藝小講，以爲怪，大噱不止。隔房溫平叔侍郎聞之，爲言此浙江卷，必龔定盦也，迺薦獲售。筱珊先生視余是科第十房即王植房同門錄，得讀先生闈作，首次藝氣格醇簡，不骫時文程度，孟蓺小講亦不甚怪。夏曰：『校至「小民親於下」，小講云：昔者三代之制，八歲入小學，十五入大學。小學學六書九數而已。大學之道在明明德，在親民。』詩第四韻，尤渾雅可誦，『春色先從草際歸』，得歸字句，云：『出山名遠志，入夢戀慈暉。』蓋在先生，尤爲俛就範圍矣。先生一字愛吾，七月初七日生，與鄭康成同日。先生以乾

隆壬子生於杭州司馬坡巷。同上

婕妤妾趙玉印，以宋拓化度寺碑相易，又媵以五百金，得之，絕珍祕。擬在崑山縣玉山，造閣三層，名之曰寶燕，此印後歸嶺南潘氏仕成海山仙館，同治初，潘氏籍沒，遂不可究詰矣。同上

余前記定盦先生藏飛燕玉印事，閱姚氏衡《寒秀草堂筆記》，與余所記微有異同。印以羊脂玉爲之，盤鳳紐，定盦以宋拓化度寺碑易之，姚作夏承碑。此印後歸潘仕成。姚云潘德輿，又云：傳爲某僞作，以給定盦。余曾於雲自在龕見鈐本，精絕，決其非贋品也。《蕙風簃二筆》

羅茗香

羅茗香士琳負狂名，工天算麻學，於詞章經誼多所通。平時厂巾闊步，市人爭指目之。以孝廉方正徵。時成廟秋獮塞垣，士琳擬萬言賦獻行在，比至，值迴鑾，不果上。迺於關東迎某氏女爲室，挈以歸，則又不相能，詬誶之聲出於梱。某氏能文，有口辯，時時屈茗香，窘且甚，則浼親知爲剖解。氏先卒，未幾，賊破城，茗香殉。《選巷叢談》

吳讓之二則

吳讓之，儀徵人，元名廷颺，又名熙載，以字行。揚多畫人，竝世無與抗手。蚤歲負盛名，入酒肆，

不給貲，率塗抹數紙與之，主者付質庫，獲善價，浮於所應得。亂後生計日蹙，長子卒，孫幼。次子有心疾。一家十數口，恆空乏無藉。所苦與毛西河同，家庭細故輒勃谿，賃僧廬，鬻字爲活，前後豐嗇，如出兩人，豈名士亦有通塞耶？畫筆清絶，有醞蓄。讓翁歿後，仍復騰貴如初。同上

讓翁蓺事，刻印第一，次畫花卉，次山水，次篆書，次分書，次行楷。畫多贋本，佳者幾於亂真。唯書卷清氣，不可僞爲，豪氂千里，識者亦不易。讓之先生有小印曰『讓翁』。同上

畢尚書軼事三則

尚書靈巖畢公撫陝，孫淵如居幕府。淵如素狂，僚衆無所不狎侮，衆積怒，檄逐之，不卽去，則羣以去住要公。公別館淵如精舍，且加脩焉。初，淵如好冶遊，節署地嚴，漏三商必下鍵，公自督眡之，淵如則夜踰垣出，翌晨歸，以爲常。或詷以告公，弗問也。有稱公真愛才者，謝曰：『沅豈敢，若先師文達，其庶幾乎？』謂大司空江右裘公也。《蕙風簃隨筆》

畢公待士優異，尤膾炙人口者，程魚門舍人晉芳往依公，公勗以宜多讀書，程以無力買書對，公立嘑司峑人至，諭曰：『今後程老爺買書所需，必如數付給，勿遲。』程因得博觀羣籍，惜年不永，未能副公厚靳也。同上

尚書姬人顧媚，號橫波，識局明拔，通文史，善畫蘭。尚書疏財養士，橫波實左右之。青娥知己，紅豁憐才，當時廣廈中人，何修得此？同上

收買破銅爛鐵

杭世駿以言事罷官，純廟南巡，世駿迎鑾，玉音垂詢：『里居何以自給？』世駿叩頭，以『設荒貨肆』對，問荒貨云何，以『收買破銅爛鐵』對，卽日御筆書此六字賜之。同上

冶城山官書局

咸豐十一年八月，曾文正克復安慶，部署粗定，命莫子偲大令采訪遺書，商之九弟沅圃方伯，刻王船山遺書。既復江寧，開書局於冶城山，延博雅之儒，校讎經史，政暇，則肩輿經過，談論移時而去。住冶城者，有南滙張文虎，海寧李善蘭、唐仁壽，德清戴望，儀徵劉壽曾，寶應劉恭冕，此江南官書局之俶落也。王頌蔚《題書庫抱殘圖》云：『湘鄉相公老開府，手埽凶欃扶日月。邵亭兀兀求遺書，四部先刊甲與乙。』朱孔彰《曾祠百詠》云：『劫歷紅羊失五車，濃香班馬選棃初。欲將節義風天下，先刻船山百卷書。』『落花碧草冶城東，丞相車來訪侍中。漢代經生都老去，春光寂寂日華宮。』同上

陶文毅軼事

魏季詞說陶文毅軼事，某年會試下第，無力出都，不干人，亦無人能周之，不得已，鬻謝石之術於某胡同，適近紀文達寓所，文達出入，習見之。一日，詢閽者，以湖南舉人對，命延入，索閱其文，亟賞之，囑假館餘屋，善視之，俾竢再試。及陶貴，德紀甚。時紀已逝，則厚卹其諸孤，兩家往還如族姓。文毅公子少雲，左文襄壻也，文毅薨，待紀氏如文毅，不少衰。文達兩曾孫某某，以甘省劾牘官知縣，則公子爲言於文襄，二紀自言，不特未歷行陳，竝未詣甘修謁。紀之愛士，陶之報德，公子繼志，可風世矣。同上

陳文恭謙退

陳文恭素性謙退，凡事不肯先人。一日，與尹文端同直，談次，文端謂：『吾二人皆老矣，乘化歸盡，未知誰先？』文恭不覺遜謝，曰：『還讓相公。』同上

陳蓮史先生軼事二則

陳蓮史先生及第時，封翁蕉雪中翰元壽猶健在，寄以詩云：『祖宗貽福逮雲礽，福至還期器可盛。

好以文章勤職業，勉求學問副科名。出身豈爲營溫飽，得志從來戒滿盈。有子克家寬父責，老裒不用日愁生。』同上

蓮史先生爲嘉慶二十五年庚辰科會狀，其廷試策首頌揚處，有『道光宇宙』字，逾年爲道光元年，亦可謂幾之先見者已。同上

王侍御敢言

半唐諫駐蹕頤和園事，時余遠在蜀東，未聞其詳。及晤半唐揚州，乃備悉始末。先是，内廷卽逆料言官必有陳奏者，越日，而張侍御仲炘上封事，樞臣咸相趨動色，曰：『來矣。』及啓視，非是，則額手稱幸，蓋侍御亦以直諫名也。不三日，而半唐之疏上，適恭邸、高陽相國同直，相國謂恭邸：『此事大臣不言，而外廷小臣言之，吾曹滋愧矣，此人不可予處分，少遲入對，唯王善言保全之。』恭邸亦謂然，而顧難其詞。及入對，上欲加嚴譴，恭邸以相國言，婉切陳論。上曰：『寇某何爲而殺也？』内監寇某以妄奏正法，所奏卽此事。恭邸覆奏：『寇某内臣，不應干外事，所奏無當否，皆有辠，御史諫官詎可一例而論？』上意稍解，徐曰：『朕亦何意督過言官，重聖慈或不懌耳。汝曹好爲之地，但此後不准渠等再說此事耳。』於是樞臣於元摺内夾片坿奏，略謂『該給事中冒昧瀆奏，亦屬忠愛微忱，臣等公同閱看，尚無悖謬字樣，可否籲恩免究』云云，意在聲敘寬典之邀，出自臣下乞請也。疏留中，旋車駕恭詣請安，面奉懿旨：『御史職司言事，予何責焉？王大臣面奉諭旨，此後如再有人妄言及此，僥倖嘗試，卽將王鵬運

一併治罪，王大臣欽遵傳諭知悉。』蓋自是不聞駐蹕頤和園，聖駕還宮亦較早矣。此事諍臣之忠敢，賢王之維持，聖孝之肫誠，慈仁之宏育，明良際遇，曠代罕有。余讀半唐摺稿，見其和平悃款，出自肺腑至誠，非婞直沽名者比，宜其見諒於聖明也。案：王侍御名鵬運，號幼霞，別號半唐老人，廣西臨桂人。《蘭雲菱夢樓筆記》

董小狂

董小狂進，上元諸生，爲詩肆口而成。結茅野處，名曰窺園。與湯貞愍爲昆弟交，貞愍患疥，不時往，小狂怪之，曰：『恆欲得浴。』曰：『窺園不可浴耶？』曰：『無抑搔者。』曰：『焉用老兄？』即劑藥燖湯浴貞愍，躬抑搔之。所善何蕉衫客游，小狂圖其形壁間，飲酒輒設桮勺若勸訓。何子成兒幼，小狂愛惜逾己子。成兒夭，飲食坐臥及爲詩無非哭成兒者。今之狂也薄；小狂，殆古之狂歟？其厚可風也。蕉衫名瑞芝。《香東漫筆》

湯貞愍三則

貞愍大父緯堂先生，名大奎，字曾輅，一字緯堂。乾隆丙午冬，知臺南鳳山縣。林爽文起彰化，賊目許光來、曾伯達犯鳳山，城破，貞愍尊人與竹先生，名荀業，字楚儒，一字與竹。持刀侍父立堂皇。賊至，父子戰歿堂上。貞愍襲雲騎尉，官副將。髮逆陷金陵，殉難。絫葉忠貞，史冊不多覯也。緯堂先生箸有《炙硯瑣

談》。同上

貞愍太夫人楊氏，武進人，知州奞女。與竹先生殉難時，太夫人寄寓福州，奉姑歸里，訓子成名，貞愍清風亮節，得力慈訓爲多，曾繪《吟釵圖》以誌慕。太夫人有《斷釵吟》七絕二首并序，見《國朝閨秀正始續集》。《集均》：奞，須閏切，與凡通，鳥張毛羽自奮。同上

貞愍女公子嘉民，善畫，尤工仕女。適河工同知某子某，某年入贅湯氏江寧。彌月，壻挈媍返清江，抵鎮江，犁明，某不告女，先渡江，留書與訣，頌言其皃不婌，歸恐騰婢嫗笑也。女不得已大歸。越四年，隨貞愍投荷池殉難。同上

長物齋

閱嘉定瞿木夫先生中溶年譜，傳鈔本，未經付梓。道光九年四月二十二日往蘇，假寓虎丘白公堤綠水橋邊，出售篋中長物以佐家食，遂以長物齋爲店額，并標題大書『聚於所好』四字於側，因得七律一首，吳玉松太守雲和韻見投，云云。嗟乎！乾嘉已還，斯文未墜，抱奇媚古，不尠名流，士之潔清自好者，猶得以半生藏去，潤澤烟霞，不得謂非躬逢隆盛矣。又江都汪明經中蚤歲家貧，無書，於坊肆中借閱，過目能記。既而販賣書籍，且販且誦，遂博覽古今文史。案：容甫先生事見《廣陵詩事》，又淩曉樓先生曙曾設香肆，江慎修先生永曾執事質庫，畸儒末路，顛頓風塵，是亦無聊之極致矣。《臼辛漫筆》

太素道人

宗室太素道人奕繪，字幻園，任俠負文武材。所箸《子章子》，駢文詩詞，各如干首，詞尤渾雅入格。都門惡習，每歲燈節前，娼女遊廠甸，若車非大鞍，御者無官帽，往往爲無賴輩所𥁕。其法，扛車令卬翻，車中人不得不出，乃至擘裾捉肘，攫釵珥絭佩，盡所有，紛然鳥獸散。恃其眾與彊，無如何也。某年廠甸，太素坐小鞍車，垂簾下，以常用之鐵械二，各縛弓韔於一端，置韔簾外，雙翹纖削若菱，戒御者衣帽坐作，悉昉顧車式。嚮無賴麕集處于于來，則羣起圖𥁕之。車翻，太素出，虬髯戟張，叱咤辟易，無賴不敢逃，則以縛弓韔之鐵械狙擊之，則皆跪乞貸死，崩角有聲。旁觀萬眾听然笑，有拊掌稱快者。太素於是大樂，仍舊遊廠甸，款段而歸。同上

張月齋

平定張月齋先生穆，少有奇士之目，道光己亥，由優貢應順天鄉試，入闈，當搜檢如例，則盡脫上下衣，裸而立，王大臣無如何。檢其篋，得白酒一瓶，以爲言，則立飲盡，碎其瓶，益逢怒，竟奏劾褫革。是年曾望顏爲順天府尹，搜檢綦嚴。同上

端木子疇

江寧端木子疇先生埰，性狷介，寡交遊。官冷務閒，一編而外，喜歷覽梵刹。青鞵布韈，蕭然似野僧。某日，獨遊南下窪某廟，甫入門，見地有人頭二，血跡猶新，愕眙亟歸，以告半唐。明日，遣走窺某廟門，闃如也，微探城坊間，久之，亦無以命案赴控者，而先生自是不復獨遊冷廟矣。同上

說部擷華卷二

前事

松滋獄

華亭李靜菴先生深源，乾隆丁酉舉於鄉，屢困南宫。不得已，就縣令，分發楚北。適荊州府松滋縣有幼孩王五子死於野，失去耳環衣服一案，令某傳訊屍場鄰舍廿餘人，多日不成讞。上憲調先生攝縣事，先生先赴屍場相驗，歸傳舍時，天寒雨雪，改裝易服，率幹役私出，行至卜肆中。卜者將闔戶，役詭稱遠鄉人，偕外省友，來看驗屍，天晚腹飢求食，先生遂出金。卜者欣然爲炊黍。閒話中，先生問近日問卜者多否，卜者對以少，惟早間有本處十六七歲童子名鮮旺兒來測字，隨手檢出『鴟鴞』之『鴞』字，遂戲之曰：『有梟首之象。』先生問其人何若，卜者曰：『其人曾與王某家爲義子，因無賴逐出。』問所居，則相距不遠。先生辭卜者，率役尋至其處，令役突呼鮮旺兒名，其人卽於草叢中跳出，驚問爲誰。答曰：『我爲汝舊鄰，隔數年，何卽不識耶？今欲往某村，路徑不熟，倩汝偕往，以錢爲謝。』鮮旺兒初猶以路遠天晚辭，先生復出金，始允諾，旋語之曰：『汝隨身物可攜行，失之，非我事。』鮮旺兒遂於草中拾取一小袋同行。將近傳舍，先生令役伴之，先入傳舍，添飭數役，帶至案下，拆閱袋底，得質票，卽命取贖，乃耳環衣服，令屍親認識，屍親一見，卽號咷，賊已確鑿，而犯供堅不吐實。又其體頗瘦弱，難以刑求，先生反覆開導，窮晝夜力，乘其飢渴，以飲食誘之，始供認不諱。先生不待案成，先釋鄰舍之無辜者。曾紀以詩云：『不是銜泥親冒雪，無辜枉累廿三人。』嗚呼！可爲讞獄者法矣。《恩福堂筆記》

僞稿案

乾隆十七年，有僞作孫文定嘉淦奏稿累萬言，指斥乘輿，遍詆大學士鄂爾泰、張廷玉、徐本，尚書訥親等，傳播遐邇。事聞，上震怒，飭各省窮治，久不得主名。復命尹繼善來京，隨同在京各大臣審辦，始訊出盧魯生、劉時達等會商捏造實情。奉上諭：『各省傳鈔僞稿一案，朕屢經降旨，宣示中外，此等奸徒，傳播流言，其誣謗朕躬者，有無虛實，人所共見共知，不足置辯。而譸張爲幻，關係風俗人心者甚大，不可不力爲整飭。乃各省督撫，僅視爲尋常案件，唯任屬員取供詳解，過堂一審，卽爲歸案了事，以致輾轉蔓延，久迷正線。各省就案完結情形，大略不過如此，而在江西爲尤甚，卽如施廷翰案之張三、施弈度，江西承審各官，草率錯謬，及到江南，亦不能審出實情，幾認爲捏造正犯。經朕命軍機大臣等，審明昭雪，而千總盧魯生，在江西兩次到案，俱被狡飾脫漏，又經軍機大臣從解京之書辦段樹武、彭楚白等供詞互異之處，細加窮詰，始將千總盧魯生、守備劉時達傳稿情節，逐層究出。比盧魯生、劉時達先後到京，朕督令諸臣，虛心研鞫，反覆推求，始則借端支飾，繼則混指同寅，既不能推卸傳稿實情，又不能供出得稿來歷，詰問再四，卽各委之伊子，忍心害理，莫此爲甚。迨情竭詞窮，始得其會商捏造種種姦僞情節，并將僞稿條款，逐一默寫，及其造謀起意，於破案後商同借綫，揑飾情由，一一吐露，矢口不移。當此光天化日之下，乃有此等魑魅魍魎，潛形逞僞，實出情理之外，今不待重刑，供情俱已確鑿，殆由姦徒罪大惡極，傳鈔貽累多人，好還之道，自無所逃耳。盧魯生、劉時達，著議政王大臣、大學士、九卿科道，會同軍機大臣，再行詳悉研鞫，定擬具奏，至督撫爲封疆大吏，不特此等大逆之犯，卽尋常案件，孰非民生休戚攸關？而養驕飾僞，妄自託爲敦體，可乎？此案若查辦之始，卽行竭力跟究，自可早得正犯，乃粗率苟且，江西舛謬於前，江南迷誤於後，均無所辭咎。江西近在同城，羣衛弁騰口囂囂，毫無顧忌，串供借綫，幾於漏網吞舟，厥罪較重於南省。解任巡撫鄂昌、按察使丁廷讓、知府戚振鷺，俱著革職拏問，交刑部治罪。總督尹繼善，及派往江西同問之周承勃、高麟動，俱著交部嚴加議處。錢度、朱奎揚等，尚與專委承辦者有間，俱著交部議處。至衛弁乃總漕專責，瑚寳亦不能辭責，亦著交部嚴察議奏。當日查辦之始，未知根源所在，須披葉尋枝，勢不得謂法不及衆，畏難中止，以致顢頇了事。然朕猶恐拖累者衆，屢經密諭各省督撫，分別發落，以省拖延。卽武弁大員曾經私看者，亦悉置不問。然在伊等食毛履土，見此大逆不道之詞，當爲痛心疾首，譬聞人詈其父祖，轉樂爲稱述，非逆子而何？然使非有首先捏造之人，則伊等亦無從傳閱，是傳閱者本有應得之罪，不可謂彼所愚弄，而朕則憫其無知，譬子雖不孝，父不忍不慈。今首犯既得，不妨曲宥，除在京人犯已予省釋外，著傳諭各省督撫，通行出示曉諭，無論已未發覺，概行從寬，免究釋放。凡屬此案例應擬罪人衆，蒙朕格外寬宥，務宜痛自改悔，動尊君親上之天良，戒造言喜事之惡習，安靜守分，庶不致良苗化爲稂莠，永受朕保全愛養之恩。

夫讒說殄行，爲聖世所不容，姦頑不除，則風俗人心，何由而正？而吏治狃於因循，尤關治道。朕宵旰憂勤，與諸臣共相敦勉者，豈肯稍存姑息，致啓廢弛之漸？將此一併宣諭中外知之。欽此。』先是御史書成，不知大義所在，恐株連多，奏請罷查辦。上以書成，身爲言官，不能備悉原委，遠方傳說，更難保其必無浮議。褫其職，蓋上知外省，姑容積習，非明白追究，無以正人心、維風俗也。而斯案始終於文定一無所問云。《蕉窗隨錄》

記田督事

田文鏡，漢軍正黃旗人，由福建長樂縣丞，歷官巡撫、總督。雍正元年以內閣侍讀學士，告祭華嶽。回京時，面奏山西荒歉情形，直言無隱。命赴山西振濟平定等四州縣，卽授山西藩司，旋調河南，久之，特授河南、山東總督，眷遇之厚，同時畺吏罕有其比。卒謚端肅，於河南省城建立專祠，并入祀豫省賢良祠。文鏡在豫，治吏嚴，一疏參劾，輒十數員。臨川李紱方爲直隸總督，過河南見文鏡，一揖未畢，卽厲聲問曰：『公身任封畺，有心蹂踐讀書人，何耶？』文鏡卽密以紱語奏。紱入覲，亦首劾文鏡負國殃民，又連疏糾劾。文鏡復劾紱乖張數事。下紱司敗，議斬，兩次決囚，上命縛紱詣菜市，置刀於頸，問此時知田文鏡好否？紱奏：『臣愚，雖死，實不知田文鏡好處。』乾隆五年，河南巡撫雅爾圖奏，文鏡在豫，百姓至今怨恨，豫省賢良祠不應列入。奉諭：『此等事何須亟亟爲之，若行撤去，豈不有悖前旨乎？使田文鏡尚在，朕不難去之罪之，今已没矣，在祠不在祠，何礙於事？況今日在祠，將來應撤者，正不知幾何也，何必亟亟於一田文鏡？ 若出於識見之迂尚可，若出於逢迎與彼不合之人之意，則朕所望於汝者，又成虛矣。 朕觀雅爾圖此奏，並不從田文鏡起見，伊見朕降旨令李衛入賢良祠，其意以爲李衛與大學士鄂爾泰素不相合，特借田文鏡之應撤，以見李衛之不應入耳。 當日王士俊請將田文鏡入賢良祠，係奉皇考諭旨允行，今若撤出，是翻從前之案矣。 試思田文鏡留於祠中，於國計民生，有何關係，而此時必欲行此翻案之事乎？ 又如前日查克旦奏請弘曈迎養嫡母一事，弘曈係獲重罪之人，朕所以給與紅帶子者，誠恐日久之後，漫無分別，多有未便，乃事之不得不如此辦理者。 至於迎養伊母之奏，朕若允行，在伊一家自必感激朕恩，然以今日之迎養爲恩，必以從前之治罪爲怨，似此市恩翻案之舉，朕必不爲也。 當日鄂爾泰、田文鏡、李衛，皆督撫中爲皇考所最稱許者，其實田文鏡不及李衛，李衛又不及鄂爾泰，而彼時三人素不相合，亦衆所共知。 從前蔣炳條陳直隸裁兵一事，又有人條奏直隸總督應改爲巡撫者，外間皆以爲出於鄂爾泰之意。 前日李衛之子李星垣，初到京師，卽具摺奏稱伊父李衛，平日孤身獨立，恐不合之人欲圖報復。 朕命訥親嚴行申飭，云：『汝不過一武職小臣，卽有與汝父不合之人欲圖報復者，朕乾綱獨攬，洞察無遺，誰能施其報復之私心？ 汝係新進之人，卽存此念，甚屬糊塗，將來豈能上進？』李星垣陳奏，雖未明言，朕卽知其指大學士鄂爾泰也。 從來臣工之弊，莫大於逢迎揣度，大學士鄂爾泰、張廷玉，乃皇考簡用之大臣，爲朕所倚任，自當思所以保全之，伊等諒亦不敢存黨援庇護之念。 而無知之輩，妄行揣摩，如滿洲則思依附鄂爾泰，漢人則思依附張廷玉，不獨微末之員，卽侍郎尚書中，亦所不免。 卽如李衛身後，無一人奏請入賢良祠者，惟孫嘉淦素與鄂爾泰、張廷玉不合，故能直攄己意，如此陳奏耳。 朕臨御以來，用人之權，從不旁落，試問數年中，因二臣之薦而用者爲何人，因二臣之劾而退者爲何人，即如今日進見之楊超曾、田懋，皆朕親加簡拔，用至今職，亦何嘗有人在朕前保薦之乎？若如衆人揣摩之見，則以二臣爲大有權勢之人，可以操用舍之柄，其視朕爲何如主乎？但人情好爲揣摩，而返躬亦當慎密。即如忒古爾德爾，因派出坐臺，託故不往，朕加以處分。又刑部承審崔超潛一案，擬罪具題時，鄂爾泰曾爲密奏，後朕降旨從寬，而外間即知爲鄂爾泰所奏。若非鄂爾泰漏洩於人，人何由知之？是鄂爾泰慎密之處，不如張廷玉矣。嗣後言語之間，當謹之又謹。又額駙策令到京，曾奏忒古爾德爾年老，請令回京。又法敏、富德、常安輩，策令亦曾在朕前，獎以好語，又謂富德宜補隨印侍讀，此必鄂爾泰曾向伊言之，故伊如此陳奏也。今鄂爾泰奏辯，並未向伊言之。夫向伊言之而奏，固屬不可，若未向伊言，而伊揣摩鄂爾泰之意，即行陳奏，則勢力更重。額駙且然，何況他人？鄂爾泰亦能當此語乎？朕於大臣，視同一體，不但欲其保全始終，且於疑似之際，亦每爲留意，以杜外人之議論，即如前日刑部侍郎缺員，朕原欲批用張照，因彼時鄂爾泰未曾入直，而張廷玉在內，朕恐人疑爲張廷玉薦引，是以另用楊嗣璟。又如勵宗萬，人不安靜，鑽營生事，朕因其小有才具，尚可驅策，令其在武英殿行走，亦足滿其分量矣，而外人以爲張廷玉所劾，不得起用。其實當日勵宗萬保舉受賄一節，果親王曾經奏聞，並非出於張廷玉也。朕之用舍，悉秉至公，繼述期於至當。若謂皇考當日所用之人，不應罷黜，所退之人，不應登進，如大學士鄂爾泰，豈非告退閒居，而朕特用之大臣乎？又如前日吏部爲恆德襲職事，具摺請旨，朕因摺內奏稱，雖與銷減之例相符，而與奉有特旨多頗羅之案似同一例等語，恆德係訥親一族，不應如此措辭，朕不准行，且面加訓諭。鄂爾泰、張廷玉，乃皇考與朕久用之好大臣，衆人當成全之，使之完名全節，永受國恩，豈不甚善？若必欲依附逢迎，日積月累，實所以陷害之也。朕是以將前後情節，徹底宣示，深欲保全之，二臣更當仰體朕心，益加敬謹，以成我君臣際遇之美。欽此。』按：高宗諭旨，國史館於文鏡列傳中，僅摘敘數語，今謹全錄之，仰見聖心措置周備，不特於文鏡一身曲示成全，卽鄂、張二公，當日所以成全之者，亦深且切也。同上

記臺灣渡海開禁事

臺灣自古不通中國，名曰東番。明天啓中，紅毛荷蘭夷人居之，屬日本。本朝順治六年，鄭成功據而逐荷蘭夷，僞置承天府，名東都，設二縣，曰天興、萬年。其子鄭錦，改東都曰東寧省，升縣爲州。康熙二十年，用姚啓聖議，授施烺爲靖海將軍征之。二十二年，烺率舟師由銅山進，入八罩，直抵澎湖，殲其精鋭，鄭克塽窮蹙歸命，臺灣平，改置府治，領縣三。雍正元年，復添設一縣。初，私渡之禁嚴，閩粵人利其土地肥美，輒偷往開墾，久之，欲歸，則不忍棄業，歸則干例禁，其父母妻子之在内地者亦不得往。大吏憫焉，曾奏寬其禁，未幾，復停罷。乾隆己卯，光州吴湛山先生士功撫閩，特以情上聞，疏曰：『凡有渡臺人民，禁絶往來，不能搬移。現在臺地漢民，已逾數十萬，其父母妻子身居内地者，正復不少，若棄之而歸，則失謀生之路，若置父母妻子於不顧，更非人情所安。故其思念父母，繫戀妻孥，實有不能自已之苦衷。以致急不擇音，冒險偷渡，百弊叢生。伏查乾隆十七年，原任臺灣縣知縣魯鼎梅，纂修《臺灣縣志》，云：『内地窮民在臺者數十萬，其父母妻子，俛仰乏資，急欲赴臺就養，格於例禁，羣賄船戶，頂冒水手姓名挂驗，婦女則用小漁船夜載出口，私上大船，抵臺，復有漁船乘夜接載，名曰灌水。

經汛口覺察，姦梢照律問遣，固刑當其罪。而杖逐回籍之民，室廬拋棄，器物一空矣。更有客頭，串通習水積匪，用溼漏船隻，收載數百人入艙，將艙蓋封釘，不使上下，乘夜出洋，偶值風濤，盡入魚腹。比到岸，恐人知覺，遇有沙汕，輒趕騙離船，名曰放生。沙汕斷頭，距岸尚遠，行至深處，陷沒泥淖中，名曰種芋。或潮漲漂溺，名曰餌魚。窮民迫於飢寒，相率入陷阱，言之痛心。』志言如此，臣思愚民之被害，姦梢之肆惡，魯鼎梅身蒞臺灣，見聞自確，載諸邑乘，考訂非虛。臣一載以來，留心察訪，實屬確有之事，然卒未有因陷溺而告發者，緣在汪洋人跡罕到之地，被害者既已溺於波臣，倖免者亦緣自干禁令，莫敢控告，故例禁雖嚴，而偷渡接踵。臣計自乾隆二十三年十二月至二十四年十月，一載之中，共盤獲偷渡民人二十五案，老幼男婦九百九十九名口，內溺斃男婦三十名口。其已經發覺者如此，其私自過臺，在海洋被害者，恐不知凡幾。伏念內外民人，均屬朝廷赤子，向之在臺爲匪者，悉出隻身無賴，若安分良民，既已報墾立業，有父母妻子之繫戀，有仰事俯育之辛勤，自必顧惜身家，各思保聚。此從前督撫諸臣，所以疊有給照搬眷之請也。及奉准行過臺以後，亦未有在臺滋釁生事者，乃因姦民偷渡，致令良民在臺者，身同羈旅，常懷內顧之憂；在內者，悵望天涯，不免向隅之泣。以故老幼婦女、煢獨無依之人，迫欲就養，竟致鋌而走險，畢命波濤，情殊可憫。合無仰懇飭部定議。嗣後除內地隻身無業之民，及並無嫡屬在臺者，仍遵例不許過臺，有犯卽行查拏遞回外。若在臺有業良民，果欲迎其祖父母、父母、妻妾、子女、子婦、孫男女等及同胞兄弟過臺者，許赴臺地接管官報明籍貫、眷屬、姓氏、年歲，冊移原籍覈覆，給照回籍搬接。其在內地眷屬，欲過臺完聚，報明該管地方官，移臺核覆。申督撫給照亦如之，過臺時驗照放行。如人照不符而放行，及濫給路照，各該管官司，均分別議處。其餘偷渡人，仍

如舊例嚴禁。疏入，下部議行。從此渡海良民，咸有室家之慶矣。同上

西峯寺

嘗閲浮槎散人《秋坪新語》『金岩觀』一則，語涉淫污，深蹈文人口過。檢書簏所收乾隆間邸鈔，乃得悉此案顛末，因全録之。

乾隆五十三年七月，步軍統領綿恩奏：西山戒臺寺之北，有西峯寺一座，内有戴髮修行之婦人，自號西峯老祖活佛，能看香治病，請求符藥者，服之即愈，京城以及四外之人，男女紛紛前往，竟似城市，殊堪詫異。臣思此處雖非京汛所轄，但附近京畿，似此煽惑人民，於風化有關，不可不速加查辦。隨於六月二十日，密派臣衙門司員前往，查得西峯寺距京六十餘里，婦人法名了義，俗家張李氏，原係順義縣人。現住西峯寺，殿宇四層，計五十餘間，俱係新蓋之廟。又離此廟二里許，石廠地方，有靈應寺大廟一座，計房六十餘間，亦係新蓋。張李氏在兩廟往來居住，每日午前給人看香治病。該員前往會同宛平縣知縣查辦時，又查出有旗裝女子二名，詢得一名雙慶，年二十四歲，乃原任大學士三寶家使女。三寶之寡媳，常往彼處治病，拜張李氏爲師，隨將使女留於廟中居住，用銀一萬五千餘兩，修西峯寺一座。一名玉喜，年二十二歲，係原任巡撫圖思德之子、現任户部銀庫員外郎恆慶家使女，因恆慶之妻患病，亦認張李氏爲師，隨將使女施捨廟中，并用銀二萬餘兩，修靈應寺一座。又在該氏屋内搜查，有符呪、丸藥、經卷、畫像等項。其畫像五軸，係張李氏出身源流，均係修廟商人任五覔人繪畫，看其情

形，似任五有通同授意，傳播其名，藉以獲利情節。又查出金六十四錠，重二百八十兩，銀二千六百兩，金鐲四隻，重七兩零。其餘衣服器皿什物，間有非該氏應有之物，隨交宛平縣查封。該員等當將張李氏，及伊長子張明德、三子僧人廣月、商人任五等，於二十一日拏解到署，臣親加逐一研訊，將張李氏供詞另行呈覽外，伏查邪教惑人，有干嚴禁。今張李氏本係鄉野愚婦，並非僧尼，乃來京佔踞大廟，戴髮修行。從前不過化緣修廟，無甚劣跡，近日自稱老祖活佛，妄自尊大，以看香治病爲名，施捨符藥，煽惑人心，從中獲利。又令其子張明德，置房開鋪，以肥囊橐，甚至官員命婦，在廟往來，施捨蓋廟銀至二三萬兩之多，而現起之金，已有二百八十兩、銀有二千六百兩，並該犯擅用黃緞坐褥靠墊，種種情節，實出情理之外，若不即加懲治，積之日久，恐生不法之事。而各犯所供，多有不實不盡之處，必須澈底審明，盡法究治。至大學士三寶之媳，自宜謹守閨門，乃遠赴山廟往來，住宿看病，墮其術中，甚至拜師修廟；銀庫員外郎恆慶，係圖思德之子，縱令伊妻拜廟看病，施捨金銀，並將使女捨入廟中，均屬恣意妄爲。且該兩家，現有應賠官項銀兩未交，何以不行節儉，先完官項，反捨廟中？其居心實不可解。臣見聞既確，不敢隱諱，理合具奏，請旨定奪，至此案一干人犯，及查出經卷有無違礙字樣，均應詳加查看，應請旨派大臣，會同臣衙門詳審定擬之處，伏候諭旨遵行。再張李氏煽惑他人多金，蓋造大廟，坐享厚資，雖將伊治罪，所存銀兩亦未便留於伊子承受，自應入官，已交地方官宛平縣知縣，逐一查封檢點，應由順天府照例辦理外，至張李氏之子張明德、僧人廣月，所有家產，係伊母詐騙之財，亦應照例辦理。至現在查出銀兩，應先交廣儲司入官，爲此謹奏。八月，永琅等覆奏：　臣等遵提犯證，逐一研訊，據張李氏供，籍隸順義縣興周營，嫁與本縣民人張國輔爲妻。生有三子，長張明德；　次新德，已故；

三即廣月，自幼出家爲僧。乾隆三十七年，該氏因伊夫患痰迷癥病，聞有瓦子街居住民婦李氏，常拉鐵練募化，代人治病，即請爲伊夫醫治，見李氏用手按摩，鍼扎病處，病即全愈，該氏從此與李氏往來學習，粗知鍼扎治病之法。李氏故後，該氏即取其鐵練，拴繫頸項，出外化緣治病，走至通州曠野地方，時值隆冬，風雪交作，迷失路逕，難以行走，該氏隨在雪中帶鎖打坐，適有居民路過，見而詫異，隨向盤問，該氏即以在此結緣治病爲答。隨有人延請到家看病，該氏即學李氏，按摩鍼扎，併假念經呪，病即痊愈。自此附近居民，共相傳播，多請該氏治病，往往有驗。該氏借此思欲修廟賺錢，見所住興周營地方，七聖小廟坍塌，隨將所得治病錢文修理，給伊子廣月居住。其所供延請治病之家，皆彼處附近村民，因年久不能逐一供指。嗣於四十五年，送廣月到戒臺寺受戒，該氏亦來京，在總布胡同泰山菴，拜故尼福山爲師，取法名了義。因聞伊夫患病，仍回順義，伊夫旋四十七年身故。復於四十八年來京，找見福山，帶至潭柘寺受戒。該氏因見女僧受戒，俱係男人代爲剃髮，心中不願，未經落髮，走至西山西峯寺，依尼廣濟同住。起意將該寺立女常經，爲女僧傳戒，又恐無道法，不足聳衆，遂用油捻，在左右臂膊，燒點數處，含痛忍受，藉此募化。附近居民，聞知往視，見其堅忍，共相傳播，偕往進香者漸多。有求治病者，該氏即令跪香，假念經呪，爲之求神；又有求藥者，該氏無可給與，遂買藥鋪五汁丸等藥，改成小丸，并假畫神符給與，竟有病即痊愈者，因而祈求布施者益衆。適值原任大學士三寶寡媳烏佳氏，患血氣凝結癥，聞該氏素能治病，延至家中。該氏爲之按摩，假念呪語，并代爲祈禱。病愈，烏佳氏感激，欲向伊重謝，拜伊爲師。該氏令其施捨金銀，修整西峯寺，烏佳氏允從。當令管事家人許祿，招工匠任五，即任極盛，修蓋廟宇，先後給修廟工價銀一萬七千兩。又置辦供器銀三千兩，共計銀二萬兩。其餘陸續施給衣服器物，並施金鐲及零星銀錢，不計確數，約亦不下萬餘金。又送使女雙慶至寺，跟隨跪香念佛，烏佳氏亦曾赴寺燒香。又現任銀庫員外郎恆慶之妻，宜特莫氏素患痰喘病癥，亦請該氏祈禱，痊愈，宜特莫氏每月給該氏養贍銀三五十兩不等。又聽從該氏修理石廠地方三教寺，捨銀一萬七千餘兩，又添湊金子二百八十兩，合計共銀二萬餘兩。該氏卽將銀兩交給伊子廣月修廟，金子自行收存，現經起獲。宜特莫氏又令使女玉喜跟隨服侍。廟修成後，改名靈應寺。該氏隨在兩寺來往，焚香治病，宜特莫氏亦曾至寺拈香。此張李氏先後跪香治病惑衆修廟之原委也。嗣因西峯寺後塔院工程未完，烏佳氏亦未再給銀兩，承攬修工之任五，無從藉工圖利，隨起意與該氏商允。因該氏曾向說稱少時夢見觀音菩薩，及在通州坐雪治病等事，卽藉此畫出圖像，裝點神奇，希圖哄騙衆人，自必爭施銀錢，修造塔院，伊可於中取利。遂憑空點綴，畫成張李氏出身、坐雪出家、及衆人拜求治病各圖像五軸，并揑稱該氏係菩薩轉世，身能入定出神。該寺舊有遠年住持僧塑像，原稱西峯老祖，村人因該氏治病燒香，遂亦稱爲西峯老祖活佛。自是遠近人民，到寺燒香治病者，不一而足，俱有布施，每人自二三兩至十餘兩不等，該氏自此益有積蓄。分給伊三子廣月銀一千兩，修蓋圓廣寺；長子明德銀一千兩，買房一所，開設木鋪。其次子寡媳崔氏，在籍典地一百餘畝，俱係該氏前在通州、順義時治病所得資財。而任五亦得修廟盈餘銀八百餘兩，此任五起意爲張李氏繪圖惑衆，因有老祖活佛之名號也。今步軍統領衙門訪獲搜拏，奏請審辦，臣等遵旨會同研鞫，并將解任員外郎恆慶及應訊人等，傳案質審，俱各供認前情不諱。查張李氏係鄉愚婦女，膽敢在京畿重地，號稱老祖活佛，妖言惑衆，甚至大臣官員家屬，爭捨財物，至數萬之多，平日必有邪術，及傳徒授教不法等事。雖現在起出經卷，詳加核閱，均係舊有不全之《金剛》、《觀音》等經，其呪語一紙，俚俗不堪，亦無違悖妄誕字様，但究係傳自何人，並治病如何靈驗之處，復將該氏嚴切追究，加以刑嚇，令其逐一吐供。據供『我素不識字，亦無藥方醫書，初時不過學李氏鍼扎按摩的訣，後見請我治病人多，就將買來丸藥改做，隨意畫符。我本無法術，怕人看出破綻，所以混念幾句俗語，編幾箇佛號，作爲呪語，叫兒子廣月寫就，施藥時默念呪語，一心專求觀音菩薩，並叫人服藥時，心心念佛，不料竟有靈驗，致大家布施。後因修理塔院未成，工頭任五向我商量，欲將我坐雪出身治病的原委，畫成圖像，並因我從前夢見觀音菩薩，教我出家的話，捏説我是觀音轉世。我聽從他畫成圖像五軸，傳播開去，以致人都稱老祖活佛。這原是希圖多得佈施的意思，並無別的邪術，亦無傳授與人及別項不法的事。如有別情，現在雙慶們俱在案下，這樣嚴審，豈能替我隱瞞』等語，臣等復查任五係市儈小民，攬修廟工，希圖獲利，輒爲該氏裝點圖像，且妄稱該氏爲菩薩轉世，身能入定出神，以致該氏有老祖活佛之號，共相煽惑。或該犯傳佈邪術，及另有不法別情，亦未可定。復將任五嚴究刑嚇，據供『我恿慫張李氏繪圖畫像，替他裝點靈異，又謊稱自己係菩薩轉世，身能入定出神，原想教衆人敬信，多捨銀錢，我藉此修廟完工，從中得利。那圖畫俱係我憑空裝點作成，並無邪法，別無煽惑的事』。臣等又以張李氏修寺布施銀兩，除三寶、恆慶兩家外，自必另有官員家屬，至廟施捨，不一而足，即兩家所捨銀兩亦尚不止此數。且該氏係鄉愚下賤，竟敢擅用黄緞坐褥靠背，尤爲狂妄不法，覆加嚴詰。又據張李氏供『我與修廟宇，實止三中堂、恆員外兩家，係大施主，其餘人數衆多，實在不能記憶。并沒另有官員眷屬施捨，就是這兩家給我銀兩，有任五、許祿及雙慶、玉喜可以質問，并不敢以多報少。至黄靠背坐褥，我因見各廟供佛皆用，所以就做一副，以便做道場時，供佛陳設，平時包好藏在屋內。昨官員拏我時，這黄坐褥等物，俱係包著，可見我不敢坐用，現有拏我官員可問』等語，質之雙慶、玉喜、老尼濟廣等，供俱相符，原拏員司等亦稱靠墊實係包藏，在廟起出，驗無坐用痕迹。並詰訊恆慶，以該員係原任總督圖思德之子，現有賠項，不思及早完繳，轉任聽妻子修廟布施，至二萬餘兩之多，是何居心？該員惟有伏地叩頭，自認糊塗，無可置辯。復將各犯反覆究詰，矢口不移，案無遁飾。查律載，凡師巫自號端公師婆名色，及妄稱彌勒佛，一應左道，隱藏圖像，燒香集衆，煽惑人民，爲首者絞監候。又官吏軍民人等，僭用黄紫二色，比照僭用龍鳳緞律，擬杖一百，徒三年各等語。此案張李氏本一民婦，出家爲尼，輒假燒香治病爲名，念呪畫符，煽惑遠近居民，及官員眷屬，捨銀多至數萬餘兩，并被人稱老祖活佛，居之不疑。任五本係工匠，乃因修廟圖利，輒敢起意爲張李氏裝點畫像，妄稱該氏爲菩薩轉世，哄騙衆人，致該氏有老祖活佛稱號，又騙得修廟工銀八百餘兩。是張李氏假神畫符，燒香治病，歛錢惑衆，固屬爲首，而該氏哄動遠近，號爲老祖活佛，實係任五起意，繪圖播揚所致，厥罪維均，未便分别首從。張李氏除擅用黄緞坐褥等物，罪止滿徒不議外，張李氏、任五，均合依師巫妄稱彌勒佛，隱藏圖像，煽惑人民爲首律，俱擬絞，但該氏既已爲尼，又不剃髮，復敢假神治病歛錢，甚至哄動官員眷屬，得銀數萬餘兩。任五以修工匠役，希圖賺錢，膽敢假捏張李氏爲菩薩轉世，煽惑人心，情罪均重。京畿首善之地，尤宜肅清。此等惑衆妄爲之徒，未便稍爲稽誅，應請旨卽行正法，以昭懲戒。張李氏長子張明德、三子僧廣月，雖訊明無幫同煽惑情事，但分受伊母騙得銀兩，數至盈千，未便輕縱，張明德、廣月，應於張李氏絞罪上，減一等，俱杖一百，流三千里，交順天府定地發配，至配所折責四十板。至恆慶係現任職官，任聽伊妻入寺燒香，布施數萬，並將分賞爲奴使女玉喜給與服役；三寶之媳烏佳氏，以大家孀婦，因張李氏治病有驗，卽拜爲師，施銀數萬，並給與使女雙慶跟隨燒香；且均有官項未完，乃恣意濫費，實屬妄爲，除兩家應繳修廟銀兩，業經該旗遵旨辦理外，仍將解任員外郎恆慶，交部嚴加議處。恆慶之妻宜特莫氏、三寶之媳烏佳氏，應遵旨交該旗族長嚴加管束，不許出門，仍行文各該旗，並提督衙門、順天府五城，一體嚴飭官員人等，毋許縱令婦女入廟燒香，以維風化。張李氏、任五，並張李氏之子張明德等，所有在京財產，業經步軍統領衙門查抄，應將金銀房屋，交內務府查收；其木鋪一座，交該旗招商認開；其衣服什物，交崇文門照例辦理。所有張李氏廟內什物，及原籍房產，亦經順天府查抄，應交順天府分別辦理。張李氏孀媳崔氏向往原籍，訊無知情，應毋庸議，給與母家領回。任五所騙銀八百兩，應照追入官，查該犯家產，業經查抄，應毋庸議。許祿經管修廟，訊係聽從主母之命，應與無干之玉喜、雙慶、老尼濟廣等，均免置議。但玉喜係同伊兄黃三分賞圖思德爲奴之人，應照例交該旗另行分賞爲奴。雙慶係三寶家契買民女，應交該縣照例發賣，身價入官。張李氏所修西峯、靈應兩寺，交僧錄司另選妥僧住持。至圓廣寺現有僧人住持，毋庸更換。再張李氏所供順義縣瓦子街居住之民婦李氏，傳授鍼扎治病之法，雖研訊堅稱李氏業已病故，是否屬實，以及李氏有無另傳他人，及招搖煽惑情事，應交順天府嚴查明確，照例辦理，以淨根株云云。旋奉旨：此案工匠任五，卽任極盛，因修廟圖利，起意爲張李氏裝點畫像，妄稱該氏爲菩薩轉世，惑誘民人，是張李氏之種種不法，皆該犯慫恿所致，實爲此案罪魁，且騙得修廟工銀八百餘兩，亦應依竊贓滿貫例辦理。任五著照留京王大臣等所擬，卽應處絞。至張李氏以燒香治病爲名，惑衆歛錢，固屬不法，但鄉村愚婦，不過爲圖騙錢財起見，究無悖逆詞語，張李氏著從寬改爲絞監候，秋後處決，餘依議。欽此。同上

徐文誥案

靜海張君某，歷官山東浙江知縣，箸有《宦海聞見錄》，未刻。其記泰安徐文誥案一則云：

汪夢樓汝弼爲泰安令。泰安徐家樓徐文誥者，家富有，盜瞰之，以徐昆季皆善鳥鎗，不得近。嘉慶乙亥，徐深夜聞盜警，兄弟持鎗出，徐宅門南向，周宅外皆甬道，外周皆佃屋，其西南隅爲木柵門。徐兄弟立宅門首，驀見二人自西甬道出，趨而東，徐兄弟揣爲盜，二鎗并發。既察之，非盜，一爲族人徐士朋，一爲佃人某，皆徐氏防夜人也。士朋傷稍輕，調理旋愈；佃某左前脇、右後肋皆有鎗子傷，立死。則以盜劫殺人控縣。縣詣驗，查勘情形，徐宅門左右壁上，無形迹；其木柵門内泥壁上，有烟火痕，並嵌有彈子。詰以盜曾入室否，則以砸毁樓窗越入對。察其樓，凡上下兩層，窗居上層，去地丈餘，勢不能飛而出入。詰所失何贓，則以查點未清對。乃諭令查清補報。文誥旋呈失單，衣服二十五件。詰其顏色表裏領袖，多與失單不符，詢其故，則皆文誥弟衣也。詢其室，則文誥所居。詰文誥衣何在，則在弟室。詰以儲藏何必互異，不能對。越數日，文誥忽具呈曰：『雇工柏永柱室中，有三眼神鎗一具，請究問柏。』訊之，柏果以疑賊擊斃引服。月餘，柏妻忽喊控，謂伊夫初無擊賊事，乃主人以五百千賂令頂認，說事某，過錢某，言之鑿鑿，以賂未全付，故不甘。提訊柏，柏亦翻異。飭傳徐，徐遁赴省垣。當是時，歷城捕役獲賊犯楊進忠，供有在徐家樓鎗斃事主語，而徐隨以進忠供認上控，委歷城縣赴泰安查勘，與汪原勘同。乃委濟南守胡祖福、候補守錢俊、候補令周承寬會訊，而承寬實主之。訊進忠，堅不承，其前供則歷城捕役以百金誘之也。訊捕役，亦堅不承。歷城令郭志青，與承寬同里閈，謂承寬曰：『此事情僞灼然，君必欲研訊捕役，將置予何地乎？』承寬諾，乃專訊文誥，具得疑賊擊斃，賂柏頂認狀。獄成，徐兄弟皆擬徒。承寬嫌過輕，弗署稿；隨以胡、錢銜名，上臬司程國仁，貰文誥弟，文誥乃獨當罪。旋奉部駁，謂一鎗不能傷兩面，且鳥鎗殺人，例同故殺，何得擬城旦，飭復訊。濟南守委候補牧李剛訊之，徐語戆，李怒曰：『爾恃爾爲事主耶？現奉部駁，將論故殺，決爾首。爾事主，奚足恃？』徐大懼，乃以盜斃事主，委員周刑求事主，委員李妄擬事主大辟控都。奏聞，上大怒，嚴諭，略曰：『國家設立州縣，本以戢盜安民，乃平日疏防，致盜賊横行，已屬不職。及事主被賊傷斃，賊已供認，不向賊犯嚴鞫，乃反刑求事主，逼令代賊認罪，且欲置之大辟，此等情節，較盜賊尤爲可惡。交東撫立卽嚴辦等因。』『尤爲可惡』旁，硃筆添注曰：『益覺可恨，直同唐之來俊臣矣。此李委員竟應正法，斷不可恕。』諭至，人人惴栗，汪亦慮禍及。時直督溫承惠降爲東臬，汪故英相高足，溫亦英相門下，乃屬汪以原勘訊情形，通稟撫軍，遂據稟覆奏。奉硃批：『秉公研訊，勿枉勿縱。』批摺返，衆心少安。嚴緝逸盜，獲九人，皆供係未獲之王大壯、王二壯施放鳥鎗，擊斃事主。詰其鳥鎗所自來，則竊自歷城縣宋姓。查歷城果有宋姓報案，而無鳥槍。訊諸宋姓，則曰：『鳥槍實被竊，以係軍器，不敢呈報。』訊以傷人後，槍置何所，則賊已潛置館陶縣界河畔淤泥中。飭委員赴館陶查起，甫至河，則有以鳥槍來獻者，詰其所自，則得自漁人，詰漁人何在，則人叢中應聲出，謂得自河畔淤泥中。持以示宋姓，良不謬。濟南守胡祖福，已升登萊青道，趨至省。時溫訊辦頗嚴切，然初無意與原審諸君相仇也。胡如作乞憐語，溫亦自有解免術。胡至省，未晤溫，輒謁撫軍和舜武曰：『此案皆徐文誥銀錢買出，仍用柏永柱頂兇故智耳。』和然之，謂委員趙毓駒曰：『爾訊泰安案乎？』趙唯唯，和曰：『胡弗爲子孫計耶？』趙怒，愬諸溫。溫亦怒，則具稟請假，鋭意嚴鞫之。賊供認如初，飭王殊渥、高澤履覆鞫，均稱不謬。二人皆胡密友也。乃以印稟申撫憲，而於次日謁和曰：『聞此案係徐姓買成者。』溫曰：『有買必有賣，委員讞獄耶？本司讞獄耶？果有確據，盍參辦？』和曰：『案多疑竇。』溫曰：『請指駁之，本司能頂覆。』和曰：『胡弗用印詳？』溫曰：『此案係奉旨交撫臣督同臬司審辦，故弗詳。此固易事，明日當以印詳來。然既用印詳，則各官處分，便當敘入矣。』和曰：『盜首未獲，應監候待質。』溫曰：『無庸也，獲犯過半，且先後拏獲，隔別研訊，如出一口，例得先決從罪，何必待質？如必欲以待質請，宜先以本司無庸待質之言奏。』和依言奏請。奉上諭：『待質以一年爲限，如一年不獲，先決從罪。』而溫隨懸重賞捕逸賊，盡獲之，皆供認不諱。會和撫感疾卒，程國仁由浙撫調東撫，程知溫老於吏事，懼弗敵，乃引兗沂曹濟道童槐爲助，擕至省。童於溫、程兩公子皆同年友，而程相知最深，與溫素不協。程以原轉官奏請迴避，奉旨毋庸。程曲意結歡，溫偃蹇遇之，程無如何，惟於溫詳冊，藉細故駁飭，爲延宕時日計。時當大比，程入闈爲監臨，藩司爲提調。適以東昌河事，程屬溫往勘視，溫曰：『此藩司事，臬司奚能往？』程具奏曰『鄉試大典也，臣監臨，藩司提調，均不能分身。東昌河事急，須大員前往勘視。臣愚，以爲人臣事君，惟力是視，不宜過分畛域，坐視誤公。乃臬司溫承惠，屢經敦促，堅執不往，窺其意，不過以曾爲總督，不肯受人驅使耳。臣坐困闈中，奮飛無術，焦急萬狀，呼應不靈，臣實無可如何』云云。奏入，上褫溫職，以童槐司東臬，并飭查溫在東省有無劣跡。童列款上告，並於摺尾聲明，臣與溫某之子啓鵬同年，斷不敢瞻徇年誼，上負天恩。旋奉旨：溫啓鵬革職，溫某戍邊，從此吳越一家，可冀指揮如意矣。而徐文誥又以撫軍迴護原轉，有心苛駁控都，欽差帥承瀛赴東訊辦。山左至都九日程，急足不三日可達，乃僞爲弗知也者。據實馳奏，各官均擬褫職。奉旨：『童槐甫經到任，乃能不避嫌怨，秉公辦理，甚爲可嘉。』既得旨，星使亦不敢異同，惟各官褫職，無一擬戍者。疑未協，而各官中汪乃英相高足，錢乃撫軍臻介弟，李亦有奥援，胡與盧冢宰蔭溥爲世講，與總憲吳芳培爲親家，其故父尚書高望在日，侍學書房，屢承眷問。唯承寬無憑藉，乃決意戍承寬，而徐氏以承寬承審時，窮追研究，不遺餘力，銜恨甚深，乃屬徐士朋捏稱承寬曾令跪鍊數晝夜，掌責三十五下，逼供入罪。提驗跪鍊疤痕，士朋以左足呈，果有疤痕如豆。乃熬訊承寬三日，承寬百喙不能解，事急，承寬憤然曰：『參員雖昏憒糊塗，何至使受傷人跪鍊？然既遭毒噬，無以自明，請驗其右膝，如亦有疤痕，參員認罪可耳。』驗其右膝，實完好，承寬曰：『世有屈一膝跪鍊者耶？』時訊供者滿漢二司員，滿員某顧戴姓漢員曰：『前議不可用矣。』而士朋誣執掌責愈力，承寬不敢復辯，乃誣服。時各官皆照原奏，而獨科承寬以任性妄斷，請發新疆。奉旨：胡祖福、錢俊、李剛、周承寬、汪汝弼均革職，其任性妄斷之周承寬，著發往新疆效力贖罪。盜犯首從，分別斬梟，發遣有差。承寬親供，本出孫良炳手。余以戊寅至東，承寬持示余，余曰：『誤矣，細繹供意，皆歸罪徐文誥，今各盜供認甚堅，而君力與嚴旨抗，禍且不測，君祇以同奉司委，並未曾銜畫行十字爲護身符，其案情是非勿置辯，可也。』承寬是之，乃改擬呈星使。時胡祖福欲諉卸罪名，指承寬爲承審而自承率轉，故以同奉司委破其説云。承寬既具親供，旋赴臬司稟知，童閲其供曰：『爾欲牽涉撫軍耶？』承寬曰：『臬札具在，則司委非捏飾，原詳具在，則未曾銜畫行，可覆核也，何牽涉之有？』童弗應，移便坐觀書。承寬起曰：『參員來稟知，禮也，大人乃以非禮相加乎？參員去矣。』不顧而起，童追送之，拊其肩，慰藉甚至。此案盜與事主之鎗同時並發，各傷一面，兩不相蒙，亦兩不相知。迨積重難返，乃僅以盜傷定案耳。不然，事主之鎗不能傷及兩面，豈盜犯便能一鎗而傷兩面耶？同上

僧尼匹偶記

振齋先生記僧尼匹偶事，此吾鄉近日一大佳話，不可不全錄之。其文曰：張善，桐城人。父文田，傭耕糊口。生子二，善居次，兄某，長善二歲。善四歲時，桐城被水，佃田淹沒，無以爲生，文田挈妻子赴來安，墾種山地。數年後，夫妻相繼歿，時善八歲，與其兄俱幼穉無依，不能自活，乃相與偕逃。信步行去，住無定所。一日，坐石磴假寐，及醒，失兄所在，徧覓無蹤，由是孤孑一身。往往誤入僻逕，或就山窟中止宿，見虎狼足跡滿地，則駭然以懼。遇水阻，莫測淺深，適有木棒橫地上，藉得探水以渡，則欣然以喜。八歲兒徒步遠行，膽怯腹枵，困憊日甚。道光丁酉八月十七日晚，行至滁州東廂廟門首，臥地不起。廟爲三儀閣，老僧智慧，樂善好施，有餘蓄，輒賙貧乏。是日早起開門，瞥見，呼之不應；撫之，奄奄一息。亟抱入廟，以薑湯頻灌之，半日方甦。詢明來歷，知其幼弱無家，憐之，俾削髮，爲徒孫圓來之徒，命名榮發，恩養有加焉。逾年，僧挈其徒，移住城中龍興寺，命榮發從師，讀書識字，爲日後諷誦經卷計。及入塾，穎悟勝儕輩，師喜教之，一如教羣弟子，不以其爲僧異也。歲壬寅，張善年十三歲，時余奉檄至滁，假館龍興寺之慧照堂，每夜輒聞僧舍讀書聲，異之，詢知爲寺中小沙彌，晚歸自塾而

溫習舊業者。亟召之來，試以對句，應聲而對，語甚工。出題命作小講，文理明順。僧舍内外，黏壁大字，皆其所書，頗有筆力。余惜其以有造之質，而淪於緇流也，商諸智慧，以爲余義子，即蓄髮，攜之歸。延師課讀，於今八載。時當授室，適余友合肥王君育泉，言其中表壽州孫培元學博，有養女及笄，願爲執柯，遂酌給財産，於己酉冬月，出贅於孫氏之門。顧事以巧而見奇，人無獨而有偶，彼孫女之遭際，則又有可述者。孫女父某，鄉居務農，女八歲失恃，繼母虐遇之，至不能相容，棄諸尼菴，削髮爲尼。孫氏固淮北望族，其大家巨室俱在城内，不知鄉間遠族，有棄女之事。培元亦世居壽城，夙敦族誼，聞之惻然，出貲贖女歸，恩養於家，蓄髮待字數年矣。王君育泉爲之擇配，遂以歸張。此不奇於兩家僧尼之還俗，而奇於王君之適爲撮合也，因書其事以記之，北平史積新書於合肥旅寓。予按：張善，後改名允慶，人甚醇謹，入壽州籍，補博士弟子員。近楊小坡茂才原本此記，演成《鷃鵲媒》傳奇二十四折。善得此，可以傳矣。同上

陳七

張太岳蒼頭遊七，入貲爲官，勛戚文武大臣，多與往還通姻好，七具衣冠報謁，列於士大夫。嚴惟中家奴嚴年，與羅龍文交關爲姦利，年最黠惡，朝士至以萼山先生呼之。我朝政治肅清，大小臣工恪遵體制。福隆安家人在金陵會館酗酒毆人，純皇帝明正其罪。和珅柄政時，其僕坐車，見巡城御史不避道，立被重刑，和雖銜之，無如何也。惟外官督撫中，此輩往往恃勢作威福。道光丙午、丁未間，清苑王

曉林侍郎撫皖，門丁陳七，小有才幹，侍郎信任之，不肖員弁多仰其鼻息。先公官東流，因事赴郡，郡守仇公恩榮招飲，都司某亦簉座。仇公問曰：『足下在省城何耽閣許久？』某曰：『本欲早回，緣王撫臺生少爺，須隨同各官稟賀。撫臺門公陳七爺亦生少爺，既賀撫臺，不得不賀陳七爺，故回署稍遲耳。』仇公正色曰：『撫臺生子，汝可賀，撫臺門丁生子，汝賀之，不畏人罵乎？』某唯唯，尚欲解說，仇公笑謂先公曰：『且食蛤蜊。』仇公守池州，十年不調，後引疾歸曲沃原籍，殉賊亂。覩公所云，可知其剛直焉。侍郎蒞皖久，陳七所入甚厚。咸豐初混跡京華，冒捐官職。癸亥正月王笑山侍郎發桂赴同鄉某宅慶賀，見同席一人，藍頂貂褂，亟詢之，旁有告者曰：『此陳小山，不識耶？』蓋陳七自號小山，儼然以官宦自居矣。次年爲御史孟君傳金奏參，奉旨交部辦理，後不知所終。同上

掘得金山

乾隆丙戌，甘肅高臺縣民胡煖、楊洪得等，於武威縣山中，掘得金山一座，經山西民任天喜引驗繳官。同上　此即金卝也，當時風氣未開，幾詫爲祥異矣。

戊午科場案

戊午順天鄉試，監臨梁矩亭同新、提調蔣霞舫達甫入闈，即以供應事議論不合，互相詆諆。八月初十

日，頭場開門，蔣貿然出，各官奏參，蔣褫職，梁降調，識者已知其不祥。榜發，謠諑紛起，天津焦桂樵祐瀛時以五品卿充軍機領班章京，爲其太夫人稱壽湖廣會館，大僚太半在座。程楞香庭桂，本科副主考也，談及正主考柏公葰有改換中卷事，載垣、端華、肅順，皆不滿於柏，思中傷之，以蜚語聞。適御史孟傳金奏第七名舉人平齡，素係優伶，不諳文理，請推治。後瘐死獄中。上愈疑，飭侍衛至禮部，立提本科中式硃墨卷，派大臣覆勘。諸臣簽出詩文悖謬之卷甚多，載垣等乘間聳動，下柏公家人靳祥於獄，旋褫柏職，特派載垣、端華、全慶、陳孚恩會訊。又於案外訪出同考官浦安，與新中式主事羅鴻繹，交通關節。鴻繹對簿，吐供不諱。而居間者，乃鴻繹鄉人、兵部主事李鶴齡也，於是並逮鶴齡。時羅織頗嚴，都城內外，無敢以科場爲言者。未幾，察出程楞香子炳采有收受熊元培、李旦華、王景麟、潘敦儼並潘某代謝森墀關節事，程父子亦入獄。訊程時，程面語孚恩曰：『公子卽曾交關節在我手。』孚恩嗒然。翌日，具摺檢舉，並請迴避。得旨逮孚恩子景彥，孚恩勿庸迴避全案。孚恩以兒子事甚不樂。潘某者，侍郎某之子，孚恩知潘與程往來密，遂以危詞挾侍郎自首，侍郎恐，如其教，而某亦赴獄中矣。李古廉清鳳，告病在籍侍郎也，程供牽連其子旦華，解京審辦，古廉憂懼，病劇死。其餘株連者，惟彭祖彝查無實據。己未二月獄成，請先結柏與鴻繹等一案。上御勤政殿，召諸王大臣入，皆惴惴，麟公魁竟至失儀。旨下，柏與浦安、鴻繹、鶴齡同日棄西市，刑部尚書趙公光偕肅順監視行刑。是日柏公坐藍呢後檔車，服花鼠皮袿，帶空梁帽，在半截胡同口官廳坐候諭旨，浦安等皆坐蓆棚中，項帶大如意頭鎖，數番役夾視之。肅順自圓明園內閣直廬登輿，大聲曰：『今日殺人了。』錢揆初中翰勗在直廬親聆之。抵菜市，下輿，至官廳，與柏攜手寒暄數語出，會同趙公宣旨，意氣飛揚，趙惟俯首而已。秋七月，庭桂父子案結，載垣等以刑部定擬未平允，奏稱：『送闕節，無論已未中，均罪應斬決。孚恩先乞憐於兩王，乃先開脱送闕節之陳、潘、李諸人，而以程父子擬斬決。』旨下：『決庭桂子炳采發庭桂軍臺效力。』庭桂出獄，暫寓彰儀門外華嚴寺，孚恩飛輿來候，一見卽伏地哭不起。庭桂曰：『勿庸，勿庸，你還算好，肯饒這條老命。』孚恩赬顏而去。此案主考柏正法，程發遣，惟朱公鳳標僅罷職，旋卽以侍講學士銜仍直書房，蓋清名素著也。同考監試及收掌、對讀、彌封、謄錄等官，處分殆徧。後三年，肅順緣事籍沒，亦棄西市。昔周太祖梟蘇逢吉頭，適當李崧被刑之所。嗚乎，異矣！同上

葉中堂

咸豐己未七月，廣東布政使畢承昭奏稱：『本年四月初間，廣東省城傳聞已革督臣葉名琛，有在五印度地方病故之信，正在飭查間。卽於四月十三日，據英國官巴夏禮等送來照會，內稱：「本年三月初八日，貴國前任兩廣總督葉名琛，在印度城內病故，當經裝殮妥協，派委向來陪侍之英官阿查利，一路護送，於四月十二日晚到粵，本日已將棺柩及所遺銀物，均交南海縣收領。所有上岸停放各事宜，隨後妥商辦理等因。」當卽札縣查明驗收妥辦去後，旋據署南海縣知縣朱燮，親往洋船將葉名琛棺柩驗收，移至大東門外斗姥宮内，妥爲停放，並將帶回所遺銀物，逐一點明，封存縣庫。訊據隨行家人許慶、胡福同供：咸豐八年正月初三日，小的們與武巡捕藍鑌，跟隨葉主人由省坐火輪船到香港，並廚子劉喜、薙頭匠劉四，一同攜帶食物隨行。初七日由香港開船，十六日到嗎喇國，卽新歧坡。十八日由新歧

坡到嗌喀喇，卽五印度。二月初一日，搬上砲台居住。三月二十五日，又遷往相距十五里之大里恩寺花園樓上居住。自到大里恩寺後，洋人預備車馬，屢請遊玩，主人不允。迨至九年二月二十日後，帶去食物已盡，小的們請在彼處添買，主人不允，且云：「我之所以不死而來者，當時聞夷人欲送我到英國。聞其國王素稱明理，意欲得見該國王，當面理論。既經和好，何以無端起釁？究竟孰是孰非，以冀折服其心，而存國家體制。彼時此身已置諸度外，不意日望一日，總不能到該國，淹留此地，要生何爲？所帶糧食既完，何顏食外國之物？」屢經繙譯官將食物送來，一概杜絕不用。小的們屢勸不從，於二月二十九日，得病不食，至三月初七日戌時病故。臨絕並無別話，只說辜負國恩，死不瞑目。當時有繙譯官阿查利在場料理，於初八日酉時用棺裝殮，二十四日將棺木運上火船。繙譯官帶同小的們坐火船運回廣東，四月十三日到省。藍鑌已於九年正月二十二日，在嗌喀喇病故，寄葬客地。謹奏。』葉公，漢陽人，道光乙未進士，由翰林外任知府，洊擢巡撫。己酉年，與鹿邑徐仲升制軍，因辦理夷人進城事宜，得旨嘉獎，徐封子爵，葉封男爵。後徐公罷職，葉遂總督兩廣，晉大學士。丁巳冬，粵城變作，爲夷所虜，晚節末路，豈不痛哉？同上

復父讐

唐以前復父讐不論抵者多，至唐始有論抵者。憲宗時，梁悅復父讐，職方員外郎韓愈議『復讐之名同，而其事各異』。有復父讐者，事發，具其事下尚書省集議以聞，酌處之。有詔以悅申冤請罪詣公門，

流循州，自後多得減死，然猶不免於戍，如明之何競、張震皆然。自本朝蓬萊王孝子之復父讐，竟得開釋復功名，則以典獄者賢，能體聖天子孝治天下之意。其讞詞推原律意，尤足維國憲而厭人心。全謝山太史祖望作《王孝子傳》，載其事甚詳，兹略述之：孝子名恩榮，父永泰，因置產，與縣小吏尹奇强角口，被毆中要害死。時恩榮甫九歲，祖母劉氏訟之官，不得直，僅給埋葬銀十兩，祖母内傷自縊死。母劉氏瘞其姑，藁厝永泰棺於市，僦屋其旁居之，泣血三年，病甚，將死，授恩榮以官所給銀，曰：『汝家以三喪易此，恨不可忘也。』恩榮洊罹大事，家盡落，依舅以居。厲志讀書，稍長，補諸生，誓於父柩前尋仇，以斧自隨。其舅諭之曰：『豎子之志固當，但殺人者死，國法也，爾父之鬼餒矣。』恩榮流涕聽命。年二十八，舉子，辭於舅曰：『可矣。』遂行，兩次遇奇强，斫以斧，不死，脱去，遠遁棲霞。相隔八年，奇强偶返蓬萊，入城，過小巷，恩榮突出搤之，劈其腦，腦裂，以足連蹴其心而絶，恩榮乃自縶赴縣會。奇强家訟當日永泰故自縊，非毆死。縣令欲開棺驗視，恩榮請曰：『小人已有子矣，寧抵死，不忍暴父骸以受毁折。』叩頭出血，縣令惻然。乃爲博問於介衆，皆曰：『恩榮言是。』遂徑詳法司，法司議曰：『古律無復仇之文，然查今律有殺擅行兇人者，予杖六十，其卽時殺死者不論，是未嘗不教人復仇也。恩榮父死之年尚未成童，其後疊殺不遂，雖非卽，猶卽矣。況其視死如飴，激烈之氣，有足嘉者，相應特予開釋。』復其諸生，卽以原貯埋葬銀，還給尹氏，以章其孝，時康熙己丑年也。蒞恩榮事者，撫軍中吳蔣陳錫、提學北平黃侍講叔琳、滇南李觀察發甲。按唐李肇《國史補》云：衢州余長安，父叔二人爲同郡方全所殺，長安復讐，大理斷死，刺史元錫奏言：『臣伏見余氏一家遭横死者，實二平人，蒙顯戮者，乃一孝子，請下百僚，集議其可否？』詞甚哀切，時裴垍當國，李鄘司刑，事竟不行。老儒薛伯高遺錫書曰：『大司寇是俗吏，執政柄乃小生，余氏子宜其死矣。』以王孝子事相較，非今之遠勝於古耶？康熙己未，烏程有嚴孝子廷瓚復父讐，詣縣自首，縣令欲生之，爲請於上司，方俟督撫具題，而孝子已死於獄，蓋讐家賄獄吏殺之也。牧民者鑒此，益當加意致慎矣。《冷廬雜識》

鹿洲公案

漳浦藍玉霖太守鼎元鹿洲公案，乃其尹普陽潮陽時所紀，節録以見折獄之良。陳氏兄弟伯明、仲定，爭父遺田七畝構訟。謂兄弟同體，何得爭訟？命役以一鐵索縶之，坐臥行止，頃刻不能離。更使人偵其舉動詞色，日來報。初悻悻不相語言，背面側坐；至一二日，則漸漸相向；又三四日，則相對太息，俄而相與言矣；未幾，又相與共飯矣。知其有悔心也。問二人有子否，則皆有二子，命拘之來，謂曰：『汝父不合生汝二人，是以構訟。汝等又不幸各生二子，他日爭奪，無有已時。吾爲汝思患豫防，命各以一子交養濟院，與丐首爲子。』兄弟皆叩頭哭曰：『今知悔矣，願讓田，不復爭矣。』曰：『汝二人卽有此心，汝二人之妻未必願也，且歸與計之，三日後定議。』翼日，其妻邀族長來求息，請自今以後，永相和睦，皆不願得此田。乃命以田爲祭產，兄弟輪年收租備祭，子孫世世永無爭端。由是兄弟妯娌，皆親愛異常，民間遂有言禮讓者矣。同上

煮人獄

霍丘范二之，爲某媪贅壻，逾年，忽不見，范父訟於官。縣令王某雇乳婦爲媪同村人，問以媪壻事，曰：『聞之鄰家，知以奸被害。』王信之，嚴刑拷訊。范某氏供『與義兄韓三有奸，恐敗露，共殺范二之，剉碎其骨，煮化其肉，以滅迹。』韓三與媪供皆同，旋於其房後，檢得碎骨。定案達府，犯供翻異。府以碎骨爲證，犯謂是牛骨，非人骨也。府不聽，遂達臬司。時秉臬者爲夏邑李書年少保，鞫之，供如前，惟犯無戚容，供詞太熟，疑有冤。反覆閱牘，得間曰：『死者肉煮骨剉，固已，肺胃肝腸等物何在耶？』復以是訊之，犯皆愕然，供各異詞。公曰：『是真有冤矣。』遂停鞫以待。越半載，突有人至臬司大堂哭喊，問之，卽范二之也。因負博進他遁，探知家難，特來前，冤獄因是得解。使因犯無翻供，定案申詳，立殺三命，則院司得重咎，府縣且擬實抵，一時無不服公之識，并謂有盛德者必有厚報。是時公年五十餘，尚未有嗣，次年舉一子，名曰銘皖，以地誌也。後又連舉數子。公中乾隆庚子進士，銘皖中道光庚子進士。公年八十餘，重宴恩榮，父子相隔六十年作同年，爲熙朝盛事，殆天佑之，以彰平反鉅案之德乎？公從弟檢齋大令道融《彊恕堂文稿》，記此事甚詳，因節其略，爲世之司獄者告。同上

顧亭林獄事

顧亭林獄事，志乘未詳，見於《與顏吏部光敏書》，特録其略：先是蘇州沈天甫、施明、夏麟奇、呂中，僞造《忠節録》，託名已故祭酒陳仁錫，譏毁本朝，羅列江南北名士巨室，以爲挾害之具。又僞造原任閣輔吳甡一序，詐其子中書吳元萊銀二千兩。事發，刑部定讞，將沈天甫等斬決，此康熙五年事也。次年，萊州卽墨黄指揮培之僕姜元衡，删易此書，增入黄氏唱和詩，控其主與兄弟子姪，作詩誹謗本朝。又與顧亭林搜輯諸人詩，皆有訕語。處士於七年二月在京師聞之，卽出都抵濟南，幽縶半年。因援沈天甫故牘，謂姜元衡所控之書，卽沈天甫等陷人之書。事旋解，株連二十餘人，均得釋。處士賦詩六章，紀其事，有『偉節不西行，大禍何由解』之句，又末章云：『天門詄蕩蕩，日月相經過。下閔黄雀微，一旦決網羅。平生所識人，勞苦云無他。騎虎不知危，聞之元彦和。尚念田晝言，此舉豈足多。永言矢一心，不變同山阿。』詩集中不載，詳見顏氏家藏尺牘。同上

犬門

官府案牘，有更易一字而輕重懸殊者，吏胥每藉以舞弊。惟通州胡大宗伯長齡之封翁，嘗改一字，救人之生，可以爲法。封翁嘗爲州吏，承行盜案，犯供糾衆自大門入，已定讞矣。翁知衆犯因貧苦偶作

竊，非真巨盜，言於官曰：『此到案而卽承認盜情，必非久慣爲盜者。今首從皆斬，似失入矣。』官以上司催迫，不及更繕招冊爲辭，翁請於『大』字添一點，爲自犬門入，且言某仰體公好生之心，並無私弊，官悟而從之。一舉筆間，而拯十餘人之命，宜其食報於後也。按《五代史》：張居翰改詔書『一行』爲『一家』，免蜀降人千餘，其事亦足稱也。同上

楊東村鞫案

楊東村景濂，陝西人，令福建南平時，遇本府署中失竊，報到往勘。外間一無痕跡。太守公出，其臥室爲人砍破窗戶，失去千餘金。令細勘之，見刀痕有油暈，嗅之味膩，知爲廚下人所竊，而未明言也，但云：『廚下幾人，須憑我帶去。』衆亦莫解其故，任令帶往。到署卽坐廳事，問：『汝等皆宿廚下否？』曰諾。問：『汝等夜間有起來者否？』曰無。問：『別有聲響否？』曰無。問：『曾有他人行動否？』曰：『管廚某爺，夜間曾來取刀。』問：『何用？』曰：『砍竹。』問：『某爺舊用乎？新來乎？』曰：『主人都下帶來，所親信者。』問：『平日作何舉動？』曰：『愛賭，新負數百金。』令命將衆人嚴押，帶健役復至府署，專索某爺。其人出，衣履華潔。令知爲主人寵，不可以威嚇，但云：『有供牽涉汝，不得不往質對。』其人猶崛强，衆家丁皆爲緩頰。令命健役押之行，己亦隨往。押入内衙，緩言喻之，不承。令怒，褫之，小衣皆縐，曰：『荒淫可知矣。』拍案曰：『汝夜間取刀砍竹，竹何在？』猶不承。令押衆人至面質，其人語塞，加以刑，始吐實。問：『銀爲昨夜所盜，決未用盡，餘銀在何

處？』曰：『在臥室油缸下，餘藏茅厠中。』時已五鼓，令命嚴禁之。天明，敂府署門，直入廚下，至其人臥室中，果有油缸，移開，下有甎，去甎，而銀在焉。如言復至厠，餘銀亦得。觍然至刑幕中，侃侃而談，必欲通詳，合署皆出勸，始詳稟太守而事寢。嗚呼！遇事之不可不細審也，當時非勘出油暈，必不疑爲廚下，非執廚下人細訊，必不知爲管廚。事出親臨上司，稍一瞻徇，而己之功名，殆不可問。楊君其明且決哉！《碧聲唫館談麈》

說部擷華卷三

藝文

夕陽詩

黃九烟《夕陽》詩，附刻《唐詩快》前，今錄之於此：『我聞詩人言，夕陽無限意。夕陽自夕陽，何與詩人事。多少蚩蚩兒，昏曉同夢寐。獨有多情人，烟雲滿胷次。所見皆夕陽，夕陽況相值。初不與詩期，爾時詩自至。靈均指纁黃，淵明賦佳氣。夕陽本無言，詩人自顚頷。多情我亦然，見此欲下淚。吁嗟一夕陽，宇宙相終始。碧雲惹相思，明霞澹搖曳。芳草恨無休，紅樹紛如醉。種種與偕來，茫茫百端萃。羈客劇傷心，美人漫凝睇。第一最銷魂，無如雨後霽。黯黯近黃昏，明滅半蒼翠。悲吟織暮蟬，殘虹空點綴。銷魂復銷魂，尤在秋冬際。草木倐變衰，悄如天地閉。斷雁與寒鴉，點點皆愁思。終古此夕陽，閱盡人間世。河山送興亡，城郭今古異。松柏五陵烟，樓臺鏁薜荔。哀樂兩無端，歌哭都非是。所以鍾情人，詠歎恆不置。長篇或短篇，風謠及頌偈。詩但說夕陽，便有深妙義。或一兩句佳，定帶夕陽字。首尾縱參差，往往不忍棄。問我何爲然，殊不可思議。毋乃固癖成，韻事等魔祟。詩爲夕陽窮，亦爲夕陽貴。夕陽爲詩傳，或亦爲詩累。詩耶夕陽耶，是一還是二。若與我爲三，共命同根蒂。我今盡蒐羅，不獨充巾笥。愁以當醕醪，病以當藥餌。亦可驚天公，亦可泣鬼魅。此集若告成，詩人應破涕。萬古復千秋，夕陽長不墜。』（《蕙櫋雜記》）

沈石田謝琵琶柬

嘗見《堅瓠集》引某説部一則：有人以枇杷饋沈石田，來柬誤書『琵琶』，石田戲作謝柬云：『承惠琵琶，開匳視之，聽之無聲，食之有味，不知古來司馬淚于潯陽、明妃怨于塞上，皆爲一啖之需耶？今後覓之，當于楊柳晚風、梧桐秋雨之際也。』因書帖「銀鹿」有誤字，即筆嘲句四言奉覽，勿罪，勿罪。「琵琶不是這枇杷，只爲當年識字差。若使琵琶能結果，滿城簫管盡開花。」通家友弟沈周頓首，謝良材契愛足下。』（《雞窗叢話》）

詩評

史衎存嘗昉敖、王二公，作國朝人詩評一則，云：『施愚山如山雪初消，園梅乍吐，疏花冷蘂，觸袖馨然。宋荔裳如豪家張宴，錦幕銀尊，華彩奪目。王西樵如溪光透徹，山色清華。王阮亭如上苑春花，瑤臺秋月，芳霏滿樹，光景照人。朱竹垞如河陽重鎮，獵獵旌旗，自令敵人望而心慄。程周量如月下橫簫，聲多嗚咽。吳漢槎如胡琴羌管，獨奏邊音，動人處尤在《落梅》一曲。陳迦陵如公孫大娘舞劍器，渾脫瀏灕，頓挫炫人目睛。王幼華如秋江夕照，雲物奇麗。孫豹人如西人彈琵琶，音節慷慨，特多秦聲。陳元孝如吳下名山，峯巒苕秀，少巉巖崱屴之觀。吳天章如漁人入武陵源，流水桃花，杳非塵境。梅耦長如清露晨流，新桐初引。彭羨門如漢宮人柳，臨風綽約，有三眠三起之致。周櫟園如雨洗修篁，娟娟可玩。潘南邨如蟲吟籬畔，蟬響林皋，音韻蕭然，不耐久聽。湯西厓如伶人當場，儀容楚楚，而哀樂不真。陳子端如吳人作洛生詠，時帶老婢聲。宗梅岑如穠李夭桃，未離凡豔。宋牧仲如村醪初熟，風味劣薄，不能醉人。嚴蓀友如雨過花枝，香微色淡。田綸霞如傀儡登場，舉止儼然，殊無生氣。顧梁汾如一曲明流，蘭芳堪擷。李武曾如盆中綠萼，風致嫣然，止宜於案頭作供。汪鈍翁如秋原平曠，叢長蘼蕪，頗有寒花點綴。王孟穀如重巖飛瀑，一瀉千尺，寒氣淩人，不可久睞。汪季甪如初地禪談，名理不無入處，而心地尚欠空明。吳薗次如弱柳迎風，不堪攀折。《炙硯瑣談》

下第詩

下第詩無過李廓：『榜前潛制淚，眾裏自嫌身。氣味如中酒，情懷似別人。』若孟東野『棄置復棄置，情同刀劍傷』，激而直矣。程魚門晉芳有句云：『也應有淚流知己，只覺無顏對俗人。』又某一聯：『夜來夢好都無準，日者詞窮別有云。』皆能曲繪情事。同上

無題詩

玉溪無題詩，託興遙深，自是騷人遺意。金沙王次回賦寫閨幨，幾於銷魂蕩魄。左袒者藉口刪詩不廢鄭衛；而歸愚沈氏，矯枉過正，則並玉溪而詆之。然此體亦頗難工，就所見聞，擇其雅者，錄數聯於左。彭羨門云：『仙路無緣逢巨勝，珠胎有淚滴方諸。』王西樵云：『下杜城邊分驛路，上蘭門外足長亭。』王阮亭云：『天上碧雲方薄暮，人閒紅杜易驚秋。』朱錫鬯云：『人前容易風吹袖，夢裏分明月墮懷。』陳其年云：『烏啼北斗三更後，人在東風二月初。』顧俠君云：『可人似夢尋難見，恨事如萍著卽生。』郭于宮云：『事如食欖兼甜苦，心似操舟乍淺深。』儲從彥云：『古道金隄生死別，夕陽珠閣往來看。』同上

項羽廟詞

項羽廟有無名氏題《念奴嬌》一闋云：『鮑魚腥斷，楚將軍、鞭虎驅龍而起。空費咸陽三月火，鑄就金刀神器。垓下兵稀，陰陵道狹，月暗雲如壘。楚歌喧唱，山川都姓劉矣。悲泣喚醒虞姬。爲伊死別，血刃飛花紫。霸業銷沈騅不逝，氣盡烏江江水。古廟頹垣，斜陽紅樹，遺恨鴉聲裏。興亡休問，高陵秋草空翠。』伉爽悲涼，絕類稼軒樂府，自是南宋人手筆，惜不傳其名。同上

詠牡丹

詠牡丹詩，不難於穠麗，而難於幽秀。予苦愛東坡『清寒入花骨，肅肅初自持』，下此則誠齋『擡舉精神微雨過，流連消息嫩寒生』，調雖不高，尚饒勝致。同上

明妃詩

詠明妃者多矣，近見明彭彥實華詩云：『抱得琵琶不忍彈，風沙獵獵雪漫漫。曉來馬上寒如許，信是將軍出塞難。』諷刺微婉，與横使議論者迥別。同上

贈婢詩

古奴婢，皆有罪者爲之，謂之臧獲。然婢之中，亦有等級，有素敏慧，通音律；或善炊爨，能持家。卽漁童樵青，亦不過供驅使，盡執役而已，未聞以美麗得名者。近來士大夫家，喜蓄美婢，甘蔗旁生，荔枝側出，似掃眉人不可無此陪襯。馬藥庵有贈婢改子詩四首，云：『阿母傳呼兩字妍，新題錦瑟改幺絃。曾聞丫角依蘭姊，不信蟠根是李仙。綽約二分籠靨淺，竛竮六寸稱膚圓。多情也似雕梁燕，相傍

烏衣已十年。』『盌脫嬌姿絕代詩，管城分蔭託琅琊。儉妝未肯依時世，清韻真堪擬大家。綠綺窗前金可鑄，白團扇底玉無瑕。阿誰空學夫人様，那比芳名豔榜花。』『丁稜仙侶有方干謂子山，聯袂尋春扣綺關，時復中之音嚦嚦，翩何遲也步珊珊。周旋翻累當筵立，平視驚從隔座看。多謝小紅真解事，金筒玉椀許頻餐。』『一飲瓊漿百感生，藍橋夢影尚分明。平添杜牧重來恨，久負羅敷已嫁盟。未免有情空復爾，似曾相識轉憐卿。欲將細語從頭問，怕聽鸚哥喚客聲。』四詩可稱絕倒。《履園叢話》

榆樓徵題

月上樓在碧浪湖上，向屬鮑氏。雍正間，厲樊榭徵君納姬時，曾寓此樓，今集中有《八月十五夜城南鮑氏溪樓紀事》詩。近歸奚虛白丈疑，卽以厲家姬人小字名樓。樓前有榆七株，一名榆蔭樓，樓中供奉徵君及月上小影，奚丈嘗繪《溪樓延月圖》徵題。朱西生孝廉綬二絕云：『平生低首厲花隱，西馬塍西祠墓荒。惟有樓頭老榆樹，當時曾見拂霓裳。』『酒奚瀟灑不餶俗，此是人間真布衣。日夕凭闌看苕水，道場山近片雲飛。』今知止堂刻本中不載。奚丈自題四首，錄其二，云：『城南良夜正中秋，洗盡銀雲溪上樓。聞道彩鸞曾下嫁，碧天如水月當頭。』『山似修眉水似螺，碧湖雙槳盪漚波。彩雲一散空留影，贏得詩人老淚多。』又湯雨生都督貽汾六首，錄四，云：『天香易散彩雲收，尚有詩人愛此樓。桃葉傷心迎不得，碧湖無恙自東流。』『青山依舊似修眉，無復重來杜牧之。歌斷柳緜人不見，月明誰唱鮑家詩。』『去燕空尋玳瑁梁，畫闌猶賸綺羅香。年年寒食西泠路，只有桃花似舊糚。』『榆錢喜買苧蘿春，如

畫湖山願結隣。妒爾銷魂詩句好，前身豈是擘柑人。』奚丈家善釀酒，故一號酒奚。《鐙窗瑣話》

蘆花唱和詩

長洲陶鳬香觀察，以左秩守大名，視事之暇，不廢嘯歌，嘗用漁洋《秋柳》詩韻詠蘆花云：『渺渺烟波斷客魂，菰蘆深處隱柴門。寒生澤國雲留影，秋老滄江雪有痕。樵境斜通依野渡，釣篷低壓傍魚村。出塵素抱偏高潔，紅紫原難一例論。』『薄宦頻年鬢漸霜，思歸日日夢橫塘。簾移紙閣塵生鏡，荻畫萱幃字滿箱。飛絮渾疑寒食節，采蘋分薦水仙王。停舟有客秋多感，一曲琵琶出教坊。』『萬花飛雪點征衣，杏苑春遊境已非。笠澤叢中窮士有，玉堂天上故人稀。傳神慣配芙蓉寫，《蘆花芙蓉圖》，蜀黃筌畫。抱節難隨柳絮飛。卻媿蕭寒常作郡，鳴笳出塞壯心違。』『瘦影搖風祇可憐，霏來玉雪淡含烟。鋩寒秋水叢抽劍，夢繞春雲被擁緜。楊維楨詩：『被擁蘆花夢繞春。』是處緯蕭傳曲港，有人吹管送流年。授衣乞借窮檐暖，多少哀鴻尚澤邊。』余和之云：『疑是楊花驟返魂，飛來應不近朱門。城頭觱篥催霜信，江上琵琶感淚痕。身世久拚尋獨釣，烟波何處認前邨。無心悟到交蘆諦，好共空山老衲論。』『那堪吟鬢點吳霜，鄉夢洄溪上下塘。客被寒生初解襆，兒衣暖去不盈箱。月明小艇來漁父，潮落空灘上蟹王。載酒江湖舊行卷，已教刊偏睦親坊。』余寓淮時，有《蘆屋集》。『藉架橋畔水田衣，不爲蓴鱸嘆昨非。泊宅一編書儻就，楓江五字句應稀。秋光瑟瑟和雲冷，絮影濛濛作雪飛。窮士此中藏未得，大裘十丈願偏違。』『自來高潔少人憐，占斷荒波萬頃烟。冷豔直教鷗失素，短芽猶憶雀披緜。陂塘買得知何日，紙閣幽棲亦有年。

朔管橫吹蛙兩部，莫傳消息到鷗邊。』同時和作甚多，以錢塘吳更生州倅長卿、磁州張湘東茂才金管、曲阜孔石藻大令昭焜爲尤佳。更生詩云：『夢斷梅花紙帳魂，小橋流水近柴門。數枝搖曳秋無主，一片冥濛月有痕。步屧何人尋古渡，艤舟此夜宿荒邨。吟情未肯閒抛卻，好向烟波釣叟論。』『何來青女暗飛霜，摵摵酸風渡野塘。漫說織簾安紙閣，可忘絮被疊巾箱。根浮淺水藏魚婢，影落平沙護雁王。一種秋光誰惜取，名花豔說善和坊。』『忽驚絮影點征衣，瞥眼春光認已非。苦竹叢生相掩映，冷楓初落賸依稀。籬頭瘦蝶難成夢，湖面馴鷗亦倦飛。擬向西溪閒買棹，訪秋衹惜故人違。』『拒霜同調劇相憐，漠漠寒江散遠烟。風信緊時凝白醭，日華浮處借黃緜。春波漾影當三月，朔管橫吹又一年。猶記糝枝紅蓼外，遙分冷豔到溪邊。』湘東詩云：『栩栩蒙莊化蝶魂，藤蘿虛掩舊柴門。花因水逝長留恨，鬢被霜催半染痕。難忘垂簾同紙閣，不堪擫笛到山村。春來芽短陳根活，未許枯榮一例論。』『生成弱質耐微霜，顧影蕭疏照野塘。糝雪偶黏青箬笠，織雲誰疊縷金箱。釣磯何處尋新婦，葦渡從今禮法王。打槳縱迎桃葉在，月明愁過大功坊。』『館繞秋聲換客衣，空歸環佩是耶非。拒霜畫裏傳神久，倚玉宵來入夢稀。墮葉預愁明鏡暗，將雛偏羨野鷗飛。謝庭詠絮渾如昨，白首同心願竟違。』『不受人憐衹自憐，迷茫洲渚暗籠烟。香遲蟾窟羞彈鋏，秋冷牛衣感絮緜。北雁重來纔幾日，西風一墮又經年。玉臺舊事青衫淚，分到鷗波夕照邊。』石藻詩云：『藤蘿交映最銷魂，難忘臨沂舊蓽門。黃葉飄零霜寫恨，青衫顑頷淚流痕。秋聲何處開新館，江月於今失故邨。輕箬短蓑歸去好，一篷烟火與誰論。』『暗影霏霏兩岸霜，不搖輕槳向迴塘。漫言驚雁能防繳，畢竟牽牛畏服箱。飛絮年華悲棄婦，交蘆妙諦悟空王。合江亭水清如昨，夢斷西川濯錦坊。』『比戶裝緜記授衣，河陽花事到今非。白蘋駘蕩銅絃急，紅蓼蕭疏畫舫稀。入目錯疑梅似雪，驚心又是雁初飛。鱖魚隨處肥堪買，杏苑探春舊侶違。』『丰茸翠茭可人憐，曾向春池簇淡烟。入夜嚴風秋瑟瑟，凭闌羈客恨緜緜。吹葭何必諧新律，然荻猶堪憶往年。無限天涯搖落感，月明常是大湖邊。』時湘東正悼亡，石藻以事落職，故詩中各有寄託。《交翠軒筆記》

論曲

會稽陳浦雲孝廉棟論曲云：明曲當以臨川、山陰爲上乘，玉茗《還魂》較實甫過之，特渣滓已空，頗纇未除。《邯鄲》二種，斂才就範，風格遒上，前無古人，後無來者。青藤音律，間亦未諧，其詞如怒龍挾雨，騰躍霄漢，千古來不可無一，不可有二。餘若《浣紗》之瀟灑，《明珠》之雋秀，《紅拂》之峭勁，《義俠》之古樸，《西樓》之蘊藉，《玉合》之整鍊，《龍膏》之奇恣，《香囊》之謹嚴，《紅蕖》之流利，一丘一壑，亦足名家。《燕子箋》盛行一時，品其高下，尚不能並若士幼作之《紫簫》。此外汗牛充棟，自鄶無譏。又云：臨川填詞，多不協律，沈詞隱貽書規之，臨川听然笑曰：『余意所至，不妨拗折天下人嗓子。』不朽之業，當日早已自定。今人捧《九宮譜》繩趨尺步，奏之場上，非不洋洋盈耳，及退而索卷玩誦，未數折即昏昏思睡矣。《關隴輿中偶憶編》

古歡堂湖隄絶句

趙秋谷執信《談龍錄》曰：『德州田侍郎綸霞雯行視河工，至高家堰，得詩三十絶句，南士和者數人。余適過之，亦以見屬，余固辭，客怪之，余曰：「是詩即我之作，亦君作也。」客曰：「何也？」曰：「徒言河上風景，徵引故實，誇多鬬靡而已。孰爲守土？孰爲奉使？孰爲過客？孰爲居人？且三十首重複多矣，不如分之諸子。」客憮然而退。』據此，知秋谷不特薄漁洋，並薄山薑矣。茲錄山薑絶句於後，以待後之論定，不復爲兩家騎驛焉。『二月淮南春事無，馬蹄不惜蹋寒蕪。可憐杏白餳香日，風雨瀟瀟叫鷓鴣。』『漢水春風唱柘枝，大堤一曲寫烏絲。今番應笑無佳句，合付孫郎仗下兒。』『盧家風物那堪論，漠漠湖光斷客魂。沙鳥一行弄烟雨，不知何處莫愁邨。』『垂柳貪眠傍水涯，小紅橋外路三叉。湖村村畔多游女，日暮溪頭弄菜花。』『昨趁夕陽芳草歸，鞭絲帽影雨霏微。可憐三月春風老，到處桃花燕子飛。』『稜稜堤作雙眉綠，瑟瑟波如一鏡明。片片辛𡰪惜花盡，朝朝布穀喜春晴。』『落日蕪城一抹霞，竹西水調亂昏鴉。樊川不作揚州夢，孤負唐昌玉蘂花。』『重到淮南少拍張，牽船岸上亦無妨。分明半笏維摩室，只少天花作道場。』『張旗打鼓放江船，負弩人來憶往年。莫怪一番花寂寞，春深老柳不吹緜。』『客愁還藉詩排遣，往事都從夢破除。何遜清吟狂態作，尊前沈范兩尚書。』『一間草屋筕篖扉，鸂鶒相狎來依依。移家已上桃花岸，更有鸂鶒無數飛。』『大堤犖确小堤平，狡獪春風故故生。謝絮沈錢填馬路，蜂鬚蝶粉礙人行。』『朝朝暮暮浪花中，閒立沙頭水勃公。不分鴛鴦菱葉上，奢雲豔雨浴衣紅。』『烟中艇子柳邊樓，消得愁人幾許愁。唯有一條袁浦上，酒家帘影落春流。』『衣疊苔錢將入夏，釵分燕尾已過春。鬮梳一段烟絲縷，織作蕉衫付酒人。』『四月八日佛生日，野色湖光妙諦參。幾囀栗留代清磬，一枝麥穗當優曇。』『湖邊芍藥二三種，白糝紅酣山寺開。料得無人相謔贈，僧雛折獻水神來。』『柳接隋家帝子栽，長條盡作馬撾材。黄鸝應是精靈使，句引雙柑斗酒來。』『枇杷顆顆黄將盡，桑椹離離鳥啄殘。可笑多情白翎雀，滿身烟雨戀江干。』『[魚頁]頳江潭落照斜，子山多病未還家。愁聽小謝輕埃雨，半溼新桐抱鳳花。』『食法鹽龜太瑣細，天教饞口養麤才。長鬚解辦花前酌，買得蘆芽蛤蜊來。』《唐書》有《鹽龜食法》二卷。『羅含宅廢情無賴，王粲樓荒魂黯銷。未卜梁鴻何處住，綠槐深巷是皋橋。』『一局丁東入夜闌，三條蠟淚玉蟲殘。此行不比羊元保，願作宣城太守官。』『老夫多癢倩誰爬，鴻爪留痕病轉加。閒讀《漢書》過戊夜，神仙不到蔡經家。』『絕少當罏買酒錢，孤村小肆麥風前。故人爲解相如渴，汲盡春申澗底泉。』『病馬龍鍾似瘠竹，短鬣那復森開張。杜陵野老作浪語，苦試明年春草長。』『便欲結茅湖上住，屋旁鴨觜小漁船。慣摻思話纖腰鼓，不費君平卜卦錢。』『詩思刁騷爨下琴，短吟彈出又長吟。十三徽碎鍾期少，不向人間更鑄金。』『渺渺鴻陂白練鋪，芋魁豆飯野風呼。它時兩鵠歌聲歇，似得浮山一格無。』鴻陂見《漢書》。荊山爲上格，浮山爲下格，見《南史》。『沿溪鴉髻數兒童，倒接籬來指老翁。休唱白鞮矜醉態，須教拍手笑山公。』《蕉軒隨録》

燒香曲

攝政睿親王致明大學士史可法書，相傳爲李雯作。雯，江蘇人，順治初，官內閣中書舍人。其《中秋夜燒香曲》一首，輕盈瀏亮，置之溫、李集中，幾可亂真。沈歸愚《別裁集》、張南山《詩人徵略》皆未收，蓋湮沒不傳久矣。茲録如左：『金閨秋淨天如水，桂花坐落涼風裏。東牆雲葉吐明蟾，繡戶鸞屏臨夜起。翡翠鉼高金博山，隔窗雲母香盤盤。細劈犀紋憐素手，斜分麝月弄青烟。憑將桂火沈沈力，吹散行雲裊空碧。各存密意對秋風，共展芳襟禮瑤席。江南畫閣復重重，欲捲珠簾怨不逢。莫愁堂上無消息，幾度香銷明月中。』同上

定遠郚舍詩

潘功甫舍人曾沂有《經定遠郚舍》詩云：『客入定遠縣，野趣不可畫。雜豆聚作花，長葵列爲界。絲瓜露筋倒，大匏拖藤挂。稻柴駕驢走，菜把雜魚曬。一羊角觸籬，逸出與犬邂。一雞俯而啄，一爪撥沙塊。一雞趨與叫，一鬭强作快。一牛伏樹根，叱起狀甚懈。兩豕雜色毛，未秃苦癩敗。老翁敲火立，招入竈下話。老婦削薑皮，石板攤餅賣。小婦理麻繩，客至結不解。棄去拾馬糞，出門杷柄壞。看奴驅車去，笑言負餅債。投錢復飲馬，頗遭老婦怪。求益雖不多，惡其遽顰齘。老翁頗解事，貴客愛脫

灑。顧婦莫作瞋，以杖指欲拜。』此詩蹊徑別開，樸絕雅絕，如畫如話，令人想望承平風物。同上

畫蘭紈扇詩

曩歲客京師，閱廠肆，見有舊紈扇，畫墨蘭數筆，並題一絕云：『不買臙脂畫牡丹，三秋風雨楚江寒。可憐一樣瑤階種，搖落人間當草看。』語有寄託，惜不著作者姓名。同上

秋闈曲

吳苑詹湘亭明府應甲七赴春官，艱於一第，官湖北最久。詩文詞曲，靡不精妙，其鄉試時，作《中秋夜闈中望月北》雙調一套，尤膾炙人口，詞曰：《新水令》：『瞭高臺上月輪高。悄無聲，酸風滿號。碧油帘不捲，紅蠟燭停燒。銀漢迢迢。空隔著土泥牆，望不到。』《駐馬聽》：『木板三條。覆鹿藏蕉何處找。策題五道。塗鴉滿卷未曾交。珠光劍氣已全消。青天碧海勞相照。誰喧笑。隔牆老卒聲聲叫。』《沈醉東風》：『猛聽得，錯華燈，遊龍夾道。汲新泉，渴馬騰槽。號官兒，意氣消。號軍兒，語言妙。檢筠籃冷炙殘膏。我輩三年共此宵。博一箇團圝醉飽。』《折桂令》：『憶秋閨，獨坐深宵。瓜果中庭，燭爐香燒。有花氣濛濛，釵光裊裊。簾影蕭蕭。盼雲階，蘭芳信杳。臥風簷，棘院人遙。望斷紅綃。夢斷藍橋。只落得數更籌，至公堂靜，聽鼓吹，明遠樓高。』《沽美酒》：『俺想那，跨山塘，花市遙。泛秦淮，燈

船早。竹西歌吹千家鬧。同盼上瓊樓瑤島。爭一刻，是今宵。』《太平令》：『堪笑的，譜《霓裳》，擲杖成橋。駕星槎，析木爲瓢。莫須有，月斧親操。想當然，玄霜空搗。一種種，雲翹翠翹。被罡風吹掉。都散做花枝壓帽。』《離亭燕帶歇拍煞》：『素娥掩面何須笑。朱衣點首何曾惱。君不見、世上兒曹。有多少，玉樓文，有多少，金鑾草。有多少，孫山康了。洗愁腸，一尊綠澆。粲花心，三條紅照。脫不盡、書魔舊套。若不是，廣寒梯跌了脚。蓬瀛路迷了道。鬱輪袍走了調。因甚價、年年矮屋中，喚不醒、才子英雄覺。擔誤著、青衫易老。謅一套，棘闈秋、要和那吹角聲寒唱到曉。』同上

蘭花卷子詞

楊小坡茂才組棨工填詞，有《爲王謙齋題秦淮女史吳瑞雲蘭花卷子》南北詞一套，借題感興，聲調蒼涼，不減玉茗風韻。詞曰：《正宮·端正好》：『莽天涯，人何處。望江南，榛棘荒蕪，花心更比人心苦。是一篇著色的離騷賦。』《滾繡毬》：『十二闌干簾影疏，三五中秋月影孤。看樓外、垂楊一樹，把長橋遮得模糊。甚文章，大小蘇；甚神人，大小姑。喬珠娘，烟花寨主。俊王郎，曠代才無。那管他桃花竟日隨流水，端的是寒雨連江夜入吳，對畫蘭媚影親摹。』《脫布衫》：『你是箇、阮籍窮途，他是箇、卓氏當鑪。鍾情的夢兒中陽臺遇雨，傳神的畫兒中空山泣露。』《小梁州》：『那時節院落沈沈日影晡，他爲你滴翠調珠。還有箇可人捧硯是掌中珠，迴眸顧，花也病難扶。』《么篇》：『怎地中隱隱鳴金鼓，眼睜睜、斷梗江湖。血染了石頭城，屍填了桃葉渡。你尚有生綃一幅，花不共人枯。』《上小樓》：『一霎時香簾繡幕，都變了幾堆黃土。再休提風

雨秋燈，烟波畫船，詩酒狂徒。看樓烏聽啼蛄，野花無主。亭一點畫蘭名，天還嫉妒。』《么篇》：『則爲你名魁花譜，花爲香祖。俺也曾裘典鸝鷸，裙潑胭脂，帳掩珍珠。倡家雛，酒家胡，緩歌慢舞。只落得鬱蒼蒼，斜陽滿樹。』《耍孩兒》：『王郎阿你當年，箏笛鳴秋浦。劚一片，蘆花舞絮。抽刀殺賊竟何如，破青衫，依舊寒儒。留得箇一叢香草三生石，最傷心滿地飛灰萬卷書。喫緊的相思譜，雖則是無人可賞，卻怎生有口難餬。』《五煞》：『深惜你倦吟花，詩句香，醉談兵，膽氣粗。大人藐視終難遇。禰衡不肯遊江夏，西子何曾去五湖，目斷臺城路。似你這深山小草，怎難忘野水殘蒲。』《四煞》：『最愛你亂排場，不讓人，風頭銜，衆口誣。薰蕕雜處心良苦。這壁廂八公草木新烽火，那壁廂六代江山舊畫圖，一卷朝和暮。猛想起悲歡離合，涂抹些也者之乎。』《三煞》：『堪笑你謁塗山，眼界空，弔荊人，獨自哭。蘭魂吹入琴堂幕。說甚麼黃衫傾倒真名士，他也曾紅拂私奔莽丈夫，一瓣心香炷。怎當日飄零蕩子，又做了勇敢狂奴。』《二煞》：『可恨你破蒲團，坐得拘。舊青氈，守得愚。怎十家姊妹將人誤。江淮才子名雖重，脂粉嬌娃骨已枯。大刧皆天數，可記得紅巾搵淚，綠酒提壺。』《一煞》：『俺勸你謝風情，多讀書。覓生涯，且濫竽。黃金杜牧人爭鑄，只爲你深深香霧迷蝴蝶，因此上苦苦春風叫鷓鴣，一唱君當悟。似這般情苗恨蕋，到不如永斷根株。』《尾聲》：『知君牽夢魂，代君訴肺腑。可憐曲誤無人顧，我待要請正蘭花花不語。』同上

十汊海詩詞

京師十汊海，荷花最盛，庚戌歲，仁山族兄彭壽邀遊，石橋西畔，爲烟袋斜街，有酒樓一座，倚闌眺

望，香氣襲人，時存夢想。癸亥六月五日，曹子賢孝廉應昇約菊笙與予同遊，光景歷歷如舊，惟酒樓下，半成葑田，荷花稍遠，香氣亦較微。菊笙成十絶句，記其四章云：『綠佩紅裳綽約中，遠香近色四圍通。長隄鳥語蟬聲裏，消受垂楊樹樹風。』『鼓樓倒影倚鐘樓，雙鎖紅橋接御溝。真箇此波涵聖澤，石渠太乙好乘舟。』『景山對面列如屏，樹色雲光翠樸檽。窗外荷花花外柳，誰家柳外又池亭。』『偏地香開步步蓮，清華風露憶當年。池塘也有滄桑變，近岸青青半葑田。』予戲成南呂調一套云：『萬柄新荷當風擺，好箇清涼界。空明絶點埃，幾尺波紋，一樣輕雲靄。望裏盡樓臺，翠生生、一帶垂楊矮。』《步步嬌》『幾株兒松柏吹天籟，幾羣兒鷗鳥迎人拜。幾灣兒流水淨於揩，幾絲兒香息微無礙。仙遊何處不天台，算今朝、結箇蓮花寨。』《醉扶歸》『最好是、石闌橋外，記沿隄西去一道斜街。臨流小閣水窗開，酒家檐外搖風旆。紅樓對面，雲階月階。紅衣識面，山涯水涯。看採蓮人去，有箇船兒待。』《皁羅袍》『共清遊，詩懷酒懷。走長安，一般無賴。偷閒買醉，座上碧簫排。籠紗在、舊迹依稀經十載。還記得、雪藕調冰賭唱來。』《好姐姐》『晚涼歸去情逾快，只恐怕勝遊難再。還望你，寫幅觀荷十汊海。』《尾聲》菊笙善畫，故云。《碧聲唫館談麈》

周雲皋

富陽周雲皋觀察凱工詩善畫，並長於小詞。有漫興數律，其佳句云『冷暖自知人海客，浮沈無定水天星』、『結習未忘悲潁士，舊人誰復識何戡』、『涉世不無秋士感，憐才得自美人難』，皆性真語。又《西江月》詞寄内云：『月落冰華凝白，燈殘鑪火添紅。有人一樣坐樓中。說著天涯心事付征鴻。衾冷多年似鐵，漏長徹夜敲銅。欲眠無奈忒惺忪。莫怪夢魂飛不到簾櫳。』同上

梅妻

自和靖先生〔一〕，妻梅子鶴，於是畫眉之筆，往往借喻梅花。湯貞愍貽汾題其夫人梅窗琴趣圖《七娘子》云：『泠泠瘦玉纖纖指。深深繡幕悠悠思。畫了眉山，燒殘心字。百花頭上春先至。江南本是藏春地。高樓早築香雲裏。冰雪聰明，漆膠情意。祇應慚愧梅花壻。』蔣蕉林觀察繼洙嘗言其師潘星齋侍郎曾瑩詞筆秀逸，有贈其夫人《採桑子》一闋，惜僅記半調，云：『梅花帳子梅花夢，詩是梅花。人是梅花，還把梅花供養他。』若張船山夫人詩云：『修到人間才子婦，不辭清瘦似梅花。』則更自高位置，居之不疑矣。同上

【校記】

〔一〕和靖：底本作『靖和』，據林逋號改乙。

游戲文

文章之涉游戲者，多出名流手筆，出其緒餘，便足動目，如『榜大莫能容』之類，久膾炙人口。予官

中書時，票擬餘閒，同直諸君往往敘談。方子嚴前輩濬師言潘木君督部有《圓明園軍機直班文》兩比云：『寅初入如意之門，流水橋邊，喚取衣包於廚子，茶熬幾椀，燭翦三條，兩班公鵠立樞堂。幸值此八方無事之時，奉硃筆而共商起草。』『未正動歸心之箭，夕陽窗外，頻催鈔摺於先生，開面數行，封皮兩道，八章京鵷蹌直署。謹遵夫四日下班之例，繳金牌而齊約看花。』又葉仲方前輩守矩己酉北闈孝廉，癸丑考取中書，壬戌擢主事，分刑部，是科會試中式。體大善談，頗有焦遂之風，嘗言闈中每遇其尊甫同年，或監臨，或知貢舉，矮屋中或遇壽榜，欽賜舉人，此科必不售，屢試屢驗。壬戌知貢舉爲桑百儕侍郎春榮，仲方尊甫遂生先生壬午同榜，自謂又無望矣。侯官楊子恂前輩仲愈風流倜儻，是科同獲雋，戲爲時文兩比贈之，云：『考試幾三十回，文章竟七百字。堂上雖有同年之伯，闈中並無壽榜之人。占吉事於龍門，已兆三場之號。仲方鄉會中式，皆坐龍字號。壬戌進士，仲方所以有必中之方也。』『後一名則許星叔，前一名則李勺山。兩君皆同閣。官先擢於刑部之中，銜仍列於題名之內。內閣題名甫成。分餘輝於鳳閣，居然六子之班。是科中書中式六人。癸丑中書，老道所以無終老之道也。仲方有老道之稱。』又刑部額外主事有文二比云：『事也而以主名之，宜乎？獨斷獨行，惟吾作主矣。乃郎中之背，既聳於前；員外之肩，復抗於後。僅得於白雲亭上，側耳而聽掌印之談。』『額也而以外別之，宜乎？無束無拘，置身事外矣。乃一載提牢，既思擬正；三年報滿，又欲奏留。且復於紅帽叢中，翹首而識堂官之面。』亦有趣致。同上

江浙畫家詞

乾嘉之際，江浙畫家以奚、方、改、錢四布衣爲最。余家所藏書畫，兵燹後蕩焉無存，惟留奚畫竹石扇面一，方畫花卉扇面一，至今寶藏。四家均能書，工詩詞。錢最後，余於道光丙申、丁酉間，猶於蘇公祠湖樓一見之，貌清癯，畫極靈秀可愛。奚名岡，字鐵生，新安人，寓居杭州，題郭頻伽盟鷗圖《菩薩蠻》云：『遙知白石尋盟處。蕭疏楊柳垂烟暮。分得白鷗沙。一溪紅蓼花。　輸君攜野艇。幽夢和愁迴。隨意與題詩。雨斜風細時。』方名薰，字蘭坻，石門人，短檠《滿江紅》云：『獨夜誰親，惟雁足、光搖耿耿。頻數盡，寒更三五，歌殘酒醒。有客臨書東舍火，何人背雨西窗影。恁關情、一片玉荷前，閒愁併。　射簾額，晴虹冏。黏燭淚，飛蛾粉。照此時幽獨，寸心堪省。素雪將侵潘岳鏡，黑甜未遇盧生枕。只消磨、風露憶中宵，秋雲冷。』錢名榆，後改名杜，字叔美，自號松壺小隱，仁和人，爲改七薌畫石梅結宇圖，題《百字令》云：『石巢雲壑，付幽人管領，一園晴雪。尺五柴門寒不掩，夢穩羅浮仙蝶。翠羽穿簾，紅藤壓架，松火窺簷活。炊烟林際，山童掃遍殘葉。　最憶前度清遊，打頭松子，空翠涼肌骨。剗地東風啼鳥換，悵觸舊懷重疊。結箇茅亭，與君同住，閒聽鐘魚發。梅花如此，爲君圖畫風月。』改名琦，字七薌，其先西域人，祖某爲松江參將，遂家華亭。琦始棄武而文，喜寫折枝，繪仕女尤工妙，《菩薩蠻》云：『畫船來往紅橋路。依依垂柳濛濛絮。化作白蘋花。花開傍那家。　流螢三五點。搖曳冰紈扇。扇底一分人。和他月二分。』和松壺石梅結宇圖《百字令》云：『碧山人去，甚東風吹老，枝枝香雪。曳杖拖杪看暝色，瘦步又隨寒蝶。松影如潮，藤陰拂檻，綠靜茶烟活。疏林殘照，打頭飛下落葉。此地小住遊仙，初平叱起，頑石皆仙骨。縛箇香茅清澗曲，臥對雲屏千疊。翠袖搴蘿，紅螺過酒，繞屋梅花發。手攜鴉觜，破空飛上明月。』四君畫理，俱以閒逸疏秀勝，詞亦如之。同上

金橋詞

金橋族兄謹身幼孤，生而敏慧絶倫，席間有人拈一令云：『誥命匣馬桶，成一破題。』應聲曰：『顯親揚名，宜爾子孫矣。』又云：『韭菜蠟燭。』卽曰：『淺綠深紅，夜雨同翦矣。』惜乎不壽，年僅三十。今見其兩詞，亟錄之，《齊天樂・落花》云：『春光三月渾如夢，悤悤又催天曙。幡影淒迷，鈴聲瑣碎，冷落幾叢芳樹。回風自舞。便錦樣文章，也埋黃土。癡絶雛鬟，小園尋覓幾回誤。誰憐茵溷飄墮，算和泥同啄，梁燕辛苦。聚不成萍，散仍如雪，輸與柳隄烟絮。牆陰細語。說昨夜樓頭，翦燈聽雨。到曉愔愔，隔窗嗁杜宇。』春事成烟，舊歡若夢，黯然賦此。《高陽臺》云：『蝸篆黏窗，蛛絲界戶，依然六曲文紗。夢不分明，門前一樹枇杷。離筵但諱相思苦，說人間、何處天涯。記銷魂、酒冷燈昏，雨細風斜。十年未踐尋芳約，奈如雲情緒，似水年華。舊日嗁鶯，而今沒箇嗁雅。重來難覓春人面，況東風、落了桃花。太淒寒、幾杵秋砧，知在誰家？』同上

攬鏡詩

杜君王臣攬鏡詩，句云：『攬鏡忽咨嗟，鬢眉皆白矣。當年父母心，惟恐不如此。』《有棠梨館筆記》

吳薗次四六

江都吳薗次太守綺送王阮亭司李維揚序云：『官名大李，地有垂楊。』琢對絶工。末二聯云：『嗚呼！風雅薄則朋友之道衰，行誼乖而治化之本闕。子之往矣，言脩謝傅之甘棠；我且歸焉，用訪岐公之芍藥。』筆力陡健，語意亦細膩沈著，不徒以姸麗見長。《冷廬雜識》

露筋祠詩

王阮亭尚書題露筋祠詩：『翠羽明璫尚儼然，湖雲祠樹碧於烟。行人繫纜月初墮，門外野風開白蓮。』論者推爲絕唱。按米襄陽《露筋祠碑》云：『神姓蕭，名荷花。』詩不即不離，天然入妙，故後來作者，皆莫之及。同上

魏侍御聯

天竺白衣送子觀音殿，楹聯甚多，惟錢塘魏春松侍御成憲所題，裁對自然，不失讀書人吐屬，句云『白衣仙人，瓶中水楊柳；朱芾男子，天上石麒麟。』同上

用《文選》謬誤

嘉慶間，場屋中式文字，習用《文選》字句，往往有謬妄不通者。如『垂衣裳而天下治』題，文用《東都賦》『盛三雍之上儀』一段，不知雍宫建自漢朝，黄帝、堯、舜時無之，且賦語云：『盛三雍之上儀，修衮龍之法服。鋪鴻藻，信景鑠，揚世廟，正雅樂。』而文中鈔用，因坊本注釋『服』字下有『音匐』二字，遂誤以爲正文，書作『韷鋪鴻藻，信景鑠揚。』，而截去『世廟正雅樂』五字，割裂紕繆，真堪發噱。見給事中辛從益條奏中。同上

聖雨齋宫詞

吾邑周孟侯先生拱辰，明季貢生，嘗坐小樓，去梯三年，讀古今文五千篇有奇，由是才藻豔發，名噪

一時。屢不得志於有司，牢騷抑塞之氣，悉寓於文辭。著有《聖雨齋集》，其宮詞八十首，寄興無端，尤足令才士讀之，同聲感喟。摘錄五首，以當嘗鼎一臠：『露痕高漾月痕低，六院笙歌五院迷。莫道襄王惜香夢，巫山只在畫闌西。』『垂楊深閉畫樓春，花送黃昏鶯送晨。三十六宮閒似水，平明催召虢夫人。』『金鈴猧踏落花泥，輦路苔痕旋欲迷。誰道舉頭剛見日，鳳樓疑在十洲西。』『碧簫吹破思依依，聽盡宮鶯半掩扉。最是無聊看不得，桃花片片背儂飛。』『翠鬀寶鬢玉膏新，一對菱花一愴神。每恨蛾眉綠如許，不如影裏李夫人。』同上

茌平旅壁詞

至京師，沿途旅壁，題詠甚多，往往有佳者。道光癸巳春闈，被放還南，於茌平旅壁，見江南念重學人，贈歌者秋桂二詞，情味蒼涼，殆下第後有託而言者，惜未知其姓名。詞云：『茅店月昏黃。不聽清歌已斷腸。況是鵾絃低按處，淒涼。密雨驚風雁數行。我自鬢毛蒼。怪汝鵶雛恨也長。等是天涯淪落者，蒼茫。燭炧尊空淚滿裳。』『宛轉撥檀槽。渾似秋江湧怒濤。樂府於今如囈語，魂銷。勸汝人前調莫高。上客《鬱輪袍》。慚愧村姝慢撚挑。卿唱新詞吾亦和，蕭騷。今古憐才是爾曹。』同上

何小山詞

青浦何小山上舍其章精醫術，尤工倚聲，著有《七榆草堂詞》，題西溪漁隱圖《菩薩蠻》云：『玻璃冷浸蓮湖月。鱸魚風起秋波闊。流水繞漁村。蓼花紅到門。　言尋棲隱處。客向烟中去。疏柳挂斜暉。扁舟猶未歸。』送春和朱淑真韻《蝶戀花》云：『一寸柔腸愁萬縷。才得春來，又送春歸去。借問東風和柳絮。捲將春色歸何處。　打起枝頭雙杜宇。聽到聲聲，總是淒涼意。告愬落花花不語。西樓日暮瀟瀟雨。』一寫景，一寫情，各臻其妙。同上

西湖秋柳詞

歸安楊秋室明經鳳苞博雅邁倫，屢試不得志。賦西湖秋柳詞以寄意，前後積七十二首，情味並勝，於《西湖竹枝詞》外，别開詩境，摘録於左：『回首東風十萬條，畫樓亞處鬬纖腰。香車去後游驄散，閒煞紅闌第四橋。』『玉鉤簾幕自年年，紅粉飄零更惘然。惆悵披香秋色好，無人曉起聽涼蟬。』『會芳故苑最魂銷，花月當時妒細腰。悽斷御溝流水外，昏雅歸去認前朝。』『霏霏涼露溼池臺，太息年芳去不回。記取總宜園内樹，也愁天外雁聲來。』『芙蕖吹墮謝家船，隄樹重攀又六年。自與秋槐共零落，行人愁蹋故宮烟。』『露條烟葉漸闌珊，翠館人歸夜正寒。月落平湖秋色遠，夢回幾度捲簾看。』同上

都門竹枝詞

《都門竹枝詞》，不知何人作，語多近俚，其描摩傴真處，亦足令人解頤。《時尚》云：『多多益善是封條，拉扯官銜宋字描。遠代旁枝搜括盡，直將原任溯前朝。』《京官》云：『轎破簾幃馬破鞍，熬來白髮亦誠難。糞車當道從旁過，便是當朝一品官。』《候選》云：『昔年黃榜姓名聯，此日居然掌選銓。堂上點名堂下應，教人不敢認同年。』《考試》云：『短袍長褂著鑲鞋，搖擺逢人便問街。扇絡不知何處去，昂頭猶自看招牌。』《教館》云：『一月三金笑口開，擇期啓館託人催。關書聘禮何曾見，自顧驢車般進來。』《觀劇》云：『坐時雙腳一齊盤，紅紙開來窄戲單。左右竝肩人似玉，滿園不向戲臺看。』同上

筯謎

《北史·咸陽王禧傳》載筯謎云：『眠則同眠，起則同起。貪如豺狼，贓不入己。』蓋以諷貪墨者也。袁簡齋太史詠筯詩云：『笑君攫取忙，送入他人口。一世酸鹹中，能知味也否。』即本此謎之意。按《中州集》周馳詠筯詩云：『正使遭讒口，何嘗廢直躬。』寓意似勝袁詩。同上

觀龍舟詩

嘉慶間，御製觀龍舟詩，命諸詞臣賡和，皆爲『水嬉』『嬉』字韻所窘，鮮有合作。錢塘陳荔峯嵩慶和句云：『四海魚龍呈曼衍，九重珠玉戒荒嬉。』蓋是日方以崇儉黜奢詔宣示中外，故詩意及之。睿皇大稱賞，諭爲諸詩之冠，由是寵眷有加，洊躋卿貳。同上

妁字文

平湖錢孝廉步曾刻其五世祖起隆製藝一卷，名《採芳集》，皆摘《四書》中豔麗字句，游戲成文，嘻笑怒駡，無所不有。如《妁字》題文云：『宿瘤也以爲仙姬，姣僮也以爲嬌客。在媒或以衆見，共聞尚存廉恥，而妁乃備極其形容。優隸也以爲俊秀，貧窶也以爲豪華。在媒早以微言，溫語任意相欺，而妁乃更從而點綴。』又云：『本以婦人輕信之耳，妁復鼓彼如簧，遂使母氏專權，父雖欲禁之而不得；本以深閨獨處之嬌，妁竟誘諸覿面，遂使高堂未許，女先遙慕之而如迷。妁之巧者，意僅切於肥囊；妁之拙者，幻亦生於閲歷。儻以彼列諸冠蓋，卽是蘇張遊說之儔。妁之老者，口舌既堪惑女；妁之少者，容貌并可悅男。故以彼略試逢迎，遂諧秦晉婚姻之好。』描寫若輩情狀，如鑄鼎象形。又《妻辟纑》題云：『竊慨今天下之多不廉，大抵皆其妻爲之也。』《一妾》題云：『且三代以上多丈夫，三代以下多

妾婦。上競諂媚而妾在朝，下盡逢迎而妾在野。』持論奇快，皆可作當頭棒喝。同上

虹橋冶春詞

漁洋冶春虹橋事在康熙甲辰，風流文采，炤映湖山。《倚聲初集》漁洋、程邨同輯錄紅橋懷古《浣溪沙》十闋，末注云：『紅橋詞卽席賡唱，興到成篇，各采其一，以誌一時勝事，當使紅橋與蘭亭竝傳耳。當時同遊十人，漁洋遊記未詳。《倚聲集》傳本絕少，亟錄以備甄揚故者述焉。『北郭清溪一帶流。紅橋風物眼中秋。綠楊城郭是揚州。　西望雷塘何處是，香魂藴落使人愁。澹烟芳草舊迷樓。』漁洋三闋存一『六月紅橋漲欲流。荷花荷葉幾時秋。誰翻水調唱涼州。　更欲放船何處去，平山堂上古今愁。不如歌笑十三樓。』杜濬『清淺雷塘水不流。幾聲寒笛畫城秋。紅橋猶自倚揚州。　五夜香昏殘月夢，六宮釵落曉風愁。多情烟樹戀迷樓。』丘象隨『郭外紅橋半酒家。柳陰之下《詞綜》作柳陰陰下有停車。笙歌隱隱小窗紗。　曲水已無黃篾舫，夕陽何處玉鉤斜。綠荷開遍舊時花。』袁于令『紫陌青樓女史家。門前偷下六萌車。彄環雙臂綰紅紗。　十二闌干閒倚遍，黃鸝嚦上內人斜。隔江愁聽《後庭花》。』蔣階　元評：數首，以此爲絕唱。『一曲紅橋三兩家。門前過盡卓金車。碧楊深處紡吳紗。　疏雨撩風偏細細，晴波受月故斜斜。無情有思隔溪花。』朱克生『狹巷朱樓認妾家。捲簾初下碧油車。東風翠袖曳輕紗。　岸上鶯歌隨柳弱，水邊燕尾掠波斜。春江流落可憐花。』張養重『綠樹陰濃露酒家。小廊迴合引停車。銀箏嬌倚杏兒紗。　水調歌頭聲未了，曲闌干外月光斜。聲聲渡口賣荷花。』劉梁嵩『隱

隱簫聲送畫橈。迷樓無影見平橋。不須指點已魂銷〔一〕。港口荷花紅冉冉，岸邊野草碧迢迢。遊人依舊弄新潮。』陳允衡『鳳舸龍船放畫橈。江都天子過紅橋。而今追憶也魂銷。繡瓦無聲春脈脈，羅幃有夢夜迢迢。漫天絲雨咽歸潮。』陳維 安丘曹升六貞吉《珂雪詞》亦有追和之作：『幾曲清溪泛畫橈。綠楊深處見紅橋。酒帘歌扇暗香銷。白雨跳波荷冉冉，青山擁髻水迢迢。三生如夢廣陵潮。』神韻絕佳，與諸名輩抗手。《選巷叢談》

【校記】

〔一〕魂銷：底本誤倒，據詞韻及和作改。

紙煤詞

湘綺王先生，淹雅閎達，並世無兩，餘事填詞，亦並皆佳妙。有《長亭怨慢·詠紙煤》一闋，尤爲絕唱：『記纖手、搓繇掐粉。早又拈起，筋圓輕筦。巧削蔥根，細吹蘭氣，捲紅暈。酒邊茶後，頻敲處、微烟引。看似碧蕉心，不許展、春風一寸。香盡。怎知香歇了，剛被冷茸留燼。殷勤接取，喜羅袖、暗傳相近。待寫盡、玉版相思，便燒卻、成灰堪認。莫點作孤鐙，長是照人離恨。』歲在辛卯，湘社諸子有《一萼紅》聯句詠紙煤，藻思綺合，不愧後來之秀，詞云：『捻春纖。爇芳心半點，紅得到儂邊。程頌萬子大。藕臂初擡，蘭魂乍瞥，茜絲低裊微烟。姚肇椿壽慈。記擘向阿娘雙手，凭玉案，搓作並頭圓。子大。拈傍櫻脣，噓從檀口，兩意相憐。壽慈。走近碧紗幮裏，有銀荷未上，還倩伊然。子大。捲欲同蕉，化還如粉，未須分裂蠻箋。壽慈。笑郎心、較渠還熱，裏相思、一寸一纏綿。子大。卻怕尖風損餤，背過簾前。壽慈。』又云：『一痕纖。費春尖幾箇，捲向鏡臺邊。易順鼎中實。釧響偎燈，衫紋疊袖，和玉先種秋烟。易順豫叔由。算終是、成灰化粉，又底用、搓到十分圓。中實。束比蔥多，裏同蕉小，身世堪憐。叔由。曾惹卿卿膽嚇，記檀郎狡獪，口內能然。中實。一寸相思，幾重心事，誰耐焚著吟箋。叔由。看銷盡、殘紅半霎，化香霧、雙縷細如緜。中實。最是蘭魂易冷，偏在花前。叔由。』

巧妻常伴拙夫眠文

近人有以《巧妻常伴拙夫眠》爲題，作制舉藝者，鈴圓磬澈，極合光緒初年墨裁，尤足解頤而破睡也。文云：『有足爲巧妻解者，雖伴眠亦可無憾焉。夫妻而曰巧，拙夫非其倫矣，而胡爲眠竟常伴也，詎非天哉？且自天地靈秀之氣，不鍾於男子，則夫其所獨鍾者，宜其愛惜甚至矣。乃不唯不愛惜之，而顧顛倒摧殘之，使之日汩沒於寢興寤寐之間，而幾不克以自保。而身歷其境者，大都習聞見而順受若固然，而並不敢問天意之何居也。今夫一定者前因，凰鳳卜和鳴之雅；而兩歧者資稟，薰蕕占臭味之殊。彼巧妻與拙夫，何容相提並論哉！雪膚花貌，嫵媚能增；繡口錦心，聰靈獨絕。而亦非有精而無麤也。克勤克儉，更不辭縫紉井臼之勞。於是戚族之間，有交譽其賢能者，而姑嫜妯娌無論矣，斯巧妻之巧，蔑以加矣。飽食暖衣，寸長莫展；蚤寢晏起，一藝難名。而亦非大智之若愚也。不識不知，幾莫喻絪緼化醇之妙，於是日用之端，有難期其洞悉者，而事業功名何望矣，斯拙夫之拙弗可及矣。

且夫妻與夫，敵體之稱也；巧與拙，懸殊之勢也。何巧者常不與巧遇，拙者常不與拙遇也？此其中蓋有天焉。氣數之限人，豐於此者嗇於彼。使妻巧而夫亦巧，則乾坤之清氣畢萃於一門，豈不甚美？而天弗許也。彼蒼之賦物，益其寡者，裒其多，使夫拙而妻亦拙，則宇宙之棄材轉成爲嘉耦，亦復何傷？而天不爲也。不然，眠何事也，而漫使伴之哉？是不必爲巧妻惜，是不必爲拙夫幸。且夫房幃之昵愛，彌徵誼篤唱隨耳。妻也名姝，可耐雞棲豚柵；夫也笨伯，竟偕燕侶鶯儔。儼然冰炭之投，而相近相親，亦復盟山而誓海者，無他，數之常，不可逃也。誤我聰明，悔奪天孫之錦；爲郎顛頷，敢憎月老之繩。藍筍象牀，乃至載幽憂而不足，旁觀者或猶有名花墮溷之傷也。縱目染而耳濡，伴之有年。拙者或爲巧者化，而奏功非旦夕，不知摩盪幾經矣。東牀之腹，竟坦當年；西子之眉，不顰何日？爲夫者，尚其自知愧勵也夫。且夫牀笫之燕私，益見情深伉儷耳。妻也鍼神馳譽，錦何讓夫回文；夫也椎魯貽譏，碑竟同於沒字。勉爲鑿枘之入，而可親可狎，亦復浹髓而淪肌者，無他，事之常，若無異也。實偪處此，忍忘戒旦於雞鳴；彼惛不知，未必懷慚於鳩守。錦衾角枕，相與歌同夢而難甘，有心人不能無彩鳳隨鴉之嘅也。縱神離而貌合，伴之雖久，巧者寧爲拙者容，而聚首在晨昏，夫固瑕瑜不掩矣。但得雙飛，那輸蝴蝶；也拚獨宿，卻羨鴛鴦。爲妻者，尚其自安時命也夫。嗟乎！清才濃福，二者難兼；名士美人，千古同歎。此其中蓋有天焉。彼姝者子，雖欲不安常處順得乎？』《臼辛漫筆》

西廂題文

昔尤展成先生以『臨去秋波那一轉』制體文，受知九重，藝林傳爲佳話。近人來雪珊鴻瑨《綠香館稿》有『投至得雲路鵬程九萬里，先受了雪窗螢火十餘年』時文一首，尤文以輕靈勝，此則以整鍊勝。周規折矩，極合墨裁，茲錄如左：『其有所至者，必其先有所受也。夫雲路鵬程，人所樂至也；雪窗螢火，人所不樂受也。盍卽張生之言思之？且人生閱歷，所最易辨者，甘苦兩境耳。所最難忍者苦，而其所苦者，非終於苦也，苦卽有甘至也。所最難得者甘，而其所甘者，非遽能甘也。甘實從苦來也。如張生所謂雲路鵬程、雪窗螢火，蓋形容殆盡者耳。身世近拘囚耳，忽然而擬以雲，擬以鵬，則淩千仞而摩九霄，隨處皆寬閒之宇。試思我猶是人，何能至是乎？蓋醞釀幾經而霖雨，變化幾經而摶風，天空地曠之中，知有無愧爲雲，而紛郁成奇；無愧爲鵬，而扶搖直上者。男兒當自彊，身外逕途，天地爲爾開闢矣。跬步皆荊棘耳，無端而與雲路，與鵬程，則乘帝鄉而翔天闕，到處皆浩蕩之遊。試思我僅爲人，奚遽及此乎？蓋空山出而龍爲之從，大海飛而鷗爲之起。太虛輕清之表，早有不雲路而與雲徵瑞，不鵬程而與鵬超空者。富貴逼人來，寰中景象，鬼神爲爾前導矣。則於九萬里閒而投至者，豈偶然耶？蓋其受雪窗螢火已非一日也。夫不見孫康之映雪於窗乎？紙帳銅缾之側，他人方設羊羔美酒，圍爐以取歡耳。不意寒月聳肩，蝸廬吟嘯，淒風徹骨，蠹簡摩挱，其聲澈戶外者，正幸乾坤不夜，向書幌而分輝也。是天之玉成我也。較之騎驢灞上，擁馬關前，此景猶覺安穩矣，而雪窗之清味有餘矣。又不見車允之囊螢取火乎？瓜棚豆架之間，他家方舉小扇輕羅，消閒以避暑耳，不意分輝代蠟，點點燐飛，揮汗驅蚊，熒熒夜照。其掩映案頭者，猶幸更漏方長。比燈檠以相伴也，是物之嘉惠我也，較彼然到糠燈，燒來藜杖，此中更覺分明矣，而螢火之借光不少矣。英年蚤達之流，初不知讀書爲何事，而文章有價；方且以躐登魁榜，不數年而面目頓更者。有心人所以嘆儒冠誤我也，而何知爲雪窗、何知爲螢火也？而不然也，大抵艱苦之程途，斷不與以倉猝快心之事。未來之遭際，造化原以厚報勞人，當境之持循，夢寐不容稍釋故物，寒往暑來之地，雪與螢不啻隱催其候者。彼寒灰槁木，不且徒爲兩大廢材哉！十餘年中堅忍安之，窮廬卽吾位置處也。今日窗火勤而處境甚窄者，他日程路闢而處境反寬矣，何不先時盡之歟？貴冑名門之地，初不聞積學於何年，而福命有權，轉以驅使錢神，挾萬金以超遷不次者，有識者所以慨資格限人也。而何所謂雪窗？何所謂螢火也？而不然也。自來功名之建樹，要必從聖賢門徑而來，藉夤緣而濫廁冠裳，已甚妨賢傑進身之路。遭盤錯而擔當宇宙，本無意儒生稽古之榮。飛騰指顧之間，雲與鵬不啻早呈其象者，則尺璧寸陰，奈何坐廢百年至寶哉？十餘年內安貞耐之，苦海應有填滿時也。前之時歷雪窗螢火而無逸非勞者，後之時當雲路鵬程而由嗇入寬矣，何弗先事圖之歟？張生以爲自命非庸碌，而自强外又無他術也，豈以棘闈守暖、鐵硯磨穿而遂已哉？有志者盍思之。』同上

附　俗語試帖二十四首

東齋居士

叫化三年嬾做官

未識貧而樂，爭云祿可干。三年憑叫化，再命嬾之官。入市吹簫易，趨衙聽鼓難。豪華慵與逐，襤褸久相安。宦海風波險，窮途歲月寬。有成辭上考，行乞足餘歡。跡漫飛雙舄，情惟寄一簞。齊人多少輩，此例詎同看。

好喫還是家常飯

是飯都堪喫，家居只率常。試思誰最好，還覺此爲良。旅館曾飢渴，官廚亦飫嘗。何如中饋進，究比外庖强。品味閒評騭，肴飧細揣量。漫矜華饌美，難敵菜根香。夜雨留佳客，秋風憶故鄉。寄言遊食輩，休妄羨膏粱。

債多不愁

是債誠難負，非多亦可愁。券操行處有，臺築避何由。子母權雖善，錙銖較莫酬。空囊知共諒，高枕且無憂。願比淮陰將，欣添海屋籌。靡償昭晝一，自得喜優遊。故紙憑山積，通財付水流。儻皆逢市義，應慰借荊州。

一箇和尚挑水喫兩箇和尚擡水喫三箇和尚無水喫

水飲供和尚，何論一二三。挑連擡並力，無與有相參。行腳憐孤注，駢肩弛重擔。眾擎當易舉，交臂失分甘。品列殊單挂，∴成異兩驂。如川忘掘井，扛鼎讓同龕。梅望覯如是，茶烹悵不堪。好將龍鉢呪，來證渴伽藍。

家賊難防

賊竟由家出，難防亦必防。此風應早弭，爲日慮方長。巧越穿窬輩，陰聯婢媪行。旦昏攜取便，親串往來常。習處原無忌，周巡或未遑。主人猶伏枕，豪客已傾囊。鑒莫前車覆，聲慚外梱揚。載船鍼不漏，珍重爲深藏。

圖便宜買老牛

牛老何妨買，便宜正可圖。其犉忘牝牡，以約較錙銖。失計愁傷惠，平情喜善沽。愛方辭舐犢，廉好惜飛蚨。省卻軒昂價，牽來觳觫軀。犁雲酬賣劍，喘月免供廚。漫說形羸甚，曾知售賤無。千金誰市駿，笑煞勘財奴。

賊去纔關門

賊已抽身去，門纔藉手關。未經開戶緝，辛苦隔垣攀。席捲欣長往，囊傾那復還。青氈蒙特置，白板勉加擐。胠篋渾忘跡，扃扉若等閒。屋修緣寇退，城閉早師班。不掩曾留月，全空只見山。何如親點檢，先事絕姦頑。

無錢使翻故紙

故紙相忘久，今朝特一翻。因無錢可使，念及券猶存。棄惜同雞肋，搜應失蠹魂。責償權子母，收息指兒孫。反覆看多幸，叢殘檢與論。焚之難市義，負我亦忘恩。敢信能操獲，聊憑作救援。儻逢歸趙璧，古誼竟誰敦。

情人眼裏出西施

漫許西施美，人偏屬有情。關心先出眾，到眼早傾城。豈必顰能效，由來目已成。蘿村難再得，藻鑒獨相驚。惜豔憐香意，推襟送抱誠。休論蒙不潔，敢信視思明。阿好風姿詡，私衷月旦評。要知天下重，卓識辨虛聲。

忍得一時之氣省得百日之憂

善養和平氣，於焉可省憂。一時宜隱忍，百日得優遊。果欲尋真樂，須防亂大謀。會無千載失，暇且十旬休。褊急心多累，含宏象不侔。有容非示弱，無忤早驅愁。事過應堪喜，持謙自寡尤。浩然安所遇，身世等虛舟。

做了一世鷂鷹被麻雀啄瞎眼睛

一世雄安在，鷹眸頓失明。被他黄口雀，啄此赤瞳睛。屢避珠能彈，翻教淚莫傾。屋穿工短喙，殿擊嘆長盲。唶嘖聊紓憤，飛揚浪得名。瞭曾矜掣電，災竟爲知更。拙性嗤鳩化，危機等虎攖。將軍今已矣，偕燕賀昇平。

有錢使得鬼推磨

推磨翻新樣，功惟在有錢。通神原自可，使鬼豈徒然。但得多焚楮，何難隱執鞭。骷髏甘效力，指臂勇爭先。陰雨饒蚨集，罡風逐螘旋。麪麩車共載，榆莢貫憑穿。漫道幽明隔，能無子母權。笑他鍾進士，驅策只空拳。

教會徒弟打師傅

就傳教全會，居然弟打師。忍將夫子道，翻等劣徒爲。青本由藍出，强何被弱欺。從遊能事畢，若撻愧心知。益請功曾倍，蒙求跡已馳。傳薪羞夏楚，喝棒徹皋比。好乃人之患，鞭應衆所嗤。後來居上者，宜切水源思。

有福莫享盡有話莫講盡

有者期無盡，常將地步留。福膺思克享，話出懔承羞。玉汝於成也，金人可戒不。禔躬時撙節，捫舌莫輕浮。積善徵餘慶，書紳藉寡尤。錫兹謙受益，懲彼巧如流。繁祉宜珍惜，嘉謨貴敬修。蘊含何限量，垂裕作貽謀。

泥菩薩過河自身難保

自覺身難保，泥神欲渡河。人皆尊菩薩，佛漫賴彌陀。貌飾莊嚴相，心驚浩蕩波。沾濡防潰敗，沈溺慮銷磨。浪駭黄龍滚，經愁白馬馱。豈能杭葦渡，誰信坐蓮過。尚惜塵心化，休將木偶訶。我躬方不閲，彼岸竟如何？

有借有還再借不難

一借何妨再，須教義兩安。通財相助易，久假不歸難。儻作荊州想，非同合浦觀。劉郎慚省識，馮婦笑蹣跚。舊主原非吝，前盟未可寒。然眉重有濟，反手豈無端。說免今爲甚，情毋早竭歡。連番攜取便，趙璧自應完。

又要馬兒跑得好又要馬兒不喫草

既要還須要，相兼責馬兒。登程應善走，在廄貴忘飢。牧失平蕪地，調違淺草時。驟駸勞汗血，苗藿吝生資。有駜期奔電，求芻等茹芝。健蹄千里駛，枵腹一鞭隨。駕彼嗟瘏矣，憑誰記秣之。立心徵廣遠，三復魯《駉》詩。

明日戒酒

酒豈能無戒，崇朝可變更。醉醒醒復醉，明日日還明。昨夜曾消渴，今晨且解酲。當歌聊遣意，割愛若爲情。敢待來年已，知難頃刻行。懲酣應在卯，悔過屢先庚。蟻泛香堪惜，烏飛夢亦驚。賓筵詩可誦，平旦有鐘聲。

山中無老虎猴子稱大王

猴子誠何數，山中虎氣騰。自無班使在，竟博大王稱。牧伯羣推長，攀援自詡能。身原同鶴化，號孰教猱升。耽視知安往，雄風得未曾。威懾寅客假，嘯比夜郎矜。臂豈侯封貴，冠因澣沐增。果然標竟奪，賦芋眾狙承。

賣菜人喫黃葉

老圃饒風味，權操賣菜人。何緣黃葉啖，轉致素飧貧。入市憑昂價，登盤早薦新。嫩香盈把露，寒翠一肩春。買哂渠求益，傭憐我取陳。爭沾先菽甲，自奉但齏辛。采綠宜供售，餘金亦足珍。餐英當不異，淡泊養吾真。

茅廁裏的石頭又臭又硬

得地誇茅廁，呈材詡石頭。臭知爭掩鼻，硬孰肯垂眸。積薉偏多又，蒙污徑自由。腥臊參鮑肆，倔强恃鴻溝。落溷緣殊惡，盤空語更遒。異芬蘭麝遜，堅壘漆膠投。濁漫將銅鄙，黃翻笑紙柔。圊軒標勁質，遺跡晚年留。

睡著的老虎不要驚醒他

有虎方酣睡，憑他慎勿驚。醒來遭甚怒，搏去恐難攖。假寐心猶猛，周防耳或傾。春風狂正息，夜月夢初縈。齁船憑安帖，咆哮息忿爭。思將探穴妄，勢且負嵎成。履尾占終吉，蒙皮誚莫輕。何如瞻鳳閣，聊用作書評。

是非終日有不聽自然無

蜚語常終日，紛然實有徒。不將讒謗聽，自覺是非無。晨夕從教數，癡聾豈果愚。慢饒爲厲舌，虛切剝牀膚。耳洗神何爽，脣搖勢必孤。斐難成貝錦，流等止甌臾。譖愬慚明遠，譸張絕矯誣。願將乾惕志，長此佩嘉謨。

莫罵酉時妻

妻縱能招罵，寬容在酉時。當懲原自可，近夜卻非宜。鴛伴諧琴瑟，雞棲念桀塒。既昏應便息，同夢奈相訾。假值明燈候，偏教脫輻爲。卯酣曾解否，申詈或隨之。辱詆情多恝，良宵悔已遲。何如交戒警，昧旦效風詩。

説部擷華卷四

攷證

關節

元載專政納賄，嬖寵姬薛瑶英，怠於庶務。而瑶英之父宗本、兄從義，與母趙娟，及中書主吏卓倩等，遞相出入，以搆賄賂。天下賫寶貨求大官職，無不指薛、卓爲梯媒，當時號爲關節，後世遂以關節爲賄賂官府之通稱。《矩齋雜記》

閏正月

或謂古無閏正月，余曰不然。元仇遠詩：『閏正月過二月來，溧陽溪頭花亂開。濃雲急雨洊雷電，不待羯鼓花奴催。』《炙硯瑣談》

薄相

吳人謂嬉遊曰『薄相』，《蘇州府志·方言攷》載之。東坡《泛潁》詩：『此豈水薄相，與我相娱嬉。』不知東坡又何所本也。《蕙櫋雜記》

點心

《能改齋漫録》言世俗例以早辰小食爲點心，自唐已然，引唐鄭傪夫人顧其弟曰『我未及餐，爾且可點心』爲證。見《金華子雜編》。今天下無不呼點心，惟吾鄉尚呼小食。《説文·口部》：『嘰，小食也。』二字甚古。《交翠軒筆記》

香海棠

《雪蕉館紀談》：明王子珍、子昇在重慶，取涪江青蟵石爲茶磨，令宫人以武隆雪錦茶碾之，焙以大足縣香霏亭海棠。海棠花無香，獨此地有香，焙茶尤妙。按：《冷齋夜話》：『天下海棠無香，昌州海棠獨香。』則海棠有香，不僅大足。同上

小姐

《桯史》：太湖洪恭順練有妾，曰小姐。《齊東野語》：楊安兒有妹，曰小姐姐。《陶朱新錄》：陳彥修有侍姬，曰小姐。蓋小姐本當時婦女之通稱。見《能改齋漫錄》。小者其名，猶小娥、小奴之類，故《玉堂逢辰錄》有宮人韓小姐，《夷堅志》有散樂林小姐，不若今時爲宦女之美稱也。同上

《琵琶記》、《三國演義》

明人作《琵琶記》傳奇，而陸放翁已有『滿村都唱蔡中郎』之句。今世所傳《三國演義》，亦明人作。然東坡集記王彭論曹、劉之澤云『塗巷小兒薄劣，爲其家所厭苦，輒與數錢，令聚聽說古話，至說三國事，聞玄德敗，則嚬有蹙涕者；聞曹操敗，則喜唱快。以是知君子小人之澤，百世不斬』云云，是北宋時已有演說三國野史者矣。又李義山《驕兒》詩：『或謔張飛胡，或笑鄧艾吃。』似當日俳優已有以益德爲戲弄者。同上

妻梅子鶴

《宋史》言林和靖不娶無子，故世有妻梅子鶴之説。而閩人林可山，自稱和靖七世孫，其所著《山家清供》亦稱「先人和靖」云云。又林霽山《孤山》詩：「耳孫今白髮，酹酒滿寒蕪。」若亦自謂處士裔孫者。蓋宋人最重和靖，其名在楊朴、魏野之上，故遙遙華胄，人爭攀附。可山當時已有瓜皮搭李皮之誚，霽山籍隸平陽，亦與臨安無涉。和靖《小圃春日》詩：「於陵偕隱事，清尚未相同。」《懷曹南通守任寺丞》詩：「赤腳我猶無一婢，黑頭君合作三公。」是和靖實無妻妾，焉得有子？東坡詩：「自言不作封禪書，更肯悲吟白頭曲。」亦可爲和靖不娶之證。同上

冠者五六人童子六七人

皇侃《論語疏》載：或云：「「冠者五六人」，五六三十人也；「童子六七人」，六七四十二人也。四十二就三十，合爲七十二人，孔門升堂者，七十二人也。」莫不哂其迂謬。然淵明《讀史述九章》，其詠七十二弟子云：「恂恂舞雩，莫曰匪賢。俱映日月，共餐至言。」則正用此義，似亦漢以來相傳舊説。又《太平廣記》引《啓顔録》云：北齊石動筩，于國學中問博士曰：「孔子弟子達者七十二人，幾人已著冠？幾人未著冠？」博士曰：「經傳無文。」動筩曰：「已著冠有三十人，未著冠有四十二人。」博

士曰：『據何文以辨之？』曰：『《論語》云「冠者五六人」，五六三十人也；「童子六七人」，六七四十二人也。豈非七十二人乎？』坐中皆大笑，蓋笑其滑稽，而不知其實述古義。《有不爲齋筆記》

跨竈

子勝其父，名曰跨竈。不知所解。或云：馬前蹄之上，有兩空處，名曰竈門，凡善走之馬，前蹄之痕卽地，則後蹄之痕反在前蹄之先，故軍中謂之跨過竈門。夫後過於前，以擬子過其父，似爲較切。《重論文齋筆録》

曶鼎

《山左金石志》載曶鼎，文最長，凡四百字。《論語》『仲忽』，《漢書·古今人表》作『仲曶』，豈卽仲忽鼎耶？《麗澞薈録》

五通

內典有五通仙人，非世所謂五通神也。東坡《答南華老師》詩：『恰著衲衣歸玉局，自疑身是五通

仙。』同上

竈王

北俗稱竈神曰竈王，自唐已然。李廓《鏡聽詞》：『匣中取鏡辭竈王，羅衣掩盡明月光。』同上

骨牌

謂骨牌起於明末者，非也。《菽園雜記》云：崑城夏氏與處州衛一指揮爲親舊，指揮聞夏氏有淑女，求爲子婦，女之祖獨不許。因會客以骨牌爲酒令，祖設難成之計，謂求婚者云：『蒱牌若得天地人和，四色皆全，卽與成婚。』一掷而四色不爽，衆驚異，遂許之。同上

俗語常談皆有出處

俗語『削足就韡』，卽荀爽傳『截趾適履』，同一義也。『不探虎穴，安得虎子』、『士別三日，刮目相待』，皆呂蒙語，見《三國志》。『一字入公門，九牛拔不出』，徑山杲禪師語。『衙門六扇開，有理無錢莫進來』，見汪輝祖《佐治雜言》。『逢橋須下馬，過渡莫爭船』，見《侯鯖錄》。『物輕人意重，千里送鵝

毛』，見沈作喆《寓簡》。『丈夫膝下有黄金』，宋僧省宗語。『獨樹不成林』，乃湖州人嘲戴工部詩，見《鶴林玉露》。『恭敬不如從命』，見贊寧《笋譜》。『臨時抱佛脚』，出孟東野詩及《劉貢父詩話》。『書中自有黄金屋』，出李之彦《東谷所見錄》。『捉賊須捉贓，捉奸須捉雙』，見胡大初《晝簾緒論》。『欲人勿知，莫若勿爲』，見《說苑》。『遠水不救近火』，《北史》赫連達語。案：『遠水不救近火』，見《韓非子》。魯穆公使衆公子或宦於晉，或宦於荆，犁鉏曰：『假人於越而救溺人，雖善游，子必不生矣。失火而取水於海，海水雖多，火必不滅矣，遠水不救近火也。今晉與荆雖强，而齊近魯，患其不救乎？』『千人所指，無病而死』，見《漢書·王嘉傳》。『易求無價寶，難得有心郎』，乃魚玄機詩。『上無片瓦，下無立錐』，船子和尚語。『兒孫自有兒孫福，莫與兒孫作馬牛』，徐神翁詩。『得饒人處且饒人』，宋棋仙語。他如『伶俐爲鯽溜』，見盧仝詩。『贊美爲唱采』，見《慶元黨禁》。『若要好，問三老』，本《周禮疏》。『嫁狗逐狗，嫁雞逐雞』，係宋趙汝燧詩。『七菱八落』，見萬光泰《鴛湖采菱曲》，言菱過七日則落。『天高皇帝遠』，係元末民間語。『一客不煩二主』，見《山谷集》。『火燒紙馬鋪，落得做人情』，出《古今談概》。『一言既出，駟馬難追』，出《五燈會元》。『叩頭如搗蒜』，明正德間人語。『午飯曰中飯』，見《魏志·王修傳》注。注引《魏略》。『救人一命，勝造七級浮圖』，見戚繼光《練兵實紀》。『金玉滿堂』，出《老子》。『人面獸心』，出《漢書·匈奴傳贊》。『養子防老，積粟防飢』，出《新安志》。『女生外向』，出《白虎通》。『花花孝』，出《日下舊聞》。『百孔千瘡』，出韓退之《與孟襄陽書》。『張三李四』，出林酒仙詩；王介甫亦云：『張三袴口窄，李四帽簷長。莫言張三惡，莫愛李四好。』『雪中送炭』，出范石湖詩。『只許州官放火，不許百姓點燈』，本《老學庵筆記》：『田登作郡，自諱其名，上元放燈，爲放火也。』『錦上添花』，出黄山谷六言詩。『龍生龍，鳳生鳳，老鼠生兒沿屋棟』，見《普燈錄》。『閒時不燒香，忙時抱佛脚』、『辦酒容易請客難』、『饒人不是癡，過後得便宜』、『人算不如天算，捉賊不如放賊』、『好男不喫分家飯，好女不穿嫁時衣』、『牡丹雖好，緑葉扶持』、『鍋頭飯好喫，過頭話難説』，俱見顧起元《客坐贅語》。『無所逃於天地之間』，出《莊子》。『長袖善舞，多錢善賈』、『吹毛求疵』，均出《韓非子》。『以不解解之』，及『掣肘』字，均出《吕覽》。『交淺言深』，出《淮南子》。『畫蛇添足』，出《戰國策》。『一敗塗地』，出《史記·高祖紀》。『陳陳相因』、『武斷鄉曲』，均出《史記·平準書》。『便宜施行』，出《史記·蕭相國世家》。『因禍爲福，轉敗爲功』，出《史記·管晏傳》。『録録因人成事』、『翩翩佳公子』、『利令智昏』，均出《史記·平原君傳》。『當斷不斷，反受其亂』，出《史記·春申君傳》。『緩頰』字，出《史記·魏豹傳》。『旁若無人』，出《史記·刺客傳》。『民以食爲天』，出《史記·酈生傳》。『沾沾自喜』、『不直一錢』、『首鼠兩端』，均出《史記·魏其武安侯傳》。『死灰復然』，出《史記·韓長孺傳》。『麾之不去』、『後來居上』，出《史記·汲黯傳》。『飢不可食，寒不可衣』，出《漢書·景帝紀》。『不達時宜』，出《漢書·元帝紀》。『一人嚮隅』，出《漢書·刑法志》。『投鼠忌器』，出《漢書·賈誼傳》。『談何容易』，出《漢書·東方朔傳》。『爲我多謝』，出《漢書·趙廣漢傳》。『樂此不疲』，出《後漢書·光武帝紀》。『人苦不知足』、『既平隴，又望蜀』，出《後漢書·岑彭傳》。『差强人意』，出《後漢書·吴漢傳》。『有志者事竟成』，出《後漢書·耿弇傳》。『妄自尊大』、『畫虎不成反類狗』，均出《漢書·馬援傳》。『梁上君子』，出《後漢書·陳寔傳》。『尸居餘氣』，出《晉書·宣帝紀》。『上方不足，下比有餘』，出《晉書·張華傳》。『晝有所思，夜夢其事』，出王符《潛夫論》。『耳聞不如目見』，出《魏書·崔浩傳》。『不濟事』，出《北齊·高昂傳》。『天下本無事，庸人自擾之』，出《唐書·陸象先傳》。『眼孔大』，出《唐書·安祿山傳》。『五男二女』，出洪遵《泉志》。『雞肋不足以安尊拳』，乃劉伶語。『刻畫無鹽，唐突西施』，乃周顗語。『酒色財氣』，見《東南紀聞》。『老生常譚』，出《魏志·管輅傳》。『妙手空空』，出袁郊《甘澤謠》。同上

大帥

漢季稱賊渠爲大帥。《吳志·周魴傳》：『錢唐大帥彭式等，蟻聚爲寇。』又云：『黄武中，鄱陽大帥彭綺作亂，攻沒屬城。』是其證也。綺事別見《魏志·劉放傳》注。同上　案：《宋書》自敘索虜大帥拓跋燾自率步騎數十萬云云，則是此稱又可加之鄰國之君矣。

用人不拘資格

明初用人，不拘資格。錢唐以布衣擢吏部尚書，曾泰由秀才擢戶部尚書。有皁隸而擢至布政使者，王興宗也。有尚書而謫爲典史者，魏澤也。興宗守蘇，與魏觀、況鍾相埒。澤亦賢者，保全方孝孺之後。同上

卷地皮

俗語卷地皮，玉川子詩用之，有云：『揚州百姓惡，疑我卷地皮。』謂不理曰不采，誌公時已然，偈云：『遮莫刀劍臨頭，我亦安然不采。』同上

大蟒蛇龍王

《大雲輪請雨經》說諸龍王名號，有大蟒蛇龍王、大毒蛇龍王、牛頭龍王、蝦蟇龍王、蛇身龍王、馬形龍王，皆龍中之最異者。同上

擇壻抛毬

小說盲詞，往往有擇壻抛毬者。按高青丘《宋進士絲鞭歌》：『天街直拂花枝過，擇壻樓高彩毬墮。』諒古有此事矣。同上

文曲武曲

斗第四星爲文曲，卯酉生人所屬。第六星爲武曲，己未生人所屬。小説多言文曲、武曲，亦有本也。同上

三十六禽

十二時凡三十六禽：子爲燕、鼠、蝠，丑爲牛、蟹、鼈，寅爲貍、豹、虎，卯爲蝟、兔、貉，辰爲龍、蛟、魚，巳爲鱔、蚓、蛇，午爲鹿、馬、獐，未爲羊、鷹、雁，申爲貓、猿、猴，酉爲雉、雞、烏，戌爲狗、狼、豺，亥爲豕、蜼、猪，詳《五行大義》。同上

敵人開戶玩處女

黄山谷《送范德孺知慶州》詩：『敵人開戶玩處女，掩耳不及驚雷霆。』按《孫子》：『始如處女，敵人開戶。後如脱兔，敵不及拒。』山谷摭其語也。同上

蠶上樓

陳簡齋《村景》詩云：『蠶上樓時桑葉少，水鳴車處稻苗多。』上樓者，今所謂上山也。同上

三軍

《商子》別有三軍之說：壯男爲一軍，壯女爲一軍，男女之老弱者爲一軍。同上

扈從

相偕而行，亦可稱扈從，不必定指車駕言也。《世說》：殷仲文還姑熟，祖送傾朝，桓敬祖要王參軍同行，王曰：『餞離送別，必在有情。下官與殷，風馬不接，無緣扈從。』同上

滿牀笏

世以滿牀笏事爲郭子儀家，非也。《舊唐書·崔神慶傳》：『開元中，神慶、子琳等皆至大官，每歲

時家宴，組佩輝映，以一榻置笏，重疊於其上。』乃崔氏故實。同上

交代

《後漢書·傅燮傳》：『出爲漢陽太守。初郡將范律舉燮孝廉。及律爲漢陽，與燮交代合符而去，鄉邦榮之。』今前任付後任曰交代，本此。同上

文君

《後漢書·張平子傳》：『文君爲我端著兮，利飛遁以保名。』注：文君，文王也。同上

爲、舊、它、焉

爲，母猴也；舊，鴟鵂也；它卽蛇字；焉卽鳶字。後人訓以作爲之爲、故舊之舊、它人之它、語助之焉，古義頓晦。同上　案：《埤雅》引師曠《禽經》曰：青鳳謂之鶡，赤鳳謂之鶉，黃鳳謂之焉，白鳳謂之鷫，紫鳳謂之鷟。

飯單

今人以方錦或洋布瀕食時護衣，曰飯單，唐已有之。錢希白《南部新書》：范指坐上紫絲飯單曰：『願郎衫色如是。』同上

稟

趙升《朝野類要》：『公事取覆宰執爲白堂，取覆御史爲稟臺。』是白事曰稟，宋已然矣。同上

連襟

俗稱友壻曰連襟，宋時已然，見馬永卿《嬾真子》。奴婢初來爲走盤珠，稍久曰算盤珠，其後呼之不動，曰佛頂珠，元時已有此諺，見《輟耕録》。同上

⿰臼弗

⿰臼弗音發，春也。放翁詩：『⿰臼弗米留雞食，移琴避燕泥。』同上

柴窯

《文海披沙》：『陶器柴窯最古，今人得其碎片，亦與金碧同價。蓋色既鮮碧，而質復瑩薄，可以妝飾玩具。世傳柴世宗時燒造，所司請其色，御批云：「雨過天青雲破處，者般顏色做將來。」惜今人無見之者。』按：此説未足爲據，《宛委餘編》云：陸龜蒙詩：『九秋風露越窯開，奪得千峯翠色來。』最爲諸窯之冠。至吴越有國，日愈精，臣庶不得用，卽所謂柴窯也。或云製器者姓，或云柴世宗時始進御，則柴窯卽越窯。顯德御批之説不確。同上　案：宋處州章氏兄弟俱以陶器箸稱，兄曰生一，弟曰生二，兄所陶尤美，號哥窯。又宋時汝州燒者，淡青色，曰汝窯。出北直隸定州，有繡花、畫花、印花三種，曰定窯。宋時內司燒者，色粉青爲上，曰官窯。又宋廬陵之永和市有舒翁，工爲玩具，翁女尤善，號曰舒嬌，其鑪甕諸色幾與柴、哥等價，今景德鎮陶工多永和人。

冰鑑

今人頌試官有識，輒稱冰鑑，不知冰鑑之鑑，非鏡也。《周禮》：『凌人掌冰，春始治鑑。』鄭注：鑑如甀，大口，以盛冰，置食物於中，以禦溫氣。同上

轉燭

何琇《樵香小記》云：讀工部《佳人》詩，初不解『轉燭』字，後偶坐佛閣，檢《大藏》，乃知『富貴貧賤，有如轉燭』出《佛說貧窮老公經》，此老固無所不讀。同上

㪃敃

《詛楚文》：『絆以㪃敃，衫以齊盟。』卽婚姻字別體。同上

男娼

宋制：男子爲娼，杖一百，告者賞錢五十貫，見《萍洲可談》。同上

弔、查

明世公移已用『查』字、『弔』字。《菽園雜記》云：『查與槎同，水中浮木也。今云查理、查勘，有稽考之義。弔本傷也，愍也。今云弔卷、弔冊，有索取之義。』此沿譌踵謬，而未能正者也。同上

汗揭

俗稱小衣曰汗揭，元世已然。歐陽圭齋《漁家傲》詞『血色金羅輕汗揭』是也。同上

通家

《魏氏春秋》：太傅薨，夏侯元嘆曰：『此人猶能以通家年少遇我，子元、子上，不吾容也。』則漢

魏之世已重通家。《南潛楛語》

塗裘

《左傳》『菟裘』，《公羊》作『塗裘』，其傳云：『隱曰否，吾使脩塗裘，吾將老焉。』同上

方湖

近人作賦有用『員嶠方湖』者，或疑『方壺』之誤，非也。《拾遺記》云：『員嶠山上有方湖，周回千里。』同上

摶風

屋翼曰摶風《甘泉賦》注，一稱拒鵲《宋史·輿服志》，屋檐曰雀梠《方言》注，屋四角引出曰陽馬《景福殿賦》注，廳廊曰步廡《唐書·崔郾傳》，長廊有闌楯曰旱船《湛淵靜語》，複闌曰重櫟《史記》注，小屏曰防《文選》注：《爾雅》：『容謂之防。』樓梯曰亟道《世說》。

器用別名

持風使，扇也。明支廷訓有《持風使傳》。容成侯，鏡也。司空圖有《容成侯金炯傳》。蘇理相公，櫛也。支廷訓有傳。商君，酒杯也。劉啓元有《商君傳》，姓陶，名一中，家於饒之景德。新城侯，澡盆也。支廷訓有傳，姓陶，名以滌。壺子，酒壺也。劉啓元有傳。高密侯，傘也。南唐周則造傘餬口，後戚連椒闈，後主戲曰：『非吾富貴汝，高密侯提攜起家也。』故傘稱高密侯。卻老先生，鑷也。《南康記》。青奴，竹夫人也。山谷詩序。一曰抱節君，楊鐵崖有傳云：夫人竹氏，名笯，字玲瓏。湯媼，煖足瓶也。吳寬有傳。一曰錫奴。引光奴，發燭也。《小知錄》。一曰焠兒。湯藴之，茶壺也。亦支廷訓戲爲傳。曾元彦，甑也。《宣室志》。同上

玉尺

顏魯公《李齊物神道碑》，上嘗賜公玉尺一，詔曰：『謂之尺度，可以裁成。卿實多能，故爲此賜。』今人用作典試故實，不知何本。同上

顛不刺

《金陵瑣事》：萬曆四年，張江陵將南京所藏寶玩盡取至京中，有顛不刺寶石一塊，重七分，老米色，若照日，只見石光。箋《西廂記》者，以顛不刺爲美好之稱，竟不知何據。《登齋筆錄》

媚骨

南荒有獸，名曰猈𤟤，見人衣冠鮮麗，輒跪拜而隨之，驅擊不去。身有奇臭，惟膝骨脆美，謂之媚骨，土人以爲珍饌。世以比善諂者，或以其有媚骨，且字旁从卑屈乎？同上

石炭

煤之利用，自漢時已有之。《前漢·地理志》：「豫章郡出石，可然。」注：「卽石炭。」卽煤也。同上

佛郎機

莆田林俊聞宸濠叛，範錫作佛郎機銃式，未用，濠已擒。王伯安作《佛郎機行》，見《文成集》。同上

上巳當作上己

三月上巳，采蘭水上，祓除不祥，見《後漢書》。周草窗曰：『上巳當作十干之己，蓋古人用日，例以十干，如上丁、上辛之類，無用支者。若午未朔，則上旬無巳矣。今人不論上己，定以三月三日，非古也。王嵎《上己詞》：「曲水湔裙三月二。」顧此可見。』同上

洋呢

今外洋所織羽毛大呢各料，卽古之西番褐也，呢字當作尼。黄山谷詩云：『飢蒙青精飯，寒贈紫駝尼。』蓋指此。《蕉軒隨録》

計帳

帳，計簿也。《前漢書・武帝紀》：『明堂朝諸侯，受郡國計。』注：『若今之諸州計帳也。』唐時有戶帳。《北史》：蘇綽有六條之奏，周文置諸坐右，令百司習誦，其牧守令長，非通六條及計帳者，不得居官。同上

玉環體弱

玉環體肥，而香山居士詩一則曰『貴妃宛轉侍君側，體弱不勝珠翠繁』，再則曰『侍兒扶起嬌無力，始是新承恩澤時』。同上

告狀

今民間控訴於官衙者，曰告狀。按：狀，札也，又牒也。《北史・魏秦王翰傳》：『翰子儀，道武數幸其第，如家人禮儀，矜功恃寵。遂與宜都公穆崇，伏甲謀亂，崇子遂留在伏士中。道武召之，將有所使，遂留聞召恐發，踰牆告狀，帝祕而恕之。』此殆『告狀』二字之始。同上

小姪

今人於尊長世交前自稱小姪。《侯鯖録》：『欽之作中丞，言劉仲馮。一日，貢父逢之，曰：「小姪何過，致起臺章？」』同上

請安

《儀禮·鄉射禮》：『西階上，北面請安於賓。』注：『傳主人之命也。』《左傳·昭公二十八年》：『公如齊，齊侯請饗之，子家子曰：「朝夕立於其朝，又何饗焉？其飲酒也。」乃飲酒，使宰獻而請安。』杜注：『獻，獻爵也。禮：君不敵臣，晏大夫使宰爲主，獻賓。今齊侯此獻，比公於大夫也。請安，齊侯自安，不在坐也。』此『請安』二字之始。同上

哄士

李義山謂『花間喝道』爲殺風景之一。按《隋書》：『尚書令，給哄士十五人，左右僕射各十二人。』殆卽今人之喝道歟？同上

掌膠

禪家合掌作禮，曰和南，又曰合十。黄滔《丈六金身碑文》：『檀信及門而郄地，童髦遍城而掌膠。』『掌膠』二字，較和南、合十尤新。同上

整容

《泳化類編》：『明太祖時，整容匠專事上梳櫛。』今京師薙髮望子，書曰『整容』，本此。《西雲札記》

天癸

《内經》云：『男子二八而天癸至，女子二七而天癸至。』按：此則女血男精，皆稱天癸。《彦周詩話》：王豐父詩：『白髮衰天癸，丹砂養地丁。』言男子也。《妝樓記》云：『紅潮桃花』，癸水也。又名入月。王建詩：『密奏君王知入月。』此以癸水專屬女人。同上

擡頭

《魏晉儀注》：『寫表章，別起行頭者，謂之跳出。』今曰擡頭。同上

轎

《前漢書·嚴助傳》：『輿轎而隃嶺。』師古注從服虔，音橋。《史記·河渠書》：山行卽轎。一作撟，直轅車也。《說文》：簻，竹輿也。《公羊》『文十五年』傳：『笥將而來也。』注：『笥者，竹簻，一名編輿，齊魯以北，名之曰笥。將，送也。』按此，則竹輿之制，春秋時已有矣，《隨園隨筆》未諦。同上

不娶母同姓

《北史》：周建德六年，詔自今不得娶母同姓以爲妻妾。至宣政元年，制九條宣下州郡，其母族絕服外者聽婚。同上

滿月宴會

《北史·恩幸·韓鳳傳》：『公主生男滿月，駕幸鳳宅，宴會盡日。』同上

古人儕輩稱君臣

《漢書·王陵傳》：陳平謂王陵曰：『於面折廷爭，臣不如君。全社稷，定劉氏後，君亦不如臣。』蓋古人君臣二字，可施之儕輩也。今人止單稱君，而不自稱臣。《日知錄》二十四『對人稱臣』未及此。同上

熊字三點

南監板《史記·夏紀》正義曰：『鯀之羽山，化爲黄熊，入於羽淵。熊，音乃來反，下三點，爲三足也，鼈三足曰熊。』按《說文》：『熊』字四點，今作三點，不成字，未知張守節何據。熊亦作能。同上

甭字

浙江新昌縣有甭馬廟。《顔氏家訓·音辭篇》曰『江南以百念爲憂，言反爲變，不用爲罷，追來爲歸』云云，則此乃罷字也。同上

算命

《西京雜記》卷四：安定皇甫嵩、真玄菟、曹元理，並明算術，皆成帝時人。真嘗自算其年壽七十三，綏和元年正月二十五日晡死，書其壁以記之。至二十四日晡時死，其妻曰：『見真算時，長下一算，欲以告之，慮脱真旨，故不敢言，今果較一日。』按此，術家算命，西漢時已有，非始於唐李虚中也。同上

檔應作當

今官文書，以冊底爲冊檔。按：《説文》無檔字，應作當。《韓非子》：『玉卮無當。』説者以當爲底。《説文》『櫎』字注云：『筐當也。』蓋謂筐之底。又瓜之底亦曰瓜當。《玉篇》：『檔，牀也，又木

名。』無底義。同上

席不當作蓆

《説文》『荐』注：荐，蓆也。字當作席，猶云藉席也。蓆，廣多皃。俗以當枕席之席，非是。同上

官稱缺

《説苑》：齊宣王答閭丘先生曰：『大官無缺，小官卑賤，無以貴先生。』『缺』字始此。顧氏《日知録》謂晉時始有，錢氏《養新録》以爲西漢已有，尚未諦。同上

高春

《淮南·天文訓》：『至於虞淵，是謂高春。』注：『時加戌，民碓春時也。』桉：日用十二辰字始見此。同上

精舍

《管子·内業篇》：『定心在中，耳目聰明，四枝堅固，可以爲精舍。』精也者，氣之精者也。此『精舍』二字所自始。同上

驥隙駟隙

《史記·張良魏豹傳》皆有『人生世間，如白駒過隙』語。又《李斯傳》云：『夫人生居世間也，譬猶騁六驥過決隙也。』《墨子》云：『人之生乎地上之無幾何也，譬之猶駟馳而過隙也。』今人引典，祇用駒隙，罕有及驥隙、駟隙者。《冷廬雜識》

首飾

《毛詩》：『副笄六珈』。《傳》云：『副者，后夫人之首飾，編髮爲之。』『首飾』二字始此。劉熙《釋名》有『首飾篇』，凡冠冕弁幘、簪纓笄瑱之屬皆列焉。是統男婦而通名曰首飾矣。今獨以號婦人釵珥等物，蓋猶沿《詩傳》之說。同上

卑職

元袁清容桷《上柏柱修遼金宋史事狀》，自稱『卑職』，袁時官翰林侍講學士，乃爲此稱。今翰林於上官前稱晚生，惟外官自五品以下，見上司則自稱卑職。同上

當票

鄺湛若有《前當票序》、《後當票序》，全謝山《春明行篋當書記》述之，因謂六經三史，有無當字。

桉：《後漢書・劉虞傳》：『虞所賚賞，典當胡夷。』注：『當，丁浪反。』是『當』字所自始也。同上

蠟燭

《禮記》：『燭不見跋。』注云：古未有蠟燭，惟呼火炬爲燭。火炬照夜易盡，盡則藏所然殘本。

桉《西京雜記》：『寒食禁火日，賜侯家蠟燭。』韓翃詩所謂『日暮漢宮傳蠟燭，輕烟散入五侯家』是也。觀此可知當時民間尚未有蠟燭，則燭之用蠟，或始於漢。《物原》謂成湯作蠟燭，恐未足據。同上

對花啜茶

對花啜茶，唐人謂之殺風景。宋人則不然，張功甫《梅花宜稱》有『掃雪烹茶』一條，放翁詩『花塢茶新滿市香』，蓋以此爲韻事矣。同上

你

你字本作伱，《後周書·異域·波斯列傳》：『你能作幾年可汗？』此其字之初見於史也。又《北史·李密傳》：『與你論相殺事，何須作書傳雅語？』同上

鬬蘭

鬬草見於《歲華紀麗》，鬬茶誌於《茶錄》。《中州集》：『馮内翰璧，致仕，居崧山龍潭。山中多蘭，每中春作花，山僧野客，人持數本詣公，以香韻高絕爲勝，少劣則有罰，謂之鬬蘭。』此事類書罕載。同上

玉堂

漢玉堂，乃天子所居，又爲嬖幸之舍。文翁立石室，曰玉堂，則又爲講舍。宋學士院有玉堂，太宗曾親幸，又飛白書『玉堂』之署，以賜蘇易簡。歐陽公詩：『金馬竝遊年最少，玉堂初直夜猶寒。』自是玉堂遂專屬之翰林。同上

唐伯虎

宋有二唐伯虎：一眉山人，唐庚之兄，初名瞻，後名伯虎，見《宋史·文苑傳》。一全州人，進士，終梧州推官，見王鞏《隨手雜錄》。同上

水龍

救火之器，古惟水袋唧筒。順治初，上海縣唐氏，得水龍之制於倭人，久而他處漸傳其制，其行於天津縣者法尤善，城內外置水龍四十八，各隸以二百人，人皆土著。按期練習武力，無事仍安常業，有事則一呼畢至。蓋卽寓兵於此，而使之可守可戰，遠勝於召募流民以捍衞者矣。同上

三字經

童蒙所誦《三字經》，相傳爲王伯厚作，此流俗之説也。周公時無六經之名，不當云作六經。大小戴《禮記》，乃大小戴所譔，不當云註《禮記》。《困學紀聞》尊蜀而抑魏，其所敘述，蜀先於魏，亦不當云：『魏蜀吳，爭漢鼎。』經史之大者，疏舛若此，其他可無論矣。同上

卓倚兀

卓子、倚子、兀子，皆無木字，司馬溫公《書儀》可證。今書作桌、椅、杌，流俗之誤也。同上　案：宋黃長睿《燕几圖》有骰子卓、長卓、中卓、小卓。宋周密《高宗幸張府節次略》云：準備上細壘四卓，又次細壘二卓。

紅皺黄團

韓昌黎《城南聯句》：『紅皺曬簷瓦，黄團繫門衡。』不知何解？宋周紫芝云：黄團當是瓜蔞，紅皺當是棗。《碧聲唫館談麈》

地名人名誤讀

祋祤音對許，縣名。瀧水音雙，縣名。汨羅汨音密，一音博，縣名。牂牁音臧歌，郡名。取慮音趨閭，縣名。虘虒音盧夷，縣名。朱提音殊時，縣名。盟津盟音孟，縣名。不其其音箕，縣名。繁峙峙音止，縣名。犍爲犍音虔，縣名。都龐龐音龍，縣名。令居令音連，縣名。先零零音連，縣名。盱眙音吁怡，縣名。方與音房豫，縣名。裴縣音非。曲逆音去遇，縣名。朐肕音瞿閏，縣名。抱罕音夫謙，地名。雍州音擁，與雍門同。平谷谷音欲，縣名。樂浪音洛郎，縣名。莊浪浪音郎，縣名。邯鄲音寒丹，縣名。鄞縣音誾。虹縣音絳。費縣音祕。郯城音談，縣名。單父父音甫，縣名。儋州音丹。郚城音咨，縣名。射洪射音石，縣名。鄄城音絹，縣名。隆慮音林閭，縣名。閿鄉音聞，縣名。徙縣音斯。盩厔音周質，縣名。葉縣音攝。涪州音扶。郴州音琛。沭陽音述，縣名。崞縣音郭。敦丘敦音頓，縣名。狋氏音權精，縣名。桑乾音干，地名。檇李音醉，地名。越巂巂音髓，郡名。鄜州音夫。虒祁虒音斯，地名。萑苻音丸蒲，地名。姑射射音夜，山名。罕幵音罕堅，地名。㕣猶㕣音求，縣名。惡池音滹沱，地名。澶淵澶音蟬，地名。澠池澠音勉，地名。石埭埭音代，縣名。又國名：朝鮮音招仙。休屠音朽儲。身毒音天竺。康居居音渠。于闐闐音甸。突厥一作突屈。又人名：隗囂音隗敖。柳玭音駢。李陽冰冰音凝。石碏音鵲。酈食其音歷異飢。臺駘音胡台。郤犨音抽。金日磾音密低。伍員音云。亢倉音庚桑。周顗音蟻。姚璹音蜀。于頔音迪。高頲音景。万俟卨音墨其屑。吐谷渾音突浴魂。冒頓音墨咄。契丹契音乞。劉鋹音敞。他如八廚音皮、須溪須音盤之類，正多誤讀。韓退之勸人識字，良有以也。同上

平仄誤讀

嘗聞人出語，往往有平仄誤讀，相沿成習，不甚考究。偶就見聞所及，隨筆記之，得一百餘字，爲初學正譌，博雅弗哂也。匙、庨、劘、宧音怡，與宦異、冞、劃、旗、好、齒、據、覷、痡、晡、鴛、膴、禔、罍、瑰、嬪、閩、熅、厘、捫、跳、鞘、泡、謟音慆，與諂異、俄、倀、鵝、翃、瞪、陘、殫，以上平聲。傯、捶、髀、匕、弛、俾、庀音仳、跬、扆、抒、杼、簴、鄔、傴、薺、駃、璀、吻、鱒、焜、蜑、鉉、孌、狷、撚、殍、媼、繚、簸、坷、曩、怏、駔、慌、饟、髒、酩、酊、脛、糾、紇、赳、羑、菼、禫，以上上聲。綜、鼻、笥、忮、眥、歸、眙、餼、孷、瘀、嫗、哺、酗、稗、療、稍、邏、晟、飣、亙、糅、袤、鴆、掞，以上去聲。髑、餑、帕、爇、屩、酢、蹠、摭、踣、廿、拉、卅、饁。以上入聲。

連文釋義

田蓉墅案，頭見有摘錄西泠王慎旃言纂連文釋義百餘條。據云，原書尚多，就所習用者錄之，俱極淺易。而今人行文時，信筆揮灑，往往亦不考究，因借錄如左：穹蒼，穹言其形，蒼言其色。造化，造自無而之有，化自有而之無。宇宙，上下四方曰宇，往古來今曰宙。占步，占以測其變，步以測其常。朦朧，月將入爲朦，將出爲朧。虹蜺，雄曰虹，赤白色。雌曰蜺，青白色。明者爲虹，暗者爲蜺。喣嫗，天以氣喣，地以形嫗。亭毒，亭謂品其形，毒謂成其質。糞土，三尺以上曰糞，三尺以下曰土。縱横，南北曰縱，東西曰横。京師，京，大也；師，衆也。天子之居，必以衆大言之。都邑，凡有宗廟先君之主曰都，無曰邑。壇墠，築土曰壇，除地曰墠。蹊徑，路曲而僻曰蹊，路直而小曰徑。阡陌，南北曰阡，東西曰陌。斥鹵，東方謂鹹池曰斥，西方曰鹵。池沼，圓爲池，曲爲沼。墳墓，高曰墳，平曰墓。掩映，左山爲掩，右山爲映。險阻，山巇曰險，水隔曰阻。谿谷，有水曰谿，無水曰谷。原委，原，泉所出也。委，流所聚也。街巷，直曰街，曲曰巷。闤闠，市巷曰闤，市門曰闠。寢廟，後曰寢，前曰廟。倉廩，穀藏曰倉，米藏曰廩。閽寺，閽掌守中門之禁，寺掌內人之禁令。閥閱，左曰閥，右曰閱。明其等曰閥，積其功曰閱。室家，室爲夫婦所居，家謂一門之內。閨閫，特立小戶曰閨，房之道曰閫。居處，居者定居，處者暫止。廬舍，在野曰廬，市居曰舍。庖廚，庖，宰殺之所。廚，烹飪之所。垣墉，低曰垣，高曰墉。闔扇，木曰闔，葦曰扇。雙曰闔，單曰扇。矇瞍，有眸子曰矇，無眸子曰瞍。涕洟，自目曰涕，自鼻曰洟。哭泣，有聲有淚曰哭，無聲有淚曰泣。須髯，在頤曰須，在頰曰髯。齠齔，男生八月、齒生八歲，換齒曰齠。女生七月、齒生七歲，換齒曰齔。吹噓，出氣急曰吹，緩曰噓。謦欬，小聲曰謦，大聲曰欬。欠伸，意闌則欠，體疲則伸。膏肓，心上爲膏，心下爲肓。婉娩，婉謂言語，娩謂容貌。充詘，充者驕氣盈，詘者吝氣歉。呰窳，呰，短也。窳，弱也。短力弱材，不能勤作。肯綮，骨間曰肯，肉間曰綮。骼胔，骨枯爲骼，肉腐爲胔。本支，本宗，支子。名諱，生名，死諱。聞望，名聞於人曰聞，爲人所仰曰望。婚姻，壻曰婚，妻曰姻。壻以昏時而來，女則因之而去。又妻父曰婚，言壻親迎用昏，又恆以昏夜成禮也。壻父曰姻，因也，女往因媒也。婚媾，妻父曰婚，重婚曰媾。姻婭，壻父曰姻，兩壻相謂曰婭。嬰孩，女嬰，男孩。荃宰，荃，君也。宰，臣也。擯介，主有擯，客有介。寮寀，同官爲寮，同地爲寀。朋友，同門爲朋，同志爲友。職役，官曰職，吏曰役。巫覡，在女曰巫，在男曰覡。臧獲，奴曰臧，婢曰獲。臧者，犯罪沒官爲奴，獲者，在逃被獲爲婢。姦宄，亂在外曰姦，在內曰宄。朝覲，春見曰朝，秋見曰覲。祝嘏，祝以孝告，嘏以慈告。警蹕，天子出言警，入言蹕。宴享，宴以示慈惠，享以訓恭儉。殿最，下曰殿，上曰最。徵辟，有詔召之曰徵，郡國舉擢曰辟。韜略，太公兵法曰《六韜》，黄石公兵法曰《三略》。章句，意斷曰章，言斷曰句。反切，音韻展轉相協謂之反，兩字相磨以成聲均謂之切。錯綜，要其文曰錯，理其義曰綜。款識，古彝器陰字凹入曰款，陽字凸出曰識。賓白，兩人對説曰賓，一人自説曰白。質劑，大市以質，有知見也。小市以劑，有契券也。要害，于我爲要，于敵爲害。烽燧，晝則燔燧，夜則舉烽。獄訟，爭罪曰獄，爭財曰訟。箠楚，杖曰箠，荊曰楚。桎梏，手械曰桎，足械曰梏。炮烙，置肉於火曰炮，以火灼肉曰烙。傳驛，車駕謂之傳，馬乘謂之驛。置郵，馬遞曰置，步遞曰郵。羈絆，繫首曰羈，繫足曰絆。磬控，騁馬曰磬，止馬曰控。縱送，發矢曰縱，從禽曰送。審固，內志正，然後持弓矢，審。外體直，然後持弓矢，固。跋涉，草行曰跋，水行曰涉。洄游，逆流而上曰洄，順流而下曰游。稼穡，種之曰稼，斂之曰穡。芟柞，除草曰芟，除木曰柞。樵蘇，采薪曰樵，采草曰蘇。洗腆，洗以致其潔，腆以致其厚。盟詛，大事曰盟，小事曰詛。乾沒，得利爲乾，失利爲沒。嫉妒，害賢曰嫉，害色曰妒。貪婪，愛財曰貪，愛食曰婪。矯虔，詐稱爲矯，强取爲虔。跅弛，跅者，跅落無檢局。弛者，弛廢不遵禮度。檃括，揉曲者曰檃，正方者曰括。咫尺，八寸曰咫，十寸曰尺。尋常，八尺曰尋，倍尋曰常。筵席，重曰筵，單曰席。簠簋，內圓外方曰簠，內方外圓曰簋。律呂，律屬陽，呂屬陰。舳艫，船後把舵處曰舳，船前刺棹處曰艫。簰筏，木曰簰，竹曰筏。輜重，輜，載衣車。重，載物車。和鸞，在軾曰和，在鑣曰鸞，皆鈴也。珠璣，已圓爲珠，未圓爲璣。貨賄，金玉曰貨，布帛曰賄。泉布，行之曰泉，藏之曰布。錦繡，織曰錦，刺曰繡。綿絮，精曰綿，粗曰絮。扉屨，草曰扉，麻曰屨。碑碣，方者碑，圓者碣。楨幹，築牆板也，兩頭曰楨，兩旁曰幹。徽纆，皆索也，三股曰徽，兩股曰纆。榮華，草曰榮，木曰華。搖落，草曰搖，木曰落。灌莽，木族生曰灌，草深平曰莽。芻蕘，刈草曰芻，采薪曰蕘。模楷，模，木生周公冢上，其葉春青夏赤、秋白冬黑，以色得其正也。楷，木生孔子冢上，其餘枝疏而不屈，以質得其直也。檳榔，尖長而紫文爲檳，矮圓而白文爲榔。英雄，草之精秀者爲英，獸之特羣者爲雄。又，聰明秀出謂之英，膽力過人謂之雄。棲宿，陸鳥曰棲，水鳥曰宿。狼狽，狼前二足長，後二足短。狽前二足短，後二足長。狼無狽不立，狽無狼不行。芻豢，草食曰芻，牛羊之屬。穀食曰豢，犬豕之屬。脂膏，凝者爲脂，釋者爲膏。蟲豸，有足曰蟲，無足曰豸。按：王言，康熙時人，有《西華仙籙》，刻入《昭代叢書》。同上　案：王言，浙江仁和人。

壽昌縣訓導，箸有《金石粹編補略》，得碑四十餘種，昉青浦王氏例，録全文，攷定精審。其自序作於道光庚戌，非康熙時人也。

忽雷非琴名

嘗見人書對句：『茶瀹大團月，琴彈小忽雷。』攷《洽聞記》，鰐魚一名忽雷。《樂府雜録》：『文宗朝，内庫琵琶號大忽雷、小忽雷。』又楚莊王琴名繞梁。《列子》：『韓娥歌音繞梁。』《樂書》：『繞梁，樂器也，與箜篌相似。宋武帝大明中，沈懷遠爲之，懷遠亡，其器亦絕。』似繞梁亦非琴名。同上　案《列子·湯問篇》：『韓娥鬻歌雍門，既去，而餘音繞梁欐，三日不絕。』後人引用此文，誤敓欐字。因又以爲樂名，尤誤。欐或作麗。

項羽爲始皇之子

《神仙傳》：『始皇與龍女交，有孕，生兒，棄之沙灘。項梁收養之，長大有勇力，能自曳其身飛數步，故名之曰羽。』同上

耳衣

燕趙苦寒，宿風凜冽，徒行者兩耳如割，非耳套不可耐，肆中有製成者可售。按唐李廓《送振武將

軍》詩：『金裝腰帶重，錦縫耳衣寒。』則自唐已有之矣。同上

剃頭

『剃頭』二字，見黄山谷詩：『身不出家心若住，何須更覓剃頭書。』《楊文公談苑》：『唐朝宫中，嘗於學士院取《眠兒歌》，即剃胎頭文也。』同上

寄書桃

《倘陽雜錄》言蕪湖有寄書桃，樹高三四尺許，花色較淡，與尋常桃花略同。每結實熟時，其核自開而仁落，以物實之，則經宿復合。人往往作小詩或短札納之，以餉友，曰寄書桃。種出西蜀。記此以質客蕪湖者。同上

長恩

《致虚雜俎》云：司書之神曰長恩，除夕呼其名祭之，鼠蠹並不爲害，屢試屢效，可代曝書之勞，藏書家不可不知。同上

辨李太白采石捉月之誣

世俗言太白在采石，因醉泛舟，見月影，俯而取之，遂致溺死。其説甚誕。按李陽冰作《太平草堂序》云：『陽冰試絃歌於當塗，公疾亟。草稿若干卷，手集未修，枕上授簡，俾爲序。』又李華作公墓誌，亦云賦臨終歌而卒。然則捉月之説，正與杜子美食白酒牛炙而死者同矣。《披芸漫筆》

文信國無黄冠歸故鄉語

鄭所南《文丞相敍》：『忽必烈欲釋之，俾公爲僧，尊之曰國師；或爲道士，尊之曰天師；又欲縱之歸鄉。公曰：「三宮蒙塵，未還京師，我忍歸忍生耶？但求死而已。」且痛罵之不止。諸酋咸勸殺之，毋致日後生事，忽必烈始令殺之。』是安有黄冠歸故鄉語？作《宋史》者，不識文山心，殆還就其詞爲之爾。《蠡勺編》

風流非淫蕩

俗稱淫蕩爲風流，實屬荒謬。桉《後漢書·王暢傳》：『園廟出於章陵，三后生自新野。士女沾教化，黔首仰風流。』《魏書·世宗紀》：『古之哲王，莫不崇建庠序，開訓國胄，使道暢羣邪，風流萬宇。』卽孟子所謂『流風餘韻』是也。又《蜀志·劉琰傳》：『先主以其宗姓有風流，善談論，厚親待之。』《晉書·樂廣傳》：『廣與王衍，俱宅心事外，名重於時，故天下言風流者，謂王樂爲稱首。』《南史·王儉傳》：『儉嘗謂人曰：江左風流宰相，惟有謝安。』蓋自況也。《張緒傳》：『武帝見靈和殿柳，歎曰：「此柳風流可愛，似張緒當年。」』《北史·李彪傳》：『金石可滅，而風流不泯者，其惟載籍乎？』《唐書·杜如晦傳》：『如晦少英爽自喜，以風流自命。內負大節，臨機輒斷。』此皆載在正史，以風流爲藴藉之謂也。《世說》稱韓康伯『門庭蕭寂，居然有名士風流』。庾信《枯樹賦》：『殷仲文風流儒雅，海內知名。』亦皆藴藉之謂。至《三國志·名臣傳序贊》：『標榜風流，遠朋管樂。』直以之稱諸葛武侯矣。又張説《秦川應制詩》：『路上天心重豫遊，御前恩賜特風流。』燕公手筆，卓越一時，豈有引不莊之語，以爲頌揚者？又李頎詩：『顧盼一過丞相府，風流三接令公香。』趙嘏詩：『家有青山近玉京，風流柱史早知名。』司空圖《詩品》：『不著一字，盡得風流。』是唐人歌詠，亦皆以風流爲藴藉也。惟《晉書·王獻之傳》：『獻之少有盛名，而高邁不羈，風流爲一時之冠。』宋蘇軾詩：『風流越王孫，詩酒屢出奇。』皆言其人不爲禮法所拘，迹似近於流蕩，然亦異乎今之淫蕩者動以風流自命也。《新義錄》

息夫人有盡節之說

漢陽舊有桃花夫人廟，祀楚文王夫人息嬀也。道光間，某當事毀之。考諸《左傳》，息嬀實爲失節之娘，祀之，非也。愚按：古者女子二十有家，息嬀過蔡，在莊十年，雖甚少，亦當十六七歲，至三十年，子元伐鄭，歸而處王宫，息嬀年逾四旬矣。子元雖甚荒淫，何致蠱此老婦？又考《史記》：熊惲弑兄堵敖代立，當魯莊二十二年，距楚文致息嬀時，亦僅十一二年。熊惲爲弟，不及十齡，豈能行篡弑之事？竊謂熊惲篡立，必已成人，而息嬀來楚方逾十年，則生堵敖及成王之説，亦未見確。故經不書滅息篡位，《史記》亦不載滅息及息嬀等事，益見左氏之浮夸，豈當時惡楚憑陵中夏，爲是説以辱其宫闈歟？抑傳聞異辭，左氏從而識之歟？按《列女傳》云：夫人，息君之夫人也。楚伐息，破之，虜其君使受門，將妻其夫人，而納之於宫。楚王出遊，夫人遂出見息君，謂之曰：『人生要一死而已，何至自苦？生離於地上，豈如死歸於地下哉？』乃作詩曰：『穀則異室，死則同穴。謂予不信，有如皦日。』息君止之，不聽，遂自殺，息君亦自殺。楚王賢其説於行義，故序之於詩。據此，則息嬀又爲守節之婦，祀之，宜也。後世論息嬀者，皆據《左傳》，無取《列女傳》爲之表揚者，然文人歌詠，不曰楚嬀文夫人，而曰息嬀息夫人，則公道猶在人間耳。同上

西施隨范蠡之誣

《丹鉛錄》曰：世傳西施隨范蠡去，不見所出，只杜牧有『西子下姑蘇，一舸逐鴟夷』之句，而附會之耳。按《墨子》：『吳起之裂，其功也。西施之沈，其美也。』喜曰：此吳亡之後，西子亦死於水，不從范蠡之一證。墨子去吳越之世甚近，所書得其真。後檢《修文御覽》，見引《吳越春秋》逸篇云：吳亡後，越浮西子於江，令隨鴟夷以終。蓋吳既滅，即沈西子於江，浮者，沈也，反言之耳。隨鴟夷者，子胥之譖死，西子有力焉，胥死，盛以鴟夷，今沈西子，所以報子胥之忠，故云隨鴟夷以終。范蠡去越，亦號爲鴟夷子，杜牧所以誤也。曹寅谷曰：范大夫苦身戮力，與句踐深謀二十餘年，竟滅吳，雪會稽之恥，是必非常人，乃復有取乎鳥盡弓藏之戒、乘舟浮海以行，方且棄官不顧，徙家不恤，而必皇皇焉擁一亡國之婦人以走，賢者不爲也。吾知范蠡必不出此。《越絕書》載：越貢吳二美女曰夷光、修明，越入吳，見二女在樹下，皆言神女，不敢侵。今蚍門內有朽株，爲祠神處。夷光即西子，亦未從范蠡之證。俞蔭甫曰：《吳越春秋·句踐伐吳外傳》云：『范蠡既去，越王乃收其妻子，封百里之地。』據此，則范蠡之去，妻子不從，後世乃有載西子泛五湖之說，非事實也。同上

昭君失節之誣

《北墅緒言》：塞草皆白，葬明妃之地，其草獨青；秦草皆青，斬淮陰之地，其草獨赤。其赤者，昭淮陰無叛漢之心；其青者，表明妃無忘漢之志。烈士美人之隱，皆賴一草白於千秋，則明妃不從世達之請，其吞藥而死也明矣。乃《漢書》所載，呼韓邪死，王嬙求歸，成帝勅從其俗，遂復爲後閼氏。嗟乎！作史者何不樂成人之美，而有是說耶？吾謂成帝之勅有之，其爲後閼氏必無是也。明妃之請適單于，欲爲漢帝紓北顧之憂也，其意以爲和親之舉，以一女子足以代數萬甲兵，亦何憚而不往歟？老死於長門永巷之中，奚若建功異國之爲得乎？故其『秋木萋萋』之詩，婉而多風，怨而不怒，皆足徵其情性。至和親之後，數十年無烽火之警者，誰之力耶？良以曲奏琵琶，而聲消鉦鼓也。逮其既歿，一抔之土，芳菲不歇，天地不能易其氣，山川不能隱其意，而謂從呼韓之俗者，能有此哉？可不辯而明矣。然則漢史曷爲有後閼氏之說？其有是說者，殆因成帝之勅，誤以之爲奉詔，否則或爲元帝解嘲，附會以書之者也。桉：宋韓駒《題昭君圖序》云：『范史言不願妻其子，而詔使從胡俗，此是烏孫公主，非昭君也。』桉：今范史以爲昭君，韓氏失考耳。　同上

孔子有妾

《曉讀書齋初録》曰：《孔叢子》言孔子妾不衣帛。前人以孔子有妾，不見經傳。今攷《楚辭》東方朔《七諫》：『路室女之方桑兮，孔子取之以自侍。』王逸《章句》言孔子出遊，過於客舍，其女方採桑，一心不視，喜其貞信，故以自侍。細繹語意，似此女歸於孔子。朔、逸並漢代人，必非無據，是亦可爲孔子有妾之證。同上　案：《左傳》疏引《世本》：孔子年十九娶宋亓官氏，一歲而生伯魚。

管仲有婢知詩，晏子有妾能書

《湖樓筆談》曰：《管子·內業篇》：桓公使管子求甯戚，甯戚應之曰：『浩浩乎。』管子不知，婢子曰：『詩有之「浩浩者水，育育者魚。未有室家，而安召我居」，甯子其欲室乎？』此婢知詩，更在鄭家詩婢之前矣。桉：《列女傳》以爲管仲之妾婧。《晏子·諫下篇》曰『嬰有一妾能書』。管仲、晏子，一以君霸，一以君顯，乃其家一婢一妾，亦非常人。管婢知詩，晏妾能書，亦論古者一佳話也。今《晏子》書『一妾』誤作『一妄』，遂使風流勝事，爲之淹沒，余特正之。同上

薛家將

《小浮梅閒話》曰：《舊唐書·薛仁貴列傳》：『太宗征高麗，仁貴著白衣，握戟，腰鞬張弓，大呼先入，所向無前。太宗遙望見之，遣馳問先鋒白衣者爲誰。』則俗傳爲白袍小將，固有所本。高宗亦稱其北伐九姓，東擊高麗，並卿之力，其爲一代名將，自不必言。其子訥自有傳，始爲藍田令，其後突厥入寇，武后使當邊鎮之任，累有戰功。開元時，破吐蕃，封平陽郡公。訥弟楚王，爲幽州大都督府長史。訥子暢，拜朝散大夫。薛氏一門，可考者如此。世人附會云，薛家世爲名將，則非也。桉：仁貴本名禮，見唐碑，《演義》所本，而《新舊書》皆失載。

楊家將

《小浮梅閒話》曰：《演義》所稱楊家將，卽楊業子孫。考《宋史》：業六子，曰延朗、延浦、延訓、延環、延貴、延彬，而延昭最知名，卽延朗改名也。史稱延昭智勇善戰，在邊防二十餘年，契丹憚之，目爲楊六郎。其子文廣，以討賊張海功，授殿直。范仲淹宣撫陝西，置麾下，從狄青南征，後爲定州路副都總管，蓋亦不墜其家風者。楊家將見於正史，止此而已。桉：《宋史·楊業傳》：業爲契丹所擒，其子延玉亦歿焉，業不食，三日死。是業有七子也。有陷業者，蔚州刺史王侁。小說家以爲潘美，殊失之誣。但其時美爲主帥，不能辭其責耳。又

《續文獻通考》云：使槍之家十七，一曰楊家三十六路花槍。《小知錄》曰：槍法之傳，始於楊氏，謂之曰梨花槍，天下盛尚之。同上

呂布戲貂蟬有所本

《浪跡續談》曰：《三國志演義》言王允獻貂蟬於董卓，作連環計。正史中實無貂蟬之名，惟《董卓傳》云：卓嘗使布守中閤，布與卓侍婢私通云云。李長吉作《呂將軍歌》云：『榼榼銀龜搖白馬，傅粉女郎大旗下。』蓋卽指貂蟬事，而小說從而演之也。黄右原告余曰：《開元占經》卷三十三『熒惑犯須女占』注云：《漢書通志》：『曹操未得志，先誘董卓，進刁蟬以惑其君。』此事異同不可考，而刁蟬之卽貂蟬，則確有其人矣。《漢書通志》今亦不傳，無以斷之。同上

祝英臺化蝶之事有所本

《宣室志》：祝英臺，上虞祝氏女也，僞爲男裝遊學，與會稽梁山伯者同肄業。山伯，字處仁。祝先歸二年，山伯訪之，方知其爲女子，悵然自失。告其父母求聘，而祝已字馬氏子矣。山伯後爲鄞令，病死，葬鄮城西。祝適馬氏，舟過墓所，風濤不能進，問知有山伯墓。祝登號慟，地忽自裂，陷祝氏，遂并埋焉。晉丞相謝安奏表其墓，曰義婦冢。又《山堂肆考》：俗傳大蝶必成雙，乃梁山伯、祝英臺之

魂。方知演劇中皆有所本。同上

古美女不嫌黑

《疑耀》曰：『妲己，古書有作黚己者。』《說文》：『白而有黑曰黚。』《字統》：『黑而有黯曰黚。』二説皆不離一黑字，則黚己之貌，斷非瑩白矣。古有元妻，亦云其貌如漆，有光可鑑。南漢主劉鋹，得波斯女，黑腯而慧豔，鋹嬖之，賜號媚猪。世廟有尚妃者，貌亦黑，宫人稱爲黑木娘娘，寵冠一時。此皆以黑見寵，是美女不嫌黑也。同上

女帥貞肅

《竹垞詩話》：《野紀》謂秦良玉有男妾數十人，夔州李長祥力辨其誣，謂川撫常遣陸綿州遜之按行諸營，良玉冠帶鎊佩刀出見，設饗禮，酒數行，論兵事。遜之誤曳其袖，良玉引佩刀亟斷之，其嚴肅若是。烏程董祝有《詠良玉》詩曰：『追奔一點繡紅旗，夜響刀環匹馬馳。製得鐃歌新樂府，姓名肯入玉臺詩。』良玉手握兵符，儼然嫥閫，萬一如野紀所云，則令不肅而氣且靡，何能捍賊立功乎？竹垞文采風流，不矜細行，風懷二百韻，誠未足爲名德之疵。其爲是説也，何止不食兩廡特豚而已，所謂一言以爲不智也。《鄭蔬園偶筆》

四王五惲

畫家稱四王、吴、惲，謂烟客、圓照、石谷、麓臺、漁衫、正叔也，或謌四王五惲。亟購五惲畫，求備不可得。桉《光緒武陽志·蓺術傳》：惲本初，字道生，更名向，號香山老人。善畫，入宋元作者之室。從子格實師之，格以畫名天下，其羣從子孫，多工畫。馨生，字德彦，工山水花卉。標，字樞亭，工花卉禽魚。源濬，字哲長，號鐵簫老人。源景，字希述，亦竝以畫稱。源濬妹，無錫鄒一桂妻，山水平遠，風韻天然。一桂以繪事直内廷，人謂得力於閫閤。源濬女懷娥，字紉蘭，善花果。格族曾孫女冰，字浩如，工寫生，用粉精純，迎日光，花朵燦灼。乾隆初，尹文端以進呈，蒙睿賞，賜題嘉獎。據此，則惲氏以畫名者，共得九人，除本初明人，崇禎間舉孝廉方正。洎三闖秀外，適符五惲之數，可爲某氏解嘲。《蕙風簃隨筆》

辨某説部記毛西河夫人事

嘗記某説部云，毛西河夫人絕獷悍，西河藏宋元版書甚夥，摩挲不忍釋手。夫人病焉，謂此老不䘏米鹽生計而般弄此花花綠綠者，胡爲也。一日西河出，竟付之一炬。又云：西河五官竝用，嘗右手改門生課作，左手撥算珠，耳聽門生背誦，目視小僮澆花，口旋畣門生問難，旋與夫人詬誶。夫人告門生曰：『汝輩謂毛奇齡博學乎？渠作二十八字詩，輒獺祭滿几，非出自心裁也。』又西河姬人曼殊，爲夫人淩虐致死，此事尤於記載中屢見之。比閲完顔惲珠《國朝閨秀正始續集》，乃有夫人詩二首。夫人既能詩，何至爲焚琴鬻鶴之事，各説部所云，殆未可盡信耶？抑西河不止一夫人，有元妃繼室之殊耶？當再詳攷。夫人姓陳，名何，蕭山人。《子夜歌》：『一去已十載，九夏隔千山。雙珥依然在，如何不得環。白露收荷葉，清明種藕枝。君行方歲暮，那有見蓮時。』《兩般秋雨盦隨筆》載五官竝用，作詩獺祭兩事，云其夫人陳氏，則是卽此能詩之夫人矣。

辨《茶餘客話》記雲郎事

阮吾山葵生《茶餘客話》云：雲郎者，冒巢民家僮紫雲，徐氏子，字九青。儇巧善歌，與陳迦陵狎。迦陵爲畫雲郎小照，徧索題句，王貽上、陳椒峯、尤悔菴詩皆工絶。相傳迦陵館冒氏，欲得雲郎，見於詞色。冒與要約一夕作梅花詩百首，詩成，遂以爲贈。余曾於實華盦得見九青小像，亟屬同人工畫者臨橅一本，跣足，坐菭石，憨韻殊絶。一日雲郎合巹，迦陵賦《賀新郎》詞，有『努力做藁砧模樣。只我羅衾渾似鐵，擁桃笙，難得紗窗亮』之句。又《惆悵詞》云：『城南定惠前朝寺，寺對寒潮起暮鐘。記得與君新月底，水紋衫子捕秋蟲。』相憐相惜，作爾許情態，可見髯少年風致。冒子萇原嘗語予云：『雲郎後隨檢討，始終寵不衰。晚歸商丘家，充執鞭之役，昂藏高軀，黃須如蝟，儼幽并健兒。或燭灺酒闌，客話水繪園往事，輒掩耳汍瀾，如瀉瓶水也。』《客話》止此。比余收得陽羨任青際繩隗《直木齋全集》，有《摸魚兒》詞，爲陳子其年弔所狎徐雲郎云：『想當然，徐娘老去，再生還是情種。深閨變調爲男子，偏向外庭恩寵。花心動，曾記得蹋歌玉樹娛張孔，紅絲又控。愛叔寶風流，元龍湖海，夙世定同夢。　誰知道，才把餘桃親捧。玉容一旦愁重。從今省識蓮花面，生怕不堪供奉。真慚悚，趁寒食清明，金盌蘸青冢。鬚公休慟，從古少年場，回頭及早，傲煞侍中董。』吳天石評：『李夫人蒙面不見武皇，此有深意，非彌子瑕所曉。人皆爲鬚喧，君獨爲雲幸，是禪機轉語。』按：據此詞，則是徐郎玉賈，尚在苕齡，何得有執御商丘之事？任、吳竝與迦陵同時，其詞與評，可爲碻證。冒子甚原之言，殊唐突無據，決不可信也。且任詞後段及吳評，獨爲雲幸云云，若對鍼甚原之言而發，是亦奇矣。《臼辛漫筆》『美人千古如名將，不許人間見白頭』，與其黃須，吾寧白髮。

姓名三字同音

古人姓名，三字同韻，或韻近，如高敖曹、劉幽求、張邦昌、郭芍藥之類，已不多覯。清光緒中葉，有進士蹇念典。至於三字同音，尤爲罕見。比閱浙江《道光縉雲志·藝文錄》『碑碣下·元儒學題名碑』在學宮西廡，有虞如愚，亟記於此。同上

花朝

花朝，《成都志》：二月十五爲花朝《廣羣芳譜》。所在異名，雖因俗定日。花朝本對月夕之名，以八

月十五日爲月夕，則宜以二月十五日爲正。《愼夏漫筆》

賣卜

賣卜自古有之，《詩》云『握粟出卜』。《説文》：『貞，卜問也。從卜，貝以爲贄。』然則周以來已有以之餬口者。同上

說部擷華卷五

香匳

柳絮集

齊州縣丞王竹所初桐詩才清逸，著《巏嵍山人集》。其姬人李秀真湘芝，濟南人，亦能韻語，有《柳絮集》，以其姓氏里居合於李易安柳絮泉，且兼取道蘊故事也。《北極廟》云：『古刹迢遥碧漢間，一回登眺一開顏。東西南北青無數，看盡重重疊疊山。』《夜深》云：『夜深獨傍錦薰籠，窗縫穿來敵面風。恐是行人未投宿，馬蹄踏雪亂山中。』皆清婉可誦。《小滄浪筆談》

綠窗遺稿

閨秀程梅衫雲《綠窗遺稿·詠絡緯》絕句云：『籬豆花間月，繅車軋軋聲。如何終夜織，不見七襄成。』《廣陵詩事》

徐德音

徐德音，仁和清獻公女孫，幼衣男子衣袴，隨祖父長揖賓客間，遇賓僚賦詩，亦與之。時同邑女史林亞清，倡蕉園吟社，頗以縑素相往來，會德音歸江都許荔生舍人，亞清亦遠去河南，遂彼此隔絕。十餘年後，各隨其夫官京師，始得把臂相倡和。又有黄夫人雲儀者，亦會於京師。未幾，雲儀歿，德音隨荔生返邗上，作詩别亞清云：『宣南税宅接芳鄰，忽漫相逢意倍親。紅燭聯吟思雨夜，青尊祓禊憶花晨。情兼聚散襟懷異，誼感存亡涕泗新。最憶仲翔疇昔語，除君知己更何人。』既歸，舊居爲姻戚所居，當時庭下海棠一株尚存，感而爲七古以賦之，中云『村童旋舞踏香泥，老媼椎鬟插如草』、『仙姿原合伴優曇，惆悵低回難負擔』、『痛汝無言猶值此，顧余多恨又何堪』。又嘗和茸城蕭大家弄珠樓題壁詩，有『菰烟蘆雪蓼花風』之句，顧啓姬以七字爲韻，作詩懷之。同上

延香正拍

徐石麟，湖北人，字又陵，號坦庵。工詞曲，每成一曲，高吟，令女延香聽之，有不合聲律處，延香爲之正拍。延香名元端，有《繡餘吟詩餘》一卷，王文簡《池北偶談》稱其入李易安之室。同上

汪容甫夫人

汪容甫明經中元配孫氏，工詩，有句云：『人意好如秋葉後，一回相見一回疏。』同上

水繪羣芳

冒辟疆姬人董小宛，名白，一字青蓮。以文慧事辟疆，嘗佐辟疆選唐詩全集，又另錄事涉閨閣者，續成一書，名曰《匳豔》。又有手書唐人絕句一卷，落筆生姿，杜于皇極贊賞之。辟疆嘗挈家避難渡江，屢瀕於危，小宛不以身先，則願以身後，云：『寧使賊得我，則釋君，君其問我泉府耳。』中間智計百出，保全實多。後辟疆雖不死於兵，而幾死於病，小宛侍藥，不間寢食者百晝夜。吳梅村《題小宛像》詩，序云：『奔迸流離，纏緜疾苦，支持藥裹，慰勞羈愁。苟君家免乎，勿復相顧；寧吾身死耳，遑卹其勞。』蓋紀實也。華亭周壽玉積賢有悼小宛賦一篇，極能擬子建者。又辟疆姬人，繼小宛後者，有蔡女羅含，嘗學繪事，工蒼松、墨鳳、山水、禽魚、花草，與金姬曉珠，稱兩畫史。吳薗次《謝女羅畫鳳啓》云：『借丹穴之靈毛，圖成比翼；用紅窗之偶影，繪作雙棲。』錢武子德震、張儒子圯授皆有《墨鳳歌》，戴洵有《得全堂觀畫松歌》句云：『憑君卷藏畫笥裏，晴空恐有蛟龍起。舒張鱗爪挾以飛，吸盡蓬萊清淺水。』李書雲亦有詩云：『詠絮才高兄子句，簪花格擅美人工。小窗閒作丹青譜，身在花香百和中。』曉珠名玥，

崑山人，與女羅繼小宛侍辟疆。蔡早逝，爐香茗椀，辟疆賴之。嘗刲股進藥，使七十八老人再生。汪次舟楫《跋巢民楷書〈洛神賦〉、曉珠手臨〈洛神圖〉卷後》云：『玉峯仙子，畫嗣虎頭，金粟後身，書工蠆尾。置兩君於異地，並可空羣；聚二美於一堂，斯稱合璧。園名水繪，宜來河洛之神；翁是巢民，應集鸞皇之侶。呼宓妃而欲出，誰詫北殿維摩；驚褚令之猶存，不數南宮博士。』吳薗次《乞曉珠畫洛神啓》云：『金鏤遺魂，夢感陳王之枕；采旄含態，香生王令之書。人但賞其清詞，世罕傳於妙蹟。何期藻管，近出蘭閨。花欲言情，波如動影。依稀蓮韈，淩千頃而姍姍；仿佛桂旗，望三秋而渺渺。想見臨池染翰，原借照於當身；定知拂鏡穿衫，必含情於微步。』又題曉珠畫盜盒圖《臨江仙》云：『雪夜燒燈浮綠酒，西園賓客重來。掃眉人有不凡才。筆牀翡翠，妝罷寫幽懷。　兒女英雄誰復問，人間多少塵埃。解圍忙煞小金釵。神仙來去，一葉墜庭階。』王阮亭尚書亦有《題曉珠雜畫》三絕句。又汪蛟門有《題巢民玉山夫人臨薛少保稷十一鶴圖》詩云：『少保青田姿，能爲鶴寫真。意思本冰雪，自然無纖塵。豈知千載後，乃有如花人。重貌十一鶴，磊落意態新。高步肆飲啄，一一傳其神。我聞水繪翁，近與猿鶴鄰。閨中兩小妻，莊如舉案賓。持此前上壽，勸酒寧辭頻。飢茹黃公芝，渴飲長沮津。低頭看雁鶩，紛紛焉能馴。』玉山疑即金姬，蓋金名玥，玉山或其別號耳。又董小宛侍兒扣扣，姓吳氏，名湄蘭，字湘逸，真州人。十三四卽能誦《文選》，辟疆嘗授以杜詩《北征》，僅三遍，卽覆卷成誦。又偶取架上史書一帙，乃《晉書·石苞傳》，令讀之，扣扣不錯句讀，並能疏解意義，此殆有宿慧者。惜早卒，陳其年檢討爲之傳。同上

陳爽軒

楚人黄鬯圃妻陳氏，號爽軒，江都人。工詩善畫，嘗作《秋海棠》，調鉛殺粉，吹氣可活。其《送鬯圃赴選》云：『太平天子文章重，清白家聲夢寐安。』極得三百篇溫柔敦厚之指。《春夜雨窗》云：『雲偷三鼓月，風嫁一園花。』同上

徐珠淵

施愚山先生妾徐珠淵，江都人。先是其母欲嫁貴家，兒泣曰：『願得侍文人，爲東坡之朝雲足矣，不願富貴也。』愚山聞而納之。其《寄北》詩云：『雨滴梧桐秋不堪，憶君誰共接清談。老天如識妾心苦，北地風霜盡入南。』詩雖不工，而意殊婉篤。愚山有和詩存集中。同上

寄女伴詩

『絮因風起，或悲天壤王郎；花逐水流，更哂下材駔儈。』女子不可有才如此。余中表一人亦能詩，長篇皆綽約有風致。嘗記其寄女伴一絕云：『黄山佳景近如何，寒食清明取次過。聞説白龍山寺

裏，踏青人唱采茶歌。』後所適非天，竟鬱鬱不得志。《玉麈集》

瑯琊三秀

詩人王柳村之妹，名瓊，字碧雲，善詩，著有《愛蘭書屋詩選》，與其兄之女迺德、迺容，同見稱於時。碧雲詩如『殘春人中酒，斜日獨吟詩』、『雨浮芳草外，風過落花餘』、『鷗鷺託清興，篇章生古春』、『去年蘭棹期江上，三月春濤隔郡來』，極清靈婉約之致。而一門風雅，有吳江葉氏風。迺德，字子一，著有《竹靜軒詩選》，如『倚樓看碧樹，入座有青山』、『樹密忽成雨，江深易入秋』、『窗閒啼鳥倦，竹靜夕風涼』，《春日寄松江家凝香夫人》云：『慚予詠絮乏仙才，開過梅花句嬾裁。幾日懷君閉芸閣，不知春雨長莓菭。』《曲江亭納涼》云：『明月散清暉，隔竹透疏影。偶步曲江亭，愛此幽棲境。念我同心人，素心殊耿耿。自注：謂凝香、淨因兩夫人。何日慰相思，活水烹新茗。』迺容，字子莊，著有《浣桐閣詩選》，如『春潮到門住，溪與桃源通』，可謂不媿家學。《瀛州筆談》

詩見節槩

仁和高閨秀祥字蘭亭，姚文學炳室也。所著《繡餘草》，規模唐律，自見性情，不失溫厚之恉。如《詠南天竹》云：『寒焰豈容風雨滅，丹心應共雪霜俱。』《白蝶》云：『絕少瑕疵深羨爾，一般貞潔卻

如儂。』可以見其節槩矣。同上

王德卿

江寧女史王德卿貞儀，宣城詹文木秀才室也。食貧偕隱，工於詩文。嘗題素心蘭畫幅云：『謝庭幽種託根殊，似此孤標絕世無。素質宜陳青玉桉，東風初啓碧紗幮。蕭騷帝子三閭賦，零落王孫九畹圖。一自江皋遺佩後，年年烟雨怨啼鴂。』『看花作畫亦精神，傳得雙鉤楚澤春。燕尾魚魫差後乘，光風霽月認前身。交從至澹方稱契，品到無瑕始見真。裁我瑤箋慙報語，不教青眼誤埃塵。』二詩偶然鳴筆，寄託幽懷，殆卽以自況歟？又唐倩雲女士佩珍，錢塘汪茂才菜室也，工詩，如《竹簾》云：『燕入春風搖翡翠，人當秋雨憶瀟湘。』《聞雁》云：『塞外影迷天萬里，衡陽聲斷月三更。』《櫓聲》云：『蘆花十里月初上，楊柳半帆風乍停。』又吳興女史談花君韻蓮及女娣月香韻梅，皆擅詩。韻蓮《蓼花》云：『夾岸開紅蓼，參差入暮愁。清香依蠏斷，疎影上漁舟。縹緲江湖夢，蒼茫水國秋。烟波三十里，何處是汀洲。』韻梅《秋夢》云：『華胥一枕儘逍遙，繡閣新添被幾條。月上小樓何處笛，夜闌孤館半江潮。劇憐寒雁聲起初，更有誰人酒未消。寄語世間尋好夢，階前先要翦芭蕉。』亦楚楚有致。同上

舒嗣音

舒嗣音女士似，薛上舍炯室也，才而早夭。《春曉》云：『海棠宿雨未全乾，細柳如絲搭畫闌。齊向東風倚沈醉，不知昨夜十分寒。』殊有神韻。同上

茜窗詩課

當湖孫蓀友女史湘畹著《茜窗詩課》，清麗纏緜，有古名媛風。《雨窗卽事》云：『遠山濃似染，近水淨於揩。』《聞鐘》云：『黃葉隱荒寺，白雲堆亂峯。』《湖東春望》云：『鴨頭平漲三篙綠，燕尾斜拖一抹紅。』同上

問花樓稿

閨秀許權，字宜瑛，江州人。乾隆丙辰進士崔謨室也，著《問花樓稿》，有《折楊柳》二首云：『雨葉烟條綠一圍，翠樓閒處亂花飛。江城驛路三千里，不見人歸見雁歸。』『檻外青青風正飄，一春愁對董嬌嬈。柳花見說爲萍去，再不成緜上柳條。』一時傳誦。《炙硯瑣談》

苔窗詩

閨秀吳文璧永和，武進人，董玉蒼室。著有《苔窗詩草》，《詠虞姬》云：『大王真英雄，姬亦奇女子。惜哉太史公，不記美人死。』可謂讀書得間。同上

警句

徐右雲煥龍，荊溪名孝廉也。其子婦某，吳人，工詩，早卒。有『風動春衣欲化雲』句，一時傳誦，比於迦陵『人在東風二月初』云。同上

鄒蕙祺

吳江鄒蕙祺淑芳，常熟嚴伯玉焯妾也。能詩，有句云：『洗手自憐十指甲，何因又長兩三分。』自注：十字平聲。按陸游《老學菴筆記》云：十字轉平聲，讀若諶，白樂天詩：『綠浪東西南北路，紅闌三百九十橋』。宋文安《宮詞》：『三十六所春宮館，一一香風送管絃。』同上

藴真軒詩

遼陽蔡季玉琬，高文良公其倬繼室。著有《藴真軒小草》，《辰龍關》云：『遺民老臏頭間雪，戰地秋聞郭外田。』《關鎖嶺》云：『横盤石磴危通馬，深鎖雄關冷護雲。』《江西坡》云：『鬼鐙明滅團青血，野塚荒涼嘯白楊。』皆沈鬱頓挫，不似巾幗中語。其《九峯寺》云：『蘿壁松門一徑深，題名猶記舊鋪金。苔生塵鼎無香火，經蝕僧廚有蠹蟫。赤手屠鯨千載事，白頭皈佛一生心。征南部曲今誰是，臏有枯禪守故林。』蓋夫人父綏遠將軍毓榮平吴逆後，隨獲譴咎，歸於空門，即指此事也。求之閨閣中，殆罕其匹。同上

慰下第詩

太倉毛山輝秀蕙，諸生王存素愫室也。存素娱情丹青，淡於榮利，雍正乙卯下第，山輝以詩慰之云：『新妝競埽學輕盈，俗豔由來易目成。誰識天寒倚修竹，亭亭日暮最孤清。』『寒女頻年織錦機，深閨寂寂掩重扉。卻憐鴆鳥爲媒者，空向秋風理嫁衣。』『重陽風雨滯幽齋，失意人難作遺懷。籬菊已花還覓醉，便須沽酒拔金釵。』得此齊眉，便白首青衿，亦復何憾！同上

艾蒳亭倡和

張孺人采茝，陽羨儲玉琴母也。姊采芣，妹成珠，俱能詩。孺人《過嚴灘望釣臺》云：『極目桐江上，高臺枕碧流。乾坤傳一客，蓑笠自千秋。芳樹閒中老，孤雲望裏收。歲時誰俎豆，崖下有漁舟。』采芣《和兄閒居》云：『負郭須營二頃田，塵氛不到足怡然。春塘草暖聽泉坐，小院花深待月眠。漫把酒杯澆俗慮，還將書卷結清緣。世間誰似西陵客，一臥烟霞四十年。』《與諸姊艾蒳亭玩月》云：『多時抱病臥深閨，且喜今宵手共攜。芳徑草衰蟲語咽，碧天雲淨雁行齊。吟成新句茶初熟，話到殘更月漸低。清露溼衣渾未覺，怪他花影過窗西。』成珠和云：『空庭月色印中閨，佳節欣逢手共攜。靜夜露沾衫袂冷，隔牆風送管絃齊。閒凭曲檻清吟愜，小立回廊絮語低。凝睇忽驚秋思切，一行征雁過樓西。』張爲丹徒巨閥，故不特封胡遏末，振譽一時，而閨中之秀，亦不減孝綽二妹也。同上

秋蘭館錄閨秀詩

儲玉琴《秋蘭館筆記》載近時閨秀詩，皆清雅可誦。丹徒張淑貞《秋思》云：『人靜鐙如夢，羅衣怯晚涼。露蛩吟草砌，梧葉下蓮塘。月影逐花動，笛聲愁夜長。倚闌無一語，心碎爲離鄉。』江陰曹我聞《雪霽》云：『凍雀喧喧報曉晴，朝曦紅影上窗明。深林風定梅花瘦，老屋寒添紙帳清。吟客未歸驢

背遠，旅人初發馬蹏輕。』高郵陳箋《詠落梅》云：『風敲簷鐵雨聲殘，更道梅花落畫闌。夢冷柴門新竹徑，心傷水部舊詞壇。翻飛應與人爭瘦，懊惱難憑笛訴寒。任是飄零不須怨，冰心留待後來看。』武進楊夢花和云：『空閨何忍問花殘，爲和新聲獨倚闌。香夢可能留玉笛，芳魂早已落詩壇。一簾疏雨回春信，數點輕烟籠去曉寒。索笑也知成往事，祇餘瘦影月中看。』同上

閨秀詞佳句

兄子翊賓述閨秀詞兩語云：『關山夜半斷人行，有來往征人夢。』真佳句也，惜全闋失傳，其姓氏亦忘之矣。《蕙櫋雜記》

河東君訪半野堂小影圖傳竝題詩跋五則

顧苓繪河東君初訪半野堂小影，漢陽夏君之勳曾見於友人處，因摹其圖，竝錄卷中傳跋題詩，出示於予。顧苓傳曰：河東君者，柳氏也，初名隱雯，繼名是，字如是。爲人短小，結束俏利，性機警，饒膽略。適雲間孝廉爲妾，孝廉能文章，工書法，教之作詩寫字，婉媚絕倫。顧倜儻好奇，尤放誕，孝廉謝之去。遊吳越間，格調高絕，詞翰傾一時。嘉興朱治憪，爲虞山錢宗伯稱其才，宗伯心豔之，未見也。崇

禎庚辰冬，扁舟訪宗伯，幅巾弓鞵，著男子服，口便給，神情灑落，有林下風。宗伯大喜，謂天下風流佳麗，獨王修微、楊宛叔與君鼎足而三，何可使許霞城、茅止生耑國士名姝之目？留連半野堂，文燕浹月，越舞吳歌，旋舉遞奏，香籢玉臺，更唱迭和。既度歲，與爲西湖之遊，刻《東山酬和集》，集中稱河東君云。君至湖上，遂別去，過期不至，宗伯使客搆之，乃出。定情之夕，在辛巳六月初七日，君年二十四矣。宗伯賦前七夕詩，要諸同人和之，爲築絳雲樓於半野堂之後，房櫳窈窕，綺疏青瑣，旁龕金石文字，宋刻書數萬卷，列三代秦漢尊彝環璧之屬，晉唐宋元以來法書名畫，官、哥、定州、宣城之磁，端谿、靈璧、大理之石，宣德之銅，果園廠之髹器，充牣其中。君於是乎儉梳靚妝，湘簾斐几，煮沈水，鬬旗槍，寫青山，臨墨妙，考異訂譌，間以調謔，略如李易安在趙德卿家故事。然頗能制御宗伯，宗伯甚寵憚之。乙酉五月之變，君勸宗伯死，宗伯謝不能，君奮身欲沈池水中，持之不得入。其奮身池上也，長洲明經沈明掄館宗伯寓中見之，而勸宗伯死，則宗伯以語兵科都給事中寶豐王之晉，之晉語余者也。是秋，宗伯北行，君留白下，宗伯尋謝病歸。丁亥三月，捕宗伯亟，君挈一囊從，刀頭劍鋩中，牧圉饘橐惟謹。事解，宗伯《和蘇子瞻御史臺寄妻韻》賦詩美之，至云『從行赴難有賢妻』，時封夫人陳氏尚無恙也。宗伯選列朝詩，君爲勘定閨秀一集。庚寅冬，絳雲樓不戒於火，延及半野堂，向之圖書玩好略燼矣。宗伯失職，眷懷故舊，山川間阻，君則知子之來之，褋佩以贈之，知子之順之，褋佩以問之，有雞鳴之風焉。久之，不自得。生一女，既昏，癸卯秋下髮入道，宗伯賦詩云：『一翦金刀繡佛前，裹將紅淚灑諸天。三條裁製蓮花服，數畝誅鋤穲稏田。朝日裝鉛眉正嫵，高樓點黛頰猶鮮。橫陳嚼蠟君能曉，已過三冬枯木禪。』『鸚鵡紗窗晝語長，又教雙燕話雕梁。雨交澧浦何曾溼，風認巫山別有香。初著染衣身體澀，乍拋稠髮頂門涼。縈烟飛絮三眠柳，颺盡春來未斷腸。』明年五月二十四日，宗伯薨，族子錢曾等爲君求金，要挾蠭起，於六月二十八日自經死。宗伯子曰孫愛，及壻趙管，爲君訟冤，邑中士大夫謀爲君治喪葬。宗伯門人顧苓曰：嗚呼！今而後宗伯語王黄門之言，爲信而有徵也。宗伯諱謙益，字受之，學者稱牧齋先生，晚年自號東澗遺老。甲辰七月七日，書於真孃墓下。《花咲廎雜筆》

按：顧苓爲虞山門下士，曾不能爲虞山諱其短，而於柳是則極揚之，如所謂勸虞山以死節，不能從，欲自赴水死，何俠而烈也。苓特爲繪圖作傳，以垂不朽，豈别有知己之感耶？不可謂非阿私所好也。若是生平，風流放誕，不拘小節，要亦古來才色女子本色，不足爲是責。獨於虞山殁後，能以一死殉之，令羣小之風波頓息，真可謂死得其所，亦足以克蓋前愆矣。超達道人葦江氏題。同上

柳是幼隸樂籍，僑居我郡，與錢生青雨，稱狎邪莫逆交。錢故有小才，其詩若書，皆錢所教也。已而歸虞山，錢生爲之介。余時年才數齡，惜未及見其人。吾友減堂氏爲余言，是身材不逾中人，而色甚豔。冬月御單袷衣，雙頰作朝霞色，即之體溫，然疑其善言。素也虞山之惑溺且畏之，有以哉！其生平放誕，亦不必論，獨能以大義責虞山，而不能從，虞山實有媿於是。是之死，雖出於迫脅，然較之偷生視息者爲差勝耳。苓以門下士而不能爲虞山少諱，且多微辭，或亦《春秋》善善惡惡之旨耶？過柳舫閲此，爲之一歎。古梅華源木叉菴白牛道者書。同上

長洲沈歸愚宗伯德潛題云：『零落蘼蕪七十春，畫中依舊見丰神。墮樓一樣能輕死，肯負多情石季倫。尚書爲爾輕高節，腸斷風流放誕時。身後遺民作佳傳，西方别有美人思。』同上

淮南阮學濬題云：『元禮聲名江令才，轗軻晚節太摧隤。逃禪猶戀溫柔境，欲惜期頤褚彥回。危

巢燕雀笑君臣，白髮蕭蕭領薦紳。莫道允南諳掌故，李家降表又何人。』同上

女史題壁詩

曩傳成都施瞖，有勾娼題詩於壁云：『彈鋏慙非彼丈夫，計窮井冷思模黏。已云不食連朝夕，難棄餘生薄舅姑。破紙羞遮愁面目，飢兒嘑曳敝衣襦。同人擁擠誰憐拙，饘鬻懷兹德一盂。』又相傳洛陽旅店，有女史二人題壁詩，款作琴仙、素馨，莫知名氏也。琴仙詩云：『何曾有夢到天涯，十二巫山鎖妾家。一線寒光收曉月，半窗香雪落梅花。冰肌乍減涼偏覺，睡眼才開淚便遮。愁壓錦茵眠不穩，起來强理鬢兒斜。』素馨次韻云：『乍經飄泊卽天涯，似妾偏愁更有家。萬種依人輕若絮，一生薄命蹇于花。三千弱水迢迢隔，十二巫山面面遮。惆悵鴿鶘何處覓，背人偷拭淚横斜。』又傳有沈香鋪女史黄湘蓉題壁詩：『臘日將殘歲漸新，行權青帝爲誰春。無情柳眼偏闞我，得意梅花欲傲人。自惜纖腰今更瘦，可憐幻夢屬疑真。曉來收拾糨初罷，强畫雙蛾半未匀。』余昔遊蜀，同人頗豔誦之。同上

許若洲女史詩

偶檢故篋，得許若洲女史《繡餘遺稿》，頗有可存之作。《邊馬》云：『絕塞風霜苦，馳驅未有涯。死生隨主將，筋骨老邊沙。凍合蹄蘊雪，瘡深背啄鴉。也知郡君號，飽食在天家。』《皁鵰》云：『沙闊

陣雲寒，蒼鶻絕塞搏。雪深疑鬼立，風勁信天寬。影混旌旗暗，聲增笳鼓酸。將軍誇妙手，一箭落金鞍。』《秋蟬》云：『殘暑消初盡，鳴蟬尚未休。風來衰柳岸，人在夕陽樓。樹樹方零露，聲聲似訴愁。君原非宋玉，何事苦悲秋。』《伏生授經圖》云：『紅顔白髮課燈前，口授琅琅廿九篇。博士竟逃坑後刼，祖龍難爇腹中編。經留一脈憑嬌女，天爲斯文假大年。欲問從來巾幗事，儒林摶有幾人傳。』《訪菊》云：『蓬鬢蕭然自笑狂，一雙苔屐破晨霜。掩關野寺環流水，抱甕山家隔短牆。差擬相逢揩倦眼，幾回獨步趁斜陽。知君傲骨難輕許，苦費幽人日日忙。』《鐙花》云：『銀釭紅綻一枝明，繡閣凝眸喜又驚。我本心中了無事，偶然開落也關情。』《西施》云：『歌舞含顰已不祥，功成身亦殉吴亡。蛾眉尚有藏弓嘆，文種何須怨越王。』《題背面美人圖》云：『花叢背立態輕盈，脈脈春愁畫裏生。尚未回頭通一顧，癡情已道是傾城。』諸作風格清蒼，詞旨超雋，不愧作手。其他句如《匣劍》云『氣平甘寂寞，靜極見鋒鋩』、《秋野》云『籬花寒弄色，隴樹老生烟』、《春烟》云『山色浮空遠，溪光接岸平』、《虞美人》云『貞魂如不泯，莫向漢宮開』、《白燕》云『盧家堂掩春無跡，關盼樓空月似霜』、《文姬歸漢圖》云『獨有明妃青冢在，何人買骨費黄金』，諸語亦不落凡近。若洲名蘅，爲詩人香浦鑑愛女，吾友蓮友其淮同母姊。其工詩，蓋本家風。歸李氏，未久卒，時在嘉慶丙寅，年僅二十有七。香翁爲梓此稿，五十年來，許氏淩替無人，詩板早已散佚。玉骨長薶，塵編孰問？余因訪覓蓮友遺稿不獲，悲其女兄之詩，亦將就湮沒，故選存之。《鷗陂漁話》

案：西施從范蠡泛五湖之誣，宋姚寬《西溪叢語》、明楊慎《升菴外集》辨之綦詳，若洲詩云『功成身亦殉吴亡』，不從世俗之說，具有特識。

沈祐之

嘉興沈祐之女史錫齡工詩，早世。佳句如『斷烟寒食節，小雨落花天』、『客路徧黄葉，秋山多白雲』，皆清婉可誦。又冬夜《憶秦娥》詞云：『一簾花影，滿庭霜月。』使天假以年，亦當與《漱玉》、《斷腸》爭勝。《交翠軒筆記》

眉子硯詩詞

鳧香師以葉小鸞眉子硯背二詩拓本見示，詩署己巳寒食，題云：『天寶繁華事已陳，成都畫手樣能新。如今只學初三月，怕有詩人説小顰。』『素袖輕籠金鴨烟，明窗小几展長箋。開匳一硯櫻桃雨，潤到湘琴第幾絃。』云得自錢塘何夢華上舍元錫處。鳧香師調寄《南樓令》題詞云：『滴露潤微添。琉璃展一匳。引春愁、飛上眉尖。洗徧墨痕香不褪，帶多少，舊情黏。　過雨捲湘簾。櫻桃秀句拈。認玲瓏、小印親鈐。惆悵碧天鸞去遠。空留得，月纖纖。』余亦和一闋云：『韻事玉臺添。紅絲冷翠匳。記深閨曾拂毫尖。留下可憐將不去，看點點，落花黏。　午夢醒重簾。芳魂半偈拈。問疏香、閣印誰鈐？賸有天邊眉樣月，渾依舊，兩頭纖。』疏香，小鸞所居閣名。同上

沈佩玉

沈佩玉夫人，葉中丞世倬孫媳，克昌孝廉室也。有《月下睡起》云『蛩唫深夜月，人臥一庭花』十字頗爲士林傳誦。又云：『四壁蛩聲秋已老，半窗月色夜如年。』《清明有懷》云：『走馬路迷紅杏雨，啼鶯聲斷綠楊烟。』《履園叢話》

吟秋閣遺稿

虞山女史邵秋士廣仁五六歲時，祖母蘇太恭人授以詩，卽能吟誦。後歸仁和錢小謝廷烺，爲謝庵吏部之媳，卒年二十六。《詠白秋海棠》云：『閒房寂寂掩重門，相伴冰肌玉一盆。涼月西風成獨對，花光人影共消魂。頗多慘綠淒清態，絕去嫣紅點染痕。糚閣不須銀燭照，斜陽庭院未黃昏。』《題黃仲則〈悔存齋詩稿〉後》云：『纔去愁魔又病魔，詩人心力漸消磨。才如李賀天還忌，哭比唐衢淚更多。入座無言惟嬾慢，挑燈有得費吟哦。吾家衣鉢相傳後，自注：仲則先生曾受業於先伯祖叔宀公。彩筆從今嘆逝波。』著有《吟秋閣遺稿》，吳山尊學士爲之序。同上

吴畹芬

吴筠，字湘屏，號畹芬，上虞學博吴竹溪季女，適嘉興李杏邨孝廉貽德。杏邨好學，擅詩歌，畹芬相與唱酬，常欲出杏邨上。有句贈杏邨云：『柳絮因風傳謝女，梅花何福作林妻。』風致可想。同上

王綺思

余以癸酉春卜居翁家莊，相傳爲翁司寇叔元舊宅。嘗作七律四首，自寫胷臆，一時和者，至數十家，字字珠璣，不能盡錄。周𦶟齋太守押門字韻云：『虞山拱笏青延屋，春水如油綠到門。』袁茂才治押仙字云：『不求聞達寧非福，得聚妻孥便是仙。』席上舍世栢押肩字云：『莫將清福看如水，好去紅塵息此肩。』陳上舍柘慈炌云：『載酒定多人問字，司花應遣鶴看門。』又云：『已逢叔度思投轄，乍見洪厓笑拍肩。』皆名句也。惟第一首悲字最難押，如王艾軒之『得完太璞非容易，一鎖名繮便可悲』，袁茂才之『丘壑從心容我嬾，烟花過眼替人悲』，俱妙。柘慈爲伯恭學士長君，其夫人王氏，名崑藻，號綺思，華亭人，所和四首，尤爲絕妙。其一云：『軟紅撲面復何爲，收拾歸心上釣絲。已卜鶯遷酬燕喜，何勞鶴怨與猿悲。高情陶令營三徑，妙喻莊生戀一枝。看盡稻花三十里，耦耕生計未嫌遲。』其二云：『振衣千仞恥徒論，占得臨溪郭外邨。豈爲逃名辭越水，偶因長嘯寄蘇門。緩歌慢弔前朝蹟，風雅能歸

異代孫。定有新詩吟白紵，清尊檀板付桃根。』其三云：『小住吳中隔一牆，僦居何幸近華堂。花開綺陌青春短，燕蹴晶簾白日長。落紙乍驚詩筆健，當歌不厭酒杯忙。請看袞袞登臺者，可有閒情把玉觴。』其四云：『才名夙昔動幽燕，瞥眼星霜歷廿年。筆陣鍾王無敵手，譚鋒荀陸本齊肩。早趨朱邸稱詞客，晚臥滄江作散仙。最是撐腸五千卷，一甌茶熟正高眠。』同上

白雲洞天詩

沈采石夫人名穀，嘉興人，父山漁明經光春，故禾中宿學，著有《醉墨齋詩集》。母許氏，諱英，號梅邨，著有《清芬閣吟稿》。采石少學詩於明經，學畫於母氏，又與其弟西雍太守相切礪，一時有左太沖貴嬪之目，著有《白雲洞天詩》一卷。《出塞曲》云：『漢王不輕戰，命將守塞口。行行日已遠，夜夜驚刁斗。丈夫重意氣，君恩故難負。日落塵沙昏，身當三軍首。大破彊胡膽，執馘獻我后。功繪麒麟閣，名垂千載後。』《中興四將歌》云：『中興有四將，韓岳乃可稱。張劉何爲者，而亦居其名。張驕劉惰不足道，握兵乃比韓岳早。韓岳自是生死臣，金牌痛哭騎驢老。圖其像者劉松年，笑他亦廁韓岳間。此圖傳之萬萬古，論功論罪俱昭然。吁嗟乎！張劉地下如有知，請看靈巖西湖兩墓定國元勳碑。』《題劉阮入天台圖》云：『做到神仙便有情，會仙石上訂三生。重遊未必來時路，幾樹桃花照眼明。』《春遊》云：『知我春遊天乍晴，鳥啼花落踏春行。雲山佳處真如畫，一幅生綃寫不成。』《聞鄰曲》云：『歌聲宛轉是誰家，自啓珠簾月半斜。聽到四絃淒絕處，一庭銀海浸梨花。』皆妙。同上

席媛

虞山王雲上岱能詩，家素貧，常出門負米。其夫人席氏，亦工吟詠，有『愁連雙鬢改，貧覺一身多』之句，傳誦藝林。同上

趙筠湄

合肥女史趙景淑，字筠湄。少有夙慧，喜讀書，嘗集古今名媛四百餘人，各爲小傳，題曰《壼史》。又著《香匳雜考》一卷，徵引詳博。至於韻語，特其餘事。其論本朝詩，則取王阮亭、李丹壑一派，而不喜明七子，輒效李長吉，蓋天性然也。記其《舟中聞雁》云：『柁樓不寐寒燈挑，愁聽征雁聲嗷嗷。西風穿林霜月小，北斗插地秋天高。』『羈臣海上魂應斷，獨客天涯渺河漢。祇有漁舟自在眠，空江影落寒星亂。』又《湖上弔韓蘄王》云：『君相籌邊只議和，北來鼙鼓震關河。小朝已定紅羊刼，大將空悲白雁歌。三字獄成同調少，兩宮讐在痛心多。江山滿眼都殘闕，忍向西湖策蹇過。』慷慨沈雄，能寫出蘄王一生心事，則又絕去阮亭蹊徑矣。沒時年二十四，尚未字人，惜哉！同上

錦槎軒詩

蒙城張麗坡將軍，好風雅，嘗爲江蘇撫標中軍參將。有女公子名襄，號雲裳，年十餘齡，即能詩，不三四年，著書盈尺，有《錦槎軒詩集》十卷，各體俱備。《擬古別離》云：『漠漠塞上雲，渺渺榆林樹。青山幾萬重，一別從茲去。前程尚模糊，安問歸時路？風雪滿征衣，今宵宿何處。』《遊山》云：『指點青山郭，真堪作畫圖。心隨流水逝，目送片雲孤。樹色分朝暮，山光乍有無。歸來忘遠近，喜不藉人扶。』《擬岳大將軍鍾琪奉詔起征金川留別故人之作二首》云：『未許身閒水石間，九重恩詔起衰顏。蔣侯已擬長開徑，李廣無端又出山。老別那能期後會，壯行原不計生還。卻憐舊雨紛紛集，亂樹寒雲擁劍關。』『乍拋釣艇脫羊裘，共唱《陽關》賦遠遊。憐我已成强弩末，感君還望大刀頭。牙旗影落邊城月，篳篥聲高絕塞秋。此去百蠻應見笑，邯鄲夢裏又封侯。』公常有句云：『只因未了塵寰事，又作封侯夢一場。』《春日閒居》云：『深閨夢短思悠悠，爲怯春寒嬾下樓。自笑年來嬌養慣，滿簾紅日未梳頭。』七言如『穿雲慣舞雙龍劍，踏月能開十石弓』、『捲起湘簾看寶劍，燒殘銀燭讀陰符』，俱有穿雲裂石之聲，真將家子也。同上

澹仙詩話

自古婦人工詩畫者甚多，而能評論古今作詩話者絶少。如皋熊澹仙夫人，名璉，苦節一生，老而好學，嘗著詩話四卷，其略云：『詩本性情，如松間之風，石上之泉，觸之成聲，自然天籟。古人用筆各有妙處，不可别執一見，棄此尚彼。』又云：『詩境卽畫境也，畫宜峭，詩亦宜峭；詩宜曲，畫亦宜曲；詩宜遠，畫亦宜遠。風神氣骨，都從興到，故昔人謂畫中有詩、詩中有畫也。』澹仙詩詞俱妙，出於性靈。《題黄月溪乞食圖》云：『田園蕩盡故交稀，舞榭歌筵一夢非。未必相逢皆白眼，憑他黄犬吠鶉衣。』借題發揮，罵盡世人。澹仙又有感悼詞數十首，集曰《長恨編》，類皆爲閨中薄命者作也。其題辭《金縷曲》云：『薄命千般苦。劇堪哀、生生死死，情癡何補。多少幽貞人未識，蘭蕙香消荒圃。薶不了、茫茫黄土。花落鵑啼悽欲絶，剪輕綃、那是招魂處。靜裏把，芳名數。同聲一哭三生誤。恁無端、聰明磨折，無分今古。憐色憐才憑弔裏，望斷天風海霧。未全入、江郎《恨賦》。我爲紅顔頻吐氣，拂霜毫、填盡淒涼譜。閨中怨，從誰訴？』同上

任夢檀

任藴昭，字夢檀，嘉興人。生數月而孤，六歲復失恃，育於祖母姚。幼聰慧，耽書史，倚兩姑習女

紅，分題拈韻，調笑爲樂。年十九，嫁同邑諸生陸少枚頤高。其于歸時，有《別兩姑》詩云：『分手各無言，惟有淚如雨。寄語世間人，生男莫生女。』『生男離別少，生女離別多。鼓吹喧滿堂，行矣將如何。』頗有古樂府音節。少枚遊學廣陵，夢檀食貧自若，不數年而歿，年二十七。同上

胡智珠

畢秋帆先生，購得朱長文樂圃，不過千金。沒後未幾，有旨抄其家產，園已造爲家廟，例不入官，一家眷屬，盡居圃中。近亦荒廢不治，無有過之者。有女史胡智珠，題壁一絕云：『清池峭石古亭臺，深鎖園扉晝不開。此日恰逢搖落後，花時悔我未曾來。』智珠又有《詠蠶豆》云：『花開低傍麥畦邊，面面勻圓結實鮮。且喜嘗新共櫻筍，正當四月養蠶天。』燈謎詞云：『胷中不必多書卷，只要聰明悟得來。』不即不離，清新有味。其女淑慧，號定生，亦能詩。同上

蓮因女史

國初王文簡，嘗爲揚州推官，提唱風雅，極一時之盛。後盧雅雨先生爲兩淮運使，在平山堂篠園，築三賢祠，祀歐、蘇兩文忠，配以文簡，四方遊客，每來謁祠，輒有議論，以文簡尚不稱與歐、蘇同祀也。近復移三賢祠於桃花菴，又以汀州伊墨卿太守附入，爲四賢祠。嘉慶己卯六月，有蓮因女史過祠下，題

壁云：『誰人於此祀三賢，風雅騷壇有後先。祇惜揚州花月地，不知水部與樊川。』語帶諷刺，而微婉蘊蓄，頗合風人之恉。同上　案：錢唐鄭娛清女史名蘭孫，著有《蓮因室詩詞》，其詞刻入南陵徐氏《小團欒室彙刻閨秀詞》第七集。

管夫人畫卷

管仲姬工繪山水，其並工人物，則人罕知者。先世父曾藏其《海靈朝龍王》卷子，紙本長丈餘，島嶼蒼茫，洪濤洶湧，幅中黿鼉若者，鼃鼈若者，魚若蝦若者，蚌蛤螺蜃若者，大而至於巨鼇怒蛟、長蛇封豕似江豚而圓黑，出沒隱見，神氣勃勃。復有鬼怪騰踏波浪間，若金銀，若珠貝，若珊瑚木難，或頂於首，或負於背，或捧以玉盤，或裹以素綃，爭作供獻狀。千變萬化，不可思議，令觀者目奪神駴。而章法細密，傳染雅潔，實爲收藏家不可多得之品。宋三百年，宗室中，惟趙仲輗妻和國夫人王氏，與仲姬皆稱書畫名手。王氏真蹟，傳者絕少，仲姬所傳，亦只蘭竹二種。若此卷，則世所僅見也。世父卒後，卷歸先兄子應，咸豐丁巳春，兄避兵懷遠，猶攜以自隨。未幾，兄病歿，懷遠亦陷，大約化爲刼灰矣。高要何叔度元《江上萬峯樓詩鈔》載管夫人墨竹畫，并自書一絕云：『夫君去日竹初栽，竹已成林君未回。玉皃一衰難再好，不如花落又花開。』款署『管仲姬寄子昂君覽』，叔度題云：『至今見者猶銷魂，何況泥裏你我人。』頗有風趣，爰坿記之。《蕉軒隨錄》

絮香吟館詩

《絮香吟館詩》一卷，長白馬佳太夫人所著。太夫人名齡文，字竹友，幼隨尊人嵩中峯總戎，遊宦湖南、安徽。生有夙慧，博通墳典，尤工於詩。歸侍衛忠公善亭，未及一載而寡。嗣兄公之子爲後，躬親教育，卽榮帆觀察吉順也。予在嶺西，曾搜羅諸名媛著作，屬老友林薌溪徵君昌彝登之《海天琴思錄》，亦間附載於拙著《蕉軒隨錄》中。養親歸田，復有續錄、三錄之刻，經史掌故外，旁及詩文，採取甚夥。丁亥夏初，重入都門，旋拜永定河防之命，適與榮帆同官一省，然未面也。榮帆知予抵任，緘太夫人詩集寄示，莊誦數過，溫柔敦厚，得杜、韓風格，兼具坡、谷丰神。閨閣中才力如此，吾見亦罕矣。謹擇其尤佳者，五言如『露菊花開紫，霜楓葉落黄』、『世情今更薄，知己古猶難』、『新愁憐鬢禿，舊事話心酸』、『心情隨逝水，身世等飄蓬』，可想見寒檠夜紡時，辛苦零丁光景。至《自遣》云：『窮通有造化，人生奈若何。一望天涯遠，青青芳草多。憂抑從中來，慷慨發以歌。安命自康樂，胡爲嘆逝波。』四十字節操凜然，風人之旨。七言如『夜坐忽聞孤雁聲』，《感賦》云：『煮茗焚香靜坐時，一燈相伴正凝思。忽聞孤雁聲如泣，獨唳遙天意可知。哀切衹緣心念侶，淒涼惟有影相隨。月明莫向邊關去，恐惹征人苦別離。』全如自家寫照，而以比體出之，可稱雋永。其他如《舟中扶櫬》云：『愁封衡嶽雲千岫，夢冷瀟湘月一川。』《登車北行值炎熱》云：『直似熱官趨蟻釜，不同秀士仞鵬程。』《白梅花》云：『聞來東閣香猶在，寫出西湖雪未乾。』《白桃花》云：『三月東風嗟命薄，一溪流水見情真。』《生日有感》云：

『持家久積紅鹽累，覽鏡新添白髮憂。』皆能不粘不脫，獨出機杼。昔畢秋帆尚書母張夫人，詩名藉甚，以節婦兼賢母，吾於棨帆卜之矣。同上

韻香閣詩

『猿啼兩岸夕陽催，江山何人賦落梅。山影漫隨烟靄去，鐘聲時雜雨聲來。鳥穿疊嶂陰雲合，舟入重巖石壁開。到此蓬萊知不遠，我今新自蜀東回。』孔齊賢祥叔巴東舟中作也，雋雅宏拔，不似閨閣口吻。齊賢爲衍聖公祥珂從姊，幼工吟韻，及長，歸劉景韓觀察樹堂，著《韻香閣詩草》一卷，曾隨其尊人靄亭先生宦遊蜀黔，得江山之助。年甫四十而卒。夏綠霜凋，宜觀察悲之深焉。集中《讀史》十八首，具有真識。近體五言，如『春溪羣鷺飲，紅杏亂鶯啼』、『稻香中婦饁，豆熟老農忙』，七言如《偶成》云『月下理琴寒有韻，燈前課子喜無瞋』、《詠菊》云『有品皆清真富貴，雖香不俗亦神仙』，方之元、白，殊不多讓。柳州序巖公䖍云：『脫略富美，服勤儒素，予於齊賢亦云。』然齊賢又有句云：『開軒時遠眺，白雲出岫遲。悠悠布天際，林深鳥不知。』大有亭皋隴首之概，倘遇王融，願書團扇矣。同上

于歸後詩詞

無錫丁杏舲《聽秋聲館詞話》載袁紫卿夫人者，子才太史孫女也。工詩詞，箸《簪筠閣稿》。《于歸

後三日對鏡》云：『曉起窗前整鬢鬟，畫眉深淺入時難。鏡中似我疑非我，幾度低徊不忍看。』不離不即，落落大方，確是加笄後情景。又載有浦合仙女士《臨江仙》詞云：『記得纚笄侵曉起，畫眉初試螺丸。春痕淡淡上春山。乍驚新樣窄，較似昨宵彎。一樣敷來仙杏粉，難勻怪煞今番。傳聞郎兒玉珊珊。妝成嬌不起，偷向鏡中看。』杏舲云，與袁夫人詩異曲同工。《碧聲唫館談塵》

閨秀說經

嘉興錢新梧給諫儀吉，官京師，無力延師教子，與其室人餘杭陳煒卿女史爾士，親自督課。女史嘗於講貫之暇，推闡經旨，著《授經偶筆》，以訓子女。內則執麻枲，治絲繭，織紝組紃，學女事，以共衣服。說云：古者婦功，在於麻枲絲繭、織紝組紃，其成也，質實堅重，而可以爲久。後世乃以刺繡爲工，輕而易敗，朝爲被服之華，夕同土苴之棄。耗力費財，甚無謂也。古者黼黻文章，以奉朝祭，此廟而不宴者也。今俗尚侈靡，婦女履底或有繡文，是古昔祭服之飾，今緣之履底矣。又若繡衫繡扇，充溢吳市，敝化奢麗，視若尋常，賈生所謂『天下不屈者，殆未有也』，其言切中習俗之弊。《冷廬雜識》

七夕詩

煒卿女史工吟詠，賦《七夕詩》，命意最高：『梧桐金井露華秋，瓜果聊因節物酬。卻語中庭小兒

女，人間何事可干求？』同上

女弟子

《毛西河集》附徐都講詩，其女弟子徐昭華所作也。初，昭華請業於西河，命題仿六朝體，賦得《拈花如自生》，詩云：『明珠照翠鈿，美玉映紅妝。步移搖彩色，風回散寶光。蛛絲髻上繞，蝶影鬢邊翔。誰道金玉色，皆疑桃李香。』《擬劉孝標妹贈夫》詩云：『流蘇錦帳夜生寒，愁看殘月上闌干。漏聲應有盡，雙淚何時乾。』又云：『芙蓉花發滿池紅，黛烟香散度簾櫳。畫眉人去遠，腸斷春風中。』西河深賞識之。余尤喜其《塞上曲》云：『朔風吹雪滿刀鐶，萬里從戎何日還。誰念沙場征戰苦，將軍今又度陰山。』『長雲衰草雁行平，沙磧征人向月明。思婦不知秋夜冷，寒衣還未寄邊城。』『彍騎三千出漢關，雕戈十萬臥燕山。月明近塞頻驅馬，尚有將軍夜獵還。』感慨豪宕，出自閨閣，洵非易及。西河序其詩云『昭華既受業傳是齋中，每賦詩，必書兼本郵示予請益，陸續得如干首，留其帙，不忍毀去，遂附予雜文後，存出藍之意』云云。近日袁隨園女弟子詩，蓋仿此而益增其盛，然人既多而詩不盡佳，失之濫矣。同上

顧橫波小像

程春廬京丞，博雅嗜古，所蓄書畫甚多。余曾於其姪銀灣參軍世槭處，見顧橫波小像一幅，丰姿嫣

然，呼之欲出。上幅右方，款二行云：『崇禎己卯七夕後二日，寫於眉樓，玉樵生王樸。』左方詩二首云：『腰妒楊枝髮妒雲，斷魂鶯語夜深聞。秦樓應被東風誤，未遣羅敷嫁使君。淮南龔鼎孳題。』『識盡飄零苦，而今始得家。燈煤知妾喜，特著兩頭花。庚辰正月廿三日燈下，眉生顧媚書。』同上

紫蝴蝶花館詩

粵西之賓州，屬思恩府，瘴陬遐陋，風雅未聞。乃有才媛陸小姑，所箸曰《紫蝴蝶花館詩存》。其爲詩芬芳悱惻，戛戛獨造，非尋常弱孥所及。兼所適非耦，怨而不怒，尤合風人溫厚之指，是不可無述焉。《七夕》云：『碧落三秋迥，銀河一線橫。有人當此夕，無處問前生。白首甘拋棄，紅閨憶誓盟。溯從諧鳳卜，長願戒雞鳴。展廟容初歛，宜家句載賡。燈前聞促織，雨裏聽催耕。砧冷衣頻擣，葵香手自烹。暮挑蔬半畝，晨汲水雙甖。質頳繁憂集，勞多痼疾成。霜欺兼雪虐，絮弱更塵輕。中道郎恩斷，罡風妾夢驚。不教栖紫燕，真箇打黃鶯。轉石餘奢望，呼天竭至誠。眼枯空涕泣，心捧未分明。大去塹歸璧，于飛記佩瓊。已難收覆水，祇爲怒翻羹。娣姒淒涼色，親朋笑謔聲。逐臣千古恨，思婦廿年情。薄命聊終老，微軀以罪行。仳㒧何所懟，遺誤是詩名。』《病中排悶》云：『重尋筆硯强吟詩，病骨稜稜瘦尚支。聞弟書聲堪小愈，勞親慰語勝中醫。藥鐺茗椀閒消遣，經卷香爐好受持。更喜小鬟能解事，膽瓶供養碧桃枝。』《荷錢》云：『綠沼新荷似散錢，幾經掄選出清漣。和盤溜雨銖銖密，疊翠翻風箇箇圓。買盡西湖三月景，酬他南浦一溪烟。生憎榆莢多輕薄，隨便飄零陌路邊。』《留燕》云：『疇昔

春風暖，翩翩繡幕來。乍驚秋意動，欲去竟誰催。人事有涼燠，物情無忌猜。何如依故壘，稍待菊花開。』《老梅將開詩以促之》云：『老榦横斜半飽霜，幾枝帶雪尚蒼茫。夢迴紙帳千山冷，人立溪橋一水香。好與支持寒料峭，便須點染月昏黄。也知不是凡桃李，肯向東風訴斷腸。』《秋草》四首云：『涼烟一道碧蕭騷，無復青青繫客袍。大野寒光鷹眼疾，亂山秋色馬頭高。祇今蟋蟀悲殘菊，往事蜻蜓避伯勞。別館離宫三十六，舊曾行處長蓬蒿。』『歲歲榮枯感不禁，別來南浦總傷心。夷陵山上秦灰冷，雲夢陂前楚雨深。何處蘼蕪重繾綣，舊時蘭芷半消沈。愁看短短如余髪，歷亂飛蓬直到今。』『緣堤拾翠屢經過，裙屐飄零憶踏莎。冷雨疏烟隨處是，英雄兒女此中多。明妃冢遠今安在，韓信臺荒近若何？我亦凭闌蕭瑟甚，苔痕涼影上藤蘿。』『鶗鴂聲殘埽地空，柳嬌花鞸兩無窮。池塘夢繞疏燈外，城闕秋生畫角中。葶藶幾曾經眼緑，卷葹猶自捧心紅。可憐一段葳蕤態，虛負東皇雨露功。』《殘菊》云：『秋菊與春蘭，品格非有二。春露與秋霜，慘舒則有異。荒園幾枝菊，籬落手自蓺。分栽盆盎間，或者失位置。菊固淡如人，無喜亦無恚。終風安且暴，陰雨颯然至。朝如紅顔寵，夕若白頭棄。不如夭夭年，未開早憔悴。胡爲恃微芳，草草弄金翠。行將委蓬蒿，殘英尚虛綴。人生有榮落，八九少如意。君看楚靈均，異代悲賈誼。陶然淵明翁，日枕南山睡。菊乎爾何傷，晚節永無墜。』自餘佳作，尚美不勝收，其斷句如『女子才多關薄命，詩人稿定抵成名』《滕師母招飲即席賦呈廉齋師》、『養病最宜平旦氣，讀書尤愛薄陰天』《曉起》、『丰姿自潤非關雨，莖葉俱香不獨花』《雨後觀荷》、『由來梟舌工傾覆，如此蛾眉竟棄捐』《五日懷古》、『雀舌苦吟金落索，龍團香迸雨淋鈴』《缾笙》、『遙看嶺上祇疑雪，忽到窗前長憶君』、『藍關晴雪裹陽騎，驛路斜曛隴口船』《梅影》，皆新警可誦。《鄰蔬園偶筆》

附錄：《陸小姑傳》：陸小姑，賓州人，故儒家女。適同里覃六六家，操農業，甫三日，即脱簪珥，易龍具鳥衣，隨雜作往，若負弩前驅者。小姑苦之，願以鍼黹紡績代耡犁之役，不許。炙酷日，淋暴雨，中少委頓，則執朴隨之，小姑涕泣求死，未幾給以母疾遣歸。闔家惶駭，詗得其狀，輿請復還。覃故別議門戶相當者，已有成約，力爭不獲，銜憤而返。踰年，往偵之，則夫己氏，在堂而呱呱者⿰女黽且育矣。母恚甚，戚鄙助之，將鳴於官，小姑慨然曰：『是奚以蟲臂鼠肝者爲也，且古之遭流離放廢而鬱鬱不自得者，造物者將假之以千載之名，而不必屑屑於是也。』小姑故嫺吟詠，至是鍵戶下帷，與弟讀招社中，總角數小童，嘔鴉其間，供母甘旨焉。滕司訓者，拈紫蝴蝶花爲題課士，小姑寄呈一絕，滕大稱賞，親往詣之，如劉、柳之造謝夫人者。滕故有霜媳，雅好弄筆墨，乃即滕爲師，往來學署者六年，而詩日益工。然葉晚花初，秋陰春暖，未始不悁悁以悲。蓋決絕十二年而瘵作，彌留，戒其家人，持生平所爲詩及滕先生所更定者，走大雅以博泉壤光。時余同年盱眙汪君權篆思恩，賓思屬也，姑之猶子瀛洲秀才登太守之堂而親炙焉，君一一丹黃之。而余適以事留滯，桂林君方乞疾，遄歸，相見，道其顛末甚悉。遂預斯事，成一卷，存詩如干首，而刪剟以傳之。嗟夫！余觀古詩之詠棄婦者，或隱約其事，或徑直其詞，大率憫其窮而抒其憤，而非有所假借而回護之也。小姑以勿任給使，重違所天，遂至淪棄。棄矣，而造次顛沛，處之恬然，非有得罪於其父母鄉鄰者也，乃卒之夭其天年以死。悲夫！蓋有數焉，不可强也。抑天固將玉成之，與騷人佚士暉映古今，是又未可知者也。公冶長在縲絏中，夫子以其子妻之。南容三復白圭，妻以其兄之子。妃匹之際，風化之基，蓋可忽乎哉？道光丙戌夏，會稽王衍梅笠舫譔。

廣寒逋客

粵西閨秀，能詩者多，工詞者僅見臨桂黄東昀室唐氏，自號廣寒逋客，有《寫翠樓詩詞集》，刻本未見。朱小岑布衣依真《九芝草堂論詞絶句》云：『紅杏梢頭宋尚書，較量閨閣韻全輸。無端葉打風窗響，腸斷人間詞女夫。』自注：『閨秀唐氏，吾友黄南溪元配也，其《杏花天》詞，爲時所稱。予最喜其

「試聽飄墮聲聲，風際吹來打窗葉」，颯然有鬼氣，此詞全闋，惜無從訪求矣。』又云：『零膏賸粉可能多，嘖嘖才名梁月波。叵耐斷腸天不管，香銷簾影捲銀河。』自注：『梁月波，宦門女，有才思，早卒。「香燼香燼，簾捲銀河波影」，其《如夢令》句也。今梁詞亦佚。』同上

湖樓請業圖

隨園女弟子《湖樓請業圖》冊一，卷一。冊繪十三女弟子小象，人各一葉，藏崑山李菊農傳元家，余未之見。卷則長幀布景者也，藏貴池劉氏聚學軒。丙午開歲，余從假觀，庋蕙風簃。逾半月，王文治題首，婁東尤詔寫照，海陽汪恭製圖。隨園序云：『乾隆壬子三月，余寓西湖寶石山莊，一時吳會女弟子，各以詩來受業，旋屬尤、汪二君，爲寫圖布景，而余爲志姓名於後，以當陶貞白真靈位業之圖。其在柳下姊妹偕行者，湖樓主人孫令宜臬使之二女，雲鳳、雲鶴也；正坐撫琴者，己卯經魁孫原湘之妻席佩蘭也；其旁側坐者，相國徐文穆公之女孫裕馨也；手折蘭者，皖江巡撫汪又新之女纘祖也；執筆題芭蕉者，汪秋御明經之姊也；稚女倚其肩而立者，吳江李寧人臬使之外孫女，嚴蕊珠也；凭几拈毫若有所思者，松江廖古檀明府之女，雲錦也；把卷對坐者，太倉孝子金瑚之室張玉珍也；隅坐於几旁者，虞山屈婉仙也；倚竹而立者，蔣少司農戟門公之女孫金寶也；執團扇者，姓金，名逸，字纖纖，吳下陳竹士秀才之妻也；持釣竿而山遮其身者，京江鮑雅堂郎中之妹，名之蕙，字芷香，張可齋詩人之室也。十三人外，侍老人側而攜其兒者，吾家姪婦戴蘭英也，兒名恩官。諸人各有詩集，現付梓

人。嘉慶元年二月花朝，隨園老人書，時年八十有二。』印：『袁枚』白文，『己未翰林』朱文，『隨園親筆』白文。又序云：『乙卯春，余再到湖樓，重修詩會，不料徐、金二女，都已仙去，爲淒然者久之。幸問字者又來三人，前次畫圖，不能羼入，乃託老友崔君，爲補小圖於後，皆就其家寫真而得。其手折桃花者，劉霞裳秀才之室曹次卿也；飄帶佩蘭而立者，句曲女史羅綺蘭也；披紅襜褕而若與之言者，福建方伯璵沙先生之季女錢林也。皆工於吟詠，綺蘭有《望秋軒詩集》行世，余爲之序。清明前三日，袁枚再書。』印：『隨園主人』白文，『花裏神仙』朱文此印先誤用橫，後改捺正。題詞最三十一家，再題者一家，熊枚謙山七絕，曾燠七絕五，王昶七絕四，胡森七絕九擬小遊仙體，俞國鑑七古，吳蔚光七絕五，慶霖晴村七律，張雲璈七古，王文治七絕，劉熙七古，王鳴盛七絕二，康愷七絕，李廷敬七絕二，董洵七絕二，歸懋儀七律四，梁同書七絕二，郭堃七絕，鰲圖七絕二，成策七絕四，安盛額七絕二，張溥七絕，吳瓊仙珊珊七絕，嚴蕊珠七律二，姪婦王蕙芳七絕四，吳瓊仙再題七絕四，席佩蘭七絕五，姪女淑芳七絕八，戴蘭英七古，徐爔《仙呂・道情》一闋，陳廷慶七律，錢大昕七絕二，沈文淵小湘七絕四丙申購圖題并誌。後有錢元章等觀款，郁熙灝購圖題記咸豐乙卯。慶霖詩云：『紛紛都是掃眉才，境過聊將往事諧。白髮傳經人縱老，紅妝問字例誰開。春歸蓉館千花擁，淚下銅仙一笛催。知否披圖憐宋玉，雌風無復到蘭臺。』王文治詩云：『寶石山莊啓絳帷，春波十里漾琉璃。逃禪倦客真僥倖，親見湖樓問業時。』自注：壬子三月，先生修詩會之日，治訪先生於湖樓。孫雲鳳、雲鶴，治同年春巖臬使之女也，以年家禮相見，先生因命諸弟子皆出拜焉。席佩蘭詩云：『寶石山莊靠鏡湖，人間清絕一方壺。十年枉作西泠夢，早已全身入畫圖。』『先生端坐彩毫揮，爭捧瑤箋問絳帷。中有彈琴人似我，數來剛好十三徽。』『選刻新詩昉《玉臺》，卷中人各手親裁。白家老嫗康成婢，未許窺覘入坐來。』『老壽翁須過百齡，果然位業是真靈。願同伏勝傳經例，一个門生授一經。』『後來居上亦何嫌，廿六人終取格嚴。恰比十三行玉版，誰家副本又新添。』袁淑芳詩，序云：『嘉慶元年十一月九日，隨園伯父來眂淑芳，並拜麝餅螺丸之賜，時出《十三女弟子圖》命題，勉成八絕，錄求誨正。』『不扶鳩杖不乘船，步訪深閨日午天。贏得癡兒與嬌女，爭先出戶看神仙。』『圖集閨中賦茗才，轉因鄭重不輕開。水沈一貼剛分與，鵲尾金罏手爇來。』『此事推袁得未曾，詩禪仙女玉傳燈。嗤他一箇徐都講，猶自編詩詫友朋。』自注：《西河集》坿徐昭華詩。『詠絮多慙謝女才，他時內集定教陪。學吟畢竟從姑好，二妹詩中認體裁。』『雲璈一隊會羣仙，桃李春風別樣妍。只恐湖頭西子妒，遲生那不二千年。』『螺丸只賜女門人，聞說隨園例可循。閨友莫嫌今破例，元須讓我數家珍。』『畫圖才卷又重開，白髮紅妝細認來。拚著他年遊寶石，一花一草一徘徊。』『請業重圖後十三，待公容我厠其間。詩壇若準宗盟例，同姓人應作領班。』兩圖最十七人，以孫雲鶴、嚴蕊珠、金逸、戴蘭英，詩筆爲最清。雲鶴《聽雨樓詞》，世尠傳本，曩歲辛卯，余客羊城，假方氏碧琳瑯館藏本移鈔，後乃盛傳吳下。風格在秋水莊盤珠、夢影關鍈之間。《請業圖》，雲自在龕有臨本，悉依元圖寫真，衣服妃色，花石渲染，澹濃疏密，無繭髮殊，傳世久遠，殆能亂真矣。《蕙風簃二筆》

高麗權貴妃詞

高麗人詞，李齊賢元時人《益齋長短句》一卷，刻入《粵雅堂叢書》，朴誾《擷秀集》二卷，孫愷似布衣致彌使還，封達御前。《衆香集》載權貴妃詞三闋，亦見愷似《使草》、《林下雅音》，異邦尤爲僅見。《謁金門》云：『真堪惜，錦帳夜長虛擲。挑盡銀燈情脈脈，描龍無氣力。　宮女聲停刀尺。百和御香撲鼻。簾捲西宮窺夜色，天青星欲滴。』《踏莎行》云：『時序平移，韶光難駐。柳花飛盡宮前樹。朝來爲甚不鉤簾，柳花正滿簾前路。　春賞未闌，春歸何遽。問春歸向何方去。有情海燕不同歸，呢喃獨伴春愁住。』《臨江仙》云：『花影重簾初睡起，繡鞋著罷慵移。窺糚强把綠窗推。隔花雙蝶散，猶似夢初回。　玉旨傳宣呼女監，親臨太液荷池。爭將金彈打黃鸝。樓臺淩萬仞，下有白雲飛。』同上　清初，陳其年、王儼齋、宋漫堂諸名輩，撰錄明清之間閨秀詞爲《衆香集》六卷，『禮集』族里、笄珈，『樂集』女宗，『射』、『御集』玉田，『書集』雲隊，『數集』花叢。

玉臺名翰

《玉臺名翰》，元題《香閨秀翰》，檇李女史徐範所藏墨蹟。範爲白榆山人貞木女兄，跛足，不字，自號蹇媛。凡晉衞茂漪，唐吴采鸞、薛洪度，宋胡惠齋、張妙靜，元管仲姬，明葉瓊章、柳如是八家，舊尚有長孫后、朱淑貞、沈清友、曹比玉四家，已佚。卷尾當湖沈彩跋，彩，字虹屏。亦殘缺，餘俱完好，向藏嘉興馮氏石經閣。道光壬辰，宜興程郎岑大令璋借勒上石，亂後逸亭金氏得之。余頃得幖本甚精，竝朱淑真書殘石，別藏某氏者，亦得拓本。淑真書銀鉤精楷，摘錄《世說》『賢媛』一門，涉筆成趣，無非懿行嘉言，而謂婦能之乎？柳梢月上之誣，尤不辯自明矣。《蘭雲菱夢樓筆記》

《玉臺名翰》目録

晉衛茂漪書尺牘正書五行　墨林道人項元汴珍藏

唐薛洪度書陳思王《美女篇》行書十二行

吳采鸞書《大還丹歌》正書二十一行

宋張妙静書尺牘行書十一行

胡惠齋書『月到風來』四字行書　馮登府跋

朱淑真書摘録《世説》『賢媛門』正書二十行　不全

元管仲姬書梁簡文《梅花賦》正書二十八行　第一行殘缺

明葉瓊章書《滘化閣二王帖釋文》正書二十一行

柳如是書《宫詞》正書二十一行

徐範跋，程璋跋，馮登府跋。

簪花閣帖

長洲閨秀李晨蘭，佩金，一字紉蘭。集古今女士書爲《簪花閣帖》。嘗屬陳雲伯、求如亭主人書鐵梅龕夫人，見雲伯《頣道堂詩》自注。雲伯有《簪花閣帖書後》七律四首。可與《玉臺名翰》竝傳，惜拓本未見，恐兵燹後，石刻不復存矣。西湖小青、菊香楊雲友墓碣，皆女士陳雲妙書，亦見《頣道堂詩》自注。　同上

秋花長卷題詞

冷女史蕙貞畫秋花長卷，爲成都胡夫人茂份所見，夫人夙工繪事，自謂研究十餘年，無此工力，爰題《減字浣溪沙》四闋於幅端，云：『幾穗幽花颭草蟲。冷紅涼綠一蘩蘩。小屏風上畫《豳風》。如此秋光如此豔，者般畫筆者般工。者般工有幾人同。』『也似當年葉小鸞。秋風橫翦燭花殘。生綃八尺賸琅玕。　聞道談摩歸去早，浮提容得此才難。寫圖留與阿娘看。』『樹蕙滋蘭記小名。些些年紀忒聰明。一天秋韻畫中生。　殺粉調朱真箇好，吹花嚼蕊若爲情。南樓斂手憚冰警。』『好女兒花好女兒。幽花特與素秋宜。華鬘一現使人思。　儂也愛花耽畫癖，寫生也在少年時。祗慙工麗不如伊。』其傾倒至矣。蕙貞年未二十，明慧娟潔，女紅之事，一見輒精。能作小楷書，其父權江北知縣，官文書多出其手。偶然作畫，超妙勝於時流，戚鄙見者，詫爲神仙中人。惜其姊怛化，傷悼太甚，不數日亦同歸忉利矣。胡夫人詞，輕清婉麗，直可遠姒幽栖朱淑真，近娣秋水莊盤珠。秋花長卷之妙，不必見而後知，晴日茜窗，曷勝神往。《纖餘瑣述》

說部擷華卷六

神怪

飛鑼

山陰張雛隱言：順治庚子三月，廣州城内，白鑼晝飛，高低疏密，如蝗如鳥，自東北之西南，率三鋌相合，作一身兩翼，照耀如雪。或掠簷瓦間，有鉤擊以長竿矢石者，雖中之，輒引去，終不落。有武弁某，以爲神不可力致，率家人禱於庭，一鋌翩然且下，未墜地數尺，急承以手，復飛去。傾國貴賤，騰踴愕眙者累日，終莫有得之者，亦不究其所歸。於戲！彼造物者，固知人之篤好在此而故戲之耶？《矩齋雜記》

再世

濟南富人陳某，以質庫爲業。少嘗與戴生最善，戴爲理財無私染。戴死十八年，陳策馬經龍山，夜夢戴言：『投生萊蕪縣盧氏，名俊，讀書應試，今十八歲矣，進學必冠童子，明日當會於五里井前。』陳覺而異之，旦過井側，有童子委頓坐地，問之，則就試濟南者，姓氏年齒，並與夢合，因以騎强載之。盧疑謝逡巡，而陳遇之彌厚，百端贍款，盧固叩其所以，乃具言其夢。是歲進學止四名，盧果第一。同上

冥報

蒙陰有傭人侯守邦，曾受齊古沖雇錢而逋工。一日侯既死，齊忽夢侯來云：『完舊逋。』奔入馬廄。旦日生一駒。齊訝曰：『豈以逋一日傭，遂墮此報耶？』歲餘麥秋，偶駕此駒轉石治場，未終日而死。家人甚恐，古沖笑曰：『彼故止逋我一日耳。』趨埋之。同上

縊鬼繩

吾邑斷塘陳氏婦獨居，有鬼數教之縊，勸說百端，婦懼，以白姑。衆惡少聞之，云：『若醉我酒，爲若擊鬼。』婦如其言，衆潛伏戶外，約『鬼來則彈指於門』。已而鬼果至，敦迫甚急。一人從戶後突入，鬼蹌踉向前門，衆復前掩之，鬼遽仆地。初按之有物，漸縮小，化爲一繩，蜿蜒不定，止餘尺許，如褐色，益堅持之不移手，待天明視之，韌不可斷，斧而焚之，臭聞里許，怪遂絕。同上

土穀祠

山陰紫洪山村，有土穀祠，一人夜宿其中，有虎向神乞食，諾以明日有某出樵，可食之。虎欣躍去，其人默記姓名，則同里樵人也。詰旦語某，戒勿出，某不聽，奮臂入山，遇虎，格殺之，詣祠責神曰：『汝不爲民驅虎，反縱虎啖我，何以爲神？』持樵斧擊神仆地，奪其位，端坐而逝。土人異之，因祀焉，其鄉至今無虎患。同上

鄒二癡

鄒公履名德基，工於書法，出入平原、北海之間。而性情孤峭，如醉如癡，至今吾邑中人尚稱鄒二癡爲名筆也。其父迪光，中萬曆甲戌進士，爲湖廣提學副使，積資鉅萬，俱爲公履造園。園有鍊石閣，公履所居也。忽一夕，爲羣盜所殺，官捕數年不得。至清朝康熙初，有捕役高姓者，婪賄無數，豐衣足食，嘗夏月避暑，設一榻，張紗幮，臥於閣上，怡然適也。時月色甚明，似有人緣梯而上，帶烏紗巾，著紅道袍，徘徊大步。高懼，心知爲鄒公子，乃下牀叩首不止。公子曰：『汝何等人，敢據吾閣耶？』以足蹴之，遂墮樓下。從人驚起，高自言如此。天未明，遂氣絕。人聞而快之。初，公履死，索盜無蹤，有女巫能召亡者，焚符畢，巫忽起行，如鄒公子狀，喚家奴，取杖痛責之，曰：『巫者至賤，安得令彼召我？』

家奴言，因主人被害，實爲不平，求主人明示。巫言：『以人殺人，事甚平常，安問盜？』言訖，巫仆而醒。《履園叢話》

鬼戲

康熙中，常熟有包振玉者，係梨園中吹笛手。一日，忽有人來定戲，云在北門，王姓，以銀十錠，期於某日。至期而往，則巍然大第，堂中設宴，主人出，謂振玉曰：『今日係周歲，不可大鬧。』以官人幼，不任驚嚇也。遂點《西廂記》，減去《惠明寄書》及《殺退孫飛虎》兩齣，乃定席開場。衆方演唱，振玉獨執笛旁坐，暗窺坐中賓客，凡飲酒俱呷入鼻中。其往來男女侍從人等，俱足不帖地而行，心甚異之，以私語其衆。衆曰：『彼不欲鬧，豈所畏在此乎？』於是忽將大鑼鼓一響，倏無所睹，乃在昏黑中，則一古墓，惟聽松風謖謖而已。通班大驚，振玉遂得疾，不數日死。同上

錢蓮仙

康熙甲子，嘉定陳涵源授徒於龍江里，一夕月下，忽有女子來，自道姓名曰錢蓮仙，係元季錢鶴皋之女。按：《太倉州志》：鶴皋，上海人。元季吳元年，太倉知州張某以城降張士誠，而鶴皋不從，結諸邑弟子數千人爲變，人嘉定。俱送松江獄，脅以兵刃。當時有集仙宮道士楊仁實救之，卽其人也。言與陳有文墨緣，晨夕相聚，錢才調雋絕，命題無

不立就，已而漸聞於人，陳亦不以爲諱。至丁卯歲，形迹漸疏，一去杳然。陳著《仙姝傳》述其事，并錄其《送別詩》云：『整頓簪環泣送君，依依難向小橋分。他年不斷情緣處，把酒還澆隴上雲。』而陳故無恙也。同上

乩仙

秦對巖宮諭家有乩仙，適吳令君伯成至，知其召仙，必欲觀之。宮諭延之入，時所請者，云是李太白。令君曰：『請賜一詩。』乩判云：『吳興祚何不拜？』令君曰：『詩工，固當拜。』又判云：『題來。』時有一貓蹲於旁，吳指之，卽詠此。又判云：『韻來。』吳因限九、韭、酒三韻以難之。乩卽書云：『貓形似虎十八九，喫盡魚蝦不喫韭。只因捕鼠太猖狂，翻倒牀頭一壺酒。』吳乃拜服。同上

打眚神

太倉西門水關橋，有龐天壽者，素好拳勇，年七十餘，忽喪其子，眚回之夕，其徒數十人，聚集豪飲，聞繐帷中窸窣有聲，秉燭照之，但見一大鳥，面人而立。龐急將鉤連鎗扎住其背，此鳥欲飛不得，兩翼撲人，宛如疾風，室燈盡滅，其徒亦皆仆地，喊不能出聲，如夢魘者。獨天壽盡力搠住，死不放手，天將曙，力乏腕疲，鳥竟逸去。次日，龐滿面皆青，數十人仆地者，面上亦俱有青印。龐後猶活十餘年，每見

人述其事，猶言『當時恨無人助我一臂之力也』。同上

送涼

崇明李明經杜詩，年七十餘，率其徒數人應科試。自崇抵崑，已薄暮矣。徧覓寓所，已無下榻處，惟東南門柏家廳，有樓五楹，李遂偕其徒居之。時方六月下旬，盛暑鬱蒸，諸徒舟車勞頓，已就榻酣睡矣。李獨臥不成寐，見殘月漸明，樓下如有人聲，竊竊私語，聞一人曰：『如此炎天，樓上諸公得毋太熱乎？我輩夜涼無事，胡不上樓代爲驅暑？』於是漸聞梯上有聲，如連步而上者。李素稱膽壯，亦不畏之。少頃，漸至榻前，各執蕉扇一柄，有無頭者，則以扇插頸，答答若搖狀；無臂者，以扇插肩，盤旋於帳前。見數十鬼中，肢體無一全者，或馳於東，或趨而西。一人曰：『廂間進士公下榻，我輩或先送涼。』既而曰：『某某雖秀才，爾輩何薄待之？我爲之拂暑，而獨不至李。』迨諸徒榻前，搖扇幾偏，將作下樓狀，忽齊聲曰：『揚仁風而不及老貢生，非情也。』遂各舉扇一搖，呼嘯而去。李徐呼其徒曰：『今夜得毋太涼乎？』皆答曰：『涼甚。』李曰：『汝不知其故乎！』因徐爲道之。諸徒愕然，驚起，不敢復臥。次早詢之土人，有老者曰：『明季被兵時，有民人百餘，皆潛伏此樓下。既而兵入，悉被屠戮，無一存者。今百餘年，此樓尚多祟也。』是日亟遷寓而去。同上

聞角菴相士

揚州聞角菴，有相士寓其中，好酒，同寓有王叟者，亦好酒。相與友善，每夕共入市中飲，以爲樂也。一日，叟謂相士曰：『我鬼也，能知人死期，吾語子。』自此相者日盛，能定人生死，咸以爲神仙。久之，王叟忽不樂，顧相士而泣曰：『某日將與君别去，欲借尊嫂腹爲我寓也。』不解所言，未幾，叟不見，是夜相士妻腹中有聲，絶似叟語，其言死生如故，而相益神，積金甚多。妻死後，遂不知其所終。同上

董庶常

海寧董東亭庶常名潮，在京師偶步近郊，瞥見一苑，有美人彈琵琶，甚哀。潛識其地，次日與同人訪之，惟古塚荒烟，荊棘刺衣而已，爲之駭然，未幾卒。其同年友湯緯堂弔之云：『紅袖琵琶摧玉樹，青山烟雨葬瓊華。』蓋紀實也。同上

鬼迷

杭州張仲雅先生名雲璈，自言幼時，隨其尊人任安慶太守，年才七歲，有婢某者，嘗侍之。一日，婢閉門浴，忽不見，徧處尋覓，見地板隙，似露衣襟，遂發開，婢已昏迷。久之始醒，自言近日獨坐房中，有好女子，年可十七八，嘗往來於窗外，每曝衣履，此女告以將雨，宜早收；又言明日應有某夫人來，應辦何事，可預爲之，無不驗也。今日，我方就浴，見此女來，約到其臥房，初至一小徑，甚窄，遂側身入，見所居甚華麗，正臥其榻也。太守疑爲鬼物所憑，遂將是室關鎖。署中老吏云：『數十年前，有某太守妾，爲夫人所妒，死於署，此其鬼耶？』然婢並無恙，今年七十餘矣。同上

滕縣遇鬼

蘇州有盛雲川、金藻庭者，爲吳茂生店夥。進京貿易，共雇一車，過滕縣，天忽曛黑，不復辨路。見一大宅，擬投宿，謂其閽人曰：『不意迷途至此，欲求一席之地，但不知主人爲何大官？』閽人曰：『是都統徐大人之居，都統殁後，惟夫人在，須稟命乃可。』遂入白之，少頃，延客入。高堂峻屋，明燭盈前，已羅列杯盤。一公子出，冠服華麗，便與同宴。侍兒歌舞之妙，目所未睹。金踽蹐不安，盛以貿易，而有措大風，謂公子曰：『尊大人官至極品，公子得恩廕否？』公子不答。盛又曰：『子所雅言，詩書

執禮，俱瀾翻否？ 乘此良宵相敘，且有此美酒佳餚，盍行一令，以見公子才學？』公子又不答。金視之，似有怒容，離席去，侍兒隨之入内。 一蒼頭出，謂二人曰：『汝等觸怒我公子，將罹禍，念汝等俱蘇州人，與我有同鄉誼，速隨我行。』二人即呼車隨之行，計走三里許，至茅舍，蒼頭推門入，曰：『汝等請進，吾有職司，不能奉陪。』二人秉燭四照，見斗室中，止有一榻，揭帳視之，一人閉目而睡，寂然無聲，鬚髮皓然，身祗尺許。 正驚疑間，忽有狂風自帳中起，燭光遽滅。 二人竄伏暗室，怖不敢喘，假寐於地。久之，東方既白，人屋俱亡，實臥於棘叢古塚間耳。 狼狽而起，車夫亦如惛迷者。 逢耕人，始得官道。又行數里，乃見滕文公問井田處。同上

鬼皁隸

錫山北門外，有衆安土地廟，鄰女年十七，頗有姿色。 一日，女入廟燒香，見埿塑皁隸而笑之。是夕，似有人來求歡，似夢非夢，雞鳴而去，自是無夕不來。 女知其鬼也，乃告父母。 問其貌，女曰：『似類某廟中右邊皁隸者。』遂授以計，候鬼來時，以竈墨塗其面。 次早瞷之，果然，其父乃持梃擊碎之，鬼不復至。 余聞其事，笑曰：『皁隸如此淫惡，爲土地神者何在耶？』同上

彭半壺

彭半壺，江西人，忘其名。遊幕蜀中，善敕勒術。未弱冠已入泮，食廩餼，有文名。既長，即棄舉子業，在龍虎山學法三年，遨遊天下，歷幕顯要，飲酒食肉如常人。彭不自言術，人亦不知其術也。有某宦者，官蜀中，太夫人年老，常臥病見鬼物，一鬼以扇扇之，即背冷如冰；一鬼以火熨之，即身熱如炙，百醫不效。彭適在座，聞其事，曰：『此病既有鬼，吾能治之。』某甚喜。至晚，於篋中取木劍一、小羊角笞二，披青布道袍，盥漱畢，焚香朝北，據案而坐，執筆書符。甫一點，疾呼天君名，焚符後，取羊角小笞，三擲三立，觀者驚駭。彭在外方召將，而太夫人已親見鬼物被神擒去矣。旋聞庭中，如數千鴨足聲，逃避後園。彭一路追逐，至後園，默運片時，曰：『吾已放火箭三枝，恐鬼物復來也。』次日，見後園枯桑樹上，有三焦眼，高低不差累黍。太夫人病自此愈。後半壺忽道裝，芒鞵竹杖，辭別故人曰：『從此入山，不復與諸君相聚矣。』問何往，笑不答。或留與飲，仍茹葷酒，不知所終。同上

鬼婚

有洞庭漁人蔣姓者，其妻死，所遺一子，年四五齡，無人照應。時適有漁船吳氏，新喪其夫，生女亦四五齡，於是媒人爲之說合，竟再醮於蔣姓。蔣婚未一月，病甚，忽見吳氏故夫鬼來索命甚急，且大哭

曰：『吾與汝無仇，何得占我妻，又占我女，決不汝貸也。』蓋兩家子女長成，又欲爲婚姻，已有成說矣。蔣大懼，乃答鬼曰：『吾故妻某氏，與君妻年相若，亦與君爲妻，可乎？』鬼大喜，跳躍去，乃寫婚書與楮鏹同焚之，不數日而愈，以後寂然。按張華《博物志》、任昉《述異記》俱載有鬼神婚嫁之事，即近代五勝郎君，又其最可異者也。同上

淨眼二則

揚州羅兩峯，自言淨眼能見鬼物，不獨夜間，每日惟午時絕蹟，餘時皆有鬼，或隱躍於街市之中，或雜處於叢人之內，千態萬狀，不可枚舉。畫有《鬼趣圖》，卷中朝士大夫皆有題詠，真奇筆也。乾隆壬子歲，余遊京師，晤兩峯，輒喜聽其說鬼。言在玉河橋翰林院衙門旁，見金甲二神，長丈餘；焦山松寥閣前，見一鬼，長三四丈，徧身綠色，眼中出血，口中吐火，或曰『此江魈也』。一日，有友人留夜宴，推窗出溺，一鬼倉卒難避，影隨溺穿，狀殊可憐。又松江胡中丞寶瑔，亦淨眼，嘗清晨見屬員，有兩鬼在前，横坐於窗檻，中丞呼止之，以告此員，聞者莫不驚駭，而中丞怡笑自若。

吳蕉薌名鳴捷，安徽歙縣人，嘉慶辛酉科進士。出爲陝西咸陽令，能白日見鬼，每日所見者，以數萬計，似鬼多於人。一日，見有兩鬼爭道，適一醉漢踉蹌而來，一鬼避不及，身爲粉碎，一鬼拍手大笑。頃之，又有一人來，碰笑者碎裂如前，前碎鬼亦拍手大笑。看此兩鬼，情狀最妙，蕉薌親自言之。同上

鬼差救人

蘇州王府基，相傳爲明初張士誠故宫，今橋道廢址猶在。有旱河一條，天雨積水，天晴則涸。一夕，有醉人從此經過，被鬼迷下水，水淺不得死。忽見持燈者從南來，大聲曰：『爾被鬼迷耶？隨吾燈走。』醉人隨之，但見燈上有『長洲縣正堂』五字，意是衙門中人。行至玄妙觀前宫巷，見持燈者從一家門隙中隱然入。時醉人方醒，叩之，門閉甚固。少頃，有人開門哭曰：『吾兒死矣。』乃知持燈者，鬼差也。同上

鬼燒天

余寓釣渚十二年，釣渚之水，東接華蕩，西連家菱、宛山諸蕩，水中蘆荻甚多。每於春初黑夜，西風颯然，見水灘上燈光閃爍，須臾數千百燈，又併爲一燈，天爲之紅，土人號曰鬼燒天。聞之故老云：順治間，天下初定，此地盜賊甚多，羊尖有席宗玉者，練鄉兵拒之，焚燒盜艘數千隻於家菱、白米諸蕩，民賴以安。此燈之異，或尚有陰魂未散耶？同上

陣亡鬼

乾隆五十三年，臺灣旣平，所有杭州、京口江南各處駐防兵丁出師陣亡者，例將辮髮解回原籍，照例撫卹。其解官閩縣五虎門巡檢韓興祖，行至同安，投宿，適客店窄小，巡檢另住一店。其夜便有無數鬼物作鬧，一解差膽甚壯，大聲曰：『吾奉憲牌解汝等還家，因何吵鬧耶？』一鬼答：『韓老爺不在此，吾等便說說話何妨。』次日，韓知之，不論水陸，總在一處住宿，安靜之至。先是軍需局設在厦門之天后宮，前臨大海，每至深更，海中鬼哭，似有百萬軍鼓之聲。撤兵後，遂寂然。同上

喚鴛鴦

錫山有司馬問渠者，喜吟詠，館蘇城華陽橋顧氏最久。死後降乩，適顧氏有人在乩前，問家中休咎。乩云：『兄弟睽違同燕雁，君臣遇合喚鴛鴦。』不解其語。是年顧氏侍蕿名翔雲者，北闈中式，首題『君君臣臣』，從弟秋湄得信，遣婢至侍蕿夫人處報喜，婢名鴛鴦，斯已奇矣。後侍蕿兄春甫，常客河南，不得聚首，如燕雁代飛，更奇。同上

嫖鬼

福建南臺閩安口，多妓船，妓名珠娘，又名踝蹄婆，以其赤腳不裹足也。每與嫖客宴飲，正嬉笑間，忽有一妓欠伸者，便神色如迷，不省人事，即入臥榻，自解褻衣，若有來淫之者。客知之，必遠避。移時而醒，問其故，曰：『此水魈弄人也。』或曰『此善嫖之鬼也』。同上

鬼說話

齊梅麓先生名彥懷，中嘉慶十四年進士，以翰林改官，出宰吾邑。自言少時，同兩三友人遊後園，看梅花。有表叔某者，歿數年矣，忽於梅樹下見之，遂執手痛哭，談論家事，移時而去，同遊者絕不知也。時日將暮，友人相呼欲返，徧尋不見，及點燈招之，先生從梅樹下應聲而出，並無他異。不一年，其表叔家事大變，蓋冥中亦逆料之也。同上

買乳

潰川有周某，五十無子，因娶妾，越數年，始得男，喜甚。惟妾體弱，竟乏乳，因雇乳媪哺之。一日，

妾忽作囈語云：『我在冥司，費多少錢買一孫，汝產薄，乃不自乳，而雇他人耶？』某審知其爲故父語也，因以妾乏乳對。復言曰：『此易事，我仍向冥中買乳來，明日可速遣乳媪去。』且命多焚楮鏹。次日妾醒，乳湧出，遂自乳，遣媪。同上

討債鬼

常州某學究者，以蒙館爲生，有子纔三歲，婦忽死。家無他人，乃攜其子於館舍中哺之。至四五歲，卽教以識字讀書，年十五六，四書五經俱熟，亦可爲蒙師矣。每年父子館穀，合四五十金，稍有蓄積，乃爲子聯姻，正欲行聘，忽大病垂死，乃呼其父之名。父駭然曰：『某在斯，汝欲何爲？』病者曰：『爾前生與我合夥，負我二百餘金，某事除若干，某事除若干，今尚應找五千三百文，急急還我，我卽去矣。』言訖而死。余每見人家有將祖父之業，嫖賭喫著，不數年而蕩然者，豈亦討債鬼耶？同上

王大王二

江陰有殷某者，中乾隆癸丑進士，官湖南同知。嘉慶初年，教匪滋事，殷同在軍營佐理，有兵卒王大、王二者，爲教匪所扳害，殷未分曲直，竟殺之以爲功。後丁艱服闋，補順天府治中，忽發痰疾，嘗持刀欲殺，王大、王二日日作鬧，家人輩恐傷人，以錫刀換去鐵者。殷忽將窗櫺亂斫，皆爲之斷，卒狂死。

同上

兩指

太倉王氏一樓素有鬼，人不敢居。諸生陸某館於其家，獨不信，竟移榻，中夜見二鬼徙倚漸近。一鬼曰：『樓有貴人。』一鬼曰：『什麽貴人？』伸其兩指曰：『不過此耳。』陸心喜，以爲必登兩榜。及年六十餘，以歲貢、鄉試中副榜，蓋兩貢生云。

倒划船

虞山風俗，以三月二十日興龍舟。余見有划船老爺者，一敞口船載一木像，以艄倒行，紗帽袍笏，鬑鬑有鬚，邑中無賴子弟，以儀仗擁護，奉若神明，旌旗滿船，雜以鼓吹。其船有南划船、北划船之目。南划船，相傳是前明錢御史繡峯家園中採蓮船也，不知何人取以出城，奉張睢陽手下將官南霽雲像以實之，故牌額上稱南府。後北城無賴羨慕之，亦照樣打一船，稱曰北府，鄙俚可咲，一至於此。然其所謂南府、北府者，皆無廟祀，借民房爲居，言神愛其家居住，其家必發大財。每家居一月，亦有居十日者，又遷別家，輪流旋轉，香燭盈庭，宛如祠廟，謂之落社。雖邑中士大夫，亦不以爲怪也。龍舟一出，兩船隨之，民船皆讓，男女老少，雖坐舟中，咸起立屏息無譁，極其誠敬。道光五年，萍鄉劉君元齡，字

房伯即金門侍郎子，來署昭文縣事，以其在聖宫前落社，竟敢乘轎放礮，爲大不敬，遂燒其船，碎其像，一方稱快焉。同上

陳三姑娘

青浦金澤鎮有淫祠曰陳三姑娘者，有塑像坿東嶽行宫，每年逢三月廿八、九月初九，遠近數百里内，男女雜遝，絡繹而至者，以數萬計。燈花香燭，晝夜不絕。鄉中媍女，皆裝束陪侍女神，以祈福祐。或有疾病者，巫輒言觸犯三姑，必須虔禱，於是愚夫愚婦，亟具三牲，到廟求免，廟僧拒門不納，索費無已，亦看其家之貧富，富者至少三十番，然後延入，以爲利藪。地方上有庠生楊姓者，爲廟中護法，與僧朋比剖分。相傳禱祝時，必撿擇美少年入廟哀求，尤爲響應，真可咲也。三姑娘者，云是吳江之蘆墟人，居三白蕩邊，年十六七，美麗自命，有桑間濮上之行。其父覺之，遂沈諸湖，後爲祟，由來已久。道光六年十一月，余友徐君既若，爲青浦少府，先有孝廉倪臯者，稟於臬憲，奉文禁止。又有徐某與楊姓爭利，互控松江府，歷年未審，既若任後，聞此言之鑿鑿，乃奮然親往廟中，果有其事，遂鎖拿三姑娘下船，其像盛妝纖足，體態宛然，觀者數千人，咸以爲不可褻瀆神明，叩求寬免，恐觸禍也。乃載歸置縣堂下，縱火焚之，其訟遂結。民之愚惑如此。其後聞東嶽廟左近，有鄉媍半夜忽然譫語，自言爲三姑神，欲求一舟，送其渡河他徙，其夫少遲，則三姑神大哭曰：『天既明，恐不及矣，此亦氣數也。』言訖，寂然，卽徐少府鎖拿之日也。同上

王老相公桑三姐

又常熟鄉民，每有疾病，輒禱王老相公及桑三姐。相傳老相公者，係本地人，一生好酒，乘醉投河，一靈未泯，因而爲祟。禱者先備餚饌醇酒，置病人榻前，使兩鄉愚作陪，酒三行，漸移席出門外，且至近水河濱，預雇一舟，又移席置舟上，即解纜搖到大河空闊處，陪者忽詭相怒，大罵攘臂，遂將席上所有餘酒殘餚，盡棄河中，以爲送老相公去矣。桑三姐亦本地人，生時頗美，偶與和尚一咲，彼此直出無心，其父疑之，遂將三姐捆束，投諸水中，和尚聞有此事，亦投河以明心迹，一靈未泯，亦爲祟。鄉間至刻畫像，俗稱爲佛馬是也，病者亦禱之。此三事相類，皆狄梁公所謂淫祠，當禁也。

人而鬼

有傭工李姓者，自言在嘉定東鄉，爲人挑棉花入市，其時有四更餘，霜風颯然，聞荒塚中隱隱哭聲，迤邐漸近，見一女鬼，紅衣白裙，披髮垢面。李挺立不懼，遂將所挑之杖毆之。鬼隨墮地號呼，視之，則人也。蓋慣以此法奪人財物者。李罵曰：『汝欲嚇人耶？吾破汝法矣。』嗚呼！人而鬼，獨是人也歟哉！同上

鼠食仙草

吾鄉九里橋華氏家，有樓，扃鑰已久。除夕之夜，忽聞樓上有鼓吹聲，異之，家人於牆隙中偷窺，有小人數百，長不盈尺，若嫁娶狀。儐禮前導，奩具俱備。旁有觀者曰：『明日嘉禮，當更盛也。』主人頗不信。至次日夜，乃親視之，聽鼓吹復作，花光燈綵，照耀滿樓。有數十人擁一鸞輿，新人在輿中哭，作嗚嗚聲。後有老人，坐兜轎，掩涕而送之。女從如雲，俱出壁間去。主人大駭，自是每夜於隙間探之，不半月，聞呱呱聲，生子矣。又數日，所生子就塾矣。其師纖唇烏喙，白鬚飄然。向坐兜轎老人，手攜童子，出拜師，授以《中庸章句》，歷歷如人間。里中有聞之者，疑信參半。一日，有道人過其門，曰：『君家有妖氣，當爲驅除之，但須以犧牲穀食酬神，始能去也。』主人强諾之。道人仗劍作法，噓氣成雲，旋繞空際，即有金甲朱冠者現前，領道人指，示梁柱而退。少頃，空中擲小人數十，道人飛劍叱之，須臾皆死，盛以竹筐，幾盈石許。道人曰：『我遠來，不敢言勞，惟驚擾諸神，酬之宜速也。』言訖而去。主人自念曰：『除妖，正也；因妖而索食，是亦妖也。』遂不酬神。忽聞梁間疾呼曰：『汝輩强項若此，吾爲施神術而求一飽不可得，吾曹日繁，將奈我何？』乃知所謂道人者，即掩涕送女之老人；金甲神者，亦即烏喙白鬚之蒙師也；而竹筐所盛之小人一石許，亦無有矣。因此穿堂穴壁，齧橐啣穢，箱無完衣，遺矢淋漓，作鬧無虛日。主人不得已，急往江西訴張真人，真人禱之壇，乃曰：『此羣鼠誤食仙草，變幻爲祟也。』乃書符數紙。主人歸，懸諸樓上，復以小符用桃木鍼，鍼其穴，遂寂然。越數日，穢氣大作，啓樓視之，見腐鼠千餘頭，中有二白毛長尺許者，似卽向之作法者也。此前明萬曆末年事。按：今邑中風俗，歲朝之夜，皆早臥，不上燈，誑小兒曰：『聽老鼠做親。』卽以此也。同上

張氏怪

吾邑有諸生張熙伯，喜談術數，多讀志怪之書。忽聞梁間有呼相公者，始聞其聲，繼見其形，形無常，或作偉丈夫，或作十一二歲童子，或作女鬟，舉家見之。一日，熙伯子晨起讀書，怪挾書亦爭誦，貌如一，熙伯莫能辨。子衣肩有綻處，驗之亦同。無何，怪笑簷隙間，熙伯子仰窺其巢，几榻具備。怪僅長寸許，踞几朗誦，乃金正希稾也。適客至，熙伯方咨嗟，無以爲饌。怪云：『吾當爲相公致之。』旋有酒一壺，佳餚四五品，墮於卓上，賓主啖之，極歡。熙伯，故貧士，無錢糴米，忽有錢數百置案頭。怪亦談人禍福，無不中者。有客來熙伯家，作歇後語云：『君家索隱行尚在耶？』怪應聲云：『子不語固在也。』如是者年餘。適張真人過邑境，邑令吳澹元，爲言於真人，真人遣法官至，怪寂然。法官出，旋又至。熙伯浼令公再懇，真人曰：『怪自外來者易去，自心發者難除，然吾終當有以治之。可移檄城隍，怪當自去。』比暮，怪言於熙伯曰：『吾卽去，但須遲我三日。』卽收拾筐箱器皿、衣履什物，至於醯鹽食具，莫不捆載而去。越數日，復還，曰：『大江以北，烽烟甚熾，吾未有備，將鳩工而飭材焉。惟重驚動相公起居，有足愧耳。』卽召函人、矢人，造作干戈器械，鍛鍊刮磨，錚錚有聲，數日而畢。乃集數百人，甲胄而馳，耀武庭中，庭不甚廣，而縱橫馳驟，五花八門，宛如教場演習兵弁也。一呼擁而去，此明

季事。同上

朱方旦

湖廣人朱方旦，鰥居好道，偶於收舊店買得銅佛一尊，衣冠如内官狀。朱虔奉之，朝夕禮拜者三年。忽有一道人化緣，其形宛如佛像，朱心異之，延之坐，因問此佛何名，道人曰：『此斗姥宫尊者。』談論投機，道人問朱曾娶否，曰：『未也。』道人曰：『某有一女，年已及笄，願與君結絲蘿，可乎？』朱大喜，請同行。俄至一處，門庭清雅，竹石瀟灑，迥非凡境。少頃，有女出見，芳姿豔雅，奕奕動人。道人曰：『老夫將倚以終身，君無辭焉。』朱曰：『諾。』遂涓吉合巹，伉儷情篤，日用薪水，不求而自不乏。居無何，女曰：『此間荒野，不足棲遲，聞京師爲天下大都會，與君居之，始可稍伸驥足。』道人力阻，不從，嘆曰：『此數也。』遂別而行。朱與女既入都，賃居大廈，廣收生徒，傳法修道，出其門者以千百計。時京師久旱，天師祈雨，無有效也。女慫朱出，教以法呪，暗中助力。朱甫登壇，而黑雲起於東南，須臾甘霖大沛。有司上聞，聖主因召見，賞賜甚厚，儼然與天師抗衡。天師不得已，心妒之，乃佯與之親昵，以探其爲何如人，而女不知也。如是者一年，女忽謂朱曰：『妾有一衣，懇天師用印，諒無不允。』朱如命，遂求之。天師心疑，與法官商，此衣必有他故，不可驟印，姑以火灸之，竟化一狐皮。女已早知，遂向朱大哭曰：『妾與君緣盡矣，妾非人，乃狐也。將衣求印，原冀升天，詎意被其一火，原形已露，骨肉僅存，死期將至，卽君亦禍不旋踵矣。』彼此大慟，遂不見。其日，天師已奏進，下旨，將朱方

旦正法。先是雲間王侍御鴻緒劾朱妖言惑衆，至是上嘉之，擢官至大司寇。同上

石妖

華子旦者，吾邑人，居嚴家池北。暑月，每偕友乘涼於學宮前石闌上。一夕，月色甚明，黄昏人靜，欲喫烟，思覓火不得。獨步入學宮，見小門半啓，有女郎露半身，絕色也。見華凝盼，與之火，良久，掩扉入。華心蕩，歸臥書館，思之不置。忽聞敂門聲，啓視之，即所見女郎也，自言是學宮閽人女，見君留情，故脱身至此，幸勿漏洩。華喜甚，遂同枕席，繾綣甚篤，至天明而去。自是無夕不至，家人或窺見之，親友亦有知其事者，或謂學宮家人並無此女，恐爲妖所魅。華以詰女，女曰：『吾實仙也，與子有緣，幸勿疑。』嘗偕華詣其所居，幽房曲徑，夐異人間。又挾華遍遊天下諸名勝，悉記其聯額筆之書。然華體日羸，困不能支，心亦疑爲妖，而遠之無計。一友教以銀硃塗其額，如其言，女不覺也。試蹤蹟於學宮，見碑趺石龜首有硃焉，乃具呈於官，集衆碎其首，中有小圓石，堅如鐵，斧不能傷，火不能焚也。乃舉而投諸湖，絕蹟者旬餘。一夕，女復至，衣袂皆溼，曰：『吾固無恙，但來路稍遠，今住此，不復返矣。』自是常居其家，日中亦不避，女工精絕。華妻怒甚，及見之，反轉怒爲喜，不知其所以然。至明年春二月，惠山神誕，賽會甚盛，且聞張真人將過境。華匍匐行至南郭，憊甚，憩驛前石上，見一道人，丰神特異，謂華曰：『子訪真人，無爲也。』華曰：『子能治妖乎？』道人曰：『易耳。』華遂跪求，道人出二符曰：『一粘於房門，一粘於臥榻，吾今有事，期中秋爲子除之。』華曰：『吾憊甚，不能歸，奈

何？』道人偕至道旁酒肆中，取酒一盃，書符其中，令華飲之。華故能飲，持盃覺重甚，飲不能盡。道人取盃盡之，曰：『子緣淺，可惜也。』道人徑去，而華覺足有力，歸如誡粘符，女至門，不能入，越窗而進，至臥榻，不能上，惟抱牀足痛哭而已，歷數往日恩情，曰：『奈何遽絕我？』華寂不爲動。自後女雖居其家，不能近矣。至中秋夕，華方夜飲，耳中忽聞呼華子旦名，知道人至。尋聲至後園，見道人背劍繫葫蘆，立月下，出一符，令華偕其妻縛妖出。妖曰：『吾至此，復何言？但祈置我於暗處。』乃出，擲於牆邊，見道人仗劍指妖，有氣一條如白練，遶劍而上，插於胡蘆中，遂不見。後張真人過錫山，索其符觀之，曰：『此呂祖親筆篆也。』後華子旦年至八十餘而歿。康熙初年事。同上

憶余于嘉慶二十年秋，偶拜無錫校官郭晴川先生，於明倫堂後，見一美婢，年可十六七，手抱嬰孩，舉止閒雅，衣妝亦華麗絕俗，意謂是門斗之女。余時正欲買妾，使人訪之，僉云並無其人，異哉！或此怪尚在學舍中耶？

石虎

蔣光祿公塋，在婁門外壩基橋。康熙四十年間，有墳之鄰近一養媳，買麵過蔣墳，稍佇立，倏失去，覓之不得，歸而告其姑，姑怒，疑其誑也，罵之。養媳哭泣至蔣墳，向天拜禱，回視兩旁石獸，有石虎口吐麵一縷，因拉姑觀之，怒始息。是夕，有人見塋前神燈照耀，逾時滅。明日視之，虎已缺其口，後不復爲怪矣。同上

黿祟

嘉定外岡鎮錢又任，嘗市一小黿，背穹窿如塔，畜諸甕中。或取置之地，黿亦時行時止，不背人，亦不行他處。鄰人吳鼎之妻，頗有姿色，嘗坐檐下績，以口擘麻，亂者卽吐棄之。黿時至，食其吐餘。未匝月，吳妻忽見一客，衣黑衣，軒然來，方趨避間，客突入，抱吳妻，宛如夢寐，遂爲淫褻。自是無夜不來，婦日就尫瘠，詰其由，知黿之爲祟也，遂殺黿。婦忽大呼曰：『是不可饒也。』氣頓絕。無何，鼎亦亡。同上

蛇妻

湖州歸安縣菱湖鎮某姓者，以賣碗爲業，納一妻，甚美，而持家勤儉，異於常人。一日謂其夫曰：『我見子作此生涯，飢寒如舊，非計也。子如信吾言，自有利益。』其夫聽之，遂棄舊業，買賣負販，一如妻言，不及十年，遂至大富。生二子，俱聰慧，延師上學。唯每年端午輒病，且拒人入房，其夫不覺也。長子方九歲，偶至母所，見大青蛇蟠結於牀，遂驚叫反走，回視，則母也。因告於師，師故村學究，以禍福之說，聳動其夫。妻已知之，遂謾駡曰：『吾家家事，何與先生？』是夕，忽不見。乾隆初年事。同上

妖人

吳門有素封某，以貲爲郎，人亦恂恂儒雅。居城東，偶於井中見黑氣，召巫視之，曰：『此寃孽也，須令道士牒往酆都。』如其言，而黑氣滅。後三年，氣又從井中出，繚繞屋宇，巫曰：『孽已深，須再牒。』又從之而滅。復三年，氣再見，巫曰：『孽不可逭矣，須以某道士來收治之。』某道士者，善符水，精勅勒術，重幣延請始至，云：『法事須百金，三日可滅，但須先付其半。』從之。第一夕，道士誦呪持燈，黑影繞燈旁。第二夕，黑影入燈内，道士云：『明日須付清百金，妖始滅。』不從，僅付二十金，曰：『且俟妖滅，始清付。』道士怒，碎燈而去，但見黑影滿帳，鬼聲啾啾，而病者卒矣。或曰道士善隱形術，能召鬼，妖皆由道士所遣也。聞此道士每夜宿，必獨居一室，有鑿壁窺之者，見有兩女子侍寢，想能攝生魂與之狎，真妖人也。同上

黄相公

余舊居金匱泰伯鄉之西莊，橋東北半里許，有村名新宅者，鄒氏世居。其旁舍有倪姓，爲木匠，娶妻，頗有姿。一日，忽微咲曰：『黄相公來了。』遂入臥房。自此每月輒來五六次，其夫無如何也。一夕，其夫忽見有白面書生從内出，急將大斧斫之，人隨墮地，視之，一大黄鼠也，自後寂然。同上

蜒蚰精

閶門葉廣翁精於崑曲，有《納書楹曲譜》行世。其族子某，年少能文，頗好狹邪。一日，獨坐書室，有女來奔，頭挽雙髻，曰西鄰某家女。遂與同寢，膚柔滑如凝脂，生竊自喜。惟女每來茵褥上，必有白光一團，如泥銀者，莫解其故。越數月，生以瘵死。或謂此蜒蚰精也。同上

桃妖

嘉定外岡鎮徐朝元家，舊有桃花一株。其妹方笄，甚美，常曝衵衣於樹上。一日，忽見美男子立於旁，調笑者久之，遂通衽席。女益嬌豔，而神氣恍惚，家人密覘之，疑桃爲妖，鋸之，血蹟淋漓，妖遂滅，而女亦尋斃。同上

狐老先生

山東兗州府城樓上，相傳有狐仙，好事者欲見之，必先書一札焚化，并小備餚饌，至期而待，夜半必至。稱之曰狐老先生，其人著布衣冠，言貌動作，絕似村學究。問其年，曰：『三百歲矣。』於天地古今

一切語言文字，無所不曉，獨未來之事不言。人有見者，因詰之曰：『貴族甚夥，傳聞異詞，每見有以淫穢害人者，何耶？』先生嘆曰：『是何言歟？世間有君子小人之分，吾族亦然，其所以淫穢害人者，不過如人間娼妓之流，以誘人財帛，作謀生計耳，安得謂之人乎？』又詰之曰：『然則君子所作何事？』曰：『一修身，二拜月，如是而已。』聞者爲之聳然。同上

天狗

蘇州宋文恪公墓，在沙河口。乾隆中，有墳旁老嫗陸姓，月下見一物如狗者，從空而下，躍水中，攫魚食之，如是者旬餘，不解其故。一日，守墓者遙見華表上少一天狗，過數日，天狗如舊。或疑此物爲怪，擊碎之。同上

男女二怪

膠山鄉上舍里之東南，地名熯焦洞，有村民夫婦，俱年少，婦微有姿。乾隆戊午三月，婦偶於門首佇立，見一美男子，俊服麗容，過其居，彼此流盼。至夜，適夫他出，月甚明，忽有人排闥入，即日間所見之美男子也。擁婦同寢，極歡。自是，每夜必至，夫之不覺也。未幾，其夫亦見一女子至其門，美甚，疑近村無此女。迨夜，將掩扉，而女在室矣。即與之登榻，而妻亦不知。厥後夫妻男女，四人共臥，彼此

各有所私，似若無聞見者。然夫婦日漸羸瘦，心知爲怪，而莫由窮其源。里中父老聞之，乃言村南數百步，有古墓，墓有老獾，或日久爲妖耳。探之，墓果有大穴，集衆掘之，迫以火，繼灌以石灰水，訖無所見，而怪終不去。有道士葉某，習驅妖術，乃延之，設醮三日，遂不復至。同上

管庫狐仙

乾隆丙午四月，杭州錢塘門外，有狐仙作二女形，借寓人家，言語似北直隸人。其長者年貌不過十七八，少者垂髫，僅十一二，惟十餘歲童子能見之。每日索清水一盂、茶二盞，置几上，日午後倩童子借書看，手不釋卷，看畢卽令童子還之。有人以《金瓶梅》與看者，女略一翻閱，微哂曰：『此宣淫之書，不足觀。』卽擲地下。有老諸生王姓者，博學，善考據，攜一童子欲謁之，女適他往，王悵然返。及出門，童子隨指空云：『女回矣。』於是復入，女指坐云：『先生請坐。』王望空而言曰：『吾聞汝等有三十六種，汝何産也？』女曰：『西山派。』王曰：『然則汝何不居燕趙之間？』女曰：『自乾隆二十七年二月，聖駕南巡，吾等護蹕而來。』王曰：『何不護蹕而返？』女曰：『上帝使吾等看守藩庫。』王曰：『既如此，不居藩庫，何也？』女曰：『本居藩庫，今已滿期，將欲歸故鄉耳。』王又曰：『聞汝喜於看書，所看何書？』女笑曰：『老書獃，凡世上所有之書，皆可觀也。』王曰：『何書最妙？』女曰：『《易經》。』王曰：『自漢至今，注《易》者不一其人，如漢之施孟、梁丘、京氏、費氏、焦氏全注，汝能盡見之乎？且何者爲優？何者爲劣乎？』女又哂曰：『此不過講名物、象數、讖緯之説而已，精義不在

是也。』坐話移時，滔滔不窮，然女所答問諸言，皆因童子傳語，王無所聞也。越數日，忽去，酬房主人以庫銀五兩。同上

鼈精

世傳盲詞中有《白蛇傳》，雖婦人女子皆知之。能津津樂道者，而不知此種事，世間竟有之。乾隆戊申七月，有幕友某君，吳郡人，其女嫁桐城某氏，吳門俗例，新嫁娘每過端陽節，輒歸寧銷夏，輿從而歸，其女忽在輿中，大叫一聲，急急至家，氣已絕矣。舉家驚惶，不知其故。一日夜方醒，問之，女云：『昨在輿中，見黑衣人揭轎簾，遂爲持去。至石湖中，旋有數十人來，似搶奪者，黑衣人亦率其從者數十人拒之。大戰良久，忽聞空中語云：「光天化日中，汝等敢如此播弄人耶？」不知是何神也，但見兩造人，皆變原形，俯伏請命而已。黑衣者，乃鼈精；從者，則蝦蟹魚蚌之屬；而與之奪者，則爲猴，爲蝴蝶，爲蝦蟆，水雞也。又聞空中語云：「速送還。」居有頃，但聞水聲風聲，兩耳轟然，已抵家中矣，實似一夢也。』女既醒，無他疾苦，醫者來視，亦不服藥，以爲無事矣。越三日，黑衣者復至，自此作鬧無虛日，言其夫家在石湖中，誤食其子，報仇而來，欲娶爲婦。有蝦精者，亦佐鼈精爲祟。鼈精至，女則縮頸而行；蝦精至，女則曲躬而坐。許其食，則食量兼人；不許其食，則滴水不能飲。因延圓妙觀道士，結壇設醮事，或將《易經》紮其額，或持寶刀覆其頸，百計千方，總無有效。一日，諸精怪私相語曰：『吾等在此無所畏，不過難過京口耳。』女聞，告其父，某忽生一計，買大舟，攜其女，將至揚州過年。一

面遣人詣江西張真人告狀。詎舟至丹陽，鼇精怒，謂其女曰：『汝輩欲我過江耶？今日便殺汝。』言未訖，女忽暝。不得已，仍還家，時已十二月二十八日矣。至次年二月十日，張真人遣法官至，先一夕，諸精怪告黑衣者曰：『聞明日有江西道士來，吾等先去矣。』黑衣人唉曰：『江西道士奈我何耶？』至次日，黑衣人亦去，怪遂絶。同上

猪首人身

甘肅張佩青先生，乾隆辛丑進士，官至翰林學士。未第時，同其友人王元堂，攜二僕，俱在蘭州皋蘭書院肄業。路經猪觜鎮，是日，適有大官過境，大小店住宿俱滿，惟西口一小鋪尚有空房三間，云素有怪，不敢招人。張、王兩公不得已，將就借宿。至三更時，四人俱熟睡，忽訇然一聲，元堂先驚醒，見有一物，高七八尺許，猪首人身，藍毛垢面，彳亍而來。一見大駭，恍如夢魘。佩青亦驚覺，大聲呼僕，皆不應。店主人聞之，亟驚起，視之，一僕死矣，不知何怪也。後元堂僅舉於鄉，得大挑爲校官耳。此膚施張芥航河帥爲余言。同上

狐報仇

嘉慶乙丑，陝西甘泉縣有高中秋者，素無賴，而美須髯，身長八尺。嘗入山打獵，有狐數十頭，盡爲

所殺，剥其皮而食之。是年臘月，忽有二女子從天而降，嬌美絕倫，自言瓊宮侍者，謂中秋曰：『上帝使我侍君，君有九五之尊，願自愛也。』中秋竊喜，而無相佐之人，卽以是言告之同邑武生王三槐及本營參將旗牌官高珠，皆大喜。高遂以其女許中秋爲正宮，而讓二女爲妃嬪。二女者，能撒豆成兵、點石爲金之法。試之，果然。遂起意，謀爲不軌。中秋有傭工史滿匱者，欲脇之以爲將，史不允。一夕，聞二高與王將割滿匱頭，祭旗起事，約有日矣。滿匱急星夜入城擊鼓，縣令知其事，一面飛稟上司，而以滿匱爲眼目，盡獲之。是時金陵方寶巖先生爲陝西巡撫，狀其事於朝，中秋等皆淩遲，惟兩女子杳無蹤蹟，蓋狐報仇也。同上

高柏林

江陰高柏林者，少無賴，貌韶秀，住廣福寺旁。偶於佛前求終身，得吉筶，心竊喜，私計他日得志，當新是寺。及長，有某邑宰召爲長隨，頗寵任之，呼曰小高。宰治故衝繁，差使絡繹。一日，有欽差過，召小高，付以千金，令辦供應。小高至驛中，前站已到，倉皇迎接，忽失金，憒極，擬投水死。忽有老人救之，曰：『汝命應發大財，此非汝死所也。』自此供應鋪設，一無所備。欽差故廉吏，一見大悦，以爲此人是幹僕，卽令跟隨。嗣後勢益大，凡關差鹽政，皆任爲紀綱，不十年，號稱數十萬。至郡守監司，皆與通蘭譜；出入衙門，延爲上客。後果重建廣福寺，地方官仰體小高意，亦爲科派民間，未免太過。百姓譁然，有作碑記一篇，假官封直達撫軍者。撫軍察其事，乃據實奏聞，有欽差訊辦。先是小高感老

人恩，得不死，乃塑像於家，每晨必禮拜，至是而泣跪像前，尚求救我。其夕，家中聞馬喘聲，明晨視塑像汗出，於是者三夜，忽聞事得輕辦矣。或曰卽此老人往託某公爲緩頰，小高實不知。後聞老人乃狐也。同上

蜘蛛網龍

海州大伊山中，有千年蜘蛛，能噓氣爲黑風。居民每望見其風，如黑烟蓬蓬，人皆嚴閉戶牖，行路者則面牆伏壁，不敢觸，恐其毒也。或幻作老人形，如村學究，喜與嬰兒嬉戲，人盡見之，習以爲常，並無他害。嘉慶十三年七月十八日，忽大雷雨，有兩龍來擊之，蜘蛛吐絲布網，縛住兩龍。兩龍窘，格鬬半時，濱海皆漫。又突出火龍兩條，焚其網，前兩龍始遁去。須臾雨收雲散，龍與蜘蛛皆不見。居民於數十里外，拾得蛛絲，大如人臂，其色灰黑，其質堅膩，或長丈餘，或數尺，兩頭皆有焦痕，真奇事也。大興舒鐵雲孝廉，爲作《蜘蛛網龍篇》七古一首，刻集中。案：大伊山在海州城東南四十里，秦漢時謂之伊閭。《史記·淮陰侯列傳》『項王亡將鍾離昧，家在伊閭』是也。同上

借寓

嘉慶辛未歲，諸城劉信芳尚書爲江蘇學政，將考揚州府屬，其試院故在泰州。院東有富家某，主人

偶坐堂中，忽見一老人來謁，白鬚飄然，約年七十餘矣。老人曰：『劉學使將到此間，鄙人有家眷十餘口，可否暫借尊府後園寓一月乎？』主人怪之，頗聞試院中有狐仙之說，慨然允諾。老人忽不見，遂將後園關鎖，不許家人闌入。隔數日，有小婢抱官人到園門，見關鎖，旋回內宅。忽空中似有人將所抱官人奪去者，其婢惶遽，哭告主母，主母亦會意，戒勿言。頃刻間，見小官人在房中臥榻上，嬉咲如常，手上添金鐲一雙。同上

採蓮朱桂

清江浦有採蓮者，本倡家女，風騷絕世。一夕，有美丈夫來宿，並無纏頭，每夜輒來，驅之不去，知其爲狐仙也。鴇母哀求之，曰：『仙來此間，已八十餘日，無一客上門者，豈仙必欲餓死我母女二人耶？』仙始慙而去。又有朱桂者，爲茶坊傭工，每夜有好女子來奔，桂窮甚，其女稍稍周濟之。後桂母欲爲娶妻，其女不許，桂與之爭，遂批其頰，如此者二三年，一日忽不見。此二事清江人傳爲奇談。同上

賴壻

有鄉人周姓者，生一女，年及笄矣，臨河浣衣，忽見水中躍出一少年，大驚，疑爲鬼物。次日有客來議姻事，周未許。客既去，而案頭留紅紙一張，乃賴氏求婚帖也。正怪鄉間無此姓，擬待客來還之。隔

月餘，忽一少年趨庭，盛服，自稱子壻。周大怒，逐之。少年咲曰：『壻實姓賴，翁何得賴婚耶？』遂據房屋，設茵榻，餽儀物，并謁親鄰。方擇吉期，忽一人來告曰：『老安人死矣，亟亟歸去。』少年大慟不止，入水而滅。或謂此少年是獺精也。云『老安人死』，遂不敢娶，亦奇。同上

醫狐

膚施張東白，善岐黄，性嗜酒，家居古坊州之西原，曰古路村。每至市中，輒醉，戴月而歸。一夕，忽遇美少年，若素相識，欲請診視，云所居甚近，遂同行。約二里許，入深谷中，及入門，見童僕如雲，往來不絕。問所診者何人，少年曰：『内子臨盆三日矣。』診其脈帶弦，而手微熱，似受涼者，視其面，則雪白如玉，絕色也。因開一方，囑之曰：『市上惟王姓藥鋪爲道地。』遂辭歸。次日至藥鋪，果見所開方於案上，不知從何處而來，而藥已空中撮去矣，共異之。其地故多狐，好事者循途而往，唯見山色空濛，蒼苔滿徑，血蹟淋漓而已。同上

火怪愛看戲

長洲縣北鄉，屈家漾諸處，嘉慶乙亥年冬，有火怪，從荒墳中出，如烟一團，滚於地上，凡腐草枯葉，咸拉雜摧燒之。居民驚懼，伏地哀求，恐其上屋也。怪在空中自言：『吾愛看戲，地方上儻能唱戲敬

我，我卽去矣。』於是鄉人醵錢演戲三日，怪果寂然。同上

老段

陝西太白山中，有樵者四十餘人，夜宿山下，取胡琴鼓板，作秦腔以爲樂。時殘月初升，見一人，長數丈，頭大如栲栳，口闊二三尺，卓卓然來。樵者恃人多，不畏也。唱畢，長人大笑曰：『唱得好，再唱一曲老段聽聽。』樵者復唱，長人復笑如前，每一笑時，山鳴谷應，樹木颯颯風生。中有一惡少年，以樵斧燒紅，投之長人口中，大叫一聲而去。明日，樵者四處尋覓，惟見枯樹一大株，節隙處樵斧猶存。此乾州馬岡千言之。其事與石濤和尚相同，相傳石濤在黃山夜坐，見一藍髮紫面長人，張口突入。石濤適圍爐火，遂將鐵筯夾一紅炭，置其口中，其人負痛卽走。閱三日，石濤偶出山，忽見路旁核桃樹一本，杈枒如人狀，鐵筯與炭俱在，此皆山魈木魅之屬也。

婺源齊梅麓太守，爲秀才時，嘗與同學讀書大障山古寺。一夕，聞窗外窸窣有聲，須臾，漸入室，喧擾殊甚，不知何物，幸臥房緊閉，未能入也。及天明，看室中，所有書籍筆硯字畫，以及桌椅器具，無不爲之顚倒。寺僧曰：『此山魈也。』又吳門張淥卿隨其父宦閩中，聞某縣官署後有鬼物，人不敢近，淥卿，素膽壯，夜宿其處，從梁間偷看，至三更時，果有數物，非人非獸，往來於庭砌之間。又有龐然而大者一頭，長七八尺，無首無尾，私念曰：『必山魈也。』次夕，戲將鞭爆五六串，以藥線相聯，復以火藥三四斤，布置周遭，仍從梁間以待，看所謂鬼物者復來，淥卿炷以火，鞭爆齊發，火藥飛熾滿地，但見數物

從火中跳躍大叫，移時而去。及天明，並無蹤蹟，後遂寂然。同上

狐子

清泉雁峯下鞏圖巷，洪姓妻爲狐所祟，生一子，狀若獼猴，頭尖，身長三尺，無肩脅，渾淪如圓木，僅有左耳、右目、左鼻、右手、左足，手足指甲，尖長如狐爪。欲棄之，狐空中語曰：『汝家豐裕，賴此子，棄之，使汝敗亡。』爰懼，而乳之。長飼以飯，不知飢飽；不能行走，間亦跳躑，其家以布絡之；溲溺皆母提抱，不能言語，但呼叫若貓聲；見生人輒大叫，惟母是依；極畏犬，生後其家畜犬，無故死，蓋狐制之也。此物閲三十餘歲而後死，狐亦絶迹。至今洪姓夫婦，年七十餘，家頗殷贍。《瀟湘聽雨錄》

成林自述二事

族兄曹州府同知葆林，繪小像十幅，名《香照圖》，兄子翊賓嘗請予作記。圖爲京江成林畫，筆力蒼秀，布格雅淨。翊賓嘗爲予言，成自號竹隱，繪此圖時，年僅十八，一年乃成。嘗寓居金山寺，偶玩月江際，忽有小艇乘潮而至，一媪人攜兩少女登岸，告成欲宿於寺。成思寺不能容媪女，乃以己所居室讓之，而於門外清坐徹夜。至日高，戶内闃然，乃排闥入，則虚無人焉。於枕函邊得一金龍釵，繫明珠七顆，知是神女所遺，遂收藏之。後行笈至山東，一巨姓招之繪合家歡。成故美風姿，巨姓之女亦絶色

也，見成而悦之，成未知也。一日，巨姓父子欲他適，已駕矣，偶與成絮語，其女忽搴幃欲入，見父兄在，急斂身退，而其父兄均不色動，遂出門去。成癡坐齋中，少選，其女遣婢告成曰：『趣駕矣，遲則吾父兄歸，均皆將死。』贈以白銀五十兩，金條脱一。成倉皇遁，行三十里，聞其女已雉經自裁。遂至曲阜，葆林兄時知縣事，乃留之官廨。此二事皆其所自述。後成死時，年僅二十一。《蕙櫋雜記》

瓊花豔遇

揚州瓊花觀未燬時，皖人米客某，春日獨遊，忽逢麗人，相與目成。夕詣客所，自言我仙女也，遂諧燕好。客設肆仙女廟，挈女同歸，他人不之見也。其後漸洩，同人有求見者，客爲之請，女曰：『可。』某日會坐，忽聞香風郁然，仿佛麗人立數步外，宮裝繡帬，腰如約素，雙翹纖削若菱，腰以下輕雲蔽之，神光離合，倏忽不見。會客經營失意，謂女曰：『卿仙人，曷爲我少紓生計？』女曰：『世間財物各有主，詎可妄求？』郡城有售吕宋票者，屬客往購，謂當稍竭綿薄。比客詣郡，購票歸，不復見女，票亦旋負。一月後，消息杳如，望幾絕矣。女忽自空飛墮，短衣帶劍，雲髻蓬飛，氣息僅屬，謂欲飛渡吕宋，爲君斡旋，詎該國多神人守護，斥逐良苦，歸途又爲毒龍所劫，僅乃得免。此事皖友言之鑿鑿。瓊花觀，今爲瓦礫之場，每年冬季設粥廠，鵠面鳩形，慘不忍睹，環佩歸來，得無今昔之感耶？《選巷叢談》

荷花瓣上美人影

紅水汪某巨宅，常見怪異，主人弗敢居，曠廢已久。花傭某，僦其後圃居之，襍莳羣芳，兩年來竟無恙。有方塘闊畝許，徧種紅蓮，戊戌夏，花尤繁密，每瓣上皆作美人影。勾勒纖緻，若指甲掐印者然。一時傾城往觀，或詫爲妖異，或驚爲豔跡，有形諸歌詠者。余聞之某分司云。同上

部曹某

部曹某，江南人，通籍後，給假回里。旋復回京供職，於輪船行次有所眷，挈之京邸，同居數年，女自陳爲狐仙，某以相習久，亦弗懼也。女言未來小事輒奇中。某先有室，所生子數齡，忽久病不愈，某私問女：『此子尚可救否？卿知之，願明以告我，毋虛糜醫藥資也。』女色不豫，久之，乃言曰：『是非余所知也。父子天性至親，病雖不可爲，寧有輟醫藥之理？君性情欠敦厚，禄命亦垂絕，余亦殆將逝矣。』某聞言悚怍，彊詞辯解，女終默然。翌晨，寢門未啓，而玉容杳如黃鶴矣。子病不起，某未久亦下世。此光緒中葉事，半唐能言某姓名，余忘之，且爲之諱也。《草間夢憶》

狗怪

北京宣武門外鐵門，相傳有狗怪，潘文勤寓北半截胡同，鑒定古物，恆以夜。一夕，有匈董店夥某，在潘宅候至四鼓始歸，道經菜市口，是日適決囚，暴尸未瘞，夥未攜燈，道闃無人，正在恇怯，忽遙見二紅燈閃爍移動，意謂前途有人，膽爲稍壯。旋聞無數犬吠聲，漸近，則前行一狗，大如牛，二紅燈，其目也，後隨無數狗，率大逾常狗。夥驚絕，暈倒西鶴年藥店門前，此時心尚明了，目尚能視，見大狗昂然去，若未嘗見夥，餘狗或蹴而嗅之，輒舍去。旋大狗踞尸狂噬，咀嚼有聲，羣狗爭遺胔，狺狺不已，聲益悽戾。夥怖極疲極，暈滋甚，不復有知覺，不審狗之去作何狀也。久之，擊柝人至，呼街卒共救之甦，掖送回店。犁明，神氣稍復，乃能歷歷言之，自謂如噩夢然。或往市口視尸，則完整如故，狗之噬，幻象也。此亦光緒中葉事，半唐說。同上

田山薑與狐約

北京虎坊橋某巨宅，相傳有狐，扃閉屢年，無敢賃居者。賃輒不得安，亟移去。田山薑寓京日，圖價廉，勉賃之。甫入宅，望空焚香，與狐約曰：『僕境嗇而指繁，宅小不能容，大又絀於貲，弗克辦，不得已，卜宅是間，謹與君約，願彼此相安，毋相犯也。』語甫畢，狐在空中答曰：『君無庸過慮也，僕非禍人者，以

前賃是宅者，其來也，金繒導前，酒肉踵後；其作也，十步之内無清氣；其息也，十丈以下皆俗餤。其座上之客，吾目不欲接；其口中之言，吾耳不樂聞也。因略施小技摽去之，吾豈不能容物哉？與居久，懼損吾道也。今君之賃是宅也，其先君而至，擔負相屬者，皆書籠也，吾已拭目粲之矣。及挹君丰采，炙吾笑言，因而知君微尚之清遠，問學之賅博，求之軟紅塵海中，吾所見亦僅矣。千萬買鄰，何修得此？方欣幸之不暇，而敢見笑於君乎？吾子弟，吾僮僕，吾舉諄誡之，自茲以往，必無咳唾驚也。』山薑居是宅有年，果攸芋攸寧，略無聲影之疑，若未嘗有狐者。嗟乎！是狐豈易得哉？其在於今，行山薑之道，是亦危道已。曩余客京師，與半唐同車詣前門，過虎坊橋，半唐指是宅示余，今猶彷彿憶之，似乎卽某省會館也。同上

王城大人

桂林城内稍東北，明靖江王舊邸猶存。入清朝爲貢院，崇階砥墀，氣象閎闊。邸之四周，繚以城垣，周圍約三四里，桂林人猶以王城稱之。有正貢門、後貢門、東華門、西華門，皆有城樓。城内有東雨亭、西雨亭、碑亭，閱二百數十年尚完整，亦難得也。邸以獨秀峯爲坐山，讀書巖、五詠堂、月牙池諸勝，並在後貢門内。每值炎景流金，附近居人輒來散步避暑，取其地方清曠，無鬱蒸之氣也。相傳正貢門内有大人者，往往更深月澹，負門而立，高逾麗譙，尚數尺許。其於來往之人，或斂身讓之，或張兩股，令出胯下，其人自己不知。而凭高遠眺之人見之，謂斂身讓者，其人運必亨；出胯下者，其人遇必蹇，屢試屢驗。神耶怪耶！不可得而知也。同上

眉廬叢話十二卷

《眉廬叢話》原連載於《東方雜志》一九一四年第十一卷五號、六號，一九一五年十二卷一號至十號，凡十二期。收入本編以每期爲一卷，將全書釐爲十二卷。

眉廬叢話卷一 《東方雜志》第十一卷五號

舉止安詳，攸關福澤。常熟翁文端未達時，家貧，鄉居偶與二三父老爲葉子戲，適雨著釘鞵，竟夕坐博，驗其履印，曾不一移。南皮張文襄督江鄂日，士有呈贈詩文者，當時未即閱看，俟其人來謁，寒暄畢，輒命侍者取出，卽於座間從容展誦，自首至末，一字不遺，遇有佳處，一一獎許，稍涉稱頌，必致謙詞。雖文係長篇，詩至百韻，亦然。閱畢，仍交侍者，並諭以存貯某處，毋忽。卽此二事徵之，如文端者，所謂安也；如文襄者，所謂詳也。二公皆富貴壽考，極遇合之隆，是其驗也。

以翎枝爲冠飾，自明時已有之。江彬等承日紅笠遮陽帽之上，植靛染天鵝翎爲貴飾，貴者三翎，次二翎。兵部尚書王瓊得賜一翎，自謂殊遇。是翎之名始於明，但植立於笠上，與曳於冠後者，其式異耳。

道光朝，曹太傅振鏞當國，陶文毅澍督兩江，兼鹽政。時以商人藉引販私，國課日虧，私銷日暢，至有根窩之名，謀盡去之。而太傅世業鹾，根窩殊夥，文毅又出太傅門下，投鼠之忌，甚費躊躇。因先奉書取進止，太傅覆書，略曰：『苟利於國，決計行之，無以寒家爲念，世寧有餓死宰相乎？』文毅遂奏請改章，盡革前弊，其廉澹有足多者。惟其生平洊歷要津，一以恭謹爲宗恉，深惡後生躁妄之風。門生後輩，有入諫垣者往見，輒誡之曰：『毋多言，豪意興。』由是西臺務循默守位，寖成風氣矣。晚年恩禮益隆，身名俱泰。門生某請其故，曹曰：『無他，但多磕頭，少開口耳。』道、咸以還，仕途波靡，風骨銷沈，濫觴於此。有無名氏賦《一翦梅》詞云：『仕途鑽刺要精工。京信常通。炭敬常豐。莫談時事逞英雄。一味圓融。一味謙恭。　大臣經濟在從容。莫顯奇功。莫說精忠。萬般人事要朦朧。駮也無庸。議也無庸。』其二云：『八方無事歲年豐。國運方隆。官運方通。大家襄贊要和衷。好也彌縫，歹也彌縫。　無災無難到三公。妻受榮封。子蔭郎中。流芳身後更無窮。不諡文忠。便諡文恭。』損剛益柔，每下愈況，孰爲之前？未始非太傅盛德之累矣。

牛奇章鎮維揚，每冬，令街卒衛杜書記牧之夜遊，報帖盈篋。尚書靈巖畢公撫陝，孫淵如居幕府，淵如好冶遊，節署地嚴，漏三商必下鍵，公自督眡之。淵如則夜踰垣出，翌晨歸，以爲常。或詷以告公，弗問也。二公相距千餘年，晚節蹉跎，後先一轍，論者惜之。然其雅意憐才，則固有未容湮沒者。

道州何蝯叟紹基書名重海內，達官殷賈齎重金求之，弗可得。一日之永州，訪楊息柯翰，距城數里，忽飢疲，因憩食村店。食已，主人索值，時資裝已先入城，乏腰纏，無以應，請作書爲償。主人弗許，竟典衣而後行。息柯聞之，笑曰：『何先生法書，亦有時不博一飽耶？』

清之初年，洪文襄以勝朝魁碩翊贊新猷，幕府超珣，極一時之選。洎薨於位，行述之作，諸名士各殫所長，於其仕明仕清，前後勳績，咸能稱述爛然，惟於中間去故就新，措詞極難得體。商略再三，莫衷一是。爰醵重金爲濡潤，募有能圓其說者。某名士落拓京師，聞之，褎然往，約字一，直金百，先索金而後秉筆。略云：『歲甲申，聞賊陷京師，烈皇帝殉國，北廷徇平西王之請，爰舉義旗，入關破賊，元凶授首。公於是投袂而起曰：「殺吾君者，吾讎也；誅吾讎者，吾君也。」』下即接敘是年拜某官之命云云。諸名士爲之閣筆，稿遂定。按：《公羊》『昭公三十一年傳』曰：『顏夫人者，嫗盈女也，國色也，其言曰：「有能爲我殺殺顔者，吾爲其妻。」叔術爲之殺殺顔者，而以爲妻。』是某之説之所本也。

宋陳藏一，名郁，字仲文，所著《話腴》，醇雅可誦。中有一則云：『今言命者有曰：「丑爲破田，戌爲負戈，丙丁爲平頭，辛卯、甲申爲懸鍼。」嘗以滕强恕命攷之，丙戌丙申，丙戌丙申，平頭矣，官至侍從，而無子。以金輝命攷之，甲午辛卯，甲午辛卯，懸鍼矣，故初爲海寇，三遭決配，後爲都統制，贈武義大夫。』按：子平《家言》以五行生尅決人生休咎，未聞以字形爲説者。此説絶新，亟記之。

杜鵑，一名杜宇，一名子規，一名謝豹。自唐已後多入詩詞，曰啼血，曰勸春歸，曰紅鵑緑鵑，與紫燕、黄鸝並用，殆禽類中之絶韻絶怨者也。乃宋車若水云：『杜鵑，鷙屬，梟之徒也。飛入鳥巢，鳥見而去，因生子於其巢，鳥歸，不知是别子也，遂爲育之。既長，乃欲噉母。』誠如所云，詎非甚不宜稱耶？抑同名而異物耶？

《石林燕語》云：『及第必有賜詩，惟莫儔一榜不賜。政和末，御史李彦章言：「士大夫多作詩，有害經術，詔送敕局立法。」何丞相執中爲提舉官，遂定命官習詩賦杖一百，故是榜官家不賜詩而賜箴。未幾，知樞密院吴居厚喜雪御筵進詩，稱口號，是後上聖作屢出，士大夫亦不復守禁。或問何立法之意，何無以對，乃曰：「非謂今詩，乃舊科場詩耳。」』作詩獲罪，乃至於杖，誠事之絶可笑者。

梁吴均《吴城賦》：『不見春荷夏槿，惟聞秋蟬冬蝶。』苟非春花，未知叔庠何所本也？

俗謂事勢舛盭而決裂者曰糟，糟誼甚古。《大戴禮記·少閒第七十六》云：『糟者猶糟，實者猶實，玉者猶玉，血者猶血，酒者猶酒。』注：糟以諭惡，實以諭善，玉者諭善人，血憂色也，酒以諭樂，猶憂其可憂，而樂其所樂。』

烏程張秋水鑑《冬青館詩·山塘感舊》句云：『東風西月燈船散，愁絶空江李相人。』李相，吴語，今謂爲『白相』也。

富陽董文恪邦達少時以優貢留滯京師，寓武林會館。資盡，無以給饔飧，館人藐之甚。不復可忍，乃徙於逆旅，益復不見容，窘迫無所歸。有劉媪者，自號精風鑑，奇其貌，謂必不長貧賤也，屬假館餘屋，善視之，俾竢京兆試。董日夕盂晉，冀博一第自振拔，且副媪厚期。榜發，仍落第，恚甚，恥復詣媪。裴徊衢市，飢且疲，道左一高門，惘然倚而立，不知時之久暫也。俄有人啓門，問爲誰，董以實告。其人色然喜，延入，少憩，出紅箋，屬書謝柬，署名則侍郎某也。書畢，持以入，須臾出，殷勤具雞黍。食次，通款曲，則侍郎司閽僕，以薦初至，適書謝柬，主人亟奬許，因請留董代筆，薄酬資斧。董方失路，欣然諾之。自是一切書牘悉出董手，往往當意。僕輒掠美以自固，日見信任，不與他僕伍。居頃之，侍郎有密事，召僕至書室，命擬稿，僕惶窘，良久，不能成一字。侍郎窮詰，得實，大駭，亟具衣冠出廳事，延董入見，且謝曰：『辱高賢久溷廝養，某之罪也。』因請爲記室，相得甚歡。侍郎夫人有細直婢，性慧敏，略通詞翰，及笄矣，將嫁之，婢不可；彊之，則曰：『身雖賤，匹輿隸非所堪，乃所願必如董先生。』又安可得？寧終侍夫人耳。』侍郎聞之，听然曰：『癡婢，董先生籋雲驥騄，指顧騰上，寧妻婢者？』會中秋，侍郎與董飲月下，酒酣，從容述婢言，且願作小紅之贈，勸納爲箎室。董慨然曰：『鯫生落魄，盡京師不獲一青睞，見拔於明公，殊非望。彼弱女子能憐才，甚非碌碌者，焉敢妾之？正位也可。』侍郎益重之，謀於夫人，女婢而壻董焉。踰年，董連捷成進士，官至禮部尚書。生子，卽富陽相國，相國登庸時，太夫人猶健在。知其事者，傳爲彤管美談云。

湘陰郭筠仙侍郎嵩燾學問賅博，明於古今治亂升降之故，尤詳究海外各國形勢。咸豐朝隨郡王僧格林沁籌防津沽。王於兩岸築礮台，緜數里，博數丈，輦礮三千具以填之，大者踰萬斤，小者亦二三千斤。又伐巨木，列柵海口，沈以鐵錨，絡以鐵緪。無何，敵艦至，遺書爲媾。王不許，嵩燾曰：『戰未必勝，不如姑與之和，徐圖自彊。』王不聽。嵩燾知邊禍且亟，言之再四，至於涕洟，王執不聽。越日，敵以書來曰：『亟撤爾柵，我將以某日時至。』屆期，王率將佐登臺望之，敵以三艦來，距柵里許，自相旋繞。頃之，柵皆浮起，王大驚，急發巨礮，彈如雨雹，海水沸騰，竟沈其艦。敵引去，明年復來，遂有北塘之敗。嵩燾家居時，好危言激論，攸縣龍汝霖作《聞蟬》詩規之曰：『商氣滿天地，金飈生汝涼。撩人秋意聒，忤夢怨聲長。畏濕悉霜露，知時熟稻粱。隱情良自惜，莫忘有螂螳。』嵩燾和曰：『飽諳蟬意味，坐對日蒼涼。天地一聲肅，樓臺萬柳長。杳冥通碧落，慘澹夢黃粱。吟嘯耽高潔，無勞引臂螂。』又：『樹木千章暑，山河一雨涼。蔭濃棲影悄，風急咽聲長。秋氣霑微物，天心飫早粱。居高空自遠，塵世轉蜣螂。』後十餘年，邊事日棘，嵩燾以禮部侍郎出使英吉利國，至倫敦，上書李文忠，論列中外得失利病，準時度勢，洞見癥結，凡所謀畫，皆簡而易行。其論當時洋務，謂佩蘅相國寶鋆能見其大，丁禹生能致其精，沈幼丹次之，亦稍能盡其實。又自言平生學問皆在虛處，無致實之功，其距幼丹尚遠，皆克知灼見，閱歷有得之言。全書四千二百餘言，茲不具錄。

揚子江中泠水，世所稱第一泉，其質輕清，非他水所及。然或運致遠方，舟車顛頓，則色味不免稍變，可以他處泉水洗之。其法：以大器貯水，鍥誌分寸，而入他水攪之，攪定，則汙濁皆下沈，而上浮之水，色味復故矣。其沈與浮也，其重與輕爲之也，挹而注之，不差累黍。以水洗水之法，世尠知之。

和珅當國時，京朝官望風承指，趨蹌恐後，襜帷所至，俊彩星馳，織文鳥章，夾道鵠立，此補子胡同所由名也。無名氏《詠補子胡同》云：『繡衣成巷接公衙，曲曲彎彎路不差。莫笑此間街道窄，有門能達相公家。』

道光壬寅，粵海戒嚴，果勇侯楊芳爲參贊，懾敵艦礮利，下令收糞桶及諸穢物，爲厭勝計。和議成，不果用。有無名氏作詩嘲之曰：『楊枝無力愛南風，參贊如何用此公。糞桶當年施妙計，穢聲長播粵城中。』

咸豐庚申，車駕幸熱河，變起倉卒，警衛不周，從官、宫人極流離困瘁之狀。詔天下勤王，訖無應者。漢陽黄文琛《秋駕》詩云：『秋駕崐崙疾景斜，盤空輦道莽風沙。檀車好馬諸王宅，翠褥團龍上相家。賸有殘燐流憤血，寂無哀淚落高牙。玉珂聲斷城西路，槐柳荒涼怨暮鴉。』此詩聲情激越，骨幹堅蒼，置之老杜集中，騣騣不復可辨。

宋談鑰《吳興志》：『菱湖，在歸安縣東南四十五里，唐崔元亮開，卽淩波塘也。』又德清縣永和鄉管有雅詞里，地名並韻絕。

魏明帝樂府詩：『種瓜東井上，冉冉自踰垣。與君新爲婚，瓜葛相結連。』世謂戚誼較疏者爲瓜葛，與詩意不甚合。

眉盧叢話卷二《東方雜志》第十一卷六號

乾隆朝，高文恪士奇由詹事賜同博學鴻儒科。文恪得君最深，當出特賜。未審他人有同受此賜者否。

『色卽是空空是色，卿須憐我我憐卿』，某說部謂是平陽中丞詩句，爲卿憐作。余疑非是，上句尤不稱，特卿憐命名，本此下句耳。相傳某太史得京察一等，當簡道員，顧高尚不屑就，旋擢卿曹，空乏不能自給。友人某戲爲詩贈之，有句云：『道不遠人人遠道，卿須憐我我憐卿。』語殊工巧。

崑山顧亭林先生，本明季諸生，國變後，間關襆被，謁南北兩京舊陵。所過訪山川險要，郡國利病，納交其魁桀。時或留止耕牧，致富鉅萬，輒復棄去，人莫測其用意。按：此與陶朱公之事略同。理財爲百度之根本，亭林固留心經濟者，亦爲是牛刀小試，自攷驗耳。

清之季年，某相國總制閩浙，政體開通，人才樂爲之用，刷新滌舊，百廢具興。相國以龍馬之精神，備鴛鴦之福祿，雖憂勞於國是，公爾忘私，而頤豫其天和，興復不淺。相國勤民如蚡冒，經武如陶公，力矯大僚簡重之習。不數日必駕出，迨其歸也，礮聲砰訇於轅，鼓聲淵填於堂，節署各色人等，無崇卑、疏戚、外內，故事必班而迎。二堂東班，則文案委員，內而京曹，外而監司，已次咸鵠立，必補服數珠；西班稍前，則內文案委員、洋務委員、電報房學生等；稍後則衙官、材官，戎裝劍佩，仡仡之勇夫，咸出一卻，去地不能以寸。相國拾級盡，略竚立，與東班首員周旋數語，略回顧西班首員，仍目注東班，若爲皆頷之者。徐行而入，一十三四齡童子肅掖之。二堂東班及西班稍前者，唯朔望謁廟則然；其西班稍後及在三堂、四堂者，則每出皆然。然而當時冀倖承顔之輩，往往不以爲優異而以爲疏逖，因而不自慊者有之。三堂則司閽典籤，紀綱之僕，面必田，鬚必澤，一眡聽，屏氣息，或痀僂呈敬恭，或矜作表幹練。倍其盥漱，時其冠服，部領其次，奔走給使令者如干人，各以其職司孖而立，皆鞠曆至地。相國夷然入，目不屬，然設有遲誤不到者，必知之，以故無敢或脫疏。四堂則粉白黱綠者，珥瑤碧，曳綺羅，爲數逾數十。肥者環，瘦者燕，澹者妝，濃者抹，南洲翡翠，北地臙脂，如箏鴈之成行，若梁鴛之戢翼，莫不嚲袖低鬟，曼立遠視。相國及階，略竚立，掖者童子肅退休。首班者亭亭捧杖進，左掖之，右拄杖，步益徐。自茲已還，燕寢深閟，如何如何，外間塵得之傳聞，未必能歷歷如繪矣。於斯時也，相國之風度，莊者和，肅者溫，斂者舒。進咫，立於咫者隨之；進尺，立於尺者隨之。魚貫而鴻翩，花團而錦簇，鬟影如霧，衣香成風。履整則前者卻，巾墮而後者蹴。贏屏乍轉，麝薰微聞。有精室焉，俗稱内籤押房，相國之所憩也。相國之杖未至精室數武，即已授之隨而右者，則左掖者若爲逾謹。相國固矍鑠，無須杖，並無須掖，而必杖必掖，亦故事也。入室，則自脫其冠，授掖者，置之架，展紅巾謹覆之。由是而數珠，而袿，而纕佩，而帶，而領，而袍，皆解者、接者各一人。或一人攝二事，唯承侍日深、體便手敏者爲能，往往新進持慎，弗敢兼也。其以褻服進者，人之數，眡衣服之重數。同時巾者，茗者，淡巴菰者，尤爭先恐後，以有事爲榮。則就養和坐，脫鞾者，左右各一人，又一人以舄進。而巾者，茗者，淡巴菰者，荑其手，藺其息，亦盈盈而前。相國或先巾，或先茗，本無所爲厚薄，而先焉者若爲色然喜。則從容就榻坐，榻設阿芙蓉，相國夙不嗜此，而具乃絶精，不嗜而必設之，亦故事也。相國自駕出至是，或逾一二時矣。當是時，自四堂來者咸集此精室，立者，坐者，所事已畢而如劇者，宜身至前而乍卻者，若喜而淺笑，倦而輕顰者，同輩相關而喁喁私語者，面窗而徘徊，近案而徙倚者，位置筆硯、拂拭書牘爲殷勤者，弄姿而掠鬢絲，選事而撥鑪灰者，非霧非花，溫馨四塞，相國若欠伸，微呼某名，指烟具謂之曰：『若曷整理此？』又呼某名，謂之曰：『曷相助整理此？』則二人者獨留，其餘皆出。精室之窗皆嵌白頗黎，淺色綢爲衣。迨相助整理烟具者亦出，則窗衣之弛者張，疏者密矣。時則愔愔午夢，簾垂柳絮風前；隱隱春聲，門掩梨花雨外。燕欲歸而詎待，香未散而仍留。後出者只伺於窗外，久之，又久之，見窗衣啓者約一方頗黎之半，則款步入，捧匜沃盥，進燕窩湯。先是，相國駕出時，傳諭庖人整備者，湯凡三進。相助整理烟具者，亦在朶頤之列，蓋此人卽下次整理烟具者。若舊制，簡授差缺，此次擬陪者，下次必擬正，亦故事也。已上各節，或目驗所經，或耳郵所得，不必皆據爲事實，而又無《祕辛》、《焚椒》之筆足以傳之，言之無文，負此雅故已。

遂寧張船山太守問陶移疾去官，僑寓吳閶，別營金屋藏嬌，夫人不知也。一日，攜遊虎丘，而夫人適至，事遂敗露。太守戲作一詩云：『秋菊春蘭不是萍，故教相遇可中亭。明修蜀道連秦隴，暗畫蛾眉鬬尹邢。梅子含酸都有味，倉庚療妒恐無靈。天孫應被黃姑笑，一角銀河露小星。』見王端履《重論文齋筆錄》此詩近人傳爲韻事，或譜院本以張之。不知船山夫人林氏乃奇妒，相傳船山納姬後，其夫人索諸查小山家，不得。適船山之弟旃山攜婦歸視兄嫂，旃山婦見林盛怒，因勸之曰：『如此男子，謂之已死可耳。』因而一室大鬨。故船山有句云：『買魚自擾池中水，抵雀兼傷樹上枝。』旃山之友某寄船山句云：『苦爲周旋緣似續，更無遺行致讒彈。』皆爲此事而發。船山有《二月二日預作生子》詩云：『三十生兒樂有餘，精神仿佛拜官初。頻年望眼情何急，他日甘心我不如。爪細難勝斑管重，髮稀輕倩小鬟扶。繞牀大笑呼奇絶，似讀生平未見書。』見《船山詩補遺》其後船山卒無嗣，則亦家庭勃豀、乖戾之氣，有以致之。才人風味，詎悍婦所能領略？可中亭之詩，略同粉飾太平之具，『倉庚療妒恐無靈』，行間句裏，流露於不自覺矣。

江都汪容甫中嘗江行，與洪北江同舟論學。北江嫥崇馬、鄭，容甫兼涉程、朱，辯爭良久，容甫口舌便捷不逮北江，婁爲所屈，憤甚，捽北江墮水，舟人救之，廑乃得免。吳縣張商言塤《碧簫詞》自序云：『故人蔣舍人心餘乞假還，過吳門，飲予舟中，喜讀予詞，納於袖，以醉墮江，寒星密霧，篙工挽救，羣噓如沸鼎。既得無恙，而此卷亦不就漂沒。明日心餘詞所謂「一十三行真本在，衍波紋縐了桃花紙」也。』洪、蔣二公，一則意氣忿爭，一則興會泰甚，其不與波臣爲伍幾希，然至今思之，殊饒有風味也。汪、洪倞爭之烈，視黃蕘圃、顧千里世經堂用武，尤爲奇特。

道光間，有侍郎平恕者，蒙古人，督學江蘇，賄賂公行，貪聲騰於士論。當時或編雜劇付梨園以刺之，託姓名曰干如，其上場科白云：『忘八喪心，下官干如是也。』拆字離合，甚見匠心。

乾隆季年朱文正督學浙江，以古學見賞拔者，臨海洪地齋坤煊、蕭山王畹馨紹蘭、東陽樓更一上層齊名，稱爲浙東三傑。樓君姓名及字就唐人詩一句錯綜爲之，求之載籍中，不能有二。

無錫錢礎日肅潤別號十峯主人，明諸生，甲申後棄去。縣令以事夾其足脛至折，礎日笑曰：『夔一足，庸何傷？』遂爲跛足生，自號東林遺老，年八十卒見漁洋《感舊集》小傳。艾子好飲，少醒日，門人謀曰：

『此未可口舌爭，宜以險事怵之。』一日，大飲而噦，門人密袖彘膈置噦中，持以示曰：『凡人具五臟，今公因飲而出一臟矣，何以生耶？』艾子熟視而笑曰：『唐三臟尚可活，況四臟乎？』見明謝肇淛《五雜俎》『唐三臟尚可活，夔一足庸何傷。』屬對工絶。

名人有潔癖者夥矣，亦有以不潔爲高者。錢塘陸麗京圻文采昭爛，吐屬閎雅。客有詣之者，塵羹犓飯，捫蝨而談，亦不覺其穢也。羽琌山民龔定盦先生自號垢面而談詩書，不屑盥漱。嘗作竹西之遊，下榻魏氏絜園默深先生別業，在揚州鈔關門內倉巷之秋實軒。默深先生給兩走祗伺之，一日晨興，呼主人急，出則怒甚，曰：『若僕嬲我，吾不習靧沐，晴則不知，迺以匜水數溷我，是輕我也，賢主人乃用此僕乎？』默翁笑謝之。比聞吳郡某方伯，自其太夫人三朝洗兒以還，未嘗試槃浴，其裏衣自新製乃至於朽敝，未或經澣濯。方伯嗜書，尤嗜宋元本。其覯書也，少以案，多以榻。尋常之書，經摩抄循覽者，如覆醬瓿代綫夾久，跐之雪者黝，角之楞者垸音完，以石磨平之也，字之銀鉤鐵畫者，如霧花雲月，無復分明朗晰；唯宋元本不可知，容或信有而皆祕之，不可得而見也。嚮來劬學妮古之士，其心力有所嫥壹，朝斯夕斯，往往不暇自潔治，然而若是其甚者亦僅，其諸以告者過歟？

林文忠撫蘇時，有續立人者，官蘇州同知兼廁幕僚，頗見信任。或忌之，黏聯語於其門云：『尊姓本來貂不足，大名倒轉豕而啼。』續恚憤，白文忠請究，文忠笑曰：『蘇州設同知久矣，官此者，寧無勝流佳士？顧姓名孰傳焉？君託此聯，庶幾不朽，且屬對工巧，不失爲雅謔，何慍爲？』續默然退。今事隔數十年，苟無此聯，世孰知續立人者？文忠之言，有至理存焉，何止釋紛之佳妙而已！

同縣王半唐鵬運微尚清遠，博學多通。生平酷嗜倚聲，所著《袖墨》、《味梨》、《蜩知》等集，及晚年自定詞，均經刻行。其他著述，身後乏人收拾，殆不復可問。曩見其《四印齋筆記》，裒然巨帙，詳於同、光兩朝軼聞故事，稍涉憤世嫉俗之言。偶憶一則，略云：『翰林院衙門在前門内以東，世所稱木天冰署也。大門外有壘培，高不踰尋，相傳中有土彈，能自爲增減，適符閣署史公之數，或有損泐其一，則必有一史公赴天上修文者。是説流傳已久，至於土彈之有無，有之，究作何狀，要亦未經目驗。惟是環柵以衛之，置隸以守之，則固慎之又慎也。某年伏陰，大雨破凷，竟有數土彈被衝決而出，余詢之往觀者，其形蓋如卵云。』

道、咸間，京朝士夫太半好名，猶善俗也。或有科目進身，以不治古文爲恥，乃捃摭帖括浮詞，雜以案牘中語，掔合成篇，當時目爲『京報古文』。曾文正督兩江時，開閣延賓，羣才雲湧，清奇濃澹，莫名一格。有同鄉某太史，記問極博，倚馬萬言，惟矜才使氣，自放於繩尺之外，文正戲以『土匪名士』稱之。同、光以還，樸學彫謝，小慧之士粗諳叶韻，輒高談風雅，自詡名流，間或占一絕句，填一小令，書畫一扇頭，怏然自足，不知井外有天，於是乎有『斗方名士』之目，出於輕薄者之品題，要亦如其分以相償也。『土匪名士』、『斗方名士』，皆可與『京報古文』作對。十兆曰京，十升曰斗，皆計數之名，屬對尤工。

梁蕭宏有錢癖，百萬一黃榜，千萬一紫標，當時有錢愚之目。然以厚封殖，非以供賞鑒也。光緒季年，剛毅南下，調查江、鄂等省財政，怙勢黷貨，賄賂公行。剛尤酷嗜紙幣，盈千累萬，裝潢成冊，暇輒展玩，若吾人對於法書名畫者然。往往省局銀數皆同之幣，亦務累牘連篇，以多爲貴。蓋其貪鄙之性與生俱來，有未可以常情衡論者。相傳剛爲刑部尚書，初涖任，接見諸司員，談次，稱皋陶爲舜王爺駕前刑部尚書皋大人皋陶『陶』讀若『桃』。又，提牢廳每報獄囚瘐斃之稿件，輒提筆改『瘐』爲『瘦』，而司員且以不識字受申斥。蓋人於彼必出於此，二者無一，不成其爲剛毅矣。

『相思病』三字，元人製曲有用之者，以曲之爲體，不妨近俗也。按：《周易》疏：『損卦六四，損其疾，使遄有喜。』正義曰：『疾者，相思之疾也。』元曲中語乃與經疏暗合，當然雅訓，何止非俗？

王夢樓有五雲，曰素雲、寶雲、輕雲、綠雲、鮮雲，年皆十三四，垂髫弓足，善歌舞。越數年，輕、綠、鮮三雲各遣嫁，自攜素、寶二雲至鄂，以贈靈巖畢公。諦審，則美男耳，爲返初服，署爲小史，絕警慧解人意。

閩縣王可莊仁堪，文勤之孫，丁丑狀元。造科名之極峯，兼勳舊之嫡裔。傳聞玉音褒美，指顧大用可期。會館課賦題《輔人無苟》，中有一聯云：『危不持，顛不扶，焉用彼相？進以禮，退以義，我思古人。』觸閱卷者之忌，以竟體工麗得置一等末。王固知名士，下月課題《名士如畫餅賦》，則爲王而發也。未幾，外放蘇州遺缺知府，終鎮江府知府，論者以未竟其用惜之。

織業盛於蘇、杭，皆有機神廟。蘇州祀張平子，廟在祥符寺巷。杭州祀褚登善，廟在張御史巷。相傳登善子某按《新唐書》：登善二子：彥甫、彥沖遷居錢塘，始教民織染，後遂奉爲機神，並其父祀之。今猶有褚姓者爲奉祀生，卽居廟側。阮文達譔《褚公廟碑記》，詳載此事，當必有本。惟蘇州祀張平子不知其由。史稱平子善機巧，嘗作渾天儀、候風地動儀等。崔瑗爲譔碑文，稱其『制作侔造化』，又云『運情機物，有生不能參其智』。意者機杼之制當時或有所發明，而載籍弗詳，未可知耳。按：唐時以七月七日祭機杼，奉織女爲機神，則尤名誼允叶，所謂禮亦宜之也。

長洲沈文愨德潛少時家貧，無僮僕，每晨必攜一筐自向市中購物，售者索值若干，悉照付，無稍爭執。久之，市人知其寬厚，亦無復敢欺者。吳縣某鉅公未達時，每晨沽米於市，輒脫破帽，如盂仰而盛之，捧持以歸，衣敝而貌癯，襤褸如病鶴也。未幾廷對首選，官至大學士，晉斠師傅，其貴盛視文愨有加，乃至世易滄桑，猶安富尊榮如故。閭門父老多有能言其軼事者，凡此皆士林佳話，獨惜名德碩學，未免文愨專美於前耳。

某太守加道銜，有貽書稱觀察者，一小史粗諳文義，見之，憤然曰：『彼藐吾官已甚。觀察者，捕役之別名也。』衆皆不解，則檢《水滸傳》『緝捕使臣何觀察』云云爲證，衆亦不能非之。蓋元、明之際固碻有此稱也。按：世俗稱謂，一經研究，舛盭良多。如中丞爲唐女官之名，唐文宗朝，内人鄭中丞善彈小忽雷。巡撫稱中丞，與古官制不合。全謝山曾辨其誤，宗伯非禮部尚書見《漢書·平帝紀》註，司空非工部尚書見《漢書·陳咸傳》註，沿用皆爲未合。至大帥尤賊渠之稱《吳志·周魴傳》：『錢唐大帥彭式等蟻聚爲寇。』又云：『黄武中鄱陽大帥彭綺作亂，攻沒屬城。』綺事別見《魏志·劉放傳》註，而可屬之疆圻長吏乎？又小姐二字，古者以稱宮人侍姬，《玉堂逢辰錄》：『有宮人韓小姐。』《桯史》：『洪恭順有妾曰小姐。』《陶朱新錄》：『陳彥修有侍姬曰小姐』，下至於樂妓，《夷堅志》：『有散樂林小姐』，今時爲宦女之美稱，失之甚矣。

咸豐朝，變起金田，東南鼎沸，練兵籌餉，日不暇給，疆臣節帥，握吐求賢，縉紳先生咸出而相助爲理。向所謂養望林泉者，亦復手版腳鞾，隨班聽鼓，大約爲鄉閭計者十之二三，爲身家計者十之七八。或作《字字雙》曲嘲之曰：『花翎紅頂氣虛囂。闊老。打恭作揖認同僚。司道。釐金軍務一包糟。胡鬧。果然有事怎開交。完了。』

劉蕙石屬校《荊釵記》，見一字絕新，左從『骨』，右從上『皮』下『川』，在第二十九齣『錢孫交鬨』曲文中叶韻處。此字各字書所無，雲齋博洽《荊釵記》，明寧獻王權譔，王別號雲齋，必有所本。

宋代神弩弓亦曰克敵弓，立於地而踏其機，可三百步外貫鐵甲。元滅宋，得其式，曾用以取勝。至明乃失傳，《永樂大典》載其圖說。又紀文達筆記載：前明萬曆時，浙江戴某有巧思，好與西洋人爭勝，嘗造一鳥銃，形若琵琶，凡火藥鉛丸皆貯於銃脊，以機輪開閉。其機有二，相銜如牝牡，扳一機，則火藥鉛丸自落筒中，第二機隨之並動，石激火出，而銃發矣（此與後膛毛瑟略同），計二十八發，火藥鉛丸乃盡。據此，則製造槍礮之法，吾中國舊亦有之，特道德之蓄念，仁厚之善俗，深入人心，由來已久；或尼以好生惡殺、因果報施之說，遂不復精擘擴充之，尤不肯傳之子孫。其人往，其半生精力所寄，乃與之俱往，爲可惜耳。戴某曾官欽天監，以忤南懷仁坐徙。

青浦王述庵侍郎昶，少時家綦貧，體貌不逾中人，瘦削而修長，玉樓峻聳。鄉人無親疏，以寒乞相目之，遭白眼者數矣。未幾，捷南宮，入詞林，謁假錦旋，則曰：『王公鶴形，故應貴也。』二十年前舊板橋，薄俗炎涼，又奚責焉？其後洊歷清華，益復斂抑。某年省親珂里，肩輿過外館驛，適值某典史到任，輿衛儼然，鉦鍈鍠而蓋飛揚也。亟命停輿讓道，而騶從或噓之出，重譙呵之，公於是跼蹐路隅，而珊珠孔翠與青金練雀相照焰也。典史駭絕，亟降輿，蒲伏泥途，俟公登輿去遠而後敢起。吾謂典史或過矣。典史雖末秩，地方命官也；述庵誠鉅公，在籍薦紳也，停輿讓道，卽謂禮亦宜之，可也。爲典史者當坦然乘輿行，抵署，亟懲責此冒昧之從者以謝王公，庶不失卑亢之宜焉。述庵通人，爲里閈計，得如是風力之典史，方契賞之不暇，而顧有意督過之乎？吾知述庵必不然矣。

有致書何秋輂者，誤書『輂』爲『輩』，書中用『研究』字，又誤『究』爲『宄』。秋輂友人某君戲譔聯語云：『輂輩同車，夫夫竟作非非想；究宄各蓋，九九還將八八除。』又某君爲之改定云：『輂輩同車，人盡知非矣；究宄各蓋，君其忘八乎？』改聯尤雋妙，然而虐矣。

癸卯日俄之戰，戰地屬中國領土，而中國乃以中立國自居，誠千古五洲未有之奇局也。明年，有俄國兵艦三艘，一名阿斯哥，一名奧斯科，一名滿州，爲日本春日艦所迫，駛入吴淞口。當道嚴守中立，盡收其器械軍火及艦中行駛緊要機器，存製造局，而任保護其艦隊。是時南洋大臣爲周玉山馥，蘇松太道爲蔡和甫鋆，洋務律法官爲羅誠伯貞意。一日，洋務局得俄領事公牘，略謂：『該艦兵士等離家日久，歸國尚未有期，比以陰陽失調，多生疾病，非醫藥所能奏功。敝國向章，凡海軍士卒，每月准其上岸遊戲運動數次，所以便衛生，示體恤也。夙仰貴國尚武恤兵，凡可以加惠赤籍者，無微不至。王道不外人情，區區法外之意，用敢爲兵請命。查《萬國國際公法》，彼國一切人等居留此國，營業之暇，出入衎衎，例所弗禁。從前貴國廣東省濱海地方聞有一種土妓，名曰蜑户，頗能熟習外情。外國商民孑身旅寄者，常有與之往還。現在上海地方有無前項蜑妓，能否設法暫時招集，以應急需。貴國昔在姬周時代，晏嬰相齊，設女閭七百以招徠遠人。今推而仿之，至於交通中外，僅範圍加闊耳，於政體無傷也。敝領事爲優待軍人、慎重衛生起見，事雖瑣屑，情實迫切，爲此商請貴洋務局查照辦理。實爲公便，立候惠覆施行。』牘文到局，自法律官已下咸駴笑。繼思之，亦屬實情，不得已，商同滬道，具稟南洋大臣，並鈔録原牘黏附。未幾，奉准南洋批飭，遵於東清碼頭迆南，覓隙地一區，圈拓廣場，爲該兵士練習之所。並搭蓋蘆柵，俾資憩息，惟不許越界他往，以免日人嘖有煩言。建設甫畢，一時蜑妓寓滬者聞風麕集，不待洋務局之羅致也。彼於思棄甲者流，不得爲跋浪之鱷，差幸爲得水之魚，凡爲留髠而來者莫不纏頭而去，絶無嗔鶯叱燕，擣麝拗蓮之舉，殆勢絀情見使然耶？是誠海邦師律之異聞，而亦震旦外交之趣史矣。

眉廬叢話卷三《東方雜志》第十二卷一號

某名士游寓日本有年，近甫歸國。據云，曩在彼都曾見秦火已前古本《孟子》，與今世所傳七篇之本多有不同，因舉其首章云：『孟子見梁惠王。王曰：「叟不遠千里而來，仁義之説，可得聞乎？」孟子對曰：「王何必仁義，亦有富强而已矣。」』

中國以跪拜爲禮，禮無重於跪者，跪亦有可傳者。松陵吴漢槎兆騫以事戍寧古塔，其友錫山顧梁汾貞觀極力營救，嘗賦《金縷曲》二闋寄之，詞意惋至。納蘭容若成德者，相國明珠公子，亦善漢槎，見顧詞，殊感動。顧因力求容若爲言於相國，而漢槎遂於五年内得賜環。既入關，過容若所，見齋壁大書『顧梁汾爲吴漢槎屈膝處』，不禁大慟。此跪之攸關風義者矣。句吴錢梅溪泳藏漢『楊惲』二字銅印，歙汪訒庵啓淑欲得之，錢不許，汪遂長跪不起，錢不得已，笑而贈之。此跪之饒有風趣者也。

鄉先生林貞伯肇元官貴州臬使時，有卽用知縣某，到省未久，詣撫軍衙參，誤入兩司官廳。值藩司先在，貿然一揖。時丁國制，彼此著青袍褂無少異，而於其頂珊瑚，則未遑措意也。旋促坐，問姓字，藩司以實對，某亦不甚了了，唯曰：『兄乃與藩臺同姓乎？』又問貴班，藩司艴然曰：『余，布政司也。』某駴絶，亟趨出，適貞伯至，甫及門，某力阻之，曰：『老兄切不可入，藩臺在内，弟頃冒昧獲重咎，决非欺兄。』貞伯曰：『吾正欲見藩臺，吾入，無妨也。』某仍力挽之，再申前説，意若甚誠懇者。貞伯不得已，實告之。某益惶駴，釋手，大奔。貞伯亟呼之，欲稍加慰藉，不復聞。此事余聞之貞伯之公子，當時能舉其姓名，非杜譔也。寒士甫膺一命，來自田間，末節少疏，抑又奚責？其人天良未斲，本色猶存，得賢長官因材造就之，深之以閱歷，而後試之以事，以視工顰妍笑、輕身便體者，宜若可恃焉，勿以其僿陋而遽棄之如遺也。

乾隆丙戌，甘肅高臺縣民胡煖、楊洪得等於武威縣山中掘得金山一座，經山西民任天喜引驗繳官，此即金丱也。當時風氣未開，幾詫爲祥異矣。宋彭百川《太平治蹟統類》云：『北漢鴻臚卿劉融於伯谷置銀冶，募民鑿山取鑛烹銀。北漢主取其銀以輸契丹，歲千斤，因即其治，建寶興軍。』此即銀丱也。『烹銀』二字絕新。吾中國丱政舊矣，曩譔《蕙風簃二筆》，嘗謂『疇若予上下草木鳥獸』，『上下』是『丱』字，誤寫爲令横，又誤分兩字。

吳孫休時，烏程人，有得困病及瘥能以響言者，言於此而聞於彼。自其所聽之，不覺其聲之大也；自遠聽之，如與對言，不覺其聲之自遠來也。聲之所往，隨其所向，遠者至數十里。其鄰有責息於外，歷年不還，乃假之使責讓，懼以禍福。負物者以爲鬼神，即畀還之。其人亦不自知所以然也。事見《晉史》。此必電氣之作用，不儼然無線電話乎？顧何以必得之困病之後？世之精研電學者，必能推究其故矣。

中外交通之初，西國某文學士游寓北京，於廠肆購新科狀元策，譯而讀之，佩仰甚至，謂中國狀元誠曠世鴻才也。及次科又購之，則大同小異焉。次科又購之，亦大同小異焉。於是詫絕，謂三科狀元策何如出一手也。同治癸亥殿試，南皮張之洞策，盡意敷奏，不依常格。先是，江蘇貢生吳大澂應詔上書，言殿試對策或有儻論，試官匿不以聞，請申壅蔽之罰。及見張策，讀卷官頗疑怪，久之，乃擬第十進呈，及臚唱，則拔置第三人，蓋特達之知也。

辜鴻銘部郎湯生居張文襄幕府久，嚮知其精通西國語言文字。及見所作《尊王篇》及《葉成忠傳》，則於國文亦復擅長。其葉傳之作以諷世爲宗旨，尤卓然可傳。傳曰：『自中國弛海禁，沿海編氓因與外人通市，而暴起致貲財者不一而足。然或攻剽椎薶，弄法買姦，宗彊比周，欺淩孤弱，類皆鄙瑣齷齪不足道。獨滬上富人葉氏，初赤手棹扁舟，而卒起致巨萬，又慷慨好義，清刻矜已諾，猶是古之任俠，隱於商且隱於富者也。葉氏名成忠，字澄衷，先世居浙之慈谿，後遷鎮海沈郎橋，遂家焉。父志禹，世爲畎之丘氓，後因成忠，三代皆贈榮禄大夫。成忠六歲失怙，母洪氏撫諸孤，刻苦廑以自給。成忠九歲始就學，未幾以貧故，仍從母兄耕。年十一，受傭鄰里。居三年，主婦遇之酷，成忠慨然曰：「我以母故忍此辱，丈夫寧餓死溝壑耶？」遂辭去，欲從鄉人往上海。臨行，無資斧，母指田中秋禾爲抵，始成行。時海禁大開，帆船輪舶，麕集滬瀆。成忠自黎明至暮，棹扁舟往來浦江，就番舶貿有無。外人見其誠篤，樂與交易，故常獲利獨厚。同治元年，始設肆虹口，迎母就養。肆規綦微，然節飲食，忍嗜欲，與傭婦共操作，又能擇人任事。越數年，肆業益擴充，乃推廣分肆，徧通商各步。又在滬北漢鎮創設繅絲、火柴諸廠，以興工業，且養無數無業遊民。既饒於貲，自奉一若寒素，絕無豪侈氣象，若構洋樓、集珍玩之類。言必信，行必果，交友必誠。與鉅公大人言，誾誾如也，絕無諂諛意。又好引重後輩，善體人情，各如其意之所欲，故人樂爲用。性好施予，無倦容，無德色。客外雖久，戚鄙有緩急，罔不佽助。待族人尤篤，捐金置祠田，建義莊，以贍貧乏，附以義塾、牛痘局，蕆事，則曰：『是吾母之志也。』凡里中善舉，必力任其成。購大地滬北，立蒙學堂，教貧窮子弟，撥十萬金充經費，又倡捐二萬金建懷德堂。凡肆業中執事，身後或有孤苦無告者，必歲時存問，俾免飢寒。各省有水旱偏災，必出鉅貲助振款。疆吏高其義，請於朝，屢邀寵賜。光緒己亥十月，在滬病篤，詔其子七人曰：「吾昔日受惠者，各號友竭誠助吾任事者，汝曹皆當厚待勿替，以繼吾志。」卒年六十。先是，由國子監生加捐候選同知，賞戴花翎，洊升候選道，加二品頂戴。余謂王者馭貴馭富之權，操之自上，日漸陵夷，則不馴至一商賈之天下而不已悲乎！然世之賢豪不能立功名、布德澤於蒼生，若富而好行其德者，此猶其次耳。故司馬遷曰：「無巖處奇士之行，而長貧賤，好語仁義，亦足羞也」』云云。蕙風曰：據余所聞，葉氏起家販果蓏，其致富之由，無辜傳，殆猶有未盡。若如辜氏所云，則亦唯是勤奮敦篤，積累而底於成，無甚異聞奇節也。

駱文忠撫湖南，左文襄居幕府，言聽計從，將吏憚而忌之。曾文忠嚴劾總兵樊燮，燮疑出自文襄主持，訴之京師，復搆之督部。事竟上聞，幾陷文襄於罪，賴南書房翰林郭嵩燾、大理寺卿潘祖蔭斡旋之力，廑乃得免。其後曾文正力薦之，授太常卿，督兵浙江。初，文忠疏辯文襄無罪，奉有『劣幕把持』之諭，不逞者或署左門曰：『欽加劣幕銜幫辦湖南巡撫左公館。』及閩浙敉平，文襄駸駸大用，聲譽日隆，昔之謗之者，羣起而趨承恐後矣。

左文襄體貌魁梧，豐於肌，腋氣頗重。某年述職入都，兩宮召對，文襄陳奏西北軍務情形及善後方略，縷析條分，爲時過久，値庚伏景炎，兼衣冠束縛，汗出如瀋，僅隔垂簾，殊蒸騰不可耐。語次，玉音謂：『左大臣殊勞苦，宜稍憩息，未盡之意，可告軍機王大臣。』隨命內監扶掖之。文襄不得已，退出，意極憤懣，謂『身爲大臣，乃不見容傾吐胷臆』，而不知其別有所爲也。

道光時，疆圻大吏猶知宏獎風流。有湖南廣文某，博學工詩，選《湘沅耆舊集》，文名藉甚，交流綦廣。無名氏嘲之以詩曰：『藩司昨日拜區區，頃接中丞片紙書。南省無如卑職者，東齋敢說憲綱乎？蓋訓導也一聯春海程恩澤傳家寶，兩字如山冠九，旗人鎮宅符。惟有新來陶太守，揭開手本罵糊塗。』

光緒初元，以曾惠敏言，選派部員傅雲龍、繆祐孫等出洋遊歷，丁丑歸國。雲龍、祐孫各著有日記，可資攷鏡。祐孫階主事，遊歷俄國，甫抵俄境，謁某總督。已出見矣，忽返身入，遣侍者語繙譯曰：『此人戴白頂，官太小，我見之何爲？曩吾在中國，見金將軍順執水菸筩之侍者，亦皆戴白頂矣。』繙譯爲辯明：『此人之白頂，係由考試得來，與金將軍之侍者之白頂，迥乎不同。』乃復出見，語次，猶屢以屈在下位爲祐孫惜。蓋當時交通未久，吾中華制度文爲，外人猶未深知也。

張文襄督鄂時，提倡學堂，不遺餘力。某年，某學堂行畢業禮，閤省官僚、各學堂教員、學生畢集，某書院監督、粵人太史某特製長篇誄詞，道歟盛美，令畢業學生劉某朗誦之，環而肅聽者數百人，雖咳唾弗聞也。誦甫畢，忽有狂生某應聲續曰：『嗚呼哀哉！尚饗。』聞者莫不騃笑，羣集視於發聲之一隅。頃之，亟斂笑收視，肅立如初，某監督則艴然變色者久之。唯文襄夷然自若，若充耳不聞者，亦未嘗旁瞬也。

常熟翁叔平相國少時由監生應鄉試。某年，同潘文勤典試陝西，內廉正副考官分住東西房，每日同在堂上閱卷。至第三日，叔平曰：『吾明日在房閱卷，不到堂上矣。』文勤問其故。叔平曰：『君閱卷，見不佳者，則曰「此監生卷也」，棄之。又見不佳者，則又曰「此監生卷也」，棄之。吾亦監生也，豈監生而皆不佳者乎？』相與一笑而散。明日，仍同在堂上閱卷，不時許，文勤見不佳者，又如昨者之言矣。老輩真率，不斤斤於世故，風趣可想。

咸豐軍興，鮑忠壯超，本胡文忠部曲，其鄉人李申甫，曾文正門人也，薦之於文正。未幾，由文忠給咨，率所部詣文正大營。初進見，文正以兩營相屬，鮑少之，退而言於李曰：『曩胡帥之遇我也，推心置腹，視諸將佐有加。兵若干，餉若干，凡吾陳乞，不吾稍靳也。吾兵有功，則賞賚隨放；有疾，則醫藥立至；吾乏衣甲，帥解衣衣我；我闕鞍馬，帥易騎騎我。以是感激，遂許吾帥以馳驅，而所向亦往往克捷。今吾觀曾帥未若胡帥之待人以誠也，且兩營何能爲役？君愛我，速爲我辦咨文，願仍歸胡帥。』李溫語慰勸之，爲言於文正。文正曰：『鮑某未有橫草之勞，何遽嫌兵少？姑先帶兩營，儻稍著成效，雖十倍之，吾何吝？』李再三言之，乃得加一營，覆於鮑，且語之曰：『吾帥待人未遽不如胡公，公獨初至，未款洽耳，姑少安，覩其後。』鮑廑不言去，意殊未慊也。明日，文正招鮑飲，文正嗜肚膾俗呼豬脾曰肚，讌客則設肚膾，佐以家常雞鶩而已。席間，鮑首座，屢以兵少爲言。文正輒曰：『今日但啚飲，勿言兵，且食肚膾。』於是舉杯相屬，殷勤勸進，鮑竟不得復言。退而又謂李曰：『曩胡帥讌我，皆盛饌，列珍羞。寧爲口腹之欲？禮意重也。吾非孟嘗食客彈鋏歌無魚者，而顧以肚膾屢勸進，殆所謂大烹養賢者非歟？幸賜晤對，又不令布胸臆。僕武夫，性伉爽，安能鬱鬱久居此？君愛我，速爲我辦咨文，願仍歸胡帥。』李又慰勸之，至於舌敝脣焦，而去住之間，鮑猶徘徊歧路也。俄警報至，賊攻撲某城急，文正檄鮑赴援，竟獲全勝以歸。文正亟獎藉之，立加數營，禮貌優異，自是始絕口不言去，而文正亦倚之如左右手矣。其後文正克復金陵，論功行賞，鮑忠壯與彭剛直未得膺五等之榮鮑封子爵在後，後人滋遺議焉，謂：『夫當日者，苟無剛直水師及忠壯遊擊之師，則金陵之克復，或猶需以歲時也。』

輓聯之作有措詞極難得體者，曾文正輓其門生某婦云：『得見其夫爲文學侍從之臣，雖死何恨？側聞人言於父母昆弟無間，其賢可知。』語莊而意賅，斯爲合作。

眉廬叢話卷四《東方雜志》第十二卷二號

道光壬寅，海氛不靖，弈山以靖逆將軍駐廣東，弈經以揚威將軍駐浙江，擁兵自衛，久而無功。二弈，兄弟也。時浙撫劉韻珂竭蹶籌防，畢殫心力，輿論翕然。浙人某製聯云：『逆不靖，威不揚，兩將軍難兄難弟；　波未寧，海未定寧波、定海，一中丞憂國憂民。』

友人某君告余：某年謁某大府，同見者六人。有知縣饒某與焉，昔爲大府幕僚，今選安徽池州府屬某縣者也。坐間，各問對數語，次及饒，問何日赴任，則鞠躬對曰對語不更易字面，以存其真：『卑職情願伺候大帥，不願到任，專候大帥分示，求大帥栽培，不作赴任之想，故尚未有期也。』既不願到任，何必請假到京投供，其爲矛盾，不自覺也。頃之，六人者皆辭畢，已舉茶送客矣。饒忽作而言曰：『卑職尚有要話回大帥。』則又皆坐。饒乃繼續言曰：『卑職此次投供在京，見日本小田公使，渠佩仰大帥甚至。』大府輒曰：『渠佩仰我者何也？』饒於是歷舉興學、練兵、理財、外交各大政，洋洋灑灑，舌本瀾翻，其辭不能殫述。大府爲之掀髯笑樂，歡愜而散。某君出而詫駴者久之，謂：『夫某大府，信非不學逯逯者，而顧可罔非其道若是？所謂大人不失其赤子之心者，非耶？』好諛惡直，賢者不免，而況其下焉者耶？

唐人飲酒貴新不貴陳。白居易詩『綠蟻新醅酒』，儲光羲詩『新豐主人新酒熟』，張籍詩『下藥遠求新熟酒』，皆以新酒爲言。杜甫詩『尊酒家貧只舊醅』，且於酒非新醅深致歉仄。李白詩『吳姬壓酒勸客嘗』，白以飲中仙稱，而嘗吳姬新壓之酒，尤爲酒不貴陳之碻證。白又有句云『白酒新熟山中歸』。

康熙朝舉行鴻博特科，一時俊彩星馳，得人稱盛。乃《鄭寒邨集》云：「時新任臺省者俱補牘續薦，內多勢要子弟。聞有鴻儒一名，價值二十四兩，遂作《告求舉博學鴻儒》二詩云：『博學鴻儒本是名，寄聲詞客莫營營。比周休得尤臺省，門第還須怨父兄。』『補牘因何也動心，紛紛求薦竟如林。總然博得虛名色，袖裏應持廿四金。』」按：鄭寒邨，名梁，字禹湄，慈谿人。黃梨洲弟子，所著見黃集，爲受業梨洲已後作。有《曉行》詩最佳，稱爲『鄭曉行』。此二詩雖諷切時事，難免打油釘鉸之誚。

校勘之學，近儒列爲專門，非博極羣書而性復沈靜能伏案者不辦，故遐稽載稽，以武人而多藏書者有之，以武人而能校書者未之聞焉。余舊藏《百川書志》二十卷，明古涿高儒子醇譔，其自序作於嘉靖庚子，有云：『叨承祖蔭，致身武弁。』此武人多藏書者也。其武人能校書者，唯康熙朝武進士楊愷，儀徵人，以文學受特達之知，召入南書房，同蔣文恪、何屺瞻諸名輩校讎書史，時論榮之。愷後提督荊湖，許登瀌作聯贈之云：『天祿校書名進士，岳陽持節老將軍。』

某學使喜割裂試題，某場試兩屬，以『牛未』『見牛未見羊也』句中之二字、『馬皆』『至於犬馬皆能有養』之『馬皆』二字爲題。一卷『牛未』題，破云：『物有生於丑者，可以覵其所沖也。』一卷『馬皆』題，破云：『午與戌合，純乎火局矣。』並用子平家言，丑屬牛，丑未相沖；午屬馬、戌屬狗、寅午戌三合爲火局，上句帶補上文『犬』字。新穎殊絕。某場，以『黿生焉』爲題，一卷破云：『以黿考生，生真不測矣。』補上文及其不測此場蓋試生員者，破題語涉機鋒，亦出題者有以自取矣。又咸豐朝某學使以試題割裂褫職，其最觸忌諱者，嘗試某屬以『賢聖之君六』爲題。其他題雖割裂，罪猶不至褫職也。

南陽銓部刻《雙楳景闇叢書》，首列異書三種，曰《素女經》，曰《玉房祕訣》附《玉房指要》，曰《洞玄子》，皆絕豔奇麗之文，求之古人，非庾、鮑以次克辦。而至理所寓，尤玄之又玄，通乎天人性命之故，合《大易微言》、《黄庭内景》而一以貫之，其殆庶幾乎。刻成，以贈某尚書。尚書語人曰：『南陽之才信美，獨惜其不莊耳。』南陽之友聞之曰：『不莊者見之，謂之不莊。』曩余得見是書於十韃齋，求之南陽，至於再三，弗可得也。

曩閲各説部，見百文敏菊溪軼事三則。其一云：總制江南時，閲兵江西，胡果泉中丞初與之宴，百嚴厲威肅，竟日無言，自中丞以下莫不震懾。次日再宴演劇，有優伶荷官者，舊在京師，色藝冠倫，爲百所昵。是日承值，百見之色動，顧問：『汝非荷官耶？何以至是？年稍長矣，無怪老夫之鬢皤也。』荷官因跪進至膝，作捋其鬚狀，曰：『太師不老。』蓋依院本貂嬋語。百大喜，爲之引滿三爵，曰：『爾可謂「荷老尚餘擎雨蓋」，老夫可謂「菊殘猶有傲霜枝」矣。』荷官叩謝。是日四座盡歡，核閲營政，少所推劾。其二云：有女伶來江寧，在莫愁湖亭演劇，聞者若狂，皆走相告。公飭縣令驅之出境，並占一絕示僚屬云：『宛轉歌喉一串珠，好風吹出莫愁湖。誰教打槳匆匆去，煮鶴焚琴笑老夫。』其三云：乾隆五十八年，公陳臬浙江，李曉園河帥知杭州府，兩公皆漢軍，甚相得也。忽以事齟齬，李大愠，至一月不稟見，告病文書已具矣。時屆伏暑，公遺以扇，並書一詩，有句云：『我非夏日何須畏，君似清風不肯來。』李見詩，釋然，遂相得如初。閒嘗綜而論之，其第二事若與第一事相反，其實無足異也。一則春明夢華，偶然之棖觸；一則憲司風紀，當然之維持。而且禁令之具，卽寓風雅之貽，其於道德齊禮，庶乎近焉。其第三事尤爲溫厚和平，非輓近鉅公所及。嘗謂『薄俗』二字相連，『厚雅』二字亦相連，不雅，不能厚也。文敏之爲人，要不失爲賢者，風趣亦復爾爾。

滇、黔、蜀、粤各土官娶妻，以五色瓔珞盛印爲聘，過門時懸之項下，謂之挂印夫人。娶後，印卽掌於其妻，呼爲護印夫人；築高樓以居之，曰印樓。民間稅契例價千錢外，折錢百五十，名印色錢，護印夫人之花粉錢也。光緒朝，兩淮都轉某公，其先官漢黄德道。某年，道署不戒於火，時夜踰半，而覺察又甚遲，扼臂一呼，熊熊者燭霄漢矣。羣驚起睡夢中，太半索幝屨弗及。其文孫甫周歲，由乳媪倒抱而出，其匆遽可想。當是時，火正熾於上房，親丁畢集於大堂，查點未竟。俄幕府某君疾趨至，問印救出否。衆無以應，都轉惶急不知所云，蓋印若被燬，則處分彌重也。先是，都轉長公子娶於延陵，有媵婢黠而慧，鞸袖低鬟，輒顧影自負，謂必不久居人下也。是日以印故，自都轉已下舉相覷無策，則亭亭自衆中出，近都轉立，從容出印懷袖中，莊肅而奉上之，黄袱宛然，薌澤溫馨，微聞鼻觀。都轉喜極，若無可爲之獎藉者，第高舉其印，以示衆人，其爲欣慰，殆並未熄之火而亦忘之。凡所損失一切金玉錦繡、耳目翫好，微塵視之弗若矣。錢塘某尚書，都轉兒女姻也，方枋樞要。道署之火，印與大堂皆未燬，樞臣復爲之地，僅予薄譴。未幾，擢都轉兩淮，而昔者護印之功人，始猶肅抱衾裯，繼且榮膺珈服。蓋都轉久虛嫡室，至是竟敵體中閫，其後數舉丈夫子，皆成立，女亦作嬪名門。每年都轉覽揆之晨，祝百齡，稱雙壽，以及元辰令節，舞綵稱觴，延陵少夫人當然領子婦班行，不能獨異，亦無可如何也。揚人士作《護印緣》院本張其事，謂夫以護印得夫人，非尋常護印夫人比。夫人性慷慨，樂施予，御下以寬，而內政殊井井，持滿戒溢，絕無驕奢侈靡之習。飛上枝頭變鳳凰，要亦其德有以致之。其護印一節，《參同契》所謂『神明告人，心靈自悟』，偶然而非偶然也。

清之季年，財政紊亂，如某省官報局、某省官書局，皆冗散之尤，而虚糜絕鉅，弊竇甚多，往往盤踞數年，因而致富者有之。某太守起家翰林，爲某省官書局總辦，而總纂則某紳也。一日，某書刻成，呈樣本於總辦，甫幡帋，見『弟一卷』『弟』字不作『第』，遽加寸許紅勒，並於書眉批『白字』二字。總纂大慍，白之中丞。中丞不得已，改委某守某府鳌金局總辦，約計每歲所入，視官書局相差五千金。總纂笑語局員曰：『俗云一字值千金，今吾一白字，乃竟值五千金耶？』

托活洛忠敏官霸昌道時，有直隸順德府知府重陽谷，與『端午橋』作對，天然巧合。又『遹扁』二字，昔人以狀隸書者，或以對『忠敏』之名，亦工。

靈巖畢公撫陝，孫淵如居幕府。淵如素狂，靈巖實能容之，然亦有時匡正靈巖，非唯阿取容而已。有長安生員某，揭咸陽生員某僞造妖書，結黨謀逆，已捕置獄中矣，並搜獲妖書及名冊，刑幕縱臾窮治之，將興大獄。淵如聞有妖書，約洪稚存同往，就請假觀，則皆剽襲佛門福利之説爲誘脅箕斂計，並無悖逆字樣，名冊乃編造門牌底稿也。時方隆寒，鑪火甚熾，二公出其不意，遽雜燒之。刑幕以白中丞，中丞坦然，事竟冰釋。

『嘉慶朝，四川簡州牧宋霭若，佚其名，有積案猾賊不畏嚴刑，以不能得其實事，乃於公案取錦箋十幅，詩韻一部，前列四役，旁侍一童，以訊賊事。賊無言，先作絶句二首。再訊之，賊無言，繼作五七律各一首。又訊之，賊無言，乃作短古一首。賊竟無言，更作長七古一首。朗誦不已，遂不復訊賊。時漏已三轉，役倦如醉，童癡如木，而賊不覺泣下，自言賊不畏嚴而畏清也，乃具言所事。』大興舒立人位作《折獄篇》，而爲之序如此。余意此案得其情實信有之，此賊殆意氣豪邁者，靜夜聞咿喔聲，其爲不可耐，有甚於桁楊刀鋸，故不惜傾吐底裏，藉免目前之阸。安所謂不畏嚴而畏清者？且公案吟詩，亦何與於清也？

錢塘陳退庵文述《頤道堂詩·題李香小影序》云：『丙寅冬日，梅菴宮保鐵保勘河雲梯關，於安東行館壁間得明李香小影，寫在聚頭扇面上，長身玉立，著澹紅衣，碧襦，白練裙。圖中梅樹二，映以奇礓，凭梅佇立，眉宇間有英氣恨色。』後署：『辛卯四月，爲香君寫照。』款曰『洛生』，印曰『馬振』。按：余澹心《板橋雜記》云：『李香身軀短小，膚理玉色，慧俊婉轉，調笑無雙，人名之爲香扇墜。』澹心贈詩有『懷中婀娜袖中藏』之句，此云身軀短小，彼云長身玉立，詎初時嬌小，後乃苗條耶？辛卯，香君年約十九二十。上海黃協塤《鋤經書舍零墨》云：嘗見李香君小像一幀，顏曰《南朝賸粉》，并題詩二律云：『長板橋邊第幾樓，溪聲淮水盡西流。將軍白馬沈瓜步，義士黃冠哭石頭。當日寡人能好色，祇今天子慣無愁。中原三百年陵寢，只下孱王一酒籌。』『綵雲仙隊化爲塵，一曲清歌一美人。《燕子》演成亡國恨，《桃花》曾唱過江春。中興戰鼓留名士，南部烟花葬主臣。終古繁華舊明月，照誰哀怨向誰論。』此香君小像，又別是一本。

柳如是勸錢牧齋殉節，牧齋不聽，牧齋卒，如是殉焉。方芷生歸楊龍友，勸龍友殉節。陳退庵《秦淮雜詠》有云：『勸郎殉國全忠義，更有當年方芷生。』《板橋雜記》載龍友侍姬殉難者名玉耶，而芷生事失載。葛嫩，字蕊芳，歸桐城孫克咸。江上之變，克咸移家雲間，間道入閩，授監中丞楊文驄軍事，兵敗被執，並縛嫩。主將欲犯之，嫩不從，嚼舌碎，含血噀其面，將手刃之。克咸見嫩抗節死，乃大笑曰：『孫三今日仙登矣。』亦被殺。何舊曲之多烈媛也？意者明之季年，士大夫敦尚氣節，一時眉嫵西家，燕支南部，舞餘歌闋，多聞忠義憤發之談，有以潛移默化於不覺耶？

秦淮校書王翹雲嘗以舌血染絹素贈汪紫珊。松壺道人仿《桃花扇》故事加點綴焉。郭頻伽、陳竹士並有詞紀之。陳退庵《後秦淮雜詠》云：『畫筆空勞點染工，尚留餘恨在春風。桃花潭水深千尺，不及羅巾一捻紅。』

睢陽殺妾，後人或議其忍，不圖後世乃有仿而行之者。甘文焜，遼東人，康熙十二年爲雲貴總督。吴三桂反，致書貴州提督李本深，慷慨數千言，約共樸禦。而本深以安順應賊，甘知貴陽不可守時總督駐貴陽，遂馳下鎮遠，殺其妾以饗士，冀招楚兵扼隘。而副將姜議先已從賊，甘知事不可爲，乃自縊於吉祥寺。事聞，贈兵部尚書，謚忠果。

五代時，梁將王彦章以鐵槍稱，雖屢建奇功，躋身將帥，而不令其終。嘉慶初，淮寧有張鐵槍，名永祥，丁巳二月，白蓮教賊婦齊王氏自楚掠豫，勢將南趨襄城葉。賊五千人，張以鄉兵三百破之於盧氏，賊遂潰竄秦蜀間，而中州無賊矣。當事者給張把總銜，棄之而去。又十年，儀徵文達阮公撫河南，乃羅致麾下。洎文達再撫浙，命從行，教習溫寧營槍法。文達内召，張送别至儀徵，乃應儀徵知縣屠孟昭之聘，捕縛蔣光斗等若干人，寘諸法，皆十餘載漏網之戎首也；其他渠梟積滑擒治略盡。張諸技皆長，而槍法尤絶，其人則恂謹若書生，忠信出於天性。大興舒立人賦詩贈之，當是時，蓋猶在儀徵縣署也。夫王鐵槍見用而非其時，張鐵槍懷才而不見用，其爲不盡其才，一也。夫張鐵槍挾不可一世之概，落拓風塵，至樂爲儀徵縣令之用，若猶有知己之感然，詎不重可悲夫？

光緒戊子，滿洲文鏡堂光以潼商道兼權陝西巡撫；越十年戊戌，在川臬任，值將軍出缺，總督、藩司均新簡，未到任，文又得護督篆。向來臬司首道，護理督撫，亦事之常，無足異者，惟至於再，則僅見，亦遇合之奇也。

某督部初莅任，凡候補道稟見，延入廳事，必令先寫履歷，呈閲，然後出見。某道曾榷鹾綱，所寫履歷於『鹽』字『鹵』中之四點布置不勻，幾不成字。無名氏作詩嘲之云：『鹽差差委之差原不是鹽差，鹵莽塗成草草鴉。一個臣兮猶簡便，何如點爾怪紛拏怪字，北語多用之。毫揮苦恨蹣田窄，汗出應沾半面麻。屬吏風流喬太守，鴛鴦簿上也交加。』《喬太守亂點鴛鴦簿》，見《今古奇觀》，此書有明本，亦已古矣。

光緒乙未、丙申間，張文襄權江督，幕僚多才俊。值暮春佳日，觀察數公相約踏青，訪隨園故址，謁簡齋先生墓，七姬墓亦在焉。隨園大門外有石碣，刻王夢樓先生譔序，姚姬傳先生題名，或擵挲憑弔久之。歸途集顧石公寓園，縱談遊事。石公亦秣陵耆宿也。某觀察者夙有通才之目，席間謂石公曰：『袁公七姬，其一姓姚，頃見石碑上有姚姬傳去聲字樣，此傳，公曾讀過否？』石公瞠目不能答。越日而此事乃盛傳白下。

曩余少時，往往於行用制錢中得古小平錢佳品，如平當五銖、永安五銖幕穿上『土』字，四出、二面乾封泉寶、二面天啓元徐壽輝錢，與明錢不同之類，估畢之餘，以爲至樂。自銅元盛行，孔方戢影，此樂不復可得。比閲某官書攷幣制者有云：『廣東雷州府向來行用古錢。』就令其說信然，今亦未必然矣。

曩寓京師，於廠肆得舊鈔三冊，皆攷論金石書畫之作，太半未經刻行，内有潘文勤與諸姪論書數葉，老輩風趣，流露於楮墨之表，兹錄一則如左：『天涼後，吾欲令姪輩看吾寫大字，凡此七人，吾當各爲寫一扁、一對、一屏，須用礬原不作蠟箋，白礬、黃礬均可，勿用生紙，紙由尊處此書蓋寄其弟者備，墨由尊處研。若伺候，則兄帶人來；蓋尊處人，向不慣伺候寫字。兄寫字易怒，如《儒林外史》末卷，季君一怒，則不能寫。雖在懋勤殿寫字，亦未嘗改乎此度，而太監等亦服者。蓋伺候三十年，深知之也。若不知者，越巴結，越怒；越怒，則一字亦不能寫。吳人自以爲機靈，其實大愚也。但能放膽作契耳，此外何能哉？姪輩小字可以言說，大字必須目睹，乃能得其指也。雖不必好，亦勝於盲人瞎寫焉。若不須，則亦不必，兄非以此求售。姪輩卽能書，亦無用，人之勳名不在書，且亦貤封不到我。』

《板橋雜記》云：『劉元佻達輕盈，有一過江名士與之同寢，元避面向裏帷，不與之接。拍其肩曰：「汝不知我爲名士耶？」元轉面曰：「名士是何物，値幾文錢耶？」相傳以爲笑。』皋蘭朱香孫克敬《暝庵二識》云：『某官素惡名士，嘗曰：「名士，名士，能辟穀乎？」余聞之，戲爲詩曰：「名士原無辟穀方，貴人休替達人忙。冰山我有天公在，勝似人家沈部堂。」』同一鄙夷名士之言，受之美人可忍，聞之俗吏不可耐。彼拍肩人，博得劉元一轉面，寧非幸乎？

純廟晚年每多忌諱，當修乾清宮上梁之日，預敕奏事處：『是日凡直省章奏不必進呈。』蓋恐有觸忌語也。時和珅管奏事處，獨進直隸總督一摺，摺中皆吉祥事，督臣梁肯堂也。卽日和與梁皆蒙嘉獎。和之揣摩迎合，大率類此。

庚寅正月某日中班入直，過廠肆東火神廟，悤悤入內瀏覽。見地攤有篆隸書一冊，用極精竹紙，間黏高麗箋。篆徑不踰四分，隸稱是。所書或古文一段，或陶詩、杜詩一二首，必兩段相同，後段末署『臣汪由敦書』，前段蓋宸翰也。議定價五金，約翌日往取，因未攜貲，又不能返寓，迨下直則嚮夕矣。明日以午前往，甫抵廟門，値常熟相國自內出，手攜此冊，詢其價，則十金矣。常熟行走毓慶宮，購此冊以進呈，甚爲得體也。

繆嘉蕙，字素筠，雲南人。善篆隸書，尤工畫。歸於陳，蚤孀。光緒十五年五月四日奉特宣入儲秀宮，供奉繪事。庚子西幸，隨駕至長安，仍居宮中。太后幾暇無事，輒召入寢宮，賜坐地上，閒論今古，内監皆稱爲繆先生。有兄嘉玉，由舉人教習某官學，期滿，可得知縣。嘉蕙爲言不勝外任，冀特予京秩，詎竟以教職用。未幾，入貲爲内閣中書舍人。事在壬辰、癸巳間。嘉蕙隨駕至秦，有姪留滯北都，姪婦年二十餘，嘉蕙攜以自隨，居於太后寢宮東偏小室中，終日不得出戶。嘉蕙參承禁闥，入陪清讌，出侍宸遊，垂二十餘年。國變後，不聞消息矣。有《供奉畫稿》，武進屠寄爲之敘。

大凡中人以上之姿，大都具有慧根焉，能善葆其清氣，涵養其性靈，可以通於神明，彰往察來，而知變化之道。吴縣潘功甫舍人曾沂，文恭冢子，值文恭當國，深自韜匿，就所居鳳池園構一椽，曰船庵，鍵關謝人事，終日焚香讀書，澆花洗竹，一家如在深山中。一童子應門，客至，受柬門隙，無貴賤一不報。中間省視京邸者再，往返數千里，亦不見一客。俗所用署名小紅箋，擯不具者二十餘年。中歲以後，長齋禮佛，究心内典，生平不爲術數之學，而自言夢輒驗，仿東坡《夢齋》作正續《三十六夢龕圖》。弟曾瑩舉京兆，從子祖蔭捷南宮，咸預知次第不爽。壬子春，趣工治義井，鑿新渫舊，凡四五十區，人莫測也。無何，秋八月不雨，至冬十有一月，城中擔水直百錢，遠近賴以得飲，始大異之。殆佛家所謂習虛靜而成通照耶？抑吾儒所謂至誠之道可以前知耶？見馮桂芬譔墓誌。又石埭楊仁山文會生平耽悦内典，寓江寧碑亭巷有年，專以刻經爲事。辛亥八月十八日置酒集親朋豳飲，談次，屢示話别之意，皆以爲暮年人常態也。翌日，竟無疾而逝。其屬纊之時，卽革命起事之時，亦云異矣。

閻文介性喜樸質。管戶部日，吾邑謝春谷啓華官主事，雲南司主稿，兼北檔房。一日，文介謂謝曰：『取名何必用「華」字？』謝固別有奧援者，從容對曰：『中堂以「華」字爲嫌，然則取名當用「夷」字耶？中堂異日若奉命轉文華殿，抑亦拜命焉？否耶？』文介默然，未嘗以爲牾也。某司員工於揣摩，故用舊憲書夾名片，置袖中，於堂見時，誤墜於地。文介問：『攜此何爲？』則對曰：『買一護書，需京錢數千，爲節費計，以此代之。』文介獎藉有加，自後屢予烏布京曹謂差使爲烏布。相傳其撫晉時，屬吏中有以衣冠華整及帶時辰表名列彈章者，官無大小，皆著布袍褂。有知縣某獨綢袍緞褂，文介大不謂然，亟以崇儉去奢誡之，詞色俱厲。某鞠躬對曰：『卑職非敢不儉也！近來布袍褂未易購求，有之，價亦絕鉅，以購者眾也。卑職貧寒，弗克辦，綢緞者，屬舊有，故用之。』文介亦無以難也。嗟乎！其在於今，華服帶表之風亦已古矣。采采西人之衣服，熒熒寶石之約指，不知文介見之，又將何如？

慧由靜生，一切不學而能。釋敬安，字寄禪，楚人，農家子，幼誓出家，然指求法，精進甚苦。初識字無多，未幾，忽通曉經論，尤工吟詠，以《白梅》詩得名，詩十首，錄其六云：『一覺繁華夢，惟留澹泊身。意中微有雪，花外欲無春。冷入孤禪境，清於遺世人。卻從烟水際，獨自養其真。』『而我賞真趣，孤芳祇自持。澹然於冷處，卓爾見高枝。能使諸塵淨，都緣一白奇。含情笑松柏，但保後凋姿。』『寒雪一以霽，浮塵了不生。偶從溪上過，忽見竹邊明。花冷方能潔，香多不損清。誰堪宣淨理，應感道人情。』『了與人境絕，寒山也自榮。孤烟澹將夕，微月照還明。空際若無影，香中如有情。素心正宜此，聊用慰平生。』『絕壑無尋處，高寒是我家。苦吟終見骨，冷抱尚嫌花。白業宜薰習，清芬底用詩。卻憐林處士，祇解詠橫斜。』『人間春似海，寂寞愛山家。孤嶼淡相倚，高枝寒更花。本來無色相，何處著橫斜。不識東風意，尋春路轉差。』詩境清空沖穆，非不食人間烟火不辦。有《八指頭陀詩集》二冊刻行，其他作亦稱是，王湘綺爲之序，以賈島、姚合比之，非溢美也。惜乎行間字裏間有某中丞、某尚書、某布政、某考功，爲明鏡之塵埃耳。

沈文肅夫人，林文忠之女也。咸豐丙辰，文肅守廣信，時髮逆楊輔青連陷貴溪等縣，郡城危在旦夕，文肅適赴河口勸捐，歸恐無及。夫人刺臂血作書，乞援於饒總兵廷選。饒得書，星夜馳赴，甫抵郡而文肅亦歸，城賴以全。向來閨媛工詩詞者夥矣，能文者不數覯。夫人此書尤爲義正詞嚴，不能有二之作，亟錄之：『將軍漳江戰績嘖嘖人口，里曲婦孺莫不知海内有饒公矣，此將軍以援師得名於天下者也。此間太守聞吉安失守之信，預備城守，偕廉侍郎往河口籌餉招募。但爲勢已迫，招募恐無及，縱倉卒得募而返，驅市人而戰之，尤爲難也。頃來探報，知昨日貴溪失守，人心皇皇，吏民鋪戶，遷徙一空，署中童僕紛紛告去。死守之義不足以責此輩，只得聽之，氏則倚劍與井爲命而已。太守明早歸郡，夫婦二人荷國厚恩，不得藉手以報，徒死負咎。將軍聞之，能無心惻乎？將軍以浙軍駐玉山，固浙防也。廣信爲玉山遮蔽，賊得廣信，乘勝以抵玉山，孫吳不能爲謀，賁育不能爲守，衢嚴一帶，恐不可問。全廣信卽以保玉山，不待智者辨之，浙省大吏不能以越境咎將軍也。先宫保文忠公奉詔出師，中道齎志，至今以爲心痛，今得死此，爲厲殺賊，在天之靈，實式憑之。鄉間士民不喻其心，以輿來迎，赴封禁山避賊，指劍與井示之，皆泣而去。太守明晨得餉歸後，當再專牘奉迓。得拔隊確音，當執爨以犒前部，敢對使幾拜，爲七邑生靈請命。昔睢陽嬰城，許遠亦以不朽；太守忠肝鐵石，固將軍所不吝與同傳者也。否則賀蘭之師，千秋同恨。惟將軍擇利而行之。刺血陳書，願聞明命』云云。光緒甲申，江西撫臣潘霨奏請以夫人附祀廣信府文肅專祠，報功也。文肅開府江南，夫人以八月十五日歿於任所，其生也亦以是日。

有某公輓聯云：『爲名臣女，爲名臣妻，江左佐元戎，錦繖夫人參偉業； 以中秋生，以中秋逝，天邊圓皓魄，霓裳仙子證前身。』

同治、光緒間，寶文靖當國，有內閣中書蘇州人吳鋆，因與文靖同名，改名均金。適其壻某捷禮闈，得內閣中書。無名氏譔聯云：『女壻頭銜新内翰，丈人腰斬老中堂。』相傳以爲笑。

道光朝，風尚柳誠懸書法，時稱翰林院爲柳衙，南書房爲深柳讀書堂，清祕堂爲萬柳堂。當時士夫猶稍知名節爲重。迨同治朝則專取光圓； 光緒朝尤競尚姿媚，而風骨日見銷沈，仕途爲之波靡。勿謂藝事罔關風會也。

清太廟在午門内，廟内樹木陰森，歷二百數十年，不惟禁止翦伐，卽損其一枝一葉亦有罪。樹上棲鴉亦託芘蕃育，爲數以萬億計，日飼以肉若干。有成例，凡鴉晨出暮歸，必在開城之後、閉城之前，由禁門内經過，絕無飛越城垣之上者。余嘗目驗之，信然。自辛亥已還，未知鴉類亦革命否耳？

桑有寄生，葡萄、枇杷有寄生，皆入藥； 吾廣右興安、全州一帶有紅蘭，寄生古松樹上，開時香聞數里，奇矣。此植物類之寄生也。鰻乃寄生烏鱧鬣上，春深有細蟲，卽鰻，稍能游泳，卽脫去； 銀魚亦蜆蚌口上寄生。此動物類之寄生也。

眉廬叢話卷五《東方雜志》第十二卷三號

德宗某年謁東陵，帶二山羊回京，不知何所用也，以牧養之處，問御前太監。某監以社稷壇對，謂地方空曠，且多青草。時福相錕爲内務府大臣，以羊付之，福唯唯遵旨，牽羊至壇，交九品壇官德某。德毅然曰：『社稷壇何地，乃可牧羊乎？有上諭否？』福以僅奉玉音對，德不受。福無以難之，遂置羊他所，羊旋斃。後有旨索羊，福輒購二頭以進。此壇官殊可傳，惜其名記憶不全矣。校：此二羊當是御前獵獲品。

光緒中葉，内監李蓮英怙寵滋甚。儀鸞殿側有斗室，爲大臣内直憩息之所。一日，李在此室，於頗黎窗中見福相將至，故含餘茶於口，俟福至，甫及簾，李驟揭簾，對福噴茶，若吐漱然，淋漓滿面，亟笑謝曰：『不知中堂到此，殊冒昧。』福無可如何，徐徐拭乾而已。李之藐視大臣，所以示威福，福尤其所狎而玩之者也。

公主尊貴，視親王有加。京朝官遇親王於途，停車讓道而已；惟遇公主杏黄轎，則車若嚮東，必須勒回嚮西。凡執御者知之，無庸車中人爲之區別也。相傳公主下嫁，閫闑之内禮節煩苛，絕無伉儷之樂。額駙納妾，例所不禁。惟九公主宣宗之女力矯此習，對於額駙，悉脫略繁文，夫唱婦隨，與尋常家庭無以異，宫眷或嘲笑之，不以爲意也。

清時，雲貴兩省公車例得馳驛，人各一車票； 若二人共乘一車，則其一車票可轉售與人，得貲貼補旅費，計甚得也。道光間，有貴州王生肇桂、陳生浚明，平素交情款洽，鄉闈同捷，遂同車北上，不第，仍同車南旋。次科復同車北上，則乙巳恩科也，甫頭場，陳忽於號舍自縊，於試卷上寫冤單，略謂『己與王舉人肇桂交誼甚深，前科北上南旋，及本科北上，皆同車，事誠有之。詎有不逞之徒，揑造穢褻不堪之言，横加誣衊，至謂吾二人互相待遇，有同餘桃斷袖之爲。肇桂慙憤至極，因而自縊。其鬼有靈，來索同死。吾二人情同膠漆，肇桂死，某原不願獨生』云云。一時外簾各官莫不傳聞此異。明日二場點名，至貴州省，乃竟有王肇桂其人，當事者大異之，亟舉陳事以問。肇桂對曰：『姑無論事之有無，舉人固生存，何嘗自縊也，何庸辯？』榜發，肇桂竟中式，旋以殿試懷挾褫革貢士，交刑部枷杖。此事誠奇絕古今。王、陳方同應會試，安得有王之鬼索陳之命而陳固真死？荒唐中之荒唐，誠百思不得其解。曩閱某説部載有一事，某甲與某乙積憾甚深，甲之膂力彊於乙，某日嚮夕，相遇於某橋。甲四顧無人，亟擠乙墮水，惶遽而歸。越數日，下流數里，有屍浮出，男也，面目已不可辨。甲聞之，殊忐忑，而人固未有疑之者。未幾，甲忽發狂疾，時時自撾扑，甚至刀劙錐刺，幾無完膚，並誦言其隱事，謂乙之鬼來索其命也。乙家鄉僻寒微，本無力訴訟，鄉愚之見，謂甲已罹冥罰，必不久於人世，益復姑置之。乃乙忽挾青蚨數貫歸，蓋墮水後，被救於舟人，第委頓不遽能語。載至二十里外某村，值農忙，遂留於彼傭工，田事畢，始告歸。青蚨，則傭貲也。聞甲病狀，亟自往見之，講解明白，甲病亦尋瘉，彼此釋夙怨焉。此與王、陳事略相類，然較王、陳事爲有因，而王、陳事尤離奇，其殆輓近新學家所謂關涉心理者，非耶？又某醫案，謂凡病人昏瞀中見神鬼，無論如何奇特於絕未聞知之人之事，能言其人之隱微、事之源委之類，皆不可信，仍是臧府發見之疾。其消息至微，於此等事可參。

黟縣俞理初正燮博學多通，久困膠庠，夙蜚聲譽。道光辛巳，江南鄉闈監臨蘇撫某公徧諭十六同考官，某字號試卷切須留意試卷紅號，外簾有名冊可稽，故監臨得而知之。是科正主考湯金釗，副主考熊遇泰，同考某，呈薦於副主考，並面稟中丞之言，熊公大怒曰：『他人得賄，而我居其名，吾寧爲是，中丞其如我何？』竟擯棄不閱。同考不敢再瀆，默然而退，以爲卷既薦，吾無責焉矣。填榜日，監臨、主考各官畢集至公堂。中丞問兩主考：『某字號卷曾中式否？』湯公曰：『吾未之見也。』熊公莞爾而笑曰：『此徽州卷，其殆鹽商之子耶？』中丞曰：『鄙人誠愚陋，亦何至是？乃黟縣俞正燮，皖省績學之士無出其右者也。』熊公爽然，亟於中卷中酌撤一卷，易以俞卷，未嘗閱其文字也。凡人意氣太盛，往往誤事。熊公誠侃侃剛直，惜乎稍未審慎出之。嚮使監臨以面問爲嫌，不幾屈抑真才耶？越十二年癸巳會試，阮文達以雲貴總督入爲總裁，異數也。理初卷，同考王菽原藻薦於曹文正。文正素惡漢學，抑之。文達以未得見，深爲搤掔。菽原爲刻所著《癸巳類稿》十五卷，而爲之序序作於癸巳六月。夫科第雖微物，信有命焉。文達以未見理初卷爲惜，就令見之，安知不爲東坡之目迷五色者？唯是當理初時，有一文達而不克遇，爲可惜耳。若並無文達之可遇，不更無怨無尤哉！

在昔通人韻士未嘗以貧爲諱，往往形諸楮墨，藉可攷見其清德，而亦流傳爲佳話。明王雅宜借銀券文曰：『立票人王履吉，央文壽承作中，借到袁與之白銀五十兩，按月起利二分，期至十二月一併納還，不致有負。恐後無憑，書此爲證。嘉靖七年四月日，立票人王履吉押，作中人文壽承押。』錢竹汀爲賦七言長篇，有云：『詩人多窮乃往例，四壁蕭然了無計。雅宜山色難療飢，下策區區憑約契。』朱竹垞析產券云：『竹垞老人雖曾通籍，父子只知讀書，不治生產，因而家計蕭然，但瘠田荒地八十四畝零。今年已衰邁，會同親族，分撥付桂孫、稻孫分管，辦糧收息。至於文恪公祭田，原係公產，下徐蕩續置蕩七畝，並荒地三分，均存老人處辦糧，分給管墳人飦米。孫等須要安貧守分。回憶老人析箸時，田無半畝，屋無寸椽，今存產雖薄，能勤儉，亦可稍供饘粥，勿以祖父無所遺，致生怨尤。儻老人餘年再有所置，另以續析。』此可與蘇文忠馬券、香光居士鬻田契並傳不朽矣。

仁和繆蓮仙艮所輯文章遊戲多至四十餘卷，雖無關大雅，而海內風行。蓮仙工豔體詩，有《春日郊行即事》云：『阿誰行露手雙攜，窄窄弓鞋滑滑泥。願化此身作笻杖，替伊扶過板橋西。』爲時傳誦，有『繆板橋』之稱，或曰當改『繆笻杖』，可與『蘇繡鞵』作碻對也。曩余賦《臨江仙》詞《玉梅後詞》有句云：『願爲油壁貯嬋娟，願爲金勒馬，寧避紫絲鞭。』呼我爲馬，應之曰馬，可耳。

先輩有言，文藝之事，惟燈謎與圍棊今人突過古人，機心勝也。先大父花矼公有《燈謎》二鉅冊，大都渾雅有餘，尖巧不足。錄謎詩四首如左：『永嘉徐照與徐璣，翁卷還連趙紫芝。解奉唐人爲軌範，是何名譽在當時。』《禮記》一句：『謂之四靈。』『鹵汁杬灰細酌量，摶沙不惜屢探湯。黃金變作琅玕色，白玉凝爲琥珀光。圓象渾成丸可擬，花紋隱映畫難方。縱然融化如膠漆，也合黎祈與共嘗。』物一，皮蛋。『楮生滿腹貯粃糠，野艾從茲不擅長。既有微雲生氣餤，全無利喙肆鋒鋩。解嘲權比梅花帳，謬獎居然龍腦香。昔日高郵如爇此，露筋何至嘆紅妝。』物一，紙蟲烟。又一字至七字詩云：『好，工。是寶，非銅。堪拂拭，謝磨礱。分臨秋水，近隔眉峯。邊隨長纜繫，上有小橋通。說者名爲靉靆，看來不復朦朧。助彼綠窗挑繡姥，資予棐几讀書翁。』物一，眼鏡。詩體平正穩成，雖餘事末技，亦具先正風格。

李季，宋人，見《廣川書跋》。林材，明人，著《福州府志》七十六卷，見《千頃堂書目》。二人姓名，可稱絶對季增李一筆，材減林一筆，不能有二。

半臂，非胡服也。葉石林云：『卽褙子，古武士之服，後又引長其兩袖』云云。

江陰礮臺官吳祖裕以營謀得差，對於所部軍隊，嘗以利歆動之。未幾，臺兵譁變，祖裕竟被戕，時四月十三日也新曆。先是，祖裕之祖名瑛，字仲銘，於咸豐庚申督鄉兵禦髮逆殉難，亦四月十三日舊曆。無名氏製聯云：『正款一萬二千，雜款一萬二千，好兄好弟大家來，青天鵝肉江陰諺語。陰曆四月十三，陽曆四月十三，乃祖乃孫同日死，泰山鴻毛。』

道光壬寅，朝議與英吉利媾和，蒲城王相國文恪力爭不獲，遂仰藥死，以屍諫，遺疏力薦林文忠，痛劾琦善。其門人渭陽張文毅芾以危詞恫喝其公子溉，竟匿不上。溉官編修，以此事爲時論所輕，迄不復能顯達。芾後守江西，最有功，江西人作廟祀之，比於許旌陽，而茲事實爲盛德之累，論者惜之。

咸豐時，駱文忠撫湖南，左文襄居幕府，適總兵樊燮以貪懦被嚴劾，燮疑文襄所爲，因熒惑某督部，搆文襄急。值庚申會試，亟入都以避之，闈中各考官相約毋失文襄。未幾，得湖南一卷，文筆絶瑰瑋，皆決爲文襄，亟取中之。及揭曉，乃湘潭黎培敬也，後由編修官貴州學政。時貴州大亂，培敬募壯士百餘人，擊賊開道。三年按試皆畢，朝廷以爲能，授貴州布政使，經營戰守十餘年。賊平，擢巡撫，盡心民瘼，黔人至今思之。

偶與藝風繆先生談『而』字典故，有兩事絶可笑。某甲作八股文一篇，自鳴得意，其友請觀，不許，請觀其半，亦不許。乃至小講、承題、破題，至於一句，皆不許。請觀其第一字，許之。及其鄭重出示，乃是『而』字。又道光戊戌科江南鄉試，首題『博學而篤志，切問而近思』，解元鄭經文平分四比，抛荒兩『而』字，以『博學篤志，切問近思』題文。殿軍甘熙文純用交互之筆，於四項之首一律作轉語，以『而博學、而篤志、而切問、而近思』題文，說者謂解元文題目中兩『而』字，移置殿軍文題目二句之首矣。昔有人讀《大學》：『知止而後有定定句，而後能靜靜句，而後能安安句，而後能慮慮句，而後能得。』謂句末少一『得』字。迨後讀《論語》：『少之時，血氣未定，戒之在句色；及其壯也，血氣方剛，戒之在句鬭；及其老也，血氣既衰，戒之在句。』謂衍一『得』字。忽恍然悟曰：『原來《大學》中所少「得」字，錯簡在此。』因第二事牽連記之。

曩閱某說部有云：『阮元初入翰林時，和珅爲掌院學士。一日，玉音從容謂珅曰：「眼鏡別名靉靆，近始知之。」珅退以語元，且曰：「上不御此也。」未幾，大考，詩題即『靉靆』，元詩獨工，得蒙睿賞，拔置第一。不數年，遂躋清要。』已上某說部原文余意此殆當時薄夫嫉忌誣衊文達之詞。眼鏡別名靉靆，未爲僻典，淵博如文達，寧有不知？即其詩句『眸瞭奚須此，瞳重不恃他』一作『四目何須此，重瞳不用他』，較勝云云，亦非理想所萬不能到。詩家詠物，用筆稍能超脱，命意略有翻騰，安見弗克辦者？謂之無心巧合則可，詎必受之於和珅？文達夙賦雅性，對於庸庸視肉者流，或不免爲青白眼；即如晚歲恆貌聾以避俗，唯龔定庵至，則深譚竟日夕，揚人士爲之語曰：『阮元耳聾，逢龔則聰。』若斯之類，出於少年，即招尤府怨之道矣。

友人某君告余，光緒壬寅、癸卯間，于役吳門，偶遊八旗會館，見壁間黏絶句二十首，惜記憶不全，僅記其較有風趣者。詩云：『進士居然以大稱，南天仗鉞勢崚嶒。三吳自昔推繁盛，剗地長鑱也不勝。』此是第一首，已下隨憶隨書，非原詩之次第。又：『低昂價值視漕糧，州縣繁多費審詳。一任貪聲騰衆口，奧援賴有慶親王。』又：『專差妥速走京華，十萬腰纏辦咄嗟。此次並非因節壽，尋常盤盒送親家。』又：『今朝南匯昨陽湖，幾輩寒酸合向隅。侍婢匆匆傳諭帖，專差上海買珍珠。』又：『口脂面藥學紅人，幾輩爭妍巧笑顰。畢竟承恩難恃貌，也須腰橐富金銀。』又：『紛紛新政絕張皇，警察徵兵辦學堂。入告總言經費絀，幾多膏血潤貪囊。』又：『千萬纏腰飽更饞，天威不畏況民嵒。全憑獨斷成公事，那許兼圻不會銜。』又：『銀燭高燒籤押房，牙牌端正未登場。芙蓉香霧氤氳裹，高唱時聞京二簧。』又：『此事由來甚畫眉，斷無兄弟可怡怡。劇憐草草蘸香日，冠玉陳平淚暗垂。』又：『名花召到近黄昏，小轎直穿東角門。歸去娘姨傳好語，大人恩典會溫存。』又：『臉兒小白辮長青，袖窄腰纖態鯽伶。直恁風流似張緒，教人掩鼻是銅腥。』又：『漂亮誰如大紈絝，輕儇合作小司官。才庸尚是南中福，只够貪頑不够姦。』

曾文正嘗自言：『百歲之後，墓碑任人爲之，唯銘詞則自譔：『不信書，信運氣。公之言，告萬世』云云。文正斯言可謂窮理盡性，以至於命者矣。命者，轉移運氣者也；運氣者，命之否泰之所流行也。凡人智慧具足，事理通達，假我斧柯，烏在弗能展布者。是故阮籍窮途之哭，非哭窮途也，時命不猶，所如輒阻，雖有裁雲鏤月之才華，補天浴日之襟抱，亦唯置之無用之地，甚至俛仰不能以自給。俾吾生有用可貴之光陰，長銷磨於窮愁抑塞中，寧不圖尺寸之進，稍自振拔，其於運氣何哉？是則感士不遇，昔人所爲廢書而三嘆也。

唐王之渙《出塞》詩可作長短句讀，唯末句之下須疊首三字，方能成調：『黄河遠句，上白雲間一片句。孤城萬仞山句，羌笛何須怨句。楊柳春風句，不度玉門關句，黃河遠。』近人有昉之者，即以『黃河遠』名調，亦可詩、詞兩讀，見張玉穀《昭代詞選》。

和珅侍姬卿憐，吳姓，蘇州人按：陳雲伯《卿憐曲》云『卿憐本是琴河女』，則常熟人也。先爲浙江巡撫王亶望妾。亶望字味隒，平陽人。官浙藩時，曾刻米帖，凡四集，梁山舟爲之跋，亦大僚中風雅者也。後擢巡撫，適丁憂，應回籍，朝廷以海寧改建石塘，王在浙，肯擔當事務，令其在工督辦。與李質穎共事，意見不合。李赴京，奏王居喪，攜眷安住杭州。旋奉諭旨，有云：『伊父王師，品行甚正，不應有此等忘親越禮之子，褫王職，仍留工效力。』未幾，甘肅收捐監糧案發，竟服上刑。卿憐爲蔣戟門侍郎錫棨所得，時和珅方枋用，以獻於珅。嘉慶己未，珅敗，卿憐沒入官。作絶句八首，敘其悲怨云：『曉妝驚落玉搔頭自注：正月初八日曉起理鬢，驚聞籍沒，宛在湖邊十二樓自注：王中丞撫浙時，起樓閣，飾以寶玉，浙人相傳，謂之迷樓。和相池館，皆昉禁苑。魂定暗傷樓外景，湖邊無水不東流。』其一『香稻入脣驚吐日自注：和府查封，有方餐者，因驚吐哺，海珍列鼎厭嘗時自注：王處查封，庖人方進燕窩湯，列屋皆然，食厭多陳几上。兵役見之，紛紛大嚼，謂之洋粉云。峨眉屈指年多少，到處滄桑知不知。』其二『緩歌慢舞畫難圖，月下樓臺冷繡襦。終夜相公看不足，朝天嬾去倩人扶。』其三『蓮開並蒂豈前因，虛擲鶯梭廿九春。回首可憐歌舞地，兩番俱是個中人。』其四『最不分明月夜魂，何曾芳草怨王孫。梁間燕子來還去，害殺兒家是戟門。』其五『白雲深處老親存，十五年前笑語溫。夢裏輕舟無遠近，一聲欸乃到吳門。』其六『邯姬歡笑不知貧，長袖輕裾帶翠顰。三十六年秦女恨，卿憐猶是淺嘗人。』其七『冷夜癡兒掩淚題，他年應變杜鵑啼。啼時休向漳河畔，銅雀春深燕子棲。』其八以詩攷之，卿憐歸王時，年十四；和珅籍沒時，年二十九。自茲以往，處境奚若？不復可攷。詩筆隱秀，亦賀雙卿、邵飛飛之流亞，閨閣中未易才也。時命不猶，曷勝可惜？陳雲伯《卿憐曲》云：『卿憐本是琴河女，生小玲瓏花解語。十三嬌小怨琵琶，苦向平陽學歌舞。平陽歌舞醒繁華，移出雕闌白玉花。幸免罡風吹墮溷，從今不願五侯家。侍郎華望殷勤顧，移入侯門最深處。欲使微名達相公，從今卻被東風誤。』言先歸王後歸和也。又云：『獨有紅閨絕代人，網絲塵跡弔殘春。將軍西第凝紅淚，阿母南樓夢白雲。哀詞宛轉吟香口，珠唬玉泣嗟誰某。昨日纔歌相府蓮，今朝已歎旗亭柳。』言和籍沒後賦詩悲怨也。曲長，不具錄。

桂林相國陳文恭宏謀，乾隆三十二年三月授東閣大學士，始奏請將原名上一字改用『宏』字見年譜，前此敭歷中外，一切摺奏書名均未改避。乾隆朝政體較雍正爲寬大，此其一驗也。文恭精研宋學，著述閎富，《培遠堂全書》爲冊百內有精刻《司馬溫公傳家集》十二冊，字稍大，昉顏體，余家舊有之，後聞書板歸岑襄勤家，稍有殘缺，襄勤爲之修補。襄勤逝後，其後人不知愛惜，廣右地濕易蝨，今殆不復可問矣。

自海禁開通已還，吾國出使大臣往往離奇怪誕，騰笑異邦。某大臣身負工詩，嘗用西法攝影，以正坐不露翎頂，因而側坐，並自題絕句云：『巍巍一柱獨擎天，體自尊崇勢自偏。正是武鄉侯氣象，側身謹慎幾多年。』又過某國時，暫駐使館，與某大臣唱和，詩中有一『夜』字，『夜』下一字寫法在『邑』與『色』之間，自云：『典故本此字不清，作「邑」作「色」皆可，故兩從之。』清之季年，官場辦公以模棱爲要訣，此公更通之於吟事矣。

蘇東坡詩有神智體《晚眺》一首：『長亭短景無人畫，老大橫拖瘦竹筇。回首斷雲斜日暮，曲江倒蘸側山峯。』按：宋桑世昌《回文類聚》卷三云：『神宗熙寧間北朝使至，每以能詩自矜，以詰翰林諸儒。上命東坡館伴之，北使乃以詩詰東坡。東坡曰：『賦詩，亦易事也；觀詩，稍難耳。』遂作《晚眺》詩以示之。北使惶愧，莫知所云，自後不復言詩矣。其法：『亭』字寫極長，『景』字寫極短，『畫』寫作『畵』，『畵』無人，『老』字寫稍大，『拖』字橫寫，『筇』字『竹』頭寫極細，『首』字反寫，『雲』字上雨下云，中間距離稍遠，『暮』字下『日』斜寫，『江』字寫作『氵工』，『蘸』字倒寫，『峯』字『山』旁側寫，與『暮』字下『日』同式。此體後人未有昉之者。先大父花矼公嘗譔春景一聯云：『青山綠水紅橋小，紫燕黃鸝白日長。』『山』用青色寫，『水』用綠色寫，『橋』用紅色寫小，『燕』用紫色寫，『鸝』用黃色寫，『日』用素紙雙鉤寫長，此擬神智體別開一境也。

燈謎有絕巧者，亦有奇拙者。以『慘睹』二字隱《四書》人名六，即唐詩一句『襄陽回望不勝悲』，此謎底不能有二。按：『慘睹』乃《千鐘祿》院本之一齣，演明建文帝出亡事。雖據野史，近於不經，然詞筆甚佳也。此齣情景，建文飄泊襄陽，回首南都，極傷心慘目之致。原曲云《傾杯玉芙蓉》：『收拾起大地山河一擔裝，四大皆空相。歷盡了渺渺程途，漠漠平林，壘壘高山，滾滾長江。但見那寒雲慘霧和愁織，受不盡苦雨悽風帶怨長。雄城壯，看江山無恙，誰識我一瓢一笠到襄陽。』《尾聲》：『路迢迢，心怏怏，何處得穩宿碧梧枝上。忽飄來一杵鐘聲，錯聽了野寺鐘鳴當景陽。』曩寓京師，一夕，過某胡同，見一家門首設有燈謎，亟下車觀之，有人揭去二條，其一云：『身爲萬乘之尊，還挑破銅爛鐵擔子。』底《書經》一句『朕不肩好貨』。余嘗謂宋人詞拙處不可及，此謎拙處亦不可及。

孝欽顯皇后六旬萬壽，內閣譔擬諭禮部敕書，有云：『爰從歸政，始遂安貞。萃五福於三辰，屆六旬之萬壽。』呈稿於宗室相國麟書，麟曰：『「貞」字是孝貞顯皇后尊謚，不可用。』遽提筆改『榮』字。點金成鐵，令人輒喚奈何。嚮來譔擬文字，以平正爲得體，字句稍涉奧衍，即在擯棄之列，本不容有佳構也。

眉廬叢話卷六《東方雜志》第十二卷四號

孝欽顯皇后萬機之暇，留意風雅，精繪事，工吟詠，尤擅長試帖詩。每歲春闈及殿廷考試，輒有擬作。相傳同治乙丑科會試詩題『蘆筍生時柳絮飛』，得『生』字，擬作云：『南浦篙三尺，東風笛一聲。鷗波連夜雨，萍跡故鄉情。』又同治癸酉科考差詩題『江南江北青山多』，得『山』字，擬作云：『雨後螺深淺，風前雁往還。舍連春水泛，峯雜夏雲間。』惜全首不傳。

同治庚午科，濟寧孫尚書文恪典試四川，順德李若農侍郎（文田）副之。考官例應馳驛，值秦蜀間盜氛未靖，改道溯荊湖西上，由宜昌遵陸赴萬縣。山路絶險巇，有地名火風箐嶺，尤斗陵無倫。文恪肩輿竟於是傾跌，輿夫後二人墜崖致斃，幸輿前有縴夫十六名，並力撑持，賴以不墜，輿前二夫亦幸免。其後順德嘗語人：『當時情形奇險，幸山神有靈，雙手托住軍機大臣，僅乃無恙。』是夕駐節荒邨，庖人無以爲饌，於山家得一雞，醢以鬻粥，順德食而甘之，自後非雞粥不飽也。

姓名筆畫最少者，同治朝內閣中書丁乃一，三字只五筆，不能有二。

合肥龔芝麓尚書鼎孳主持風雅，振拔孤寒，廣廈所需，至稱貸弗少恪。其卒也，朱竹垞挽詩有云：『寄聲逢掖賤，休作帝京遊。』其軼事屢見前人記載中。馬世俊未遇時，落拓京華，無以自給。公閱其文，歎曰：『李嶠，真才子也。』贈金八百，爲延譽公卿間。明年辛丑，馬遂大魁天下。又尚書女公子卒，設醮慈仁寺。一士人寓居僧寮，僧請作挽對，集梵筴二語曰：『既作女子身，而無壽者相。』公詢知作者，卽並載歸，面試之，時春聯盈几，且作且書，至溷廁一聯云：『吟詩自昔稱三上，作賦於中可十年。』乃大咨賞，許爲進取計。久之，以母老辭歸，瀕行，公贈一匣，竊意爲行李資，發之，則士人家書，具云某年月日收銀若干，蓋密遣人常常餽遺，無內顧憂久矣。乃頓首謝，依倚如初，卒亦成其名。曩閱武進湯大奎《炙硯瑣談》，有云龔芝麓牢籠才士，多有權術。嗟乎！何晚近鉅公大僚欲求有是權術者而亦不可復得耶？尚書姬人顧媚，字橫波，識局明拔，通文史，善畫蘭。尚書疏財養士，顧夫人實左右之。某年，尚書續燈船之勝，命客賭鼓吹詞，杜茶邨濬立成長歌一百七十四句，一座盡傾，夫人脫纏臂金釧贈之。

吳江吳漢槎兆騫幼卽恃慧狂恣。在塾中，輒取同輩所脫帽溺之，塾師責問，漢槎曰：『籠俗人頭，不如盛溺之爲愈也。』師嘆曰：『此子他日必以高名賈奇禍。』後捷順治丙申北闈，坐通榜，謫戍寧古塔，居塞外念餘年。其友人顧梁汾貞觀爲之地，乃得賜環。按：《史記·酈食其傳》：『沛公不好儒，諸客冠儒冠來者，輒解其冠，溲溺其中。』此與漢槎事絕類，稍不同者，彼竟解其冠，此則其所自解耳。沛公，梟雄，當別論；漢槎尤不可爲訓。

宗室祭酒伯熙盛昱大雅閎達，立朝有侃侃之節。其母夫人博爾濟吉特氏通經術，嫻吟詠，有《芸香館遺詩》二卷梓行。光緒中葉，某學士承要人風旨，摭《芸香館集》中《送兄》詩，謂爲忘本，請旨削板，將以傾昱，朝廷不允所請。文字之禍，寖涉閨闥，亦甚矣哉！

彭剛直，中興名將，豐功亮節，世人稱道弗衰，未聞有登諸白簡者。光緒九年補兵部尚書，疏辭，不允。講官盛昱以不應朝命劾之，奏云：『再夾片，兵部尚書彭玉麐奉命數月，延不到任，而在浙江干預金滿之事。現在兵制未定，中樞需人，該尚書曉暢戎機，理宜致身圖報，較之金滿之事孰重孰輕？無論所辨非是，即是，亦不可也。該尚書託言與將士有約，不受實官，實則自便身圖，徜徉山水耳，古之純臣似不如此。且現在握兵宿將，各省甚多，該尚書抗詔鳴高，不足勵仕途退讓之風，反以開功臣驕蹇之漸，更於大局有礙。請旨敦迫來京，不准逗留，以尊主權而勵臣節』云云。《春秋》責備賢者，要亦詞嚴而義正也。

道、咸間，蘇州顧千里廣圻、黃蕘圃丕烈皆以校勘名家。兩公里閈同，嗜好同，學術同。顧嘗爲黃譔《百宋一廛賦》，黃自注『交誼甚深』。一日，相遇於觀前街世經堂書肆，坐談良久。俄談及某書某字應如何勘定之處，意見不合，始而辯駁，繼乃詬詈，終竟用武。經肆主人侯姓，極力勸解乃已。光緒辛卯冬，余客吳門，世經堂無恙一單間小肆耳，侯主人尚存主人微痀僂，人以侯駝子呼之，時年殆逾八十，曾與余談此事，形容當時忿爭情狀如繪。洎甲辰再往訪世經堂，則閉歇久矣，爲之惘然。憶余曩與半唐同客都門，夜話四印齋，有時論詞不合，亦復變顏爭執，特未至詬詈用武耳，往往拂衣而別，翌日和好如初。余或過晡弗詣，則傳椾之使相屬於道矣。時異世殊，風微人往，此情此景，渺渺余懷。

孝欽顯皇后盛時，每逢由宮還海，文武百官跪迎，皆在西苑門外，唯總管太監李蓮英三品冠服，獨跪於西苑門內，遠而望之，覺其寵異無比。

慈輿由宮還海，各官先在宮門外跪送，旋由間道馳赴西苑門跪迎，望見前驅鹵簿，立刻雅雀無聲，呼吸可聞，非復尋常之肅穆。夾道笙簧，更覺悠揚入聽。迨駕過不數武，則跪者起，默者語，眼架鏡，手揮扇，而關防車方絡繹不絕也。

午門坐班典禮猶沿前明之舊，告朔之餼羊耳。各衙門堂派者皆資淺無烏布之員，屆時齊集朝房，俟糾儀御史至，傳呼上班，則各設品級墊，盤膝列坐，糾儀御史巡視一周。有頃，退班，各投遞銜名紅紙書而散。

考太醫院醫士，亦用八股試帖，以楷法工拙爲去取。時人爲之語曰：『太醫院開方，只要字跡端好，雖藥不對癥，無妨也。』曩余在京時，值考試醫士，題爲『知者樂水，仁者樂山』，聞取第一者之文有云：『知者何取於水，而竟樂夫水；仁者何取於山，而竟樂夫山。』只此一卷最佳，通場無出其右。

咸、同間，都門有斌半聾者，旗人，工篆刻，不輕爲人作。半聾不聾，意謂時人之言，太半不堪入耳，故以半聾自號，惜其名記憶不全。稍後有宗子美韶官兵部主事，亦旗人，善詩詞，亦工篆刻，品行端潔。

某大僚述職入都，夙有烟癖。一日，召對，候久，引作，不復可耐，商之内監，求可以禦引者，吸烟非所望也。監曰：『大人貴重，烟非吸奚可者。卽吸烟亦非難，顧賞賚何如耳。』某出千金紙幣示之，監欣然曰：『重賞若斯，敢不勉效綿薄？』遽導之，稍東北迆邐行，歷殿閣數重，路極紆折，闃不逢人，逢亦弗問。旋至一精室，室中陳設及榻上烟具悉精絕。監就榻半臥，爲然燈燒著。烟尤精美，超越尋常，大僚平日所御，不逮遠甚。頃之，氤氳盈滿，精神煥然。亟付紙幣，悤悤出，中途問監曰：『汝曹所吸之烟與夫吸烟之室，何研究一至於此？』監曰：『吾儕安敢有此？此室此烟，吸之者何人，大人若先知之，殆必不敢往矣。』某聞之，憬然悟，爲之舌撟不下久之。返至原候處所，心猶震悚不寧，幸未誤召對。蓋駕出時刻蚤晏，監輩詗之熟矣。

光緒己丑，太和門災。傳聞內府貂皮、緞匹、鋪墊各庫，皆在門之左近。歷年庫儲盜賣略盡。值大婚典禮，需用各物。典守者懼離於辠，因而縱火，希冀延燒滅跡。此說未知確否。嘗見太和門之柱之鉅，約計三四人不能合抱，即輦致薪蘇，繞之三匝，拉雜而摧燒之，未易遽焜。迺以赤熛一怒，曾不一二時頃，頓成瓦礫之場，殆亦不盡關於人事矣。甲午、乙未間，廠肆精舊瓷器絕夥，間有鐫刻御書題詠款識，亦從內府流出。當時售者索價，亦不甚昂，太半爲外人購去，殊爲可惜。今則稀如星鳳，價亦兼金不啻矣。

每歲元旦太和殿設朝，金鑪內所爇香名四棄香，清微澹遠，迥殊常品，以梨及蘋婆等四種果皮曬乾製成，歷代相傳，用之已久，昭儉德也。

王半唐鵬運清通溫雅，饒有晉人風格。唯蚤歲放情，增口於羣小；中年讜論，刺骨於要津。雖遭遇因而屯邅，亦才品資其磨鍊。官禮科掌印給事中。某年屆試俸期滿，百計籌維，得數百金，捐免歷俸，截取道員，旋奉旨以簡缺道員用。向來京曹截取道府，皆以繁缺用，以簡缺用者，不用之別名也，爲自有截取之例以來所僅見，半唐泊然安之。是歲樵米所需，轉因而奇絀，夫亦甚可笑矣。未幾，復嚴劾某樞相，不見容於朝列，襆被出都，潦倒以沒。山陽鄰笛之痛，何止文字交情而已。

高陽相國李鴻藻以理學名臣自居，飾貌矜情，工於掩著。相傳其曾受孝哲皇后跪拜，春明士夫多有能言之者。當穆宗升遐時，孝哲力爭立嗣，孝欽意指已定，殊難挽回。正哀痛迫切間，適高陽入內，孝哲向之泣告，且謂之曰：『此事他人可勿問，李大臣，先帝之師傅，理當獨力維持，我今爲此大事給師傅磕頭。』此二句，據曩所傳聞，不更易字面，以存其真。高陽亟退避而已，卒緘默無言。論者謂高陽受此一拜，不知何日償還也。清季理學名臣，吾得二人焉，曰李鴻藻，曰徐桐，庶幾如驂之靳矣。

蘇州名妓賽金花有一事絕可傳。本名傅彩雲，光緒中葉曾侍某閣學出使德意志國，按：唐宋舊儀，內而禁闥侍從、外而州郡典司，皆有官妓承應，特此制今廢耳。掃眉隨節，於名誼殊無關係也。歐西國俗，男女通交際酬酢，賽尤瑤情玉色，見者盡傾。德武弁瓦德西，其舊識中之一人也。庚子聯軍入京，瓦竟爲統帥，賽適在京，循歐俗，通鄭重，舊雨重逢，同深今昔之感。自後輕裝細馬，晨夕往還，於外人蹂躪地方，多所挽救。琉璃廠大賈某姓持五千金爲壽，以廠肆國粹所關，亟應保全，乞賽爲之道地。賽慨然曰：『茲細事，何足道？矧義所當爲，阿堵物胡爲者？』竟毅然自任，卻其金，亟婉切言於瓦。明日，下毋許騷擾之令，而百城縹帙，萬軸牙籤，賴以無恙，皆賽之力也。又長元吳會館，亦賽所保全，以某閣學吳人也。比者滬濱棲屑，顦顇堪憐，集菀集枯，如夢如幻，或猶捕風捉影，捃摭莫須有之談，形諸楮墨，恣情污衊。嗟嗟！無主殘紅，亦既隨波墮溷，彼狂風橫雨，必欲置之何地而後快於心耶？

近譔輯藏書話，得一事絕奇，絕可笑見海寧吳兔牀騫《拜經樓詩話》，亟錄如左，閱者勿以剿說爲皐，經芟繁節要，俾文省事具，非徑剿說也：常熟毛斧季扆嗜書不減其父晉，嘗手跋趙孟奎《分類唐歌詩》殘本，略云：『此書乃先君藏本，按照目錄，僅存十一。因思天下之大，好事者眾，豈遂無全書？傳聞武進唐孔明予昭有之，託王石谷翬往問，無有也。先是，託王子良善長訪於金壇。甲辰二月，子良從金壇來，述於子荊之言，曰：「唐氏舊有是書，索價百金。因思子與唐，姻婭也，果能得之，鳩工付梓，公之天下，樂事孰踰於此？盍再訪諸？」內兄嚴拱侯垣曰：「此韻事，亦勝事，吾當往。」翌日卽行，道丹陽，宿旅店。丙夜，聞戶樞聲，雞初鳴，鄰壁大呼失金。諸商旅皆起，將啓行，戶皆扃鐍，不得出。天明，伍伯來，追宿店者二十三人，拱侯居首，與失金者比屋也。匍匐見縣令，命客各出囊金，布滿堂下，多者數百，最少者，拱侯也。召失金者驗之，皆非，遂出。拱侯曰：「可以行矣。」曰：「未也，當質之於神。」舁神像坐廣庭，架巨槅熾炭上，傾桐油於中，火熊熊出油上，趣拱侯浴。拱侯嘆曰：「毛斧季書癖害人，一至此乎！《唐歌詩》有無未可知，予其死於沸油乎？」一老人曰：「若無恐，苟盜金，必糜爛；否，無傷也。」以手探之，痛不甚劇，醮油塗體殆徧，無恙。以次二十二人驗皆畢。拱侯曰：「人謀鬼謀，計殆無復，今可行矣。」又一人亦去，其二十一人與旅店閧。及事白，盜金者，店家也。拱侯抵金壇，促子荊寓書孔明，答曰無之，竟不得書以歸。予趨迎，問《唐歌詩》，拱侯曰：「焉得歌，不哭，幸矣！」因縷述前事』云云。案：此事尤奇者，沸油不灼，豈鬼神之說竟可信乎？拱侯雅人，且身自嘗試，宜非讆言也。

光緒戊申某月，金陵訛言聚寶門即南門城門上現巨人影如繪，兼目有淚痕，以聞往觀者甚眾，未詳果有所見否也。不數月，兩宮升遐，或云兆朕在是矣。洎辛亥國變及癸丑亂事，金陵以衝要必爭之地，首嬰其鋒，劫掠淫殺之慘，誠有如昔人所云，雖鐵石亦爲之垂淚者，尤目有淚痕之應矣。國家將亡，必有妖孽，民之訛言，殆亦古時童謠之類，有觸發於幾先，不知其所以然而然者耶。

都門石刻有絕香豔者，香冢在陶然亭西北小阜上，相傳冢中所瘞，一情人手贈之香巾碑陰題云：『浩浩劫，茫茫月。短歌終，明月缺。鬱鬱佳城，中有碧血。碧亦有時盡，血亦有時滅。一縷烟痕無斷絕，是耶非耶，化爲蝴蝶。』又詩云：『飄零風雨可憐生，烟草迷離綠滿汀。落盡夭桃又濃李，不堪重讀瘞花銘。』有絕模棱者，五道廟碑云：『有天地，然後有萬物，五道廟者，萬物中之一物也。人謂樹在廟前，吾謂廟在樹後，何則？謹將捐貲芳名開列於左。』香豔可愛，模棱尤不俗，細審其筆端，饒有疏宕簡勁之致，非不能文者之所爲也。滑稽翫世耶？抑有所爲而然耶？殆不可知矣。

内閣譔擬文字，多主於慶，如恩詔、誥命、敕命之類；翰林院譔擬文字，多主於弔，如諭、祭文之類。唯南書房應制之作不在此例。

御前大臣翻穿之皮外褂，有上下兩截，用兩種皮聯綴而成者。遠而望之，第見其顔色不同，不獲審定其皮之名類也。

大祀天於圜丘，受福胙後，必須納之懷中，帶回齋宮，以示祗承天庥帝賚。惟時長至屆節，北方隆寒，胙肉冰淩堅結，不至沾漬衮衣也。

歲首御殿受賀，鑾儀衛陳設鹵簿，太半故敝不堪。蓋舊制相傳，每逢登極改元，置備一次，自後不再更新，亦毋庸添補修整。卽如光緒中葉所用，已歷十有餘年，乃至繖扇之屬或用繒帛續畫者，僅撑持空架而已。在昔康、乾晚季，六十年前之法物，其爲故敝，當又何如？

東華門嚮明而啓，屠者驅豕先入，是日膳房所需用也。次奏事御史隨之入，次百官及供差人等皆入。入不先豕，由來已久，不知其故何也。曩待漏東華門，宿黄酒館中，東方未明，反側無寐，遠聞豕聲呦呦，則館人趣起盥漱，館門之外，車馬漸殷填矣。

軍機直房門簾，非軍機人員，擅揭者罪。内閣早班中書每日到軍機處領事，行抵簾次，必先聲明職事，然後揭簾而入。直日章京起立，彼此一揖，出黄綾匣，當面啓封。諭旨共若干件，一一點交，旋出簿冊，俾領事中書簽名畫押畢，然後捧持而出中書與章京雖同鄉戚友，在軍機直房，亦不得交談，回内閣直房，上軍機檔。少遲，六科筆帖式到内閣領事，亦有簿冊，簽名畫押。桉：山陽阮吾山葵生《茶餘客話》：『明制，六科隸通政司，雍正朝始改隸都察院。』科員到閣領事，蓋尚沿明制也。

順治朝，曲阜世職知縣孔允醇以居官廉能加東昌府通判銜，仍任知縣事《東華錄》。道光五年，蒲城王相國文恪以一品銜署戶部左侍郎馮桂芬譔墓誌，通判銜、一品銜及銜上冠以地名，今並罕見。康熙朝，江寧黃虞稷、慈谿姜宸英以諸生薦入館修史，加七品銜。乾隆朝，先曾祖纓傳公諱世榮，由世襲雲騎尉改七品監生，一體鄉試。七品諸生，七品監生，亦皆僅見。徐珂填諱

黃大癡《陡壑密林圖》，巖岫鬱盤，雲嵐蒼潤。王烟客舊藏，後歸石谷。吳漁山久假不歸，石谷索之亟，幾至變顔。漁山語人曰：『石谷，吾友也；《陡壑密林圖》，吾師也。師與友孰重？全友而棄師，吾弗能也。』二人竟因是絕交。漁山名歷，又號墨井道人，繪事與四王齊名，《琴川志》云晚年不知所之。其人品殆不無遺議，此猶其小焉者耳。

偶閲近人說部載龍陽易哭庵所著《王之春賦》，其起聯云：『石頭長巷，繩匠胡同。』謂石頭、繩匠，皆妓女集合之所。其實繩匠胡同絕無妓女。哭庵亦久客京華，此誤甚不可解。又一聯云：『劉坤一，劉坤二，劉坤三，劉坤四；王之春，王之夏，王之秋，王之冬。』杜譔牽合，毫無誼意，何如見身說法，卽以『魂東集、魂西集、魂南集、魂北集』，屬對乎？哭庵又有上張文襄短章云：『三十三天天上天，玉皇頭戴平天冠。平天冠上豎旗竿，中堂更在旗竿巔。』此詩可謂形容盡致，恭維得體，文襄見之，爲之掀髯笑樂。

張文襄於儷體文、近體詩，極喜對仗工巧。曩余購得文襄手書楹聯，句云：『未忘麈尾清談興，常讀蠅頭細字書。』卽此可見一斑。

兩湖節署對聯，間有佳搆，偶憶其一二。大堂聯云：『蚡冒勤民，篳路山林三代化；陶公講武，營門官柳四時春。』十桂堂聯云：『六曲闌干春晝永，萬家臺笠雨聲甘。』又織布局聯云：『經綸天下，衣被蒼生。』籌防局聯云：『財力雄富，士馬精妍。』《蕪城賦》句，上句切籌，下句切防，亦妙合，亦豪闊。

姓名三字同韻，或韻近，古有田延年、高敖曹、劉幽求、張邦昌、郭芍藥；清光緒中葉，有進士蹇念典。比閱浙江《道光縉雲志·藝文錄·碑碣下》：《元儒學題名碑》在學宮西廡有虞如愚，姓名三字同音，尤爲罕見。

洪秀全、李秀成輩，崛起草澤，一無憑藉，蹂躪八九省，奔走天下豪傑垂二十年，僅乃克之，不可謂非一世之雄也。獨惜其以逆取，不能以順守，據有金陵大都、長江天塹之形勝，而無通人正士爲之匡弼，日持其天父、天兄之邪說，以寇盜目封，卒乃底於滅亡，而徒貽東南全盛之區以刻骨剝膚之痛，則不學無術、不諳治體，有以致之。然而狼居虎穴之間，亦猶有藝文之屬，可資談柄，且皆渠酋梟桀者之所自爲，而非當時脅從諸文士潤飾諛媚之筆。茲據得之傳聞者綴錄如左：僞天王府正殿聯云：『維皇大德曰生，用夏變夷，待驅歐美非澳四洲人，歸我版圖一乃統；於文止戈爲武，撥亂反正，盡沒藍白紅黃八旗籍，列諸藩服千斯年。』寢殿聯云：『馬上得之，馬上治之，造億萬年太平天國於弓刀鋒鏑之間，斯誠健者；東面而征，南面而征，救廿一省無罪順民於水火倒懸之會，是曰仁人。』又楹聯云：『先主本仁慈，恨茲汚吏貪官，斷送六七王統緒；藐躬實慚德，望爾謀臣戰將，重新十八省江山。』相傳正殿聯及楹聯，秀全自撰，寢殿聯則秀成手筆。秀成有《國士吟》一卷，其《感事》兩章云：『舉杯對客且揮毫，逐鹿中原亦自豪。湖上月明青箬笠，帳中霜冷赫連刀。英雄自古披肝膽，志士何嘗惜羽毛。我欲乘風歸去也，卿雲横亙斗牛高。』『鼙鼓軒軒動未休，關心楚尾與吴頭。豈知劍氣升騰日，猶是胡塵擾攘秋。萬里江山多築壘，百年身世獨登樓。匹夫自有興亡責，肯把功名付水流？』每歲值霜降日，建醮追祭陣亡軍士，秀成自擬青詞云：『魂兮歸來，三藐三菩提，梵曲依然破陣樂；悲哉秋也，一花一世界，《國殤》招以巫咸詞。』金陵、蘇州同時被圍甚急，秀成守蘇，不能分兵救援金陵，書一短札寄秀全，略云：『嬰城自守，刁斗驚心。沈竈產鼃，莫饋麴藭之藥；析骸易子，疇爲庚癸之呼。傷哉入甕鼈，危矣負嵎虎。金陵，公所定鼎，本動則枝搖；金閶，公之輔車，脣亡則齒敝。一俟重圍少解，便當分兵救援。錦片前程，伏惟珍重。磨盾作字，無任依馳。』札爲官軍某弁截獲，弁故重李，賊平，出札鉤勒上石，拓贈戚友。書兼行草，類南宋姜堯章也。又僞翼王石達開亦通詞翰，曾文正嘗致書勸其歸降，石答以詩五首云：『曾摘芹香入泮宫，更攀桂蕊趁秋風。少年落拓雲中鶴，陳跡飄零雪裏鴻。聲價敢云空冀北，文章今已徧江東。儒林異代應知我，衹合名山一卷終。』『不策天人在廟堂，生慚名位掩文章。清時將相無傳例，末造乾坤有主張。況復仕途多幻境，幾多苦海少歡場。何如著作千秋業，宇宙長留一瓣香。』『揚鞭慷慨蒞中原，不爲仇讎不爲恩。衹覺蒼天方憒憒，莫憑赤手拯元元。三年攬轡悲羸馬，萬衆梯山似病猿。我志未酬人亦苦，東南到處有啼痕。』『若個將才同衛霍，幾人佐命等蕭曹。男兒欲畫麒麟閣，早夜當嫻虎豹韜。滿眼河山增歷數，到頭功業屬英豪。每看一代風雲會，濟濟從龍畢竟高。』『大帝勳華多頌美，皇王家世盡鴻濛。賈人居貨移神鼎，亭長還鄉唱大風。起自匹夫方見異，遇非天子不爲隆。醴泉芝草無根脈，劉裕當年田舍翁。』又：洪大全，衡山人，與秀全聯宗誼。起事之初，被擒於永安，獻俘京師。途中賦《臨江仙》詞云：『寄身虎口運籌工。恨賊徒不識英雄。漫將金鎖綰飛鴻。

幾時生羽翼，萬里御長風。　一事無成人漸老，壯懷要問天公。六韜三略總成空。哥哥行不得，淚灑杜鵑紅。』又：　捻酋苗沛霖亦能畫、工詩，嘗爲人畫一巨石，自題二絕句云：『星精耿耿列三台，謫墮人間大可哀。知己縱邀顛米拜，擲抄終屈補天才。』『位置豪家白玉闌，終嫌格調太孤寒。何如飛去投榛莽，留與將軍作虎看。』詩筆亦李、石伯仲，故連類書之。

眉廬叢話卷七《東方雜志》第十二卷五號

江都吴薗次綺，順治朝由拔貢生薦授祕書院中書舍人，奉詔譜楊椒山樂府，遷武選司員外郎，蓋卽以椒山原官官之。出知湖州，人號爲三風太守，謂多風力、尚風節、饒風雅也。合肥龔芝麓尚書疏財養士，廣廈所需，至稱貸弗少恡。晚歲囊無餘資，身後蕭條，兩文孫伶俜孤露，幾至落拓窮途，平日門生故吏無過存者。薗次獨佽助之，以愛女妻其幼者，飲食教誨，至於成立。其敦風義又如此，當號爲四風太守矣。

偶閱近人筆記，有云：『吴縣潘尚書文勤喜誘掖後進。光緒己丑會試前，吴門名孝廉許某薄游京師，文名藉甚。一日，文勤治筵，邀許及同里諸公暢飲。酒闌，出古鼎一，文曰眉壽寶鼎，銘字斑駁可辨按：卽史伯碩父鼎，有蘄綰綽眉壽之文，顧謂座客曰：「盍各錄一紙，此中大有佳處也。」客喻意，爭相傳寫而出。迨就試時，文勤總司閱卷事，二場經文有「介我眉壽」一題按：《詩經》文題『爲此春酒，以介眉壽』，非『介我眉壽』也。先期則將眉壽鼎文橅印若干紙，徧致同考官，令有用銘語入文者一律薦舉，各房奉命惟謹，而某房獨與文勤牾，有首場已薦，因二場用銘文而擯棄者，則許某是也。』某筆記原文止此。按：許某，名玉瑑，號鶴巢，吴中耆宿。文勤夙所引重，官內閣中書有年，非薄游京師，後遷刑部員外郎。工儷體文，有《獨弦詞》，刻入《薇省同聲集》，與江寧端木子疇埰齊名。當時闈作不肯摭用鼎銘自貶風格，而文筆方重，又不中試官，故未獲雋，非因某房考與文勤牾之故，而房考中尤斷無能牾文勤者。

德宗瑾嬪，志伯愚都護之女弟也。一日，志府庖丁自製籠餅唐人呼饅頭爲籠餅，見《朝野僉載》及《倦遊雜記》，又吳下呼餽餹，見《正字通》，餹讀若詐，饋進宮中，德宗食而甘之，謂瑾嬪曰：『汝家自製點心《能改齋漫錄》言世俗例以早辰小食爲點心，自唐時已如此，引《金華子》雜篇：『唐鄭傪夫人顧其弟曰：「我未及餐，爾且可點心。」』爲證，乃若是精美乎？胡不常用進奉也？』不知宮門守監異常需索，卽如此次呈進籠餅，得達內廷，所費逾百金矣。舊制：自嬪妃以次，家人無進見之例，唯於每歲謁陵隨行時，其家人賄通總管太監，約定處所，竚候道旁，車過暫停，道達契闊，或饋遺品物，有痛哭流涕者。瑾嬪外家得隨時饋進食品，以地位較崇，猶爲逾格殊榮矣。

大清門爲大內第一正門，規制極其隆重，自太后慈駕、皇帝乘輿外，唯皇后大婚日，由此門入；文武狀元傳臚後，由此門出。此外無得出入者。

有清一代，科第官階，唯旗人進取易而升轉速，其於文理太半空疏。相傳壽耆考差，詩題《華月照方池》，有句云：『卿士職何司？』接坐者不解，問之，壽曰：『我用《洪範》「卿士惟月」典，君荒經已久，宜其不知出處。』當時傳以爲笑。紹昌爲江南副主考，譔劉忠誠祠聯云：『應保半壁地，乃妥九原靈，功無愧乎？君子歟？君子也；可託六尺孤，合寄百里命，利其溥矣，如其仁，如其仁。』又闈中《中秋卽景》詩云：『中秋冷冷又清清，明遠樓頭夜氣橫。借問家鄉在何處，高升紹昌隨身之僕也遙指北京城。』則並壽耆而弗若矣。

吳薗次《藝香詞》有『把酒祝東風，種出雙紅豆』二語，梁溪顧氏女子見而悅之，日夕諷詠，四壁皆書二語，人因目薗次爲紅豆詞人。紅粉憐才，允推佳話。相傳明臨川湯若士譔《牡丹亭》院本成，有婁江女子俞二孃讀而思慕，矢志必嫁若士，雖姬侍無怨。及見若士，則頹然一衰翁耳，俞惘然，竟自縊。若士作詩哀之，曰：『畫燭搖金閣，真珠泣繡窗。如何傷此闋，偏只在婁江。』此其愛才之摶一，亦不可及。妙年無奈是當時，若士何以爲懷耶？清季，某相國侏儒眇小，貌絕不揚，少時作《春城無處不飛花賦》，香豔絕倫。某閨秀夙通詞翰，見而愛之，晨夕雒誦不去口，示意父母，非作賦人不嫁。時相國猶未娶，屬蹇修附蔦蘿焉，及卻扇初見，乃大失望，問相國曰：『《春城無處不飛花賦》，汝所作乎？』背影迴燈，嚶嚶啜泣不已，不數月，竟抑鬱以殁。此則以貌取人，頓改初心，適成兒女子之見而已。

吳文節可讀爲立儲事，以屍諫，遺摺經某當道更易太半，然後呈進。其真本必有觸忌諱、破扃鐍之語，惜不可得見矣。相傳其《絕命》詩云：『回頭六十八年中，往事空談愛與忠。抔土已成黃帝鼎，前星還祝紫薇宮。相逢老輩寥寥甚，到處先生好好同。欲識孤臣戀恩所，五更風雨薊門東。』右詩據近人記載傳錄，未知是否曾經竄改之本。曩在京師聞人傳誦，似記第四句『還祝』二字非是，殆亦因觸忌而改易矣。

歲在甲午，東敗於日，割地媾和。李文忠忍辱蒙垢，定約馬關。一日，宴會間，日相伊藤博文謂文忠曰：『有一聯能屬對乎？』因舉上聯曰：『內無相，外無將，不得已玉帛相將。』文忠猝無以應，憤愧而已。翌日，乃馳書報之，下聯曰：『天難度，地難量，這纔是帝王度量。』則隨員某君之筆。某君，浙人，鄉不蒙文忠青眼者。『相將』、『度量』，繫鈴解鈴，允推工巧。

鮑子年康《內閣中書題名跋》：『嘉慶初，李鼎元字墨莊，四川綿州人曾充冊封琉球國王副使，賜一品麒麟蟒服。』相傳此項品服，唯自陛辭之日始，至覆命之日止，得用之，所以示威重也。又清初視翎支極重，凡賞戴花翎者，必有非常之功。其花翎確由內廷頒給，只准戴此一支，自己不得購用。

方子嚴濬師《內閣中書題名跋》：『大庚戴文端云：「和相珅執政時，兼掌院事，清祕堂中風氣爲之一變，往往有趨至輿前迎送者。獨閣中一循舊例，不爲動。用是和相雅不喜閣中人，曾以微事黜張蘭渚師誠倉場由江蘇巡撫改授倉場侍郎。而汪舍人履基、趙青州懷玉、朱溫處文翰，皆一時名宿，亦思有以摧抑之。迨和相敗，而閣中無一人波及者。」』

京朝大僚因公獲咎，傳旨申飭者，必須納賄於內監，則屆時一到午門，跪聽內監口宣上諭，即傳旨申飭云云，奉行故事而已。賄之多寡，以缺之肥瘠爲衡。相傳某年某總督述職入都，忽因事傳旨申飭。某督未歷京曹，不知行賄，及赴午門跪聽傳旨時，該內監竟盡情辱詈，有僕隸所難堪者，亦無可如何也。

文淵閣，但聞其名，不知所在，或云在大內，或云即內閣大庫。庫中儲藏書籍書畫甚多，惜太半損壞。有一種白綿紙書似貴州綿紙，而白細過之，版本皆絕精舊，霉朽尤甚，遠而望之，似乎完整，偶一幡帋，輒觸手斷散如絲，不復成葉。蓋北地雖無潮，而深廊大廈，錮陰沈鬱，亦能腐物，兼此種白綿紙尤緻而不韌，當製造之時，捶抄之工，殆未盡善耳。

每科會試由內閣舉人中書中式者，殿試日，領題後，得攜卷回直房填寫。書籍文具先存直房，不必臨時攜帶，一便也；几案視席地爲適，二便也；饌茗有廚役候伺，三便也；刮補託能手代勞，四便也；傍晚得隨意列燭，五便也。唯地屬中祕，外人未便闌入，刮補等事，必同僚相切者爲之。即試策中條對排比，亦可相助爲理，俾得專力精寫，不至限於晷刻。有此種種便宜，故每科鼎甲由中書中式者，往往得與其選。相傳光緒中葉，某修譔書法能工而不能速，殿試日，甚暝暗矣，猶有一行半未畢，目力不復克辨，正惶急間，適監場某貝勒至，悅其字體婉美，竟旁立，燃吸菸之紙煤照之，屢盡屢易其紙煤，且屢慰安之：『姑徐徐，勿亟也。』迨匆事而紙煤亦罄矣。殿譔感恩知己，臚唱後，以座師禮謁某貝勒。蓋旗人務觀美，稍高異者，固猶知愛字，尤能愛狀元字也。此殿譔設由中書中式者，則何庸乞靈於紙煤耶？

對聯有絕不喫力而工巧無倫者。某名士少時隨其師入浙，日暮抵武林關，關閉，不得入。小飲旅店，師出對曰：『開關遲，關關早，阻過客過關。』某應聲曰：『出對易，對對難，請先生先對。』師爲之欣然浮白。

近人江浦陳亮甫瀏所著《匋雅》有云：『香瓷種類不一，凡泥漿胎骨者，發香較多。瓷胎亦偶一有之，要必略磨底足，露出胎骨，而後香氣歕溢，鑒家又安肯一一試之耶？』又云：『香瓷最不易得，有土胎香者，有泥漿胎香者，有瓷胎香者，此自然之古香也。有藏香胎者，有沈香胎者，有各種香胎者，此人工之香也，然亦希世之珍。有梳頭油香者，古宮匳具，别是一種風流佳話。亮甫嘗得一蘋果綠之印合，康熙六字雙行直款，顔色姸麗，異香郁發，非蘭非麝，爲譔《瓷香館記》，並謂惲南田甌香館，非云茶香，直是甌香。』記長不具錄大抵古物皆有香，唯書之香，尤醇而穆，澹而雋。

某說部云阮文達受和珅之指，以眼鏡詩得蒙睿賞，洊躋清要。余前已辯之矣。又按：文達以乾隆辛亥大考第一，由編修升少詹事。是年大考，題爲擬張衡《天象賦》，擬劉向《封陳湯甘延壽疏》，並陳今日同不同，賦得眼鏡詩，閱卷大臣極賞擬賦博雅，而不識賦中『峚』字音義『峚』音計，《管子·輕重戊篇》：『虙戲造六峚行以迎陰陽』，竟置三等。旋查字典，始置一等二名，奉諭：『第二名阮元，比一名好，疏更好，是能作古文者。』親改擢爲一等一名。文達嘗自謂所以得改第一者，實因疏中所陳今日三不同，最合聖意。審是，則文達當日仰邀親擢，實以疏，非以詩疏長不錄，詎亦受之於和珅耶？竊意文達贍博，心目中何有於大考，何至乞靈和珅以自汚？高宗明察，和珅對於其私人平日厚賂固結者，或猶不敢多所漏洩，而獨何厚於寒儒冷宦之文達？誠如某說部所云，吾恐反以覬探干臯戾，文達通人，斷乎不出此也。

校：向來大考列高等者，編檢升至講讀學士，已爲最優。文達由編修擢少詹事，尤屬異數，無惑乎嫉惎者之捕風捉影也。流傳寖久，或遂據爲盛德之累。近儒記述見聞，輒號隨筆，輾轉剿說，稗販相因，不知撰擇，逞論攷辨，其流弊乃至重誣昔賢，以筆隨人，則曷如其已也？

場屋以字編號，未詳始自何時。名臣奏疏，司馬光論⿴囗真音真，見《字彙編》、毡見《字彙編》，音未詳兩號所對策，辭理俱高，是宋時取士編號之字。又劉昌詩《蘆浦筆記》載所編字號，尚有鞃音弘，與『⿰革厷』同，見《玉篇》、䝒音濃，見《廣韻》、⿰角免各字書所無、⿰角㝵音歹，見《玉篇》，《字學三正》云與『好歹』之『歹』同、蚒音貂，貂字省文，見《集韻》五字，編號必以僻字，殆亦慎密關防之一道歟？

咸豐間，順天闈中閧傳大頭鬼事，據稱其頭大逾五斗栲栳，門之小者，不能容出入，同考官有悖而死者。迨後同、光朝鄉會闈，大頭鬼猶間一示現，人亦習聞而不畏之。相傳其面閃閃作金光，團團如富翁，見者試官必升遷，士子必中式，咸謂爲勢利鬼，裝絕大面孔者。

乾隆朝，陽湖孫淵如星衍以一甲第三授編修，散館題爲《厲志賦》，孫用『躹躹如畏』，時和珅當國，指爲別字，抑置二等，應改官。故事：一甲授編修者，散館居下等，或仍留館；卽改官，可得員外。有勸孫謁和者，孫不往，遂改主事。自後凡散館改部，皆以主事用。乾隆庚戌以前，會試有明通榜，例得內閣中書，猶鄉試之有副榜也。長洲王惕甫芑孫素有才名，上計時，和相欲致之門下，王拒之，不通一刺，和銜之甚深。會試王中明通榜，和特奏停止，竟將榜撤回，會試明通榜遂自庚戌永遠停止矣。和珅權力之偉，能以私意屈抑人才，變更舊制若此。

長洲何屺瞻學士焯，博極羣書，長於攷訂，其手校書籍，今人不惜重金購之。康熙朝以李文貞薦，特賜舉人進士，授編修；及散館，竟列下等，應改官，奉旨著留館再教習三年。蒙古烏爾吉時帆祭酒法式善，亦負風雅重名，乾隆朝由檢討洊歷清華。二十餘年未嘗得與直省學政及鄉、會典試分校之役，兩試翰詹，並以三等左遷。相傳祭酒不工書，學士則書名藉甚，號稱能品者也。考試得失，不足爲據，其信然耶？

每科各直省鄉試，故事：揭曉後，中式者謁見典試，斷無不第者與焉。唯錢塘陳句山太僕兆崙，文章德業爲世儒宗。乾隆丙辰薦鴻博，授編修。某科，典湖北試，闈中落卷亦一一別其純疵，明白批示。發卷後，下第士子多來求見，咸指以要領，各得其意而去。有劉龍光者，聞公講論，感激欣喜，至於泣下，次科聯捷成進士，歷官御史，終其身執弟子禮弗衰。

古以褻語入史書者，嘗彙記之，得四事：一，《戰國策·韓二》：『宣太后謂尚子曰：「妾事先王也，先王以其髀加妾之身，妾困不疲也；盡置其身妾之上，而妾弗重也，何也？以其少有利焉。」』一，《後漢書·襄楷傳》：『襄上桓帝疏云：「前者，宮崇所獻神書，專以奉天地、順五行爲本，亦有興國廣嗣之術。其文易曉，參同經典，而順帝不行。」』章懷太子注：《太平經典·帝王篇》曰：『問曰：「今何故其生子少也？」天師曰：「善哉！子之言也。」但施不得其意耳。如令施其人欲生也，開其玉戶，施種於中，比若春種於地也，十十相應，和而生。其施不以其時，比若十月種物於地也，十十盡死，固無生者。真人欲重知其審。今無子之女，雖日百施其中，猶無所生也，不得其所生之處，比若此矣。是故古者聖賢不妄施於不生之地也，名爲亡種，竭氣而無所生成。今太平氣到，或有不生子者，反斷絶天地之統，使國少人』云云。一，則天朝，張、薛承辟陽之寵，右補闕朱敬則上書切諫，中有『陛下内寵已有薛懷義、張易之、昌宗，固應足矣。近聞尚食奉御柳模，自言子良賓潔白美鬚眉；左監門衛長史侯祥自云陽道壯偉，過於薛懷義，專欲自進，堪充宸内供奉。無禮無義，溢於朝聽』云云，則天勞之曰：『非卿直言，朕不知此。』賜綵百段。一，《金史·后妃傳》：海陵私其從姊妹莎里古真、餘都。莎里古真在外爲淫泆，海陵聞之，大怒曰：『爾愛貴官，有貴如天子者乎？爾愛人才，有才兼文武似我者乎？爾愛娱樂，有豐富偉岸過於我者乎？』又海陵嘗曰：『餘都貌雖不揚，而肌膚潔白可愛。』已上四事，宣太后之言，託誼罕譬。古人質朴，不以此等語爲諱，要亦無傷大雅。《襄楷傳》注近於房中家言，《前漢書·藝文志》：『房中八家，百八十六卷。』阮氏《七録》第七『仙道録』，其三房中。《隋書·經籍志》：『《序房内祕術》、《玉房祕訣》』等書，皆房中家言。通乎陰陽化生之旨，不得以蕆褻論。唯朱敬則一疏及金海陵之言，則誠蕆褻不堪，不當載之史冊。敬則疏尤以諫爲薦，逢惡導淫，其人品卑污至極，而則天勞之，且厚賜之，可謂有是君有是臣矣。

《春明舊事》以著人姓名屬對，有工巧絶倫者，『張之洞』、『陶然亭』，『烏拉布』、『蠶吐絲』之類。囊余戲昉之，以『花心動』詞牌名對『葉志超』、『拳匪』對『準良』，比又以『白墮』造酒人對『黃興』，此種對尤難於半虛半實之字銖兩悉稱，『興』對『墮』，猶『匪』對『良』也。漚尹以『文官果』對『武士英』，亦佳。

趙秋谷以丁卯國喪赴洪昉思寓觀劇，被黃給事疏劾落職。都人有口號詩云：『國服雖除未免喪，如何便入戲文場。自家原有三分錯，莫把彈章怨老黃。』相傳黃給事家豪富，欲附名流。初入京，以土物並詩稿偏贈諸名下，至秋谷，時方與同館爲馬弔之戲，適家人持黃刺至，秋谷戲云：『土物拜登，大稿璧謝。』家人不悟，遂書柬以覆。秋谷被劾後，始知家人之誤也。見阮吾山《茶餘客話》。董東亭《東皋雜鈔》云：『錢唐洪昉思著《長生殿》傳奇，康熙戊辰中既達御覽，都下豔稱之。一時名士張酒治具，大會生公園，名優内聚，班演是劇，主之者爲真定梁相國清標，具柬者爲益都趙贊善執信。虞山趙星瞻徵介、館給諫王某所按：王當是黃誤不得與會，因怒，乃促給諫入奏，謂是日係皇太后忌辰，爲大不敬。上先發刑部拏人，賴相國挽回。後發吏部，凡士大夫除名者，幾五十餘人。』按：此事他書記載多沿阮說，董云啓釁由趙徵介，挽回賴梁棠邨，可補阮氏所略。

近人有以顯宦姓名屬對者，或工巧絕倫，不亞都門曩所稱述。『朱介人』對『赤髮鬼』見《水滸傳》，『朱桂辛』對『白瓜子』，又對『赤松子』，『劉心源』對『弓背路』劉，兵器名，《書·顧命》：『一人冕執劉』，俗稱路之直捷者曰弓弦路，迂折者曰弓背路，『蔡鍔』對『蛇矛』，『陸鳳石』對『九龍山』，『阿穆爾靈圭』對『又求其寶玉』《左傳》句，『劉幼丹』對『康長素』以姓字對姓字，別爲一格，『汪精衛』對『周自齊』自，鼻本字。又昔人以『萬青藜』對『三白瓜』，藜、瓜皆平聲，殊乖對體，不如『雙紅豆』詞牌名，亦工亦韻。

光緒季年，某貝子陳請開去差缺一摺，外間頗有鈔傳者，略云：『伏念奴才派出天潢，夙叨門蔭。誦《詩》不達，乃專對而使四方；恩寵有加，遂破格而躋九列。方滋履薄臨深之懼，本無資勞才望可言。卒因更事之無多，以致人言之交集。雖水落石出，聖明無不燭之私；而地厚天高，跼蹐有難安之隱。所慮因循戀棧，貽衰親後顧之憂；豈唯庸鈍無能，負兩聖知人之哲。思維再四，展轉徬徨。不可爲臣，不可爲子。唯有仰懇天恩，准予開去御前大臣農工商部尚書要缺，以及各項差使。顧此後閉門思過，得長享光天化日之優容。儻他時晚蓋前愆，或尚有墜露輕塵之報稱，所有瀝陳下悃』云云。按：此摺於宛轉乞憐之中寓牢騷不平之意，雖非由衷之言，亦可謂善於詞令者矣。

新學家言最重腦，謂腦滿則智慧足，凡人屬文構思，汩汩然來時，皆若自腦中來者。乾隆時，天台齊次風召南性彊記，讀書一過，卽終身不忘。試宏詞高等，由編修官至禮部侍郎，以文學被寵眷。久之，墮馬傷腦，腦迸出，垂死，蒙古醫取牛腦合之，敷以珍藥，數月始痊，自是神智頓衰，讀書越日卽忘矣。此可爲腦主慧之碻證。

孫淵如由一甲二名授編修，散館改刑部主事。相傳因《厲志賦》中用『匔匔如畏』語，和珅指爲別字，抑置二等。無錫丁杏舲紹儀《聽秋聲館詞話》云：『淵如自恃文思敏捷，散館前，戲與友人約日午交卷出，當讌於某所。致誤引「登九餘三」爲「登三餘九」，改官比部。』此又一說也。淵如以乾隆丁未第二人及第，散館改部曹，出爲山東兖沂曹濟道，乞病歸。越六十年，宛平袁訒庵績懋以道光丁未第二人及第，亦緣事降部曹，出爲福建候補道，權延建邵道。值髮逆擾閩，移守順昌，歿於陣。二公科第官階如驂之靳，唯晚節不同，則遭時之常變使然耳。訒庵亦工詞章，原籍常州。

唐代博學宏詞與諸科並列，不甚貴異。清朝則爲特科，垂三百年，僅再舉行。康熙己未初試於體仁閣，特命賜宴，並高卓倚，殿廷常考所無也。乾隆丙辰再試，恩禮如康熙時，一時儒彥彬彬，得人稱盛，媲兩漢焉。偶閱崑山朱以載厚章《多師集》，有《賦得『三才萬象各端倪』得才字》七言十二韻詩，自注：『江南三院考取博學鴻詞科。』按：以載係乾隆時徵士，未及廷試，先卒。當其薦舉之初，須由本省考試，則亦未極隆重，曰考取，殆猶有考而不取者矣。未審康熙徵士如彭羨門、陳其年、朱竹垞、汪苕文諸名輩，亦曾經本省院試否。

嘗記某説部云：『毛西河能五官並用，嘗右手改門生課作，左手撥算珠，耳聽門生背誦，目視小僮澆花，口旋答門生問難，旋與夫人詬誶。』相傳西河夫人絕獷悍。西河多藏宋元版書，晨夕摩挲，不屑屑米鹽生計，夫人病焉。一日，西河出，竟付之一炬。比閲《多師集》沈德潛序：『藥亭朱先生，字以載，號藥亭故豪於才，古歌詩雜文及駢體小詞俱合格，又工八法。嘗於其座間見旁列二人，各執筆磨墨操紙以待，藥亭口授，一成四六序，一改友人長律，而己又謄寫某孝子傳，約千餘言。中有得，令二人參錯書之。頃之，序成，多新語；長律亦完善；己所謄寫，極工楷，無脱誤；中又與予道别後相思語。以是知五官並用，驚其才能』云云，則西河不得專美於前矣。西河，康熙己未徵宏詞，試列二等。

明孝廉海寧查伊璜繼佐《雪中人》傳奇作『培繼』，甲申後家居，放情詩酒，識吳六奇於窮途風雪中，解衣贈金，以國士相蘄許。迨後伊璜因史案罹禍，六奇感恩圖報，既飛章爲之昭雪，復持贈至於綯雲，豪情高誼，垂三百年，播爲美談。獨惜六奇以萬夫之雄列貳臣之傳，蒙順恪之謚。六奇誠能報伊璜，其所自處，固有重如泰山者。而唯伊璜之死生禍福是計，乃至於起居翫好，尤末之末矣。雖然，不能得之大雅宏達之君子，而顧以繩蹶張佽飛之勇夫，不已苛乎？據《貳臣傳》：『吳六奇，廣東豐順人。明亡，附桂王爲總兵，以舟師踞南澳。順治七年，平南王尚可喜等自南雄下韶州，六奇與碣石總兵蘇利迎降。』當是得伊璜佽助後，先投效桂藩，後歸命清室。蔣心餘作《雪中人》傳奇及《鐵丐傳》，第云梅關途次，投見帥幕，而不及其仕明一節，蓋爲六奇諱，且諒之深矣。伊璜詩稿名《釣業》，甚新。

江陰繆筱珊先生夙學碩望，並世宗仰。辛亥已還避地申江，寓虹口謙吉東里。甲寅十月某日，余偕吴遯庵閒步新閘橋迤東，見路南一家，門題『繆筱山醫室』横扁，大小各一，何同時同地姓字巧合若是？戲占一律云：『點檢同書費審詳，教人錯認藝風堂筱珊先生著有《藝風堂文集》。杏林未必留雲在，藥籠何因拾藕香先生刻《雲自在龕叢書》、《藕香零拾》。緗素家珍標難素先生富藏書，多宋元本，顧黄學派衍岐黄先生校勘專家，顧千里、黄蕘圃後，一人而已。還疑史筆餘清暇先生近膺清史館總纂之聘，於前月北上，得似宣公録祕方《談月》：陸宣公晚年家居，尤留心於醫，聞有祕方，必手自鈔録，曰此亦活人之一術也。』他日先生見之，當必爲之解頤。

科場故事有絕新者。康熙甲午，准文武生員互鄉試一次，文武舉人互會試一次。乾隆丙辰，准文監生入武場。辛酉，福建武生某以懷挾文字預藏試院，竟以五經中元，事發，置於理，因停互試及文監生入武場例。

廣西鄉試題名，每名下注官至某官。順治丁酉科是年廣西始行鄉試第六名鄧開泰，注云『湖北有瘴令』。蓋當時知縣缺，有有瘴、無瘴之分。以粵人耐烟瘴，故專補有瘴缺，亦故事也。又康熙十一年壬子科廣西鄉試，中式第十二名賈錫爵，滿洲人。是時隨宦子弟，准與所在省試。

宋版書凡『恆』字，皆作『恒』，『恒』缺末筆，避真宗諱。桉：『恒』本同『恆』。朱子曰：『人心一日爲恒。』《周禮·冬官·考工記》：『弓人恒角而短。』亦用此『恒』字，第音義異耳。又『寍』爲清時避諱缺筆字。桉：《説文》『安寍』『寍』字，本無末筆。注：『安也，从宀，从心，在皿上。皿，人之飲食器，所以安人也。』《韻會》云：『增末筆，俗字』。或改寫作『甯』，誼亦近古。《前漢書·王莽傳》：『永以康甯』，第宀下从必，不从心耳。

慈谿姜西溟宸英以布衣薦入史館。仁廟嘗謂近臣："姜西溟古文，當今作者。"每榜發，輒遣問姜宸英舉否。年七十，始以第三人及第。西溟不食豬肉，見人食豬肉，輒惡避之，致有以回教疑之者。朱竹垞戲曰："假食豬肉，得淡墨書名，則何如？"西溟不答。相傳竹垞自定詩集，不肯删《風懷》二百韻，曰："我寧不食兩廡特豚耳。"若西溟，乃真不食特豚者。

武進黄仲則景仁才氣駿發，洪北江以李青蓮比之。乾隆丙申駕幸山東，以獻詩召試，選武英殿書籤，敘勞授主簿。陝撫靈巖畢公爲入貲得縣丞，僅八品枝官，卻歷中外，兼考試、勞績、捐納三途，亦不數覯也。

或問杜于皇貧狀。于皇曰："往日之窮，以不舉火爲奇；近日之窮，以舉火爲奇。"于皇斯言，可謂不著一字，盡得風流。于皇名濬，黄岡人，性孤傲，好詆訶俗人。著有《變雅堂集》。

眉廬叢話卷八《東方雜志》第十二卷六號

宋劉龍洲過詠美人足《沁園春》詞『洛浦淩波』一闋膾炙人口久已，明徐文長渭《菩薩蠻》詞有『莫去踏香隄，遊人量印泥』之句，皆詠纖足也。若今美人足，則未聞賦詠及之者。始安周笙頤夔《念奴嬌》云：『踏花行徧，任匆匆，不愁香徑苔滑。六寸圓膚天然秀韓偓詩：『六寸圓膚光緻緻』，穩稱身材玉立。韤不生塵，版還參玉，二妙兼香潔。平頭軟繡，風翹無此寧帖。　花外來上鞦韆，那須推送，曳起湘裙摺。試昉鞵杯傳綺席，小戶料應愁絶。第一銷魂，溫存鴛被底，柔如無骨。同偕纖好，向郎乞作平，借吟舄。』又吳縣某閨媛《醉春風》云：『頻換紅幫樣。低展湘裙浪。鄰娃偷覷短和長，放放放。檀郎雅謔，戲書尖字，道儂真相。　步步嬌無恙。何必蓮鉤昉。登登響屧畫樓西，上上上。年時記得，扶教平小玉，畫闌長傍。』兩詞並皆佳妙，亟錄之。

咸豐時，巡檢某家本素封，非升斗是需，而以一命爲榮者也。所治扼衝要，而戶籍無多。一日，欽差過。欽差者，勝保也，權燗熏灼，不可一世。巡檢奉嚴飭，募人夫六百翌晨開差，百計勾稽弗克辦。方悔懮失厝，忽聞諸傔從，翌日爲欽差誕辰。巡檢喜曰：『得間矣。』詰朝，欽差坐堂皇，召巡檢跪堂下，問人夫齊集未。對曰：『未也。』欽差則怒甚，謂：『而何人，敢誤吾差？當以軍法從事。』巡檢殊夷然，跪進近㓻，從容稟曰：『六百人夫，誠咄嗟未易辦。值欽差華誕，竊願襜帷暫駐，少伸嵩祝之忱。屬王程匆促，卽亦未敢挽留，謹薄具折席，伏乞賞收。』詞畢，敂首至地者再，袖出紅楠封，捧持以進。欽差色稍霽，啓紅封，稍注目，則萬金券也。當是時，左右鵠侍者坒而集，欽差重轉圜，則厲聲詰巡檢：『吾生日，汝烏知者？』則敂首對曰：『欽差生日，猶父母生日，烏敢弗知？』巡檢固六品頂戴，頂硨磲。欽差指其頂，若爲庰責之者，謂之曰：『汝知吾生日，胡戴白頂來？其速歸，換藍頂來見我。』巡檢崩角肅退。頃之，欽差啓節，巡檢戴藍頂往送。未幾，以人才保薦，以知縣用，加四品頂戴矣。勝保作威作福，大率類此。及其敗也，朝廷命將軍忠勇多公來拏問，卽爲之代。將至矣，偵者以聞，勝方擁豔姬，縱羔酒，殊不爲意，曰：『彼來，隸吾調遣耳。』俄而忠勇捧詔至，開讀畢，仍傳諭旨，問勝保是否奉詔。勝泥首伏罪稱萬死，隨納印綬，易冠服，卽日就道，乘二人竹輿，緪以鐵索十數匝。忠勇推情，特許辦裝資，爲馱十有二；寵姬一，得之賊中者，挈以行。從行者，都門數舊僕及幕僚親厚者一二輩。距節轅數里許，其地某都司駐守。先是，都司固提督，與勝不相能，以微罪謫今職，奉檄駐守是。勝道出是，當勘驗，然後行。都司曰：『而犯官，何得挾重裝、攜眷屬？』既皆扣留，益復促勝行。勝無如何。幕僚者爲緩頰，執弗許。亟返奔，陳乞於忠勇，得給還裝資。寵姬者以賊孥，弗得請。勝泣涕如雨，踉蹌北行，聞者快之。其平日養寇自重，誤國殃民，尤不止弄權怙勢而已。

揚州鹽商皆官也，自咸豐朝開捐納翎枝例，則又皆戴花翎。每日讌集平山堂，翎頂輝煌，互相誇耀。朋從往來，不以輿而以馬，取其震炫道涂也。狂生某亦戴其銅頂破帽，帽之後簷綴以楮鏹，策禿尾瘦驢，日逐隊驪黃孔翠間，或先之，或後之，或並駕齊驅，自謂備極形容之妙。旁觀者輒軒渠。鹽商病焉，而無如何，集貲厚賂之，廑乃中止。狂生夙寒畯，自是稍潤澤矣。張丈午橋說。丈，真州人，家郡垣。

世俗異姓結爲兄弟，各具紅柬，備書生年月日、里居官位及其三代名氏，兄弟妻妾子女，一一詳載，撰吉蒞盟，彼此互換收執，謂之換帖，或云拜把，殆取手足之誼。顧以道義結合者殊尠，大都挾勢利之見，爲不由衷之周旋。往往兄若弟躋貴顯，則卑下者必躬自退帖，受之者亦岸然不以爲泰。尤有因以爲便，肆行殘賊之姦謀。鴒原之急，無望紓其難；虎口之噬，轉以戕其生。古今來驢魄恫心之事，寧有過於是者乎？光緒初年，四川東鄉縣民袁騰蛟聚衆抗糧一案，方事初起，東鄉令沈某適公出，令之弟某具牘會垣，以民變告，張皇請兵，意在邀功。時護川督鐵嶺文格，字式崖，素性卞急，漫不加察，輒檄提督李有恆帶兵馳赴，檄文内有『痛加剿洗』云云。有恆尤奉行操切，戕斃無辜數千百人。適南皮相國張文襄督學西蜀，任滿回京，據情疏劾，有旨交新督丁文誠查辦。或爲有恆危，有恆殊夷然，謂人曰：『吾固遵憲檄辦理，吾何患焉？』陝人田秀栗，字子實，於有恆爲換帖兄弟，時權成都令，承護督指，蕲賺取前檄，歸罪有恆，别爲檄同式，唯『痛加剿洗』改『相機剿撫』，爲得間掣換地。一日，秀栗詣有恆，談次及東鄉案，有恆曰：『吾固遵憲檄辦理，吾何患焉？』秀栗曰：『檄安在？曷示我？則是案結束奚若？可一言而決。』有恆，武人，無遠慮，重秀栗兄弟行，益坦率，遽入内，出檄示秀栗。當是時，日嚮夕矣，客座稍闇，秀栗則持檄從容就門次，若爲審諦者，亟納袖中，易别檄，歸有恆，則慰之曰：『誠然，老哥信無患也。』適有他客至，秀栗匆匆遂行。迨有恆覺察，則已痛悔無及矣。未幾獄具，有恆及沈令皆大辟。秀栗以易檄功，擢刺瀘州，旋調忠州。某日送客至門，忽神色慘變，自言見有恆來索命，從者掖以入，俄暴卒。此事凡宦蜀者能言之。夫秀栗，狗彘耳，烏足責？獨惜文誠以屏臣碩望，與聞陰賊之謀，又復賞惡勸姦，升擢秀栗，對於『誠』之一字，其能無愧色否乎？

文人短視者夥矣。林璐譔《丁藥園外傳》云：『藥園先生名澎，杭之仁和人。以詩名，與宋荔裳、施愚山、嚴灝亭輩稱燕臺七子。其讀書處曰攬雲樓。客乍登樓，藥園伏案上，疑晝寢，迫而視之，方觀書，目去紙不及寸；驟昂首，又不辨誰某。客嘲之，藥園戲持杖逐客，客匿屏後，誤逐其僕，藥園婦聞之大笑。一夕娶小婦，藥園逼視光麗，心喜甚，出與客賦定情詩；夜半披幃，薌澤襲人，小婦卒無語。詰旦視之，爨下婢也，知爲婦所紿，則又大笑。藥園世奉天方教，及官法曹，猶守教唯謹。同官故以豬肝一片置匕筯，藥園弗察，吏人以告，獲免。嘗晨入東省，侍郎李公奭棠從東出，藥園從中入，瞠目相視。侍郎遣騶卒問訊，藥園趨謝。侍郎笑曰：「是公耶？吾知公短視，奚謝爲？」』《外傳》又云：『藥園謫居塞上，茆屋數椽，日晡，山鬼夜啼，飢鼯聲咽。忽聞敂門客，翩然有喜，從隙中窺之，則一虎，方以尾擊戶。』藥園短視若彼，門隙聽見，殆未必明碻，以爲虎，容或非虎也。余聞某名士觀書，輒黠其準；又二人皆短視，相見爲禮，各俯其首，額相觸，則藥園之流亞矣。相傳乾隆朝，某省知府某入都展覲，召對畢，頓首言：『臣猶有下忱。』上曰：『何也？』曰：『臣有老母，臣來京，別母，母命臣必仰瞻聖顏，歸以告母。』上曰：『而目朕可。』曰：『臣短視。』曰：『攜眼鏡未？』曰：『有之。』曰：『帶鏡目朕可。』某頓首遵旨。有頃，上曰：『審未？』曰：『審矣。』頓首謝恩出。上嘉其質直，未幾，竟大用，亦短視之佳話也。

乾、嘉以還，金石專門之學，偃師武虛谷億與錢塘黃小松易齊名。虛谷博洽工考據，尤好金石。同縣農家掘井，得晉劉韜墓志，虛谷急往買之，自負以歸，石重數十斤，行二十餘里，到家憊頓幾絕。性迂僻，善哭，嘗游京師，主大興朱文正家。除夕，文正饋彘肩、蒙古酒，虛谷食已，大哭。主宅驚怪，疑其久客思家，亟慰問之。則曰：『無他，遠念古人，近傷洪稚存、黄仲則不偶耳。』朱克敬《儒林瑣記》乾隆五十七年，當和珅秉政，兼步軍統領，遣提督番役至山東，有所詗詧。其役攜徒衆，持兵刃於民間，淩虐爲暴，歷數縣，莫敢呵問。至青州博山縣，方飲博恣肆，知縣武君聞即捕之。至庭不跪，以牌示知縣曰：『吾提督差也。』君詰曰：『牌令汝合地方官捕盜，汝來三日，何不見吾？且牌止差二人，而率多徒，何也？』即擒而杖之，民皆爲快。而大吏大駭，即以杖提督差役參奏，副奏投和珅按：當時中外章奏，必別繕一本呈和珅，謂之副奏，不獨山東一省爲然。而番役例不當出京城。和珅還其奏，使易，於是以妄杖平民劾革武君職。博山民老弱謁大府留君者千數，卒不獲，然和珅遂亦不使番役再出姚鼐譔《博山知縣武君墓表》。虛谷之風趣如彼，而其風骨如此。相傳虛谷得劉韜志於桃園莊，珍祕特甚，亟昉造一雁石，應索觀及索朾本者，真者則什襲而韇藏於匱。虛谷歿後，其猶子某疑其重寶器也，夜盜之出，竭畢生力，幾弗克負荷，及啓眡，石也，則怒而委之河。此事殊殺風景，然亦未嘗不有風味，因擥連記之。

張文襄開府兩湖，值六十壽辰。仁和譚仲修廷獻時主經心書院講席，譔壽文逾二千言，竟體不用『之』字，避文襄名上一字，文襄亟稱賞之。

滇南大觀樓長聯膾炙人口久已。庚子五月，北京義和拳匪設立神壇於清涼庵，無名氏昉其體作楹聯云：『五百石糧儲，助來壇裏，登名造冊，亂紛紛香火無邊，看師尊孫臏，祖託洪鈞，神上太公，單傳大士，伸拳閉目，總言靈爽憑依，趁古刹平臺，安排些蘆棚藁麐，便書符念咒，遮蔽那鉛彈鋼鋒，莫辜負腰纏黄布，首裹紅巾，背繞赤繩，手持白刃；萬千人性命，付與團頭，濃夢酣眠，明晃晃刀槍何用，想焚燬教堂，圍攻使館，摧殘民舍，蹂躪官衙，張膽喪心，那得天良發現，刦殺人越貨，直自同猘犬貪狼，縱作怪興妖，今已化沙蟲腐鼠，只贏得臺偃龍旗，門隳魚鑰，宫屯虎旅，道走翠華。』

滿人多工於應對，而苛其中之所有。無名氏詠四品宗室詩句云：『胷中烏黑口明白，腰際鵝黄頂暗藍。』桉：黄色，赭黄最貴，杏黄次之，鵝黄又次之。黄帶子，皆鵝黄。又某君贈某國人詩有云：『窺人鷺眼藍花碧，映日蜷毛茜草黄。』並工麗絶倫。

某縣童試詩題『多竹夏生寒』，某卷句云：『客來加煖帽，人至戴皮冠。』學使某亟稱賞之，謂吐屬華貴，非尋常寒畯能道。又『潤物細無聲』題，句云：『開門知地濕，閉戶鬧天晴。』某名士亦亟賞之，謂『無聲』二字熨帖入妙。

同治初年，洪秀全虎踞金陵，號稱延攬英傑。江南處士熊偘，字屈人，嘗挾策干秀全，秀全奇其才而不能用。僞翼王石達開與語，悦之，乘間屢言於秀全，卒弗聽。而熊感石氏知己甚深。會洪、楊搆釁，楊被收，熊聞耗獨先，亟貽書報石，趣宵遁。石得書，卽日微服過熊，欲約與俱，至則已先行矣。石之去洪也，匆匆弗克辦裝，然蓋篋所攜多金玉寶器，所值殊鉅。昏夜單騎走豐碭間，竟爲流寇所困，掠其裝貲，並致石於其主帥，石亦不自道誰何。帥遙見石，跣而逆，握手若平生歡。石諦眂，則熊也，愕眙出意外。熊曰：『公來何暮？僕爲公營菟裘久矣。太平非王霸之器，性又多疑忌，不受善，以逆取，不能以順守，「一片降旛出石頭」，指顧間事耳。我公誠有意，僕不才，竊願從三軍之後，效一得之愚。如其不然，或遯跡烟霞，放情山水，亦願陪尊俎，奉笑言。僕生平落落難合，所如輒阻，悽愴江潭，生意盡矣。不惜須臾忍死，圖有以報公，冀公不我遐棄耳。』當是時，石固指別有在，無留志，詰旦辭去，熊揮涕送之。未幾，披鬄皈釋氏，行腳不知所終。夫石達開而亦被掠於流寇，絕奇。因被掠而遇熊，頗涉世俗小說窠臼，然而皆事實也。宇內不乏熊生，或並一石達開而弗克相遇，悲夫！

上海新聞橋迤東有繆筱山醫寓，揭櫫其門者再，與江陰繆筱珊先生姓字巧合，余嘗作詩賦其事。越翼月，先生至自都門，見而賞之，因再占一詞，調寄《點絳脣》云：『男女分科，霜紅龕主原耆宿太原傅青主先生山，以醫名，著有《男科女科》，今盛行。藕香盈匊，何用蔆苓劚先生刻精本叢書，名《藕香零拾》。八代文衰，和緩功誰屬。醫吾俗，牙籤玉軸，乞借閒中讀。』

日本和文名詞：東雲，天曉也；珠霰，雹也；年玉，新年餽贈之物也；粟散國，小國也；裙野，山腳也；裙分，分配也；門並，比屋而居也；雪隱，廁也；素讀，但讀而不求解也；著書，鈔本也；歌道，學作詩也；作言，理想小說也；辛抱，堅志也；言葉，言語也；珍聞，奇聞也；米壽，八十八歲也；金持，富翁也；花娵，新婦也；箱入娘，不出戶之少女也；引眉，畫眉也；步銀，行商所得利也；紺屋，染坊也；蒔繪，金漆也；郎從，侍從也；猿松，多言也；淺猿，愚拙也；淺暮，無智也；豬武，過猛而野也；手遊，玩具也；鼻唄，微聲也；鮫肌，麤皮膚也；玉代，纏頭金也；姿見，大鏡也；玉垂，繩線也；竹流，錢也；立花，養於瓶內之花也；徒花，華而不實也；花守，守花園之人也；青立，發芽也；韓紅，大紅也；若綠，新綠也；萌黃，淡青色也；鶯茶，合綠色、樓色、灰色而爲色也；茸狩，采菌也；蓼酢《蕙風簃隨筆》：醻酢之酢常用醋。《說文》：『客酌主人也。』《儀禮·特性饋食禮》：『祝酌受尸，尸醋主人，醯醋之醋當用酢。』《說文》：『醶也。』徐曰：『今人以此爲酬酢字，反以醋爲酢字，時俗相承之變也。』《隋書·酷吏傳》：『寧飲三升酢，不見崔弘度。』二字宋已後互誤，元吾丘衍《閒居錄》辨證甚詳。日本和文書醋皆作酢，猶存古誼，醬油之一種也；　卯花，豆渣也。皆新雋可憙。又天武四年，彼國方崇尚浮屠教，禁食獸肉，有疾則食肉，疾止復初。於吾國《禮經》所云，殆斷章取義焉。市肉者隱其名，曰藥食，亦曰山鯨。所懸望子畫牡丹者，豕肉也；　書丹楓落葉者，鹿肉也。弛禁後，遂不復見。黄公度《日本雜事詩》云：『甚囂塵上逐人行，日本橋頭晚市聲。別有菜場魚店外，丹楓落葉賣山鯨。』夫牡丹，花之富貴者也，乃以爲豕肉之標識，未審託誼何居。

貴池劉蔥石世珩得唐製大小兩忽雷，築雙忽雷閣，繪《枕雷圖》，徵題詠以張之。余爲譔《彙刻傳奇序》，附三絶句，其一云：『取次琅璈按拍來，尋常絃管莫相催。挑燈笑問雙紅袖，參昴星邊大小雷。』蓋蔥石二姬人：龍嬋、柳娉，兩忽雷歸其掌記也。甲寅九月初四，值蔥石四十生日，湘陰左子異孝同贈聯云：『菊酒稱觴，先重陽五日；　楚園奏雅，撥四絃雙雷。』殊工切。蔥石滬上所居，名楚園也。

光緒庚子、辛丑間，友人錄示萍齋主人《感懷》八章，步埜秋閣學元韻，藏之篋衍久已，茲錄如左：『一夜西風萬木彫，繞枝烏鵲去迢迢。愁邊淚落銀河水，夢裏心翻碧海潮。日月乾坤雙照外，干戈天地一身遙。江關蕭瑟尋常事，銅狄摩挱恨不銷。』又：『太息回天力尚微，乘秋便欲破空飛。一身詎忍言功罪，萬口偏難定是非。大澤龍蛇終啓蟄，故山猿鳥莫相違。三千死士田横島，南望中原涕淚揮。』又：『軍符一道下從容，宜有昇平答九重。誰料廣寒修月斧，卻教洛浦應霜鐘。越禽向暖孤飛去，桀犬驕人反噬凶。落日營門敞秋色，喧喧笳鼓頌時雍。』又：『久已分封向醉鄉，又憑射獵入長楊。渭涇清濁雙流合，門第金張七葉昌。君子何辭化猿鶴，中朝從此有蜩螗。逢人莫道頭顱好，鏡裏相看半是霜。』又：『漢南司馬今人傑，萬事應非築室謀。歌舞能銷君國恨，死生空廑友朋憂。功名白髮仍持節，霄漢丹心失借籌。遙領頭銜是橫海，忍隨李蔡爵通侯。』又：『周宣車馬中興日，漢武樓船鑿空年。奉使更無蘇屬國，談兵偏罪杜樊川。風雲淮海行看盡，子弟湖湘亦可憐。昨夜欃槍又西指，仗誰搔首問蒼天。』又：『重見詞源三峽傾，幾人連袂又蓬瀛。欲隨幕燕營新壘，已與江鷗背舊盟。未死秦灰猶有焰，僅存魯壁更無聲。關山直北多金鼓，要借絃歌寫太平。』又：『當年亦是鳳鸞姿，雪壓霜欺歷幾時。宦味乍同雞肋戀，壯懷應有馬蹄知。濁醪味薄愁難破，故劍情深夢所思。風景不殊悲舉目，買山何處采華芝。』八詩皆雋婉可誦，託誼甚顯，可推按得之，惜萍齋姓名弗可得而詳耳。

浙人有字亞伯者，以京卿致仕家居，頗不理於鄉評。無名氏製聯嘲之云：『包藏惡心，違父命，奪弟財，枉作京堂四品； 圈成霸道，拜中丞，揖明府，得來洋餅三千。』『惡』字藏下『心』爲『亞』，『伯』字圈去聲同『霸』，語殊工巧。

甲午中東之役，北洋海軍不戰而降敵，未幾割地媾和。李文忠蒞約馬關，爲彼人不逞者所狙擊，致傷面部。日本皇后一條美子遣使慰問，饋賜藥物，恩禮周至。無名氏《甲午雜詩》其一云：『憐才雅意出椒房，青鳥傳言到上方。爲說深恩銜次骨，唐家面藥祇尋常。』杜甫詩：『口脂面藥隨恩澤，翠管銀罌下九霄。』

凡上飭下曰仰，唯官文書則然，未聞見於諭旨者。庚子拳匪之變，矯詔南中疆吏，讎逐外人。五月某日，鄂督奉廷寄，有『仰該督撫等』云云，一望而知其爲僞，不奉詔之計益決。

光緒朝，有詔釐正文體，無名氏昉制藝體書其後云：『聖朝崇正學，國本不搖矣。夫文體，固與國體攸關者也。釐而正之，不綦要歟？且夫八股之學創自有宋，盛於有明，至本朝而斐然可觀，燦然大備，固文章之極軌，郅治之鴻規也。乃自喜事之徒鄙爲無用，趨時之士棄焉如遺。聖人有憂之，光復典章，釐正文體，煌煌硃諭，炳日星焉。君子曰是之謂女中堯舜。夫人皆知廢八股、復八股之説之是非矣，曾亦知八股之文體，固何在乎？八股爲孔教之真傳，待後守先，直延堯、舜、禹、湯之一脈，點竄典謨之字，出入風雅之辭，語貴不離宗。願志士名流，唐宋以來書勿讀。八股爲聖朝之定制，震今鑠古，直合學問經濟爲一家，局則擬行世之文，調則效登科之稿，言之如有物，恐矜奇好異。朝廷從此法難寬，可勿正哉？論坐言起行之理，儒士精神虚耗，八股誠足以誤人，似也，而不然也。彼則謂大而能通天人之奥，小亦足包格致之精，苟能養到功深，儒將名臣由此其選，所謂學有本原者視此也。彼習非所用之言，老成者早鄙爲惑世之妄談矣。挽既倒狂瀾，不幾賴彤廷之釐剔乎？論拘文擘義之爲，學子固執鮮通，八股或足以病國，似也，而不然也。彼則謂出雖無濟世之良才，處可爲安貧之願士，苟能讀書守分，人心風俗卽有所裨，所謂學無浮慕者視此也。觀「民可使由之」語，有國者早奉爲馭才之妙術矣。作中流砥柱，不仰藉深宮之訂正乎？士習之衰之不可回也。聲光化電，甘師巧藝之爲；西地愛皮，競效横行之字。棼棼泯泯，謬誇有用材焉，恨不能令讀八股耳。今得聖母當陽矣，講求正學，綸綍頻宣，語好新奇，功令有所必黜。吾知培閶左之佳子弟，蔚朝右之賢公卿，在此一舉也。列祖列宗，在天之靈，實式凭之已，聖治之隆之萬不替也。金陳章羅，頒爲程式；譚林楊宋，在所誅鋤。穆穆皇皇，羣上無疆頌焉，何莫非重視八股哉？今又懿旨下降矣，誥誡試官，稟承有自，鑒衡偶舛，磨勘之咎難辭。吾知保四千年中國之文明，壯四千萬士林之元氣，恃此一策也。周公孔子，斯文未喪，保佑命之已，猗歟盛矣哉！文明以正，有道萬年，他邦人士，拭目俟之矣。』此文寓諧於莊，聲調氣機，鈴圓磬澈，允推墨裁上乘。

某省某學堂學生季考，《四書》義題『堯舜之道，孝弟而已矣』，某卷句云：『夫堯舜，豈非古今大舞臺上之一大英雄哉？』閱卷者商之監督，監督曰：『筆勢尚佳。』遂置高等。

禾中朱竹垞、徐勝力兩先生爲同徵友，竹垞居梅里，勝力居城東角里。勝力嘗邀竹垞飲，或竹垞攜壺就飲勝力家。二公嘗以名相戲，有『今日朱移尊音同彝尊，明日徐家筵音同嘉炎』之謔，見於辛伯源《鐙窗瑣話》。曩在金陵，一日讌集，南陵徐積餘、丹徒陳善餘兩君在座，適登盤之品，有鯽魚、鱔魚，座中他客，亦舉以爲笑也。

乙巳、丙午間，山陰某君字鳳樓，薄游金陵，汝南制府絕禮重之。公餘陶寫絲竹，爲秦淮校書小五脫籍。同僚某集句製聯贈之云：『小樓一夜聽春雨，五鳳齊飛入翰林。』並鳳、樓二字，亦作回鸞舞鳳格見宋陳藏一《話腴》，分嵌句中，珠聯綺合，妙造自然。

新曆四年元旦，蕙風搦管續《叢話》。是日也，風日妍和，雲物高朗，俯仰身世，聊樂我員，口占一律，卽以實《叢話》：『陽生一九叶龍躔距長至九日，寶籙欣開泰運先。吉語桃符春駿發，清輝桂魄昨蟾圓值舊曆十六日。衣冠萬國同佳節，歌管千門勝昔年。晴日茜窗揮綵筆，歲華多麗入新編。』

鄉來酒價至賤，以杜少陵詩『速須相就飲一斗，恰有三百青銅錢』爲最；其次則漢昭帝罷榷酤之時，賣酒升四錢；又其次則唐楊凝詩云：『湘陰直與地陰連，此日相逢憶醉年。美酒非如平樂貴，十升不用一千錢。』至李太白云『金尊清酒斗十千』，則唐詩人用此語者多矣。米價至賤，以漢宣帝元康間穀石五錢爲最；其次東魏元象、興和中，穀斛九錢；又次唐元和六年，天下米斗有值二錢者。唐太宗時，米斗三錢，後世以爲美談。蓋未攷尤有賤於此者。新年善頌善禱，以醉飽爲第一要義，故記之。

乾、嘉間，大興朱相國文正介節清風，纖塵不染，雖居台鼎，無殊寒素，與新建裘尚書文達爲文字至交。某年歲云暮矣，偶詣文達，談次嘆曰：『貧甚，可若何？去冬蒙上方賜貂褂，比亦付質庫矣。』文達笑曰：『君貧甚，由自取，可若何？欲一擴眼界乎？』因出所領戶部飯食銀千兩，陳之几上，黃封黋然。文正略注視，輒起自座間，手攫二鉅鏹，登車遂行。茲事誠至有風趣，苟非文達，文正斷不出此。其陳銀几上也，固欲周之也。文正會其指，故取之弗疑。莊生所謂『相視而笑，莫逆於心』，晚近無此交情也。

甲寅四月，日本澀澤青淵男爵來遊滬上，先之杭州，拜明儒朱舜水先生祠墓。將遊京師，取道曲阜，謁孔林，自言其生平得力，不出《論語》一部，誠彼國貴遊中錚佼者。余嘗賦詞贈之，調寄《千秋歲》云：『雲飄萬里。人自日邊至。桑海後，登臨地。湖猶西子笑，江更春申醉。誰得似，董陵澆酒平生誼。九點齊烟翠。指顧停征轡。洙泗遠，宮牆峙。乘桴知有願，淑艾嘗言志。道東矣，蓬山回首呈佳氣。』桉：日本自魏明帝時通中國，其主文武天皇，釋奠於先聖先師，尊崇孔子。彼國名儒著有《先哲叢談》一書，恪守程朱之説，於性理之學多所發明，蓋聖學東漸，由來舊已。又同治時有雅里各者，籍英吉利國，曾遊歷京師，先迂道山東，謁曲阜孔林。金匱王紫詮韜《送雅君回國序》稱其注全力於《十三經》，取材於馬、鄭，折衷於程、朱，於漢、宋之學兩無偏袒，譯有《四子書》、《尚書》二種，彼國儒者，咸歎其詳明賅洽，奉爲南鍼云云。則西儒亦嚮風慕義，尤爲難能可貴矣。

清制視翰林至重，庶常散館列二等者，輒以部曹改官。康熙十七年，新城王尚書文簡由戶部四川司郎中召對懋勤殿賦詩，次日，遂改侍講，未任，轉侍讀。由部曹改詞臣自文簡始，實異數也。

咸豐十一年八月，曾文正克復安慶，部署觕定，命莫子偲大令採訪遺書，商之九弟沅圃方伯，刻《王船山遺書》。既復江寧，開書局於冶城山，延博雅之儒，校讎經史。政暇，則肩輿經過，談論移時而去。住冶城者，有南匯張文虎、海寧李善蘭、唐仁壽、德清戴望、儀徵劉壽曾、寶應劉恭冕，此江南官書局之俶落也《蕙風簃二筆》。按：杭州錢東生林《文獻徵存錄》云：『黄儀，字子鴻，常熟人。尚書徐乾學開書局於江南洞庭山，儀與顧祖禹、閻若璩、胡渭並入幕。』此江南官書局之先河，特在蘇不在寧耳。

林璐譔《丁藥園外傳》，叟形容其短視，余前節錄並連綴短視雅故，茲又得二事。昭文邵荀慈齊燾目短視，每作書，望之若隱几臥者。冬月脱履擁鑪坐，俄客至，倉卒覓履不得，躡他履以出。履左右各異，客匿笑，荀慈亦自笑，已且復然，不以屑意。吴江吴漢槎兆騫性耽書，然短於視，每鼻端有墨，則是日讀書必數寸矣，同學者往往以此驗其勤否。

宋政和末，御史李彦章言：『士大夫多作詩，有害經術。』詔送敕局立法，官習詩賦杖一百見葉夢得《石林燕語》。事絶可笑。余前記之。然不過立法而已，未聞受杖者誰也。比閲《文獻徵存錄》有云：『周篔，字青士，嘉興人。遭亂棄舉子業，受廛糶於市。一日，市有粥故家遺書者，買得一船，筐筥、斗斛、權衡紛陳滿肆，每讀之糠籺中，意陶然自適也。嘗客遊嘉善，借寓柯氏園，月夜詩興絶佳，輒吟哦達旦。適郡丞某以事至部，寓與園鄰，攪吟聲不寐。詰旦，遣隸拘青士至，撻而逐之。』此則吟詩見撻，竟成事實，不尤可笑耶？一説青士自陳與竹垞善，僅乃得免。余意不如並不自陳，撻則撻，逐則逐，乃益高絶。昔倪雲林被歐於精徒，彊忍弗嘷謈。或問之，曰：『出聲便俗。』其恉遠矣。

凡人記憶力彊，則讀書事半功倍，然而天之所賦，不可彊也。茲略舉見於記載者：顧亭林在京師邸舍，王阮亭曰：『先生博學彊記，請誦古樂府《蛺蝶行》，可乎？』即朗念一過，同坐皆驚。吴江潘次耕耒幼有聖童之目，覽曆日一過，即能闇誦，無所譌脱，首尾不遺一字。錢塘陳句山兆崙幼好學清警，嘗遊西湖淨慈寺，讀門牓三徧，還家試誦，略無遺脱。甘泉焦里堂循八歲至人家，客有舉『馮夷』音如『縫尼』者，曰：『此出《楚辭》，「馮」讀皮冰切。』客大驚。陽湖孫淵如星衍年十四，能背誦《文選》全部。之五君者，其資質得於天者獨優，故其才力過乎人者甚遠。又玉峯徐大司寇乾學凡人有一面者，終身不忘。無材藝者不入門下，有執贄者先繕帙以進。公十行俱下，頃刻終篇，其有不善處，則折角志之。其人進見，公面命指示，一字不爽，則尤能記憶人之面貌，往往善讀書者之所難也。相傳乾隆時，和珅記性絶佳，每日諭旨，一見輒能默記，乃至中外章奏，連篇纍牘，和倉猝披閲，能一一提綱挈領，批郤導窾，以故與聞密勿，奏對咸能稱旨，所謂才足濟姦，聰明誤用者矣。

凡人於己所擅長，未可自以爲至；即至矣，或反不如未至者之爲愈。則夫學問器識之間，深識者必窺之於微焉。比余甄述古人之記性過人者，續獲二事，綴録如左，而其故可推矣。吴長元《宸垣識餘》云：『南宋肅王樞，與沈元用同使金，館於燕山憫忠寺，寺有唐碑，詞皆偶麗，逾三千言。元用素彊記，即朗誦一再，肅王不視，且聽且行，若不經意。元用欲矜其敏，取紙背書之，失記者闕之，僅十四字。肅王取筆盡補之，並改正元用數誤字，置筆他語，無矜色。元用爲之駭服。』黄蛟起《西神叢話》云：『丁松年，字壽夫。惠遠，字懷明。與邵文莊公少皆絶穎。嘗偕遊洞虚宫，見庭有鵝羣，入弄之。道士某戲謂：「欲爲籠鵝右軍耶？」因笑指屏風曰：「此王學士耐軒壽先師祖文，幾三千言。向聞三君敏妙，能誦十徧背之，當烹鵝以餉。」松年曰：「一徧足矣。」即起略觀，背之如流，不失一字。惠遠朗誦二偏，謁三四字。文莊細讀三偏，謁八九字。道士甚喜，急宰鵝治具，出佳釀佐之，盡歡而散。謂弟子曰：「邵子深沈不苟，必大臣也。二子質雖敏，氣太浮，恐非遠到器。」後松年以儒士第一人應舉，不第，怏鬱遽卒；惠遠登成化癸卯科，仕終京兆通判；唯文莊登第爲宗伯，悉如道士言。』二事原文皆節錄

前話述朱文正攫金事，謂苟非裘文達，文正斷不出此。茲又得一事略相類：北平崔青蚓子忠能詩善畫，居恆介節自持，簞瓢婁空，晏如也。史閣部忠正家居，過其舍，見青蚓絕食，乃留所騎馬歸。青蚓牽於市，賣之，沽酒，招其友飲曰：『此酒自史道鄰來，非盜泉也。』一日而金盡。蓋可取而不取，焉有君子而爲是矯情？卻之爲不恭，對於知己，尤非所敢出也。

北齊所刻佛經，文字勁偉，拓本雖非黯致，然往往不全，爲可惜耳。相傳陽曲傅青主山晚隱於醫，一日，走平定山中爲人視疾，失足墮崖穴，僕夫驚哭。青主徬徨四顧，見有風峪，中通天光，石柱林立，數之得一百二十六，則高齊時佛經也。摩挲視之，終日而出，欣然忘食，其嗜奇如此。

《文獻徵存錄》錄洪昉思昇引趙秋谷執信之言曰：『昉思爲《長生殿》傳奇，非時演於查樓，觀者如雲，而言者獨劾予。予至考功，一身任之，褫還田里，座客皆得免，昉思亦被逐歸。』桉：《長生殿》被劾事見於記載數矣，唯秋谷獨任其咎，俾免他客云云，爲他書所未載，是不可弗傳也。

雍正時，錢塘汪積山惟憲善爲詩，尤工五言，論者謂覽其詩，非徒愔愔有雅致，乃別見貞白之性，有《積山集》六卷。少補諸生，好潔成癖，每受知於學使者，終不肯畢鄉試，以場屋儲積汙薉，易霑垢漬也。嘗考昔人以潔癖著者，莫如米海岳、倪雲林，二公未嘗廁身場屋，從事科舉海嶽以母侍宣仁后藩邸舊恩起家補含光尉，雲林終布衣，殆亦不屑不潔之故歟？

康熙時，王漁洋詩弟子許子遜由進士官福建知縣。許雖文士，絕擅拳勇。嘗補武平令，縣境與粵東某縣毗連，兩縣民因爭山地械鬭，許馳赴填戢，粵民殊獷悍，羣起毆抶許，則敗於許，皆讋服，弗敢肆。後以年老乞疾歸，息影里閭，逾古稀矣。一日，有老僧山東人，踵門請角藝。許延見，從容語之曰：『若與僕皆老矣，心雄髮短，胡競勝爲？矧兩敗必有一傷，夙非怨讎，卽亦何忍出此？何如各奏爾能，以優劣爲勝負也。』僧韙之，於是會射，則皆中的；較力，則舉任相若。旁觀者末由稍稍軒輊。許窺於微，知僧實有勝己處，則與之約：『吾曹孰勝負，以翌日爲期，視一事之能否爲斷。』則置酒召賓朋，席間，許忽默坐運氣，令髮辮上指，卓立若植竿然；其辮繩葑垂飄拂，若矛戟之繁飾也。僧無辮，謝不敏，竟伏退。此沛公所謂『吾寧鬬智、不能鬬力』也。子遜有《竹素軒詩集》，清新俊逸，不墜漁洋宗法。

寒食禁火，相傳因介之推事，猶端午競渡因屈原也。洪武本《草堂詩餘》，陸放翁春遊摩訶池《水龍吟》『禁烟將近』句注云：『《周禮·司烜氏》：「仲春以木鐸，狗火禁於國中。」』此別一說也。

錢塘梁山舟學士同書父文莊，官至大學士。文莊未達，居鳳凰山麓，夫人夜織，兒嬉於旁。虎突入戶，夫人驚絕，山舟戲如故，神色自若。亟問之，曰：『有大獸來，四顧而去。』亦不知爲虎也。其後乾隆五十五年，以在籍侍講入都祝釐，不肯詣時相門。有以禍福怵之者，勿顧也。其威武弗屈，已於幼不畏虎時徵之矣。靈巖尚書畢公自楚贈大硯，不納，使人委之而去。越數年，友有宦於楚者，仍附還畢公。夫所贈僅大硯，且贈者爲畢公，宜若可受矣，而介介若是，詎預知其功名之不終耶？

歸安嚴九能元照生而識字；四歲作書徑尺，有規矩；十齡於屏風上爲四體書，擅其藝者莫能及，號爲嚴氏奇童。昔白香山七月識『之』、『無』，元王恂三歲識『風』、『丁』，蓋亦經人指授，且僅識此二字耳。若夫生而識字，則嚴先生而外，未之有聞。先生父樹蕚，聚書至數萬卷，其涵育有自來矣。

仁和葉登南藩，乾隆十六年成進士，改庶起士，散館補江西建昌令，居官口不言阿堵物，避俗如仇，人以爲迂，而民甚安之。藩狀貌癯瘠甚，趨府白事，在公所罕與人言，人常怪之。一日，值貲郎在坐，藩殊不耐，閉目坐久。同官問：『何爲？』閉目不答，微語曰：『癡人去否？』貲郎大恨，卒爲所中，以微譴罷歸。夫貲郎誠癡，亦復可人；貲郎而不癡，則益弗可耐耳。

曾文正官翰林時，一日，閱海王村書肆。同時買書者先有二人在，其一人遺一錢於地，一人亟躡之，俟遺錢者行，亟俛而拾之，亦遂行，意若甚得者。文正微詢肆中人，皆得二人姓名。迨後文正開府江南，有知縣新到省來見者，閱其姓名，則當年拾錢人也。文正愀然曰：『若人一錢如命，一旦膺民社，欲無剝民脂膏，得乎？』亟劾罷之。大臣留意人才，淑慝之鑑，操之有素，卽其憶力過人，亦敻乎弗可及已。

眉廬叢話卷九《東方雜志》第十二卷七號

滬語謂男女私識曰姘頭。桉：《倉頡篇》：『男女私合曰姘。』茲字誼乃絕古。《漢律》云：『與妻婢奸曰姘。』又別一義。

友人某君告余，某日送某參政北行，歸途讌集某所，晤東陽方伯。東陽自言：『日來甚欲填詞，因敂以近作，則擬賦《鷓鴣天》，僅得起句云：「從此蕭郎是路人。」適案頭有《北山移文》，雒誦至再，俄而客至，遂不竟作。』此七字含意無盡，真黃絹幼婦也。

吾廣右古文家，平南彭子穆昱堯、永福呂月滄璜、馬平王定甫拯、臨桂唐子實啓華、朱伯韓琦、龍翰臣啓瑞，皆得桐城嫡傳。所作多名言精理，不同率爾操觚。地本偏僻，士唯治樸學，不屑標榜通聲氣，以故姓名或不出里閈，而其流弊所極，乃至不唯不標榜，而反相傾軋。一二穎異少俊稍脫略邊幅，輒跼蹐不見容，往往垂老殊鄉，不敢言旋邦族，言之增於邑焉。因論諸鄉先生，不能無感。定甫先生有《龍壁山房文集》梓行，其《計豢龍傳》一首，事屬異聞，迻錄如左：『計豢龍，馬平人。先世山東，祖國選，從征粵西蠻，至柳州，以功授五都都亳鎮巡檢。卒。子仲政，貧不能以歸，家焉。而熟知猺獞情。知縣張霖薦其材，以諸生承父職。谿洞反者，多所擒滅，諸蠻畏之。仲政卒，子永清業於農，日行龍谿隴上，拾巨卵，異之。歸翼以鵝，生龍子，畜之鉢，鉢盈；泳以池，將溢焉。乃縱之沖豪山潭間，日投飲以牛羊之血，人皆馴之。一日，女紅裳者過潭側，龍謂血也，起吞之。永清怒，僞爲投牛羊血者，龍出飲，而遽手刃斷其尾，龍自是潛不出。或言大風雨晦冥之日，升天行矣。永清死，將出葬，龍降於庭，家人駭奔，徐瘠其爲鉢中物也，前而祝曰：「爾不忘豢者耶？」則往卜諸幽，將舁葬焉。龍蜿蜒，衆尾之。龍伏計東寨山之厓下，衆以永清窆焉。』余幼聞諸父老言，與志傳小異，吁！亦神怪矣哉！嗣計氏子孫爲馬平望族，天順、成化間，登甲乙科者不絕云。

閱蕭山湯紀尚《槃薖文乙集》有《紫纓頌》一首，爲合肥相國李文忠作。偶與滬尹談及，謂羌無故實，殊難工也。滬尹因言近有一紫纓掌故：先是浙中某閨秀矢志非極品大臣不嫁，職是桃夭梅摽，芳期婁愆。迨後仁和相國王文勤由樞相告歸，有續膠之舉，竟如願相償焉。文勤曾蒙賞用紫纓，結褵日，其公子某先意承歡，備極優禮，綵輿八座，特换紫纓，其他鹵簿稱是。旁觀者咸嘖嘖稱羨，新夫人尤躊躇滿志云。

海虞沈石友自號鈍居士，有硯癖，藏硯絕夥。比貽余二拓本，因記之。玉谿生像硯，高七寸五分宋三司布帛尺，寬五寸二分，厚一寸三分。琢池方式，近趾處稍狹，背面琢圓式凹下，而像凸起。像半身右嚮，結帶巾，衣後有花紋，方式略如補服而稍下。其上方題云：『予得宋人寫無題詩卷子，首列玉谿像，脱失過半，落墨瀟灑，非龍眠一輩子不能到。因屬包山子摹此研背。及刻成，而陸已謝世矣。仲石記。』右下角有『秬香心賞』白文印，左邊稍下有『憲成』朱文印，右側題云：『秬香兄以玉溪生像研拓本求題，視其神采飛騰如女子，製作之精，可想見矣。愚有上官周《唐宋詩人像》一册，至玉溪，微病其多態；今始知上官氏之學有淵源，非妄爲者。仲石不可考。嘉慶二年歲次丁巳秋八月二日，北平翁方綱。』『蘇齋』白文印，硯趾左偏石友題云：『我讀韓碑詩，頂禮玉溪像。千古翰墨緣，神交結遐想。』阿翠像硯，高六寸七分，寬四寸四分，厚一寸五分，池琢圓式。四周隆起而中凹下，上方蓄水處亦凹下，占高一寸六分。凹中左偏，有『半山一侶』白文印，背面刻阿翠像，倚几右嚮側坐，右手持卷軸，全身，不露足。左方題『咸淳辛未阿翠』六字，分書，像及題款皆凸。右側題云：『「綠玉宋洮河，池殘歷劫多。佳人留硯背，疑妾舊秋波。」己丑三月得此硯，墨池魚損去之，背像眉目似妾，而右頰亦有一痣，妾前身耶？阿翠疑蘇翠，果爾，當祝髮空門，願來生不再入此孽海。守貞記。』『馬』字朱文橢圓小印。左側石友題云：『片石歷四朝，兩美合一影。想見畫長眉，露滴玉蟾冷。洗汲綠珠井，貯擬黃金屋。若問我前身，爲疑王百穀。刻畫入精微，脂香泛墨池。漢家麟閣上，圖像幾人知。』硯趾安吉吳昌碩跋云：『石友示蘇翠像硯，馬守貞題，可稱雙絕。翠，樂籍，工墨竹、分隸。咸淳辛未，宋度宗七年。己丑，明萬曆十七年也。』蕙風桉：《畫史會要》云：『蘇氏，建寧人。淳祐間流落樂籍，以蘇翠名。嘗寫墨竹，旁題八分書，如倚雲拂雲之類，頗不俗，亦作梅蘭。』今此硯像題款政作分書，則阿翠卽蘇翠無疑。《畫史》云淳祐間，則咸淳之誤也。

《嘉慶涇縣志》，洪北江爲總修，體例精審，卓然可傳。其《人物志·志壽考》有云：『明查萬綱，九都人，年一百二歲。季弟萬采，年一百歲。萬綱兄弟四人，仲萬紀，叔萬芳，皆年九十餘。子友爵，年八十餘。五老一堂，知縣何大化贈以扁額云「壽星五聚」。』又：『查永闊，九都人，年百歲，知縣李日文以「天賜百齡」扁額旌之。』縣志記永闊，與萬綱相連，蓋爲時相去不遠也。夫人壽期頤，世不多覯，若查氏一門，躋百齡者三人，誠山川間氣所鍾，求之志乘中，殆不能有二焉。

有清之將亡也，叉雀之嬉成爲風氣，無賢愚貴賤，舍此末由推襟抱，類性情，而其流弊所極，乃不止敗身謀，或因而誤國計。相傳青島地方淪棄於德，其原因則一局之誤也。當時青島守臣文武大員各一，文爲山東道員蔣某，武則總兵章高元也。歲在丁酉，蔣以闔差調省，高元實專防務。某日日中，礮臺上守兵偶以遠鏡瞭望海中，忽見外國兵艦一艘鼓浪而來，亟審睇之，則更有數艘銜尾繼至，急報高元。高元有雀癖，方與幕僚數人合局，聞報，夷然曰：『彼自遊弋，偶經此耳，胡張皇爲？』俄而船已下碤，辨爲德國旗幟，移時卽有照會抵高元署，勒令於二十四點鐘內撤兵離境，讓出全島。高元方搏壹於雀，無暇他顧，得照會，竟姑置几上，其鎮靜情形，視謝安方圍碁得驛書時，殆有甚焉。彼特看畢無喜色，此則並不拆視也。久之，一幕客觀局者取牘欲啓封，高元尚尼之，而牘已出矣。幕客則極口狂呼怪事，高元聞變，推案起，倉皇下令開隊，則敵兵已布通衢，踞藥庫矣。將士皆挾空槍，無子藥，既不能戰，詣德將辯論，亦無效，遂被幽署中。於是德人不折一矢，而青島非復中國有矣。事後高元疊電總署，謂被德人誘登兵艦，威脅萬端，始終不屈，皆矯飾文過之辭耳。嗟乎！青島迄今再易主矣，吾中國亦陵谷變遷，而唯看竹之風日盛一日。尤足異者，舊人號稱操雅，亦復未能免俗。羣居終日，無復氣類之區別，則此風伊於胡底也。俛仰陳跡，感慨係之矣。

宜興許午樓時中囑審定其尊人乃武《木民漫筆》，泰半詩話及異聞，間涉災祥果報之說，關係掌故者絕少。兹節錄數事如左悉依《漫筆》原文：壽陽相國祁文端易簀日，胷微溫，越六日復甦，索筆題詩云：『聖駕臨軒選異才，八方平靖物無災。上元世業十年後，自有賢豪應運來。』長白青墨卿麐督學江蘇，無名氏製聯云：『白旗丁偏心真可怕，青瞎子無目不成睛。』頗工，然非實錄，青公鑒衡殊允也。

周迪號藕塘，鄉試薦卷以『心腹腎腸』爲滿洲某公所黜，曰醫書不可入文。曹鐵香太史炳燮朝考以『藴』字見抑，鐵香詩云：『御頒詩韻從頭檢，藴字何曾作蘊書。』

楚某，貴人，蚤歲不善治生，簞瓢屢空，高尚其志，不受嗟來之食。有戚某官江蘇，往探，兼爲山水之遊。抵金陵，其戚早引歸。資用既罄，幸逆旅主人不甚索逋，且時來就談，曰：『相君之貌，非久困風塵者。』因教以卜，設肆於店門，日用粗給無贏餘。開年首春，主人致酒曰：『今歲值大比，請復理舊業。』主人日來勸讀，若師保。端陽後餞行，贐白金三十兩。貴人歸而舉於鄉，次年成進士，入翰林，卽郵書報主人而未得達。後十數年，貴人總制兩江，微服訪之，主人老，不復識客，久之始悟，握手如平生歡。出酒同飲，貴人徐告之故，主人驚起欲拜，貴人捺令坐曰：『貧賤交，勿拘形跡。』遂邀主人爲食客。其長子固營卒，旋擢守備。次子略識字，爲納貲得縣丞，官於浙，後至司馬。

漚尹言朱九江有猶子酷嗜錢，一日，九江謂之曰：『錢之爲物，有何佳處，汝顧愛之若是？』猶子者亦請問九江曰：『錢之爲物，有何不佳處，叔顧不愛之若是？』斯言饒有哲理，猶子者亦復不凡。因憶吾鄉桂林，清議絕可畏。舍兄東橋所居距吾廬不數武，某日嚮夕詣兄，值盛暑，未易長衣。甫出門，遇一友，遽訶余曰：『汝何故著短衣出門？』余亦笑詰之曰：『汝何故著長衣出門？』當時此友竟急切不能答也。

余年十三四，不知詩爲何物，輒冒昧屢爲之，有句云：『薄酒並無三日醉，寒梅也隔一窗紗。』姊丈蔣君梓材名棟周，修仁人。癸酉拔貢，工琴善弈。長余數齡，見而誡之曰：『童子學詩，胡爲是衰颯語？』因舉似其近作，句云：『有酒且拚今夕醉，好花不斷四時春。』自謂興會佳也。詎蔣君不數年卽下世，余雖坎廪無成，然而垂垂老矣。因憶及訶余之友，擘連記之。蔣君，雅人，其規我，其愛我也。

近人某氏譔野乘，有某太史遺事兩則。某太史者，故相國某之館賓也。相國晚節不可道，方隆盛時，則厖然講學家也。太史貌理學迎合之，其遺事野乘殊未備。相國邸第在前門內東城根，太史寓所在前門外西河沿，相距非甚遠，而亦未爲甚近。太史固英年，堂上猶具慶，自到館已還，下榻相國邸，每日授讀餘閒，必回寓省親一次，往還時間不差黐髮。且無論寒暑風雨，必步行，不乘車，相國以是益重之。而不知其去時，出相邸數武卽顧車；回時，未至相邸數武，僅舍車而徒。且未必果回寓，卽回寓，亦未必非別有所爲也。太史尊人近耄耋，患失明。一日，太史夫人炙牛脯，雜紫蘭丹椒，芬馨撲鼻觀。尊人問焉，且曰：『幸分而翁一杯羹也。』適太史省親在寓，則對曰：『吾家近戒食牛犬，安有是？其殆東鄰殺牛乎？』太史以相國奥援，入清祕堂，京察一等，出守大郡。嘗語友人曰：『居官要訣，唯穩、冷、狠三字。』友人徐曰：『其如別有三字，不能兼顧何？』曰：『何也？』曰：『君、親、民也。』太史慍甚，而無如何。先是，太史之捷於鄉也，年甫十七，其尊人持重特甚，屬一老僕衛之北行。老僕者，與太史尊人年相若，其尊人幼年入塾時，僕卽爲僮伴讀者也。其行也，以仲冬，由東大道遵陸。當是時，風氣猶未甚開，視航海猶畏途也。太史爲節費計，與友人共賃一車，而命老僕徒步以從，風雪長途，踉蹌歷十八站。甫抵都門，僕以積勞病歿，太史夷然，薄斂叢葬之而已。太史自應童子試，至於散館考差，皆出手得盧，未嘗枉拋心力。年未三十，一麾出守，東南繁富，宦橐甚充，其福命誠加人一等。國變以後，不聞消息。意者坐擁厚貲，優遊林下矣。

有清一代，滿大臣昏庸陋劣，見於載籍，不勝僂指。定遠方子嚴濬師《蕉軒隨錄》所記一事尤爲奇絕。雍正間，陝西巡撫西琳接見僚屬，有二裁縫旁坐縫衣。不但司道恭揖，二裁縫穩坐； 至府廳以下，或長跪白事，二裁縫穩坐如故。凡地方緊要事件，一一聽聞，大小官員，莫不駭異。見陝西糧鹽道杜濱奏摺，意者滿人好修飾邊幅，雖苛其中之所有，而於章身之具，務求熨帖安詳。茲事非裁縫不辦，宜其待之有加禮也。雖然，若西琳者，殆猶有質直之風焉。優禮裁縫，即不妨令眾人見之，以視工於揜著，貌爲尊嚴，而其中不可問者，猶爲襟懷坦白已。

滿大臣軼事尤有絕可笑者，乾隆季年，山東巡撫國泰，年甫逾冠，玉貌錦衣。在東日，酷嗜演劇，適藩司于某亦雅擅登場，嘗同演《長生殿》院本。國去玉環，于去三郎，演至『定情』、『窺浴』等齣，于自念堂屬也，過媟褻或非宜，弄月嘲花，略存形式而已，詎舞餘歌闋，國莊容責于曰：『曩謂君達士，今而知迂儒也。在官言官，在戲言戲，一關目，一科諢，戲之精神寓焉。苟非應有盡有，則戲之精神不出，即扮演者之職務未盡。君非頭腦冬烘者，若爲有餘不敢盡，何也？』于唯唯承指。繼此再演，則形容盡致，唐突西施矣。國意殊愜，謂循規赴節，當如是也。其後國爲御史錢南園所劾，旋解任去，而鵲華、明湖間猶有流風餘韻，令人低徊不置云。

光緒朝，江西巡撫德馨酷嗜聲劇，優伶負盛名者，雖遠道必羅致之。節轅除忌辰外，無日不笙歌沸地也。新建令汪以誠者有能吏名，專爲撫轅主辦劇政，即俗所謂戲提調也，邑署中事無大小，悉付他員代之。是時，贛人爲製聯曰：『以酒爲緣，以色爲緣，十二時買笑追歡，永夕永朝酣大夢； 誠心看戲，誠意聽戲，四九旦登場奪錦，雙麟雙鳳共銷魂。』額曰：『汪洋慾海。』四九旦、雙麟雙鳳，皆伶名也。稍後，柯逢時撫粵西，頗不洽輿情，無名氏製聯云：『逢君之惡，罪不容於死； 時日曷喪，予及女偕亡。』

額曰：『執柯伐柯。』兩聯額皆嵌姓名同格，粵聯集句尤渾成。

道光時，浙江巡撫烏某莅任有年，唯留意海塘工程及考試書院二事，浙人作對譏之曰：『畢生事業三書院，蓋世功名一海塘。』康熙朝商丘宋牧仲犖撫吳十九年，嘗修滄浪亭，刻《滄浪亭小志》，又修唐伯虎墳，然似有不慊輿情處。其撫署東西兩轅門牓曰：『澄清海甸，保障東南。』時有加三字成聯句云：『澄清海甸滄海水，保障東南伯虎墳。』右兩事略相類。然如烏某者，固猶有一二善政；如宋公者，尤不失文采風流。求之輓近鉅公中，殆猶未易多得焉。又宋中丞題滄浪亭聯曰：『共知心似水，安見我非魚。』或改水爲火，改魚爲牛，暗合其名，亦堪一噱也。

客歲秋冬間，纂《陳圓圓事輯》，得萬餘言。比閱長沙楊朋海恩壽《詞餘叢話》有云：『嘉慶間，蘇州鄭生客遊滇，春日踏青商山，訪圓圓墓不得，崩榛荒葛中，忽迷歸路。俄而落照西沈，暮烟籠樹，遙望前途，似有人家，思往借宿。至則朱門洞開，玉瑱金鋪，儼然王侯第宅。乃使閽者轉達，良久而出，導入東廂。爲設食，尊酒簋貳亦極精潔。飯已，有老嫗出問：「客操吳音，是何鄉貫？」具告之。少頃，嫗秉燭而出，肅客登堂。有女子容色絕代，羽服霓裳，如女冠裝束，降階而迎曰：「妾卽邢氏，薶香地下百有餘年，時移物換，丘隴就平。念君是妾同鄉，有小詩十首求爲傳播。」因命侍女取詩付鄭，其末章云：「鴛鴦化盡魚鱗瓦，難覓當年竺落宮。」鄭問「竺落」之義，曰：「竺落皇笳天，爲十八色界天之一，載在道經，妾舊時所居宮名也。」取翠笛一枝以贈，並吟一詩曰：「嘆息滄桑易變遷，西郊風雨自年年。感君弔我商山下，冷落平原舊墓田。」遂命送鄭出。時東方微明，向之第宅俱無所見，唯西面隱隱若有垣墉，諦視之，則深林掩映而已。然袖中玉笛故在，視其詩箋，則多年敗紙，觸手欲腐，墨色亦闇澹，迥非人世之物。鄭以幽會荒唐，刻圓圓遺詩，託諸箕筆。東海劉古石傅會作《商山鸞影》傳奇，彌失其真。蘇人蔣敬臣爲予言如此。』右楊氏《叢話》所述，跡涉幽渺，未可據爲事實。曩閲長樂謝枚如章鋌《賭棋山莊詞話》載朱淑真降箕賦《浣溪沙》詞，其後段云：『漫把若蘭方淑女，休將清照比真娘。朱顔說與任君詳。』余嘗輯淑真《事略》，亦未采入。

康南海寵姬何女士栴理殁於滬寓邸第，其門下客某製聯恭輓云：『天若有情亦老，人難再得爲佳。』南海亟獎藉之，時方歲晚，餽遺有加。

近人某筆記載：吳三桂爲前明武舉，出江南某公門。某公殁，其子奉母貧甚，間關抵滇。既半載，寄食於藩下護衛。得間通謁，吳立待以殊禮，留邸第數月。旋以母老告歸，則大集賓僚祖道，餽賮逾二萬金；别扃鐍一篋爲母壽，皆珠寶。某歸，遂爲富人。按：延陵軼事此類非一。少時曾爲毛文龍部將，既貴，與毛氏久不相聞。浙帥李某强奪毛氏宅，毛無如何，事聞於吳，立責令李還宅，且輸金謝毛氏。傅宗龍亦三桂舊帥，其子汝，視之如兄弟。王府門禁嚴，汝非時出入，無敢詰者。寧都曹應遴於三桂有恩，其子傳燦遊滇，以十四萬金贈行。三事見南昌劉健《庭聞錄》。

北京政事堂地望高絶，以簡爲重，某君擬譔楹聯云：『竟日淹留佳客坐，兩朝開濟老臣心。』屬對工切，集杜工部句，尤天然巧合。

曩譔《臼辛漫筆》，有『瓊花豔遇』一則，蓋聞之於皖友。歲在甲寅，晤廣陵吳嵇翁明試爲言此事丁道、咸間，事之究竟有出吾舊聞外者，因並前所記述焉。瓊花觀未燬時，皖人米客某春日獨遊，忽逢麗人，相與目成。夕詣客所，自言我仙女也，遂諧燕好。客設肆仙女廟，挈女同歸，它人不之見也。其後漸洩，同人有求見者，客爲之請，女曰可。某日會坐，忽聞香風郁然，仿佛麗人立數步外，宮裝繡裙，腰如約素，雙翹纖削若菱，腰已上輕雲蔽之，神光離合，倏忽不見。會客經營失意，謂女曰：『卿仙人，曷爲我少紓生計？』女曰：『世間財物各有主，詎可妄求？』郡城有售呂宋票者，屬客往購，謂當稍竭緜薄。比客詣郡購票歸，不復見女，票亦旋負。一月後，消息杳如，望幾絕矣。女忽自空飛墮，短衣帶劍，雲鬟蓬飛，氣息僅屬，謂：『欲飛渡呂宋，爲君斡旋，詎該國多神人守護，斥逐良苦，歸途又爲毒龍所劫，僅乃得免。』已上《臼辛漫筆》，已下補述客亟捧持慰藉之，女亦從容復其故常。自是與居越二稔，雖琴瑟在御，未足方其靜好也。一日，客因事外出，洎歸，女則置酒曲房，屬客共飲。江東之膗，漢南之腈，紫翼青鬐，璚漿玉膏，不知其致奚自也。酒間，自取洞簫吹之，聲不同於引鳳，曲迺犯乎離鸞。蘇長公所謂『如怨如慕，如泣如訴』，其爲愴怳淒悒，殆無以逾焉。簫闋，復倚聲而歌之，歌曰：『明月清風兮夜如何其，醉不成歡兮我心傷悲。執子之手兮黯然將離，桑田滄海兮後會難期。更進一杯兮勸君勿辭，千秋萬歲兮人天相思。』歌畢，捧觴屬客，哽咽而言曰：『離多會少，恩深怨長，吁嗟郎君，緣盡今夕。比以鉅涇之國，將丁末運，應運降才，天帝殊難其人。不圖仙官某率以吾輩進，謂夫有媚骨，無剛腸，膺斯選至宜稱也，帝可其議。吾祖師方侍直上清，奉敕下，籍所屬，候進止。業發遣如干輩，皆以男身降生浮提。妾幸名叨牒末，稍得稽遲；今則無可復延，蓋天符已下矣。夫以應龍建馬之末裔，無健走千里之殊能，而一代托以興亡，九閽知其名姓，誠曠古罕有之奇遇。矧帝心慈恕，念茲殘劫，雖假手吾輩造成，然實運會使然，不當吾輩任咎。迨至紅桑閱盡，銷除位業，特許從容騎鶴，逍搖海上仙山，徐俟乘化歸真，仍還本來面目。妾與君聚處數年，雖金鑪其香，瓊佩同照，甚愧未能有益於君。然微審陽消陰息之間，庶幾秕糠去而精粹大來對鍼米客而言，仙人善於詞令，非復天壤王郎、吳下阿蒙可比。君幸自愛，努力前修，天上人間未必不復相見。悲莫悲兮生別離，此時此際難爲情耳。』語次，淚隨聲下，客亦涕泗汍瀾，因問鉅涇之國何在，女曰：『此天機，時未至，毋洩也。』於時四目相注，依黯無語，聞雲中隱隱有笙鶴聲。俄而樺燭異色，光景淒戾，若金風鐵雨將至，而瓊雲璧月不可復留也。客爲之心目震眩，一徊徨間，遽失女所在。亟開戶引睇，唯見綵雲如蓋，冉冉嚮東南而去。久之，迴精斂魂，收眂返聽，唯有月落參橫，秋聲在樹而已。客悲惋垂絕，旋亦謝絕人事，披髮入山，不知所終。

有清一代視翰林至重，一若人而翰林，則無論德行節操，學問事功，無一不登峯造極者。持此見解，深入肺肝，根深蒂固，牢不可拔，雖通儒鉅子不免。光緒甲午恩科會試，有欽賜進士湘人某翁，年一百十四歲，殿試後，欽賜國子監司業，蓋寵異之也。某翁意殊不慊，謂某某年僅百齡，某某且未逮百齡，皆蒙欽賜翰林，何獨於吾靳弗予也？時余客京師，偶與半唐老人夜談及此。余曰：『璞哉是翁，唯其不知司業翰林秩位之崇卑，乃能壽命延長至是。』半唐亟拊掌，然余說。迨後己亥、庚子間，余客荊湖，聞是翁猶健在矣。

《禹貢》：『九州：冀、兗、青、徐、揚、荊、豫、梁、雍。』桉：《淮南子·墬形訓》云：『天地之間，九州八極。何謂九州？東南神州曰農土，正南次州曰沃土，西南戎州曰滔土，正西弇州曰并土，正中冀州曰中土，西北台州曰肥土，正北濟州曰成土，東北薄州曰隱土，正東陽州曰申土。』此九州之名與《禹貢》不同。

北語詈人曰雜種，此二字見《淮南子·墬形訓》云：『煖濕生容，容生於毛風，毛風生於濕元，濕元生羽風，羽風生煥介，煥介生鱗薄，鱗薄生煖介。五類雜種興乎外，肖形而蕃。』

始安周笙頤夔撰錄宋已來詠美人詞爲《寸瓊詞》，得一百七十闋。凡前人未備之題皆自作以補之，其詠今美人足《念奴嬌》一闋已錄入前話矣。《菩薩鬘·美人辮髮》云：『同心三綹青絲綰。絲絲比並情長短。背立畫圖中。巫雲一段鬆。羅衫防汚去卻。巧製烏綾托。私問上鬟期。平添阿母疑。』《定風波·美人渦》云：『容易花時輾玉顔。柔情如水語如烟。春意欲流人意輭。深淺。藏愁不够恰嫣然。都說個儂禁平酒慣自注：俗云頰有雙渦者善飲。防勸。無端撩笑綺筵前。吹面東風梨暈孅。妝晚。鏡波無賴學人圓。』《減字浣溪沙·美人脣》云：『記向瑤窗寫韻成。重輕音裏識雙聲五音唯脣分重輕音。石榴嬌欲競珠櫻唐僖宗時競妝脣，有石榴嬌、嫩吳香等名。笛孔膩分脂暈浥，繡絨香帶唾花凝。憐卿吻合是深情。』《沁園春·美人舌》云：『慧茁心苗，欲度靈犀，溫馨自然。恰鸚簾客去，香留茶靆。鸞牋句秀，粲說花妍。金籥深扃《黃庭經》：「玉筦金籥身完堅。」金籥，舌也，玉津密潄，消得神方長駐顔。圍曾解，羨瀾翻清辯，巾幗儀連李白詩：「笑吐張儀舌」，又：「誰云秦軍衆，摧卻仲連舌」。簪花格最嬋娟。更妙吮香毫越恁圓。甚小玉偏饒，幽懷易洩，阿入侯乍學，泥去語輕憐。一角溪山，廣長真諦蘇軾《贈東林長老》詩：「溪聲便是廣長舌，山色寧非清淨身」，只在紅樓斜照邊。閒憑弔，憶楚宮淒怨，捫竟三年詩：「莫捫朕舌」。』《減字浣溪沙·美人頸》云：『延秀雒川鶴未翔《洛神賦》：「延頸秀項。」又：「余朝京師，還濟雒川。」又：「竦輕軀以鶴立，若將飛而未翔」。蝤蠐玉映鏡中妝。低垂膩粉卻羞郎。書雁遲迴勞引望，繡鴛偎傍慣交相。溜釵情味韡鬟香。』《鳳凰臺上憶吹簫·美人胷》云：『酥嫩雲饒李洞詩：「半胷酥嫩白雲饒」，蘭薰粉著韓偓詩：「粉著蘭胷雪壓梅」，羅裙半露還藏周濆詩：「慢束羅裙半露胷」。乍領巾微褪，一縷幽香。依約玉山高並，嵦嵦雪，宛在中央。難消遣，填膺別恨《說文》：「膺，胷也」，積臆春傷《釋名》：「胷，臆也」。閨房。別饒光霽，祇風月叨陪，僥倖檀郎黃山谷云：「茂叔胷中灑落，如光風霽月」。更三生慧業，錦繡羅將。云是掃眉才子，渾不讓，列宿文章李賀詩：「云是西京才子，文章鉅公，二十八宿羅心胷」。論平丘壑楊萬里詩：「何日來同丘壑胷」，遙山澹濃，占斷眉場秦韜玉《貧女》詩：「不把雙眉鬬畫場」。』《減字浣溪沙·美人腹》云：『妙相規前寫祕辛《漢雜事祕辛》：「規前方後，腹與背也」。圓肌粉緻麝臍溫。個中常滿玉精神。郎若推心誰與置，天教貯恨不堪捫蘇軾詩：散步逍遙自捫腹。輖飢可奈別經春。』《白蘋香·前題》云：『屬稿未須鳳紙，兜羅穩稱瓊肌。宣文豔說女宗師，不數便便經笥。玉抱香詞慣倚詞名有《玉抱肚》，珠胎消息還疑。畫眉也不合時宜，約略檀奴風味。』《減字浣溪沙·美人臍》云：『可可珠容半寸餘《雜事祕辛》：「臍容半寸許珠」。麝薰溫膩較何如。帶羅微勒惜凝酥。酒到暫能酡絳靨《世說》：「桓溫有主簿善別酒，好者謂青州從事，惡者謂平原督郵。」青州有齊郡，言好酒到臍；平原有鬲縣，言惡酒在鬲上住。陸游詩：「且泥杯中酒到臍」，藥香長藉煖瓊膚蘇軾詩：「留氣煖下臍。」自注：今藥肆有煖臍膏。夢中日入叶禎符《晉書》：「南燕慕容德母夢日入臍，生德」。』前調《美人肉》云：『絲竹平章總不如。屏風誰列十眉圖楊國忠冬日令美姬環之，名曰肉屏風。收藏慣帖是郎書。似燕瘦纔能冒骨，如環豐卻不垂腴。雞頭得似輭溫無。』《減字木蘭花·美人骨》云：『陽秋皮裹。何止肉勻肌理膩杜甫《麗人行》：「肌理細膩骨肉勻」。玉瑩去冰清。無俗偏宜百媚生王貞白詩：「念予無俗骨。」蘇軾詩：「俗骨變換顏如葩」。銀屏讀曲。藥店飛龍爲誰出宋《讀曲歌》：「飛龍落藥店，骨出只爲汝」。坦腹才難。消得文章比建安李白詩：「蓬萊文章建安骨」。』《金縷曲·前題》云：『畫筆應難到。稱冰肌，清涼無汗，摩訶秋早東坡《洞仙歌》詞：「冰肌玉骨，自清涼無汗。」歇拍云：「但屈指西風幾時來，又不道流年，暗中偷換。」乃足成蜀主孟昶與花蕊夫人摩訶池避暑之作。妙像應圖天然秀《洛神賦》：「骨像應圖。」《神女賦》曰：「骨法多奇，應君之像。」應圖，應畫圖也，難得神清更好。憐璅掌中嬌小。不把畫場雙眉鬬，恰青衫未抵紅裙傲。論高格，九仙抱。嗤他皮相爭顰笑。漫魂銷，花柔疑沒《宣和畫譜》：「黃筌有沒骨花枝圖。」《圖畫見聞志》：「徐崇嗣畫沒骨圖，以其無筆墨骨氣而名之，但取濃麗生態」，肉匀足冒《雜事祕辛》：「肉足冒骨」。可奈相思深如刻，瘦損香桃多少。怕玉比玲瓏難肖。知己半生除紅粉，莫艱難市駿金臺道。祇無俗，是同調。』《滿庭芳·美人色》云：『倚醉微赧，佯羞淺絳，相映妒煞桃花崔護詩：「人面桃花相映紅」。豔名增重，顰莫傚西家王維詩：「豔色天下重，西施寧久微。」又：「持謝鄰家子，傚顰安可希」。旭日魷窗穿照，光豔射，和雪朝霞《雜事祕辛》：「時日晷薄晨，穿照魷窗，光送著瑩面上，如朝霞和雪，豔射不能正視」。東風裏，紅紅翠翠，生怕繡簾遮，嫌他方言讀若塔，平聲。脂粉汚去，蛾眉淡掃張祜詩：「卻嫌脂粉汚顏色，淡掃蛾眉朝至尊」，芳澤無加《洛神賦》：「芳澤無加，鉛華弗御」。更佳如秋菊陶潛詩：「秋菊有佳色」，鮮若晨葩束晳《補白華》：「鮮侔晨葩，莫之點辱」。任爾芙蓉三變，濃和澹，莫漫驚誇。蘭閨靜，秀餐長飽，相對茜窗紗。』已上各闋，置之《茶烟閣體物集》中，允推佳構，《寸瓊詞》未經印行，故錄之。

京師名伶梅巧玲住韓家潭，曰景龢堂色藝冠時，豐姿俠骨，都人士稱道弗衰。今日聲名籍甚之梅蘭芳，其父曰竹芬，巧玲其大父也，歿於光緒壬午冬，先桑尚書文恪一日。文恪壽逾八豒，梅年僅四十耳。京曹某譔挽聯云：『隴首一枝先折宋詞句，成都八百同凋。』殊典雅工切。相傳某省孝廉某以下第留京師，與梅昵，罄其貲，長物悉付質庫，幾不能具饔飧，唯一僕依戀不忍去。會春闈復屆，竟不能辦試事，方躊躇無措間，俄梅至，僕憤懣，摽之門外，且謂之曰：『爲汝兔故，雖典質亦無物，即功名亦何望矣？汝兔胡爲乎來？豈尚有所希冀耶？』梅婉言遜謝之，至於再三，廑乃得見。則袖出百金遺孝廉，屬屏當赴試，並盡索其質券及中空之行篋，鄭重別去。比孝廉試畢返寓，梅則以篋至，而嚮之珠者還，璧者歸矣。榜發，孝廉捷，壹是所需，梅獨力任之，若李桂官之於畢靈巖也。孝廉感且愧，僕尤感激涕零，鞠跽亟謝，稱之如其主，且謂之曰：『曩唐突，謬兔君，誠吾過。幸恕吾，兔吾可。』梅仍遜謝之，欿然無得色。此事梅固難能，此僕亦豈易得耶？又：某太史亦以昵梅故，致空乏，顧舉債於梅數百金，旋逝世，無以斂。諸同鄉同官集而爲之謀，久之，殊無緒。俄傳梅至，以謂理債來也。梅入，哭甚哀，出數百金券，當眾焚之，並致賻二百金，敘述生平，聲淚俱下。聞者多其風義，爲之感動，咸慨慷脱驂，咄嗟而成數集，得舉賓返妻孥焉。梅之軼事類此尚多，此尤犖犖者。

曩集六朝文爲聯云：『翡翠筆牀，琉璃硯匣徐孝穆《玉臺新詠序》；芙蓉玉盌，蓮子金杯庾子山《春賦》。』又集王子安文賀某友新婚聯云：『花鳥縈紅，蘋魚漾碧《山池賦》；芝房疊翠，桂廡流丹《乾元殿頌》。』兩聯皆豔絕。友所居院中有叢桂，尤妙合。

余客揚州三年，聞豔異之事二，其一即前所述『瓊花豔遇』。又紅水汪某巨宅常見怪異，主人弗敢居，曠廢已久。花傭某僦其後圃居之，雜蒔羣芳，兩年來竟無恙。有方塘闊畝許，徧種紅蓮，戊戌夏，花尤繁密，每瓣上皆作美人影，句勒纖緻，若指甲掐印者然。一時傾城往觀，或詫爲妖異，或驚爲豔跡，有形諸歌詠者。余聞之某分司云。

蘭陵酒，出常州，比紹興酒稍醲釅；鬱金香酒，出嘉定南翔鎮，色香味並佳，略似日本紅蒲桃酒。兩種酒名恰合『蘭陵美酒鬱金香』之句。

梁周興嗣《千字文》，後人多昉之者，錯綜組織，極鉤心鬬角之妙。光緒丙申，南皮張相國文襄六秩壽辰，黄岡令楊葆初壽昌重次千文爲祝云：『盛績若虛，舊紘斯改。海内龍門，朝端鳳彩。吹垢巨卿，釣磻大老。化贊璣衡，身真國寶。羲農御宇，岳牧效忠。要荒遐服，罔敢不同。冠弁百僚，淩駕萬物。蹟邇陶桓，道遵羊叔。鑒操人倫，慕者神往。周甲筵歡，見丙星朗。孝達張公，八州制府。尹切匡時，榮能稽古。皇都近邑，世宙植槐。璇樓篤祜，玉燕投懷。光禄封君，貴陽霸寵。伯舍棠貽，庭階蘭拱。英姿俊穎，實育令儀。五事作乂，四箴慎宜。少侍父誡，祗受母言。清席暑退，眠牀冬溫。劭弟恭兄，餘力遊藝。讀典玩墳，笥束鱗次。疑意杷疏，辨釋涇渭。晝昃匪餐，夜寂寡寐。性耽丸墨，秦莽唐妍。紙筆驅遣，隸逸草顛。絫葉組纓，易猶取芥。綺歲調笙，名場獲解。驤舉鵰招，仙裳聚會。當空扶颻，唱傳殿陛。獨對廊垣，霜嚴白簡。屬槀藏箱，射的持滿。抗奏論嫡，嗣位則正。伏闕悚惶，兩宮動聽。譏彼挈楹，笑嚬隨俗。史牒照垂，晦微洞燭。川楚臨安，使輶歷稅。靈隱禪心，劍南驢背。耳熟鐘琴，瑟居想漢。浴色染藍，面執羔雁。浮辭息韓，俳體誚幾。愛士等李，逸羣立稽。仁主躬勞，孰荷鉅任。適被旁求，贏車入晉。戶傷索漠，飯飫沙糠。條黜納貢，察薄畝糧。秉節領表，俯字象郡。青犢凋散，埜黎綏定。法羌短髮，厥貌甚殊。藉途伐虢，律辠必誅。璧恐毀趙，將恃廉頗。巾扇指顧，千營濟河。文淵既克，賊渠縻焉。矢翦滅此，飛信遙宣。聖慈量惻，謂且姑容。新飄翠羽，答女之庸。方城寥曠，宅市紛羅。假通馳路，墳益終多。密陳廟堂，帳帷卽止。惠政始聞，外懼續起。日本處東，臣節素守。壹旦肆叛，竟甘觝首。獸逐鳥駭，奄覆高麗。陪京嘯逼，邙洛振基。維王特命，催履建業。犨轂無驚，知囊有築。寓㦸比得，潛資默助。說妙轉環，伊呂相傳。和戎魏絳，更辱親行。枝梧侈口，谿谷難盈。訓語煌乎，尺寸勿讓。委土奈何，師丹善忘。晝約夕出，率與設盟。孤軍深壁，誰似田橫。感感悲鳴，上弗云可。非直是矜，盡其在我。西塞魚肥，回軻過再。輕蓋徊翔，水曲如帶。薪積常虞，湯熱思去。莫以逍閒，而亡遠慮。崑岫沈冥，氣烝沓鬱。鼓運洪鈞，良金載躍。懸機左斡，抽繇紡絲。男丁婦巧，紈布靡虧。厭造銀圜，弊矯疲弱。致富阜民，於茲俶落。磨利用長，飽騰所據。欲曜聲威，刻興火器。談兵每精，戚果推最。武學豫修，承平攸賴。杜夏池房，樂并貳省。廣疋實歸，尊經並永。商務亦詳，竭理充極。分骸別毛，諸音坐習。流離困殆，禹稷己飢。勸穡增稼，施食及衣。盜發禽捕，淑問審刑。養目治翳，惡竹斬根。雞黍念友，石貞漆堅。俠腸夙具，優孟豈煩。賓從雨集，亭皋欣踐。桐閏陰涼，鞠寒華晚。陟弔升嚴，尋碑摩碣。銘眺岱阿，歌聆敕勒。恬靜謙畏，悅淡恥鹹。糟薑烹菜，膳佐杯盤。義莊潔祀，木枇幸存。祭嘗足給，敦睦故園。兒號寧馨，家駒譽好。右啓後昆，賢書登早。庶美合觀，德猷交勉。佳矩景林，茂規超阮。中秋初吉，酒奉觴稱。辰暉映煒，月魄生明。九重露沛，珍異競來。雲章寫福，詩詠孔皆。帝曰康哉，功惟嘉乃。賞紫圖形，爲天下宰。蒙也列職，自謝愚賤。地攝黃岡，仕志赤縣。泰仰宗工，霄澄珠宿。夫子牆瞻，卑官才陋。引爵接步，願結因緣。誠傾元禮，情移成連。拜手謹頓，敬慶松季。』又相國門下士姚汝說集《漢書》句爲壽序，尤工巧典重，爲相國所擊賞云。

眉廬叢話卷十《東方雜志》第十二卷八號

定遠方蓮舫士淦《蔗餘偶筆》云：『李復堂鱓、鄭板橋燮書畫精絕。復堂爲人題大士像云：「巧笑倩兮，美目盼兮。」或訝其不倫，復堂窘甚。板橋曰：「何不云『彼美人兮，西方之人兮。』」』按：宋龐元英《談藪》云：『甄龍友雲卿，永嘉人，滑稽辯捷爲近世冠。嘗遊天竺寺，集時句贊大士，大書於壁云：「巧笑倩兮，美目盼兮。彼美人兮，西方之人兮。」孝廟臨幸，一見賞之，詔侍臣物色其人。或以甄姓名聞曰：「是溫州狂生，用之且敗風俗。」上曰：「唯此一人，朕自舉之。」甄時爲某邑宰，趨召登殿。上迎問曰：「卿何故名龍友？」甄罔然不知所對，既退，乃得之曰：「君爲堯舜之君，故臣得與夔龍爲友。」由是不稱旨，猶得添倅，後至國子監簿。』方氏所記李、鄭二公之事，殆與昔人闇合耶？抑板橋曾見《談藪》，值復堂詞窘，遂舉以相語耶？

蘭陵先生言：『江陰舊俗，敦尚節義，女子或在室喪所夫，雖未經納采問名，但有片言婚約，亦必矢死靡他。有巨室某氏女，蚤失怙恃，廑依兄嫂，已聘未字，俄聞壻訃，誓守不字之貞。經壻族婉謝，兄嫂諄勸不爲動，稍彊之，則以委身江流、畢命繯索爲言，自是無敢以不入耳之言相勸勉者。女婉孌明慧，固掃眉才子也，詠絮無慚謝女，頌椒不數臻妻。日唯閉閣焚香，遊思竹素，消遣歲月。會郡城創立女校，重女才德，聘爲教習，女謂「吾斯能信」，欣然稅駕，遂擁皋比。甫及半年，而嚮之風骨稜稜者，今則言笑晏晏矣；　嚮之凜然難犯者，今則溫然可卽矣。嫂氏覸之於微，微語其兄，謂可因勢利導也。適同邑某明經方謀膠續，姑試婉商於女，女則不置可否，嫣然一笑而已。則亟託蹇修爲之作合，匝月而嘉禮告成，改歲而寧馨在抱矣。』嘅自廉恥道喪，綱常弁髦，明達士夫不幸而丁易姓改步，往往迴跡心染，首陽之節不終，而託爲一說以自解。矧攷之《禮經》：『婦未廟見無守誼。』雖宋儒亦謂然，女之改絃易轍，卽謂禮亦宜之可也。唯是學堂之變化氣質，神奇朽腐，開通閉塞，何其神速，一至於斯也。其諸明效大驗，可以舉一反三，有移風易俗之責者，當知所先務矣。

近於某友處見某校書寄某君函稿，詞旨清麗，尤有風格，亟錄如左：『某君足下：瀛嶠判襼，弦柱眴更。馳跂依依，興懷昔柳。伏維藎畫，筦鑰雄□此字及『江』字上一字，元稿未晰。丹霞白雲，並峙芳譽。謝巖只赤，春草未歇。公暇舒勸，宜多遙情。猥以蒲姿，曩承青睞。落紅身世，託護金鈴。香桃刻骨，未喻銜感。近狀乏淑，涂窮多囏。六月徂暑，嬰疢垂絕。叨蔭慈雲，塵續殘喘。蠶絲未盡，鮒轍滋甚。顧影自悼，畫眉不時。烏衣薄遊，寧少王謝。玉鍾綵袖，難爲慇懃。空谷足音，益復岑寂。有帖乞米，無人賣珠。夕薰不溫，年矢復促。蹙蹙末路，高高誃臺。百悤相煎，半籌莫展。支離病骨，誠何以堪。遙夜易淒，怨魄流照。俛仰今昔，悲從中來。卷盡蕉心，誰復知者。言念君子，文章鉅公。情生於文，自極斐亹。不揣葑菲，輒啅鞠窮。寧忘非分，所恃過愛。貽書付鴈，損惠舒鳧。鵠粇德音，若望雲霓。歇浦□江，程不五日。孱軀犕適，甚願趨侍。襜帷蒞止，彌切忭迎。清冬沍寒，伏冀珍攝。』末署『沐愛某名肅拜』。清時軍府末弁對於所隸自稱『沐恩』，此『沐愛』二字昉之，殊新雋。

某君贈彩雲校書聯云：『風采南都卞賽賽一名賽今花〔一〕，舊遊京雒李師師。』

【校記】

〔一〕按：況氏《餐櫻廡漫筆》云：余嘗爲賽金花改名曰賽今花，賽氏名刺，有從之者，余猶保存一二，改『金』爲『今』，庶幾點鐵成金。

近人某筆記云：『道光二年，山東某縣令登泰山，觀沒字碑，剔蘚摒抄，忽於碑肋見一「帝」字是否小篆，未詳，筆畫古秀，拓數十紙，流傳京師。後甘泉謝佩禾堃曾目驗之，故有句云「偶讀一碑惟『帝』字」』。校：此說信然，則與中嶽嵩高廟石人頂上『馬』字同爲瑰寶矣。又江蘇上元甘家巷梁安成康王蕭秀西碑，相傳唯碑額及碑陰曹吏等題名尚存，碑則全泐，余嘗命工精拓數紙，完整者猶數十字矣。

外國銀幣品類至繁，花紋各異，不下三千餘種，略舉其名：英曰先令，行於印度者曰羅比；法曰佛郎，行于越南者曰比阿斯德；德曰馬克，俄曰羅般，奧曰福祿林，意曰賴兒，荷曰結利特，葡與巴曰密勒，丹麥與瑞典曰列斯大拉，班曰祕西笪，祕曰沙而勒，美利堅、智利、科侖比亞等國皆行墨西哥之祕瑣。其他小國或自鑄幣，或奉大國之制，弗可得而詳也。銀幣輕重之差，較之中權，自一錢餘至七錢有奇不同亦有重逾中權九錢者。然最以墨西哥之祕瑣，重七錢二分爲中制，即中國通用之鷹洋也。又銅幣之名，英曰本士，法曰生丁，德曰弗尼，俄曰古貝，奧曰紐扣而哲，餘未詳。

西國近事有盧森堡女王爲俘一則。女王年甫及笄，嬌婷絕倫。德人攻入盧森堡，王率其大臣數人督軍過橋以阻之，德人囚之於魯倫堡附近之某邸。夫卵石不敵，而竟敢與抗，誠美而有勇，雖囚猶榮矣。攷盧森堡國與比、法爲鄰，爲德、法往來必經之路，全國九百九十九方英里，人民二十六萬，陸軍一百五十人，歲入英金六十八萬鎊，一至小之獨立國也。因憶吾國從前藩服，有坎巨提者，回疆部落也。《新疆識略》及《西域水道記》謂之乾竺特，《大清一統輿圖》謂之喀楚特，《中俄交界圖》謂之棍雜，嚮來臣服中朝。光緒十七年英人有事於回疆，欲假道坎中，闢一通衢，以固輿都哥士山門戶，使俄人不得越帕米爾東行。坎王稱兵拒戰，斐經敗北，率其婿屬而逃。英人遂欲據其版圖。適薛叔耘京卿福成出使英、法、義、比，斐經爭辯，廑迺得存宗祏，別立新王摩韓美德拿星。自後恪奉正朔，每年入貢沙金一兩五錢，例賞大緞二匹，視同霍罕、安集延、巴勒提、拔達克之類，謂之朝貢之國。考坎巨提，地僅百餘里，人民一萬餘，更小於盧森堡十分之九。迄今時異世殊，區區徼外彈丸，當軸宜未遑措意，其得免於蠶食鯨吞與否，在不可知之數矣。

曩余客京師九年，四印齋夜談之樂，至今縈繫夢魂焉。半唐老人工雅謔，多微辭，嘗曰：『余聞文字與事之至不貫穿者有三：法越之役，媾和伊始，法人多所要求，吾國悉峻拒，不稍假借。某報紙著論有云：「我皇上天威震怒，一毛不拔。」又內閣茶人俗稱茶房作燭籠，一面書「世掌絲綸」四字，蓋直廬有是扁額也；一面苦無所昉，則率用「花鳥怡情」四字。近會典館纂修闕員，初擬屬之會稽李蒓客侍御慈銘，蒓客辭，則以屬之黎陽部郎。此事較之報紙之論、燭籠之字，尤爲不貫穿之至者也。』

曩余客京師時，燕蘭妙選，首推四雲：曰秦雲小名祿兒，以娟靜勝；曰華雲小名喜兒，以穠粹勝；曰怡雲，以瑩潤勝；曰素雲，以秀慧勝。秦、華蚤馳芳譽，丁光緒壬午、癸未間。怡、素稍輓出，素尤工書法，往往契合騷雅。寧鄉程子大頌萬《都門雜詩》云：『舊遊閒憶道州何自注：詩孫舍人，索畫凭肩幾按歌詩孫工繪事。今日四雲寥落盡，更誰抛髻唱黃河。』

光緒辛卯春，寧鄉程子大同江夏鄭湛侯襄、長沙袁朩瑜緒欽、道州何棠蓀維棣、龍陽易中實順鼎、寧鄉程海年頌芳、保山吳刓其式釗、益陽王伯璋景峨、善化姚壽慈肇椿、寧鄉周蓮父家濂、龍陽易朩由順豫、益陽王仲蕃景崧結吟社於長沙周氏之蛻園，有《湘社集》四卷刻行。其第三卷皆詩鐘斷句，分事對、言對二門，而言對又分各格。茲各譔錄警句如左：事對：金日磾反鏡云：『榮珥貂冠歸漢後，巧迴蝤領試妝初。』湛侯曹孟德詩韻云：『漢祚竟移銅雀瓦，唐文惜佚綵鸞書。』中實杜甫眉云：『空期驥子詩能繼，誰似鴻妻案與齊。』伯璋黃鶯云：『三輔漢圖雄渭北，雙文唐記豔河東。』子大言對：烏魯木齊碎聯云：『深杯魯酒青齊道，古木斜陽烏夜村。』朩由又長沙縣學云：『牛背學傳周苦縣，龍沙地接漢長城。』中實醜奴兒令雙鉤云：『醜如張載慚潘令，奴到蘇家字雪兒。』棠蓀吳道子鼎峙云：『鈴語上皇悲蜀道，網絲西子出吳江。』子大天陌鳳頂云：『天女花隨病摩詰，陌頭桑憶媚羅敷。』子大又白漆云：『白羽江東都督扇，漆燈燕北故王陵。』子大熱峯鳧頸云：『內熱蔗漿和露啖，中峯蓮瓣倚雲開。』中實虞畫鳶肩云：『戈倚虞淵回赤日，詩留畫壁唱黃河。』中實步虛蜂腰云：『地窮亥步跡難徧，賦就子虛才必奇。』棠蓀亭古鶴膝云：『字攷老聃亭毒義，緯傳孫穀古微書。』中實海年鷺脛云：『紅淚珠明滄海月，黃昏人約去年花。』朩由客星鴈足云：『綠繅仙繭來園客，紅竊蟠桃笑歲星。』中實馬房魁斗云：『馬史文章邁班固，犧經術數出京房。』中實又十通云：『十年學道青牛客，一代談經白虎通。』棠蓀子大蟬聯云：『徵士書年存甲子，大夫覽揆降庚寅。』朩由玉台新詠碎流云：『玉人病起樓臺冷，愁倚新妝詠落花。』中實詩鐘之作，輓近極盛。樊樊山一代宗工，比應召赴春明，翊贊餘閒，尤多雅集。吟壇甲乙，膺首選者十有三，樊老殊自憙，貽書滬上舊遊，有『詩鐘僥倖十三元』云云。而龍陽易中實爲昔年湘社俊侶，與樊山工力悉敵，比亦盍簪京國，猶角逐於鐘聲燭影間矣。

易中實著作，以最初所刻《眉心室悔存稿》、《鬘天影事譜》戊巳之間行卷爲最佳。余最賞會者，《春明惜別》詞云『負汝驚鴻絕代姿，朝朝博得他人醉』最爲沈痛，又云『累儂刻骨相思處，是爾顰眉不語時』，又《無題》云『再從翡翠簾前過，唯見紅襟掠地飛』，又《鳳凰臺上憶吹簫》詞云『向綠波低照，憐我憐卿』。曩余戲語中實：『讀君此詞，直令我海棠開了，想到如今也。』

明莆田學士陳公音終日誦讀，脫略世故。一日，往謁故人，不告從者所之，竟策騎而去。從者素知其性，乃周迴街衢，復引入故舍，下馬升座曰：『此安得似我居？』其子因久候不入，出見之，曰：『渠亦請汝來耶？』乃告以故舍，曰：『我誤耳。』又嘗考滿，當造吏部，乃造戶部，見徵收錢糧，曰：『賄賂公行，仕途安得清？』司官見而揖之，曰：『先生來此何爲？』曰：『考滿來耳。』曰：『此戶部，非吏部也。』乃出。見趙鼎卿所著《鷃林子》。又光緒初年，刑部郎某某日入署，其御者與人鬨鬭於署前，聞於署。值日者呼之入，屬部郎自治之。部郎諦視，弗識也。御者自言：『爲主人執鞭如干年矣。』部郎殊躊躇，則令迴身相其背，曰：『是矣。』蓋部郎每日乘車，御者坐車沿，視其髮辮至審也。此部郎之模棱，略與明陳先生等。

作詩而至試帖，可云甚無謂矣。比余得海鹽陳氏桐花鳳閣所刻《宮閨百詠》，道光時當塗黃小田富民、樂平汪小泉體信、陽湖汪衡甫本銓、漢軍蔣紫玖道模、太谷溫篴樓忠彥、上海李小瀛曾裕六君之作。詩昉試帖體，以宮閨雅故爲題，如皇娥夜織、湘妃竹淚、伏女傳經、班昭續史之類，計百題，存詩一百七十首，莫不藻思綺合，清麗芊綿。目錄悉列卷端，目各有注。甄采華縟，可當奩史，誠試帖之別開生面者。袖珍精鍥，楮絜裝雅，姬人西河極憙誦之，寶愛甚至，宜乎其寶愛也。又近人來雪珊鴻瑨《綠香館稿》有試帖詩二卷，亦多香豔之題，詩亦熨帖可誦。

前話記舊曲烈媛，攷《板橋雜記》載楊龍友侍姬殉難者名玉耶，而方芷生事不具。比偶閱《諧鐸》，有『俠妓教忠』一則，卽芷生事，亟節錄如左：方芷有慧眼，能識英雄，與李貞麗女阿香最洽蕙風桉：香君一稱阿香，僅見此。阿香屈意侯公子，一日，芷過其室曰：『娟得所矣。但名士止傾倒一時，妾欲得一忠義士，與共千秋。』阿香哂之。楊文驄耳其名，命駕過訪。芷浼其畫梅，楊縱筆掃圈，頃刻盈幅。芷大喜，竟與訂終身約。文驄黨馬、阮，士林所不齒。聞芷許事之，大惋惜，卽香亦竊笑。定情之夕，芷正色而前曰：『君知妾委身之意乎？妾前見君畫梅花瓣，盡作嫵媚態，而老榦橫枝時露勁骨，知君脂韋隨俗，而骨氣尚存。妾欲佐君大節，以全末路。匳具中帶異寶來，他日好相贈也。』楊漫應之。無何，國難作，馬、阮駢首，侯生攜李香遠竄去蕙風桉：南都破後，香君消息不復聞，祇此略具梗概。芷出一鏤金箱，從容而進曰：『曩妾許君異寶，今可及時而試矣。』發之，中貯草繩約二丈許，旁有物瑩然，則半尺小匕首也。楊愕然，遲回未決，芷厲聲曰：『男兒流芳貽臭，爭此一刻，奈何草間偷活，遺兒女子笑哉？』楊亦慷慨而起，引繩欲自縊。芷曰：『止，止，罪臣何得有冠帶？』急去之。楊乃幅巾素服，自繫於窗櫺間。芷眡其氣絕，鼓掌而笑曰：『平生志願，今果酬矣。』引匕首刺喉死。後李香聞其事，歎曰：『方姊，兒女而英雄者也！何作事不可測乃如是耶？』乞侯生爲作傳，未果，而稗官野乘亦無有紀其事者。蕙風桉：侯朝宗譔《李姬傳》敘次至『田仰以三百金邀姬一見，姬固卻不赴』而止。當是時，姬固猶在舊衍也。其於國難後攜姬遠竄弗詳焉。據《諧鐸》云云，則龍友、方芷同殉後，姬猶與侯生聚處矣。嚮余嘗惜侯、李之究竟不可得，今乃得之《諧鐸》，爲之大快。

嘉興李旣汸富孫《校經廎稿・讀國初諸公文集成斷句十二首》其一云：『侯生才思鬱縱横，下筆千言坐客驚。一代董狐誰得並，金陵歌管不勝情。』自注：『朝宗置酒金陵，戟手罵阮大鋮，越五年而禍作。康熙中葉曲阜孔東塘尚任譔《桃花扇》傳奇，於復社諸君子排斥馬、阮，形容盡致。唯是李香罵馬、阮則有之，殊無侯生罵大鋮事，未審旣汸何所本也。

前話記乾隆朝高士奇由詹事賜同博學鴻儒科，未審他人有同受此賜者否。比閱《校經廎文稿・書己未詞科薦舉目後》云：『全謝山吉士《公車徵士錄》，予曾於山舟侍講處借閱，廑鈔有一冊，衹中選五十人，有賜同博學鴻儒科高士奇、勵杜訥，在南書房賦詩一首。』據此，知當時同膺寵命者，唯高、勵二公而已。勵官至刑部侍郎，謚文恪。

《校經廎文稿》有《名醫軼事記》，略云：『雍正癸卯秋，里中金晉民以應鄉試寓虎林，臨場患時疾，類躁壯熱，絕食，人以傷寒目之。延老醫張獻夫眂之，與大劑桂附。晉民從子璿玉有難色。張曰：「非此不能入試矣。」日晡，張又至，曰：「紹興太守亟請渡江，此證唯閔思樓能接手也。」璿玉卜之吉，卽依方頻頻與之，覺煩躁消而能寐也。翌晨，閔思樓至，用犀角地黃湯，人咸駴異。閔曰：「非此不能入試矣。」索張先生方觀之，笑曰：「昨桂附唯張能下，今犀角唯某能下，安排入闈可也。」因服數劑，卽舉動如常，不數日入試，獻夫亦不復至。一人患疾，數日之間，桂附與犀黃並用，絕奇。

《淮南子・道應訓》：『盧敖游乎北海，經乎太陰，入乎玄闕，至於蒙穀之上。』高誘注：『盧敖，燕人，秦始皇召以爲博士，使求神仙，亡而不反也。』桉：《史記・秦始皇本紀》：『三十二年，始皇之碣石，使燕人盧生求羨門高誓韋昭曰：「亦古仙人」，盧生亡去，始皇大怒，使御史悉案問諸生四百六十餘人，皆阮之咸陽。』史稱盧生，不詳其名。據《淮南子》，知其名敖矣。又秦有博士盧敖，見《唐書·宰相世系表》，亦一佐證。

曩寓蜀東萬縣，得《小桃溪館文鈔》殘本，蜀人陳某所作，名待攷。有《記塔將軍戰馬》一首，略云：『塔公戰馬，本總兵烏蘭泰之馬也。烏蘭泰陣亡後，馬爲賊有。塔公爲湖南都司時，與賊戰，其卒得此馬，不能騎，乃獻之公。公命圉人畜之，馬見圉人，踶蹶欲噬，彊被以鞍屜，則人立而號，聲若虎豹，一營皆驚。公聞往眂，馬悚立不敢動。其色黝潤如髹，高七尺，長丈有咫，兩耳如削筒，四蹏各有肉爪出五分許，徧體旋毛，作鱗之而。公曰：「此龍種也。」試乘之，疾如驚電，一塵不起。亭午時出營，行五十里回，日尚未晡，蓋兩時許，往還已百里矣。公大喜，自是戰必乘之。公旣驍勇敢戰，馬又趫駿倍常，每酣戰時，公提刀單騎突出，馬振鬣嘶鳴，馳驟如風雨。將士恐失主將也，輒奔命從之。賊愕眙失措不能當，往往以此取勝。由是賊望見卽駴曰：「黑馬將軍來矣。」或不戰遂潰云。公一日輕騎遇伏賊百餘人，追急，乃避道旁逆旅中，以馬匿於芓窖內，覆以草，祝曰：「一鳴則我與爾俱死矣。」而公自易服爲爨者狀，坐竈前。部署甫定，而追者至，問公曰：「見黑馬將軍乎？」公曰：「未也。」追者徧跡屋前後，至芓窖數數，馬竟無聲，獲免。公之卒也，馬哀鳴數日乃食，然受鞍則踶蹶如故，無敢乘之者，遂令從公櫬歸於京師。陳子曰：公圍九江久，弗克，募卒黑夜縋城襲之，令卒粉墨塗面，爲古猛將像，欲驚賊於倉卒也。卒將行矣，公喚前，授機宜，一見大駴，急揮卒去，遂病，須臾卒。是日卒所塗抹者，唐鄂國公尉遲敬德像也。或曰公鄂國後身也，然則馬亦自有由來歟？塔將軍，塔齊布，謚忠武。』

《宣室志》『僧契虛』一則：『有道士喬君謂契虛曰：「師神骨甚孤秀，後當遨遊仙都中矣。師可備食於商山逆旅中，遇搀子，即犒於商山而餽焉。」或有問師所詣者，但言願遊稚川，當有搀子導師而去矣。』自注：『搀子，即荷竹橐而販者。搀，音奉。』《夷堅志》『華陽洞門』一則：『李大川以星禽術游江淮。政和間至和州，值歲暮，不盤術。』自注：『俚語謂坐肆賣術爲鉤司，遊市爲盤術。』搀子、鉤司、盤術，字皆絕新。

蘇俗賽神，輿神而遊於市俗謂之出會，前導有臂香者，袒裼張兩臂，以銅絲穿臂肉，僅絫黍，懸銅錫香鑪，爇栴檀其中；或懸鉅銅鉦，皆重數十斤，乃至數十人，振臂而行，歷遠而弗墜，亦足異矣。《高僧傳》云梁僧智泉鐵鉤挂體然千燈，殆其濫觴歟？

同治時，蜀人有西崑熊子者，著《藥世》十三萬言，力闢婦女纏足之非，其中引經以經之，據史以緯之，不憚苦口藥石，欲以菩薩賣筏偏度優婆尼，亦足見救世苦心矣。其家女公子三，皆能稟承父志，不屑以纖纖取容，特請自隗始。當時不免目笑，而適以開今日風氣之先。惜其書未經見，未審曾梓行否。

南皮相國張文襄譔《戒纏足會序》，論中國女子纏足之弊，最爲切中，謂：『極貧下戶，無不纏足，農工商賈畋漁之業，不能執一，尫弱傾倒，不能植立，不任負戴，不利走趨，凡機器紡紗、織布繅絲，皆不便也，與刑而刖之、幽而禁之等。』又謂：『若婦女纏足，貧者困於汲爨抱子，富者侈於修飾，資用廣而疾病多。遇水火兵亂，不能逃免；且母氣不足，所生之子女自必脆弱多病，數十百年後，吾華之民幾何不馴致人人爲病夫？盡受殊方異俗之蹂踐魚肉，而不能與校。』文襄此論，所謂仁人之言，不惜苦心疾口，極言弊病，以冀眾民之聽。凡提倡不纏足者，當偁述而闡明之者也。又有極言纏足之害，據所聞見，尤爲沈痛者，揚子劉恭冕《廣經室文鈔》有云：『當咸豐癸丑後，髮逆徧擾江南北各省，吾鄉以多水獲免。他省之來吾邑者，率多大足婦人，而裹足者卒鮮，且必皆富貴之家，先賊未至出走者也。若貧窮之士，遷延無計，及賊大至，而男女踉蹌就道。彼婦人自知不良於行，未及賊而自盡者有之；爲賊追迫而自死者有之；求死不得，爲賊所虜脅者有之。又或子爲母累，夫爲妻累，父母爲兒女累，兄弟爲姊妹累，駢首就戮，相及於難者指不勝屈。歲乙丑，予遊皖南，每至一村，屋宇或如故，而不滿二三十人，多者不過百人，就中則九男而一女焉。此一女者，非必少壯有夫能生育。是更二十年，而今所謂九男者，或無遺種焉，豈不可哀也哉？夫自古至今，婦女死於兵者，莫可殫述，而皆未有知其死之多累於裹足者，故予著之，不啻痛哭流涕言之，爲天下後世仁人告也。』

昔人載籍有關係攷證纏足之原始者，略具如左：《宋書·禮志》：『男子履圓，女子履方。』《北史》：『任城王楷刺并州，斷婦人以新鞾換故鞾。』桉：據此，知男子、婦人同一鞾。宋張邦基《墨莊漫錄》：『《道山新聞》云：「李後主宮嬪窅娘，纖麗善舞，以帛裹足，令纖小屈上如新月狀，由是人皆效之。」以此知札腳五代以來方有之。如熙寧、元豐前，人猶爲者少，近年則人人相效，以不爲者爲恥也。』宋車若水《腳氣集》：『婦人纏腳不知起於何時，小兒未四五歲，無罪無辜，而使之受無限之苦，纏得小來，不知何用。後漢戴良嫁女，練裳布裙，竹笥木屐，是不干古人事。或言自唐楊太真起，亦不見出處。』宋王明清《揮麈餘話》：『建炎時，樞密議官向宗厚纏足極彎，長於鉤距。王佾戲之，謂腳似楊貴妃。』宋張世南《游宦紀聞》：『永福鄉有一張姓僧，有富室攜少女求頌。僧曰：「好弓鞵，敢求一隻？」裂其底，襯紙乃佛經也。』《宋史·五行志》：『理宗朝，宮女束足纖直，名快上馬。』宋吳自牧《夢粱錄》：『小腳船，專載賈客、小妓女、荒鼓板、燒香婆嫂。』宋周去非《嶺外代答》：『安南國婦人足加鞵韈，游於衢路，與吾人無異校：所謂吾人，今廣西人。』宋百歲寓翁《楓窗小牘》：『汴京閨閣，宣和以後，花鞾弓履，窮極金翠。今虜中閨飾復爾，瘦金蓮方，瑩面丸，偏體香，皆自北傳南者。』元陶九成《輟耕錄》：『程鵬舉，宋末被擄，配一宦家女，以所穿鞵易程一履。』元沈某《鬼董》：『紹興末，臨安樊生游於湖上寺閣，得女子履絕弓小，張循王妾履也。』元白珽《湛淵靜語》：『程伊川六代孫淮，居池陽，婦人不裹足，不貫耳，至今守之。』《明史·輿服志》：『皇后青韈舄，飾以描金雲龍皁純，每舄首加珠五顆。皇妃、皇嬪及內命婦青韈舄、皇太子妃韈舄同，命婦九品青韈舄、宮人則弓樣鞵，上刺小金花。』校：據此，是貴人不以裹足入制。明黃道周《三事紀略》云：『弘光選婚，懿旨以國母須不束足。』明沈德符《野獲編》：『向聞禁掖中被選之女，入內皆解去足紈，別作弓樣。後遇掃雪人從內拾得宮婢敝履，始信其說不誣。』又云：『明時浙東丐戶，男不許讀書，女不許裹足校：是反以裹足爲貴，不可解。』明胡應麟《筆叢》：『婦人纏足，謂唐以前無之，余歷攷未得其說。古人風俗流傳，如墮馬、愁眉等，史傳尚不絕書，此獨不著。太白至以素足詠女子，信或起於唐末，至宋、元而盛矣。校：宋秦醇譔《趙后遺事》云：「趙后腰骨尤纖細，善躡步行，若人手執花枝顫顫然。」此因細腰躡步而然，非因足纖。』至詩詞可資印證者，唐明皇《詠錦韈》云：『瓊鉤窄窄，手中弄明月。』校：見宋釋文瑩《玉壺清話》白香山詩：『小頭鞵履窄衣裳，天寶末年時世裝。』杜牧詩：『鈿尺裁量減四分，碧琉璃滑裹春雲。』北宋徐積《詠蔡家婦》云：『但知勤四支，不知裹兩足。』校：宋時盛行弓足，徐詩云云，卽已薄爲陋俗矣。《花間集》詞云：『慢移弓底繡羅鞵。』吳衡照《蓮子居詞話》云：『婦人纏足見詠於詞始此。劉熙《釋名》：「晚下如舄，其下晚晚而危，婦人短者著之。」今人緣以爲高底之製，卽古重臺履也。』宋趙德麟《商調·蝶戀花》云：『繡履彎彎，未省離朱戶。』校：『繡履彎彎』，則是弓鞵矣。趙詞演雙文事，元微之作《會真記》，及

《古豔》、《雜憶》、《夢遊春》等詩，白居易、杜牧、沈亞之、李紳皆有酬和之作，於崔氏之一肌一容，靡不極意橅寫，而略不及足；唯微之《夢遊春》詞有云：『叢梳百葉髻，金蹙重臺屨。』未可據爲弓足之證也。趙詞云云，殆以宋時習尚例唐人耳。劉龍洲有《沁園春》詞詠美人足『洛浦淩波』云云。

汪碧巢森《粵西叢載》引林坤《誠齋雜記》云：『廣西婦人衣裙，其後曳地四五尺，行則以兩婢前攜。』按：此西國婦女時裝也。近滬上有昉之者，不圖吾廣右自昔有之。獨吾居里閈十數年，殊未見曳長裙者。吾家會垣，詎省外有是俗耶？抑古有之，而今也則無耶？行必兩婢攜裙，非富厚之家不辦。粵地貧瘠，竊意安得有是？則書之未可盡信也。

元末四川韓氏女遭明玉珍之亂，易男子服飾，從征雲南七年，人無知者，後遇其叔，始攜以歸。又明時金陵女子黃善聰十二失母，父以販香爲業，恐其無依，詭爲男裝，攜之廬、鳳間。數年父死，善聰變姓名爲張勝，仍習其業。有李英者，亦販香，自金陵來，與爲火伴，同臥起三年，不知其爲女也。後歸見其姊，姊詬之。善聰以死自矢，呼媪驗之，果然，乃返女服。英聞大駭，怏怏如有所失，託人致聘焉。女不從，鄰里交勸，遂成夫婦。此二事，焦氏《筆乘》所載，前事甚似木蘭，後事甚似祝英臺。

雲郎者，冒巢民家僮紫雲，字九青，儇巧善歌，與陳迦陵狎。迦陵爲畫雲郎小照，徧索題句。相傳迦陵館冒氏，欲得雲郎，見於詞色，冒與要約一夕作《梅花》詩百首。詩成，遂以爲贈。偶閱鹽官談孺木遷《棗林雜俎》有云：『屠長卿禮部隆求友人侍兒，令即席賦《梅花》詩百首，長卿援筆立成，因歸之。』與迦陵、雲郎事絕類，其作合皆癯仙之力也，惜侍兒不詳其名。

鄭芝龍小名鳳姐，見《棗林雜俎》。男人女名，如《孟子》所稱馮婦，《莊子》所稱嫣女，《史記·荊軻傳》有徐夫人，《漢書·郊祀志》有丁夫人，夥矣，未有若是其豔者。《春秋傳》之石曼姑，《三國志·陸抗傳》之曁豔，庶幾近之，而乃屬之縱橫海上之鄭芝龍，尤奇。又桉：以姐爲名者，《後周書·蔡佑傳》有夏州首望彌姐。

歲在戊戌，偶閱《彼得堡譯報》，其一則云：『亞美利加洲南境產一種藥材，名曰金雞納，專治瘧疾。初時該處人民只知此樹有用，恆剝其皮，而不知培其根本。後有智者至其國，移種各處，迄今二十餘載，枝葉榮盛，利濟無窮。又英屬荷蘭地有一種樹，名曰尤喀利葛，高十餘丈，其葉寬長。美國新金山亦有一種樹，其樹身之高大相同，唯枝葉不甚榮盛，滋長時異，其木質最堅，堪爲棟梁舟楫，雕鏤篆刻，歷久不朽，蟲不能傷，火不能焜。或種於低窪處，頗可收地之潮濕。現英人頗得其利。並與此樹爲鄰之民，從無瘧疾，始知此樹之性，與金雞納同爲治瘧之妙品。近年俄國多購此樹，移種於齊業弗城鄉間，日形蕃鬱云。』桉：金雞納霜已瘧，夫人知之金雞納樹本無名，土人名金雞納者，患瘧，渴甚，飲於澗，瘧忽瘉，澗上有樹，葉落水中，因知樹性治瘧，即以金雞納名之。而尤喀利葛則未之前聞，曩錄埘筆記，刻筆記時汰之，茲記如右。

西儒最精天算，即其巾幗中亦往往擅此嫥門之學。如英之侯氏，以西方羲和著稱。自侯維廉，始馳名天算，創尋新星，其得力於臣妹者正不少也。同時英倫孀婦有松美妃者，亦以天算格致諸學著書立說，流布各國。嘗親詣法國大觀象臺，謁掌臺拉哥拉斯學士。學士深爲器重，隆禮相待，因謂松曰：『各國才女能解我天算者二人，哥拉斯之外，即吾子也。』松不禁莞爾笑曰：『焉有二人？松美妃、我也，哥拉斯亦豈異人哉？』又數十年前，美國提倪智爾氏掌大觀象臺。提雖善在璣衡，而亦藉助於其妹，實不啻侯氏兄妹也。夫吾國在昔，班昭續《漢書》，不過補兄所未竟，若西國侯、提兩媛，或且匡兄所弗及，不尤難能可貴哉！同治十有三年，金星過日，美國欽派學士華德孫來中國北京測驗，其夫人偕行，實襄推步各務，聞其精審出華上。西國婦女之於天文若是，他可知矣。

得《二陸詞鈔》，海寧查氏舊藏寫本。陸鈺，字真如，萬曆戊午舉人，改名藎誼，字忠夫，晚號退庵。甲申、乙酉遭變，隱居貢師泰之小桃源。未幾，絕食十二日卒。其詞曰《陸射山詩餘》。陸弘定，字紫度，真如公次子，高潔不仕。其詞曰《凭西閣長短句》。皆清雋高渾，與明詞纖庸少骨者不同。卷端各有小傳，載紫度夫人周氏，名鋆，字西龕，喜涉獵經史百家，工詩詞。其《別母渡錢塘》句云：『未成死別魂先斷，欲計生還路恐難。』《詠杏》詩：『萱草北堂迴晝錦，荊花叢地妒嬌姿。』送夫子入燕《減字木蘭花》云『莫便忘家莫憶家』，皆閨秀所不能道。惜全什遺去，此冊亟應梓行，姑誌其略如右。

《朱柏廬先生家訓》『黎明即起，灑掃庭除』云云世或誤爲文公作。金壇于鶴泉振《清漣文鈔》有《柏廬先生傳》，略云：『柏廬先生者，崑山人，朱氏，名用純，字致一。父集璜，明末貢生，國變殉難。柏廬性堅挺，於書無所不讀，以父故，終身不求仕。結廬山中，授徒自給。高巾寬服，猶守舊製。邑中重之，以子弟受業者幾五百人。會舉賢良方正，邑人有貴顯者，以先生名首列上之。先生時方集徒講《易》，或以告且賀，諸生請斂貲爲束裝具。先生笑曰：『甚善。』講罷入室，久之不出，排闥眡之，則已自經矣。諸生大驚，解之，中夜始蘇，嘆曰：『吾薑桂之性，已決，必無生也。』諸生乃致語邑令，追還所上姓名，令高其節。命駕見之者三，固辭弗見。一日風雪抵暮，令度先生在室，輕騎詣之，甫登堂而先生踰垣遁。或怪其迂，先生曰：『吾冠服如此，詎可見當事乎？必欲易之，吾不忍也。』以四月十三日生，及卒亦以此日，年八十餘，里人稱爲節孝先生。校：《清漣文鈔》第二、三、四卷皆律館纂述，備載朝會、宴饗、導迎、鐃歌、祭祀各樂章，可攷見一朝樂制。

凡一字之爲用，有深求而更進一解者。華聞修《書紳要語》云：『謙，美德也，過謙者多詐；默，懿行也，過默者藏姦。』有淺解而自爲一說者。桂林陳相國文恭任司道時，與上憲論事不合，上憲庌以迂闊，公謝不敢當。上憲訝問之，公曰：『迂者，遠也；闊者，大也。憲靳以遠大，安得不謝？』文恭語見英和《恩福堂筆記》。

汪容甫先生中經術湛深，文采焜爛，而恃才傲物，多所狎侮。靈巖畢公撫陝時，知先生名而未之見也。先生忽以尺書報之，書厪四句云：『天下有中，公無不知之理；天下有公，中無窮乏之理。』畢公閱竟大笑，卽以五百金馳送其家。當時曠達之士若孫淵如事見前話，若汪容甫，非畢公不能羅致也。

容甫夫人孫氏工詩，有句云：『人意好如秋後葉，一回相見一回疏。』見阮文達《廣陵詩事》。

金偉軍鼇《金陵待徵錄》云：『隨園有二：一爲焦茂慈潤生之園。顧文莊詩云：「常憶牛鳴白下城，宋朝宰相此間行。」應在東冶亭左右。一爲隋織造之園，在小倉山，則袁太中所得而增飾者也。』揚州亦有隨園，《廣陵詩事》云：『方坦庵寓揚州之隨園。』汪舟次楫詩云：『廣陵秋色在隨園。』

陳其年以梅花詩百首得雲郎於冒巢民，繪影徵題，傳爲韻事。《廣陵詩事》云：『又有楊枝，亦極妍媚。後二十年，楊枝已老，其子尤豐豔，因呼小楊枝。邵青門題其卷云：「唱出陳髯絕妙詞，鐙前認取小楊枝。天公不斷消魂種，又值春風二月時。」』校：青門所題之卷，當卽雲郎小像，詩句連及小楊枝耳。

張喆士四科詠臙脂詩云：『南朝有井君王辱，北地無山婦女愁。』呼『張臙脂』。鄭中翰澐《新婚北上留別閨中》云：『年來春到江南岸，楊柳青青莫上樓。』情韻絕佳，呼『春柳舍人』。吳薗次綺工詞，有毗陵閨秀日誦其『把酒祝東風，種出雙紅豆』二語，謂秦七、黄九不能過也，因號『紅豆詞人』。皆韻絕。

漢石闕二，在寶應。其一爲汪君容甫以錢五十千募人竊歸，石刻孔子見老子，及力士、庖廚等物象。容甫自榜其門曰：『好古探周禮，嗜奇竊漢碑。』亦曠達者之所爲也。其一爲寶應縣令某沈之水中，不知其處。

揚州梅藴生孝廉植之能詩，又善琴。方弱冠，琴已擅名，喜夜深獨坐而彈。一夕，曲未終，見窗紙無故自破，覺有穴窗竊聽者，俄而花香撲鼻，已入室矣。乃言曰：『果欲聽琴，吾爲爾彈，吾固不願見爾也。』急滅其燈，曲終乃寢云云。藴生藏唐田府君侁竝夫人合祔兩志石，吳讓翁爲譔楹聯云：『家有貞元石田志，貞元間刻石，人彈叔夜琴。』對句亦紀實也。

《廣陵詩事》云：『厲樊榭久客揚州，由湖州納姬歸杭州，名曰「月上」，作《碧湖雙槳圖》，揚州詩人多題之。』又《眾香集》云：『尼靜照，字月上，宛平人，曹氏，良家女。泰昌時選入宮，在掖庭二十五年，作《宮詞》百首。崇禎甲申祝髮爲尼。有《西江月》詞云：「午倦懨懨欲睡，篆烟細細還燒。鶯兒對對語花梢。平地把人驚覺。有恨慵彈綠綺，無情嬾整雲翹。難禁愁思勝春潮。消減容光多少。」』又按：《五燈會元》：『舍利弗尊者因入城，遙見月上女出城，舍利弗心口思惟：「此姊見佛，不知得忍不得忍否？」』樊榭姬人之名，殆用梵夾語，與明宮媛闇合耳。

錢竹汀先生《潛研堂文集》記《先大父逸事》云：『有客舉王子安《滕王閣詩序》「蘭亭已矣，梓澤丘墟」二句，對屬似乎不倫。先大父曰：「『已矣』，疊韻也；『丘墟』，雙聲也。疊韻雙聲，自相爲對。

古人排偶之文，精嚴如此。」』桉：宋史梅溪《壽樓春》詞：『幾度因風飛絮，照花斜陽。』『風飛』，雙聲；『花斜』，疊韻。於詞律爲一定而不可易，填此調者，必當遵之，近人罕有知者。桉：嘉定錢氏《藝文志略》：『竹汀先生大父名王炯，字青文，號陳人。諸生。著有《大學各本參攷》、《字學海珠》、《蘇州府志辨正》、《振鐸》等書。』

眉廬叢話卷十一

《東方雜志》第十二卷九號

昔人載籍往往不可盡信。五代胡嶠《陷北記》云：『契丹迆北有牛蹏突厥，人身牛足。其地尤寒，水曰瓠甗河，夏秋冰厚二尺，春冬冰徹底，常燒器泮冰乃得飲。又北狗國，人身狗首，長毛不衣，手搏猛獸，語爲犬嘷。其妻皆人，能漢語。生男爲狗，女爲人，自爲婚嫁。穴居食生，而妻女人食。常有中國人至其國，其妻憐之，使逃歸，與其筯十餘隻，教其走十餘里遺一筯。狗夫追之，見其家物，則銜而歸，則不能追矣。』言之似甚碻鑿者。迄今中外鬯通，山陬海澨，電輴飆輪，無遠弗屆，殊未聞牛蹏狗首其人者，豈其種族不蕃、歷久乃底滅亡耶？抑或人禽之間桉：《白虎通》：『禽，鳥獸總名，言爲人禽制也。』又《五行大義》：『十二時凡三十六禽：子爲燕、鼠、蝠，丑爲牛、蟹、鼈，寅爲狸、豹、虎，卯爲蝟、兔、貉，辰爲龍、蛟、魚，巳爲蟮、蚓、蛇，午爲鹿、馬、獐，未爲羊、鷹、雁，申爲貓、猿、猴，酉爲雉、鷄、烏，戌爲狗、狼、豺，亥爲豚、蜼、豬。』則無論羽毛、鱗介、螟蟄之屬，皆得謂之禽矣屢變而臻純備耶？

上海喬鷺洲重禧《陔南池館選集》有《除蟒公傳》，事絕奇偉，節其略如左：『除蟒公，姓氏里居皆不傳。少年任俠，好擊刺。父爲人陷死，除蟒公年十六七，逃去，學於少林僧，十年而成。歸，手揕仇人，抉其首，告父墓，遁居吳會空山中。久之，徙居松之峯泖間，築草屋兩楹，傭山民之田以自食。郡之南朱涇者，巨鎮也，屬華亭轄。時天久旱，不雨者七閱月。天馬、横佘之間，深山大澤，故有巨蟒二，數百年伏處，未嘗爲人害，至是一蟒忽自山中出，至鎮之野，戕雞犬、嬰兒無算。蟒巨甚，盤伏農人田，禾苗盡偃。鳥鎗擊之，不能中，反爲蟒斃。官民惶窘無所計。邑令懸千金募力者斬之，鄰以公告，令乃具禮詣公。公年已六十餘，髮禿盡，見人不知寒暄，口訥訥若無所能者。次日，手一杖以出，至蟒所，蟒方仰首噴毒樹間，鳥皆墮落。公伺其不備，擊其首，不中，急躍至百步外，蟒已及兩肘間，肘後衣寸寸裂矣。又回擊之，中其背，而蟒已繞公身六七匝，縛若巨絙。幸一手向外，亟搤其頸。有頃，公狂呼一聲，手足劃然開，蟒骨節皆裂，殲矣。令具千金爲壽，造其廬，而公已不知所往。於是人始相傳誦爲除蟒公云。後廿年，雌蟒出，求其雄，復至故所，噬人畜尤多。人爭思除蟒公，顧慮公年愈高，當不復在人間，或龍鍾非蟒敵。會有販湖縣者，言湖州山中客狀，偵之，果公，聘不至。時涇民數百詣山中，環其居，日夕號，若申包胥之泣秦庭者。公曰：『吾服氣鍊形，無求人世，冀百齡從赤松子遊，今若此，不復歸矣。』乃出。手不持寸鐵，詢蟒所在，遽躍近蟒。蟒盤旋纏縛如前，仍以手握其頷，騰躍去地尋有咫。居民皆閉戶，惕息不敢出，但聞砰訇跳躍一晝夜，眂之，人與蟒皆死。居民感其德，醵金肖公像，立祠祀之，題曰除蟒公祠。』按：除蟒公英勇冠世，可與晉周子隱殺長橋蛟事並傳，矧得之手斃父仇之孝子，尤足增重。據喬氏傳贊云，稽之郡邑志，皆弗翔也。陋哉！

秀水王仲瞿孝廉曇倜儻負奇氣，文詞敏贍，下筆千言立就。在京師時，法梧門祭酒式善重其才，與孫子瀟太史原湘、舒鐵雲孝廉位稱爲三君，作《三君詠》。適川楚教匪不靖，王之座師、南滙吳白華總憲省欽薦王知兵，且以能作掌心雷諸不經語入告，嚴旨斥吳歸里，而王應禮部試如故，卒顑頷失意死，識者悲之節陸以恬《冷廬雜識》。按：錢塘陳退庵文述《頤道堂文鈔·王仲瞿墓志》云：『仲瞿好談經濟，尤喜論兵。嘉慶初，川楚不靖，總憲雲間吳公，君座主也，倚某相國。相國怙勢敗，懼辠及，因薦君知兵，以不經語入奏，冀以微罪避位，非愛君也。』此說直抉其隱。某相國者，和珅也。《墓志》又云：『君性豪逸，嘗於除夕攜眷屬，汎舟臯亭梅花下度歲。有詩云：「舊日林和靖，當年郁太玄。爲花開一世，招我當三賢。有地能逃俗，無家不過年。人烟山墅裏，忙煞五更天。」見《烟霞萬古樓詩選》。又嘗建琵琶館於吳門，延海內善彈者，品其高下有詩云：「蘇老登場屋，琵琶有中興。而今賀懷智，當日鄭中丞。佛國門樓近，庭花玉樹能。不期天寶後，猶有佛傳鐙。」首句自注：「華亭俞秋圃，爲吳下琵琶十一人之冠，蓋蘇達子之高足也。」「而今」句自注：「蘇達子，康熙中人，生長西域，徧訪天方回部諸國，其聲始備。吳門得衣鉢者，俞秋圃一人而已。」「庭花」句自注：「《玉樹後庭花》，所謂陳、隋調者，秋圃傳之蘇老，餘之私淑者無傳也」。』其逸事大率類此。

舒鐵雲《缾水齋詩集·幺妹》詩有序，略云：『水西土千總龍躍，其先以從討吳三桂有功，世襲斯職。狆苗之畔，幕府檄調領土兵來赴。適躍臥疾，懼逗撓，乃遣其幺妹率屯練二百人馳詣軍門從征，前後凡二十餘戰，禽馘最夥。歲除蕆事，獎以牛酒銀牌，令還本寨，而加躍軍功一級。妹年十有八，形貌長白，結束上馬，出沒矢石間，指撝如意，亦絕徼之奇兵也。凡苗以行第最稚者爲幺』云。陳裴之譔《舒君行狀》云：『君客黔西觀察王朝梧幕，會南籠苗反，大將軍威勤侯勒保檄觀察從征，君爲治文書，侯大賞之，數召至軍中計事。苗女從征者曰龍幺妹，欲以歸君。君辭曰：「非所堪也。」侯益深器之。』夫幺妹誠奇女子，附鐵雲而名益顯矣。偶閱王仲瞿詩《奉和舒鐵雲姨丈見贈之作》，自注：『南籠之役，妖巫黃囊仙旗鼓最盛，時檄調雲南土練中，有龍土官之幺妹者，美麗善戰，冒其兄品服，矛槍所及，槊一斃十，黃氏所部，遂不能成軍，乃至成禽。囊仙者，蠻語謂姑娘也。』據此，則當日幺妹所獻之俘，亦一女子，尤奇。

有清一代得三元二人，一長洲錢湘舲棨，一臨桂陳蓮史繼昌，傳爲科第盛事。常熟孫子瀟原湘以乾隆乙卯二名鄉舉，以嘉慶乙丑二名登禮牓中式，殿試二甲二名進士，舒鐵雲、王仲瞿賦詩贈之，同用『臣無第三亦復無第一』之句。竊疑三元尚有二人，若孫原湘者，殆未必有二。

嘉興沈匏廬濤《交翠軒筆記》云：『宋何執中微時，從人筮窮達。其人云：「不第五否？」曰：「然。」其人拊掌大笑，連稱奇絶。因云：「公凡遇五，即有喜慶。」何以熙寧五年鄉薦，余中榜第五人及第，五十五歲隨龍，崇寧五年作宰相。每遷官或生子，非五年即五月，或五日。見《梁溪漫志》及朱彧《可談》。金田彦實，所居里名半十，行第五，以五月五日生，小字五兒，二十五年，鄉、府、省、御四試皆中第五，年五十五，八月十五日卒。見《困學齋雜録》。句吳錢梅溪泳《履園叢話》云：『有楊沂秀者，貴州定遠人，嘉慶甲戌進士。幼時應童子試，縣、府、院考俱列第五，後鄉、會榜亦俱中第五。挑選陝西鄠縣知縣，掣籤亦第五名。人稱爲楊第五。』三事相符，古今如出一轍，尤奇。

清制，凡鄉試主考、會試總裁，皆硃筆親除硃簽款式，如請簡江南主考，閣臣票擬云『江南正考官著某去、副考官著某去』，兩『去』字上各留空白三字許，備硃筆填寫。乾隆末年，有滿洲京卿名八十者，每科必膺簡命，時純廟耄期倦勤，取其名僅四畫，便於宸翰也。

吳缶廬言：十數年前有湖南廩生樂樂樂名取『與寡樂樂』、『與民樂樂』句義，曾屬缶廬刻印，此印姓名三字皆同，章法殊難布置。

今湖南巡按使劉幼丹，前於光緒中葉由翰林一麾出守，領袖益部，政號廉平。有妾虐婢案，尤膾炙人口。先是州别駕某，僑寓蓉會，簉室某氏，某官執拂妓也，官死，某納之，恃寵而驕，權侔女君焉。蓄一婢，姿首明麗，懼敓己寵，日淩虐之，輒鞭扑以百數，火鍼烙之無完膚按《增韻》：「火鍼曰烙」，死而密瘗諸野。事聞於鄰，鄰白諸官，往驗之，鱗傷宛然。太守聞之怒，將拘氏窮治之，適氏有身，弗卽讞。旣免，坐堂皇，廉得其情，摑之二十按《韻會》：「摑，掌耳也」，飭别駕領歸管束。按：《南史》：「豫章内史劉休妻王氏甚妒，帝聞之，賜休妾，敕與王氏二十杖。」太守執法，毋乃類是。一時輿論所歸，謂夫五馬之威能伏六虎按《遯齋閒覽》：「延平吴氏姊妹六人皆妒悍，時號六虎」。其風力得未曾有，而拄杖落手者流或感恩託芘於無形云。

吴縣王惕甫芑孫夫人曹墨琴像印，橢圓形象牙印，直徑八分，横徑六分彊。左方刻時裝閨秀小像，右近邊刻「墨琴」二字，朱文。邊款云：「墨琴淑妹小影，赤子作。」按：陳文述譔《王井叔傳》云：「繼娶曹，字小琴，墨琴夫人弟梧岡女。」據此，知墨琴有弟字梧岡，而其兄不可攷。

近人譔述有名《絳雲樓俊遇》者，嫥記河東君事，顧多所闕軼，雖載在《牧齋集》中者，亦弗能翔焉。偶閲昭文顧虞東（鎮）所譔《周翁傳》，得一事絕瑰偉，亟節錄如左，以餉世之好談河東君逸事者：翁字伯甫，姓周氏，芝塘里人。形體魁碩，修八尺餘，不持寸鐵，以徒手搏人，出入千百羣中，如無人也。然翁自謂以手攫搏，非能者事。嘗拱手鶴立，而侮之者儵忽顛躓，頭腫鼻豁，若有鬼神呵之，未知何術也？又嘗謂：「以力駕人，無力者當坐受困乎？因力於敵，而我無所用其力，斯至爾。」邑中推大力者爲陳氏子，能立水中，以隻手迎巨艦，當風急浪湧，飽帆揚舲，如矢直注，觸陳手輒止，無勇怯皆懾其力。疾翁之能也，欲得而甘心焉。倉卒遇諸隘，避之弗及，陳遽躡翁，致鋭前撲。翁率繞陳左右，盤辟迴舞，陳足蹴拳舉，盡力揮斥，卒不能近。久之，翁儵攫身空際，如疾鷹急隼倒攫凡鳥，陳驚顧，目未承睫，翁已舉身撞其胷，陳遂不支，頹然就傾，乃匍匐稽首，願稱弟子。大將某者，號萬人敵，聞翁名，延致之，願與角技。翁固遜，彊之，笑曰：『請以數十氍毹藉地。』問何用，曰：『恐公仆爾。』大將怒發，一擊不中。翁復笑曰：『公毋再擊，再擊仆矣。』大將者愈怒，再擊翁，翁大呼曰：『倒。』應口伏地，然未見翁之舉手也。由是延爲上客，欲盡其技，顧弗能，乃厚贈遣之。時錢宗伯受之負海内望，卜居紅豆莊，客翁，翁止其莊者數歲。河東君者，宗伯之愛姬也，才名甚噪。宗伯故豪侈，重以文章致厚賄，投遺無虚日，所受金悉貯河東所。會宗伯適邑居，劇盜數十輩謀劫河東，因致其貲，夜圍莊，勢張甚。顧畏翁，欲先制之。翁方浴，聞變遽起，右足入褲中，左未遑也。浴所仄，門半掩，盜數人挺槍入。翁攜尺許布捲其槍，數槍並落。徐約衣結帶，持槍奮呼出。盜震讋失氣，兔脱鼠竄。翁尾之，連刺數盜，中要害。宅遼闊，盜眾，家人伏匿不敢動，盜益猖，或抉垣毁户，直闖其室，凡四五處所，嘂囂室中，索河東急。翁舍前所追盜，還擊室中盜。盜紛藉，殺一二人不止，後至益眾。翁計河東儻被劫，雖彊力者無能役矣，遂排闥負河東決圍出，匿之善所，還逐盜。盜失河東，莫能發所藏金，胠囊衣數十篋去。值翁還，爭棄擲道際，泅水脱命。盜既去，徐呼其家人收弆之，迎河東還，實不失一物。宗伯捐館，河東縊，翁去錢氏，浮沈里閒，最後客虞東大父所，年九十餘矣，兩目盡盲，猶倔彊不扶杖，每飯盡升粟。翁言：『初得異僧指授，積二十年乃成。』嘗屬虞東錄其法爲《拳譜》一卷，後失去。又數年卒於家。無子，族子某嗣。虞東論曰：『錢宗伯以文章毁譽人，顧不一及翁，或謂宗伯欲祕其盜劫之事者近是，余爲表之，無使沒沒焉。』蕙風曰：周翁誠大勇，其自謂『因力於敵，而我無所用其力』，未足爲其至也。其應變之識與智，不尤難能可貴耶？翁計河東儻被劫，雖彊力者無能役，負之決圍出，匿之善所，而後還逐盜，當危機眉睫間，何輕重緩急之權衡至當也！夫河東信非尋常巾幗者流，其於精徒妜夫，必有以使之魄慴而不敢犯。然而挺蘭玉之芳潔，萬一稍激烈而遽摧賈，則後日勸忠、殉節兩大端，不獲表見於世，詎不重可惜哉？微翁，孰拯於危而成其美也？嗟乎！歲月不居，英雄老去，翁當蔽明收眂、卻杖彊飯時，而回首昔年喑嗚叱咤、千人辟易之雄概，殆將何以爲情耶？

又《虞東文錄》有書任三殺虎事，亦瓌偉可憙，略云：『歲壬戌，余館大臺莊黎氏。一夕，主人飲客，客皆短衣科跣，箕踞作牛飲，撞搪號呶，如沸羹焉。有任三者，年七十許，頭秃齒缺，猶勝酒數十斗。酒中自言灤州殺虎事，灤猝有虎入村舍，自晨至，食殺十九人，或折手足，斷顙破腹出腸，旋棄去；復擇人噬，咆哮籬落間。民鍵戶竄伏，道無行者。三適有約，將過其里，親故咸尼之。三慨然曰：「虎爲患若此，雖無事，猶當赴之，況與人約而更爲虎避耶？」遂挾二矢往，遇虎，發一矢中足。時虎方蹲大樹下，被矢怒甚，奮牙爪撲三。三竦踞樹巔，虎卬首望樹吼，葉墜地如密雨。三兩足帖樹枝，以手撩去其翳，徐抽矢注射，志其喉，鏃出喉間者數寸，虎掊地，陷尺餘，斃。三躍下樹，操空拳過所約者，門閟不得入，亟敂之，大呼虎已斃，始啓門。備言殺虎狀，不卽信。其鄰里數十輩相約執械覘虎所，見虎伏地，猶惴栗莫敢前。一二悍者稍卽之，輒反走。已而偵其果死，因共舁至隙地，刳其皮，臠分之。於是知三之能殺虎也。方三言時，客共屏氣注目，屬耳於三。三掀髯抵掌，且飲且談。余壯之，且喜其靜客吅也，爲之浮一大白。』

《文錄》又有《中書舍人趙君行狀》：『趙君諱森，字再白，一字素存，籍常熟。雍、乾間人，賣文長安中，來乞者肩踵相望，新故紙積几案間以千計，歲用墨丸數斤。有欲羅致門下者啖以好語，笑不應。嘗大書榜其壁云：「聖賢豪傑，是我做出來的，不干命事；功名富貴，是命生成就的，不干我事。」』

昔人賣文託始子雲、相如。相如得千金，售《長門賦》。子雲作《法言》，蜀富賈人賷錢千萬，願載於書，子雲不聽，曰：『夫富無仁義，猶圈中之鹿，闌中之羊也，安得妄載？』見《論衡》。又《潛居録》云：『子雲以賣文自贍，文不虛美，人多惡之。及卒，其怨家取《法言》益之曰「周公已來，未有漢公之懿也，勤勞則過於阿衡」云云。』自唐已還，賣文獲財，未有如李邕者。邕早擅才名，尤長碑頌，雖貶職在外，中朝衣冠及天下寺觀，多賫持金帛往求其文，前後受納餽遺多至鉅萬。見《舊唐書》本傳。杜少陵《聞斛斯六官未歸》云：『故人南郡去，去索作碑錢。本賣文爲活，翻令室倒懸。荊扉深蔓草，土銼冷疏烟。』何斛斯翁之生涯寥落一至於此。其無當於圈鹿闌羊，視子雲殆有甚耶？若韓退之諛墓中人得金，則訾次如苴何難矣。

蕭山湯紀尚《槃邁文甲集》有《書二俠》，略云：『俠者孫據德，蕪湖人，工畫山水。與蕭尺木爲友。少偕某客揚州，某以事繫獄，據德思脱其罪，無資，懸所畫於市，連不售，憤甚，裂焚之。有過者於烈焰中攫一幅，委金而去，據德追還之。徒步歸蕪湖，盡斥產，得千金，卒出某於獄。遂焚筆硯，終身不復畫。同時歙人周翼聖亦工畫，居蕪湖，少負技擊。嘗獨行泰山，遇盜，行且及，周飛蹻仆盜墮水，縱之。投邸店，夜剝扉急，啓門，盜也。盜固逆旅主，周念無可逸，出勞之。盜喜，置酒，請爲弟子。酒酣，周刺刺述生平任俠事，盜益喜，出金爲周壽。晨熹微，周辭盜躧履去，盜尾送數十里，喜極而悲，泣請曰：「某無賴，幸遇君，不然，死矣，自今願易行。」周與指陳大義，且曰：「大豪傑無他，不諱過耳。」

盜竭誠聽受，鄭重而別。』嚮來俠士皆勇夫，若孫據德者，獨能以藝事行其俠，乃至斥產脫友罪，近於敦勵庸行者所爲。卽以俠論，亦加人一等矣。若夫周翼聖所遇之盜，何其遷善改過之果且速也！人孰生而爲盜，甘心爲盜者，往往老死不聞德義之言，乃至陷溺，終其身而不克自拔，詎不重可哀哉？

偶閱《延綏志》，有云：『崇禎癸未仲冬，闖賊陷延安城，留賊將河南人張某據守。明年五月，張某叛，闖遣悍賊名小瞎子者率兵萬餘圍城，城破，將屠之，令已下矣，則索故所狎妓妙玉兒出，告之故，玉兒泣，請收回成命，弗許，因盡出其所贈繡襦珠璫，蓬髮囚首，匍匐以死請。賊意解，乃得免屠，城賴以全，坐罪張某一人而已。』此與光緒庚子聯軍之役，吳孃賽今花，自達於德帥瓦德西，保全東南宦族及廠肆書籍事略同。國變後，賽猶淪落滬濱。甲寅六月，嬰疾幾殆，方沈頓間，其老母年逾七十矣，爲禱於某女巫，巫託神語『決無患』，謂夫夙種善因，事在十數年前。巫固騃婦，絕不省北都事，漫爲無稽之言，乃與事實闇合。未幾，賽亦竟占勿藥，絕奇。

漚尹言有人傳誦宗室瑞臣寶熙近作詩鐘句，《帝時燕頷》云：『高帝子孫龍有種，舊時王謝燕無家。』何言之沈痛乃爾！又漚尹舊作《黃山谷蠹魚分詠》云：『特派縱橫不羈馬，書叢生死可憐蟲。』亦渾雅。

相傳吳郡某方伯，清之季年，開藩江右。一日，在籤押房接見僚屬，值春陰，室稍闇，見方伯兩足一韡一韈，咸駴異。明日再見，亦如之；或審諦，則非一韡一韈，乃韈一黑一白耳，顧韈黑特甚。微詢之侍者，則數日前甚雨初霽，方伯散步後圃，誤插足泥淖中，泥汚其韈及脛，尚未經更易也。辛亥已還，方伯避地滬上，僦居一樓，方伯不輕下樓，非位望與方伯若，亦毋庸上樓。某日卓午，某鉅公過訪，值方伯晨興，近案坐，著韈未竟，案陳寒具二。客至，方伯輟韈，起迎客，隨手置韈寒具上。客坐定，方伯從容著韈竟，自手一寒具，而以其一屬客，客亟敬謝弗遑云。

常熟相國翁叔平，相國文端公子；濟寧大司寇孫文恪，大司徒文定公子。翁、孫固通家，誼夙厚。同治壬戌，兩公子同捷禮膀，文端以狀頭期相國，顧文恪，勍敵也。方意計間，俄文恪造謁。文端亟出見，禮貌彌殷狠，因語文恪：『世兄寓京日淺，於廷試規則或未盡諳悉，小兒幸同譜，曷暫移寓敝齋，俾晨夕互切琢。老夫公餘獲暇，亦貢愚一二也。』於是文恪移居翁邸，與相國共硯席，每日練習殿試卷，或作試帖詩，文端輒奬藉指陳，不遺餘力。未幾，殿試期屆。先一日，輟課休息。既夕，相國入内寢，文恪宿外舍。甫就枕，則文端出，與深談試事逾時許，始鄭重别去，文恪又就枕。頃之，則又出，問筆墨整飭未？筆堪用否耶？則就所書殿試卷餘幅，親爲試筆，蟬聯如干行。每畢一行，輒自審諦，謂老眼幸無花也。久之，試筆竟，又從容久之，乃曰：『明日試期，當及時安息矣。』匆匆竟去，則夜已逾丙矣。文恪仍就枕，稍輾轉反側，俄聞傳呼，促庖人進饌矣，促圉人駕車矣，傔從祇伺者皆起，語聲紛然。文恪竟不得寐，匆匆遽起，食畢，登車而去。是日以精神較遜，弗克畢殫能事，洎臚唱，得第二人，而相國以第一人及第矣。

清之季年，朝野競尚科第，尤醉心鼎甲，乃至耆臣碩望爲繼體策顯榮，不恤詭道達勝算。晚近世風不古，不亦甚可慨哉！

乾隆壬子科，侍郎吳省欽典試江西，榜發，士子有『少目豈能觀文字，欠金切莫問科名』之聯。見高安朱鐵梅（欒）《江城舊事》。

《江城舊事》引《續表忠記》云：『劉綎家居按：綎字省吾，南昌人。明神宗朝名將，所用鑌鐵刀重一百二十斤，天下稱劉大刀，戰死於清風山。嘗乘畫舫，將之旁郡。岸上有少林僧自矜拳勇，索敵無偶。綎船尾一老嫗呼僧曰：「吾船上第七娘子來。」忽少婦帕首袴褶，面微紫，年可十八九，登岸與僧周旋者三。僧舒左臂從後高舉少婦，聚觀者大噪。婦曰：「少下。」僧如其言，婦曰：「再少下。」語未畢，忽旋身以足尖蹴僧喉，仆地幾死。少婦神色不動，綎在船中凭几大笑，婦從容回船，解纜去。有識者咋舌曰：「此南昌劉大刀也，門下多蓄異人，禿鶖乃敢捋虎鬚耶？」』又引《明季北略》云：『無錫秦燈，力舉千斤，聞滁州武狀元陳錫多力，往與之角，將柏木八仙檯，列十六簋，果盒悉具，設酒二爵。秦燈隻手握案足，能舉而不能行。陳錫則能行，力較大矣，然廑數步而止耳。唯劉綎繞庭三匝，而爵簋如故，其力更有獨絕者。』又自注有云：『綎姬妾二十餘，極燕趙之選，皆善走馬彈械。綎每出巡，諸姬戎裝，著小皮鞾，跨善馬爲前導，四勇士共舉刀架繼之，綎在其後，旁觀者意氣亦爲之豪。』據此，則岸次蹴僧之少婦，屬虎帥擁紈之列矣，鶯燕導前，貔貅擁後，求之古名將中，得未曾有，而鶯燕即貔貅，尤奇。

《江城舊事》又有『葉節母以詩擇壻』一則，尤雅故也。略云：汪輦雲軔《魚亭集》有《納徵》詩，自序云：『軔孤且貧，賣文無所售，有南昌節母葉孺人者，重予詩，延課二子。予病疫瀕死，命二子謹護予，獲更生焉。越一歲，察予之恪也，託媒氏字予以女，且曰：「吾以詩擇壻，請仍以詩爲儀，他無所需。」於是敬賦《納徵》詩二章，因盛水師熊浣青往聘焉：「鏤金作鳳凰，兩兩張奇翼。欲盡茲鳥神，頗費工人力。相許在高枝，桐花爲結實。好風萬里來，文彩共相惜。」「東南有嘉木，上生連理枝。雲中有好鳥，息此育華姿。朱陽深照耀，錦翰互參差。請看雙飛翼，翱翔度天池。」』世人擇壻多計家資，故貧士往往不得妻。若其破庸俗之見，别具藻鑑，雖丈夫難之，況婦女乎？軔爲一時名下士，而貧不自振，憐才如葉母，可謂巾幗中之絶特者矣。

錢塘戴文簡敦元數理最精，滿屋列小泥人，暇則爲之推算，云其成毀亦如人生死也見韓泰華《無事爲福齋隨筆》。相傳明萬曆間，内廷造觀音像大小各一，命日者推算：『大像壽命不甚緜長，小像合受數百餘年香火。』神宗敕大者供養禁中，小者龕置前門外市廟。迨崇禎甲申，大像爲闖賊所毁，而市廟之像，俗傳籤卜最靈按《説文》：『籤，驗也。』《玉篇》：『竹籤，用以卜者』。乃至清之末年猶香火甚盛，膜拜者踵相接也。則推算泥人，明人有能之者，不自戴文簡始。

北京前門城樓，相傳有狐仙居之，樓前窗槅，今日此開彼闔，明日彼開此闔，絫日未有同者。曩余常川入直，前門爲必由之路，留心覘之，誠然。竊意地高風勁，窗槅未經牢櫰，自必因風開闔，無庸故神其説也。

有清一代，天澤之分綦嚴，往往繁文縟節，近於苛細，然亦有禮行自上者。故事：雖内臣奏事，主上不冠，則不進見。盛暑除冠，則有一小内侍捧立於旁。見臣下亦不用扇。俟一起畢召見一人爲一起，稍揮數扇，仍納於袖，再見一起。

内閣漢票簽處，壁懸横幅一紙，爲『攀龍鱗附鳳翼』六字，字徑三尺，而不署款，白紙黑字，印畫甚真。閲蔣苕生《忠雅堂集》，知爲虞永興書。碑二片，在趙州栴林寺，列東西墀。寺壁尚有吳道子畫水，贋筆也節許善長《碧聲吟館談麈》。又『攀龍附鳳』四大字在今西安貢院，爲虞世南書，係明時所翻。原刻四川中江巖上，曾訪之，未得節《無事爲福齋隨筆》。按：已上二家所記未知是一是二，當是永興此書翻樵不止一處。韓氏云云，或誤敚『鱗』、『翼』二字耳。

金陵隨園有二，揚州亦有隨園，見前話。又關中羅賢亦有隨園，其自記云：『余闢地誅茆，偶有怪石，便疊爲山；偶臨水，便濬爲池；偶折柳，植而環之。有草不除，落花不掃，讀《易》其中，喟然歎曰：「隨之時，義大矣哉！隨地而安之，亦隨地而樂之。」孔子曰：「樂亦在其中矣。」遂自號曰隨園云。』見《無事爲福齋隨筆》，則隨園有四矣。

崑山朱以載厚章《多師集·楊九娘廟歌自序》略云：『《嘉定縣志》：楊九娘性至孝，父命守桔槔，苦爲蚊嚙，不易其處，竟以羸死，土人立廟祀之。』按：此與露筋祠事絶類，彼以貞，此以孝，後先輝映矣。

諸葛武侯在隆中時，客至，屬妻治麵，坐未溫而麵具。侯怪其速，後密覘之，見數木人斫麥，運磨如飛，因求其術，演爲木牛流馬云。此説絶新，見明謝在杭肇淛《五雜俎》，不知其何所本也。

名士有潔癖者，至米海岳、倪雲林，殆蔑以加矣。閨閣中人亦多有潔癖，其尤甚者，《五雜俎》云：『汪伯玉先生夫人，繼娶也，蔣姓，性好潔，每先生入寢室，必親視其沐浴，令老嫗以湯從首澆之，畢事卽出。翌日，客至門，先生則以晞髮辭，人咸知夜有內召矣。』似此潔癖，殆復不能有二，設令易釵而弁，庶幾駕米、倪而上之矣。

《五雜俎》云：『漢卜式、司馬相如皆入貲爲郎，則知古者鬻爵之制其來已久，蓋亦當時開邊治河，軍國之需不足，而取給於是也，然止於爲郎而已。至桓、靈時，始賣至三公。』按：清制，捐納一途，京官亦至郎中止，庶幾媲美西京，賢於東漢末造遠矣。然而桓、靈時之三公，特誦言賣耳，君子謂其直道猶存也。

機器製造，吾國古亦有之，璇璣、玉衡，以齊七政，萬世巧藝之祖，無出歷山老農矣。皇帝之指南車，周公之欹器，其次也。公輸之雲梯，武侯之木牛流馬，又其次也。南齊祖沖之因武侯有木牛流馬，乃造一器，不因風水，施機自運，不勞人力；又造千里船，於新亭江試之，日行百里，及欹器、指南車之屬，皆能製造。北齊胡太后使沙門靈昭造七寶鏡臺，三十六戶各有婦人，手各執鑰，才下一關，三十六戶一時自閉；若抽此關，諸門皆啓，婦人皆出戶前。唐馬登封爲皇后製妝臺，進退開合皆不須人，巾櫛香粉次第迭進，見者以爲鬼工。元順帝自製宮漏，藏壺匱中，運水上下；匱上設三聖殿，腰立玉女，按時捧籌；二金甲神擊鼓撞鐘，分豪無舛，鐘鼓鳴時，獅鳳在側，飛舞應節；匱兩旁有日月宮，飾以金烏玉兔，宮前飛仙六人，子午之交，仙自耦進，度橋進三聖殿，已復退，立如常。今廣州猶有銅壺滴漏，亦元人製，第略昉其意，不能如宮漏之精美耳。

上元梅伯言先生《柏梘山房文鈔》有標題曰『記聞』者，事絶奇偉可傳，文尤簡重，足以傳之，迻錄如左稍刪節：杜奎熾，昌黎狂生也，以狂死。嘉慶戊辰應鄉試，書策後千餘言，言『直隸官吏，不能奉宣德意，旂民買漢人田，免租；漢人買旂民田，沒其田，且治罪，非普天下王臣王土之意』。又『民遇饑饉，毋得攜族過山海關，非古人移民移粟之道』。又言『後之人君不以一權與人，大小事必從中覆，臣下皆無所爲作，委成敗於天子，不能給，則委之律例，故權之名出於天子，而其實則出於吏，與其權出於吏，無寧分其權於臣』。書聞，大臣訊之曰：『汝年少，不知爲此。言指使者免罪。』奎熾大言曰：『奎熾所言皆忠孝事，天生之，孔孟教之，何者爲指使？奎熾生十八年，今乃知孔孟爲千古忠孝訟師。』

訊者皆噤且怒，或叱曰：『汝沽名耳，何知忠孝？』奎熾曰：『然，奎熾誠沽名，然奎熾今死矣。公等爲宰輔，受大恩，萬一樹牙頰，論列是非，朝廷念大體，當不死；輕者罰一歲俸，至款段出都門，極矣。公等愛一歲俸，不沽名，奎熾以性命沽名，奎熾誠沽名。』遂罷訊。按：杜生之論得之百數年前，雖朝陽鳴鳳，曷逮焉？

清有兩張國樑，一雍正朝，雲南提督贈右都督張國樑，謚勤果；一咸豐朝，江南提督幫辦軍務張國樑，謚忠武。見《謚法考》。按：兩公之名並用俗『梁』字作『樑』。

前話記塔忠武戰馬，又有陳都督義馬亦可傳也。道光辛丑，英艦犯廣州，都督陳建陞禦之沙角之礮臺，死之。馬爲英軍所得，飼之，他顧不肯食；乘之，蹶踶弗克止；棄之，悲鳴跳擲而死。三水歐陽雙南爲賦《義馬行》云：『有馬有馬，公忠馬忠。公心唯國，馬心唯公。公殲羣醜，馬助公鬭。羣醜傷公，馬馱公走。馬悲馬悲，公死安歸？公死無歸，馬守公屍。賊牽馬怒，賊飼馬吐。賊騎馬拒，賊棄馬舞。公死留鋳，馬死留髁。死所死所，一公一馬。』

滬上愚園有長短人各一，短人非甚短，長亦未足爲長。按：宋岳珂《桯史》云：『姑蘇民唐姓者，兄妹俱長一丈二尺。』又《五雜俎》云：『明時口西人，長一丈一尺，腰腹十圍，其妹亦長丈許。』儻愚園之長人見之，殆猶不敢望其項背矣。

歐洲各國僧皆娶妻生子，與常人無異，吾國亦有之。《五雜俎》云：『天下僧唯鳳陽一郡飲酒食肉娶妻，無別於凡民，而無差徭之累，相傳太祖湯沐地，以此優恤之也。按：明太祖曾入皇覺寺爲僧，宜其優禮僧人獨異。至吾閩之邵武汀州，按：謝在杭，閩人。則僧衆公然蓄髮，長育妻子矣。寺僧數百，唯當戶者一人削髮，以便於入公門，其他雜處四民之中，莫能辨也。按：陶穀《清異錄》謂僧妻曰梵嫂，《番禺雜記》載廣中僧有室家者，謂之火宅僧，則他處亦有之矣。』又《百粵風土記》云：『僧多不削髮，娶妻生子，名曰在家僧。』

《四庫全書總目存目》：《交友論》一卷，明利瑪竇譔按：明時西人入中國者，皆自稱歐羅巴人。萬曆己亥，利瑪竇遊南昌，與建安王論友道，因著是編以獻。有云：『友者過譽之害，大於仇者過訾之害。』此中理者也。又云：『多有密友，便無密友。』此洞悉物情者也。自餘持論醇駁參半。西洋人入中國自利瑪竇始，利瑪竇所著書又有《二十五言》一卷，西洋宗教傳中國，自《二十五言》始。

《東坡樂府·菩薩蠻》詠足云：『塗香莫惜蓮承步。長愁羅韈淩波去。只見舞迴風。都無行處蹤。偷穿宮樣穩。並立雙趺困。纖妙說應難。須從掌上看。』按：詩詞嫥詠纖足，自長公此詞始。前乎此者，皆斷句耳。

吾國人精建築學者嘗彙記之，得數事。宋時木工喻皓以工巧蓋一時，爲都料匠，著有《木經》三卷，識者謂宋三百年一人而已。皓最工製塔，在汴起開寶寺塔，極高且精，而頗傾西北，人多惑之，不百年平正如一。蓋汴地平無山，西北風高，常吹之故也，其精如此。錢氏吳越王在杭州建一木塔，方兩三級，登之輒動。匠云：『未瓦，上輕，故然。』及瓦布，而動如故。匠不知所出，走汴，賂皓之妻，使問之，皓笑曰：『此易耳，但逐層布板訖，便實釘之，必不動矣。』如其言，乃定。皓無子，有女十餘歲，臥則交手於胷，爲結構狀。或云《木經》，女所著也。明徐杲以木匠起家，官至大司空。嘗爲內殿易一棟，審視良久，於外別作一棟。至日斷舊易新，分豪不差，都不聞斧鑿聲也。又魏國公大第傾斜，欲正之，計非數百金不可。徐令人囊沙千餘石置兩旁，而自與主人對飲。酒闌而出，則第已正矣。以伎倆致位九列，固不偶然。又唐文宗時有正塔僧，履險若平地，換塔杪一柱，不假人力，傾都奔走，皆以爲神。宋時，真定木浮圖十三級，勢尤孤絶，久而中級大柱壞欲傾，衆工不知所爲。有僧懷丙，度短長，别作柱，命衆維而上，已而卻衆工，以一介自隨。閉戶良久，易柱下，不聞斧鑿聲也。明姑蘇虎丘寺塔傾側，議欲正之，非萬緡不可。一遊僧見之曰：『無煩也，我能正之。』每日獨攜木楔百餘片，閉戶而入，但聞丁丁聲。不月餘，塔正如初，覓其補綻痕跡，了不可得也。三事極相類，而皆出遊僧，尤奇。至於浙人項昇爲隋煬帝起迷樓，凡役夫數萬，經歲而成。樓閣高下，軒窗掩映，幽房曲室，玉闌朱楯，互相連屬，回環四合，曲屋自通，千門萬牖，上下金碧。金虯伏於棟下，玉獸蹲於戶旁。璧砌生光，瑣窗射日，工巧之極，自古無有。人誤入者，雖終日不能出。帝大喜，因以迷樓目之云云。則雖失之導淫逢惡，然其經營締造之窮工極致，要亦夐乎弗可及矣。竊意西人之於建築，唯是高堅鉅麗，是其能事，若夫五步一樓，十步一閣，鉤心鬬角，藻周慮密，則吾中國古之良匠殆未遑多讓焉。乃至喻皓、徐杲輩之神明變化，不可方物，不尤古今中外所難能耶？

世俗稱美人之材勇，輒曰『十八般武藝，無一不精』。斯語也，傳奇演義家多用之，蓋在百年或數十年前。迄今滄桑變易，火器盛行，往往一彈加遺，烏獲、孟賁無能役，快劍長戟失其利，即斯語亦等諸務去之陳言矣。攷明英宗正統乙巳夏，詔陳懷、井源等練京軍，備瓦剌，招募天下勇士。山西李通者行教京師，試其技藝十八般，皆無人可與爲敵，遂膺首選。十八般之名：一弓、二弩、三鎗、四刀、五劍、六矛、七盾、八斧、九鉞、十戟、十一鞭、十二簡、十三檛、十四殳、十五叉、十六杷頭、十七綿繩套索、十八白打。

平南黎謙亭建三，乾隆戊子舉人，官涇州知州，著有《素軒詩集》梓行。其《甕玉行》有序云：『于闐貢大玉三，大者重二萬三千餘斤，小者亦數千斤，役人畜挽拽，率以千計，至哈密有期矣。嘉慶四年奉詔免貢，詩以紀事。』詩云：『于闐飛檄馳京都，大車小車大小圖。軸長三丈五尺咫，塹山導水堙泥途。小玉百馬力，次乃百十逾。就中甕玉大第一，千蹏萬蹢行踟躇。日行五里七八里，四輪生角千人扶。』又云：『詔書寶善不寶玉，嵯峨巨璞輕錙銖。所到之處卽棄置，毋重百姓罹無辜。』又云：『大玉礲琢鐫其瑜，小玉剷鑿爲黿趺。大書己未卹民詔，金寒石泐玉不渝。』桉：貢玉大至二萬三千餘斤，殆古昔所未有，此詩足備掌固，因節錄之。

眉廬叢話卷十二《東方雜志》第十二卷十號

俗謂婦妒爲『喫醋』。桉：『喫醋』二字見《續通攷》：『獅子日食醋酪各一瓶。』世以妒婦比河東獅吼，故有此語。嘗聞北地橐駝嗜鹽，日必飼以若干斤，否則遠行弗健。余聞之清河公子，公子畜馬三、騾四、驢二、橐駝一，亦異聞也。以橐駝喫鹽例之，則獅子喫醋，亦事所或有。

臨桂倪雲癯鴻《桐陰清話》：『阮文達平蔡牽，得其兵器，悉鎔鑄秦檜夫婦鐵像，跪於岳忠武廟前，好事者戲譔一聯，製兩小牌題之，作夫婦二人追悔口吻，其一繫秦檜頸上曰：「咳，僕本喪心，有賢妻何至若是？」其一繫王氏頸上曰：「啐，婦雖長舌，非老賊不到今朝。」公謁廟時見之，不覺失笑。』桉：《檐曝雜記》：『李太虛，南昌人，吳梅邨座師也。明崇禎中爲列卿，國變不死，降李自成。本朝定鼎後，乃脱歸。有舉人徐巨源者，其年家子也，嘗譔一劇，演太虛及某鉅公降賊後，聞大清兵入，急逃而南。至杭州，爲追兵所躡，匿於岳墳鐵鑄秦檜夫人胯下。值夫人方入月，迨兵過而出，兩人頭皆血污。此劇已演於民間，稍稍聞於太虛云云。』據《雜記》，則岳墳鐵像明末清初已有之，倪云阮文達所鑄，未詳何本。

《桐陰清話》又云：『秦淮舊院教坊規條碑，余嘗見其拓本，略云：「入教坊者，準爲官妓，另報丁口賦稅。凡報明脱籍過三代者，準其捐考。官妓之夫，綠巾綠帶，著豬皮韡，出行路側，至路心被撻勿論。老病不準乘輿馬，跨一木，令二人肩之」云云。』此碑入《金石話》，絕新。妓之假母，俗呼爲爆炭。衰退之妓，或私蓄侍寢者，不以夫禮待，號爲廟容。曲中諸妓，多爲富豪輩，日輸一緡於母，謂之買斷，見《北里志》注。又宋時平江里衖傳習，呼營妓之首曰丁魁、朱魁，見陳藏一《話腴》。又武林衍衍名翠錦社，見《月令廣義》。已上各稱謂亦甚新，坿記。

某觀察號鳳樓，行五。光緒乙巳、丙午間，薄遊江南，參某督幕。公暇陶情絲竹，爲秦淮名妓小五寶脱籍。其友某贈聯云：『小樓一夜聽春雨，五鳳齊飛入翰林。』署名鳳倒鸞顛客，扁云『二五爲偶』。桉：宋陳藏一《話腴》：『昌黎伯《和裴晉公東征》詩云：「旗穿曉日雲霞雜，山倚秋空劍戟明。」蓋以我之旗，況彼雲霞；以彼之山，況我劍戟，回鸞舞鳳格也。鳳倒鸞顛，略與回鸞舞鳳體格闇合。』又小五寶之姊名小四寶，亦擅豔名，或贈以聯云：『小南强，大北勝桉：《十國春秋》：「南漢僻遠，頗輕傲中國。周世宗遣使臣至，適使館有茉莉，使臣問之，館伴對云「小南强」，後鋹被宋擒，見牡丹，詢其名，或戲之曰「此名大北勝」」。四美具，二難并見王子安《滕王閣詩序》。』亦工巧典雅。

錢唐張勤果曜由軍功起家，官至河南布政使，爲御史劉寶楠河南人所劾，疏有『目不識丁』語。竟對調潮州鎮總兵，旋擢廣東提督，轉山東巡撫。勤果夙工書法，橅《聖教序》，得右軍神髓，自被劾後，刻『目不識丁』小印，凡爲人作書，輒於署名下鈐用之。

江寧諸生李仙根，名光節，咸豐間，闔門殉髮賊之難，僅以身免。仙根工詩詞，擅丹青，跌宕饒風趣。有小印，文曰『自成一家』。凡繪事愜心之作，輒鈐用之，殊忍俊不禁。

宋時廬陵永和市有舒翁，以陶器著稱，工爲玩具。翁女尤善，號曰舒嬌。其罏甕諸色幾與柴哥等價今景德鎮陶工多永和人。桉：媷書談瓷故者，世不多覯，間見數種，亦不具舒嬌之名，亟記之。

前話載清乾、嘉間于闐國貢大玉，重二萬三千餘斤。自來玉之大者，殆無踰此。相傳內廷節愼庫有大銀即俗所謂元寶，猶爲明代遺物，其重幾何，弗可得而攷也，陟其巔必以梯。曩余客京師，聞之友人云云。

黃伐檀集《妒芽說》：『客有語予：人有以桃爲杏者，名曰接。其法：斷桃之本，而易以杏。春陽既作，其枝葉與花皆杏也。桃之萌亦出於其本，蓊然若與杏爭盛者。主人命去之，此妒芽也。』見查悔《餘得樹樓雜鈔》又《蜀語》：『七夕漬綠豆，令芽生，名巧芽。』見《香海棠館詞話》妒芽、巧芽，語並絕新。蕙風曰：吾廣右花匠最擅接花之技，如以櫻桃花接垂絲海棠，則先植櫻桃於盆，其本必蟠屈有姿致，廑留一二枝條，壯約指許。屆清明前，則就海棠撰其枝氣王者、壯相若者，與櫻桃之本姿致宜稱者，審定長短距離，削去其半，約寸許，同時於櫻桃枝近本處，亦削去其半，亦寸許，速就兩枝削處密切黏合，以苧皮緊束之，外用海棠根畔土調融塗護，勿露削口。若所接海棠枝距地較高，則植木爲架，擱櫻桃盆，務令兩花高下相若，無稍拗屈彊附。迨至夏初，兩枝必合而爲一。苧皮暫不必解，於海棠枝削口稍下，徐徐鋸斷，俾兩花脫離，卽將削口稍上之櫻桃枝鋸棄，則本櫻桃而花葉皆海棠矣。他花接法並同。比見日本櫻花絕佳，竊意可以中國海棠之本接之。

宋人稱他人妻曰閤中。孫覿《鴻慶集·與惠次山帖》云：『忽聞閤中臥病，何爲遽至此也？伉儷之重，追慟奈何。』元人稱妾曰少房。黃溍爲義門鄭氏譔《青樾居士鄭君墓銘》云：『娶傅福，字世昌；少房徐偉，字妙英，皆前君卒，同葬縣東金村。』又宋濂譔《宣政院照磨鄭府君墓志》云：『越四年，夫人吳氏卒。越一十五日，少房勞氏又卒，祔葬府君之穴。』

《漁洋山人詩話》云：『李滄溟先生身後最爲寥落，其寵姬蔡，萬曆癸卯年七十餘矣，在濟南西郊賣胡餅自給。叔祖季木考功見之，爲賦詩云：「白雪高甍一代文，蔡姬典盡舊羅裙。」』滄溟清節可知矣。《西山日記》云：『李于鱗解組後，構白雪樓，樓三層，最上其吟詠處，中以居一愛姬，最下延客。

四面環以水，有山人來謁，先請投其所作詩文，許可，方以小舴艋渡之；否者，遙語曰：「亟歸讀書，不煩枉駕也。」』山人所記賣餅蔡姬，豈卽第二層樓中人耶？又于源《鐙窗瑣話》云：『嘉興張叔未解元廷濟嘗寓西埏里酒肆，其姬人母家也。後寓餅店內翟氏別業，有句云：「不妨司馬當罏客，來寓公羊賣餅家。」』是亦雅故關於賣餅者。而于鱗蔡姬事，尤令人棖觸。

徐東癡隱君夜居系水之東，高尚其志。李容菴念慈爲新城令，最敬禮之，與相倡和。李罷官，僑居歷下。繼之者東光馬某，亦知東癡之名，然每有詩文之役，輒發硃票，差隸屬其結譔，稍遲則籤捉元差限比。隸畏扑責，督迫良苦，東癡亦無計避之。時傅彤臣侍御里居，數以爲言。馬唯唯，然終不悛也。容菴知之，乃遣人迎往歷下，及馬罷官始歸。此與周青士篔館嘉善柯氏園，月夜吟詩，被郡丞季某杖逐事絕類。雅流遇傖父，冰炭齟齬，率非情理可喻，思之令人軒渠青士事見前話。

清時以科舉取士，往往文人遣興棘闈遊戲之作，或詩詞散曲，雖備極形容，泰半俚詞滑調，不足登大雅之堂。偶閱《柳南隨筆》載陳亦韓《別號舍文》，吐屬雅近名雋，風趣亦復乃爾，其辭曰：『試士之區，圍之以棘。矮屋鱗次，百間一式。其名曰號，兩廊翼翼。有神尸之，敢告餘臆。余入此舍，凡二十四。偏袒徒跣，擔囊貯糒。聞呼唱喏，受卷就位。方是之時，或喜或戚。其喜維何，爽塏正直。坐肱可横，立頸不側。名曰老號，人失我得。如宦善地，欣動顏色。其戚維何，厥途孔多。一曰底號，糞溷之窩。過猶唾之，寢處則那。嘔泄昏忳，是爲大瘥。誰能逐臭，搖筆而哦。一曰小號，廣不容席。簷齊於眉，牆逼於跖。庶爲僬僥，不局不脊。一曰蓆號，上雨旁風。架構綿絡，藩籬其中。不戒於火，延燒一空。凡此三號，鬼魅所守。余在舉場，十遇八九。黑髮爲白，韶顏變醜。逝將去汝，湖山左右。抗手告別，毋掣余肘。』陳作是文之年，丁雍正癸卯，是科受知北平黃崑圃少宰，聯捷禮部試，偶病足，未與廷對而歸。益讀書講學，肆力古文辭云。校：陳亦韓，名祖范，曾讀書寒碧齋，慕廬宗伯高弟也。

《帶經堂詩話》又云：『朱相國平涵《湧幢小品》載其嘗館一貴人家，其人奉齋。一日怒廚人，凡易十餘品，俱不稱意。朱笑謂之曰：「何不開齋？」』《詩話》止此茲語誠足解頤。相傳乾、嘉間，京師某大叢林方丈某僧以高行聞於時，尤善圍棊。某樞相亦有棊癖，過從甚密。其香積所供素麪，風味絕佳，樞相食而甘之，輒命庖丁昉製，弗若也，則扑責之，屢矣。庖丁窘且憤，變姓名，傭於僧。久之，乃得其法，則選雞雛肥美者，擘析其至精，縷而屑之入麪中，故汁醲而無脂，味鱻弗膩。蓋自是而高僧之譽驟衰矣。又輦下諸宅眷，一日，集某尼庵，爲禮佛誦經之舉，虔誠齋絜。庖人以饌蔬至，經婢嫗輩露索搜檢也，見《大金國志》然後入，雖滌器之布，亦必易其新者，而不知此新布之兩面，卽滿塗雞脂。入廚後，沃以沸湯，可得最濃厚之雞法。蓋非此，則笋菌瓜瓠之屬，不能使之悅口。凡茲之類，皆甚可笑也。

金陵張可度，字蹶筏，《廬山》詩云：『父居黃閣女崆峒，流水桃花石室中。多少男兒淪落盡，神仙卻讓李騰空。』見《漁洋詩話》。騰空者，林甫之女。李太白有《送內之廬山訪女道士李騰空》詩。相傳李林甫有女六人，各擅姿態，雨露之家，求之不允。於廳事壁間拓一窗櫺，障以茜紗，日使六女戲於窗下。每有貴族子弟來謁，卽使諸女於窗中自擇當意者託褰修焉。若騰空，固得道者，當不在此六女之列，其殆雞羣之鶴耶？又茆山有秦檜女繡大士像甚靈異，居人不敢託宿，見《蔣說》清蔣超譔。又王安石女最工詩，見覺範詩云云，此浪子和尚耳，見《能改齋漫錄》。又蔡卞妻亦安石女，工文詞。何權姦之多奇女子也？

烟草名淡巴菰，又名金絲薰，明萬曆時始有之，崇禎嚴禁弗能止。《樊榭山房詞》《天香·詠烟草》序云自閩海外之呂宋國移種中土，桉：姚旅《露書》，關外人相傳本於高麗國，其妃死，國王哭之慟，夜夢妃告曰：『冢生一卉，名曰烟草，細言其狀，采之焙乾，以火燃之，而吸其烟，則可止悲，亦忘憂之類也。』王如言采得，遂傳其種云云。烟草之生，其事絕韻，後人更美其名爲相思草云。

前話載梅巧玲義俠事，茲又得程長庚軼事一則，亦可以風勵薄俗，愧當世士夫，亟記之。方長庚之掌北京三慶班也，有道員某以非罪被劾，當褫職，旨將下矣。某憤不欲生，兼仰事俯畜，唯一官是恃，挽回乏術，則凍餒隨之，實亦無以爲生也。戚友來慰問者爲之百計圖惟，殊未得一當。友人某尤躊躇久之，忽拍案而起曰：『道在是矣。』則羣起亟問之，友曰：『茲事回天大不易，非樞府斡旋不爲功。方今黜陟大柄操之恭王，唯程長庚爲王所最賞識，最信任。得其片言，寃可立白，曷姑試求之？』某亦瞿然曰：『誠然，幸嘗與長庚通鄭重。』則亟偕友往，婉切白長庚。長庚曰：『僕溷跡輭紅，唯曲藝進身是愧，自好益復斷斷。嚮於王公大人雖促𦀚氏掌，未嘗干以私，尤不敢與聞官事。矧人微言輕，言之亦未必有濟，敢敬謝不敏，幸原亮，勿以諉卸爲罪也。』某固請不已，友亦爲之陳懇，至於再三。長庚曰：『幸被劾誠非罪，差可措詞，當勉效緜薄，視機會何如耳。』則亟謁恭邸，值王憩寢，良久，僅乃得達。王則訶謁者啓事官之職，如古謁者，謂將命胡遲遲也，並爲長庚道歉仄。長庚白來意，王始有難色，謂旨已交擬，恐不易保全，既而曰：『爾固不輕干人，事雖難，吾當盡力圖之。』長庚稱謝肅退，王曰：『少休，勿亟，吾正欲與爾閒談也。』詰朝，諭旨下，竟無某道褫職事，則參摺已留中矣。某德長庚甚，賫厚幣，自詣謝。長庚拒弗見，餽物悉返璧，命侍者出傳語曰：『請某官還以此整頓地方公事，毋以民脂民膏作人情也。』且從此不與某道相見。有人問此事者，長庚力辨其必無云。長庚，字玉山。

梅巧玲名芳，其孫名蘭芳。桉：王右軍父子名並用之，例可通矣。

《賭卦》，清初王先生官學博，名待攷戒子弟之作：『賭，凶，無攸利。象曰：賭，妒也。妒人之有，而先罄其藏。勝者偶而敗其常，獲者寡而失不可償。是以凶，無攸利。君子賭而業隳資亡，小人賭而離於桁楊，賭之爲殃，大矣哉！象曰：上慢下賊，賭，后以嚴刑懲慝。初九，童蒙之嬉，吝。象曰：童蒙之戲，漸不可長也。義方有訓，用豫防也。六二，誘賭以迷，往即於泥，凶。象曰：誘賭，朋之傷也，往入其類，自戕也。六三，燕樂衎衎，迺賭迺戰，士以喪名虧行。象曰：燕樂衎衎，賭起爭也。喪名虧行，大無良也。六四，迷賭，晡不食，貲亡，有疾。象曰：迷賭，夜以爲明也，既亡其貲，又疾，無常也。六五，夫迷不復，婦嗟於屋，良友弗告。象曰：夫迷不復，婦用傷也，良友弗告，不可匡也。上九，鑒賭有悔，出涕沱若，戚嗟若，吉。象曰：自鑒其禍，斷用剛也，中心有悔，易否爲臧也。』《正義》曰：『賭者，小人之事，陰之類也。童蒙之嬉，陰未甚盛，有義方之訓以豫防之，則初吝可以終吉，鑒賭有悔，來復之象，故初上皆陽爻。』

西藏燈具狀如弓鞵，俗傳爲唐公主履，見《衛藏圖識》馬揚、盛繩祖同輯。夫曰俗傳，則其由來亦已久矣，是亦謂唐時已有弓鞵，不自南唐始也。

凡人有嫥長，則眾長爲所揜。右軍善畫，而唯以書名；李白工書，而廑以詩顯。至如朱紫陽畫深得吳道子筆法見《太平清話》，則尤世所罕知矣。

巫山神女朝雲暮雨之說，嚮來詞賦家多用之，黷矣，然而褻甚。桉：路史《集仙錄》云：『雲華告禹曰：「太上愍汝之志，將授靈寶之文，陸策虎豹，水剬蛟龍，馘邪檢凶，以成汝功。」因授上清寶文，又得庚辰虞余之助，遂導波決川，奠五嶽，別九州，天錫玄圭，以爲紫庭真人。』虞余庚辰，據《楚辭》，乃益稷之字。雲華者，云王母之女，巫山神女也。據此，則巫陽之靈，上清莊嚴之神，詎可以褻語厚誣之。曩余作七夕詞，用『銀河鵲駕』等語，端木子疇前輩採見而規誡之，評語云：『牛主耕，女主織。建申之月，田功告戰，織事託始。故兩星交會，明代謝以成歲功。世俗傳譌，以妃偶離合爲言，嫚瀆甚矣。』余佩服斯言，垂三十年，未嘗賦七夕詞也。疇翁《碧瀣詞·湘月》有序，略云：『採十三歲時從韓介孫師讀，因講《湘靈鼓瑟》詩，告以英皇事，心敬而悲之。是年冬仲，月明如晝，夢至一處，水天一碧，明月千里，有神女風裳水佩，踏波而行，厥後此景時在心目。童丱無知，亦不解所以故，但覺馨絜之氣可以上通三靈，下卻百邪。迨弱冠讀《楚辭》，見《湘君》諸篇，愈益嚮往，五十年矣，茲心不易。今老矣，愧未能以其芳馨之性，發而爲事功，有所裨於世。茲和白石《湘月》詞，適與之合，遂緬述之。』詞云：『水天澄碧，見風裳霧帔，飛步清景。爲想神娥遊歷處，渺渺湖光如鏡。淚灑斑筠，聲傳拊瑟，月照江波冷。兒時嚮往，夢魂欲訪仙境。　茲後誦法靈均，澧蘭沅芷，對遺編生敬。老去何裨，空贏得、皎皎茲心清淨。但值涼宵，青天皓月，便欲前身證。何時真個，聽來搏拊新詠。』疇翁刻《楚辭》，昉袖珍本，絕精，無注，謂非後人所敢注也。

阮吾山《茶餘客話》云：『毛氏汲古閣藏書甚富，槧刻亦多。王駙馬以金錢輦之去，其板多在昆明。駙馬者，平西壻也。』桉：王名永康，蘇州人，錢梅溪《履園叢話》云：『初，三桂與永康父同爲將校，許以女妻永康，尚在繈褓。未幾父死，家無擔石，寄養鄰家。比長，飄流無依，年三十餘猶未娶也。有親戚老年者知其事，始告永康。時三桂已封平西王，聲威赫奕。永康偶檢舊篋，果得三桂締姻帖，遂求乞至雲南，書子壻帖詣府門。越三宿，乃得傳進。三桂沈吟良久，曰：「有之。」命備公館，授爲三品官，供應器具立辦，撰日成婚，籨贈甚盛。一面移檄蘇撫，爲買田三千畝，大宅一區，在齊門內拙政園，相傳爲張士誠壻僞駙馬潘元紹故宅也。永康在雲南，不過數月，卽攜新婦回吳，終未接三桂一面。永康既回，窮奢極欲，與當道往來，居然列公卿間。後三桂敗，永康先殁，家產入官，真如邯鄲一夢矣。』桉：據錢氏云云，永康在滇廛數月，阮云書板多在昆明，殆未必然矣。

杭縣徐女士新華《彤芬室筆記》云：『長沙芙蓉鏡照相館曾爲柳某攝照，其已故之妾，亦現影身側，形容宛肖。十年前，芙蓉鏡尚重攝以出售，湘人類皆知之。』茲事絕奇，其信然耶？則古者李少君爲漢武帝致李夫人、楊通幽臨邛道士，爲唐玄宗致楊太真、稠桑王老爲李行修致亡妻王氏，見《續定命錄》、趙十四爲許至雍致亡妻某氏，見《靈異記》輩召亡之術，何難能可貴之有。

明高則誠明撰《琵琶記》，演蔡中郎贅入牛府，屬假託，非事實，前人辨之詳矣。或謂其罵王四，因琵琶二字有四『王』字，亦臆說，無碻據。桉：唐盧仝《玉泉子》『鄧敞』一則略云：『敞初比隨計，以孤寒不中第。牛蔚兄弟，僧孺之子，有氣力，且富於財，謂敞曰：「吾有女弟，未出門，子能婚，當爲展力，寧一第耶？」時敞已壻李氏矣，有女二人皆善書，敞之行卷多二女筆跡。敞顧己寒賤，私利其言，許之。既登第，就牛氏姻，不日挈牛氏歸。將及家，紿牛氏曰：「吾久不到家，請先往俟卿。」洎到家，不敢洩其事。明日，牛氏奴驅其輜橐直入，列庭廡間。李氏驚曰：「此何爲者？」奴白夫人將到，令某陳之。李曰：「吾卽妻也，又何夫人？」卽拊膺哭頓地。牛氏至，知其賣己也，請見李氏曰：「吾父爲宰相，兄弟皆在郎省，縱不能富貴，豈無一嫁處？其不幸豈唯夫人乎？夫人縱憾於鄧郎，寧忍不爲二女計耶？」時李氏將列於官，二女共掔輓其袖而止。後敞以祕書少監分司。黃巢入洛，避亂於河陽，其金帛悉爲羣盜所得。』據此，則再婚牛氏，實鄧敞事，而院本以誣中郎，其故殆不可知。

唐蘇頲聰悟過人，纔能言，有京兆尹過父瓌，命頲詠『尹』字，乃曰：『丑雖有足，甲不全身。見君無口，知伊少人。』見鄭處誨《明皇雜錄》即燈迷之拆字格也。

江淹夢五色筆事，自昔豔稱。桉：馬總《大唐奇事》：『廉廣者，魯人也。因采藥於泰和，遇風雨，止大樹下。及夜半雨晴，信步而行，逢一人若隱士，問廣曰：「君何深夜在此？」仍林下共坐。語移時，忽謂廣曰：「我能畫，可奉君法，與君一筆，但密藏焉。」即隨意而畫，當通靈，因懷中取一五色筆授之。廣拜謝訖，此人忽不見。爾後畫鬼兵能戰，畫龍能致雲雨，畫大鳥能乘之而飛。尋復見神還筆，因不復能畫』云云。此又一事也，特彼文筆，此畫筆耳。

《千字文》『律呂調陽』，『呂』當作『召』。桉：唐南卓《羯鼓錄》云：『玄宗洞曉音律，由之天縱，凡是管絃，必造其妙。若製作調曲，隨意即成，不立章度。取適短長，應指散聲，皆中點指。至於清濁變轉，律呂呼召，君臣事物，迭相制使，雖古之夔、曠不能過也。』律召，即『律呂呼召』意。

道光季年京師有人製聯云：『著、著、著北音，陟牙切，祖宗洪福穆鶴舫穆彰阿；是、是、是，皇上天恩卓海帆秉恬。』扁曰：『如何是好』。蓋二相饒有伴食之風，造膝時絕尠獻替，唯阿容悅而已。然穆相嘗汲引曾文正，每於御前稱曾某遇事留心可大用。一日，文正忽奉翌日召見之諭，是夕宿穆相邸。及入內，由內監引至一室，非平時候起處。隃亭午矣，未獲入對，俄內傳諭明日再來可也。文正退至穆宅，穆問奏對若何，文正述後命以對，並及候起處所。穆稍凝思，問曰：『汝見壁間所懸字幅否？』文正未及對，穆悵然曰：『機緣可惜。』因躊躇久之，則召幹僕某，諭之曰：『汝亟以銀幣四百兩往貽某內監，屬其將某處壁間字幅，炳燭代爲錄出，此金爲酬也。』因顧謂文正，仍下榻於此，明晨入內可。洎得覲，則玉音垂詢，皆壁間所懸歷朝聖訓也。爰是奏對稱旨，並諭穆相曰：『汝言曾某遇事留心，誠然。』而文正自是駸駸嚮用矣。

曾文正初入翰林，僦居繩匠胡同伏魔寺，自顔所居之室曰藏雲洞，蓋寓出山爲霖之意。及何桂清喪師失地，江南京僚聯銜請公督師，卒成偉業，故文正於江南人至爲契合云。

曾文正官翰林時，亦日書小楷，以備考差。適介弟忠襄讀書京邸，一日，有友薦僕至，文正不欲留用，而僕固求不已。文正曰：『此僕殊糾纏，吾竟無術遣之。』忠襄曰：『但以所書白摺示之，彼必愬然舍去也。』文正怒之以目。所謂善戲謔兮，此固無傷怡怡之雅。

咸豐初年，左文襄以在籍舉人，就張石卿中丞亮基之幕。張公去位，駱文忠繼之，信任文襄尤專。文忠每公暇適幕府，值文襄與幕僚數人慷慨論事，援古證今，風發泉湧，文忠靜聽而已，未嘗置可否。世傳文忠一日聞轅門鳴礮，顧問何事，左右對曰：『左師爺發軍報摺也。』文忠頷之，徐曰：『盍取摺稿來一閲？』當繕發之前，未嘗寓目也。當時楚人或以左都御史戲稱文襄，意謂文忠官銜不過右副都御史，而文襄權尚過之也。文襄練習兵事，智深勇沈，感激文忠國士之知遇，爲之集餉練兵，選用賢將，兩敗石達開數十萬之衆。復分兵援黔、援粤、援鄂、援江西，而卽以爲屏蔽吾圉之至計。文忠得以雅歌坐歗，號爲全楚福星。天下不患無才，患知才不能用，用才不能盡。若文忠之有文襄，信乎能盡其才者矣。

咸豐初年，蜀中童謠云：『四川軍務惡，硝磺用不著。若要川民樂，除非馬生角。』未幾，朝命蕭啓江、黄熙先後籌辦防剿，迄無成績。蕭、黄，硝、磺同音，所謂『硝磺用不著』也。迨駱文忠開府，内而藍朝鼎、李短衲成擒，外而石達開授首，星周甫易，而全蜀肅清。『駱』字从『馬』从『各』，蜀音『各』與『角』同，所謂『馬生角』也。華陽王息塵廉訪云：『文忠之薨也，先數日寢疾。息翁之居距督署只赤，某夕深坐，俄聞靈風颯然，聲振屋瓦，若龍陣之驟驚也。頃之，聞節轅鳴礮九，知驂鸞騰天矣。』生爲屏臣，歿爲明神，可知傅說騎箕詎謬悠之說耶？相傳文忠督川時，蜀民見其摧陷廓清，用兵神速，以爲諸葛復生。其後雙目失明，僚屬來謁者，或手捫其面目，耳聽其聲音，輒辨爲某人，與之談論公事，百不失一云。

石達開，廣東花縣人，與駱文忠同縣。相傳達開被擒，有幼子，求文忠宥之。文忠留養署中數年，雖教誨備至，頗桀驁，露圭角。或與之言志，則曰：『唯有爲父覆讎耳。』或以告文忠，乃揮涕密酖之。達開固英物，擅文武才，甚可念曾文正嘗致書勸其歸降，石答以詩五首，見前話。文忠之未能恝然，非必推情桑梓也。

合肥相國李文忠生平未膺文柄。光緒乙未春由直督召入，寓賢良祠。令人於廠肆購講義、制藝等書，爲會試總裁之預備，乃竟未得簡，亦缺憾也。

李文忠之封翁，諱文安，道光戊戌進士，官刑曹時，爲提牢廳坐辦。著有《提牢紀事詩》，蓋恉在恤囚也，吳縣潘尚書文勤爲開板於京師。論者謂文忠位極人臣，爲積善之餘慶云。

李文忠督直隸時，某年以『麥秀兩歧』入告。御史邊壽民寶泉劾之，有『陽爲歸美於朝廷，陰實自譽其政績』之語。文忠致函謝過焉。

李文忠任直督時，某年壽辰，僚屬製錦稱祝。天津守某領銜，所譔壽文先呈文忠閱定，文集《葩經》，用『我公東歸』句誤作『我公西歸』。文公戲作公牘語批其後云：『本部堂何日西歸，仰該守查明稟覆。』太守見之，主臣無已。

蘇州潘蔚如中丞霨初以巡檢需次保定，每衙參，恆以市車往，有御者某姓輒受顧，習矣。某日，值某御者不在，潘遂顧用他車。越日見而問之，御者言：『因妻病，弗遑執鞭也。』問何病，則絆戀愆期按：《羣碎錄》云：『絆戀，婦人有汗也。一作姅變。漢律云：「見姅變不得侍祠。」田子藝云：「幼女未通，老媼當絕，故字从半女」』，圜的不施按：繁欽《弭愁賦》：『點圜的之熒熒。』一作『元的』，王粲《神女賦》：『施元的兮結羽釵。』《釋名》：『以丹注面曰的。的，子藥切，灼也。天子諸侯有羣妾者，以次奉御。有月事者重以口說，故注此於面，灼然而識也。』《藝文類聚》作『華的』，數閱月矣，於婦科爲險證，往往弗治。潘固夙諳岐黃家言，謂御者：『我善醫，曷御我往診？』御者亟鞠躬謝，御潘至家，爲診之，方再易而病瘉。明年，潘補蘆溝橋巡檢，時那文誠清安總督直隸。一日，潘忽奉五百里札調，大驚，不解其故。星夜晉省，面謁首府探詢，亦不知所爲。第爲先容，則立予傳見。蓋文誠之女公子，已拴婚恭邸爲福晉滿大臣女，奉懿旨指婚王公貝勒，謂之拴婚，嘉禮將屆，乃嬰疾，與某御者之妻同，坒歷諸醫，悉窮於術。適某御者執役督署，知潘之善醫也，輒稱道弗去口，輾轉達於文誠，故亟札調。洎入診，益復澄思研慮，竭盡所長，蓋未幾而霞侵鳥道，月滿鴻溝，女公子當浣濯矣按：語見《堯山堂外紀》『陶穀謝韓熙載書』。及既爲福晉，德潘甚。旋恭邸枋鈞，潘蒙不次遷擢，竟開府貴州，所謂一藝成名者矣。

武進湯貞愍貽汾由廕生起家武職，工詩善畫，篤嗜風雅，著有《琴隱園集》。咸豐初年官江寧副將，日與赳桓者處。有寅僚某好讀《三國志演義》，自詡知兵。一日談次，謂貞愍曰：『凡人作善，子孫亦必善人，故孔子之後生孔明也。』忠愍微笑曰：『或亦未必盡然，孔子下便是孟子，何孟子之後乃有孟德耶？」聞者爲之忍俊不禁。

相傳胡文忠撫鄂，長白文恭官文領兼圻，兩公稍不相能。既而文恭欲媾解，顧未得當。會文忠太夫人板輿就養，文恭親自督隊郊迎，文忠感其禮意，成見冰釋。由是事無鉅細，悉銳身任之，遂成中興大業云。

王逋《蚓庵瑣語》云：「崇禎甲申，有吳江薛生號君亮者，能李少翁追魂之術。又善寫照，其法：書亡者生歿忌日，結壇密室，懸大鑑於案南，設胡牀於案下，牀黏素紙，持咒焚符七七日，眡鑑中烟起，則魂從案下冉冉而升，容貌如平生。對魂寫照畢，魂復冉冉而下。亡四十年外者，不能追矣。」此可與長沙芙蓉鏡照相事見前話消息互參。

滬上熟肉店不下數十家，無一非陸稿薦者。相傳陸氏之先設肆吳閶，有丐者日必來食肉，不名一錢，主人弗責償也。後竟寄宿店廡，亦不以爲嫌也。丐無長物，唯一稿薦。一日，忽棄之而去。久之，店偶乏薪，析薦以代，則燔炙香聞數十里，因以馳名。繼此，凡營是業者，卽非陸姓，亦假託，冀增重云。

從漚尹假觀秀水王仲瞿曇《烟霞萬古樓時文》，奇作也。其「彌子之妻」題一首尤藻采斑連，如古蕃錦題下自注其二又云先有《嘉耦也》一篇，在京師，爲蜀中某孝廉取去。甚惜福州梁氏《制藝叢話》中乏此珍祕，亟錄如左：「倖臣得其女妻，怨耦也。蓋彌子嬖人，而妻則顏氏子也。妻者，齊也，何其遇人之不淑耶？嘗謂婦人從夫，淑女而竟適弄臣，亦閨房不幸事哉！腐木不可以爲柱，卑人不可以爲主。侲子狡童，坦腹而登卝女之牀，君子讀《詩》至「雉鳴求牡」，鮮不嘆靜女仳離，而乃有東家之子，且爲蛩蛩駏虛負而走者。衛靈公，煬竈之君也，狎比狡童，老而好色，愛彌子瑕者，一朝眾蔽。而其時顏讐由實有季妹待年未嫁。瑕，一美丈夫也，矯駕君車，入門布幣，爰是御輪三周，居然牢食，終成婦禮。衛人醜之，以爲聘則爲妻。彌子瑕之鄉里也，男子而行婦道，則淫而不父，人笑其臀無膚也。彌子私後車之情，豈不曰「與爲雞口、寧爲牛後」耶？婦人吉而夫子凶。君子不與艾豭慶家人之卜。丈夫而薦男歡，則女而不婦，人笑其尻益高也。彌子戀前魚之愛，豈不曰「與爲雄飛、寧爲雌伏」耶？子南夫而子皙美，君子且與婁豬傷歸妹之窮。夫彌子，以色事人者也，萬歲千秋之後，且樂得身薦螻蟻，於妻何愛？則魚網鴻離，安知爲彌子者？不巽在牀下。而彌子妻者，不鶼鶼鰈鰈，東家食而西家宿也。烏烏寵雌雄之愛，馬牛奔臣妾之風，此狡兔三窟，所謂高枕而臥者，亦彌子莫須有之計，而妻亦危矣。拔茅茹以其彙征，使二難可并，何不貫魚而並寵？況鰥梁笱敝，君妃亦愛少男，則尤物移人，臣敢獨修其帷薄？而妻則愀然憂曰：「是謂我不祥人也。妾自明詩習禮以後，絕未嘗私遘狐綏，豈今日屨兩緌雙，忽欲乞國母禁臠、分驪姬之夜半乎？」密雲不雨，命蹇而遇其配主，則怒呼役夫。一與齊而終身不改，此賈氏如皋，三年不笑者也。太甲戒比頑之箴，而女歡嘗不敝席，食含桃以其餘進，使兩美可合，何妨齧臂而同盟？況宋野人歌：「君淫又多外嬖，則雞晨家索，臣敢不獻其袒衣？」而妻則戚然悲曰：「彼何其不丈夫也？妾自施衿結褵以來，絕未始偷干厖吠，豈今日苕黃桑落，復欲託雌兔迷離、續枯楊之衰稊乎？」童牛不牿，色荒而見此金夫，則泣訕良人。吾見憐而何況老奴，此息嬀生子三年不言者也。丹朱爲朋淫之祖，而鳥獸猶不失儷。噫！連稱媵仲妹於宮，而顔氏棄其良娣，則當日鴆媒不好，亦宜如向姜絕莒而歸，而何以鶉雀無良，必欲同偕其老？聲伯嫁從妹於人，而顔氏愛其鸞壻，則當日刲羊無衁，亦宜如紀姬寧鄽而去，而何以髧髦難棄、不能自下其堂？由此觀之，宋司徒女赤而毛，尚得自求佳配；徐吾犯妹喜而黜，猶能自擇良姻。顔非敝族，何至使靜女包羞、失身箕帚？反不如嬰兒子至死不嫁，爲北宮氏之老女也。嚮使彌子瑕者色不衰，愛不弛，靈公虎慾逐逐，蒙葦歸閎，則亦若齊懿公納閻職之妻，命其故夫驂乘；而彌妻脱簪珥待罪永巷，速蒯聵操刀之禍。亂豈不自婢子始哉？故曰：倖臣得其女妻，怨耦也，非嘉耦也。或曰：彌子，賤臣也。室有伉儷，儼然與雞冠劍佩之大賢爭良娣袂，夫亦何幸。《詩》云：「瑣瑣姻婭，則無膴仕。」婦人從夫，而後人傷其失身，此士君子不求巷遇，大丈夫不肯枉尺而直尋。』自識云：桉《史記》：顔讎由濁鄒，爲子路妻兄。則彌子之妻自是顔公季妹，其明詩習禮何疑？然所適非人，士大夫出人門下，與女子從人一般，貴賤詭道遇合，即是彌郎眷屬。

康熙六十年辛丑，臺灣民朱一貴作亂。先是，一貴於康熙五十二年之臺灣，居母頂草地，飼鴨爲生。其鴨旦暮編隊出入，愚民異焉。相傳一貴能以兵法部勒其鴨，此視蝦蟆教書、蠅虎舞涼州，尤爲奇絶。

咸豐辛酉十月，賊陷諸暨。有包立身者，縣之包村人，倡集義團，遠近附之。賊屢以大隊擊之，輒敗。同治壬戌三月，僞侍王約湖州賊僞梯王，由富陽進攻包村，環數十里爲營。立身善以少擊衆，相持數月，先後殺賊十餘萬人。是夏大旱水涸，汲道爲賊所遏。村中人衆，食不繼，賊又絶其糧道，勢危甚。然主客萬餘人，無一降者。七月朔，賊由隧道攻之，村陷。立身與妹美英率親軍潰圍出，賊追及之，立身中礮死，美英手刃數賊，知不免，自刎死。中興以來，世多知有包立身之名，乃諸暨人所傳，則其事甚怪。立身本農家子，形體甚長，高於常人者幾二尺許，有膂力，且善走。年二十許時，往往兀立田間，若有所思，見者咸以爲癡。咸豐庚申六月，夜宿場圃，聞有呼其名者，視之，一老翁也。翁問：『識我乎？』曰：『不識。』翁曰：『某年月日，汝甫七齡，爲牆所壓不死，我救汝也，頗憶之乎？汝他日當爲大將，我，汝師也。某日遲明，我待汝於紹興昌安門外石橋上，毋爽約。』言已別去，行數武，忽不見。明日，詢之父母，則幼時牆壓不死事固有之。屆期，立身欲赴約，父母不可。是夜轉展不成寐，同榻者聞之，曰：『欲至紹興訪友，苦無舟資耳。』其人探枕底錢予之。雞初鳴，攜錢去，至山陰劉龔溪，適有小舟，遂乘之往。至昌安[illegible]，天未明也。自包村至紹興郡城，地近百里，亦不知何以迅速如此。而老翁已待於橋上，曰：『[illegible]久矣。』拉之行，至一山中，有廬，導之入，有二少年在焉。老翁出酒肴共食，酒色赤，肴則皆白。[illegible]，延入後堂，見西階下有大刀。翁曰：『試舉之。』力弗勝也。翁命一少年舉刀舞，光閃閃如[illegible]，寒風肅然。翁曰：『余初授彼刀，彼亦如汝恇怯。天下事苟不畏難，自能勝之，汝曷再試[illegible]』立身如其教，果輕如一鉤金矣。翁乃授以刀法及呪語曰：『此先天一目斗呪也。』立身辭[illegible]父母已遣其兄往尋之，至劉龔溪問舟子，咸曰今晨無放棹者。兄乃返，而立身已在家中矣。[illegible]事，共怪之。越日，又失立身，次日而返，詢之，謂翁引至諸暨南鄉斗子巖，樓閣院宇，迥非[illegible]數儒士讀書堂上，數武士角力堂下，皆翁之徒也。翁以香與之，曰：『焚此，可降上界真仙。』『吾白黌仙人也。明初助戰有功，受封金井，上帝使我掌霧於此；又使至巖巔望氣，見諸暨一[illegible]四面皆黑氣，惟東面稍淡。』曰：『此殺氣也，淡處當小減耳。汝歸，宜勸世人勉爲善事。』自是邑人皆呼爲包神仙，遂緣此起義兵。臨陣，白衣冠而出，賊輒披靡。戰前一夕，必焚紙錢，曰犒陰兵也。又或賊至不出戰，曰：『天香未發，非戰時也。』俄而曰：『可矣。』各鄉兵亦如聞異香，勇氣百倍，故戰無不勝，賊中訛傳包神仙能飛竹刀斷敵人頭云。